Assaf Gavron

ALLES PALETTI

Für Yariv

INHALT

NEW YORK, FRÜHLING 1998

Der Frühling 1998 war kein richtiger Frühling. In New York zum Beispiel schneite es am Sonntag – Izzi hatte sich mit Schlomi um sieben Uhr morgens in der Bronx an der 125. Straße, Ecke Park Avenue verabredet, und der Schnee fiel ihm aufs Gesicht, während ihm die Kälte in die Knochen drang. Am Freitag darauf hatte es dreißig Grad und Sonnenschein – Jonsy und Izzi luden riesige Bilder eines verrückten Künstlers in Brooklyn ein und schwitzten wie die Ochsen.

Der Frühling 1998 spielte ganz besonders verrückt wegen El Niño. Tornados, heiße Winde, Schneestürme, Überschwemmungen, gnadenlose Sonne – alles in derselben Woche am gleichen Ort oder nur wenige Stunden weiter im benachbarten Bundesstaat. Trotzdem, es war Frühling, und es gab da einen Satz, der Izzi nicht aus dem Kopf ging. Er hatte ihn in einer Raststätte in Nebraska gehört, als er mit zwei großen Bechern Kaffee, einem Päckchen Sonnenblumenkerne, Hershey-Küssen und einem Schraubenzieher in der Schlange an der Kasse stand. Die Kassiererin hatte zu dem dicken Trucker vor ihm bemerkt, es sei ein wunderbarer Tag. Und der Trucker hatte geantwortet: »Der Frühling ist da, und das ist die Zeit für Veränderungen.«

Beim Umziehen siehst du die Veränderungen die ganze Zeit. Du bist ein Teil davon. Du siehst Menschen im Augenblick der Veränderung, am Übergangspunkt, siehst, wie sie ein ganzes

Leben zusammenpacken, das sie an einem Ort hatten, mit Arbeit, Freunden, Nachbarn und all dem, was ihnen zwischen diesen Wänden und in dieser Luft passiert ist, und du bringst sie an einen anderen Ort, wo alles neu und unbekannt, aufregend und beängstigend ist. Oder umgekehrt – du bringst sie zurück zu ihrem Zuhause, worauf sie seit Jahren gewartet haben. Und manchmal haben sie genug, manchmal haben sie alles verloren oder eine Menge verdient, und es ist nicht nur der Ort und die Luft und das Büro, was sie wechseln, es ist alles – die Art, die Stellung, die Weltanschauung, das Leben.

Und du bist dort, kriegst diesen Augenblick von innen mit. Du betrittst das Leben der Leute durch die Hintertür, für einen oder mehrere Tage. Du kriechst ihnen in die Unterwäsche, packst ihnen die Bettwäsche ein, und am Ende des Tages bist du mit ihnen verbunden.

Du betrittst Orte, die ihre Freunde nie gesehen haben, auch ihre Kinder nicht, niemand von der Familie. Private Räume, intime Dinge, die sie keinem anderen zeigen. Du wirst zum Freund für einen Tag, zum Beobachter von außen, der alles sieht und hört – die kleinen Streitigkeiten zwischen Mann und Frau, die besonderen Blicke zwischen dem Mann und der Schwester seiner Frau, die kleinen Ängste, die ihr Herz bewegen. Du bist ein Teil des neuen Kapitels, des Abenteuers, du bist der Radar, der die Empfindungen registriert, der Innengestalter, der für die neue Ordnung der Möbel verantwortlich ist, der Vermittler, der bei der ersten Berührung mit den Nachbarn hilft. Als Umzugshelfer hast du eine Menge Aufgaben. Du beruhigst die Leute, lachst mit ihnen, tröstest sie, hörst dir ihre Geschichten über Vietnam und New York an, über ihre Großeltern, ihre Drogen, ihre Kinder und die Länder, aus denen sie zurückgekommen sind, und über die Arbeit, die sie demnächst anfangen. Du schaust dir ihre Bilder auf dem Höhepunkt ihres Lebens vor Jahrzehnten an, streichelst ihre Tiere. Du sagst zu ihnen: »Der Frühling ist da, und das ist die Zeit für Veränderungen.« Du sagst: »Dieser Sessel? Hinreißend.« Du sagst: »Für eine solche Wohnung würde ich Los Angeles auch verlassen.« Einen oder mehrere Tage lang bist du das Kind, das vor zwanzig Jahren den Bezug zu ihnen verloren hat, du bist der Mann, der das Haus verlassen hat. Das alles machst du hauptsächlich wegen des Trinkgelds, stimmt, aber nicht nur. Auch wegen der Erfahrung, Amerikas weichen Bauch von innen, das zerbrechliche Leben der Menschen zu sehen.

Die drei traumatischsten Dinge, die Leuten passieren, sind der Verlust ihrer Kinder, Scheidung und Umzug. Schlimmer als Unfälle oder Krankheiten. Das ist nachgewiesen. Beim Tod eines Kindes gibt es Familie und Freunde, die kommen und trösten und die Trauernden nicht allein lassen; bei der Scheidung hat jeder seine eigene Seite, die Familie, den Anwalt; und beim Umzug, da gibt es dich, den Umzugshelfer, den Mover. Deine Jeans mögen dreckig sein, vielleicht warst du drei Tage am Stück mit den Möbeln unterwegs, hast dich nicht geduscht, nicht rasiert. Vielleicht bist du ein simpler Nahostler, der nur seine Muskeln für einen Tag hergegeben hat, um das Bett zu schleppen, doch im Prinzip bist du viel mehr – du hast für sie geschwitzt, bist tagelang für sie gefahren, hast den Kontinent durchquert und andere Zeit- und Klimazonen erreicht, alles, nur um ihr Zeug umzuziehen. Du bist die Schulter, an die man sich lehnt und an der man sich ausweint. Du bist das sympathische Lächeln für den, der keine Familie hat, die lächeln könnte. Du bist der beste Freund in einem Stadium des Lebens, in dem es fast keine Freunde mehr gibt.

DER KATARER

Tomar Jonik, von den meisten Jonsy genannt, oder Jonson, wie ihn Chaim, sein Boss, nennt, oder Tomar – doch, es gibt immer noch welche, die ihn so nennen (seine Freundin Chen, seine Mutter) –, also dieser Junge, wie auch immer ihr ihn nennen wollt, dachte schon lange über den Plan nach.

Jonsys Plan war – in drei Worten – das große Geld. Einen Coup landen. Zuschlagen und abhauen. Eine hübsche Summe abstauben, die ihn ein paar gute Jährchen erhalten würde, mit der er sich eine nette Wohnung in Jerusalem leisten könnte, Reisen in alle Welt, einen riesigen Plasmabildschirm in einem geräumigen Wohnzimmer, und auf dem Weg dahin, falls möglich – beziehungsweise sogar sehr erwünscht – auch noch Chaim Galil, seinem Boss, dem Chef der Firma »Sababa Moving and Storag'e«, ein Bein stellen, denn Chaim Galil, der Psychopath, ärgerte ihn schon lange.

Sie sitzen bei Francesca, erste Avenue, 99. Straße – Jonsy, Schlomi und Izzi –, und essen zu Mittag. Der blaue Lastwagen von Sababa Moving and Storag'e parkt draußen. Schlomi isst ein Sandwich, das er von zu Hause mitgebracht hat. Jonsy hält eine Pizzaschnitte in der Hand und erzählt wieder einmal eine seiner Storys. Ab und zu kommt ein Mover vorbei und grüßt Jonsy. Er antwortet mit einer Kopfbewegung, ohne die Geschichte zu unterbrechen.

»Kommt ein fetter Araber mit einer riesigen Wampe daher, in Unterhosen und Bommelschlappen. Ein Prinz vom Golf. Hat sechs indische Diener, die alles machen, was er sagt, und eine Frau zum Anbeißen mit Riesentitten. Eine irre Wohnung auf der Upper Westside. Nach ein paar Jahren im Umzugsgeschäft hast du einen Blick für die Sachen. Du weißt, was sie für einen Wert haben, ob sie Schund sind oder was kosten. Und dieser Typ, dem seine Sachen sind Milliarden wert, das siehst du sofort. Alles vom Teuersten wo gibt, die Möbel, die Bilder, die Küche.

Ich hab eins gelernt«, fährt Jonsy fort. »Je reicher die Leute sind, desto mehr stellen sie sich an mit den Sachen. Der Normalmensch, der hat eben irgendeinen Kühlschrank, da passiert überhaupt nichts, wenn der einen Kratzer abkriegt. Aber die Reichen sind mit allem knickrig. Die warnen dich, ja nicht irgendeinen armen Sessel anzukratzen. Ihr werdet sagen, dass das unlogisch ist, weil sie einen Haufen Geld haben, was macht es ihnen schon aus? Aber so läuft das nicht. Die Reichen sind die größten Knickerärsche. Und das kommt daher, weil sie keine wichtigeren Sachen haben, um die sie sich Sorgen machen müssen. Die armen Tröpfe schon, kapiert ihr?

Aber der da, der Saudi, sorry, der Katarer mit den Bommelchen, dem war es egal. Der hat gesagt: ›Los, werft alles auf den Laster.‹ Wir waren zu dritt bei diesem Umzug, plus die Inder, plus das Bombenprachtstück mit den Titten. Wir haben die Arbeit also durchgeklopft und sind losgefahren.«

Jonsy unterbricht sich, um sein Pizzateil mit zwei schnellen Bissen zu verputzen. Er steht auf und holt sich noch eins. Bei Francesca hat er Tage mit Pizzaschnitten und Tage mit Hero Sandwiches. Heute füllt er sich mit Pizza ab, wie üblich eine ganz normale, denn die Zusatzbeläge verderben den Geschmack, sagt er.

»Dann frag ich den Scheich: ›Wohin fahren wir?‹ Er sagt: ›New Jersey. Forest Heights.‹ Wir kommen in dem Viertel an, aber wir finden das Haus nicht. Eine Stunde lang irren wir in New Jersey rum, und der Typ kann sich nicht erinnern, wo sein neues Haus ist. Es stellt sich heraus, dass sie es irgendwann eines Nachts gekauft haben, als sie betrunken waren, in fünf Minuten, und sie erinnern sich an nichts. Er fährt in seinem Mercedes voraus, und wir kleben mit dem Laster hintendran. So gegen zwei in der Früh haben wir das Haus dann gefunden.

Das war an einem Samstag. Und ich habe ein Prinzip. Ich arbeite nie, nie im Leben am Sonntag. Man reißt sich die ganze Woche den Arsch auf für dieses irrsinnige Leben. Arbeitet nachts, steht im Dunkeln auf, kommt um zwei nach Hause, in Ordnung, aber am Sonntag? Nur flachliegen. Ich brauche diesen Tag unbedingt, um klar zu bleiben.«

Er klappt sein Pizzateil zusammen und beißt ab. »Wir stehen vor dem neuen Haus, und der Katarer sagt zu mir: ›Kommt morgen wieder und macht die Arbeit fertig.‹ Ich schaue auf die Uhr und sage zu ihm: ›Zwei – wir laden alles aus, jetzt.‹ Er schaut seine Frau an und sagt: ›Vergiss es, wir gehen schlafen. Komm morgen, und wir zahlen dir, so viel du willst.‹ Ich sag mir im Stillen, am Arsch werd ich tun, und zu ihm sag ich: ›Es ist nicht das Geld, es ist Sonntag‹, und da schaut er mich an und sagt: ›Komm mit.‹ Er geht mit mir zur Garage, macht Licht und sagt: ›Fahr damit nach Hause und komm morgen zurück.‹ Ich schau hin, und da steht ein Rolls-Royce, brandneu, riesig, cremefarben, mit den Plastikfolien noch über den Sitzen.«

Jonsy hält inne und nimmt einen Schluck Cola. Wischt sich den Mund ab. Lächelt wehmütig.

»Ich sag zu ihm: ›Tut mir leid. Der Sonntag ist mir heilig.‹ Da holt er das Telefon raus und ruft Chaim an. Chaim brüllt mich an, ich soll mit dem Scheißdreck aufhören und morgen früh gefälligst dort antreten. Scheißwichser.«

»Und was hast du gemacht?«

»Was konnte ich schon machen? Ich bin am Sonntag angetreten, wie ein braver Junge. Aber ich weiß noch, dass ich mir damals schon gesagt hab, dass Chaim für seine miesen Gemeinheiten noch bezahlen wird.«

Er lehnt sich zurück, dehnt die Hände. »Trotz des Rolls-Royce«, sagt er. »Allah steh mir bei, was für ein Wagen! Ich bin nach Hause gefahren und hab mit Chen eine Runde gedreht, mitten in der Nacht. Der Wahnsinn.«

Das Ende des Umzugs ist der schöne Augenblick des Tages. Jonsy lässt Izzi und Schlomi aufräumen und rechnet mit dem Kunden ab. Izzi spürt die Muskeln am Rücken und in den Armen, faltet mit Schlomi die ganzen Decken zusammen, lädt alles auf den vollen Lastwagen. Dritter Stock ohne Aufzug, und am Anfang gab es keinen Parkplatz, also hat sich Jonsy in zweiter Reihe auf die Straße gestellt, wurde vom Türsteher des Gebäudes zusammengestaucht, hat ihn beruhigt und ist sein bester Freund geworden – ein ganz normaler Tag.

»Was'n Weirdo, bei Allah«, sagt Jonsy, als er den Laster startet und beginnt, die zweite Avenue im dichten Abendverkehr hinunterzufahren. Der Kunde, ein Typ namens Joachim Basendwarf, hat sich vor zwei Monaten scheiden lassen und kehrt in seine Kleinstadt nach Texas zurück. Als Jonsy ihn fragte, wo seine Frau sei, hat er geantwortet: »Ich weiß nicht, vielleicht im Paradies, vielleicht in der Hölle«, und trocken aufgelacht. Die Kleider der Ehefrau waren noch in der Wohnung. Joachim hatte ein rötliches Bärtchen und einen Cowboyhut auf dem Kopf, den er den ganzen Tag nicht abnahm.

Jonsy sagt: »Hauptsache, wir haben einen Umschlag.« Er gibt ihn Schlomi.

Schlomi fragt: »Wie viel hat er rausgerückt, was meint ihr?«

Izzi sagt: »Ich würde sagen, er hat gar kein Trinkgeld gegeben, er war zu verrückt.«

Jonsy schüttelt den Kopf. »Keine Chance, dass du richtig liegst. Nicht viel, aber so zwanzig, dreißig each.«

Jonsy ist eine Legende in der Welt, die sich um das Trinkgeld dreht – um das »Tescher«, wie die Mover es normalerweise nennen, vor allem wenn sie vor den Kunden Ivrit reden, weil sie nicht wollen, dass man sie versteht. Er hat seine Methoden, aus Kunden hohe Trinkgelder herauszuholen, Methoden, die er keinem Menschen verrät. Er erzählt nur immer, dass es verschiedene gibt und dass er die Methode je nach dem Kunden auswählt, den er vor sich hat. Für jede Sorte von Kunde gibt es die Methode, die bei ihm funktioniert. Er sagt immer: »Wenn ich New York mal verlasse, werde ich die ganzen Geheimnisse verraten.« Es passiert nicht selten am Ende eines Arbeitstags mit Jonsy, dass man achtzig oder hundert Dollar pro Nase bekommt, und für ein solches Tescher am Schluss sind viele Mover bereit, mit seinem Geschrei und Gefluche zu leben.

Bei Joachim Basendwarf, dem merkwürdigen texanischen Kunden von heute, hat Jonsy die Umschlagmethode benutzt. Nach Abschluss des Jobs, nachdem er sich mit dem Kunden angefreundet und ihm ein gutes Gefühl gegeben hatte, streckte er ihm einen leeren Umschlag hin und sagte, den Blick auf seine Augen geheftet: »Joachim, das übliche Trinkgeld für eine solche Arbeit ist hundert Dollar für jeden, mindestens. Aber nimm den Umschlag und leg das rein, was du meinst, dass die Arbeiter verdient haben. Ich mach ihn erst auf, wenn wir ein ganzes Stück weit weg sind.« Nur ein einziges Mal in den sechseinhalb Jahren, die Jonsy im Umzugsgeschäft arbeitet, war der Umschlag leer. Vielleicht, weil Jonsy ein paar Minuten vor Überreichung des Umschlags dem Kunden durch ein Missgeschick ein paar Sachen ruiniert hatte. »Obwohl das nicht meine Schuld war«, betonte Jonsy nachher. »Das hätte er echt berücksichtigen können.«

Schlomi öffnet den Umschlag. Es sind eine Menge Zehn-Dollar-Scheine drin. »Izzi hat sich getäuscht«, sagt er und zählt das Geld. Hundertfünfzig Dollar insgesamt. Izzi sagt: »Was für ein King, dieser Joachim.« Jonsy flucht: »Arschloch, weniger als zwanzig Prozent, für was hält der uns, Pizzaboys?« Er ist nicht zufrieden, wenn der Kunde beschließt, weniger als den Betrag springen zu lassen, den er ihm nahegelegt hat.

Sie fahren die Avenue bei grüner Welle hinunter, doch in Richtung Midtown verdichtet sich der Verkehr und gerät ins Stocken. Schlomi kaut ungeduldig auf seinem Kaugummi, Jonsy kürzt über den Park zum Broadway ab und fährt weiter hinunter, bis man die Monitore von NBC am Times Square sieht – mit dem Wetter, den Nachrichten und den Börsenkursen –, und ein paar Minuten später parkt der Lastwagen auch schon in der 39. Straße, und sie gehen zum Büro von Sababa Moving and Storage hinauf, das zugleich die Wohnung von Jonsy und Izzi und noch ein paar anderen ist.

DAS STRICHLEIN HINTER DEM G

Izzis letzter Tag in Nazareth war der Valentinstag, der Tag der Liebe. Daphna bemühte sich den ganzen Abend, ihr trauriges Gesicht zu verbergen. Am nächsten Morgen flog Izzi.

Er war zum ersten Mal in New York. Als er an der 42. Straße aus der U-Bahn kam, mit einem riesigen Koffer, roch er den Kaffee, spürte die beißende Winterkälte, sah die gelben Taxis auf den langen Avenuen, die Dämpfe, die aus den Eisendeckeln auf der Straße stiegen. Er sagte sich, ich glaub's nicht, das ist genau wie in den Filmen.

Ein Freund in Israel hatte ihm Chaim Galils Nummer gegeben. Schon von Nazareth aus hatte er Chaim angerufen und zwei Minuten mit ihm geredet. Chaim hatte gesagt: »Komm her.« Und da war er nun. Zwei Männer schoben einen Kleiderständer in einen Laden hinein, ein Betrunkener predigte von Jesus, zwei Frauen schrien auf Spanisch. Es fehlten nur noch eine Gruppe Schwarzer, die um einen riesigen Ghettoblaster herumtanzen, und zwei Polizisten in Blau, um das Klischee zu vervollständigen. Innerhalb der nächsten Tage begegnete er auch diesen öfter, als er überhaupt merkte.

39. Straße, drei Blocks vom Times Square, zwischen der siebten und achten Avenue. Das Büro der Firma Sababa Moving and Storage dient auch als Wohnung für einen Teil der Belegschaft der Firma, obwohl die Gebäude in dieser Gegend nicht zu Wohnzwecken bestimmt sind. Unter dem Büro gibt es eine Postsortierstelle, wo pausenlos Lastwagen ein- und ausfahren, gegenüber Textilgeschäfte. Der Lärm reißt den ganzen Vormittag nicht ab. Auch wenn man die Fenster schließt und die Musik auf volle Lautstärke dreht, spürt man den Straßenverkehr unter den Füßen vibrieren. Neben dem Eingang gibt es einen Bagelladen von Juden und im ersten Stock ein Schild von Madame Cristal, »Kartenleserin, Publikumsverkehr die ganze Woche«, aber niemand hat Madame Cristal je gesehen. Es ist nicht gerade der schönste Ort in Manhattan, aber der

Teil der siebten Avenue zwischen der 38. und 39. Straße heißt immerhin Golda-Meir-Avenue.

Seit Izzis Ankunft sind schon sechs Wochen vergangen, kaum zu glauben.

Die Bewohnerzahl in der Wohnung wechselt fast täglich, je nach Umzugsaufträgen. Das große Zimmer gehört Jonsy und Chen – der dienstälteste Vormann in der Firma und die Sekretärin im Büro. Der kleine Raum ist das Büro von Sababa Moving and Storag'e. In diesem Raum wohnt Ohed, der einmal bei Sababa angestellt war und jetzt im Marketing bei Schleppers arbeitet, einer der großen Transportgesellschaften. Izzi hat kein eigenes Zimmer, er schläft auf einer Matratze im Wohnzimmer. »Der ganze Salon steht dir zur Verfügung«, sagte Chaim zu ihm bei seiner Ankunft. Wenn Izzi eine Langstreckentour macht, schläft jemand anders auf seiner Matratze.

Sababa Moving and Storag'e hat genau einen Lastwagen, und das letzte Wort, das draufsteht, ist mit Apostroph hinter dem g geschrieben, also Storag'e, als wäre es ein Gimel mit Apostroph, ein dsch im Hebräischen. Dieser Fehler, für den Chaim seine ehemaligen Partner verantwortlich macht, die die Schuld wiederum auf ihn zurückverweisen, ist in der Stadt schon zum Running Gag geworden. Doch würde man das weiße Strichlein wegmachen, hätte man eine Lücke in dem Wort Storage, und jemand sagte einmal zu Chaim, das Strichlein gebe dem Ganzen einen Hauch von Französisch. Also blieb der Fehler.

Die Wohnung ist voller Möbel und Geräte, Überbleibsel von Umzügen: die Sofas im Salon, die Schränke, der Fernseher in Jonsys und Chens Zimmer, der Computer im Büro. Ohed spielt in den meisten Nächten Bridge im Internet, ohne einen Ton von sich zu geben. Wenn es Izzi gelingt, sich den Computer für ein paar Minuten zu schnappen, schreibt er eine Mail an seine Freundin Daphna. Als er ankam, redete ihn Chaim ein paar Tage lang gar nicht an. Als Izzi ihn fragte, wann er denn zu arbeiten anfangen solle, antwortete er, er wisse es nicht. Izzi schrieb an Daphna: »Ich habe Sehnsucht. Der Winter in New York ist kalt. Aber es wird schon werden. Ich warte und werde mal sehen, was passiert.«

Langsam lernt er alle kennen. Jotam, der hauptsächlich die Fahrten zur Westküste macht und auf dem Sofa im Wohnzimmer schläft, wenn er in New York ist. Schlomi mit der grünen Alabama-Baseballmütze und der amerikanischen Militärjacke, der immer versucht, ihn und Jonsy zu überreden, in ein Seminar über das Judentum zu gehen (er ist neo-religiös, wohnt in einem israelischen Viertel in Queens). Jonsy, der dienstälteste Vormann, seit sechseinhalb Jahren im Umzugsgeschäft, eine Trinkgeldlegende, aber ein Maniker bei der Arbeit. Jonsy und die Märchen des Movinggeschäfts, die man sich über ihn erzählt – der Umzug mit dem Mord (Brighton Beach, sie zogen Frau und Kind um, der Ehemann kam an und brachte die Frau um, weil er nicht einverstanden war, dass sie ihn verließ); der Umzug mit dem Scheißpech (mitten im Umzug nahm Jonsy eine Zeitung und ging kacken. Es gab eine Verstopfung. Er sagte zu Joni Bronko, der bei dem Job dabei war, er solle es reparieren. Joni schuftete eine Stunde lang, am Ende holten sie einen Installateur); der Umzug mit dem Brand (der Lastwagen brannte, niemand wusste, warum. Jonsy sprang ins Feuer, holte seine Tasche raus und ging).

Als Izzi an seinem ersten Morgen zur Arbeit aufstand, um sechs Uhr früh, war die Wohnung eisig. Er trat ans Fenster, sah auf den blauen Laster von Sababa Moving and Storage hinunter. Jemand lehnte dort, rauchte Crack, zündete ein Streichholz nach dem anderen an, inhalierte tief mit wackelndem Kopf. Izzi betrachtete ihn von oben, strich sein Haar nach hinten glatt, spielte mit seinem Ohrring. Schlomi kam mit Kaffee in einem blauen Pappbecher herein und sagte: »Guten Morgen, Jude.« Dieses Bild wiederholte sich fast exakt jeden Tag in den kommenden Wochen. In der Früh raus, in der Nacht zurück, und dazwischen Kisten schleppen.

DIE WUNDERBARE WELT DER HINTERSEITE

Am Abend, nach dem Umzug von Joachim Basendwarf, teilte Chaim Jonsy telefonisch mit, dass er am nächsten Morgen mit der gleichen Mannschaft zu einem Langstreckentrip aufbrechen solle – Jonsy als Vormann, Schlomi die Nummer zwei, Izzi als Helfer. Offenbar.

Jonsy spürte, wie ihm das Blut zu Kopf stieg. Das war so typisch für Chaim. Am Abend vorher eine solche Fahrt anzukündigen. Und ohne weitere Einzelheiten. »Was für eine Tour genau? Wohin geht es?«, fragte er, wobei er versuchte, ruhig zu klingen.

»Ist noch nicht ganz raus«, antwortete Chaim. »Morgen ladet ihr einen großen Job nach Florida ein, ein altes Ehepaar aus Queens. Und da ist der eine aus Texas. Also ist die Richtung Süden. Du kriegst den letzten Stand in der Früh.«

»Immer macht er das, der Arschficker«, sagte Jonsy zu Chen, nachdem er aufgelegt hatte. »Er weiß die Reihenfolge der Fahrten nicht, er weiß die Größenordnung der Arbeit nicht, er weiß gar nichts. Hauptsache, jalla, hopp, hopp, auf Tour. Wetten, dass sich das noch fünfmal ändert.«

Chen verzog das Gesicht. »Aber du hast doch gesagt, dass du mit diesen Touren aufhörst. Dass ich endlich mal ein bisschen was von dir zu sehen kriege.«

Jonsy schwieg ein paar Sekunden. Dann sagte er: »Das ist der letzte Trip, ich verspreche es. Und danach wirst du eine ganze Menge von mir sehen, okay? Viel mehr, als dir lieb ist.« Er kniff sie in die Wange, und sie lächelte.

»Okay.«

In der Früh verkündete Chaim: »Kleine Planänderung.«

Jonsy sagte sich im Stillen, was für eine Überraschung. »Was ist los?«, fragte er.

Chaim erwiderte: »Es gibt einen dringenden Umzug an der 44. Straße, der sich plötzlich ergeben hat. Eine kleine Sache. Maximal eine Stunde, zack, zack, und ihr drei seid wieder draußen. Nachdem ihr damit fertig seid, geht ihr zu den Alten in Queens. Ich hoffe, ihr werdet damit fertig, alles einzuladen, und brecht noch heute Abend zu dem Trip auf.«

Sie fahren durch das morgendliche Manhattan, von West nach Ost. New York erwacht zu einer weiteren Woche, und im Radio läuft Howard Stern mit seinem YEAH BABY! und OH BEHAVE!, das er von Austin Powers übernommen hat und regelmäßig jede halbe Minute zum Besten gibt. Der Nebel im Kopf und über der Stadt beginnt sich zu lichten. Jonsy fährt mit einer Hand am Steuer, in der rechten hält er einen Tropicana-Saftkarton mit Orangen-Bananengeschmack. Izzi lassen nur Kaffee und Howard Stern allmählich wach werden.

YEAH BABY! Auch Schlomi ist dabei. Ihm tut der Rücken weh. Howard Stern redet von »Titanic« und Leonardo DiCaprio. Jemand hat DiCaprio im Village gesehen, im Bamboo Club. Jonsy sagt: »Bamboo Club? Ob der was taugt?« Schlomi sagt: »Klar taugt der was, todsicher. Für dich lohnt es sich, da hinzugehen. Wer da reingeht, kommt direkt in die Hölle.«

Jonsy lacht. Er sagt: »Wir haben noch eine kleine Arbeit. Ein Büro an der 44. und fünften, Chaim hat versprochen, dass wir in einer Stunde draußen sind. Zack, zack. Leichter Job.«

Draußen waren sie nach vier Stunden Schweiß und Flüchen. Ein schwieriger Umzug. Vier schwere Schreibtische, die durch keine Tür gehen wollten. Sie mussten Türstöcke zerlegen, hochkant hieven, drehen, herunterlassen und gleichzeitig mit ein paar Hunten arbeiten, alles begleitet vom endlosen Schwall Jonsys wütender Flüche. »Zack, zack. Dieser Arschficker von Chaim«, schimpfte Jonsy erbittert, als sie auf den Serviceaufzug warteten. Schlomi sagte: »Dieser fucking idiot.« Er wischte sich den Schweiß mit dem grauen Ärmel des Sweatshirts ab.

Die Bürogebäude in New York sind völlig eigene Welten. Von außen wirkt alles ganz schlicht. Ein Gebäude, eine Lobby, schöne Aufzüge, Büros. Nichts, woran man einen Gedanken verschwenden würde. Doch hinter den Kulissen läuft etwas anderes ab. Dutzende Leute, ein weit verzweigtes System von Korridoren und Serviceaufzügen, Hunderte von Waren, die jeden Tag ausgeladen und eingesammelt werden, ein ausgeklügeltes Papier- und Restmüllentsorgungssystem. Wenn man das für die Tausende Gebäude Manhattans hochrechnet, erhält man eine komplette unsichtbare Welt, die Hinterseite der Welt von New York. Nicht die rückseitige Welt der Nacht, der Drogen, Prostituierten, der Unterwelt. Es ist die Hinterseite der Tageswelt, der Arbeit. Jedes Mal, wenn du so ein Gebäude zur Arbeit betrittst, studierst du seine Geographie. Die Türsteher, die Sicherheitsleute, das Müllpersonal, die Reißwölfe, die Bediensteten an den Serviceaufzügen.

Je höher das Gebäude ist, desto größer, raffinierter und verzweigter ist das System. In den Wolkenkratzern der Wall Street – die Dutzende Etagen haben – sind diese unsichtbaren Welten besonders hoch entwickelt. Es gibt Servicedecks, die ein paar parkende Lastwagen auf einmal aufnehmen können. Zur Personalmannschaft gehören ein Verantwortlicher für das Einweisen der Lastwagen, jemand, der sie mitsamt ihren ein- und auslaufenden Ladungen registriert, Zuständige für Papier und Müll und noch zig andere Beauftragte.

In diesen Gebäuden gibt es lange, mit Linoleum ausgelegte Gänge für eine reibungslose Fortbewegung der Hunte und Rollwägen. Es gibt Räume für Papierzerkleinerung und Müll, in denen rund um die Uhr Betrieb herrscht. Und Serviceaufzüge – hässliche, nackte Lifte für die Lastenträger und die Arbeiter. Das sind nicht die ausgepolsterten Fahrstühle mit den blitzenden Spiegeln an der Fassadenseite des Gebäudes, die für die Anzugträger.

Wenn du mit deinem Lastwagen ankommst, um in einem solchen Gebäude auszuladen, siehst du in den rückwärtigen Korridoren unzählige Menschen in Overalls, die pausenlos mit Säcken und Waren ein- und ausgehen. Du siehst die kleinen Rädchen, die dieses Gebäude in Gang halten. Nach ein paar Monaten in dem Job fängst du an, die Orte und die Leute zu kennen. Du weißt, wer wichtig ist, bei wem es sich lohnt, sich einzuschmeicheln, du identifizierst bekannte Gesichter in bekannten Arbeitsmonturen, auf die du in der Vergangenheit in diesem oder jenem Gebäude bereits gestoßen bist, du beginnst, die wichtigen Wege kennenzulernen, die Unebenheiten in Gängen, denen man besser ausweicht, die Richtung der Türen, den einen bestimmten Aufzug, der schneller fährt, den gewissen Geruch nach Reinigungsmitteln, gemischt mit dem Schweiß arbeitender Menschen. Du lernst ihn lieben. Ihn und die Atmosphäre von Respekt unter den Arbeitern – die helfen, wenn es sein muss, und Hand anlegen bei einer besonders schweren Kiste oder Sackkarre.

Ein Mover, der einige Jahre in New York arbeitet, wird die Locations, die Bars, die Restaurants und die Ecken am Central Park nicht so gut wie ein Ortsansässiger kennen. Doch er wird die Hinterseite der Stadt besser kennen als jeder, der seit Jahrzehnten hier lebt. Ein solcher Mover weiß zum Beispiel, dass die neuen Wolkenkratzer unter Einplanung der Servicewelt gebaut worden sind, mit breiten Korridoren, schnellen Aufzügen und Spezialeinfahrten für Lastwagen. Aber oben, in Midtown und Uptown, in den älteren Gebäuden, die im Laufe der Jahre in die Höhe wuchsen, ist die Infrastruktur für den Service schlicht beschissen. Wie in dem Bau an der 44. und fünften.

Als Erstes gibt es schon gar keinen Platz, um den Lastwagen zu parken, also stellt man sich in die zweite Reihe, der Türsteher regt sich auf, und man verliert einen Arbeiter, der im Laster bleiben muss. Zweitens, der sogenannte Serviceaufzug – als Izzi ihn sah, fragte er geschockt: »Was ist das denn?«, und Jonsy zischte: »Ach du megaverfickte Scheiße, was'n Kack-mit-Soße-Service« –, den man nur erreicht, wenn man beim Haupteingang hinein und ein Stockwerk hinuntergeht, eingehüllt in die Küchendämpfe des benachbarten chinesischen Lokals, und dann enge Korridore zur Rückseite des Gebäudes passiert, wo sich der besagte Aufzug in seiner ganzen Jämmerlichkeit befindet – mit den zwei Knöpfen, rot für Halt und grün für Fahrt, und dem alten Chinesen, der ihn bedient. Versuch mal, diese ganze Runde mit vier mörderisch schweren Schreibtischen und noch ein paar Möbeln und Kisten zu machen, und du kannst verstehen, was man von Chaim denkt, wenn er sagt: »Kleine Sache. Maximal eine Stunde, zack, zack, und ihr seid draußen.«

Die Fähigkeit, den starken Mann im Gebäude zu orten und einen guten Kontakt zu ihm herzustellen, ist ein Muss für effektive Arbeit und Zeitersparnis. Die Entscheidung des Liftführers, den einen Arbeiter mehr als den anderen zu mögen und ihn in der Schlange zu bevorzugen, kann das Tagesschicksal dieser Arbeiter bestimmen. Jonsy liegt dieses Talent im Blut. Als er bei dem Lift ankam, patschte er dem alten Chinesen mit seiner großen Hand auf den Rücken und sagte lächelnd: »Long time no see.« Danach redete er mit ihm über den großen Boss des Gebäudes, über Mädchen und übers Essen. Izzi wusste nicht mehr, was Jonsy alles sagte, doch er wusste, dass der Chinese lächelte und sie in der Schlange vorließ.

Wieder bei Francesca, an der 99. und ersten, das inoffizielle Esszimmer der israelischen Mover in New York. Du kannst zur Mittagszeit nicht an Francesca vorbeigehen, ohne wenigstens zwei bis drei Lkws von Umzugsfirmen zu entdecken. An diesem frühlingshaften Tag Anfang April zum Beispiel kann man Lastwagen von All-Boro, Ben Hur und einen blauen Laster sehen, auf dem Sababa Moving and Storag'e steht, mit dem Strichlein hinterm g.

Jonsy und Izzi essen Schnitzel, Auberginen und Pizzasoße in einem Hero, der Klassiker bei Francesca. Schlomi hat sein koscheres Sandwich. Auf dem großen Fernsehbildschirm läuft live ein Fußballspiel der europäischen Champions League.

Jonsy geht zum Telefon an der Ecke und ruft im Büro an.

»Jonson, warum rufen die Alten aus Queens an und beschweren sich, dass ihr nicht kommt? Sie warten seit neun auf euch.«

»Chaim, fang gar nicht erst an damit. Soll ich dich daran erinnern, wer zu uns gesagt hat, dass wir zuerst das Büro an der 44. machen sollen? Leichte Arbeit, zack, zack?«

»Reg mich nicht auf, Jonson, ich hab dir doch gesagt, ihr sollt innerhalb einer Stunde dort weg sein und nach Queens fahren, oder nicht?«

»Nein, das hast du nicht gesagt. Du hast gesagt, das sei ein kleiner Job, der eine Stunde dauert. Du hast nicht gesagt, nach einer Stunde wegfahren. Wolltest du vielleicht, dass wir mittendrin abhauen? Es gab schwere Schreibtische dort, breiter als die Türen, wir mussten die Rahmen auseinanderbauen, der Servicestandard war aus dem siebzehnten Jahrhundert. Es ist kinderleicht, zack, zack von einem Job zu sagen, den man nicht gesehen hat. Was sollen wir jetzt machen, zu den Alten in Queens fahren?«

»Jonson, mach mich nicht wütend«, Chaim hebt die Stimme um einen halben Ton. »Sie warten schon den ganzen Vormittag auf euch. Das macht keinen guten Eindruck, Jonson. Schade, dass ihr so getrödelt habt. Ruf mich augenblicklich an, wenn ihr dort ankommt.«

Jonsy legt auf. Er kocht vor Wut. Wieder einmal hat Chaim den Kunden unhaltbare Versprechungen gemacht, und nachher kommen die Kunden den Movern mit ihren Beschwerden und geben kein Trinkgeld. Wie kann man so arbeiten?

Jonsy schweigt auf der Fahrt nach Queens. Schlomi und Izzi neben ihm streiten. Schlomi ist für Psak-zman, den israelischen Pausensnack, Izzi für Kitkat. Izzi sagt: »Kitkat ist hundertmal besser als Psak-zman. Psak-zman kommt noch nicht mal in die Nähe.«

»Warum? Weil es ein israelisches Produkt ist? Was für ein hohlköpfiger Gedanke. Wir machen die besten Sachen.«

»Sag mal, was quatschst du da? Warum kommst du sofort mit den Juden gegen den Rest der Welt daher? Reden wir von Geschmacksunterschieden bei Schokolade, oder was?«

»Ich rede von der Qualität der Waffel und der Qualität der Schokolade. Vom Geschmack rede ich noch nicht mal.«

»Du redest nicht vom Geschmack? Du redest von der Qualität der Waffel? Bist du vielleicht der Normenausschuss? Was verstehst du denn von der Qualität einer Waffel? Was schmeckt dir besser?«

»Du kapierst nicht, es ist unwichtig, was besser schmeckt, das ist nicht die Frage. Die Frage ist, ob du diesem räudigen Kitkatzeug hinsichtlich der Qualität der Schokolade und der Waffel irgendein Niveau zugestehst. Ich versuche dir zu sagen, dass es mindere Qualität ist.«

»Ich geb's auf, Schlomi. Ich verstehe nicht, worum wir uns streiten. Vergiss es.«

Sie wechseln zu Ski kontra Snowboard. Schlomi war noch nie auf einem Snowboard, was ihn aber nicht daran hindert, es gegenüber dem Skifahren hochzuhalten, das Izzi bevorzugt. Izzi schafft es kaum, ein Wort anzubringen.

Lisa und Karl Lemmon haben ein dreistöckiges Haus in Queens. Es ist voller Möbel und Gegenstände, alles ordentlich eingerichtet. Jedes Ding an seinem Platz. Nichts eingepackt.

Jonsy betritt das Haus, begrüßt Lisa und Karl Lemmon. Er dreht eine Runde durch die Räume und bittet darum, das Telefon benutzen zu dürfen.

Er wählt das Büro und sagt: »Chaim, willst du mich auf den Arm nehmen oder was?«

Chaim erwidert: »Wo ist diesmal das Problem? Geht ihr Bett auch nicht durch die Tür?«

»Jetzt im Ernst, Chaim, machst du Witze?«

»Wenn du's mir nicht erklärst, kann ich nicht verstehen, wovon du redest.«

»Ich weiß gar nicht, wo ich anfangen soll. Erst einmal, hier ist viel mehr als eine Lastwagenfuhre. Und du wolltest, dass wir sie in den halben Laster einladen, das kannst du schon mal vergessen. Zum Zweiten, hier ist nichts gepackt. Du hast nichts davon gesagt, dass Einpacken inklusive ist. Das wird zwei Tage dauern. Du wolltest, dass wir uns heute Abend auf den Weg machen?«

Vor lauter Wut fängt Jonsy hilflos zu lachen an.

Chaim schweigt ein paar Sekunden, dann sagt er: »Bist du sicher, dass es mehr als einen Laster ausmacht? Das ist nicht das, was sie zu mir gesagt haben.«

»Drei Stockwerke, eine Million Zeug. Das Ganze geht nach Florida, hat die Alte gesagt. Keine Chance, dass das in einen Laster passt. Und ganz sicher nicht zusammen mit dem, was schon drin ist. Wer hat hier die Schätzung gemacht? Wie hoch ist sie überhaupt?«

Wenn es etwas gibt, das Jonsy hasst, dann ist es eine zu niedrig veranschlagte Schätzung. Die Wohnungsbesitzer stellen sich auf eine entsprechende Summe ein, und wenn sie danach die wirkliche Rechnung präsentiert kriegen, regen sie sich auf, zu Recht, und darunter leidet das Trinkgeld.

Chaim schweigt noch ein Weilchen. Schließlich erwidert er: »Schick Schlomi, er soll in der Früh einen Lastwagen von Ryder holen. Ich rede dort mit John. Ihr fangt an einzupacken. Verteilt die Fuhre der Alten auf den Ryder und den Laster von Sababa.«

Jonsy greift sich an den Kopf. Chaims Improvisationen. Hauptsache, ihm geht's gut.

Chaim fährt fort: »Schlomi fährt mit dem Ryder runter nach Florida, du und Izzi behaltet den Sababa-Lastwagen. Und jetzt pass auf. Ihr habt noch Texas, das wird Teil des Jobs nach Florida sein. Ich will, dass du heute Abend im Lager vorbeikommst und dort eine Fuhre übernimmst, die nach Chicago geht …«

»Chicago? Wie hängt das mit Florida und Texas zusammen?« Jonsy ist nun total durcheinander.

»Chicago. Und außerdem, da ist was Neues aufgetaucht. Uncle Sam hat einen dringenden Job für Minnesota. Er will, dass ihr was bei ihm einladet und heute Nacht losfahrt.«

Diese Dinger, die Chaim ständig bringt, veranlassen Jonsy jedes Mal, wieder an den Plan zu denken. Er hat nicht damit gerechnet, dass er so schnell zur Ausführung kommen würde, aber nach solchen Tagen kann er es einfach nicht mehr ertragen, Chaims Visage zu sehen. Er sitzt mit Schlomi und Izzi in der Kabine des Lastwagens vor dem Haus des alten Ehepaars in Queens. Es beginnt zu schneien. Die Heizung läuft auf vollen Touren. Langsam schwindet das Tageslicht.

Schlomi bemerkt: »Schau uns an. Drei erwachsene Menschen in einer stinkenden Schachtel im Schnee, wie die Hunde.«

Es herrscht Schweigen. Und dann sagt Jonsy: »Kommt, wir machen was.«

»Was machen?«, entgegnet Schlomi. »Auch letzte Woche, als Chaim uns mit dem Trip nach South Carolina wahnsinnig gemacht hat, hast du gesagt, wir machen was. Wir labern bloß rum, was können wir schon machen?«

»Nein, es ist mir ernst«, erwidert Jonsy. »Warum sollen wir zulassen, dass er uns so behandelt? Ich sitze hier und frag mich, warum, wer ist er denn? Denkt mal darüber nach, er macht Tausende Dollars pro Tag, und wir machen ein paar hundert, bestenfalls. Er nimmt vierunddreißig Dollar für eine Arbeitsstunde von uns, und wir, die Arbeiter, kriegen zehn.«

»Zehn? Ich bekomme sieben«, wirft Izzi ein.

»Irgendwas ist hier abartig. Wir sind die, die schwitzen, wir sind die, die den Kunden gegenüberstehen. Schlomi, erinnerst du dich an die eine, die zu heulen angefangen und die Polizei gerufen hat, weil wir ihr noch mal vierhundertneunzig Dollar an Material abgepresst haben? Ich bin echt nicht gern in solchen Situationen, und dann noch für jemanden wie Chaim. Am Schluss bleiben wir mit dem Zehner pro Stunde sitzen.«

»Sieben«, beharrt Izzi.

»Und mit dem Trinkgeld, das immer schwerer rauszuholen ist wegen seinen miesen Tricks.«

»Wir haben schon so oft darüber geredet. Ich schwör's dir, Jonsy, ich erinnere mich, dass du genau die gleichen Sachen schon vor drei Jahren gesagt hast. Und unternommen haben wir nichts. Was willst du auch tun? Eine eigene Firma aufmachen?«, sagt Schlomi. »Bei allem Zorn auf ihn, er hat die Firma gegründet, einen Lastwagen gekauft, ist ein Risiko eingegangen.«

»Aber das ist es, was mich umbringt, dass er überhaupt nichts gemacht hat. Wenn er wenigstens ein guter Manager oder Boss wäre, würde ich sagen, sababa, gebongt, alles paletti.

Aber Chaim? Ich rede nicht davon, eine Firma aufzumachen. Ich werde was Besseres machen. Was Großes. Ein einziger Schlag, bumm, und fertig. Ich hab hier Reichtum gesehen, und ich hab reiche Leute gesehen. Und sie haben uns nichts voraus, nichts, was wir nicht haben.«

»Was willst du machen, einen Lastwagen klauen? Mit dem Geld von den Kunden durchbrennen? Auf wie viel kommst du da schon, auf zehn-, fünfzehntausend? Das ist es nicht wert, dass du dich nachher in New York nicht mehr blicken lassen kannst.«

»Stimmt«, bestätigt Jonsy. »Deswegen sag ich, man muss sich was ausdenken. Das Geld vom Umzug nehmen, den Laster am Schwarzmarkt verkaufen – das ist die Basis. Aber es fehlt noch was, der Sahneklacks obendrauf.«

Keiner sagt etwas, also fragt Jonsy: »Habt ihr vielleicht irgendeine Idee?«

Izzi und Schlomi schauen sich an. Schlomi beginnt zu lachen. Jonsy sagt: »Lach nicht, diesem Irren gehört in die Eier getreten.«

NACKENSCHWÄNZE UND TÄTOWIERUNGEN

»Popeye!!!«

Popeye hebt den Kopf von der zweihundertsten Folge der Simpsons.

»Willst du einen Bagel?«, fragt Pozailov.

Popeye blickt auf Pozailovs Hand, die etwas Undefinierbares hält. »Warum ist das Zeug so dunkel?«

»Das ist so, weil das die Weizensorte ist, aus der sie den Bagel gemacht haben. Er ist mit Frischkäse und Räucherlachs. Interessiert?«

»Lass sehen.« Popeye schnappt sich den Bagel aus der riesigen Hand.

Pozailov bleibt, wo er ist, betrachtet den jungen Programmierer mit dem Nackenschwanz, der gierig kaut.

»Was willst du?«, fragt Popeye mit vollem Mund.

»Was ist? Kommt ihr vorwärts, oder schaut ihr Simpsons?«

»Wir kommen voran, es geht vorwärts. Ich brauche ein bisschen Inspiration. Mordechai ist drinnen. Er arbeitet.«

»Ihr wisst, dass ihr nicht viel Zeit habt, oder?«

Popeye schaut wieder den Simpsons zu, redet immer noch mit vollem Mund. »Wir wissen es, Pozailov, wir wissen's. Willst du uns das jetzt jeden Tag sagen?«

»Ja. Jeden Tag werd ich euch das sagen. Klar. Wie kriegt ihr sonst euern Hintern hoch? In drei Tagen müssen die Automaten unterwegs sein. Wisst ihr das?«

»Wissen wir. Noch drei Tage.«

»Na, und, kriegt ihr's rechtzeitig hin?«

»Vorher. Noch zwei Tage, und alles ist fertig.«

»Noch zwei Tage, und alles ist fertig. Hört sich für mich sehr bekannt an, der Satz. Hast du's nicht schon satt, das zu sagen? Das ist es, was mir bei euch Sorgen macht. Ist dir klar, dass wir alle in Schwierigkeiten stecken, wenn die Automaten am Samstag nicht rausgehen? Verstehst du, dass Vladimir Berkovich nicht mal zwinkern wird, wenn er uns ins Jenseits befördert?«

Popeye löst den Blick wieder vom Fernseher. Er ist gereizt. »Pozailov! Wir haben diese Drohungen schon tausendmal gehört. Es wird alles fertig sein, okay? Ich brauche ein bisschen

Inspiration, das ist alles. Mordechai arbeitet. Ich gehe gleich zurück. Wenn Vladimir uns ein paar Tage, bevor die Arbeit fertig ist, ins Jenseits befördern will, dann bitte, soll er eben. Was kann ich da machen.«

»Wenn du es sagst.« Pozailov ist nicht zufrieden mit der Antwort. Nicht glücklich darüber, dass er offenbar der Einzige ist, der unter Druck steht. Und sein Rücken juckt an einer Stelle, die er nicht erreichen kann, was ihn schon seit einigen Tagen schier um den Verstand bringt. Er versucht wieder, mit der Hand hinzugelangen, aber ohne Erfolg. Er sagt zu Popeye: »Kannst du mich mal kratzen? Da ist ein Punkt am Rücken, wo ich nicht hinkomme, das macht mich noch wahnsinnig.«

»Hier?«

»Bisschen weiter oben. Ja. Eine Spur nach rechts. Nein. Eine winzige Spur weiter links. Ja. Ahhh, kratz, kratz schon! Wow. Ohhh. Ja. Da ist es. Kannst du mal schauen, was da ist?« Pozailov schiebt das T-Shirt der Chicago Bulls hoch.

»Du lieber Himmel, Pozailov, was ist das denn? Da ist eine riesige Spinne!«

Pozailov fährt in die Höhe. Dann fällt es ihm ein. »Du machst mich noch ganz irre, also wirklich, ist da irgendwas?«

»Ach so, es ist keine echte Spinne.« Popeye betrachtet die prachtvolle Tätowierung im Zentrum von Pozailovs Rücken. Ein Spinnennetz mit einer kleinen Schwarzen Witwe in der Mitte. »Es ist rot neben dem linken Auge der Tarantel. Das ist alles. Weiterkratzen?« Popeye tippt mit dem Fingernagel auf die Spinne.

»Nein, nein. Genug, lass gut sein.«

Popeye lässt das T-Shirt der Bulls wieder auf Pozailovs Hüften hinunterrutschen. Zu den Simpsons wird er wohl nicht mehr kommen. Er mustert Pozailov, der angezogen ist wie im Sommer. T-Shirt, kurze Hosen, barfuß.

»Was soll das, Pozailov, gehst du an den Strand? Es hat minus zehn Grad draußen.«

»Ihr habt doch um diese Heizung für die verdammten Maschinen gebeten, oder nicht? Außerdem, was ist schlecht an ein bisschen Heizung? Wir sind ja nicht in der Ukraine, das ist die freie Welt hier.«

Popeye steckt den letzten Bissen des weichen Bagels in den Mund. »Danke, das war super.« Er blickt den Riesen an, der sozusagen sein Vorgesetzter ist. Pozailov sieht aus wie ein überdimensioniertes Kind mit seinen strahlend blauen Augen, seinem wilden roten Bart und der beginnenden Glatze. Kaum zu glauben, dass dieses Etwas drei Jahre in Afghanistan war. Er hat ihm eines Abends davon erzählt. Er war bei den Sondereinsatztruppen, sie kämpften gegen die Mudschaheddin, die fundamentalistisch-islamischen Aufständischen. Danach saß er im Gulag für versuchten Waffenschmuggel, worüber er nicht spricht. Sie nannten ihn den »Colonel«, und auf der Brust hat er einen riesigen Panther eintätowiert. Auf seinem Knie prangt das Abbild eines achteckigen Sterns, der, wie er erklärte, bedeutet, dass er sich vor niemandem je beugen würde, niemals. Die Witwe und das Spinnennetz auf dem Rücken hat er nur so, zwecks der Schönheit, machen lassen. Und dann noch die Finger. Auf zwei Fingern der linken Hand sind, wie Ringe, die kyrillischen Buchstaben A und K tätowiert. Einmal hat Popeye ihn gefragt: »Also wie, hat sie Anna Karenina geheißen?« Pozailov hat nur einen gekränkten Blick auf ihn geheftet und geknurrt: »Nein.« Über diese Tätowierung ist er nicht bereit zu reden.

Pozailov ragt noch immer über ihm auf, und seine übermächtige Präsenz stört Popeye so, dass er nachgibt. »Okay, okay. Du wirst mich nicht in Ruhe lassen, bis ich aufstehe, ha?«

»Nein.«

»Hier bitte.« Popeye steht auf. Er geht ins angrenzende Zimmer. Mordechai sitzt dort und starrt konzentriert auf den Computerbildschirm. »Doktor Mordechai, willst du was essen? Pozailov hat gute Bagels.« Mordechai hebt nur kurz den Kopf vom Bildschirm, um zu verneinen. Popeye lässt sich vor seinem Monitor nieder und versucht sich zu erinnern, wo er stehengeblieben war.

CHAIM GALIL

Es gibt nicht wenige Leute, die von sich behaupten, der Mover Nr. 1 in New York zu sein. Einer hat seinen selbstverliehenen Titel sogar auf einer Brücke in Queens verewigt, doch niemand hält etwas von ihm, denn ein ernsthafter Mover hätte sich niemals so weit herabgewürdigt. Es gab nie einen offiziellen Wettbewerb, aber einige sind Legende im Umzugsgeschäft, zumindest in ihren eigenen Augen.

Chaim Galil ist so einer. Er ist seit zehn Jahren in New York, kam gleich nach der Armee aus Netania dorthin. Er will nicht mehr nach Israel zurückkehren, sagt allerdings nicht, warum. Er ist ein erbitterter Gegner der Rückgabe der Golanhöhen und sagt häufig: »Von mir aus sollen sie Jerusalem zurückgeben, aber nicht den Golan. Wenn sie den Golan zurückgeben, setze ich nie wieder einen Fuß auf israelischen Boden.« Er hat solche Momente, der gute Chaim.

Im Allgemeinen schweigt er. Er ist mager, aber sehr kräftig, mit kurzem Haar, das an den Schläfen ergraut. Wenn seine Arbeiter ihn etwas fragen, was mit der Arbeit zusammenhängt, sagt er immer: »Das ist ganz einfach. Man macht, was gemacht werden muss. Das ist keine große Affäre.« Er drückt sich ungern ausführlicher oder besonders deutlich aus. Auch von seinem Werdegang im Umzugsgeschäft erzählt er nicht viel, aber aus Geschichten und Informationssplittern kann man sich zusammenreimen, dass er Vormann bei Flat Rate war, nicht wenig bei Schleppers gearbeitet hat und, wie praktisch alle in der Speditionsbranche, ein paar Monate bei Moishe's in seiner Arbeitschronik zu verzeichnen hat.

Bei Flat Rate lernte er Michel Argamani und Ronan Brown kennen, mit denen zusammen er vor drei Jahren Sababa Moving and Storage gründete. Argamani – einer der verhasstesten Menschen bei den Sababa-Arbeitern – kehrte nach einem Jahr zu Flat Rate als Dispatcher zurück und wechselte danach zu Shiny Happy Movers. Er hat Ähnlichkeit mit einem verbrannten Streichholz: spindeldürr, mit Brille und borstigem schwarzem Haar, und seine Haltung hat etwas leicht Verbogenes. Ronan Brown ging zu einer Kargofirma. Chaim blieb allein mit Sababa Moving zurück, einer kleinen Firma, die abgraste, was die anderen Unternehmen übrig ließen. Er erwog, den Namen in »Chaim Moving« zu ändern (Galil war schon vergeben), gab die Idee aber wieder auf, weil es den Amerikanern schwerfällt, das auszusprechen, hauptsächlich jedoch weil er kein Geld hatte, den Lastwagen neu spritzen und beschriften zu lassen.

Ein alter jüdischer Kunde, für den Chaim einmal einen Umzug von Upstate New York nach Florida erledigte, sagte zu ihm: »Sag mal, wie kommt es, dass die Juden, nach dreitausend Jahren Leiden, Lastträger geworden sind?«

Schleppers ist die älteste israelische Umzugsfirma in New York. Moishe's ist die größte. Beide haben Ende der Siebzigerjahre angefangen. Jetzt macht Moishe's ungefähr fünfzehntausend Umzüge im Jahr. Sie haben an die sechzig Lkws, die täglich im Einsatz sind, zwei gewaltige Lagergebäude, Hunderte von Arbeitern, vielleicht dreihundert oder mehr. Dann gibt es die Firmen wie Schleppers, Flat Rate, Ben Hur, Alpha. Zwanzig, dreißig Lastwagen, ein bisschen darunter vielleicht. Achtzig Arbeiter oder mehr. Danach kommen die kleineren. Fünf bis zehn Lastwagen, fünfundzwanzig bis dreißig Arbeiter. Bescheidene Unternehmen, die ordentlich arbeiten, wie Avi's, Jerusalem, Nice. Es gibt noch eine ganze Menge. Etwa fünfzig israelische Umzugsfirmen allein in New York, gar nicht zu reden von Miami (Cohen's führt dort), Chicago (Samson), Los Angeles (Avi's). Und es gibt – Sababa Moving and Storag'e. Ein Lastwagen, sechs Arbeiter, plus minus.

Die großen Firmen haben ein weitläufiges Marketingsystem: respektable Büros in Downtown, kostenlose Rufnummern, Telefonistinnen, großflächige Anzeigen in den Gelben Seiten und Lokalzeitungen, manchmal auch Werbeschilder. Die kleinen Betriebe haben Flyer, die in der Stadt verteilt werden. Zu Sababa Moving and Storag'e gelangen die Aufträge über Chaims Kontakte. Ronan Brown übermittelt ihm Jobs hinter dem Rücken seiner Schifffrachtgesellschaft. Michel Argamani leitet in Stresszeiten Aufträge von Shiny Happy Movers weiter. Und es gibt noch ein paar zwielichtige Umzugsmakler in der Branche, die Kunden vermitteln. Daher verkleiden sich die

Mover von Sababa im Allgemeinen als Arbeiter einer anderen Firma.

So also ist das mit Sababa Moving and Storage und mit Chaim – wie ein Geier, der sich von den Kadavern anderer Firmen ernährt. Kreist am Himmel, wartet und schaut, was die Löwen und Tiger des Umzugsgeschäfts übrig lassen.

Nur ganz selten passiert es, dass das Telefon im Büro der Firma klingelt und ein Kunde in der Leitung ist, der die Anzeige von Sababa Moving and Storage in den Gelben Seiten gelesen hat. In diesen raren Fällen werden die blauen Hemden von Sababa Moving and Storage aus dem Schrank geholt, um die stolzen Brüste der Arbeiter zu schmücken.

Ein Auszug aus Chaims Geschichtenrepertoire: ein Klavierflügel, den er allein umzog und der ihm auf den Fuß fiel; ein Schneesturm, der ihn vier Tage lang auf einer Landstraße in Colorado ohne Essen festnagelte; ein Umzug für Puff Daddy; ein Umzug für Kim Basinger (»Sie hatte einen Aufzug – das war kein Aufzug mehr, das war eine Hochzeitshalle«); ein Überschlag mit dem vollen Lastwagen, und so weiter und so fort. Die Story mit Puff Daddy übrigens war im letzten Jahr besonders stark in Umlauf. Izzi bekam von den Arbeitern dreier verschiedener Firmen zu hören, sie hätten den Umzug von Puff Daddy gemacht. Also entweder war Puff Daddy in einem Jahr dreimal, mit drei verschiedenen Umzugsfirmen, innerhalb von Manhattan umgezogen, oder jemand übertrieb da irgendwo.

Chaim wohnt zusammen mit Nurit, seiner Freundin, auf der Upper Westside, 90. und noch was Straße und Columbus Avenue. Nette Gegend. Manchmal kommt Nurit am Morgen mit ihm ins Büro. Kommt, schnüffelt herum, nervt. Ganz selten einmal kommt sie allein vorbei. Niemand hat sie je irgendwas tun sehen, außer dass sie sich vom Firmenlastwagen zur Wäscherei an der 23. Straße fahren lässt. Man sagt, sie habe ein paar Wohnungen in Israel und lebe von den Mieteinnahmen. Man sagt, sie habe einen Sohn in der Armee, in Israel. Man erzählt sich viele Dinge über Nurit, über das Geld, das sie hat, über den Deutschen, dessen Geliebte sie war.

Heute kommt Nurit nicht. Nur Chaim ist im Büro, außer Chen, und das Telefon hört nicht auf zu klingeln, Uncle Sam macht einen schier wahnsinnig mit seinem dringenden Transport nach Minnesota, und die Arbeiter von Sababa – Jonsy, Izzi und Schlomi – jammern die ganze Zeit. Was immer man ihnen zu tun gibt, sie beklagen sich. Statt dass sie sich bedanken, dass man ihnen Arbeit gibt und sie anständig bezahlt, statt dass sie lieber den Mund halten. Bei welcher Firma würden sie so viel wie bei Sababa verdienen? Und was soll man machen, es gibt eben Dinge, die im letzten Moment daherkommen. Pläne ändern sich. Man könnte meinen, sie hätten das noch nie erlebt. Sie sind wie alte Waschweiber. Besonders Jonson. Und was die Klagen von heute anbelangt, so weiß Chaim, am Ende werden sie die Arbeit erledigen. Ein Lastwagen von Ryder wird nach Florida hinunterfahren, der Laster von Sababa wird hinauf nach Chicago, weiter nach Minnesota und danach hinunter nach Texas und schließlich Florida fahren, um den Job dort abzuschließen. Und Jonson kann gern bis morgen weiterlamentieren.

EIN UMZUG UND DIE EUROPÄISCHE KUNST ANFANG DES 20. JAHRHUNDERTS

Am Morgen sitzt Izzi in der U-Bahn in die Bronx, um sich mit Schlomi bei der Lkw-Vermietung von Ryder zu treffen. Das ist noch so ein Trick von Chaim: Wenn der Arbeitsanfall wächst, was normalerweise gegen Monatsende passiert, mietet er ein oder zwei Lastwagen von Ryder, der Lkw-Verleihfirma, die dann parallel zum blauen Sababa-Lastwagen eingesetzt werden. Wenn man einen Lastwagen von Ryder nimmt, wird sein Meilenstand im Moment der Vermietung festgehalten, und dann geht man damit auf Ferntrip. Wenn man zurückkommt, stellt man den Lastwagen auf einen Parkplatz in der Bronx, wo man die Abdeckung des Armaturenbretts oberhalb des Lenkrads öffnet. Man nimmt einen langen Schraubenzieher aus dem Werkzeugkasten und dreht die mechanischen Rädchen des Meilenzählers auf eine Zahl, die etwas über dem anfänglichen Stand liegt, und dann regelt man das Geschäft mit Ryder und gibt den Wagen ab. Nachdem der größte Posten beim Verleih von Ryder die Berechnung der Meilen und nicht der Tage ist, ergibt es sich, dass man fast nichts dafür bezahlt.

Der U-Bahnwagen taucht aus dem Untergrund auf und fährt kreischend über die Brücken der Bronx. Neben Izzi sitzt ein Schwarzer, der keinen Fingerbreit zu rücken bereit ist. Izzi flüstert: »Beknackter Wichser.« In einer Hand hält er einen Pappbecher mit Kaffee, der fünfzig Cent im Deli der Koreaner gekostet hat. Im Deli war eine Drogensüchtige, die nach Salz suchte. Sie sagte: »Ich liebe euch.« Der koreanische Verkäufer erwiderte: »Ich liebe dich auch.«

»Wie steht's, Schlomi?«

»Alles unter Kontrolle, gelobt sei Er.«

Sie befinden sich mit dem gelben Lastwagen von Ryder auf dem Weg nach Queens. Izzi findet den HipHop-Kanal, 97.1 FM, ein Lied von The Mice, »Tell Me What You Want from Me«.

»Lass doch dieses Bimbozeug, stell auf 103.5, hören wir uns ein bisschen bekannte Songs an. Vielleicht kommt ja der eine von der ›Titanic‹ oder so.«

»Hast du das nicht schon oft genug gehört?«

Schlomi blickt in die Spiegel und bittet Izzi: »Schau doch mal schnell, ob's nach links geht.«

Izzi schaut nach links. Frei. Doch nachdem der gelbe Laster links abgebogen ist, hören sie die Polizeisirene.

»Ich glaub's nicht«, Schlomi blickt in den Rückspiegel. »Shit.«

Izzi fährt sich durchs Haar, streicht es nach hinten glatt. Er sagt: »Bloß keine Klugscheißerei jetzt, Schlomi.«

»Führerschein und Papiere bitte«, hören sie die Stimme.

Schlomi diskutiert nicht. Er zahlt dem Polizisten auf der Stelle die sechsundsiebzig Dollar Strafe für verbotenes Linksabbiegen. Danach bemerkt er: »Wenigstens sind die Polizisten in New York keine solchen Scheißkerle wie in New Jersey oder Ohio«, und lässt den Motor wieder an.

Letzte Woche hatte Schlomi einen Unfall in New Jersey. Ein Auto fuhr ihm drauf, und danach fuhr er aus Versehen fast in den eintreffenden Polizeiwagen hinein. Der Polizist nahm ihn erst einmal fest. Schlomi glaubt, dass das alles von Ihm kommt, gelobt sei Er. Dass Er ihn auf die Probe stellt. Er akzeptiert es mit Liebe. Izzi hat einmal zu ihm gesagt: »Wenn das alles Prüfungen von oben sind, dann ist das wohl ein besonders schwieriges Projekt von Gott.«

Lisa und Karl Lemmon, die Alten aus Queens, ziehen nach Florida in ein Seniorenheim, wie viele Amerikaner auf ihre alten Tage. Niemand spricht es deutlich aus, aber sie werden in Florida sterben. Das kann nächsten Monat geschehen oder in fünf Jahren – so oder so, es ist der letzte Umzug ihres Lebens. Wenn der Durchschnittsamerikaner zwölfmal in seinem Leben die Wohnung wechselt, so ist der Umzug nach Florida mit plus/minus achtzig der zwölfte. Der nächste Umzug geht auf den Friedhof seiner Wahl.

Das Wetter in Florida tut alten Leuten gut. Es regnet zwar häufig und gibt ein oder zwei Tornados im Jahr, doch die Temperaturen fallen nie in Bereiche, die in die alten Knochen kriechen und heftige Schmerzen verursachen wie in den Wintern New Yorks, Chicagos oder Seattles. Deshalb hat Florida die blühendste Seniorenheimindustrie der Welt.

Schlomi ist, wie üblich, bezaubernd. Lisa und Karl verlieben sich innerhalb von fünf Minuten in ihn. Schlomi hier und Schlomi da, Schlomi dies und Schlomi das. Und was meint Schlomi zu der Idee, die Porzellanteller auf diese Art einzupacken, und was denkt Schlomi, wann sie nach Florida aufbrechen werden, und vielleicht möchte Schlomi ja einen Apfelsaft? Lisa Lemmon ist eine kleine Frau, ihre Augenbrauen sind nachgezogen, und sie trägt eine Brille. Karl ist groß und hager, auch er hat eine Brille, mit dickeren Gläsern, und geht am Stock. Er wirkt müder als seine Frau. Wie bei Amerikanern ihrer Altersgruppe häufig anzutreffen, ist ihr Englisch nicht frei von dem europäischen Akzent, mit dem sie in der ersten Hälfte des zwanzigsten Jahrhunderts eintrafen. Schlomi ist natürlich der Chronist ihrer Geschichte, und sie erzählen sie ihm nur zu gerne. Einmal hat er zu Izzi gesagt: »Der Weg, die Menschen zu öffnen, ist, ihnen Fragen zu stellen. Die Leute lieben es, von sich selbst zu reden. Wenn sie jemanden finden, der ihnen zuhört, öffnen sie sich wie Blumen. Übrigens, auch Mädchen sind so. Ich benutze das nicht mehr, gelobt sei Er, aber nur, damit du Bescheid weißt.«

Lisa und Karl sind 1943 aus Deutschland gekommen. »Mitten im Krieg?«, fragt Schlomi. »Ja«, antwortet Lisa. »Aber wie?«, fragt Schlomi. »Es gab die ganze Zeit Deutsche, die ausreisten«, sie senkt die Augen, »denen nicht gefiel, was das Regime machte. Die von dort wegwollten.«

Es ist eine ungeheuere Arbeit. Das komplette Haus muss eingepackt werden – alle Möbel in Decken, alles Küchengerät in Spezialpapier und dann in Kisten, und die ganzen Bilder, Dutzende Bilder, die sie in jeder Ecke des Hauses hängen haben. »Warum hat keiner gesagt, dass es dermaßen viele Gemälde gibt? Ich hab nicht genug Kartons«, beklagt sich Schlomi.

Im Vandam Deli, auf der Vandam Avenue in Long Island City, kurz nachdem man die Queensboro-Brücke von Manhattan nach Queens passiert, gibt es ein göttliches Frühstück für drei Dollar und fünfundzwanzig Cents, lateinamerikanische Musik und einen Hispano namens Carlos, der gar nicht übel Ivrit spricht – »Schalom, was darf's für dich sein? Guten Appetit. Salz? Pfeffer?«

Jonsy stoppt dort in der Früh. Er ist gereizt aufgestanden, wegen Chaims Schwachsinnigkeiten von gestern, aber jetzt kann er sich ein bisschen entspannen. Carlos weiß haargenau, wie er sein Frühstück liebt: Home Fries, Bacon, zwei Eier over easy, Kaffee. Anschließend geht er weiter zum Lager, drei Minuten zu Fuß.

Das Lager, das Storage von Sababa Moving and Storag'e, ist keine riesige Halle, wie man denken könnte. Wie viele Dinge in dieser Firma hat die Bezeichnung nur sehr schwach etwas mit der Realität zu tun. In Wirklichkeit ist es ein kleiner Speicherraum, den Chaim günstig in einem der riesigen Lagergebäude von Avi's, einer ordentlichen, echten Storagefirma, gemietet hat. Harry, ein molliger, liebenswürdiger Inder mit Brille, sitzt dort den ganzen Tag am Ladedeck und dirigiert die Lastwagen, die zum Be- und Entladen hineinfahren, drei Lastwagen jedes Mal. Er ist auch der Verantwortliche für den Cola-Automaten vor Ort, der normalerweise kaputt ist.

»Hi, Harry, wie geht's?«

Harry schenkt Jonsy sein reizendes Lächeln unter der breiten, dunklen Brille. Harry war Schauspieler in Bombay, bevor er nach Amerika kam. Er wollte sein Glück in Hollywood versuchen und blieb in New York hängen. Er sagt zu Jonsy: »Hallo, Jonsy, Sodamaschine heute kaputt.«

»Nu, ist das was Neues?«, versetzt Jonsy. Normalerweise lacht er mit Harry darüber, aber heute ärgert es ihn. Es ist einfach zum Ausrasten, dass es an einem Ort, wo Leute arbeiten und schwitzen, keinen normal funktionierenden Getränkeautomaten gibt.

Jonsy belädt den blauen Sababa-Laster mit der Fuhre nach Chicago, die genau genommen in eine Kleinstadt in Indiana ein paar Meilen vor Chicago geht. Als er fertig ist, lädt er Verpackungsmaterial ein und fährt nach Queens weiter, um Izzi und Schlomi bei dem Großumzug des alten Ehepaars nach Florida zu helfen.

Als Schlomi von Lisa die Angebotsschätzung hörte, die Chaim abgegeben hatte, kochte er innerlich. Er sagte zu Izzi: »Drei bis dreieinhalbtausend für den ganzen Umzug? Wenn sie unter acht, neun oder vielleicht auch zehn rauskommen, bin ich ein Wauwau. Was für ein Drecksack dieser Typ ist, mir tut es in der Seele leid für sie. Wer würde uns in einer solchen Lage ein Trinkgeld geben? Mein ganzer Flirt mit der Alten ist für den Arsch.« Er wollte Chaim anrufen, um ihn zusammenzubrüllen, doch Izzi überredete ihn, dass es keinen Sinn hatte. »Lass es, wir wissen, dass er ein Arschloch ist. Aber er wird dafür bezahlen. Wir werden uns einen Plan ausdenken. Was ist mit diesen ganzen Bildern hier?«

Lisa kam und fragte etwas kokett lächelnd: »Was ist mit den Kartons für die Bilder, sind sie eingetroffen?« Izzi flüsterte Schlomi zu: »Die steht auf dich.«

Schlomi antwortete ihr: »Hier, Lisa, sie sind gerade angekommen. Ich hab dir doch gesagt, du brauchst dir keine Sorgen zu machen, stimmt's?« Er schenkte ihr das charmante Lächeln eines Filmschauspielers. »Ihr habt so viele Sachen und so viele schöne Sachen, und wir wollen das behutsam anpacken und aufpassen, also wird es ein bisschen dauern.« Lisa hatte einen fast verliebten Ausdruck in den Augen, als sie, mit ihrem leicht deutsch gefärbten Akzent, zurückgab: »In Ordnung, Schlomi, was immer du sagst.«

»Was hat es mit den ganzen Bildern auf sich, Lisa, liebt ihr Kunst, du und Karl?«, fragte Schlomi.

»Äh … in Wahrheit haben wir eigentlich …«

»Lisa!«, rief Karl aus der Küche. »Kannst du mal einen Moment herkommen?«

Lisa entschuldigte sich und ging hinaus. Dann bot sie ihnen Apfelsaft an und erwähnte die Bilder nicht mehr.

Sie packten den ganzen Vormittag. Schlomi erzählte Izzi, dass er seinen Führerschein auf den Bahamas gemacht hatte. »Sie lassen dich einmal um irgendeinen Block fahren. Du zahlst achthundert Dollar, und du kriegst den Führerschein.

Ich bin davor noch kaum Auto gefahren, verstehst du? Aber Chaim hat jemanden gebraucht, der fährt. Ich habe am Anfang vor Angst gezittert mit dem riesigen Lastwagen in Manhattan, und die Wände vom Holland oder Lincoln Tunnel hab ich ausgiebig abgeschliffen. Diese New Yorker, wenn sie schon einen Tunnel graben, warum machen sie ihn nicht ein bisschen breiter? Aber danach ist es leicht.«

»Vielleicht produzierst du wegen diesem Führerschein die ganze Zeit Unfälle und Bußgelder«, grinste Izzi.

»Ich hab's dir doch gesagt, das kommt alles von Ihm, gelobt sei Er. Das ist, weil ich das Bild von einem nackten Mädchen angeschaut habe.« Zwei Tage davor, als sie im Lager vorbeigekommen waren, hatte Izzi in einem von Harrys indischen Pornomagazinen geblättert, und Schlomi hatte ihm über die Schulter gespäht.

»Aber ich hab diese Zeitschrift auch angeschaut. Und Harry auch«, sagte Izzi.

»Für Gerechte und Gläubige ist es schwerer. Kennst du den Spruch – dem Bösen ergeht es gut, dem Gerechten schlecht?«

»Was für einen Wert hat das dann? Ich hab mich an einer nackten Inderin in allen möglichen Positionen erfreut und keine Strafe bekommen, und du hast für eine Sekunde ein Stückchen Hintern gesehen, und peng!, sechsundsiebzig Dollar Strafe vom Gelobt-sei-Er, stellvertretend von einem New Yorker Verkehrspolizisten. Was soll uns das sagen?«

»Du verstehst das nicht. Diese Welt ist nichts. Ein kleines Komma gegenüber der kommenden Welt. Dir ist es lieber, eine Sekunde zu genießen und dich danach ein ewiges Leben in der Hölle zu quälen? Ich finde das traurig. Warum kommst du nicht mit Jonsy nächstes Wochenende zum Seminar? Hunderte junge Juden aus ganz Amerika, echt was Besonderes.«

Als Jonsy mittags eintraf, organisierte er die Arbeit, und alles begann sich zügig einzuspielen. Er stand auf dem Lastwagen, Izzi schleppte die Kisten vom Haus zum Wagen, und Schlomi hätschelte weiter Lisa und Karl, hörte sich ihre Bitten an, beruhigte sie, klebte die grünen Etiketten mit den Nummern auf und notierte alle Details im Inventarverzeichnis. Er war gerade in der Küche an der Arbeit, als Jonsy hereinkam, um sich eine Flasche mit Wasser zu füllen.

Jonsy fragte: »Sag mal, Schlomi, weißt du, wie hoch hier überhaupt der Voranschlag ist? Ich habe Chaim gestern gefragt, aber der Irre hat mir nicht mal geantwortet.«

»Dreieinhalb«, erwiderte Schlomi.

Jonsy sah ihn erschüttert an. Nach einer langen Schweigepause sagte er schließlich: »Ich würde ja sagen, ich glaub's nicht, aber von dem dreckigen Hundesohn glaube ich inzwischen alles.« Als er wieder hinausging, beobachtete ihn Schlomi durchs Fenster. Er sah, wie sich Jonsy draußen neben den Lastwagen setzte, in der Kälte, einen Schluck aus der Flasche trank und stumm auf den Boden starrte.

Der Tag vergeht. Du lädst ein paar Sachen auf, trägst ein paar Sachen herum. Du sitzt im Haus von fremden Menschen, du steigst in den Lastwagen. Du springst in den Dreck, isst Sonnenblumenkerne und trinkst Gatorade, du hörst von Schlomi vom Gelobt-sei-Er – hauptsächlich gute Dinge.

Es war Jonsy, der auf die Bilder zurückkam. Bei einer der Gelegenheiten, als er ins Haus kam, um zu pinkeln, sagte er: »Also komm, diese Bilder schauen nach was Besonderem aus. Nicht dass ich was von Bildern verstehe, aber siehst du, auf dem da steht neunzehnhundertelf. Das ist uralt.« Zu Lisa sagte er: »Ihr habt eine riesige Sammlung.«

Lisa verzog ihr Gesicht: »Äh … wir sind große Kunstliebhaber. Haben im Laufe der Jahre gekauft. Ein guter Freund von uns ist Maler, er hat uns viel gegeben.«

»Aber da sind alle möglichen Bilder«, sagte Jonsy. »Ein Teil davon ist sehr alt.«

»Ja, na gut, einen Teil haben wir aus Europa mitgebracht. Ein Teil gehörte meinen Eltern.«

»Lisa!« Das war Karl, aus dem Kellergeschoss.

»Entschuldigt, ich muss Karl helfen«, sagte sie und stieg die Treppe hinunter.

Jonsy blickte ihrem Rücken nach und legte die Stirn in Falten.

»Los, Jonsy«, drängte Schlomi, »an die Arbeit. Ich und Izzi sind seit heute früh hier, und das Haus steht uns bis hier. Komm, wir machen fertig und hauen ab.«

»Moment, Moment, was ist das für ein Akzent bei ihr? Wisst ihr, wo sie herkommen?«

»Aus Deutschland, dreiundvierzig«, antwortete Schlomi. »Sie hat es uns vorher gesagt. Warum?«

»Sind sie Juden? Wie heißen sie?«

»Keine Juden«, erwiderte Schlomi. »Warum?«

»Ich weiß nicht, die Sache mit den Bildern klingt mir verdächtig. Wisst ihr, wie oft ich die Geschichten von meiner Großmutter gehört habe über all das, was ihnen die Nazis weggenommen haben? Wertvolle Dinge, Gold, Juwelen. Kunst. Das ist bekannt.«

»Nu, und was meinst du damit, dass Lisa Bilder von Juden gestohlen hat, als sie zwölf war? Jetzt tu mir einen Gefallen!«

Jonsy sah ihn an. »Blödmann, was ist, wenn ihr Vater dabei war? Hört sich das für euch nicht verdächtig an? Sie sind

Deutsche, keine Juden, sie sind dreiundvierzig von dort mit einem Haufen Bilder geflohen. Ist das nicht ziemlich komisch?«

»Aber sie hat dir gesagt, dass die meisten Bilder von hier sind«, warf Izzi ein.

»Was soll sie denn sonst sagen? ›Ach ja, mein Vater, der Offizier bei der Gestapo war, hat die Bilder von den Juden gestohlen. Ich hoffe, das stört euch nicht‹?«

Als Jonsy das Wort »Gestapo« sagte, machte Schlomi einen Satz und schaute sich um. Auch Izzi schrak zusammen.

Am Ende des Tages fährt Schlomi mit dem gelben Ryder-Lkw zu seiner Wohnung in Queens. Morgen wird er wiederkommen, um den Wagen mit der Restfuhre der Alten zu beladen, und anschließend nach Florida hinunterfahren. Auch Izzi und Jonsy kehren mit dem blauen Sababa-Laster nach Hause zurück.

Bee Gees im Autoradio. Jonsy ist gestresst. Er muss mit Chaim noch klären, was Uncle Sam will und wann sie zu diesem Trip aufbrechen. Er muss mit Chen reden. Und mit Jigal über die Bilder.

Er sagt: »Dieses Ding mit den Bildern, ich muss das überprüfen. Das könnte doch das Puzzleteil sein, das uns gefehlt hat. Wir könnten diese Bilder für viel Geld verkaufen. Und sie sind von Juden geklaut, also haben wir hier nicht mal ein moralisches Problem.« Er lacht.

Izzi entgegnet: »Du weißt nicht, ob sie gestohlen sind.«

Jonsy sagt: »Ich bin mir fast sicher. Wir werden das prüfen. Ich hab einen Freund, Jigal, ein verrückter Maler. Ab und zu bringen wir seine Bilder zu Ausstellungen. Ich will kurz bei ihm vorbeischauen und ihm die Bilder zeigen. Vielleicht weiß er, was sie wert sind. Was meinst du, warum ich alle Bilder in unseren Laster geladen habe?«

»Und wenn dieser Jigal sagt, dass die Bilder was wert sind?«

Jonsy schaut ihn kurz an und richtet den Blick dann wieder auf die Straße. »Dann tritt der Plan in Aktion. Wir verkaufen die Bilder irgendwo, schlagen den Laster und den Rest der Sachen los, und Schalom, Chaim Galil, Schalom, Sababa Moving and Storage.« Er grinst.

»Was ist mit Schlomi, willst du ihn aus dem Plan rauslassen?«

»Schlomi ist ein guter Junge, aber besser zwei als drei.«

»Und Chen? Chen will in New York bleiben und studieren, oder?«

Jonsy stößt einen Seufzer aus. »Ja. Noch ein Problem. Ich muss mit ihr reden.« Chen ist unabdingbar für den Plan. Während sie mit dem Lastwagen herumfahren, würde sie im Büro sitzen, könnte über Chaim Bericht erstatten und sie dirigieren. Doch bei zweiter Überlegung, welchen Grund sollte sie haben, diesen Plan zu unterstützen? Wenn er klappt, ist Jonsy mit dem Umzugsgeschäft, mit Chaim, mit der Wohnung fertig. Er kann sich in New York nicht mehr sehen lassen. Und Chen hat sich an der Universität von New York eingeschrieben. Sie möchte bleiben.

Izzi schnüffelt an seinen Fingern. Er hat noch mehr Sehnsucht nach Daphna als sonst. Ihm ist übel. Er dreht an seinem Ohrring. Jonsy fährt völlig auf den Plan ab, doch er ist noch nicht sicher, was er davon hält.

Er sagt: »Ich weiß nicht, es gibt doch eine Menge Sachen. Vielleicht sollte man noch ein bisschen darüber nachdenken.«

Jonsy erwidert: »Was mich dabei stört, ist, wenn man schon einen grandiosen Plan durchzieht, einen Laster klaut und anfängt, damit durch Amerika zu fahren, dann kann es auch eine größere Sache sein. Größer noch als die Bilder. Ich weiß nicht, was, man muss darüber nachdenken, hast du gehört?«

Sie fahren über die Brücke nach Manhattan und durchqueren das Viertel. Das Radio spielt.

Jonsy sagt: »Wir müssen sehen, was bei diesem Trip alles dabei ist, vielleicht kriegen wir von da noch Ideen.«

Als Nächstes sagt er: »Schmeiß diese blöde Tomate Celine Dion raus, oder ich dreh durch!«

Und dann sagt er: »Wir sind zu Hause.«

POPEYE UMRUNDET DEN SEE

In einer großen Villa, die unsinnig überheizt ist, in einem schönen Viertel von Minneapolis neben einem kleinen See namens Lake Harriet steht ein breiter, nervöser Mann mit Namen Pozailov, der ein T-Shirt der Chicago Bulls trägt. Er spricht mit einem fünfundvierzigjährigen schlanken Mann mit dicken Brillengläsern, ergrauendem Haar, der aus irgendeinem Grund einen weißen Arztkittel trägt. Pozailovs Stimme ist etwas zu hoch und strahlt die Panik aus, die er in diesem Moment in all seinen Knochen verspürt. »Was hast du gesagt? Ich glaub, ich hab mich verhört. Willst du das vielleicht wiederholen?«

Der Schlanke, Mordechai, hebt seinen Blick vom Computer, kritzelt etwas auf ein Blatt Papier und antwortet gleichmütig: »Ich sagte, dass Popeye raus ist, laufen. Er rennt um den See herum, er brauchte ein bisschen frische Luft, von dieser Heizung wird ihm übel …«

»Ihr habt diese Heizung verlangt!« Pozailov schreit jetzt.

»Wir haben diese Heizung verlangt, da die Maschinen sie brauchen, um richtig zu funktionieren. Diese Maschinen sind nicht unsere, es sind eure. Wir arbeiten an ihnen für euch. Außerdem, Popeye braucht das Laufen. Also rennt er. Hättet ihr ihm nicht ein Laufgerät bringen sollen?«

»Ist unterwegs. Aber wenn die Automaten nicht rechtzeitig fertig werden, wird es weder ein Laufgerät noch sonst was geben. Es wird drei Leichen hier geben. Eure und meine.«

»Warum meinst du, dass wir nicht rechtzeitig fertig werden? Wenn du hier stehst und jedes Mal schreist, wenn einer für fünf Minuten zum Joggen rausgeht, gelingt es uns vielleicht wirklich nicht voranzukommen. Da«, er blickt auf die Uhr in der rechten unteren Ecke des Computerbildschirms, »jetzt haben wir gerade vier Minuten von der Zeit verschwendet.«

»Ihr wisst, wann die Automaten fertig sein müssen?«

»Samstag. Müssen sie hier weggebracht werden. Falls sich das nicht seit gestern, vorgestern und vorvorgestern geändert hat. Und seit vorvorvorgestern.«

»Weiß Popeye es auch?«

»Klar weiß er das.«

»Wie wagt er es dann, jetzt zum Joggen um den See zu gehen?« Pozailovs roter Bart wirkt wilder denn je. Sein beunruhigter Blick bleibt an einem Schachbrett hängen, das mitten in einer Partie zu sein scheint. »Schach? Wie könnt ihr euch das erlauben?« Er tritt ans Fenster, bückt sich, lüpft den Vorhang und blickt hinaus auf den See. »Jemand läuft dort. Ist das er?« Mordechai dreht sich nicht einmal um. Bei näherem Hinsehen sind da noch ein paar Leute, die laufen. Pozailov entdeckt frustriert, dass er nicht einmal unterscheiden kann, ob es Männer oder Frauen sind. »Shit, ich brauche eine Brille.«

»Ich möchte dich auch daran erinnern«, sagt Mordechai zu Pozailov, »dass wir diese Maschinen so programmieren, dass sie zu einer bestimmten Zeit und an einem bestimmten Datum funktionieren. Also ist klar, dass wir wissen, wann sie auf dem Weg sein müssen, meinst du nicht? Außerdem haben wir die Random-side gefunden, was das kritischste Stadium der Programmierung ist, so dass wir jetzt die größte Arbeit hinter uns haben.«

Pozailov denkt ein paar Sekunden. Schließlich sagt er: »Gut, Mordechai, du bist der Doktor. Ich will nur auf Nummer sicher gehen.« Er sieht wieder angestrengt aus dem Fenster. »Sag mal, wo hast du deine Brille her? Kennst du einen Brillenladen in Minnesota? Ich glaube, ich brauche eine. Komm mal eine Sekunde her und sag mir, ob du die, die da laufen, erkennen kannst. Kannst du ihre Gesichter sehen?«

Mordechai steht vom Computer auf, glättet den Kittel und späht hinaus. »Ich kann nicht nur die Gesichter erkennen, ich erkenne auch das hübsche Gesicht unseres Genossen Popeye, inklusive Baseballkappe und Nackenschwanz. Siehst du's nicht?«

»Was, du siehst richtig Gesichter?«

»Meine Brille stammt aus Brighton Beach. Aber mach doch einen Abstecher ins Einkaufszentrum, dort gibt es bestimmt einen Optiker. Heutzutage machen sie das innerhalb einer Stunde.«

»Wieso? Soll ich anfangen, mit einer Brille rumzulaufen?«

»Das ist die Idee dabei, Pozailov. Und jetzt lass mich weiterarbeiten.«

»Und es ist sicher, dass ihr rechtzeitig fertig werdet, ja?«

Mordechai gibt keine Antwort mehr. Er vertieft sich in den Bildschirm. Pozailov geht in die Küche hinaus, um auf Popeyes

Rückkehr zu warten. Er belegt sich einen Bagel mit frischem Lachs, den er vorher aus dem Supermarkt geholt hat, schneidet eine Gurke auf, grübelt über Brillen nach.

Popeye stürmt herein. »Hey, Pozailov. Was für eine Kälte draußen, die Eier sind mir praktisch abgefroren. Bald werden sie auf dem See Schlittschuh fahren. Es ist schwierig, unter solchen Bedingungen draußen zu laufen. Was ist mit dem Laufgerät?«

»Ich hab dir gesagt, dass es unterwegs ist. Die Leute, die am Samstag die Maschinen abholen sollen, bringen es aus New York mit. Was besagt, wenn ihr ordentlich arbeitet und die Maschinen rechtzeitig fertig sind, dann hast du dein Laufgerät.«

Popeye macht Sit-ups auf dem weißen Teppich im Wohnzimmer. Er schaltet den Fernseher mit gedämpfter Lautstärke ein, MTV. Er ist noch keine zwanzig, mit zehn Jahren mit seiner Mutter nach Brighton Beach gekommen. Seinen Vater hat er nie getroffen. Seine Mutter sagte, sein Vater sei ein Athlet gewesen, in der Auswahlmannschaft der Läufer für die Sowjetunion bei der Moskauer Olympiade, habe am Ende jedoch nicht daran teilgenommen. Er hatte wegen ihr nicht teilgenommen. Er traf sie am Abend vor dem Wettbewerb, der die Teilnehmer am Staffellauf von vier mal hundert Metern festlegen sollte, ging mit ihr aus und trank die ganze Nacht mit ihr. Aus dieser Nacht stammte Popeye, und sie sah seinen Vater nie wieder, auch nicht, als sie am nächsten Tag den Fernseher einschaltete und sich den Wettlauf ansah. Und Popeye – Popeye muss jeden Tag laufen, seit er sich erinnern kann. Vielleicht hängt das irgendwie zusammen.

»Werden die Automaten rechtzeitig fertig?« Pozailov steht fast über ihm.

Popeye setzt seine Sit-ups fort. Sein Gesicht ist schweißüberströmt, sein kleiner Körper bewegt sich wie ein Kolben.

»Denn falls du dich erinnerst, du hast am Dienstag gesagt, dass sie in zwei Tagen fertig sind.«

Popeye beendet sein Training. Keuchend sagt er: »Pozailov, ich hab es echt satt mit dir, weißt du das? Sie werden fertig sein. Wie sollen sie nicht fertig sein, wenn wir sie schon seit Monaten darauf programmieren, genau zu einer bestimmten Zeit an einem bestimmten Tag zu funktionieren?«

Pozailov setzt sich an die Bar zwischen Küche und Wohnzimmer. Er beißt noch einmal von dem Bagel ab und bietet Popeye ein Stück an. »Ihr solltet nur wissen, dass Vladimir anscheinend diese Woche herkommt. Das ist alles, nur dass ihr's wisst. Es lohnt sich also, dass alles hübsch aussieht und du nicht gerade beim Joggen bist. Kennst du vielleicht ein Optikergeschäft in der Gegend?«

Mordechai taucht aus dem Arbeitszimmer auf. Popeye ist schwitzend mit Anspannen und Lockern beschäftigt. »Sag mal, Pozailov«, äußert Mordechai, »hast du nicht gesagt, dass jemand aus New York kommt?«

»Ja. Sie bringen uns das Laufgerät und noch ein paar Sachen und nehmen die Maschinen mit.«

»Dürfte ich darum bitten, dass sie mir Salo von zu Hause mitbringen?«

»He, eine super Idee, Doktor, ich brauche auch Salo. Sie sollen ein Kilo bringen, zwei. Kommen sie in Brighton Beach vorbei?«, wirft Popeye ein.

»Ich weiß nicht, ob sie schon losgefahren sind oder nicht. Ich kann fragen. Was braucht ihr?«

Mordechai möchte Salo, eine Stange Prima-Zigaretten und ein Softwarebuch auf Russisch, von dem er gehört hat, dass es in Brighton Beach eingetroffen sei. Popeye will ebenfalls Salo, ein paar Unterhosen und Socken und Fleischbällchen von seiner Mutter. Er sagt: »Wenn ihr ihre Fleischbällchen probiert, glaubt ihr's nicht.«

Sie notieren alles auf einem Zettel, und Pozailov fügt der Liste noch ein Kilo Salo und zwei Flaschen Stoliczna-Wodka hinzu, damit etwas da sein würde, um den Schweinespeck hinunterzuspülen. Eine Stunde später steckt Pozailov seinen Kopf ins Zimmer und sagt zu ihnen: »Morgen Mittag, um zwölf, werden sie euren Blödsinn vom Zatoka abholen. Sagt der Mama, sie soll die Sachen dort hinbringen.« Er muss sie nicht an die Adresse des Restaurants von Vladimir Berkovich in Brighton Beach, Brooklyn, erinnern.

LIEBE DAPHNA

Hi Baby, hier ist Izzi.

Ich habe eine ganze Weile nicht mehr geschrieben. Wir waren auf einem Langstreckentrip vor einer Woche, und ich hatte keinen Computer, und um ehrlich zu sein, seit wir nach New York zurückgekommen sind, habe ich keinen Moment zum Verschnaufen gehabt, und ich komme auch nicht an den Computer, weil ihn der dämliche Ohed jeden Abend zum Bridgespielen im Internet besetzt. Jetzt habe ich ihn mit Gewalt vom Computer weggezerrt.

Was gibt es bei dir? Hast du alle Formulare an die Universität geschickt? Ich bin sicher, sie werden dich problemlos nehmen. Ich weiß nicht, wie es bei mir aussieht. Ich werde bestimmt nicht dieses Jahr anfangen, wenn man die Anträge jetzt einreichen muss. Ich bin zu beschäftigt hier. Aber ich habe angefangen, darüber nachzudenken. Dank Jonsy bin ich auf die Idee mit Psychologie gekommen. Er redet die ganze Zeit davon, dass er im Umzugsgeschäft alle Sorten von Menschen getroffen und studiert hat und wie er gelernt hat, aus jedem auf die ihm entsprechende Art das Trinkgeld herauszulocken. Er erfasst die Typen intuitiv, weiß, wie man mit ihnen redet, zuhört. Jonsy ist einer der fähigsten Trinkgeldabstauber in New York. Und da hab ich mir gedacht, das könnte eine interessante Richtung sein, Psychologie. Was meinst du? Ist es schwer, zugelassen zu werden?

Ich habe so viel zu erzählen, dass ich gar nicht weiß, wo ich anfangen soll. Gerade sind die Oscarverleihungen zu Ende. Ich habe Kim Basinger gesehen, die einen Preis bekommen hat, und »Titanic« hat elf Oscars gewonnen. Der »Titanic«-Wahn ist nicht vorbei. Howard Stern imitiert die ganze Zeit Leonardo DiCaprio.

In den vergangenen Tagen, seit wir von der letzten langen Fahrt zurück sind, haben wir alle möglichen Jobs in New York erledigt und zwei Lastwagen für zwei weitere Trips vorbereitet. Anscheinend wird Schlomi den einen nach Florida fahren, und der zweite geht mit mir und Jonsy auf eine lange Reise – zuerst nach Norden, nach Chicago und Umgebung, und danach nach Süden, nach Texas und Florida. Ich sage anscheinend, denn Chaim ändert jede Sekunde seine Meinung. Die Wahrheit ist, dass Jonsy und Schlomi ziemlich wütend auf ihn sind und die Nase voll von ihm haben.

Den vorigen Trip haben Jonsy, Schlomi und ich zusammen gemacht, und es war ziemlich eng in der Kabine. Wir waren so ungefähr in sechs Staaten. Wir sind von New York aufgebrochen, als Schnee lag und wahnsinnige Stürme tobten (dein Freund ist durch den Schneesturm auf einer voll vereisten Straße gefahren!), und sind in Südkalifornien angekommen – es gibt eine Stadt, die schrecklich schön ist, Charleston, und da war es dann richtig heiß. Wir sind über Newtown zurückgefahren, was ein sehr hübscher und reicher Vorort von Philadelphia ist –

Izzi hört für einen Augenblick zu schreiben auf und schnüffelt zerstreut an seinen Fingern. Daran muss er jetzt denken, nachdem er das Wort »Philadelphia« getippt hat – an etwas, das er Daphna nicht schreiben wird:

Ein paar Stunden vor Ende des Trips, auf der Rückfahrt nach New York, ein schöner Tag, nach einer Nacht in einem überragenden Truckstop in Virginia (in Baltimore fuhren sie durch einen Tunnel, von dem Jonsy sagte, er sei der schönste in ganz Amerika; bei Washington sahen sie den Capitolhügel, von links) erreichten sie Newtown, einen hübschen nördlichen Vorort Philadelphias. Sie hielten am Haus einer Brenda, um bei ihr ein Klavier und einige andere Dinge auszuladen, Erbstücke, die Brenda von ihrer Großmutter in Brooklyn erhalten hatte. Ein Klavier ist das schwerste Teil, das es bei einem Umzug gibt. Sie hievten es mit höchster Anstrengung vom Lkw ins Haus. Als sie fertig waren, sagte Jonsy: »Kümmere du dich um die Rechnung, ich und Schlomi steigen schon mal in den Laster.«

Sie war sexy. Ein bisschen mollig, aber hübsch. Hausfrau, Jüdin. Ihre Eltern waren gerade von Israel zurückgekommen. Sie war noch nicht dort gewesen. Izzi sagte: »Du musst unbedingt einmal einen Besuch dort machen.« Sie servierte ihm ein großes Glas Orangensaft. Sie standen in der Küche und plauderten. Er sah ihr direkt in die hübschen Augen, und sie schlug sie keine Sekunde nieder.

Aus ihren Augen sprach etwas, das sagte, probier's doch. Izzi wollte es probieren.

Sie schien sich zu langweilen. Vor vier Monaten war sie wegen der Arbeit ihres Mannes aus New York dorthin gezogen und hatte noch keine Stelle in ihrem Beruf als Krankenschwester gefunden.

Izzi sagte: »Es ist sehr schön hier.«

Sie verzog das Gesicht und erwiderte: »Ja, aber ich kenne niemanden. Diese Schönheit fängt nach zwei Wochen an, langweilig zu werden.« Sie hatte zwei Kinder, einen Jungen mit neun, der in der Schule war, und eine fünfjährige Tochter, im Kindergarten.

Es passierte. Izzi konnte nachher nicht mehr genau rekonstruieren, wie, aber ihr Blick hatte etwas sehr Eindeutiges gehabt.

Er fragte sie, ob er sein Gesicht waschen könne. Sie senkte den Blick noch immer nicht und sagte zu ihm: »Komm mit.« Er stieg langsam hinter ihr die Treppe hinauf. Sie deutete auf die Toilette und wartete vor der Tür. Er wusch sich das Gesicht, verschmierte ein bisschen Zahnpasta mit Wasser im Mund und spülte nach. Dann trat er hinaus, sie sah ihn an, er ergriff ihren Arm und führte sie in ein Zimmer. Der Raum war mit dreieckigen Fähnchen und Postern von Baseball- und Footballteams aus Philadelphia dekoriert. Er küsste sie und spürte, wie ihre Lippen mit seinen verschmolzen. Sie küssten sich ein paar Minuten, und dann drückte er sie sanft auf das Kinderbett hinunter.

Als er zum Lastwagen zurückkam, fragte ihn Jonsy: »Hast du ein Trinkgeld rausgeholt?«

»Kein Trinkgeld.«

»Warum nicht?«

»Weiß nicht. Sie hat's nicht angeboten.«

»Hast du den Satz zu ihr gesagt? ›Normalerweise bekommen wir zehn Prozent von der Rechnung‹?«

»Nein.«

»Wie willst du dann ein Trinkgeld kriegen? Die Inventarliste hast du sie aber unterschreiben lassen?«

»Klar.«

»Nu, und hattest du dann wenigstens deinen Spaß?«

Izzis Antwort bestand aus einem Lächeln, das preisgab, was in jenem Moment in ihm ablief. Verlegenheit, Scham, Stolz und Euphorie.

Jetzt war hauptsächlich der schale Geschmack übrig geblieben. Das Schuldgefühl.

Er schreibt weiter an Daphna:

Um ehrlich zu sein, Chaim hat uns fast um den Verstand gebracht und uns beschissen behandelt. Er hat ständig die Route geändert wegen allen möglichen Sachen, die er auf die Schnelle mit reingenommen hat. Plötzlich, mitten im Trip, hat er Jonsy angeschrien, wir müssten sofort ganz schnell nach New York kommen. Oder er lügt die Kunden an und sagt zu ihnen, die Sachen würden an einem bestimmten Termin eintreffen, und wir baden es dann aus, wenn der Kunde wütend ist, weil die Sachen verspätet ankommen, und kriegen kein Trinkgeld. Jonsy hasst das. Es reicht ihm. Er hat angefangen, Pläne zu schmieden. Er hat die Nase voll davon, dass er schon seit sechs Jahren im Moving arbeitet und es nicht geschafft hat, irgendetwas zu sparen, und dass Leute wie Chaim sein Leben bestimmen. Ich will nicht zu viel darüber reden. Ich weiß nicht genau, was ich in dieser Hinsicht empfinde, denn irgendwie ist es mir etwas unangenehm wegen Chaim. Immerhin hat er mir einen Job gegeben und einen kostenlosen Platz zum Schlafen, und er zahlt ziemlich gut (600 Dollar für den letzten Trip). Andererseits ist das kein Grund, uns wie Dreck zu behandeln. Er ist wirklich ein Psychopath. Ein echter Irrer. Ich vermute, wenn ich schon so lange hier wäre wie Jonsy und Schlomi, wäre ich auch nicht mehr bereit, mich so behandeln zu lassen.

Na gut, mein Schatz, ich rede bloß von mir selber. Ich möchte, dass du mir schreibst, was bei dir alles los ist. Ich habe schreckliche Sehnsucht, aber ich weiß, dass es nicht mehr lange dauern wird. Kann sein, falls dieser Plan von Jonsy wirklich gelingt, dass ich früher zurückkomme, als ich dachte (und mit dem gleichen Geld oder vielleicht sogar mehr … ich erzähl's dir bei Gelegenheit). Das wäre wunderbar.

Halte durch. Ich umarme und küsse dich.

Izzi

PS: Ich habe gerade eine Ratte gesehen. So ein Scheißdreck, oder wie Jonsy immer sagt, Kack mit Soße. Ich schlafe auf einer Matratze, also hoffe ich bloß, dass in der Nacht keine über mich drüberläuft. Chen, Jonsys Freundin (und die Frau im Haus …), hat Fallen aufgestellt. Das ist echt grausam, Pappkartons mit starkem Klebstoff, an denen die Ratten, wenn sie draufsteigen, einfach kleben bleiben und sich nicht mehr rühren können. Ich habe eine gesehen, die da geklebt hat, es war ziemlich widerlich. Die Sache läuft allerdings so, dass die großen Ratten zu schwer sind und nicht kleben bleiben. Gut, ich werde ein wenig Fifa 98 spielen (wenn ich den Computer schon mal in meine Gewalt gebracht habe, will ich das wenigstens ein bisschen ausnutzen). Beim letzten Mal bin ich aufgestiegen. Ich habe Aston Villa 1:0 besiegt. Ich bin sicher, du bist stolz auf mich. Bye.

DER SHOPPINGIMPULS

Die Tür zu Jonsys und Chens Zimmer ist geschlossen. Izzi richtet seine Matratze in der Ecke des Wohnzimmers her. Ohed, der letzte Mensch, den er jetzt sehen möchte, sitzt auf dem Sofa – in komplettem Outfit, mit dem Anzug und dem Bärtchen. Zur Abwechslung spielt er nicht online Bridge. Er zeigt Izzi das Toilettenpapier, das er per Post von dem Mailorder-Club erhalten hat, bei dem er Abonnent ist.

»Weißt du, was ein Mailorder-Club ist?«

»Ja.«

»Ich bestelle nur noch bei denen. Die haben coole Deals. Das spart mir Geld, Zeit und den Shoppingimpuls. Weißt du, was das ist?«

»Nein, was?«

»Das ist, wenn du unterwegs bist und plötzlich was in einem Laden siehst und, peng, beschließt, es aus einem Impuls heraus zu kaufen. Du denkst gar nicht nach. Dann kommst du nach Hause und sagst, Moment, hab ich das echt gebraucht? Also mit dem Mailorder-Club gibt es so was nicht. Ich sitze gemütlich zu Hause, schaue ihren Katalog durch und bestelle nur, was ich wirklich brauche.«

»Und beim Katalog gibt es keinen Shoppingimpuls? Kannst du da nicht auch an was hängen bleiben, impulsiv bestellen, und wenn es ankommt, dich fragen, Moment, hab ich das echt gebraucht?«, fragt Izzi skeptisch.

»Aber du kannst es immer zurückschicken und kriegst das Geld zurück.«

»Im Laden kannst du es auch wieder hinbringen und das Geld zurückkriegen. Außerdem, wenn du dir den Hintern mit dem Toilettenpapier abwischst, das du per Mailorder gekriegt hast, wie willst du es zurückgeben?«

»Aber Toilettenpapier brauchst du immer, verstehst du? Mein Ding isses, Gebrauchsartikel zu kaufen.« Oheds Bärtchen, gepflegt wie seine Anzüge, die nach Wall Street aussehen, bebt leicht, als er das sagt.

»Warum soll man Gebrauchsartikel dann nicht in einem Geschäft kaufen? Hör mal, ich begreif dich nicht. Wegen Toilettenpapier auf die Post rennen, um ein Paket abzuholen? Und außerdem, wenn du was in einem Shoppingimpuls auf der Straße gekauft hast, und du kommst nach Hause zurück und sagst nicht, Moment, hab ich das echt gebraucht, sondern, also wirklich, was für ein Glück, dass ich an diesem Laden vorbeigekommen bin, das ist die geilste Sache, die ich im Leben gekauft habe – was ist damit? Verpasst du da nicht haufenweise Gelegenheiten?«

»Mir passiert das nicht.«

»Und außerdem, wenn du aus der Arbeit kommst und auf der Straße nach Hause gehst, kannst du da nicht auch auf was stoßen, was du möchtest, und es impulsiv kaufen?«

»Nein, da hast du keine Zeit. Ich rede davon, wenn man zum Einkaufen geht …«

Die Tür geht auf, und Chaim kommt herein. Hinter ihm taucht Nurit auf. Er sieht Izzi an, versengt ihn mit seinem Blick, sagt jedoch nichts. Izzi erwidert den Blick, greift mit der

Hand automatisch an seinen Ohrring. Schließlich fragt Chaim: »Wo ist Jonson?« Izzi weist mit den Augen in Richtung Zimmer. Chaim marschiert die vier Schritte über den Gang und klopft viermal an die Tür. Ohed sagt: »Verstehst du, wenn man zum Shopping geht …« Doch Izzi beachtet ihn nicht mehr.

Chaim ist sogar in verhältnismäßig guter Stimmung. Er fragt: »Jonson, hast du gehört, dass sie den Fall von Paula Jones niedergeschlagen haben?« Das belustigt ihn sehr.

Chen bemerkt: »Ich hab gehört, dass sie aus dem Libanon abziehen.«

Chaim verzieht das Gesicht. »Die werden nach zwei Anschlägen wieder einmarschieren. Im Prinzip ist das eine gute Idee, aber bei einem Feind wie den Arabs eher ein Problem.«

Nurit sagt: »Wenn sie die Golanhöhen zurückgeben, gehe ich nicht nach Israel zurück. Keinen Fuß setze ich mehr dorthin. Sollen sie Jerusalem zurückgeben, bloß nicht die Golanhöhen.«

Izzi und Jonsy tauschen ein unterdrücktes Grinsen aus. Das ist ein Satz von Chaim, wortwörtlich.

»Kommt, wir fangen an. Wo ist Schlomi?«, sagt Chaim.

Chen überreicht ihm die Unterlagen für die Fahrten. »Er hat gesagt, er kommt morgen vorbei, um die Papiere und die Karten zu holen. Er hatte einen langen Tag.«

»Was soll das heißen?«, wundert sich Chaim. »Hatte ich keinen langen Tag? Hol ihn ans Telefon.«

Chen wählt die Nummer und stellt den Lautsprecher an. Chaim spricht. »Schlomi, du kommst morgen vorbei und holst dir eine Karte von Florida und die Papiere für deine Freunde, die zwei Alten, ab. Morgen machst du dort die Ladung fertig. Ich will, dass du dich sofort nach Schabbatende auf den Weg machst, okay?«

Am anderen Ende der Leitung herrscht einige Sekunden lang Schweigen. »Es ist kein Problem, morgen bis zum Schabbatbeginn fertig einzuladen. Aber warum kann ich nicht am Sonntag früh losfahren? Wenn ich in aller Früh aufbreche …«

»Wir haben keine Zeit. Ich brauch dich so schnell wie möglich wieder in New York. Es gibt tonnenweise Arbeit, und sonst hab ich hier keine Leute mehr.«

Schlomi erwidert nichts darauf.

»Mach jetzt keine Zicken«, fährt Chaim fort, »einmal Florida hin und zurück. Ich bin ohnehin der Verlierer mit dir wegen dem Schabbat, nimm mir also nicht noch einen halben Tag. Und sag den Alten, dass ein Teil der Sachen ein bis zwei Tage später mit Jonson eintreffen wird. Jonson, ihr sammelt das Geld von ihnen ein. Es ist viel Geld.«

Jonsy wechselt einen Blick mit Izzi. Schlomi, in der Leitung, sagt mit hörbar wütender Stimme: »In Ordnung.« Der Schabbat ist ein heikles Thema bei Schlomi, seit er mitten in einem Trip in ein Flugzeug nach New York stieg und den Lastwagen stehen ließ. Er behauptete, Chaim habe ihm versprochen, wenn sich die Fahrt in den Schabbat hineinziehe, würde er auf Kosten der Firma nach Hause fliegen können. Chaim stritt es ab und erstattete ihm das Geld nicht.

Es herrscht Schweigen. Schlechte Gefühle in der Luft. Der Computer pfeift. Izzi klimpert mit dem Eis in seinem Glas. Schlomi hat aufgelegt.

»Also, wie sieht es bei euch aus?«

Jonsy sagt: »Bei uns ist alles paletti. Wenn ich richtig verstanden habe, gibt es noch was bei Uncle Sam, das …«

»Ihr wart noch nicht bei Uncle Sam?«

»Haben wir nicht geschafft, der Job heute Morgen war …«

Chaim hebt die Hand und stoppt Jonsy. »Ich will nichts

von diesem Job hören. Morgen um acht in der Früh seid ihr bei Uncle Sam. Er hat ein Laufgerät und zwei kleine Gefriertruhen, nach Minneapolis. Ihr ladet ein und fahrt dann in Brighton Beach vorbei«, er reicht Jonsy einen Zettel mit der Adresse. »Ein Restaurant namens Zatoka. Es wird jemand dort sein, der euch ein kleines Paket gibt, das ihr an den gleichen Kunden in Minneapolis abliefert. Okay? Es muss noch am Schabbat dort ankommen. Ich habe Uncle Sam geschworen, dass wir den Termin einhalten.«

Jonsy sagt: »Moment mal, wer ist …«

»Jetzt passt mal auf – dieser Kunde ist sehr wichtig. Ein echtes Schwergewicht. Uncle Sam pinkelt sich jedes Mal fast in die Hosen, wenn er von ihm spricht.«

»Moment, Moment«, versucht Jonsy zu intervenieren. »Minnesota in zwei Tagen? Bei diesem Wetter? Wie denn? Wir haben unterwegs den Job mit Chicago am Hals, hast du das vergessen? Das erscheint mir nicht machbar.«

»Der Lastwagen hört eben nicht auf zu fahren, ihr fahrt gefälligst durch. Einer schläft, der Zweite fährt. Lasst Chicago sausen, liefert erst Minnesota aus und fahrt dann nach Chicago zurück. Von mir aus kommt ihr am Schabbatabend an, aber dass ihr bloß am Schabbat ankommt, das hat Uncle Sam dem Kunden versprochen.«

Jonsy steht auf, geht im Zimmer auf und ab, kratzt sich am Kopf. »Nein, nein«, sagt er. »Das ist nicht machbar. Das schaffen wir nie. Und warum sollen wir Chicago umfahren, ohne die Fuhre dort auszuladen?«

»Sitzt du auf den Ohren? Weil Minneapolis wichtiger ist als Chicago, darum«, Chaim hebt die Stimme, »und hör auf, schwierig zu sein. Dass ihr Spielchen spielt und euch einen Dreck um alles schert, das ist euer Problem. Dass ihr über jede

Arbeit, die man euch gibt, Jammertränen vergießt, das ist euer Problem. Ihr habt den Job von einer Stunde in vier Stunden gemacht, und danach seid ihr zu Francesca zum Abfeiern. Ich hab gehört, wie lange ihr dort wart.«

»Ich versteh dich nicht. Dieser wichtige Kunde beschert uns Rundfahrten in New York. Wegen Brighton Beach, das jetzt auch noch dazukommt, werden wir spät wegkommen. Das ist doch seine Schuld, erklär's ihm einfach, er wird das verstehen.«

»Er hat gefragt, ob das den Transport verzögert. Ich habe gesagt, nein.«

Jonsy blickt Chaim ungläubig an. Chaim fährt ungerührt fort: »Nehmt das Kartenbuch mit und detaillierte Karten von Minneapolis, Florida, Texas und Las Vegas.«

»Las Vegas??«

»Jetzt lass mich ausreden!«, brüllt Chaim. Sein Gesicht ist feuerrot geworden. »Ihr bringt von dem Kunden in Minnesota zwei Maschinen irgendwohin im Süden …«

»Moment, Moment«, fährt Jonsy dazwischen, unbeeindruckt von dem Geschrei. »Was soll das? Was für Maschinen? Geht das überhaupt in den Laster rein? Und was heißt irgendwo im Süden? Seit wann wird denn so gearbeitet?«

»Seitdem du Kunden hast, die so viel zahlen. Ich weiß nicht, was für Maschinen das sind, aber man hat mir versichert, dass sie anstelle des Laufgeräts und der Eistruhen in den Lastwagen passen, und was das Ziel angeht, das ist offenbar Texas oder Utah. Ihr fahrt sowieso nach Texas und Florida, bindet das irgendwie ein.« Chaim schaut immer noch furchtbar wütend drein.

»Ich hoffe, du hast keine Lieferung innerhalb von zwei Tagen versprochen«, sagt Jonsy.

»Vielleicht ist es auch New Mexico.«

»Und was ist mit der Karte von Vegas?«

»Oder Las Vegas.«

Jonsy fängt mit kippender Stimme zu lachen an. Chen und Izzi fallen ein. Chaim nicht. Jonsy hört mit einem Schlag wieder auf, mit rotem Gesicht und tränenden Augen. Er keucht: »Ich hoffe bloß, sie entscheiden sich, bis wir dort ankommen. Wer sind diese Scherzkekse überhaupt?«

»Ich habe keine Ahnung«, erwidert Chaim. »Anscheinend Russen, wenn ich richtig verstanden habe. Ruf mich in dem Moment an, in dem du weißt, wohin ihr fahrt, damit wir einen Preis ausmachen.«

»Russen? Shit. Beschissenes Trinkgeld.«

»Da wirst du dich wundern. Ich habe von Uncle Sam gehört, wenn sie zufrieden sind, wird es einen sehr schönen Batzen Trinkgeld geben.«

Chen und Izzi kümmern sich um alle Karten und Unterlagen für die zwei Fahrten.

Chaim sagt: »Ich muss los. Hab ich was vergessen?«

Jonsy nickt. Er reibt Daumen und Zeigefinger aneinander – Geld. »Und zwar eine ganze Stange«, fordert er. »Norden, Süden, Texas, Nevada, Florida. Das heißt viel Geld für Ausrüstung und viel Geld für Benzin.«

Chaim rückt eintausendfünfhundert Dollar für Jonsy und fünfhundert für Schlomi raus, die er bei Chen deponiert. »Das reicht dicke«, bestimmt er. »Chen, gib ihnen die ganzen Papiere. Vergesst die Karten nicht. Bye.« Und weg ist er.

Jonsy sagt zu Izzi und Chen: »Dazu fällt mir nichts mehr ein.« Er zählt mit den Fingern auf: »Auf einem Trip will er Minnesota in zwei Tagen, Chicago, Texas, Florida und noch ein unklares Ziel im Süden.« Er schlägt mit der Faust hart auf den Schreibtisch, bringt den Drucker zum Wackeln. »Nur bei Sababa Moving and Storage ist so was möglich. Zeig diese Route mal dem Vormann einer ernsthaften Firma, der kriegt auf der Stelle einen Herzschlag. Oder er haut seinem Boss schlicht eine runter.« Sein Gesicht ist immer noch gerötet, die Lachtränen von vorher haben Spuren in seinen Bartstoppeln hinterlassen. Er schwitzt, sein Haar ist zerzaust. Chen blickt ihn beunruhigt an und fragt, ob alles in Ordnung sei. Er antwortet: »Ja, warum?« Und dann stößt er noch ein kurzes Kichern aus.

Schlomi ruft an. Er fragt Jonsy: »Ist der fucking idiot gegangen? Hast du gehört, was er zum Schabbat gesagt hat? Wir müssen miteinander reden, Jonsy, was ist mit dem Plan?«

Jonsy erwidert, ohne mit der Wimper zu zucken: »Ich habe beschlossen, ein bis zwei Wochen damit zu warten. Man braucht Zeit für die Planung.«

Schlomi sagt: »Meldet euch.« Und Jonsy: »Aber klar, keine Sorge«, und nachdem Schlomi aufgelegt hat, wendet er sich Chen zu, stößt schwer den Atem aus und sagt: »Jetzt müssen wir uns unterhalten.«

DIE LETZTE NACHT IN NEW YORK?

Chen Eizenberg möchte in diesem September anfangen, Architektur zu studieren. Sie hat sich an der Columbia beworben, muss in wenigen Wochen eine Antwort erhalten. Nach dem, was man ihr bereits gesagt hat, wird sie sicher angenommen, die einzige Frage ist, ob sie wirklich will.

Sie will wirklich. Sie hat nie daran gedacht, damit Karriere zu machen, dass sie die panischen Telefonanrufe von Uncle Sam beantwortet. Sie weiß bloß nicht, was mit Tomar ist. Sechseinhalb Jahre im Moving haben ihn fertiggemacht, er hat ihr gesagt, dass er sein Leben nicht mit Schwachsinn vergeuden will. Er denkt nicht, dass er noch lange in New York bleiben wird.

Diese ganze Geschichte mit Chen hat Jonsy ziemlich überrascht. Darauf war er nicht gefasst gewesen. Aber wer ist auf so etwas schon gefasst?

Sie begegneten sich ausgerechnet in Charlotte, North Carolina, von allen möglichen Orten auf dieser Welt. Jonsy und noch ein Mover namens Joni Bronko saßen drei Stunden im Lastwagen auf dem Parkplatz eines hässlichen Viertels in Charlotte und warteten auf den Kunden, der sich verspätete, hörten HipHop im Radio und unterhielten sich.

Schließlich kam ein Chinese auf den Lastwagen zu. »Da bist du ja, du Wichser«, sagte Jonsy lächelnd auf Hebräisch zu ihm.

»Bitte?«, fragte der Chinese.

Er war ein Vietnamese, der Chinese. Sein Vater war amerikanischer Soldat in Vietnam gewesen und seine Mutter Vietnamesin. Das erzählte er, nachdem Jonsy ihn gefragt hatte, ob er Chinese sei. Er war Flugzeugingenieur. War einen Monat zuvor von San Francisco nach Charlotte gezogen, doch er und seine Frau hassten es. Er lächelte verlegen. Sie kamen hier nicht zurecht.

Seine Frau hatte eine schöne Haut. Joni Bronko sagte es: »Was für eine schöne Haut.«

Jonsy sagte: »Fällt dir auf, wie sie ihn terrorisiert? Sie macht Hackfleisch aus diesem Würstchen, raffst du das?«

Sie schrie ihren Mann an, während sie Essen machte. Jonsy

und Joni luden die Möbel auf den Lastwagen, und jedes Mal wenn sie hereinkamen, um noch etwas zu holen, wirkte sie wütender. Sie schnitt Gemüse mit einem riesigen Messer und kreischte auf Vietnamesisch. Ihr Mann lachte, doch er schien eingeschüchtert. Er fragte: »Fahrt ihr jetzt nach San José? Ich muss in drei Tagen das Haus beziehen können. Schafft ihr das? San José ist weit, oder?«

Jonsy antwortete: »Aber klar schaffen wir das. Das ist unser Job.« Zu Joni Bronko sagte er auf Hebräisch: »Der kann seine Sachen für die nächsten zwei Wochen vergessen.« Joni lachte. Der Kunde fragte: »Was ist so lustig?« Joni Bronko flüsterte auf Hebräisch: »Du bist lustig, du Komiker.« Der Chinese fragte. »Welche Sprache ist das?« Sie sagten es ihm. Er wiederholte: »Israel?« Sie nickten. Seine Frau lief mit dem riesigen Messer herum, rief »ho« und lachte. Der Chinese sagte: »Es gibt hier Nachbarn aus Israel, die Eizenbergs, nur einen Moment«, und verschwand.

Sie arbeiteten weiter. Als sie wieder ins Haus kamen, war eine da, die sich als Ruthi Eizenberg vorstellte und fragte, ob sie vielleicht zufällig noch Platz im Lastwagen hätten. Ruthis Nichte brauchte eine Mitfahrgelegenheit nach New York.

Es war Chen – Chen, die aus Israel zu ihrer Tante gekommen war, nachdem sie ihren Freund Jair in Ramat Hascharon verlassen hatte und er anfing, sie zu verfolgen, sich wie ein Blutegel an ihre Fersen zu heften und sie zu belästigen. Einerseits hatte sie Angst vor ihm, andererseits liebte sie ihn irgendwie, und er tat ihr leid, weshalb sie nicht zur Polizei ging. Als Jair sie jedoch eines Abends an der Haustür abfing und nicht hineinlassen wollte, solange sie ihm nicht erklärte, was zwischen ihnen nicht in Ordnung gewesen sei, damit er das vielleicht wiedergutmachen und kitten könne, brach sie zusammen. Ihr

Vater drängte sie, zur Polizei zu gehen. Sie sagte: »Vielleicht sollte ich für ein paar Wochen zu Tante Ruthi fahren?«

Ihr Vater entgegnete: »Was willst du denn in Charlotte anfangen? Es ist ein Loch. Fast wie Be'er-Scheva.«

Sie erwiderte: »Das ist mir egal. Ich möchte nur ein bisschen Ruhe.«

Er fragte: »Und was ist mit dem Studium?« Sie war mitten im zweiten Semester in amerikanischer Geschichte an der Universität Tel Aviv, und einstweilen wohnte sie bei ihrem Vater und seiner zweiten Frau, der Schlampe, mit ihren beiden Kindern, ihren Halbgeschwistern, in Ramat Hascharon.

Sie sagte: »Es ist ja nur für ein paar Wochen. Ich kann den Stoff problemlos nachholen.«

Als sie an jenem Tag in den Lastwagen von Sababa Moving and Storage stieg, der auf dem Weg nach New York war, dachte sie immer noch, dass sie den Stoff nachholen und das Semester beenden würde. Doch nach drei Stunden mit Jonsy und Joni Bronko war sie schon weniger sicher.

Seitdem war ein Jahr vergangen. Sie war noch immer nicht nach Israel zurückgekehrt.

Sechseinhalb Jahre war Jonsy im Umzugsgeschäft dabei. Anfangs arbeitete er nur im Sommer, und im Winter reiste er in Argentinien herum. So ging das zwei Jahre, doch im dritten Jahr hatte er nicht die Energie, wieder wegzufahren, also arbeitete er den Winter über weiter. Er war bereits Vormann, und sein Talent, phantastische Trinkgelder herauszuholen, begann sich in der Stadt herumzusprechen. Er arbeitete damals bei einer der großen Speditionsfirmen und verdiente Tausende Dollars im Monat. Ja, er gestand es sich ein, es gefiel ihm.

Und warum auch nicht? Er war in New York, lebte gut, aß

gut, sah die Nikes ab und an, bekam Amerika zu sehen. Das gute Leben. Inzwischen hatten sich seine Eltern in Jerusalem zunehmend von ihm entfernt, wurden immer verschrobener. Sie bekehrten sich gemeinsam zum orthodoxen Judentum, nachdem sie ohne einen Kratzer aus dem Terroranschlag auf den 18er hervorgegangen waren. Sie hatten zusammen auf einer Sitzbank im hinteren Bereich des Autobusses gesessen. Ein Soldat, der vor ihnen saß, wurde getötet, zwei alte Russinnen mit Körben vom Markt, die hinter ihnen saßen, wurden ebenfalls getötet. Ihnen passierte absolut nichts. Jonsy rief sie sofort aus New York an, als er hörte, dass es in Jerusalem einen Anschlag gegeben hatte. Seine Mutter sagte schluchzend: »Das war kein Zufall, Tomar, es war kein Zufall, dass das Auto an dem Tag kaputtging, an dem wir zu deiner Großmutter fahren mussten, es war kein Zufall, dass wir in diesen Bus gestiegen sind, es ist kein Zufall, dass wir am Leben geblieben sind.« Zwei Wochen danach erklärte sie ihm, sie und sein Vater hätten das Licht gefunden. Seitdem sie in eine Jeschiva in der Altstadt gezogen waren, hatte Jonsy nicht mehr mit ihnen geredet. Sein Bruder Gadi, der zwanzig war, blieb allein in der kleinen Wohnung der Familie in Talpiot zurück. Er erzählte Jonsy von den Besuchen bei den Eltern in der Jeschiva und sagte zu ihm: »Vergiss es, mit denen ist nicht mehr zu reden. Die sind wie eine Mauer, sie und ihr Licht.«

Jonsy ging eines Tages, auf dem Heimweg von der Arbeit, plötzlich ein Licht auf – er begriff, dass die Zeit verstrich. Dass er schon siebenundzwanzig war und immer noch ein Mover in New York. Stimmt, einer der legendären Vormänner in der Stadt. Stimmt, das Moving war die bisher beste Phase seines Lebens. Er liebte es zu fahren, war der König der Navigation, König im Lastwagenaufbau und König der Rückwärtsmanöver zwischen den Gebäuden von Manhattan. Stimmt, er hatte keinen Grund, nach Israel zurückzukehren, nicht einmal zu Besuch. Trotzdem, siebenundzwanzig. Was sollte er mit seinem Leben anfangen?

Er überprüfte sein Bankkonto und fand dort nicht die Sicherheiten, auf die er gehofft hatte. Er hatte nichts gespart, denn er hatte gut gelebt in New York. Er bereute keine Sekunde, doch jetzt fragte er sich, was daraus werden sollte.

Er verließ die Firma, in der er arbeitete, und tat sich mit Chaim Galil von Sababa Moving and Storage zusammen, denn Chaim versprach ihm eine Chance. Chaim sagte zu ihm: »Fang als Vormann an, mit mehr Geld, als du jetzt kriegst, und mit der Zeit wirst du Teilhaber. Ich brauche jemanden, der mit mir Sababa managt, und ich brauche jemanden wie dich. Außerdem kannst du in der Wohnung von Sababa in der 39. Straße umsonst wohnen.« Das klang verlockend, klang wie ein Fortschritt. Es hörte sich besser an, als nach Jerusalem, zu seinen verrückten Eltern, zurückzukehren und bei null anzufangen. Also entschied er sich dafür.

Es kostete ihn ungefähr ein Jahr zu begreifen, dass Chaims Versprechen – »mit der Zeit wirst du Teilhaber« – bestenfalls eine aufrichtige Wunschvorstellung war, deren Realisierung einfach nicht gelang, und schlimmstenfalls eine leere Versprechung, die er nie einzulösen beabsichtigt hatte. Inzwischen wurde aus seinem Bruder Gadi der berühmte Gadi Jonik im Radio. Er las sogar in einer israelischen Zeitung von ihm, die irgendjemand in die Wohnung von Sababa mitbrachte. Und seine Eltern steckten, laut Gadi, immer noch tief im Licht. Sein Vater, stellte sich heraus, war irgendein Meisterrabbi oder so was in dem Stil geworden, und sie bemühten sich nicht einmal mehr, Verbindung aufzunehmen.

Jonsy versuchte, seine Möglichkeiten zu überdenken. Und da begegnete er Chen in Charlotte. Sie kam mit in die Sababa-Wohnung, und Chaim gab ihr Arbeit. Sie wollte New York statt Ramat Hascharon, sie wollte Architektur statt amerikanischer Geschichte, und Jonsy gefiel es mit ihr, also ließ er das Leben noch ein paar Monate so dahinschleifen, bis er wieder erwachte, diesmal mit achtundzwanzig, immer noch ohne Geld auf der Bank, immer noch Vormann bei Sababa, und begriff, dass New York ihn bereits erstickte und er Luftveränderung brauchte.

Izzi dreht eine nächtliche Runde vor der morgigen Fahrt. Wäsche waschen, etwas essen, den Kopf auslüften. Der blaue Lastwagen steht in der Basis an der 39. Straße, auf halber Strecke zwischen siebter und achter Avenue, geparkt. Der ganze vordere Teil, außer den Fenstern, ist mit toten Insekten gepflastert, ein Andenken von dem Trip in den Süden.

In der Nacht, im Winter, ist der Himmel von Manhattan durch die Gebäudebeleuchtungen strahlend erhellt, die Wolken treiben mit dem Licht. Es sieht nach Gotham City aus. Der monoton fallende Regen bricht sich im Licht, ein schönes Schauspiel, leicht außerirdisch, wie aus einer anderen Welt. Eine traurige Stadt voller einsamer Menschen.

Izzi geht die paar Blocks bis zum Times Square zu Fuß. Es ist angenehm draußen, trotz des Regens. Und ganz merkwürdig, nach tagelangem Fahren oder Schleppen nun ständig auf festem Boden zu gehen. Am Times Square trinken Leute mit Hunden Espresso. Sie reden mit anderen Leuten mit anderen Hunden, die Espresso trinken. Eine dichtgedrängte Menschenmasse, von der der Dampf aufsteigt wie von den Espressomaschinen.

Er wendet sich nach links. In der Nacht, auf der achten Avenue, zwischen der 35. und 42. Straße, gibt es Leute, die übel aussehen. Puertoricaner, denen ein Auge oder eine Hand fehlt, Schwarze, die anbieten, Schuhe zu putzen, oder streiten oder dasitzen und gar nichts tun. Weiße Prostituierte, schrecklich abstoßend, dermaßen alt, dermaßen weiß. Izzi will es nicht in den Kopf, wie jemand geil genug sein kann, um es mit ihnen zu treiben. Jenseits der Grand-Central-Busstation, den gesamten Block zwischen siebter und achter entlang, prangt die Werbung für einen neuen Film, der im Sommer anlaufen soll: »Godzilla – die Größe ist doch entscheidend.«

Er setzt sich in einen Diner, den ihm Jonsy und Ohed empfohlen haben. Er ist der Einzige dort. Der Diner ist kahl, die Wände bräuchten dringend einen Anstrich, der Kellner ist gelangweilt und der Salat, den er bestellt, grässlich. Die E-Mail, die er an Daphna geschrieben hat, hat ihn an das Intermezzo mit Brenda erinnert, das ihm nun nicht mehr aus dem Kopf geht. Er ist wütend auf sich selbst, wütend, dass er sich nicht gebremst hat, wütend über den Stolz, den er immer noch fühlt, und weil er alle Stadien des Akts noch einmal ablaufen lässt, wie das Playback eines Fußballspiels.

In den warmen Frühlingstagen riechst du diesen Geruch von Kellern und Waschmaschinen, diesen Geruch des New Yorker Sommers. Ein erstickender, modriger, heißer Geruch, dieser Geruch von New York, den du erst nach einem ganzen langen Winter zu lieben anfängst, besonders nach einem verrückten El-Niño-Winter. Die letzten Tage waren warm, doch jetzt regnet es heftig, ganze Sturzbäche. Izzi verlässt den Diner und trabt im Regen nach Norden weiter. Er legt eine kurze Pause unter dem Vordach von Snoopy ein, einem chinesischen Restaurant. Neben ihm steht eine betrunkene Frau, gleich darauf nähert sich ein ungeheuer fetter Mann, der auf dem Gehsteig ausgleitet und fast stürzt.

Izzi betritt den Waschsalon. Er verteilt die Kleider auf die Maschinen, schüttet Waschpulver und Münzen hinein – ein Vierteldollar für acht Minuten Waschbetrieb. Neben ihm sitzt ein junger Typ, der ausgerechnet die Zeitung *Ma'ariv* liest. Sie plaudern ein bisschen. Er heißt Eitan, ein Schauspieler, der Arbeit sucht. Als Izzi nach Hause kommt, ist die Zimmertür von Chen und Jonsy immer noch geschlossen.

»Ich glaub's nicht, dass du mir das antust.«

Chen hat Tränen in den Augen. Jonsy versucht, sich hart zu geben, doch seine Stimme bricht, wird höher als gewöhnlich. »Nicht weinen«, bittet er. Er umarmt sie und streichelt ihr Haar. Sie umarmt ihn auch.

»Wie soll ich da nicht weinen? Im Prinzip sagst du mir, dass du nach diesem Trip mit New York und mit Chaim fertig bist. Was soll ich denn glauben, dass du über mich, über uns zwei denkst? Du weißt, dass ich bleiben will, dass ich mich schon an der Columbia beworben habe. Dass es für mich gerade nichts Passenderes auf der Welt gibt, als hier zu wohnen und bei Sababa zu arbeiten. Du wirfst das einfach weg.«

»Ich habe nie gesagt, dass ich bleiben werde … ich bin schon sechseinhalb Jahre in dieser Stadt …«

»Aber du hast gesagt, dass du Teilhaber in der Firma wirst, dass du keinen Grund mehr hast, nach Israel zurückzukehren, dass …« Sie steckt ihre Nase tief in seine Brust und zittert ein paar Sekunden. »Sag mir die Wahrheit, willst du dich von mir trennen?« Als sie das hervorstößt, wird ihre Stimme schrill. »Ich verstehe nicht, warum«, sagt sie, »ich versteh es nicht.«

»Du verstehst sehr gut, warum«, erwidert Jonsy, »es tut mir leid. Ich muss auch an mich selber denken. Ich kann nicht mit ihm weiterarbeiten.«

»Du hast meine Frage nicht beantwortet.«

»Welche Frage?«

»Daphna?«

»Izzi!!!«

»Hast du meine Mail gekriegt?«

»Klar hab ich sie gekriegt. Ihr geht schon wieder auf die Reise?«

»Ja, morgen. Was gibt's Neues?«

»Wohin?«

»Minnesota, Texas, Florida. Und es gibt noch einen Ort, den wir noch nicht wissen.«

»Wow. Ich bin krank. Anscheinend bloß eine Grippe. Obwohl es draußen heiß ist.«

»Heiß? Hier regnet es wie verrückt. Ich bin jetzt eine halbe Stunde durch den Regen gelaufen.«

Als er ihr Lachen hört, zieht sich in ihm alles zusammen. Du Idiot, flüstert er innerlich und kneift hart die Augen zu. Es schmerzt ihn, dass er ihr das angetan hat. Aber sie wird es nie erfahren. Das hat er jetzt beschlossen. Auch er wird es in einigen Tagen vergessen haben. Brenda wird aus dem Protokoll gestrichen.

Jonsy kommt ins Wohnzimmer, und keiner von beiden achtet darauf, dass die Augen des anderen gerötet sind.

Jonsy sagt: »Wir fahren morgen auf einen Sprung bei Jigal, dem Maler, vorbei, auf dem Weg nach Brighton Beach. Wir verfolgen diesen Plan jetzt.«

Izzi nickt. Jonsy präpariert sich ein Bhangpfeifchen und

raucht es weg. Stopft noch eines, bietet es Izzi an. Izzi will nicht. Jonsy zieht es sich auch noch rein.

Als Jonsy ins Zimmer zurückkehrte, schlief Chen schon auf ihrer Seite, mit dem Rücken zu ihm. Er zog sich aus und schlüpfte ins Bett. Er starrte ein bisschen an die Decke und dachte nach. Als er zu ihr hinüberschaute, sah er bloß ihren Rücken, in einem sexy Seidenschlafanzug. Er versuchte zu lauschen, doch es gelang ihm nicht, ihre Atemzüge wahrzunehmen. Er wusste nicht, ob sie schlief oder nicht. Mit einem tiefen Seufzer löschte er das Licht und richtete sich seinen Platz unter der Decke ein. Er versuchte einzuschlafen, aber nachdem er sich ein paar Minuten herumgewälzt hatte, schlug er die Augen wieder auf. Immer noch hatte er ihren Rücken vor sich. Er streckte die Hand aus und begann, ihre weichen, weißen, glatten Schultern zu streicheln. Sie rührte sich nicht. Er rückte näher, atmete in ihren Hals. Der beste Geruch der Welt. Er streichelte den Hals, fuhr mit der Hand den Körper entlang, über die Seidenglätte des Schlafanzugs, zu den Hüften hinunter, erreichte den Rand der Pyjamajacke und streichelte ihre schönen nackten Beine. Sie rührte sich nicht. Er küsste ihren Hals und begann mit der Hand wieder hinaufzuwandern. Als er diesmal auf den Jackenrand stieß, glitt er darunter, streichelte ihre Hüften unter der Seide, streifte über den Bauch hinauf zu ihren kleinen Brüsten. Er war verrückt nach ihnen. Er strich mit der offenen Hand darüber, wie sie es liebte, befühlte die Brustwarzen mit dem Daumenballen. Er schob die Pyjamajacke über ihre Brust hinauf – sie kehrte ihm immer noch den Rücken zu – und wanderte mit kleinen Küssen ihren vollendeten Rücken hinunter. Einmal hatte er sie gefragt, ob sie nicht schon mal einen Wettbewerb für den Rücken des Jahres gewonnen hätte, und sie hatte lachen müssen. Er küsste den Bund ihrer Unterhose, und als er sie ihr abstreifte, war Chen schon völlig bei der Sache, drehte sich um, lenkte ihn an die Stelle, wo sie ihn haben wollte, streichelte sein Haar, und er roch den Geruch, den er so liebte, atmete ihn ein, küsste ihn. Ohne Worte, ohne Geräusche, ohne Gewalt, ohne Eile. Geballt, überwältigend. Das war nicht Ficken. Das nannte man Liebe machen. Von innen heraus. Aus dem tobenden Knäuel, zu dem ihre beiden liebenden Körper vereint waren, von innen nach außen, so unendlich schön. Und ohne ein Wort zu sagen, schliefen sie ein.

UNCLE SAM UND JIGAL, DER MALER

Wenn man die 42. Straße nach Osten fährt und die neunte Avenue überquert, sieht man Patrick Ewing riesengroß an der Wand lächeln. Fährt man die siebte hinunter bis über die 30. Straße, gibt es eine ganze grüne Wand mit Cool-Zigaretten. Und Godzilla fast an jeder Ecke. Die Größe ist doch entscheidend.

Jonsy und Izzi treffen bei Uncle Sam ein, 1. Straße, New Jersey, nahe der Ausfahrt aus dem Holland-Tunnel. Uncle Sam ist noch nicht da. Im Radio tönt Howard Stern, David Schwimmer ist zu Gast. Izzi sagt: »Ich hab sein Arschgesicht zwar schon in der Werbung gesehen, aber ›Friends‹ hab ich nie angeschaut.«

Jonsy erwidert: »Was ist ›Friends‹? Wo bleibt jetzt Uncle Sam, dieser Witzbold?«

Izzi verzieht das Gesicht. In seiner Cola ist so gut wie keine Kohlensäure mehr.

Uncle Sam ist ein Araber. Die Vermutungen bewegen sich zwischen Ägypter, Syrer, Saudi und Jordanier. Keiner weiß es genau. Er hat ein breitflächiges Gesicht und einen Schnurrbart. Als er schließlich ankommt, fragt er, während Jonsy und Izzi die Sachen einladen: »Ihr schafft es doch rechtzeitig, ja?«

»Aber klar!«, antwortet Jonsy, schiebt die Sonnenbrille über die Augen und klettert auf den Fahrersitz.

Jigal, der Maler, wohnt in Long Island City in einer riesigen Wohnung, die gleichzeitig sein Studio ist, eine komplette Etage in einem Industriebau, der größtenteils leer steht. In dem Stockwerk über ihm befindet sich ein Sweatshop, eine Textilnäherei mit Dutzenden Thailändern, die unter elenden Bedingungen arbeiten. Einmal hat Jonsy irrtümlich ihre Etage betreten, und es war, als wäre man in einen Dokumentarfilm über eine Fabrik in Taiwan geraten. Der Aufzug in Jigals Gebäude ist wirklich riesig. Ein Stahlgitterkäfig ohne Tür und ohne Knöpfe – man muss an Seilen ziehen, um hinauf- oder hinunterzufahren.

Jigal, der Maler, hat lange schwarze Schafslocken, eine Brille mit dunklen Gläsern und trägt meist geblümte Hosen mit Schlag. Er ist um die vierzig plus und seit den Siebzigerjahren in New York.

Izzi betrachtet die vielen Riesengemälde mit abstrakten Körpern in Braun- und Rottönen. Er bemerkt: »Bisschen groß, was?«

Jigal erwidert: »Das ist jetzt gerade eine solche Phase. Alles in Groß. Alles mit diesen Figuren. Und nicht etwa, weil ich einen kleinen Pimmel habe! Hahaha.« Er blickt Izzi an. »Diese

Bilder – das ist mein ganzes Leben. Deswegen rufe ich jedes Mal, wenn ich Bilder zu einer Ausstellung schicken muss, Jonsy an. Er weiß, wie man damit umgehen muss. Er versteht, dass man manchmal fast eine Leerfahrt mit dem Lastwagen, nur mit den Bildern, machen muss, damit ihnen auf keinen Fall was passiert.« Er schenkt Jonsy einen anerkennenden Blick.

»Ja, Jigal ist paranoid«, bestätigt Jonsy. »Du solltest ihn mal an so einem Tag sehen, an dem seine Bilder transportiert werden, die reine Hysterie.«

»Paranoid? *Moi?*«, ruft Jigal geziert auf Französisch, während er die stinkende Zigarette raucht, die er sich gedreht hat.

»Und wie«, grinst Jonsy. »Und ganz nebenbei, ich hab nie einen leeren Laster nur mit deinen Bildern fahren lassen. Das rentiert sich nicht.«

Jigals Locken hüpfen, als er zu lachen anfängt. »Pass bloß auf, sonst denke ich noch, du meinst es ernst!« Jonsy lacht mit, bis er abbricht und ernst wird.

»Gut, leider haben wir nicht viel Zeit heute«, sagt er. »Sogar wenn du uns einen Kaffee anbieten würdest, wären wir gezwungen, nein zu sagen, weil wir's nämlich eilig haben.«

»Wallah, Kaffee?«

»Nein danke, wir haben es echt eilig. Wir haben ein paar Bilder, die wir von Kunden abgeholt haben, und wir wollten, dass einer mal einen professionellen Blick darauf wirft, denn wir verstehen nichts davon. Ich finde immer, dass Bilder vom zentralen Busbahnhof schön sind, während Picasso für mich wie das Gekritzel vom Enkel der Nachbarin ausschaut, verstehst du?«

Jigal setzt die Brille auf die Nase. »Nur dass du's weißt, wenn es eine gute Fälschung ist, können weder ich noch der größte

Experte der Welt das per Auge erkennen. Manchmal braucht es irrwitzige Untersuchungen. Aber lass mal sehen.«

Jonsy und Izzi haben zwei Bilder aus dem Lastwagen mit heraufgebracht, und jetzt öffnen sie die Kartons behutsam.

»Ich glaub's nicht«, stöhnt Izzi. »Von all den Bildern haben wir ausgerechnet dieses Gekleckse erwischt. Das sieht aus wie von einem Kind.«

»Aber das ist doch schön«, sagt Jonsy von dem, das er auspackt.

Jigal studiert die beiden Bilder. Sein Blick wandert zwischen ihnen hin und her. Er tritt einen Schritt näher, versucht, die Signatur auf dem einen zu entziffern, nähert sich anschließend und tritt wieder zurück.

»Darf man fragen, wozu ihr das wissen müsst?« Er blickt Jonsy an.

»Müssen wir eben«, entgegnet Jonsy.

»Okay.« Jigal steht da, den Kopf in eine Handfläche gelegt, und schließt halb die Augen.

»Wer ist dieser Kunde? Eine Galerie? Ein Privatmensch? Jung? Älter?«

»Jigal, ich hab dir gesagt, wir haben's eilig. Komm, spuck einfach aus, was du denkst, und wir verschwinden von hier. Ist das was wert, dieser Mist?«

»Ich frage nicht bloß so, das kann mir bei der Einschätzung helfen.«

»Ein altes Ehepaar um die hundert. Sind im Zweiten Weltkrieg aus Deutschlang hier eingewandert.«

»Hmmm… Deutschland.« Der Zeigefinger der Hand, mit der Jigal seinen Kopf stützt, beginnt langsam, von oben nach unten, die Schläfe zu streicheln.

»Nu??« Jonsy verliert die Geduld.

»Holt noch eins, um sicherzugehen. Oder besser zwei.«

Auf dem Weg nach unten, in dem alten Aufzug, sagt Jonsy zu Izzi: »Übrigens, ich hab seine Bilder nie allein im Lastwagen transportiert. Bin ich bescheuert? Das rentiert sich nicht.«

Jigal steht immer noch in der gleichen Pose wie vor fünf Minuten da. Die Wange in die rechte Hand geschmiegt, in der linken Hand eine dünne, selbstgedrehte Zigarette. Jetzt hat er vier Bilder vor sich.

»Okay«, sagt er, kneift ein Auge zu, nähert sich mit einem schnellen Schritt einem der neuen Bilder, tritt wieder zurück, blickt an die Decke. Er wirkt wie ein Weinverkoster, der einen Probeschluck genommen hat, die Flüssigkeit auf der Zunge und im Gaumen rollt, zum Horizont starrt und ein wenig schmatzt, bis er endlich sein Urteil fällt.

»Hört mal, ich würde mir liebend gern die ganze Sammlung anschauen. Diesen Bildern nach scheint das was Gewichtigeres zu sein. Ziemlich gewichtig sogar. Wenn das keine Fälschungen sind, und mir scheinen sie nicht gefälscht, soviel ich sagen kann … hmmm…« Seine Stimme erstirbt. Er kratzt sich am Kopf.

»Jigal, nu!«, brüllt Jonsy. »Was heißt gewichtig? Werd deutlicher. Was meinst du damit?«

»Das …«, Jigal deutet auf ein helles buntes Gemälde mit abstrakten geometrischen Formen, »das ist ein Kupka. Man kann die Signatur sehen. Mir scheint, von Anfang des Jahrhunderts, vielleicht 1910. Wenn das original ist, ist es Hunderttausende wert, vielleicht eine halbe Million.«

Jonsy und Izzi bleibt die Luft weg. »Dollar?«, fragt Jonsy.

»Nein, Schekel! Natürlich Dollar!« Jigals Augen wirken klein hinter den dicken Brillengläsern. »Und das …«, er blickt auf ein lustiges Bild, das für Jonsy und Izzi wie eine Karikatur aussieht, »das ist von Otto Dix. Sagt euch das was? Sehr bekannt. Mir scheint, dass ich mich an dieses spezielle Bild sogar erinnere. Wenn das original ist, Allah bewahre!«

»Was soll das heißen, Allah bewahre?«

»Allah bewahre bewegt sich in der Gegend von Hunderttausenden Dollars und mehr. Was habt ihr damit vor?«

»Mach weiter«, drängte Jonsy.

»Okay. Jetzt das da – vielleicht, aber nur ganz vielleicht, denn die Signatur ist nicht eindeutig, ist das, wie heißt er, der Russe … nu, nein! Der Spanier – oder Argentinier? – Juan Gris. Möglicherweise, sicher bin ich nicht, das ist ein Schuss ins Blaue.«

»Wie viel?«

»Wenn er das ist, kann das eine Million wert sein, vielleicht zwei. Und das …«, womit er auf das letzte Bild deutet, das kindliche Gekritzel – und Izzi spitzt gespannt die Ohren –, »das scheint mir wirklich der Mist von ihrem Enkel aus dem Kindergarten zu sein. Obwohl es beim zweiten Hinsehen auch ein Luigi Russolo oder ein früher Josef Albert sein könnte, ein sehr früher, und wenn dem so wäre und das original ist, kann es ein Vermögen wert sein. Oder vielleicht sogar ein Matisse, und wenn es der wäre, dann reden wir von ein paar Millionen, ohne das Bild überhaupt gesehen zu haben, aber das kann man nicht wissen.«

»Matisse? Von Matisse habe sogar ich schon mal gehört«, sagt Izzi.

»Was wollt ihr mit den Bildern anfangen?«

Jonsy heftet einen anhaltenden Blick auf Jigal. Schließlich antwortet er: »Sie den Kunden bringen.«

Jigal gibt ihm den Blick mit seinen kleinen Augen zurück.

»Okay. Die Frage ist, welchen Kunden. Denn es gibt solche und solche. Es gibt Kunden, die ich kenne, denen man vertrauen kann, wenn du mich verstehst, und das wäre meine kleine Provision wirklich wert, die zehn Prozent für mich für die Vermittlung, Beratung und Wahrung der Diskretion. Du möchtest dich doch ungern mit allen möglichen zweifelhaften Händlern in der Kunstwelt einlassen. Das ist eine Welt, die du nicht kennst und, glaub mir, auch nicht kennen willst.«

Izzi wird es plötzlich heiß. Er sucht nach einem Fenster, nach Luft. Jonsy sagt: »Wir werden darüber nachdenken, danke.«

Jigal lächelt.

»Wie weit ist es mit der Welt gekommen«, sagte Jonsy anschließend im Lastwagen, »so was wie Freunde gibt's nicht mehr, das kannst du mir glauben. Sofort zehn Prozent hier und zehn Prozent da. Was für 'ne Frechheit.«

»Hör mal, Jonsy, ich weiß nicht, ob wir uns da nicht auf was einlassen, das ein wenig …«

»Geht es schon los? Wir waren uns doch einig, dass in dem ursprünglichen Plan noch was gefehlt hat. Das ist genau das fehlende Glied, von dem wir geredet haben! Das ist haarscharf das, worauf ich gewartet habe.«

»Weißt du, was man mit den Bildern anfängt? Zu wem man geht? Wie viel man verlangt? Willst du vielleicht Jigal mit reinnehmen? Je mehr Leute beteiligt sind, desto komplizierter wird es, und desto geringer sind die Chancen, und diese Summen, ist das nicht irgendwie ein bisschen …«

»Ich hab eine Idee. Es gibt eine Galerie in Texas, in Houston, zu der ich mal Bilder von Jigal transportiert habe. Da war ein junger Typ, der war in Ordnung. Ein Homo. Mir scheint, der könnte was von der Sache verstehen.«

»Außerdem, wer sagt dir, dass er recht hat?«, fuhr Izzi fort. »Vielleicht ist das alles einen feuchten Dreck wert? Vielleicht verarscht er dich absichtlich?« Er strich seine Haare zurück, fummelte an seinem Ohrring. Diese Summen hatten ihm weiche Knie gemacht.

»Und vielleicht existiert Jigal überhaupt nicht, und wir haben ein Hologramm von ihm gesehen? Oder alles war ein Traum oder so? Du lieber Himmel, Izzi, wir haben was beschlossen, jetzt komm, lass es uns wenigstens versuchen. Das sind Bilder, die die Nazis den Juden geklaut haben. Du hast gehört, wie die Alte rumgestottert hat. Ihr Vater war bei der Gestapo. Das ist historische Gerechtigkeit, dass wir das zurückkriegen, was sie uns genommen haben.«

»Ich weiß nicht. Wenn das stimmen würde, meinst du, sie würden irgendeine lausige Umzugsfirma, und noch dazu von Israelis, einen Transport für sie machen lassen, der Millionen wert ist?«, wandte Izzi ein.

»Ich hab darüber nachgedacht, Watson. Zuerst mal, meiner Meinung nach haben sie das völlig vergessen. Es sind über fünfzig Jahre vergangen, sie sind senil. Zweitens, sie wissen gar nicht, dass sie eine lausige israelische Umzugsfirma erwischt haben, sie dachten, sie hätten eine große amerikanische Spedition genommen. Und drittens, sie sind in New York, sie rechnen nicht mehr mit Israelis, Afrikanern oder Mexikanern. New York ist New York. Sie sind keine Nazis wie ihre Eltern, vielleicht haben sie dieses ganze Naziding überhaupt völlig verdrängt.«

»Was soll ich dazu sagen«, sagte Izzi und blickte Jonsy von der Seite an. »Du musst echt Psychologie studieren.«

Jonsy lachte. »Ich und Universität?«

Es herrschte Schweigen in der Fahrerkabine, während Jonsy

Richtung Süden nach Brighton Beach weiterfuhr. Izzi starrte, tief in Gedanken, geradeaus. Dann sagte Jonsy: »Hab ich dir eigentlich schon von dem Move in Brighton Beach erzählt, wo der Mann seine Frau umgebracht hat, weil er nicht wollte, dass sie ihn verlässt, während wir im Laster gewartet haben?«

Izzi antwortete: »Ich glaube nicht.«

Jonsy sagte: »Dieser elende Schweinehund. Fällt ihm ein, sie umzubringen, nachdem das ganze Zeug schon im Lastwagen war.«

BRIGHTON BEACH, BROOKLYN

Vladimir Berkovich hatte sein Restaurant auf den Namen der Stadt in der Ukraine getauft, in der er geboren und aufgewachsen war – Zatoka, etwa zwei Stunden von Odessa entfernt. Das Restaurant, Zufall oder nicht, bewahrte sich einige der Rezepte jener fernen Stadt – einer kleinen, billigen Hafenstadt ohne allzu viele Menschen, ziemlich öde, im Schatten des großen, tosenden Odessa. Im Restaurant Zatoka saßen die Einheimischen, erzählten ihre nie endenden Klatschgeschichten über die Ukraine und aus dem Viertel, Brighton Beach, dem Russland New Yorks, oder wie Vladimir zu denken vorzog, der Ukraine von New York.

Pozailov hatte aus Minneapolis angerufen und gemeldet, dass die Umzugsleute beim Restaurant vorbeikämen, um ein Paket für Popeye und Mordechai abzuholen, und Vladimir Berkovich hatte beschlossen, dort vorbeizuschauen, um die Männer persönlich in Augenschein zu nehmen. Immerhin hatten sie einen sehr wichtigen Anteil an der Operation, auch wenn sie nichts davon wussten. Natürlich, er hätte Uncle Sam nicht genommen, wenn er sich nicht auf ihn verlassen würde; er hatte in der Vergangenheit schon einige Transporte für ihn erledigt. Doch wenn sich schon die Möglichkeit bot, die Männer zu überprüfen, warum nicht? Berkovich betrachtete sich gern als jemanden, der gründlich arbeitet. Also würde er sich bei der größten Operation, die er bisher durchgeführt hatte, jedes Detail gründlich vornehmen.

Er saß an einem Ecktisch in den Tiefen des leeren Restaurants, rauchte eine dicke Zigarre und wartete auf die Mover, die sich um über eine Stunde verspäteten. Nicht dass er etwas Besseres zu tun gehabt hätte. In letzter Zeit ertappte sich Vladimir immer öfter dabei, dass er zu Hause blieb, an die Decke starrte, nicht aus dem Bett wollte, nur ein Minimum arbeitete, und das lustlos. Oder er ging aus, mit Mantel und Hut, marschierte die Promenade von Brighton Beach hinunter, den hellen Sand entlang, an all den alten Russen in ihren Rollstühlen vorbei, spähte mit ihnen nach den Möwen und der kalten Sonne, die im Westen im Meer versank, trank Kaffee im Café Tatjana.

Jetzt blickte er sich im Restaurant um – die roten Tischdecken, die Karaoke-Bühne, der Fernseher, der auf ein russischsprachiges Lokalprogramm eingestellt war und die Schneestürme in Indiana zeigte. Das Zatoka hatte bessere Tage gesehen. Früher pflegte er jeden Abend herzukommen. Er war imstande, einen Ober zu feuern, der nicht entsprechend gekleidet war, oder einen Koch, dem der Borschtsch oder das Kupati missraten war, kontrollierte Tag für Tag den Kaviarvorrat, die CDs von Sinatra. Das Lokal war jeden Abend voll gewesen. Die beste Adresse in Brighton Beach. Aber jetzt … wen kümmerte es? Er war lange nicht da gewesen.

Ein blauer Lastwagen trifft ein, parkt draußen. Es klopft an der Tür. Igor, der Koch, blickt Vladimir an, der ihm zu öffnen bedeutet.

»Hallo«, Jonsy steckt den Kopf in das halbdunkle Lokal hinein. Es ist schwer zu erkennen, wer sich dort befindet. »Ist hier ein Paket, das nach Minnesota geht?«, fragt er.

»Kommen Sie her«, hört er eine Stimme. Nach der Stimme riecht er die Zigarre. Er geht in die Richtung. Jetzt sieht Jonsy den älteren Mann, der sie raucht.

»Hättet ihr nicht um zehn da sein sollen?«, fragt der Mann.

»Ja. Aber wir mussten unterwegs was abholen und wurden aufgehalten.«

»Fast zwei Stunden.«

»Ja.«

»Ich hoffe, dass ihr euch mit Minnesota nicht verspätet.«

»Samstag. Hoffe ich auch. Maximum Sonntag früh. Glauben Sie mir, Mister, wir werden ohne Pause durchfahren. Wir sind informiert worden, dass es Ihnen wichtig ist.« Jonsy hat den Sonntag mit Absicht eingestreut, als Köder.

»Sonntag?«, fragt der Mann. »Das könnte problematisch werden. Auf alle Fälle nicht später als Sonntag früh, klar?«

Der Köder ist geschluckt. Überraschenderweise. Der Druck sinkt um eine Stufe. »Wir nehmen etwas aus Minnesota mit, richtig? Was ist es, und wohin geht es?«

Vladimir hebt die offene Hand – stopp. »Das werden sie euch dort alles sagen, keine Sorge.« Er sieht Jonsy an. »Sie haben einen Akzent. Woher sind Sie?«

»Israel.«

»Das dachte ich mir. Ich habe einmal in Israel gewohnt. Ich war sogar in der Armee.«

»Im Ernst?« Jonsy wirft noch mal einen Blick auf ihn. Bis

jetzt erschien er ihm wie ein netter Papa. Das graue Haar, der Schnurrbart, die Zigarre. Er sieht nicht nach Israel aus. Er schaut nicht jüdisch aus. »Wo waren Sie?«

»Bei der Marine«, antwortet Vladimir auf Hebräisch und fällt wieder ins Englische zurück, mit seinem russischen Akzent. »Ich war im Anwärterkurs fürs Marinekommando, aber ich war nicht klug genug«, er lacht und klopft sich mit den Fingern an die Schläfe. »Also war ich drei Jahre lang auf einem Raketenboot.«

»Pfff… was Sie nicht sagen!«

»Wo waren Sie in der Armee?«, erkundigt sich Vladimir.

»Kennen Sie die Fallschirmspringer?«

»Aber sicher, was soll das heißen?« Und Vladimir lächelt.

»Und was ist passiert? Hatten Sie auch genug von Israel?«

»Wer nicht?«, entgegnet Vladimir. »Ich hatte ein gutes Geschäft dort, eine koschere Catering-Firma, die auch in Russland und Polen zu laufen anfing. Aber es gibt zu viele Juden in Israel, zu viele Streitigkeiten.«

»Darüber brauchen wir uns nicht zu streiten«, grinst Jonsy.

»Also, lassen Sie uns keine Zeit vergeuden«, sagt Vladimir nun geschäftsmäßig. »Sie müssen das hier Freunden in Minneapolis bringen, die Adresse haben Sie«, er deutet auf eine Schachtel auf dem Tisch, in der sich der Salo, der Wodka und der restliche Unfug befinden.

»Kein Problem«, nickt Jonsy.

»Ich bitte nur um eines. Es ist äußerst wichtig, dass Sie alles dafür tun, um rechtzeitig einzutreffen. Und der Transport anschließend ist noch wichtiger. Nehmen Sie meine Visitenkarte, da steht die Nummer des Mobiltelefons drauf. Bei jedem Problem rufen Sie sofort an.« Er steht auf, blauer Rauch steigt aus seinem Mund auf, und heftet seinen Blick auf Jonsy, hält seine Augen gefangen wie ein Raubtier seine Beute. Er zieht zwei Hundertdollarscheine heraus und drückt sie Jonsy in die Hand.

»Okay?«

»Kein Problem«, sagt Jonsy wieder.

Vladimir begleitet ihn nach draußen. Er will den Lastwagen und den zweiten Mann sehen. Er ist zufrieden, auch wenn er nicht gewusst hat, dass es eine israelische Speditionsfirma ist. Eigentlich dachte er, Uncle Sam sei Syrer.

»Sababa Moving and Storage«, deutet Vladimir auf die Aufschrift und bricht in Lachen aus. »Sehr komisch.«

Als sie losfahren, meint Jonsy verwundert: »Und vor dem fürchten sich alle? Vor dem zittern Chaim und Uncle Sam dermaßen die Knie? Der ist doch ein netter alter Onkel, der auf einem Raketenboot in Israel war.«

»Echt?«, sagt Izzi.

»Wir können uns abregen. Ich hab ihm gesagt, dass wir nicht vor Sonntag dort sein werden. Er hat gesagt, in Ordnung, wie ein braver Junge, und hat zweihundert Dollar springen lassen.«

Der Lastwagen war voll beladen, bereit für die Reise. Als sie in der Früh aufgebrochen waren, hatte Izzi alles, was er besaß, im Koffer seines Vaters mitgenommen. Jonsy, der in den sechseinhalb Jahren ein wenig Besitz angehäuft hatte, konnte nicht so einfach alles zusammenpacken und verschwinden. Also hatte er eine Tasche mit Kleidern, Papiere und ein bisschen Geld mitgenommen. Die wichtigeren Dinge hatte er in eine Kiste gestopft, zu Hause gelassen und seinen Freund Alon gebeten, irgendwann vorbeizukommen und sie abzuholen. Chen würde den Rest aufbewahren, die Sachen mitnehmen, wo immer sie hingehen würde. Auf einen Teil würde er verzichten müssen. Nichts zu machen, man konnte den Kuchen beim Essen nicht ganz lassen.

Sie fuhren auf die erste Avenue, hielten unterwegs beim Falafelexpress an der 77. Straße und zweiten und nahmen zwei Portionen mit. Als sie auf die Brücken zusteuerten, die sie aus der Stadt bringen würden, spielten sie im Radio »The Way« von Fastball. Jonsy und Izzi summten beide mit. Der Trip begann auf dem rechten Fuß. Dem von Izzi. Der aufs Gaspedal drückte.

DIE GEBOTE DES MOVING

Ein Mover braucht eine Menge Wissen und viel Talent, wenn er in seinem Job gut sein möchte. Wenn er der Mover Nr. 1 in New York sein will.

Zum Beispiel Navigation. Die Städte in Amerika sind um ein Vielfaches größer, als ein Israeli gewöhnt ist. Stadtpläne und Karten lesen zu können ist eine Fähigkeit, die man sich zulegen sollte. Mit der Zeit weiß man, wo Downtown meist zu finden ist, lernt die Systematik der Straßenanlagen nach Nummern oder Buchstaben oder nach Namen, die mit aufsteigenden Anfangsbuchstaben beginnen – es gibt alle möglichen Methoden, Straßen anzuordnen. Und dann gibt es die Stadtviertel und Vororte und die spezifischen Staus jeder Stadt.

Auch die Orientierung über Land ist ein Talent. Sie erfordert Vertrautheit mit den verschiedenen Straßentypen mit ihrem Nummerierungssystem und den wechselnden Landschaften (die Ebenen von Ohio, die Berge von Colorado), mit den Städten auf der Strecke. Besondere Betonung muss hier auf Nachtfahrtorientierung gelegt werden, Meilen über Meilen durch die Dunkelheit. Großes fahrerisches Können ist nötig, auch unter stürmischen Wetterbedingungen und bei gnadenlosen Straßenkreuzen (probiert es mal mit Chicago), sowie die Kenntnis der von Staat zu Staat unterschiedlichen Verkehrsregeln.

Ein weiteres Talent ist unabdingbar: Kraft. Kraft in den Händen, um die Möbel, die Kisten zu schleppen. Kraft im Rücken. Kraft im rechten Bein, um stundenlang, tagelang kontinuierlich aufs Gaspedal zu drücken. Das rechte Bein der Mover ist dicker als ihr linkes, wie der starke Arm von Tennisspielern. Man kann Lastwagenfahrer oft an dem leichten Hinken erkennen, das von der Schwellung ihres rechten Fußes herrührt. Kraft ist zum Beispiel enorm wichtig, wenn man ein schweres Möbelstück schmale Treppen über drei Stockwerke hinunterbefördert. Oder wenn man mit einem Klavier allein ist und keiner zum Helfen da ist. Solche Dinge passieren. Sie passieren praktisch jede Woche.

Noch ein Talent ist die Einrichtung, die Innenarchitektur des Lastwagenaufbaus; die Spezialisierung im Tetris-Effekt, der von einigen Faktoren beeinflusst wird – die Größe der Möbel, ihr Gewicht, ihre Form, die Menge der »losen« Gegenstände sowie die Arbeitsabfolge und die innere Aufteilung im Lastwagen. Was heißt, dass es vielleicht bequemer wäre, sämtliche Kisten auf einen Haufen zu stellen, doch was ist, wenn ein Teil von ihnen nach San Antonio, Texas, und der Rest nach Santa Cruz, Kalifornien, geht?

Hier kommt das nächste Talent ins Spiel: Organisationsfähigkeit.

Und anschließend noch Psychologie. Nicht weniger wichtig. Als Mover hast du mit Menschen umzugehen. Menschen in einer Stresssituation, deren gesamter Besitz sich für etliche Stunden oder Tage in deinen Händen befindet, deren Leben sich ändert. Du repräsentierst die Autorität, die Professionalität, du musst erfassen, wer sie sind, mit ihnen reden können, wissen, wie man aus ihnen Trinkgeld herausholt, ihnen helfen. Und neben den Kunden gibt es auch noch Vorgesetzte, Konkurrenten und die Hauptsache – die, die mit dir zusammenarbeiten. Der gemeinsame Aufenthalt in der kleinen Fahrerkabine eines Lastwagens über drei, vier, manchmal sogar zehn Tage hinweg kann extrem zehrend sein und verlangt ein hochgradiges Maß an Toleranz und menschlichem Verständnis.

Als Nächstes folgt: Ausdrucksvermögen. Wie bei Politikern oder Entertainern ist die Fähigkeit, sich gut ausdrücken und kommunizieren zu können, zwingend notwendig. Ganz spezifisch die Fähigkeit, ein paar Sprachen zu sprechen. In den USA ist natürlich Englisch unerlässlich, aber ein guter Mover braucht viel mehr als Englisch. Ein Grundwortschatz in Spanisch ist stets hilfreich sowie ein paar chinesische Brocken und einige Wörter Russisch, Italienisch, Hebräisch und Hibrisch, die Mischsprache aus Hebrew-Englisch – die offizielle Sprache im Moving. Und man darf auf keinen Fall die Zeichensprache vergessen. Zum Beispiel bedeutet die kleine Fingergeste »Moment noch« der Israelis bei den Italienern »fick dich ins Knie«. Es gab einige Mover, die wegen dieses läppischen Irrtums Prügel bezogen.

Und nicht zu vergessen, ganz besonders wichtig: Erfindungs- und Improvisationsgabe sowie das Talent, Überraschungen, eventuell auch ziemlich böse, zu bewältigen, die ständig daherkommen, und zwar aus allen möglichen Richtungen, vom

Himmel, von der Straße, vom Boss, vom Kunden. Zum Beispiel ein Möbelstück, das größer als die Tür ist und sich nicht zerlegen lässt, bei dem sich der Kunde nicht erinnern kann, wie es einmal hereingekommen ist. Was tun?

In den letzten Jahren hat sich Jonsy des Öfteren gefragt, wie man Israelis einen so wichtigen Job überlassen kann.

AMERIKA!

Im Deli an der sechsten Avenue rüstet sich Izzi mit einem Becher Kaffee, Orangen-Bananen-Tropicanasaft und Hershey-Küssen, und Jonsy ersteht einen Kaffee, roten Grapefruit-Tropicanasaft und ein Croissant.

Aus New York nach Westen über die George-Washington-Brücke hinauszufahren ist wie der Austritt aus einem Vakuum. Etwas löst sich, irgendein Druck, der in der Luft hing. Wenn man noch ein wenig in Richtung Turnpike weiterfährt und auf Manhattan zurückblickt, sieht man diese hohen Gebäude anders. Celine Dion singt gerade von ihrem Herzen, als Izzi und Jonsy zurückschauen und den Regen sehen, der auf Manhattan fällt, die grauen Wolken darüber. Dieses Bild lässt jedes Mal, wenn du in die Stadt hinein- oder aus ihr herausfährst, bei rosigem Sonnenaufgang, in einer hellen Nacht, bei Sonne oder Schnee, einen Muskel im Herzen zucken. Sogar Izzi, der die Hochhäuser hasst, der New York, wo alles groß und bedrohlich ist, nicht sonderlich leiden kann, sogar er verspürt ein Flattern. Jonsy sagt immer: »Die heilige Stadt.«

Jonsy hält beim ersten Truckstop, steigt aus dem Lastwagen und tritt auf den Boden von New Jersey, klettert wieder hinein und fährt weiter. Jonsy hat ein Gesetz, einen Aberglauben gegen den bösen Blick: In jedem Staat, den sie auf der Fahrt passieren, auf jedem Ferntrip, muss er aussteigen, um den Boden unter den Füßen zu spüren. Auch wenn es nur für eine Sekunde ist und der Asphalt einer Tankstelle. Dieses Gesetz befolgt er schon seit Jahren, und er kann es nicht ändern. Jonsy sagt, das bringe ihm Glück; wenn er den Boden des Staates unter den Füßen spüre, stelle er mit ihm und seinen Menschen eine Verbindung her. Es sei eine Gewohnheit, sagt er, und er fürchte sich davor, sie jetzt zu ändern.

Izzi probiert die Radiosender durch, versucht, etwas Normales zu finden. Howard Stern ist längst vorbei, und nach intensiver Suche findet sich nur Phil Collins, A-HA, die Celine Dion von der »Titanic«. »Das sind die Sachen, die dir am Ende den Rest geben«, stöhnt Izzi. »Zuletzt sitzt du mit Celine Dion oder Phil Collins da, und das ist dir dann schon lieber als der widerliche Country oder Rock.«

Betrachtet man die Landkarte der Vereinigten Staaten, sieht man zwei Hälften. In der östlichen Hälfte sind die Staaten kleiner, dichter gedrängt, mit asymmetrischen, unberechenbaren Grenzen. Das Ganze wirkt irgendwie neurotisch und chaotisch, zusammengepfercht, geschäftig. In der westlichen Hälfte befinden sich die größeren Staaten, riesige Flächenblöcke mit geraden, klaren Abgrenzungen. Und sie sind leerer, ruhiger. Haben Raum und Luft.

Die großen Entfernungen und die langen Highways haben ihren eigenen Zauber. Du fährst durch ein weites, nicht enden wollendes Land, Sofas, Bücher und Fahrräder von wildfremden Leuten in deinem Rücken. Du bist bedeutungslos. Du fährst, um zu fahren. Dein rechter Fuß drückt im Grunde nur aufs Gaspedal, deine Hände halten bloß das Steuerrad, und ein Kontinent zieht an dir vorbei. Die Straßen sind breit, der Mond hängt rund dort oben im leicht violetten Himmel, du hörst im Radio »You Can't Always Get What You Want«. Und du weißt, es stimmt.

Du siehst die blassen Gesichter der Fahrer, die in großen Autos sitzen – amerikanische Straßenkreuzer, geräumig und bequem. Die Streifenwagen der Verkehrspolizei, die in jedem Staat eine andere Farbe haben, jedoch das gleiche blinkende Licht, die gleiche verlangsamende Wirkung auf die Fahrzeuge ringsherum. Die Tankstellen und Recreation Areas. Die Mautstationen, die den Verkehr wie ein Trichter einsaugen, um dich daran zu erinnern, dass in Amerika alles, auch die Straße, Geld kostet. Die Exits der Schnellstraßen, vor denen jeweils ein großes Schild installiert ist, das das genaue Ausmaß des Vergnügens auflistet, das denjenigen erwartet, der hier abfährt: McDonald's, Burger King, Taco Bell und der ganze Rest. Und dem gegenüber die gewaltige Natur Amerikas, Flüsse, Seen und Sümpfe; Palmen, Sequoien und Kiefern; weite Felder und steile Hügel, Felsen und sandige Meeresstrände.

Bei den großen Städten siehst du die Skyline von Downtown. Du eignest dir eine Methode an, eine Stadt nach ihrer Skyline zu beurteilen, von den ringförmigen Umgehungsstraßen aus gesehen: Chicago überwältigend, Indianapolis nett, Cincinnati unbedeutend, Atlanta beeindruckend. Du lernst die Gesetzmäßigkeit der Straßennummerierung: Die Straßen mit den geraden Zahlen verlaufen von West nach Ost, die mit den ungeraden immer von Norden nach Süden. Die zweistellig nummerierten Straßen, die durch zehn teilbar sind, ziehen sich von West nach Ost durch den gesamten Kontinent von Küste zu Küste, vom Highway Nr. 10 im Süden bis zum 90er im Norden. Die zweistellig nummerierten Straßen dagegen, die auf Fünf enden, verbinden Nord mit Süd: 95 entlang der Ostküste, 55 im Mittleren Westen, 15 im Westen. Aber die dreistelligen, die mit einer Fünf enden, haben eine andere Aufgabe: Das sind die Ringstraßen der Großstädte – 465 um Indianapolis, 695 um Washington herum. Ein riesiges Straßennetz, eine Verkehrsmaschine. Die Signale wiederholen sich, bringen die Fahrer in einen Rhythmus, eine Ordnung. Die Amerikaflagge und die Bögen von McDonald's: zwei Zeichen, die dich überallhin begleiten, dich beruhigen, dir sagen, dass du in einer Art Zuhause bist, an einem sicheren Ort. Außer du bist in Texas. Texas ist eine andere Geschichte. Dort liegen statt überfahrener Katzen Gürteltiere mit zerschmetterten Panzern am Straßenrand. Texas hat seine eigenen Gesetze.

Du bleibst in den Außenbezirken von Städten, deren Namen du noch nie gehört hast, im Stau stecken, du durchquerst Wüstengegenden in Gedanken an Indianer, zuckelst langsam die Berge hinauf, versuchst, beim Hinunterfahren die Bremsen zu schonen, stoppst in Kleinstädten und Kaffs mit Namen wie Harmony, Jerusalem, Lebanon oder Hamburg (dreiundzwanzig Einwohner), steuerst den Lastwagen in einem verzwickten Rückwärtsmanöver mitten in der vor Menschen und Autos überquellenden Downtown einer riesigen Stadt wie Phoenix (fünf Millionen Einwohner), in der du fast niemanden je gesehen hast und nie wieder sehen wirst.

Du triffst sie alle: die Schwarzen, die Indianer, die weißen Millionäre in New England und den weißen Pöbel, White Trash, in den weniger hübschen Vierteln von Pittsburgh, die Russen und Koreaner, den Australier indischer Abstammung, der junge Schwarze an der Universität in Georgia unterrichtet.

Die Alten in den klapprigen Wohnwagen in Kansas, die in verrauchten Lokalen Pancakes essen, die es nicht ins neue Millennium drängt, und daneben die jungen Collegeschüler, die mit Chipgeschwindigkeit darauf zusausen.

Jonsy hat seine eigene Rassentheorie, die besagt: »Die Schwarzen sind echt bekloppt. Als ich in Israel war, hatte ich auch diese ganzen Ideen von der Gleichheit aller und hab die ganzen NBA-Spieler bewundert, aber wenn du hierherkommst und sie siehst, alle möglichen fetten Bimbos, die dir fast den Laster ruinieren, und die ganzen Typen in den Vierteln, da siehst du, aber echt, die sind megabekloppt. Heulen die ganze Zeit rum, dass man sie ins Knie fickt, aber du kannst sehen, dass sie überhaupt nichts machen, um da rauszukommen.« Jonsy hat auch noch andere starke Theorien. Der Chinese? »Schmutzig. Einmal haben wir einen Laden umgezogen, wir sind fast umgekippt von dem Geruch.« Koreaner? »Bomber« – zu welchem Schluss er, wie sich herausstellt, als Folge eines dicken Trinkgelds gekommen ist –, und dann die Inder und so weiter und so fort. Die Araber, speziell die Palästinenser, erhalten bei ihm eine hohe Punktzahl (eines seiner großen Streitthemen mit vielen Movern).

Izzi sagte einmal zu ihm: »Aber wie kannst du die Schwarzen beschuldigen? Hunderte Jahre lang waren sie Sklaven. Man hat sie fertiggemacht, hat ihnen keine Chance gegeben. Die Umstände haben sie erledigt. Es ist keine Kunst zu sagen, warum saufen sie den ganzen Tag, hängen rum und fangen nichts mit sich an. Die Frage ist, was sie so weit gebracht hat.«

»Nichts außer sie selber. Es ist ganz leicht, dauernd zu jammern und zu klagen. Nur weil dein Großvater ein Sklave war, musst du den ganzen Tag auf der Treppe sitzen und große

Bierflaschen aus einer braunen Tüte köpfen? Das ist Bullshit. Sie sollen aufhören rumzujaulen und endlich was mit sich selber anfangen.«

»Du bist überheblich.«

»Ich und überheblich? Und du bist ein Weichei.«

Auf dem Highway Nr. 80 in Richtung Westen wird die Landschaft bald weniger städtisch, dünnt aus, und auch die Atmosphäre in der Kabine wird weniger New-York-City-like. Die Sonne hat sich nach dem Regen herausgewagt, Schnee bedeckt die Felder. Es ist bitterkalt. Izzi fährt. Jonsy ist vorher ausgestiegen, um seinen Fuß auf den Schnee von Ohio zu setzen. Izzi hat ihn gefragt: »Gilt Schnee? Musst du nicht bis zum Boden graben und da draufsteigen?« Und Jonsy hat geantwortet: »Markier hier nicht den Klugscheißer.« In Bezug auf seinen Aberglauben versteht Jonsy keinen Spaß.

Kurz vor der Grenze zwischen Ohio und Indiana, immer noch auf dem 80er, wechselt Izzi, ohne richtig aufzupassen, die Spur und schneidet einen Wagen. Der Fahrer, ein dicker Schwarzer, zeigt ihm den Mittelfinger. Jonsy verflucht ihn auf Hebräisch, als sich ihre Blicke treffen. Danach wird der Regen so heftig, dass man die Straßenränder nicht mehr sehen kann. Izzi fährt stur geradeaus den weißen Streifen auf der Fahrbahn nach. Bei der Geschwindigkeitsbeschränkung ist die Verkehrspolizei von Ohio die rigoroseste in den USA. Schlomi ist hier schon mit Bußgeldern überschwemmt worden, auch Jonsy. Izzi hält sich strikt an die fünfundfünfzig Meilen in der Stunde.

Izzi hat keinen Lastwagenführerschein. In den Vereinigten Staaten kann man Lkws mit vierundzwanzig Fuß, wie der blaue Laster von Sababa, mit einem normalen israelischen Pkw-Führerschein fahren. Anfangs hat er beim Abbiegen immer andere Autos rasiert, in einer engen Gasse Chicagos einen Strommasten verbogen. Beim ersten Mal hat er seine Personalien an dem angefahrenen Auto hinterlassen. Jetzt weiß er, dass man einfach weiterfährt. Noch eines der Gesetze des Dschungels – mit einem großen Lastwagen liegt die Macht in deinen Händen. Wer kann dir was?

Langsam und allmählich hat er Manhattan kennengelernt, die stark befahrenen Avenuen. Anfangs blieb er in einer Spur kleben, erschrak vor jedem Rollerblader, der ihn schnitt, ganz zu schweigen von anderen Lastwagen. Mit der Zeit wuchs seine Selbstsicherheit, er fing an, die Spur zu wechseln, zu überholen, bei Gelb über die Ampeln zu fahren. Jonsy hat ihm beigebracht: »In Manhattan sind die Taxifahrer die besten und die Busfahrer die schlimmsten Fahrer.«

Sie sind noch ungefähr vier Stunden von Chicago entfernt. Fahrer, die von dort kommen, erzählen im Radio von einem entsetzlichen Chaos auf den Straßen. An einer Tankstelle in Indiana weckt Izzi Jonsy, damit er auf den Boden Indianas treten kann. Mit geschlossenen Augen hievt er sich hoch, stößt »Kack mit Soße« aus, steigt auf die heilige Erde der Tankstelle hinunter, klettert wieder hinauf und schläft noch eine Stunde weiter. Bevor er jedoch einschläft, holt er zwei Dollar heraus und gibt sie dem Tankwart, der versucht, die vereiste Windschutzscheibe zu säubern.

Wenn man nicht redet, denkt man viel. An Menschen und Orte, an Sex, an Pläne. Arrangiert sie innerhalb der weißen Streifen, die die Fahrbahn entlanglaufen, im Schneefall und in den unendlichen Weiten. Jonsy denkt darüber nach, was er mit den Millionen anfangen wird. Wenn Jigal recht hat, haben sie zig Millionen Dollar auf dem Laster. Auch wenn sie das Ganze für viel weniger losschlagen sollten, wären es immer noch einige Millionen für jeden. Er stellt sich pausenlose Reisen durch die ganze Welt vor, er sieht ein schönes Leben vor sich, einen Mercedes, einen Porsche und ein Haus, doch er ist sich nicht sicher, wo. In New York? Warum nicht, Chen könnte in Ruhe studieren. Jerusalem? Wahrscheinlich. Nicht dass er gesteigerte Lust hätte, wieder dort zu leben. Argentinien? Karibik? Neuseeland? Er würde Freunde aus aller Welt dorthin einladen, es gäbe Partys …

Izzi denkt – Haifa. Er und Daphna würden eine große, schöne Wohnung kaufen, am Karmel oder wo immer sie möchte. Mit allen Geräten und sämtlichen ultramodernen Schikanen. Er wird ihr Geld geben, mit dem sie machen kann, was sie will. Er wird ihr Studium bezahlen. Sie muss nicht mehr arbeiten. Und in jedem Urlaub wird er mit ihr ins Ausland reisen, wohin sie will. Er wird sie herholen, damit sie diese Landschaften, die Orte sieht. Diesen irrsinnigen Schnee. Vielleicht wird er ein kleines Geschäft aufmachen. Einen Plattenladen. Vielleicht wird er selbst etwas studieren? Allerdings hat er keine Ahnung, was. Er hat ja an Psychologie gedacht, aber vielleicht ist das nichts für ihn. Mit Leuten über ihre Probleme reden? Nicht unbedingt.

EL NIÑO

Geologische Zeugnisse von der Existenz des El Niño an den Küsten Perus gibt es bereits von vor 13 000 Jahren. Man weiß, dass die Inkas das Phänomen kannten. Schriftliche Zeugnisse über seine Auswirkung reichen bis 1525 zurück. In der Dürre des El Niño von 1789–1793 starben in einem Landstrich von Indien 600 000 Menschen. Doch erst in den Siebzigerjahren des zwanzigsten Jahrhunderts begann die Welt, darauf aufmerksam zu werden, und erst nach dem El Niño von 1982/1983 investierten die Regierungen allmählich in Forschungsstationen zur Beobachtung der klimatischen Bedingungen, die zu seiner Entstehung führen – Satelliten, die über dem Pol kreisen und Daten an das Umweltlabor in Seattle übermitteln. Der El Niño von 1998 kostete dennoch Tausenden Menschen das Leben und verursachte Schäden in Milliardenhöhe auf der ganzen Welt. Überschwemmungen in Südamerika und Osteuropa, eine grausame Dürre in Australien, tobende Brände in Indonesien, anhaltender Nebel auf den Malediven, vierundvierzig Grad in der Mongolei. Und was die Vereinigten Staaten angeht: Tornados und Schneestürme, Erdrutsche, Blitzeinschläge von Kalifornien bis Florida über Mississippi bis nach Indiana, wo nun ein blauer Lastwagen im Schnee dahinschlittert, auf dem Sababa Moving and Storag'e mit einem Apostroph hinterm g steht, was ihm einen französischen Touch verleiht.

In einer normalen Klimasituation erwärmt die Sonne die oberste Schicht des Meeres in der Gegend Australiens und Indonesiens. Eine ungeheure Menge heißer, feuchter Luft steigt auf und erzeugt ein Niederdrucksystem über dem Ozean. Nachdem sich diese Luftmasse wieder abgekühlt hat, wird sie zu Regen, der in diesen Gebieten als Monsun niedergeht. Die hohe Luftschicht wird trocken, driftet nach Osten, getragen von kalten Winden. Wenn diese Luft den Westen Amerikas erreicht, ist sie kalt und schwer, so dass sie zu sinken beginnt. Die Luftströme vollführen eine riesige Schleife, die sogenannte Walker-Zirkulation, und treiben zurück in Richtung Australien und Indonesien. Die zirkulierenden Winde schieben die obere Schicht des Ozeans mit sich, und infolgedessen ist das Wasser im Gebiet Indonesiens wärmer und um etwa einen halben Meter höher als an der Küste Mexikos.

Während des El Niño, einmal alle drei bis sieben Jahre, bleiben diese zirkulierenden Winde aus, wobei niemand genau weiß, warum.

Ohne diese Winde bewegt sich die Oberflächenschicht des Stillen Ozeans nicht westwärts, sondern stagniert, erwärmt sich und schwillt an. Die Erwärmung des Ozeans geschieht um Weihnachten herum, weswegen die peruanischen Fischer das Phänomen El Niño, nach dem Namen des Jesuskindes, getauft haben. An einem bestimmten Punkt, den die Wissenschaftler als »tiefe Hitzeströmung« bezeichnen, verursacht das warme, hohe Wasser einen Durchbruch heißer Luft in die obere Atmosphäre. Wenn das passiert, kondensiert dort das Wasser und ergießt sich in Sturmregenfällen auf Amerikas westliche Küsten.

Dann wandern die Anchovisschwärme in den Gewässern Ecuadors und Perus auf der Suche nach kühlerem und nahrhafterem Wasser südwärts bis nach Chile, und die exotischen Meerestiere Nordamerikas bewegen sich nach Norden – Lanzettfische werden an den Küsten des Staates Washington gesichtet, unbekannte Thunfischarten tauchen vor den Stränden Kaliforniens und Alaskas auf.

Da die Niederschläge im westlichen Teil des Stillen Ozeans stagnieren, leiden Indonesien, Australien und Indien sowie der Ferne Osten und Afrika an schwerer Dürre.

In den Norden der Vereinigten Staaten fließt weniger kalte Luft, die Häufigkeit der Hurrikane und Tornados in den Südstaaten nimmt ab.

Zyklone toben im Atlantischen Ozean, Monsune in Indien, heftige, anhaltende Regenfälle in Kenia und Somalia, die den Ausbruch von Seuchen verursachen, in Südamerika breitet sich die Malaria aus.

Das heißt, Schneestürme, Tornado und Hitzewelle – alles im Lauf eines einzigen Langstreckentrips der Firma Sababa Moving and Storage in der Osthälfte der Vereinigten Staaten.

PRÄSENTATION ODER DEMONSTRATION?

Popeye und Mordechai bogen sich vor Lachen, als Pozailov mit seiner neuen Brille hereinkam und den braunen Ledermantel ablegte.

»Lacht nur, lacht ihr nur. Wenigstens sehe ich jetzt etwas. Wenn Popeye jetzt zum Laufen um den See herum verschwindet, kann ich ihn sehen und ihm die Ohren langziehen.« Er warf einen schnellen Blick in den Spiegel.

Popeye ließ einen Pfiff los. »Eine geile Brille, Pozailov. Aber ist sie nicht ein bisschen klein für dein riesiges Gesicht?«

»Findest du?«

»Ich stelle mir vor, dass sie gar keine Brillen in der Größe deines Gesichts produzieren, also ist sie relativ gesehen wohl in Ordnung.«

Pozailov hatte sie mitten im Frühstück angetroffen. Popeye briet sich, wie üblich, Eier mit Speck, Mordechai aß Granola mit Joghurt. Eine Packung Tropicana-Orangensaft stand geöffnet auf dem Tisch.

»Na gut, Schluss mit den Scherzen«, sagte Pozailov, und

Popeye verdrehte die Augen zum Himmel. »Wisst ihr, welcher Tag heute ist?«

»Nein. Welcher?«

»Ihr wisst, welcher Tag heute ist. Freitag. Was ein Tag vor Samstag heißt. Was der Tag ist, an dem die Automaten fertig sein müssen.«

»Sie sind fertig.«

»Red mir nicht dazwischen, Popeye. Wir alle werden echt in Schwierigkeiten stecken, wenn sie nicht fertig werden. Also, von mir aus schlaft und esst ihr jetzt nicht mehr, bis das Ganze fertig ist. Ihr verzieht euch ins Zimmer und lasst es dampfen.«

»Sie sind fertig.«

»Ruhe, ich rede gerade. Und jetzt passt auf. Vladimir kommt morgen Nachmittag her. Er will die Maschinen in Betrieb sehen. Daher möchte ich, dass sie schon in der Früh fertig sind, klar?«

»Sie sind fertig.«

Pozailov blickte Mordechai durch seine funkelnagelneuen Brillengläser an. Mordechai lächelte.

»Mordechai, das ist nicht witzig. Wenn Vladimir Berkovich morgen hier ankommt und keine Demonstration sieht, haben wir drei ausgeschissen.«

»Präsentation oder Demonstration?«, fragte Popeye.

»Was?«

»Sorry, Pozailov. Du bist einfach zu komisch mit der Brille. Wir haben die Arbeit an den Automaten beendet. Wirklich. Ohne Witz. Wir haben's gecheckt. Alles funktioniert perfekt. Alles eingebrannt, programmiert, der Countdown zu Datum und Uhrzeit läuft schon bei beiden.«

Pozailov starrte Mordechai an. Er wusste nicht, ob er es glauben sollte. »Nimmst du mich auf den Arm?«

»Nein.«

Pozailov stand auf und spähte ins Arbeitszimmer, wo die Automaten und die Computer standen. Popeye flüsterte Mordechai zu: »Als ob er sehen könnte, ob sie fertig sind oder nicht.«

Pozailov kam zurück. »Ihr habt es getan! Ihr habt es wirklich getan!«, sagte er aufgeregt. Er trat zu Mordechai und Popeye und küsste jeden einzeln auf die Stirn.

»Was hast du denn gedacht? Dass wir spielen? Dass du einfach bloß so einen Doktor der Mathematik hier hast? Wir sind Arbeitstiere«, sagte Popeye und wischte sich über die Stirn.

»Ihr seid Arbeitstiere«, wiederholte Pozailov, »und ich bin sehr stolz auf euch.«

Mordechai und Popeye ließen sich zu einer Runde Schach nieder. Pozailov setzte sich zum ersten Mal dazu.

Mordechai zog die letzte Zigarette aus seiner Packung. Sie spielten schweigend ein paar Minuten, bis sich Pozailov nicht mehr beherrschen konnte. Er kratzte sich am Nacken und fragte wieder: »Seid ihr sicher, dass alles funktioniert?« Mordechai nickte bloß stoisch.

Dutzende Lastzüge in Reihen auf einem Parkplatz, einer neben dem anderen, deren Motoren die ganze Nacht hindurch laufen, damit die Heizung funktioniert, was einen ungeheuren Lärm veranstaltet. An den großen Lastwagen sehen die Parklichter wie eine orangerosa Halskette aus, an den kleinen wie Augen.

Die Truckstops, die Raststätten der Lkw-Fahrer, sind Lastwagenstädte – Zentren, die eigens für sie geschaffen wurden und Tag und Nacht für sie in Betrieb sind. Der Parkplatz ist immer voll, donnernd vor Motorenlärm, das Restaurant bietet ein Buffet rund um die Uhr an, die Fernseher über der Bar sind auf den Wetterkanal eingestellt. Im Club kann man sich ausruhen, rauchen, Videofilme ansehen, in den Duschen kann man für fünf Dollar die tagelange Fahrt abspülen, und der Reiseshop erfüllt alle Bedürfnisse der Trucker – von gerösteten Sonnenblumenkernen über Spiegel und Duftbäumchen bis hin zu Karten, Büchern und Souvenirstickern des jeweiligen Staates.

Als sie das Schild sahen, tief in der eisigen Nacht von Indiana, warf Jonsy einen Blick auf die Karte und sagte: »Chaim kann sich ins Knie ficken. Ich werd mich nicht für ihn umbringen. Wir gehen in diesem Truckstop schlafen, das kann er sich abschminken, dass der Laster durchfährt. Wir laden die Chicago-Fuhre in der Früh aus und fahren erst dann nach Minnesota weiter.«

Izzi fragte: »Sagst du ihm dann Bescheid? Er wollte doch, dass wir direkt nach Minnesota fahren und danach erst nach Chicago zurück.«

»Wieso?«, grinste Jonsy.

Zwei Fahrer mit imposanten Schnurrbärten und Cowboyhüten saßen an der Bar und starrten auf den Wetterkanal, wo vom schneereichsten März in der Geschichte Indianas und Illinois' berichtet wurde. Eine hübsche Kellnerin bediente sie. Jonsy hörte einen der Trucker sagen: »Was hat die für einen Prachtarsch«, und der zweite Trucker nahm lachend einen geräuschvollen Schluck von seiner Cola. Als die Bedienung an dem Fahrer vorbeikam, fragte er sie, ob sie mit ihm nach Louisiana kommen wolle. Sie erwiderte: »Wenn ich doch bloß könnte, aber weißt du, ich mag Louisiana nicht, und dich mag ich auch nicht.« Sie lachten.

Wenn man am Morgen die Handbremse löst, auf das Gaspedal drückt und in Richtung Highway hinausfährt, mit einem Becher Kaffee und schlafverklebtem Gesicht, sieht man am Straßenrand unter dem Schnee zusammengebrochene Bäume und völlig in Weiß gehüllte Häuser an den Seen. Das Radio meldet, dass in Chicago in den letzten Stunden vier Zentimeter Schnee gefallen sind. Die umgestürzten Lkws am Rande des Highways erinnern an Scha'ar Hagai, an die Skelette an der umkämpften Straße nach Jerusalem, nur dass diese Wagen in den letzten vierundzwanzig Stunden umgekippt sind und nicht vor fünfzig Jahren im israelischen Befreiungskrieg. Wenn man plötzlich daran denkt, ist das ziemlich beängstigend. Also denkt man nicht daran.

Town of Pines ist ein Städtchen in Indiana, unweit der Grenze zu Michigan am Südufer des Michigansees. Es gibt Holzhäuser dort mit Veranden von der Sorte, wie man sie in allen Filmen über amerikanische Kleinstädte sieht, und im Zentrum fließt ein kleiner Bach. Jonsy manövrierte den Lastwagen im Rückwärtsgang an die Veranda des Kunden, der über die Verspätung von einer geschlagenen Woche sehr wütend war. Jonsy schob die Schuld auf Chaim. Das war leicht, er erzählte dem Kunden bloß die wahre Geschichte – die Sachen hatten im Lager gewartet, bis der Lastwagen voll war. »So arbeitet mein Boss«, sagte Jonsy. »Ich versuche ihm zu erklären, dass das die Kunden sauer macht, aber er hört nicht auf mich.« Der Kunde bot ihnen etwas zu trinken an.

»Sind Sie Arzt?«

»Nein, wieso? Geht es Ihnen nicht gut?«

»Nein, ich habe nur ein paar Bücher über Medizin gesehen, das ist alles.«

»Ich bin Periodontologe.«

»Aha. Was mit dem Rücken?«

»Nein, Kiefer. Wo die Zähne im Mund sitzen. Ich erhalte die Kiefer, damit die Zähne nicht ausfallen.«

Jonsy ging zum Lastwagen hinaus, Izzi kam mit einer Kiste herein, und die Frau zeigte ihm, wo er sie abstellen sollte.

»Neu hier?«, fragte Izzi.

»Nein. Wir kehren nach vierzehn Jahren zurück.«

»Ach wirklich? Und wo waren Sie?«

»Fort Myers, Florida. Chris hat im Marinekrankenhaus gearbeitet. Aber jetzt ist unser Sohn in Europa und unsere Tochter im College, da haben wir beschlossen, in unser kleines Haus zurückzukehren.«

»Das ist sicher merkwürdig, wenn die Kinder das Haus verlassen. Ein bisschen einsam, oder?«

»O ja. Haben Sie Kinder?«

»Noch nicht«, antwortete Izzi mit traurigem Lächeln. Er dachte an Daphna. »Wie alt sind Ihre Kinder?«

Das Ehepaar konnte seine Verärgerung nicht lange aufrechterhalten. Jonsy sagte nachher zu Izzi: »Es gibt Leute, die nicht wirklich böse sein können. Sie sind einfach gutherzig im Innern. Du musst ihnen nur das Gefühl geben, dass du auf ihrer Seite bist und sie recht haben, jemand anderen finden, auf den man den Zorn lenken kann, sie ein bisschen aufheitern, und schon hast du sie in der Tasche.«

Jonsy arbeitete im Lastwagen, Izzi trug alles ins Haus. Es gibt so Momente, da ist man völlig auf die Arbeit konzentriert, ohne den Bullshit drumherum. Jonsy liebte diese Augenblicke. Er liebte es, sich im Lastwagen aufzuhalten, die Ladung aufzubauen – wie beim Tetris, aber lebensecht, wie er immer sagte. Das ist viel komplizierter als in dem Spiel, denn du musst die

Tiefe, die Höhe und das Gewicht der Dinge berechnen, und die Sachen haben keine geraden Ecken. Er genoss es ebenso, die Fuhren auszuladen, zu sehen, wie sich der Lastwagen langsam und allmählich bis zum Schluss leerte. Ein leerer Lastwagen in irgendeinem Loch am Rande Amerikas hat etwas Befriedigendes. Und wenn man sieht, wie das Haus seinen Charakter bekommt, sich mit Leben füllt. Das ist der Schlusspunkt, wie die Zielmarke am Ende eines 1000-Meter-Laufs.

Und das war das letzte Stück – ein Wohnzimmersofa. Jonsy regelte die Rechnung mit der Frau, und es gab ein hübsches Trinkgeld, fünfzig each. Sie lächelte ihn an und behielt ihre Hand auf seiner, als sie ihm das Geld gab.

Im Lastwagen sagte Jonsy: »Das ist das Geheimnis. Harmlos sein, die Schuld auf den Boss schieben, zeigen, dass du dich reinhängst und vorsichtig mit den Sachen umgehst, kapiert?«

Er fuhr fort: »Hast du's gemerkt, die Frau? Mir sah es ganz so aus, als ob sie mir ein bisschen schöne Augen gemacht hat am Schluss, als sie mir das Trinkgeld gegeben hat.«

Izzi erwiderte: »Ich hatte das Gefühl, dass sie mir welche gemacht hat. Ich habe oben mit ihr geredet. Sie hat mich nach Israel, nach der Armee gefragt. Ich hab ihr den Scheiß mit den israelischen Jungs erzählt, die schneller erwachsen werden wegen der Armee. Da war eine irre sexuelle Spannung.«

»Ist doch klar! Da kommen Möbelpacker an, jung, muskulös. Sie sehen sie bei der Arbeit, wie sie ihre Muskeln anspannen und schwitzen. Sie sind fremd, ein bisschen exotisch. Kommen für einen Tag und gehen wieder. Manchmal sehen sie ganz gut aus, manchmal haben sie Charme – das kann für die Frauen die Verwirklichung ihrer Phantasien sein.«

»Sie hat interessiert gewirkt. Wenn ihr Mann nicht da gewesen wäre …«

»Der Umzug ist ein neues Kapitel, ein Abenteuer, eine Veränderung im Leben. Das passt wie die Faust aufs Auge zum Flirt für eine Nacht.«

»Ich weiß.« Izzi dachte an Brenda aus Philadelphia.

Der Schnee wird immer dichter, die Fahrbahn ist von einer dicken Eisschicht überzogen. Jonsy fährt im Schneckentempo. Er sagt: »So was hab ich schon lang nicht mehr gesehen.« Im Radio wird berichtet, dass ganz Chicago ein einziger Stau aus allen Richtungen ist.

Der Piepser gibt Laut. Die Nummer, die auftaucht, ist die vom Büro.

Nach zwei Stunden Kriechfahrt hält Jonsy an einer Tankstelle. Dort haben sie einen Stromausfall, und die Zapfsäulen funktionieren nicht. Sie sagen, es sei im gesamten Bereich Chicagos so. Jonsy will im Büro anrufen. Izzi geht kacken, kauft sich einen heißen Kaffee und einen Big Mac. Er rubbelt an der Spielaktionskarte und gewinnt noch eine Portion. Bei der nächsten Karte kommt ein Jetsky heraus. Er ist noch weit davon entfernt, irgendeine Serie für einen der Preise voll zu haben.

DORT, AUF DEN GOLANHÖHEN

Jonsy kehrte wütend von dem Telefonat mit Chaim zurück.

Chaim hatte ihn angebrüllt: »Wie kannst du es wagen, mich erst jetzt anzurufen? Ich suche dich schon seit zwei Tagen. Ich hab dich tausendmal angefunkt. Was faselst du jetzt von Verzögerung?«

»Ich hab kein Signal gekriegt. Vielleicht hat das Wetter auch die Piepser eingefroren. Auf jeden Fall, wir sind ganz gut vorwärtsgekommen, und jetzt ruf ich an, um dir zu sagen, dass wir bis über die Ohren im Schnee stecken, und sie sagen, dass es in Chicago noch wüster ist, also werden wir uns ein bisschen verspäten, das ist alles. Was schreist du da rum?«

»Wieso ich schreie? Ich … ihr seid noch nicht mal in Chicago? Wo seid ihr jetzt?«

»Wir haben in einem Truckstop in Indiana geschlafen.«

»Geschlafen? Für was hab ich denn zwei Fahrer losgeschickt? Damit ihr schlafen geht? Hab ich dir nicht erklärt, dass das eine dringende Fuhre ist, dass der Kunde in Minnesota wie auf Kohlen sitzt? Einer fährt, der zweite schläft. Der Laster bleibt nicht stehen. Haben wir darüber vielleicht nicht geredet?«

Jonsy riss die Geduld. Auf seiner Stirn bildeten sich Schweißtropfen. Chaim brachte ihn immer so weit. »Ich erkläre dir doch gerade, dass das Wetter indiskutabel ist. Die Straßen sind völlig vereist. Was soll der Stress? Ein Tag Verspätung wegen dem schlimmsten Schneesturm, den es hier seit hundert Jahren gegeben hat? Ich bin nicht bereit, unter solchen Bedingungen mitten in der Nacht zu fahren. Wenn du willst, sag das deinem gestressten Kunden in Minnesota, der außerdem ein netter Russe ist, ein Jude, der bei der israelischen Armee gedient hat, ich verstehe überhaupt nicht, warum dich der dermaßen nervös machst. Abgesehen davon, auch wenn wir wollten, hätten wir nicht hinkommen können, die Tankstellen haben Stromausfall, und man kann nicht tanken!«

»Jonson, du bist doch kein Neuling im Moving, du meine Güte! Ich glaub's nicht, dass ich solche Storys von dir höre. Ich werde dir erklären, was mich nervös macht. Ihr beide seid draußen mit einem Laster, die Kunden bedrängen mich, es gibt einen Haufen Arbeit in New York, und jetzt muss ich mir anhören, dass du wegen ein bisschen Schnee zu fahren aufhörst? Du? Der große Jonsy?«

Jonsy antwortete nichts darauf. Er versuchte sich zu beruhigen. Er versuchte, nicht zu explodieren.

»Hallo?«, schrie Chaim.

»Ja, ich bin da. Sagt allen Kunden auf der Strecke wegen der Verspätung Bescheid.« Er legte auf, ohne die Antwort abzuwarten.

Chicago umfährt man auf der nervenaufreibenden Umgehungsstraße Nr. 294. Alle zwei Meilen hält einen eine Tollstation wegen fünfzig Cents auf. Als gäbe es nicht ohnehin schon genug Staus. Sie kriechen wieder im Schneckentempo dahin. Jonsy stoppt hinter einer der Tollstationen, um auf den Schnee am Straßenrand zu urinieren. Die Luft ist kalt und klar, der Urin bohrt ein gelbes Loch in den Schnee. Ihm fällt auf, dass er lange Zeit keine Erde gerochen hat.

»Wieso können die nicht eine Station mit sieben Dollar machen statt dieser ganzen Mini-Tolls?«, fragt Izzi.

Jonsy erwidert: »Wusstest du, dass die Selbstmordrate unter den Angestellten an den Tollstationen viermal so hoch ist wie der allgemeine Durchschnitt oder so ähnlich?«

Die Geräusche aus dem Radio zeigen an, dass der Empfang schwindet. Das passiert häufig, und dann drückt man auf den Suchknopf. Auf dem neuen Sender reden sie über alles Mögliche: El Niño, DiCaprio, »Titanic«. Clintons Sexaffären.

Das ist die Zeit, um einen Hershey-Kuss aus der Tüte zu holen, die Silberfolie abzuschälen, ihn in den Mund zu stecken, einen Schluck Kaffee zu nehmen und damit den Kuss schmelzen zu lassen – das ist garantiert der Moment, der dem Paradies für Lastwagenfahrer am nächsten kommt.

Izzi bemerkt: »Pessach ist in ein paar Tagen, nicht? Wie sollen wir feiern?«

»Normalerweise machen meine Freunde von Moishe's einen Sederabend bei Alon in der Manila Avenue – Humus, Pita, Drogen und Wodka. Aber es schaut mir nicht danach aus, als würden wir so bald nach New York zurückkommen.« Nach einem kurzen Schweigen fügt Jonsy hinzu: »Vielleicht machen wir einen Stopp und feiern den Seder in irgendeinem McDonald's.«

»Stell dir vor«, lächelt Izzi, »Schlomi wäre am Sederabend mit uns in einem McDonald's. Er würde einen wunderbaren Abend veranstalten.«

Sie fahren. Noch ein Hershey-Kuss schmilzt mit einem weiteren Schluck Kaffee. Noch ein Sonnenblumenkern wird gespalten. Noch ein Satz in den Raum geworfen.

»Dieses Leben, was'n Hundeleben.«

»Scheiße.«

»Und diese Nazis. Glaub mir, historische Gerechtigkeit.«

In Izzis Bauch flattert es ein wenig, als ihm die Bilder und die Summen einfallen, von denen Jigal gesprochen hat. Er fingert an seinem Ohrring. Wie er da gelandet ist, weiß er nicht. Manchmal ertappt er sich mitten unterm Fahren dabei, dass er sich fragt, wie es denn sein kann, dass der kleine Izzi aus Nazareth mit einem Lastwagen auf den riesigen Straßen Chicagos herumkurvt, wie bloß?

Jonsy sagt: »Bei diesen Bildern fällt mir ein, ich hab mal einen umgezogen, einen Künstler, vom Chelsea-Hotel. Was für ein Künstler, was für Bilder und Plastiken! Er hatte das Original vom Umschlagbild des *New Yorker*. Er hat gesagt, ›tut mir einen Gefallen, das Geld ist mir egal, es kann kosten, was es will, wenn bloß den Sachen nichts passiert.‹ Ich habe den Job mit einem Arbeiter durchgezogen. Ein Tag, ein Fünftausend-Dollar-Auftrag und hundertfünfzig Dollar Tip für jeden. Das war vielleicht ein Künstler. Ein Homo. Es geht nichts über Homos in Sachen Großzügigkeit. Nichts zu machen, im Moving lernst du so einiges. Du lernst, dass die Homos großzügig sind. So wie die Reichen die aberwitzigsten Knickerärsche sind, so sind die Homos am großzügigsten. Und die Bimbos sind echt megabekloppt.«

Izzis rechter Fuß schmerzt. So ist das, wenn man die ganze Zeit aufs Gaspedal drückt. Er drückt mit dem linken Fuß aufs Gas und sagt: »Mir scheint, ich hab die Beinkrise beim Fahren. Die Fahrkrise.«

Dreiundzwanzigeinhalb Jahre ist Izzi fast nicht aus Nazareth herausgekommen. Hin und wieder einmal Haifa oder Tel Aviv –Letzteres zweimal insgesamt. Zum ersten Mal in seinem Leben ist er zwei Monate am Stück von zu Hause weg. Aber er fand andere Wege herauszukommen. Zuerst mit Radio und Kino, danach durch Zeitschriften, Fernsehen und in den letzten Jahren per Internet. Das alles brachte die anderen Bilder und Gerüche, die anderen Sprachen und die Musik zu ihm, hauptsächlich die Musik. Ein ganz normales Leben an einem normalen Ort – bis zu dieser Geschichte in der Armee.

Sein Vater, der Taxifahrer war, hatte ihn als Baby regelmäßig zur Arbeit mitgenommen. Er erzählte ihm später immer, dass er den ausgeklügeltsten Kindersitz in ganz Israel hatte. Er legte ihn neben sich auf den Beifahrersitz, und die Kunden hinten redeten mit ihm, streichelten ihn. Sein Vater sagte, er sei das bravste Baby überhaupt gewesen. Die Fahrten waren beruhigend für den kleinen Izhar, meist schlief er oder beäugte einfach durchs Fenster die Welt draußen. Vielleicht hatte er sich damals schon den Sinn fürs Reisen, für die endlose Bewegung erworben. Vielleicht waren ihm die Staus, der Lärm, die Abgase und das grobe Rütteln der Sprungfedersitze ins Blut übergegangen. Vielleicht war Lastwagenfahrer die natürliche Fortsetzung, das, was er im Leben tun sollte.

Der Schmerz im Fuß signalisiert ihm allerdings das Gegenteil.

Nazareth. Die gleiche Schule, die gleichen Freunde von der ersten bis zur zwölften Klasse. Das gleiche Mädchen, eine Stufe darunter. Daphna. Schon immer hatte er sie gewollt. Und immer hatten andere sie. Er war ein braver Junge, tat sein Nötiges in der Schule, trieb sich mit Freunden ein bisschen im Stadtzentrum herum und kehrte nach Hause zurück zu Radio, Fernseher und den Zeitschriften, die aus dem Ausland kamen. Stopfte sich mit Wissen voll. Hörte noch und noch Musik. Träumte.

Er ging zum Militär. Golanhöhen. Nachrichtendienst. Geheimbasis, nicht viele Leute wussten davon. Jeden Sonntag machte er sich von Nazareth aus auf den Weg zur Basis, liebte es, den See Genezareth, die Höhenzüge zu betrachten. Im Winter den Schnee am Hermon. Er sagte sich, was für ein Vergnügen, in einer solchen Landschaft Militärdienst zu machen. Und jeden Freitag machte er sich wieder auf den Rückweg, die Wange ans Busfenster gedrückt, schlafend. Es war in Ordnung, es war normal, vollkommen gewöhnlich. Wie das ganze Leben bis zu jenem Augenblick, bis zu der Nacht, in der alles anders wurde.

In jener Nacht stand er Wache auf einem der Posten. Sein kleines Radio spielte die Musik, die er liebte, ein Nachtprogramm der Militärwelle. Es kam ein Lied der Pixies. Er spürte den Wind, sah die fernen Lichter und dachte wie immer an Daphna. Er wusste nicht einmal, was geschah, bis es bereits geschehen war. Er hörte Geräusche, kümmerte sich jedoch nicht weiter darum. Dann erklang das Rattern der Schüsse. Er kauerte sich zusammen, wusste nicht, was er tun sollte. Danach herrschte Stille. Anschließend die Ambulanzen. Sie fanden ihn in seinen Parka eingerollt in einer Ecke des Postens, wie er sein Haar streichelte, das Radio fest ans Ohr gepresst.

Drei Tage lang sprach er nicht. Danach sagte er, er wisse nichts. Seine Eltern erzählten ihm, was passiert war. Niemand kam, um ihn etwas zu fragen. Drei waren getötet worden. Einer davon war Jaron, sein Zimmerkamerad. Niemand fragte nach. Alle dachten, er habe einen Schock erlitten und sei gerannt, um sich im Posten einzurollen. Andere kamen ins Gefängnis, und man berichtete in der Presse über sie. Izzi wurde einfach für einen der Verletzten bei dem Zwischenfall gehalten. Kriegsverletzt. Gefechtsschock.

Er kehrte nicht in die Armee zurück. Er blieb ein paar Monate zu Hause in Nazareth, und dann fuhr er weg. Arbeitete in London in einem Plattenladen, anschließend als Kellner in einem israelischen Humuslokal. Doch es war ihm zu kalt im Winter, also fuhr er weiter nach Neuseeland, reiste herum und arbeitete danach auf einer Farm in Australien. Als es ihm dort langsam zu heiß wurde, machte er sich wieder auf den Weg, nach Indien, ein halbes Jahr verging, ein Jahr, und schließlich waren eineinhalb Jahre seit seinem Aufbruch verstrichen. Seine Mutter hatte große Sehnsucht nach ihm, sein Vater saß immer noch im Taxi, und er wanderte in Thailand, Birma, auf den Philippinen herum, nur nicht in Israel, bloß nicht jene Nacht auf dem Posten, die Armee, die Schüsse, das Zusammenrollen. Und dann, auf den Philippinen, auf einer winzigen Insel im Süden namens Burkei, als er eines Abends in dem Lokal der Israelis saß und zu einem exorbitanten Preis Humus aus der Büchse verdrückte, traf er Daphna. Daphna aus der Stufe unter ihm in Nazareth. Daphna, die er immer geliebt, immer begehrt hatte, an die zu denken er während der Denkpause der letzten zwei Jahre aufgehört hatte. Daphna. Und in dem Moment, in dem er sie sah, löste sich etwas in ihm. Sie war mit einer Freundin unterwegs, mit der sie sich gerade nicht einig war. Nach drei Monaten im Fernen Osten wollte Daphna nach Hause, ihre Freundin weiterreisen. Da sagte Izzi zu Daphna: »Komm, wir fahren heim.« Und sie erwiderte: »In Ordnung.« Diese Nacht verbrachte sie mit ihm, in einer Hütte, und am Morgen stand sie überrascht und ein bisschen verliebt auf.

Izzi stellt sich Daphna vor. Er denkt an ihre erste Nacht auf den Philippinen. Und dann ertappt er sich dabei, dass er von Brenda phantasiert. Er überlegt sogar, ob es ihnen vielleicht gelingen könnte, auf dem Weg nach Süden noch mal bei ihr vorbeizufahren.

Die Stunden vergehen, sie kommen in den Staus kaum voran. Es ist schon ein Uhr mittags. Die Lippen sind rissig vom Salz der gerösteten Knabberkerne, die Muskeln schmerzen vom stundenlangen Fahren und Schlafen dazwischen. Unrasiert, frische Pickel, Gedanken an Essen. Schließlich sagt Jonsy: »Schluss. Wir kommen heute nicht mehr nach Minneapolis. Wir bleiben in Chicago. Komm, wir gehen zu Iti.«

»Chaim wird ausrasten«, sagt Izzi.

»Soll er«, erwidert Jonsy, »von mir aus gern.«

20/20

Moderation: »In unserem Programm heute Abend: Millionen Menschen ziehen jedes Jahr um. Aber ziehen Sie nirgendwohin, bevor Sie nicht unseren Report gesehen haben. Skandalöse Finten und überzogene Preise bei korrupten Speditionen wie …«

Interviewer zum Mover: »Sie sind ein Betrüger, stimmt's? Sie verlangen eintausendachthundert Dollar nach einem Kostenvoranschlag von fünfhundert Dollar?«

Moderation: »Sie laden Ihre Möbel ein, verdoppeln und verdreifachen die Rechnung, und dann verweigern sie die Auslieferung, bis Sie gezahlt haben. Wenn Sie Ihre Sachen zurückbekommen wollen, müssen Sie den Betrag zahlen, den sie verlangen.«

»Ein anderes Thema der Sendung – der Skandal Jerry Springer. Die Tränen, die Prügel, die Pöbeleien, der Tumult – alles eine Täuschung, die von den Produzenten geplant wurde, um die Zuschauerquoten in die Höhe zu treiben?«

»Scheißkack, he«, lacht Iti. »Solche Kackmover.«

»Garnixmover«, lacht Jonsy mit ihm.

Izzi und Jonsy sitzen in Itis Wohnzimmer in Chicago. Iti arbeitet bei Big Arik's Moving and Storage, eine der drei großen Speditionsfirmen in Chicago. Die beiden anderen sind Golan's und Samson, auch sie gehören Israelis. Draußen liegt ein halber Meter Schnee, und Iti sagt: »Lasst doch dieses Chaos in New York sausen. Kommt nach Chicago, hier ist es ruhiger. Diese Wohnung kostet halb so viel wie in New York und ist dreimal so groß. In New York sind alle Wohnungen kacke.«

Sie sehen sich im Fernsehen die Reportsendung 20/20 an.

Arik, Itis fetter Boss, hat ihnen vorher erzählt, dass über israelische Mover berichtet werden soll, die die Kunden betrügen. Er meinte: »Schaut euch das haargenau an und lernt was daraus, ja?« Und dann lachte er über sein ganzes dickes Gesicht und sagte: »Bloß so, bloß so, haha.«

Iti stammt aus Netania, wo er irgendwie in Schwierigkeiten steckte. Sein Onkel dachte, es wäre gut, wenn er ein wenig die Gegend wechselte, also schickte er ihn zu Chaim Galil, den er aus New York kannte. Iti ist groß und dünn, hat glattes Haar, nicht gerade kurz, und seine Nase ist nicht unbedingt klein. Nach zwei Monaten im Umzugsgeschäft in New York traf er Arik und beschloss, nach Chicago zu übersiedeln. Sein Mitbewohner heißt Ze'ev, ein religiöser Chicagoer Jude mit schwarzem Samtkäppchen und unrasiertem Gesicht. Ze'ev redet am Telefon von einer Fete, auf der er am Weekend war, und von dem irren Ecstasy, das es dort gab. Neben Ze'ev am Küchentisch sitzen sein Freund Janiv – mit einer Baseballkappe und einem T-Shirt mit der Aufschrift POP – und zwei Mädchen, Abigail und Sheila, denen Janiv gerade erzählt: »Mein Freund war bei einem Auftritt von Goldie, er hatte zwei VIP-Karten, aber ich wusste nicht, wer oder was Goldie ist, erst nachher hab ich gehört, dass es Trance ist.«

Die Wohnung ist ein totales Chaos. Itis Gleichgültigkeit nach zu schließen, ist das der reguläre Dauerzustand. Die Werbung endet, und Iti schreit in Richtung Tisch: »Ruhe, ihr Blasebälger! Die Sendung fängt an.« Er saugt an einer Bhangpfeife, reicht sie Jonsy, der sie sich gerne reinzieht, und dann präpariert er eine weitere für Izzi, der ein paar Züge nimmt und sie weitergibt.

Moderation: »Wie wütend wären Sie, wenn Möbelpacker Ihre Sachen einladen und sie als Pfand behalten, während sie

Hunderte oder sogar Tausende Dollars mehr fordern, als Sie zu zahlen erwartet haben – passen Sie auf, wie man Sie an der Nase herumführt.«

Ein Kunde, mit versteckter Kamera: »Ich zahle keine neunhundert Dollar für Verpackung. Das ist nicht fair. Das ist skandalös.«

Mover, mit versteckter Kamera: »Sie zahlen.«

Moderation: »Kunden dachten, sie hätten eine bekannte Speditionsfirma bestellt, doch eine andere Mannschaft tauchte an ihrer Haustüre auf. Sie geben niedrige Schätzungen ab, und dann schlagen sie extrem viel für Verpackung und weitere Posten auf, die in der anfänglichen Veranschlagung nicht enthalten waren.«

Jonsy grinst: »Sababa Moving and Storag'e!«

Iti kichert: »Big Arik's Moving and Storage.«

»Pssst…«, macht Izzi, »schaut zu.«

Mover, mit versteckter Kamera: »Wenn Sie das Geld nicht haben, behalte ich den Fernseher, die Computer und noch andere Sachen. Ich werde sie ins Lager stellen, bis Sie zahlen.«

Iti sagt: »Bis jetzt ist die Sendung bloß Kackscheiß. Nichts Neues.« Die Pfeife ist wieder bei ihm gelandet. Er zündet sie noch mal an, gibt sie wieder an Jonsy weiter und stopft sie dann neu für Izzi. Izzi ist schon ziemlich bekifft und versucht abzulehnen, doch Iti sagt: »Sei keine Tomate. Bist du den ganzen Weg von New York für einen Zug hergekommen?«

Nach Izzi gibt Iti an Ze'ev weiter. »Nimm, du Dopie.«

Janiv mischt sich ein: »Nein, gib ihm nichts. Er ist auf Trip. Er hat am Mittag ein halbes Acid eingeworfen.«

Ze'ev telefoniert immer noch. Er sagt: »Ich habe heute Gemara studiert.« Er lauscht einen Moment in den Hörer und sagt dann: »Ich habe nicht das Zeug dazu, Kabbala zu studieren, ich glaub auch nicht, dass ich je so weit komme.« Er hört wieder einen Moment zu und entgegnet dann: »Das ist nicht Kabbala, das ist Mystik, Hinduismus und solcher Blödsinn. Du musst die Thora und die Gemara von hinten bis vorn auswendig gelernt haben, um überhaupt anfangen zu können, Kabbala zu verstehen. Das haben unsere Rabbiner zu uns gesagt. Also wenn ich nicht das Zeug dazu habe, dann kannst du mir glauben, dass es Madonna auch nicht hat.«

Izzi und Jonsy starren Ze'ev mit bekifftem Blick an. Ze'ev streichelt sein Samtkäppchen.

Moderation: »Eine der Firmen wird von diesem Mann geleitet, dessen Namen wir nicht preisgeben können, der, laut Bill Leonard von der Abteilung städtisches Gesundheitswesen, als der schlimmste Transportunternehmer in der Geschichte New Yorks angesehen wird.«

Jonsy sagt: »He, ist das nicht Eddy Biton?« Iti und Izzi platzen vor Lachen. Ze'ev, Janiv, Abigail und Sheila wenden ihren Blick dem Fernseher zu.

Bill Leonard: »Dieser Mensch ist kein Spediteur, er ist ein Betrüger, der Transporte für seine krummen Geschäfte benutzt. Sein Ziel ist es, die Kunden zu berauben.«

Moderation: »Seine Arbeiter tauchten zu Hause bei Kevin Bergerman auf, um seinen Umzug von Los Angeles nach Washington zu übernehmen. Bergerman zahlte sechstausend Dollar – nach einem Kostenvoranschlag von viertausend Dollar. Er begriff, wenn er nicht zahlte, würde er sein Hab und Gut nicht wiedersehen. Wir installierten eine versteckte Kamera bei einem jungen Paar, das von New York nach Connecticut umzog und diese Mannschaft beauftragt hatte. Die Kostenschätzung lag bei vierhundertfünfzig bis fünfhundert Dollar und wurde telefonisch genannt. Sie wurde nirgends schriftlich festgehalten. Der Verantwortliche bei diesem Job war Kagan, ein Spezialist im Aufblähen von Rechnungen.«

Kundin: »Hundert Dollar für vier Leute?«

Kagan: »Ja.«

Kundin: »Mir wurde gesagt, achtzig.«

Moderation: »Er war einverstanden, auf achtzig herunterzugehen. Doch er kassiert das Geld so oder so ab. Zum Beispiel für Verpackungsmaterial. Hier fragt die Kundin Kagan, warum der Posten der Verpackungsmaterialien in der Aufstellung offengeblieben ist.«

Kagan zur Kundin: »Wenn wir fertig sind, werden wir sehen, wie viel wir gebraucht haben.«

Moderation: »Viele Leute unterschreiben und machen sich keine Sorgen wegen des offenen Materialpostens. Sie nehmen an, dass ein paar Kartons, Klebebänder und Plastikbahnen nicht allzu viel kosten können. Doch sie können eine ganze Menge kosten. Kagan und seine Leute haben alles völlig übertrieben verpackt, obwohl der Großteil der Sachen bereits von den Kunden selbst eingepackt worden war. Am Ende hatte Kagan siebzig Kartons verbraucht, achtundsechzig Fuß Plastikbahnen und fünfunddreißig Rollen Klebeband. Kagan präsentierte die Schlussrechnung, bevor seine Leute sämtliche Möbel ausgeladen hatten. Die Endsumme, eintausendachthundertdreiundsiebzig Dollar, betrug über das Dreifache der abgegebenen Kostenschätzung. Das Material allein kostete neunhundert Dollar. Das Gesetz sagt, dass der endgültige Preis den Voranschlag nicht mehr als zehn Prozent überschreiten darf. Die Spediteure pfeifen darauf, die Kunden kennen es nicht.«

Kundin: »Ich zahle keine neunhundert Dollar für Material.«

Kagan: »Hä? Sie zahlen. Meinen Sie, das ist gratis? Sonst behalte ich eben Ihre ganzen Sachen ein.«

Bill Leonard: »Das ist das Goldgräbergesetz. Wer das Gold in Händen hält, bestimmt die Gesetze. Er hat den Besitz des Kunden in seinen Händen. Er hat die Karten in der Hand.«

Kagan: »Wenn Sie Ihre Sachen heute haben wollen, müssen Sie den vollen Preis bezahlen.«

Werbung.

Jonsy sagt: »Merkt ihr was, immer löffeln die kleinen Mover vor Ort die Scheiße aus. Als ob die Knete in die Tasche dieses Vormanns wandern würde. Der Boss, dieser Irre, der ihm angeschafft hat, so zu arbeiten, und das Geld einstreicht, der wird hier nicht erwähnt.«

Das Telefon läutet. Es hat einen ohrenbetäubenden Klingelton, der alles andere, was im Raum passiert, zum Erliegen bringt. Ze'ev nimmt ab und reicht es Iti. Iti sagt: »Ja, Arik.« Er lauscht kurz. »In Ordnung, Arik.« Er legt auf und verkündet: »Morgen arbeite ich mit dem kleinen und dem großen Dodo zusammen. Um acht im Büro.«

Im Wohnzimmer hängen Poster von Pink Floyd, Howard Stern und von dem Film »Der Feind im Körper«. Auf der Stereoanlage liegen CDs von Oasis, Paul Simon, Hurricane, Hawaii E und Trance. Der Fernseher, den Iti von einem Kunden bekommen hat, hat fünfunddreißig Inch. Daneben gibt es noch einen kleineren, der an ein Super-Nintendo mit Donkey Kong angeschlossen ist und mit dem Sheila gerade manisch spielt. Mit Bhangpfeife. Zweifellos eine tolle Wohnung, weitaus besser als das, was sich ein Mover in New York leisten kann. Itis Hemd trägt die Aufschrift: »I'm a Freak«.

Moderation: »Jim und Suzan McManus dachten, sie hätten alles ordnungsgemäß durchgeführt. Sie erhielten Kostenvoranschläge von vier verschiedenen Firmen und beschlossen, ›Yossi Moving and Storage‹ zu nehmen.«

Suzan: »Als sie das Sofa hereinbrachten, sah ich, dass es ganz nass war. Andere Sachen waren zerbrochen oder verschrammt. Ein Teil der Möbel kam überhaupt nicht an. Die Sitzpolster von Stühlen kamen ohne die Stühle, Lampen ohne den Lampenschirm. Vom Schreibtisch meines Sohnes traf nur die Hälfte ein. Der 27-Inch-Fernseher fehlte und ebenso eine Glasregalwandeinheit.«

Jonsy rollt sich vor Lachen. »Das ist besser als die Simpsons«, röchelt er.

Moderation: »Für die Speditionen ist es leicht, der Strafe zu entkommen, da es keine Kontrolle durch ein offizielles Aufsichtsorgan gibt. Der überregionale Handelsrat, der sich mit Klagen über Transporte zwischen den Staaten befasste, wurde vor zwei Jahren wegen Etatmangels aufgelöst. Die Speditionsfirmen geben vor, sie würden sich nur mit zwischenstaatlichen Transporten befassen, so dass in der Praxis kein Kontrollorgan mehr existiert, bei dem man sich über die Firmen beschweren könnte.«

»Und nun zum nächsten Thema – Jerry Springer unter Beschuss – falsche Schlachten, erfundene Geschichten, sensationelle Anklagen einiger seiner Gäste.«

Männlicher Gast: »Du bist eine Nutte.«

Weiblicher Gast: »Ich gehe mit jemand anderem aus.«

Jerry Springer: »Hey, lasst uns doch für einen Moment mal so tun, als wäre das eine Unterhaltungssendung. Sie schläft mit dir, sie schläft mit …«

Iti stellt leiser. Jonsy meint: »Das war's? Also komm, es gibt noch Tausende Methoden, Kunden zu betrügen. Sie haben praktisch überhaupt nichts erzählt.«

»Echt wahr, einfach bloß eine Quatschsendung«, stimmt ihm Izzi zu. »Was ist denn mit der Mileage oder der geklauten Ausrüstung, und wieso haben die nicht über die Shiny Happy Movers geredet? Die sind am krassesten. Und was ist mit den ganzen illegalen Arbeitern und den Deals …«

Aus Ze'evs Zimmer hört man das Gelächter der Mädchen. Izzis Kopf dreht sich. Er schläft ein, so wie er ist, gleich auf dem Sofa, während sich hin und wieder schrilles Telefonklingeln, Geschrei von Jerry Springer oder ein lautstarkes »Kackscheiß« von Iti in seinen Schlaf drängen.

TROJANISCHE PFERDE UND AUTOMATEN

Vladimir Berkovich landete Punkt 15.00 Uhr in Minneapolis. Pozailov holte ihn am Flughafen ab und sagte zu ihm, er habe Glück, dass heute ein schöner Tag sei. Viele Flüge seien in den letzten Wochen wegen El Niño verschoben oder gestrichen worden. Worauf Vladimir erwiderte: »Schöner Tag oder nicht, hier ist es viel kälter als in New York. Aber weder für mich noch für dich ist Kälte ein Fremdwort, was, Colonel?«

Pozailov lachte. »Ja, Boss. Nur dass einen dieser El Niño wirklich wahnsinnig machen kann.«

Dann stutzte Vladimir kurz: »Was soll diese Brille im mittleren Lebensalter, ist das jetzt Mode?«

»Mir ist aufgefallen, dass ich nicht so besonders gut sehe. Ich habe von der Villa zum See rausgeschaut, und ich hab's nicht geschafft, Popeye zu erkennen, der dort gerannt ist. Also bin ich zur Untersuchung gegangen, und es war wirklich nötig.

Der Optiker hat zu mir gesagt: ›Wie lange sind Sie schon so gefahren? Das ist sehr gefährlich.‹« Pozailov lachte wieder.

»Popeye ist um den See gerannt? Ihr denkt wohl, ihr seid auf Erholungsurlaub, eh? Die Automaten sollten fertig und zum Transport bereit sein. Eine Menge Leute hängen an dieser Operation. Ich habe die Besten besorgt. Die Mover, die die Automaten transportieren werden, weißt du, woher ich sie geholt habe? Sie waren beim israelischen Kommando! Verstehst du, was das heißt?«

»Beim israelischen Kommando«, wiederholte Pozailov anerkennend. »Du brauchst dir keine Sorgen zu machen, Boss, die Dinger sind schon seit gestern fertig. Sie haben wie die Wahnsinnigen gearbeitet, ich hab sie fast nicht schlafen lassen. Nur gestern, als sie fertig wurden, war ich damit einverstanden, dass Popeye ein bisschen rennt. Er wollte Luft schnappen.«

Popeye und Mordechai spielten Schach, als ihre Chefs hereinkamen.

»Doktor Mordechai, Popeye, wie geht's«, sagte Vladimir und nahm seinen Hut ab. Sie erhoben sich. »Du großer Gott, was ist das für eine Hitze hier?«, fragte er.

»Das ist für die Computer, für die Maschinen«, erwiderte Mordechai.

»Wie ich gehört habe, haben Sie mir etwas zu zeigen«, kam Vladimir zur Sache.

Sie gingen ins Arbeitszimmer. Popeye machte eine ausholende Geste mit der Hand: »Bitte sehr.«

Vladimir betrachtete die beiden Automaten mit Stolz. Hier waren sie nun. Da stand seine Hoffnung, seine Zukunft. Die zwei Spielautomaten, für die er und seine Leute in den letzten Monaten so schwer gearbeitet hatten. »Sie sind okay?«, fragte er.

Mordechai nickte: »Vollkommen okay, alles in Ordnung, alles bestens.« Er zog eine Dollarmünze aus der Tasche seines Kittels. »Sie sind natürlich noch nicht ans Netz angeschlossen, aber nur damit Sie sehen, dass wir ihren normalen Mechanismus nicht beschädigt haben.« Er steckte die Münze in den Schlitz und zog am Griff. Die Räder drehten sich, die Lichter blinkten, die elektronischen Soundeffekte ertönten. Vladimir lachte, und Pozailov fiel mit ein. Mordechai wirkte wie ein glücklicher Vater, dessen Tochter gerade vor Publikum erfolgreich ein Klavierstück von Beethoven absolviert hatte.

Glücksmaschinen. Spielautomaten. Sprich, Slotmaschine oder auch Einarmiger Bandit genannt. Sie sind in jedem Kasino der Welt sowie in vielen Geschäften, Spielhallen und auf Kreuzfahrtschiffen zu finden. Der gewaltige Popularitätssprung in den letzten Jahren hängt mit einer Image-Änderung zusammen. Früher wurden Slotmaschinen als etwas betrachtet, das nur für Frauen und Kinder war, gegenüber den härteren Glücksspielen wie Karten und Roulette für die Männer. Inzwischen spielen alle an diesen Automaten.

Las Vegas, Modell und Urtypus der Glücksspielwelt, ist zu einem Ort für den Familienzeitvertreib geworden. Nicht nur Männer und Geschäftsleute kommen, um ein paar hundert Dollar zu verjubeln und Stripteasetänzerinnen mit Geldscheinen zu polstern; komplette Familien fahren inzwischen hin und bekommen familiengerechte Unterhaltung geboten.

Diese Spielautomaten liefern eine unmittelbare und schnelle Spannung. Sie haben nichts mit dem hochtrabenden Gerede von Ehre und ungeschriebenen Gesetzen zu tun oder mit Entscheidungen unter Druck wie an den Roulette- und Kartentischen. Es gibt auch keine Menschen, die über dich urteilen. Das fundamentalste, nackteste, schlichteste Spiel. Die Befriedigung, wenn man etwas gewinnt, ist immens.

Die Kasinobesitzer und die Automatenhersteller wissen, das ist das Erfolgsgeheimnis – die Befriedigung beim Gewinnen. Daher sind diese Spielautomaten so programmiert, dass der Großteil des Geldes, das eingeworfen wird, wieder als Gewinn ausgeschüttet wird. Das Gesetzbuch von Nevada schreibt vor, dass mindestens 75 Prozent des eingeworfenen Geldes an die Benutzer zurückzufließen haben. In der Praxis gibt es Automaten, die 90 Prozent der Einnahmen ausschütten, und es kursieren Gerüchte von solchen, die auf 95 bis 99 Prozent programmiert sind. Die Kasinobetreiber wissen – wenn das Kasino für seine hohen Wiederausschüttungsraten bekannt ist, kommen die Leute, um zu spielen. Man braucht sich jedoch keine Gedanken um die Kasinobetreiber zu machen – sie verdienen auch so immer noch Milliarden.

Die ersten Slotmaschinen im neunzehnten Jahrhundert waren mechanisch. Drei mittels Federn betriebene Holzräder drehten sich, wenn man an dem Griff zog, und blieben stehen, wenn der Schwung der Umdrehung erlahmte. Blieben die drei Räder so stehen, dass im Fenster die Kombination von drei Zeichen in einer Reihe auftauchte, hatte man einen Treffer. In dieser Position, wenn die Räder in identischer Reihe nebeneinanderstanden, öffnete sich die Sperre des Kästchens, das die Münzen enthielt, und das darin enthaltene Geld purzelte in eine Schale. Gewonnen! Bei dieser Konstruktion beeinflusste die Stärke, mit der man am Griff zog, die Anzahl der Räderumdrehungen, doch die Gewinnchancen waren zufallsabhängig. Sowohl die Chance, dass die Räder parallel zum Stehen kamen, als auch die Geldsumme im Kästchen – sie blieben dem Glück überlassen. In jenen Tagen bestand die gängige Methode, Geld aus einer Slotmaschine zu entwenden, darin, die hintere Tür an der Maschine zu öffnen – die für Wartung und Geldentnahme vorgesehen war – und die Räder manuell zu manipulieren. Dazu musste man entweder Beziehungen zu den Wachleuten knüpfen oder ein sehr listiges Manöver planen, bei dem ihnen die hintere Tür verborgen blieb.

Auf die mechanisch betriebenen Automaten folgten in den Sechziger- und Siebzigerjahren die elektromechanischen. Hinsichtlich des Mechanismus änderte sich nicht viel, doch der Stromanschluss ermöglichte nun Töne und bunte Lichter – dazu bestimmt, Spieler anzuziehen. Die Gewinnausschüttung basierte immer noch auf dem Rädersystem, was sich erst mit dem Aufkommen der digitalen Maschinen in den Neunzigerjahren änderte.

Die Computer vollbrachten eine stille Revolution in der Milliardenindustrie der Slotmaschinen wie auch in allen anderen menschlichen Lebensbereichen. Heute sind sämtliche Kasinospielautomaten im Prinzip Computer – so auch die Automaten, an denen Mordechai und Popeye in den letzten Monaten für Vladimir gearbeitet hatten: Automaten aus der Serie G 2000 der Firma Game Mashinery, einer der beiden weltweit führenden Hersteller von Slotmaschinen, der seine Produktionsstätte bei Ely, Nevada, hat. G 2000 hat einen Pentiumchip 80 960, abgekürzt »nine sixty«, eine raffinierte Bearbeitung der Sorte EPROM (die Initialen von Erasable Programmable Read Only Memory), der darauf programmiert ist, Zufallszahlen auszustoßen und sie dann in die Ergebnisse zu transferieren, die die Slotmaschine den Spielern zeigt: zwei Siebener und einen Diamanten zum Beispiel.

Die digitalen Automaten haben die Industrie verändert,

denn sie sind viel schneller und zuverlässiger, und sie können manuell nicht manipuliert werden. Zudem sind sie vielseitiger, mit einer ganzen Palette von Spielen. Eine der wesentlichsten Veränderungen war das Spiel im Netz, das die Möglichkeit eröffnete, die Gewinne in astronomische Höhen zu treiben, wie beim Mega-Bucks-Spiel: Hunderte, Tausende Automaten, die in den Kasinos in allen Teilen der USA und darüber hinaus aufgestellt und über ein Computernetz, über die Telefonleitungen, wie ein internes Internetsystem von Spielautomaten miteinander verbunden sind. Wenn ein Spieler einen Dollar in eine Maschine wirft, die an dieses Netz angeschlossen ist, gehen neunzig Cent davon an die örtliche Lotterie, wo der Automat aufgestellt ist, und zehn Cent, manchmal weniger, an die riesige Lotterie des Netzes. Man stelle sich das vor: Hunderte oder Tausende untereinander verbundene Automaten, und jede Sekunde kommen ein paar Cent von jedem für die Netzlotterie herein – die Summe erreicht rasch ungeheure Zahlen. 1997 gewann ein New Yorker in Atlanta City siebzehn Millionen, ein halbes Jahr davor eine Kellnerin aus Georgia einundzwanzig Millionen.

Vladimir Berkovich hatte Mordechai eines Tages angerufen, nachdem beide in der Presse von dem Jackpot-Gewinn in Atlanta City gelesen hatten. »Mordechai, was machen Sie gerade?«

Mordechai antwortete: »Im Prinzip lese ich Gedichte von Sergei Jessenin.« Vladimir lachte. Kurze Zeit vorher hatte Mordechai die Arbeit an einem Fälschungsprojekt der neuen Hundertdollarnote beendet, die auf den Markt gekommen war. Es war eine Blitzplanung gewesen: Die Federal Bank hatte sie herausgebracht und als fälschungssichere Banknote angepriesen, und innerhalb einer Woche hatte Mordechais Team den Weg gefunden, sie zu fälschen. Nun war er gerade unbeschäftigt und freute sich, als Vladimir anrief, mit dem zusammen er 1995 daran gearbeitet hatte, den Code des Computersystems der Österreichischen Bank zu knacken.

Vladimir fragte: »Was halten Sie davon, diese Sache mit den riesigen Gewinnen der Slotmaschinen genauer zu untersuchen?«

Mordechai erwiderte: »Gute Idee.« Und zwei Wochen darauf befand er sich bereits mit zwei Spielautomaten von Game Mashinery in der Villa in Minnesota, wo er sich mit Popeye an die Arbeit machte, den Chip zu knacken.

Als Erstes mussten die beiden feststellen, dass sich im Inneren der Automaten ein weiterer Mechanismus verbarg, zusätzlich zu den drei Rädern, die der Spieler sieht. Es war eine fundamentale Entdeckung, die ihrer Arbeit eine gänzlich andere Richtung gab, denn dieser zusätzliche Mechanismus bedeutete, dass die Millionenlotterie des Netzes nicht im Netz ausgeführt wurde, sondern in dem lokalen Automaten! Das hieß, um in der großen Lotterie zu gewinnen, war es gar nicht nötig – wie man durchaus hätte vermuten können –, dass zu einer bestimmten Sekunde eine bestimmte Kombination in Verbindung mit einigen vernetzten Automaten auftrat; es bedurfte schlicht und allein der Gewinnkonstellation in dem zusätzlichen Lotteriemechanismus des einen Spielautomaten. Nur deshalb ist der große Preis so selten und schwer zu gewinnen – die Wahrscheinlichkeit bei diesem zusätzlichen Gewinnmechanismus ist viel geringer. Statt, sagen wir mal, von acht möglichen Formen, die sich in einer Dreierreihe arrangieren müssen, was eine Wahrscheinlichkeit von 1 zu 64 darstellt, um eine Reihe zu erhalten, oder 1 zu 512, um eine spezifische Reihe zu erhalten, müssen sich die acht Formen bei dem zusätzlichen Mechanismus zu einer Reihe von sechs anordnen, drei davon virtuell, was eine Wahrscheinlichkeit von 1 zu 32768 darstellt, um eine Reihe zu erhalten, und 1 zu 262144, um die spezifische Reihe für den großen Treffer zu erhalten. Die Firma Game Mashinery, die Mega-Bucks betreibt, berechnet die voraussichtliche Benutzerzahl pro Jahr und ermöglicht dementsprechend eine Wahrscheinlichkeitsquote für die Kasinos – nehmen wir an, ein- oder zweimal im Jahr der Multimillionenpreis, das heißt, oft genug für die Leute, damit sie an ihre Chance glauben, doch nicht öfter, damit Geld in der Kasse bleibt.

Diese Entdeckung also war, wie erwähnt, für Mordechais und Popeyes Herangehensweise äußerst bedeutsam. Statt daran zu arbeiten, das Netz zu knacken, was, wie sie anfangs dachten, die meiste Arbeit darstellen würde, konzentrierten sie sich auf die Analyse und das Knacken des Chips eines lokalen Spielautomaten. Leicht war es nicht, doch wäre es das gewesen, hätte sich Vladimir nicht der Dienste Mordechais versichert.

»Hersteller wie Game Mashinery sagen, dass die Ergebnisse der Spiele total zufallsbedingt sind und nicht im Voraus mittels eines Computers bestimmt werden können«, hatte Mordechai damals zu Vladimir gesagt. »Das ist eine sehr hübsche Theorie, jedoch Unsinn. Bei Computern gibt es keine absolute Zufälligkeit. Die gibt es nur in der Natur, nur physikalisch. Computer sind nichts Natürliches. Alles, was in ihnen geschieht, ist das Ergebnis dieser oder jener Programmierung, deren Basis ein menschliches Produkt ist.«

Er wollte damit nicht sagen, dass es einfach sei, die von Game Mashinery installierte Programmierung zu knacken und sie zu ändern – keineswegs. Die Chips dieser Maschinen durchlaufen äußerst raffinierte Kodierungs- und Verschlüsselungssysteme auf einem Top-Secret-Niveau, ähnlich wie in der Waffenindustrie. Um sicherzustellen, dass die Chips keinerlei Manipulationen unterzogen werden können, sind sie mit einem Epoxidfilm und einem Klebestreifen überzogen und störungsresistent. Jeder Chip hat seinen Zwilling bei unabhängigen Kontrolleuren und wird regelmäßig einem Vergleich mit dem Chip im Automaten unterzogen. Und wenn wir schon bei diesem Thema sind – es gibt alle möglichen Kontrollorganisationen, angefangen bei den föderalen und bundesstaatlichen, die meist nur seltene, allerdings überraschende Stichproben machen, bis hin zu den unabhängigen, von den Kasinos beauftragten Firmen, die ernsthaft und systematisch die Eingeweide eines jeden Chips laufend überprüfen, seine gesamte Lebensdauer hindurch ab dem Entstehungsmoment, um zu gewährleisten, dass alles seine Ordnung hat.

Sobald Mordechai und Popeye erkannt hatten, dass die Netzverbindung des Automaten nur zur schnellen Akkumulation der Preissumme bestimmt war und der Gewinnvorgang selbst in der Maschine steckte, war ihnen klar, dass sie den Jackpot kassieren würden, wenn es ihnen gelänge, den Automaten zu einem bestimmten Zeitpunkt nach ihren Wünschen agieren zu lassen, und wenn sie genau zu diesem Zeitpunkt daran spielten.

Als sie das begriffen hatten, fuhren sie nach Downtown Minneapolis und brachten eine Nacht mit Wodka durch.

Am Morgen versuchten sie, den Chip zu öffnen, um mit seiner Bearbeitung zu beginnen. Er verbrannte in dem Moment, in dem sie ihn berührten. Sie zerstörten zwei Automaten, bevor es ihnen gelang, den Mechanismus zu neutralisieren, der den Chip verbrannte. Als zwei neue Slotmaschinen als Ersatz eintrafen, waren sie bereits viel vorsichtiger. Zu guter Letzt gelang es Popeye, dem Elektronikgenie, den Kreis zu unterbrechen und den Chip, der für den Lotteriemechanismus verantwortlich war, zu identifizieren und zu isolieren.

Danach war der Mathematiker – Mordechai – an der Reihe, die Dechiffrierung des Lotteriemechanismus in Angriff zu nehmen. Wie bereits erwähnt, gibt es bei Computern keine absolute Zufälligkeit, sondern nur eine Pseudo-Zufälligkeit, eine anscheinend zufällige Abfolge, die der Computer produziert. Mordechai entdeckte, dass es drei Variablen gibt, die in den Lotteriemechanismus eingespeist werden und die der Mechanismus dazu nutzt, um diese Reihe zu produzieren. Eine Variable ist die Zeit – der Zeitpunkt der Tausendstelsekunde, in der der Griff gezogen wird und die Lotterie in Gang gesetzt wird. Die zweite Variable ist die ID des Geräts – seine exklusive Identifikationsnummer, die die Automaten voneinander unterscheidet. Und die dritte – und einzige, die extern eingespeist wird – ist die Random-side, der Zufallsgenerator, die bei jeder Ausschüttung wechselnde Zahlenfolge. Die Kombination dieser drei Gegebenheiten bestimmt, wie erwähnt, die pseudozufällige Reihe oder, mit anderen Worten, das Ergebnis der Lotterie. Das mag sich einfach anhören, ist es aber natürlich bei weitem nicht. Es ist eine nahezu unmöglich prognostizierbare Reihe, da sich der Zufallsgenerator von einer Spielserie zur anderen verändert, und auch der Zeitpunkt – der ab einem willkürlichen Ausgangspunkt in den Sechzigerjahren gemessen wird – ist eine lange, komplizierte Ziffernfolge.

Mordechai arbeitete zwei Wochen daran, den Mechanismus zu knacken. Die einzige Variable, die ihm zur Verfügung stand, war die ID der Maschine. Was die anderen beiden Variablen betraf, so fütterte er lange Datenreihen ein, und am Ende gelang es ihm – mit Tausenden erstellter Tabellen –, die Mathematik des Mechanismus zu lösen. Ab da kostete es ihn exakt noch einen Tag, um eine siegreiche Dreierkonstellation zu berechnen: Er fand heraus, zu welchem Zeitpunkt diese Maschine mit ihrem speziellen ID und dem bestimmten Zufallsgenerator den Hauptgewinn einspielen würde.

Der anschließende Schritt war, die Slotmaschine so zu manipulieren, dass sie den bestimmten Zufallsgenerator zu diesem bestimmten Zeitpunkt akzeptierte, und dann exakt im Augenblick der Jackpotausschüttung da zu sein und die Millionen einzustreichen. Hier trat wieder der Mann für Elektronik und Programmierung in Aktion – Popeye. Er schrieb ein Programm, das dem Lotteriemechanismus zu einem bestimmten Zeitpunkt eine gefälschte Random-side einspeisen würde –, die, von der Mordechai entdeckt hatte, dass sie für einen Gewinn zu ebendiesem Zeitpunkt erforderlich war.

Das nächste Problem stellten die erhöhten Sicherheitsvorkehrungen von Game Mashinery und der Kasinos dar. Nach jedem großen Gewinn wurde der betreffende Automat von einem Techniker des Kasinos gründlich untersucht, um sicherzugehen, dass keine Sabotage oder Manipulation daran vorgenommen worden war. Ein Programm wie das von Popeye konnte also innerhalb weniger Minuten entdeckt werden und den Gewinn des Spielers an dem Automaten annullieren. Die Lösung war ein trojanisches Pferd, das Popeye mit viel Liebe und Geduld heranzüchtete. Jenes Programm – in der Praxis ein extrem starker Virus – würde dem für den Lotteriemechanismus relevanten Chip als trojanisches Pferd eingebrannt werden, das im Automaten schlummern und nur exakt zu dem kritischen Zeitpunkt erwachen würde, der für den Jackpot ausersehen war. Genau in diesem Augenblick würde der

Mechanismus gewechselt werden, so dass der Chip den gefälschten Zufallsgenerator benutzte.

Dieses trojanische Pferd war besonders kompliziert, da es noch zwei weitere Aktionen auszuführen hatte: den Zeitpunkt, an dem es aktiv zu werden begann, einzufrieren, damit derjenige, der an dem Automaten spielte, sowohl einen angemessenen Zeitraum zur Verfügung hatte, um an dem Griff zu ziehen, als auch jede Spur von sich in dem Moment zu tilgen, in dem seine Aufgaben beendet waren. Was die Angelegenheit der Selbstauslöschung komplizierte, war, dass sich die Spielautomaten bei jedem besonders großen Treffer automatisch verriegeln, bis die Kasinotechniker zur Überprüfung eintreffen. Daher programmierte Popeye die Maschine so, dass sie nach dem Mechanismuswechsel die automatische Verriegelung um eine Mikrosekunde verzögern würde, innerhalb deren sie den Lotteriemechanismus in seinen Urzustand zurückversetzen und die Selbstauslöschung durchführen könnte. Es war der stärkste Virus, den Popeye bisher kennengelernt hatte, und sie investierten, abgesehen von seiner Programmierung, viele Stunden, um ihn zu tarnen, vor Anti-Viren-Programmen zu schützen und den Kontrollen nach Verriegelung des Automaten zu entschlüpfen. Ja, man könnte alles überprüfen – kein Problem. Der Automat würde wie gewöhnlich funktionieren, als wäre nichts geschehen, als hätte niemand seine Eingeweide angetastet. Das war das Schöne an der ganzen Geschichte: Kein Mensch könnte ihnen da jemals draufkommen.

In dem Augenblick, in dem sie den ersten Automaten präpariert hatten, war der zweite ein Leichtes. Da sie den Mechanismus nun kannten, musste es ihnen nur noch gelingen, das Ganze zu wiederholen: den Chip isolieren, seine spezifische ID-Nummer herausfinden und einen neuen Zeitpunkt und

Zufallsgenerator berechnen, der bei dieser Maschine den Treffer bringen würde. Sie erledigten das in drei Tagen.

Ein paar Monate zuvor, in der Nacht, in der Mordechai die Verschlüsselung geknackt hatte, hatte er Vladimir gegen drei Uhr morgens angerufen und ihm aufgeregt die komplizierten mathematischen Berechnungen auseinandergesetzt, die er angestellt hatte, bis er die Formel gefunden hatte. Vierzig Minuten lang erzählte er Vladimir von der Isolierung des Chips, dem Zufallsgenerator und der ID, dem bestimmten Zeitpunkt innerhalb der Tausendstelsekunde, der Pseudo-Zufallsreihe und von dem trojanischen Pferd, das sie in diesem Stadium noch entwickeln mussten.

Vladimir verstand nichts, weder in jener Nacht noch am nächsten Morgen, als er anrief, um sich die Erklärung noch einmal mit etwas wacherem Geist anzuhören. Nachdem er sich das Ganze zum zweiten Mal hatte auseinandersetzen lassen, fragte er: »Wann ist dann also das Gewinndatum?«

»Ahh«, erwiderte Mordechai, und Vladimir konnte das Lächeln am anderen Ende der Leitung förmlich hören, »die Berechnung der Zeit in Tausendstelsekunden ist eine Trilliardenzahl, wir mussten …«

»Mordechai, vielleicht nennen Sie mir schlicht das Datum. Die Erklärung kapiere ich sowieso nicht.«

»Okay«, Mordechai versuchte, seine Gekränktheit zu verbergen, »die Zahl unseres spezifischen Zeitpunkts ist 1 017 792 000 Sekunden ab dem ersten Januar 1966. Etwas über eine Milliarde Sekunden: zweiunddreißig Jahre, drei Monate und zehn volle Tage. In Tausendstelsekunden ist das eine Trilliardenzahl, mit der der Lotteriemechanismus arbeitet.«

»Und wann ist das bitte?«, rief Vladimir ungeduldig.

»Am zehnten April neunzehnhundertachtundneunzig, um Mitternacht.«

Jetzt, in der Villa in Minneapolis, angesichts der beiden fertig präparierten Spielautomaten, erinnerte sich Vladimir daran, wie weit weg ihm dieses Datum – der 10. April 1998 – einmal erschienen war, wie ferne Zukunftsmusik. Und nun lag es um die Ecke.

»Nächsten Freitag«, sagte Vladimir zu Mordechai, als er sich auf das große Sofa setzte, Pozailovs Sofa.

»Nächsten Freitag, was auch …«, Mordechai blickte Pozailov und Vladimir an. »Ihr seid keine Juden, oder?«

»Pessach, Sederabend ist, stimmt«, vollendete Vladimir. »Sie haben's mir im Restaurant gesagt. Erinnern Sie sich nicht, dass ich mal in Israel gelebt habe?«

»Ja«, nickte Pozailov. »Hast du's vergessen? Er war beim Kommando ihrer Marine.« Er sah Vladimir mit bewunderndem Blick an. »Übrigens, ich bin auch ein Achtel Jude.«

»Du auch, Pozailov? Ich habe nicht gewusst, dass es in Usbekistan Juden gibt.«

»Ich bin kein Usbeke, ich bin Kaukasier. Außerdem, weißt du nicht, dass es überall Juden gibt?«

»Ich war nicht beim Kommando, ich war auf einem Raketenschiff«, korrigierte Vladimir Pozailov nachträglich. »Jedenfalls, warum habt ihr den Sederabend gewählt?«

»Wir haben ihn nicht ausgesucht. Wir haben das erst kürzlich entdeckt. Das war reiner Zufall«, erwiderte Popeye.

»Ihr wollt das sicher nicht so genau wissen, das sind Berechnungen von Trilliarden Tausendstelsekunden ab einem Zeitpunkt in den Sechzigerjahren …«, bemerkte Mordechai versonnen.

»Und um Mitternacht hab ich dann auch Geburtstag«, sagte Pozailov.

»Und Pozailov hat Geburtstag, stimmt«, bestätigte Mordechai.

»Ihr macht Witze mit mir«, lächelte Vladimir.

»Kein Scherz, wirklich. Der Junge wird schon dreiunddreißig, wer würde das glauben?«

»Ein schönes Geburtstagsgeschenk für dreiunddreißig«, sagte Vladimir und betrachtete Pozailov. »Du bist erst zweiunddreißig, Pozi? Und was ist mit dem Bauch da und dieser Brille, die du dir angeschafft hast? Ich war sicher, du bist älter.« Er versetzte Pozailovs Bauch drei freundschaftliche Klapse. Pozailov sah ihn deprimiert an und fragte dann: »Und auf wann habt ihr den zweiten Automaten eingestellt?«

»Am achtundzwanzigsten Januar neunzehnhundertneunundneunzig, neun Monate und ein bisschen was nach dem ersten«, antwortete Mordechai wie aus der Pistole geschossen.

»Ideal«, nickte Vladimir. »Es wird genug Zeit vergangen sein, damit keiner einen Zusammenhang herstellt. Das ist nicht zufällig der Geburtstag von irgendjemand anderem, in Trilliarden Tausendstelsekunden?« Er lachte laut auf.

Mordechai und Popeye hätten ganz leicht noch weitere Spielautomaten programmieren können, doch Vladimir wollte es nicht. Er wusste, dass die Kontrollorgane nicht dumm waren. Sie hatten zwar keinerlei Möglichkeit, hinter den Betrug zu kommen, doch er wollte sie nicht herausfordern. Wenn die beiden Automaten das ausschütten würden, was sie sollten, dachte er, dann wären nicht mehr als zwei Gewinne nötig.

Er betrachtete stolz die präparierten Maschinen. Zu Mordechai sagte er: »Ihr habt euch versichert, dass neue Automaten an das bestehende Mega-Bucks-Spiel angeschlossen werden können, oder? Denn der erste wird nur wenige Tage vor dem terminierten Datum im Kasino installiert werden.« Plötzlich ereilte ihn ein Anflug von Panik, dass doch noch etwas nicht völlig ausgetüftelt sein könnte.

Mordechai klang beleidigt. »Selbstverständlich haben wir das überprüft. In dem Moment, in dem das Gerät an das Spielnetz von Mega-Bucks angeschlossen ist, ist es mit dem bestehenden Netz verbunden. Jeden Tag werden neue Automaten – oder welche, die von der Reparatur zurückkommen – an vorhandene Spielketten angeschlossen. Popeye hat Mega-Bucks im Internet aktuell verfolgt. Bei wie viel steht es momentan, Popeye?«

Popeye klickte den Bildschirm seines Computers an und linkte sich in die Internetseite von Mega-Bucks ein. »Sechsundzwanzig Millionen vierhunderteinundfünfzigtausend und hundertvierzehn Dollar, hundertfünfzehn, hundertsechzehn, hundertsiebzehn …«

Vladimir und Pozailov standen auf und beobachteten mit Genuss die steigende Anzeige. Mordechai sagte: »Nachdem das eine rege Saison in Las Vegas ist, vermute ich, dass es bis Freitag um mindestens eine Million höher springen wird.«

»Wollen Sie mir damit sagen, dass jede Sekunde, mit der wir die Zahl steigen sehen, Münzen in die Automaten geworfen werden?«, fragte Vladimir. Er betrachtete den Bildschirm respektvoll.

»Jeden Augenblick, in Tausende Automaten überall in den Vereinigten Staaten.«

»Und wenn einer vor Freitag gewinnt?«, erkundigte sich Pozailov.

»Dann haben wir sozusagen Pech gehabt«, stellte Popeye lakonisch fest. »Der Jackpot fängt an, sich von neuem aufzubauen, bei einer Million, drei oder fünf Millionen, das ist unterschiedlich.«

Sie schwiegen ein paar Sekunden. Alle beobachteten sie die bewegliche Zahl auf dem Computerbildschirm und hatten den gleichen Gedanken – wenn alles glattgeht, toi toi toi, gehört das uns. Schließlich sagte Vladimir: »Das war's dann also? Alles fertig?«

»Das war's, von unserer Seite aus«, erwiderte Mordechai. »Klar, Sie müssen sich um die ganze Geschichte mit dem Kasino kümmern – in welches Kasino die Automaten kommen, wie man sie hineinbringt, wer sie anschließt. Ich bin sicher, dass es sehr strenge Kontrollen in dem Bereich gibt. Und natürlich, wer genau am zehnten April um Mitternacht an dem Automaten spielen wird und das alles. Doch ich verlasse mich da ganz auf Sie, Vladimir.«

Vladimir hob die Hand. »Damit liegen Sie richtig. Ist alles in Arbeit. Nur damit ihr es wisst – eine besondere Mannschaft israelischer Kommandokämpfer wird die Automaten an eine Stelle in Utah transportieren, von wo aus sie auf einen normalen Lieferlastwagen von Game Mashinery verladen werden. Sie werden in zwei getrennte Kasinos in Las Vegas geliefert, in denen wir Kontaktleute haben, und an das Mega-Bucks-Netz angeschlossen. Was das angeht, wer spielt, wie und warum – keine Sorge. Das ist der leichtere Part. Ihr könnt sicher sein, es wird niemand sein, der wie ich oder wie ihr aussieht!« Vladimir brach in Gelächter aus. Pozailov fiel ein. Mordechai lächelte höflich. »Sehr schön«, sagte er. »Dann ist alles erledigt, und wir rechnen nach dem Gewinn ab, falls es klappt.«

Vladimir drückte ihm, anschließend Popeye und Pozailov die Hand. »Natürlich klappt es«, stellte er ruhig fest, »es klappt garantiert.«

JALLA, MCDONALD'S!

Arik Berman von Big Arik's Moving and Storage, eine der drei führenden Speditionsfirmen in Chicago, ist – um es mal so zu sagen – ein Mann mit Übergröße. Er hat helles Haar, hinten ein bisschen länger, ein leicht antiquierter Stil. Wie es bei ausladenden Menschen meist der Fall ist, besitzt er ein dröhnendes Organ. Als Jonsy und Izzi in der Früh in sein Büro hineinschneien, um hallo zu sagen, drückt er ihnen die Hand und klopft ihnen auf die Schulter, als seien sie die verlorenen Söhne. Jonsy und auch Schlomi kommen hier regelmäßig vorbei, und sogar Izzi hat es schon geschafft, ihn kennenzulernen. Er brüllt Iti an: »Itusch, wo ist der kleine Dodo? Jalla, treib diesen Scheißer auf und ab mit euch!« Dann wendet er sich an die beiden anderen: »Wie geht's eurem Boss, dem Irren?«

Sie antworten: »Wie üblich.«

Arik fährt fort: »Was ich nicht kapiere, ist, warum ihr in New York sitzen bleibt, in dieser verschimmelten Wohnung mit diesem Arsch. Kommt her, als Vormänner, ihr kriegt gutes Geld, wohnt in einer Stadt mit Lebensqualität, und der Boss verscheißert euch nicht ständig.«

Es ist noch nie passiert, dass man durch Chicago kam und Arik nicht versucht hätte, einen zu überreden, bei ihm zu arbeiten.

Dann sagt er: »Habt ihr's gestern im Fernsehen gesehen? Ein Scheißprogramm. Sie haben nicht mal ein Viertel von dem gezeigt, was hier gemacht wird. Hahaha … und sagt eurem Boss, dem Irren, dass er mir noch vierzehnhundert Dollar schuldet.«

»Meinst du, er benimmt sich nur bei dir wie ein Bastard?«, entgegnet Jonsy.

»Nu, dann lasst uns was machen. Mein voller Ernst.«

Es ist noch nie passiert, dass man in Chicago vorbeigekommen ist und Arik nicht versucht hätte, einen zu überreden, etwas gegen Chaim zu unternehmen.

Der Schnee türmt sich noch, doch wenigstens hat es zu schneien aufgehört. Als sie von Chicago nach Norden fahren, sehen sie rechts den Michigansee, zur Linken weiße Felder und vor sich einen hellgrauen, verhaltenen Himmel. Ein Schild am Straßenrand kündigt die nächste Ausfahrt und die Lokalitäten an. Auch die gelben Bögen sind dabei.

»Jalla, zu McDonald's?«

Unterwegs, auf den Straßen, kannst du dich diesem Monster nicht entziehen. Es gibt zu viele Restaurants, als dass du dir leisten könntest, nicht hineinzugehen. Sie sitzen an allen Ausfahrten der Highways, jede Meile eines, wirklich an jeder. Roy Roger's, Wendy's oder Popeye's, doch die zwei größten sind generell McDonald's und Burger King.

Izzi behauptet, der Big Mac sei viel besser als der Whopper von Burger King. Jonsy ergreift Partei für Burger King, bloß um ihn zu ärgern: »Was ist denn mit dir los, Big Mac ist Vollkacke mit Soße, der Whopper überholt den um Längen.« Er fährt fort: »Die Pommes von Burger King sind viel knuspriger.« Und dann noch: »Die Tomate ist viel frischer.« Begleitet von energischem Handwedeln. Izzi hat eine Weile gebraucht, bis es ihm dämmerte, dass er es nicht ernst meint, doch auch als er begriffen hat, dass es Jonsy eigentlich nicht kümmert, setzten sie die Diskussion irgendwie immer wieder fort.

Jetzt hat McDonald's ein neues Spiel, weswegen es Izzi wenigstens einmal am Tag dorthin drängt.

Man erhält mit jeder Mahlzeit eine Rubbelkarte und muss eine Gewinnserie aufbauen. Hast du vier Karten mit dem gleichen Preis, gehört er dir. Izzi hat drei Karten mit einem Jeep, zwei mit zweihunderttausend Dollar in bar und zwei für ein Jetsky. Ein Gratismenü hat er schon einige Male gewonnen.

Izzi gibt zu, dass sein Zustand bedenklich ist. Einmal hat er Jonsy überredet, fünf ganze Meilen von der Schnellstraße abzufahren, um ein McDonald's zu erreichen. Er behauptet, dass seine Chancen überdurchschnittlich hoch seien, denn er hat die Theorie: Die Karten werden in ganz Amerika verstreut, damit die Chancen gering bleiben. Daher hat einer, der in allen Teilen Amerikas herumgondelt, viel größere Chancen. Nun sind die meisten Menschen, die in ganz Amerika herumkommen, Geschäftsleute, die nicht bei McDonald's essen. Wer bleibt also übrig? Trucker und Mover.

Vor fünfzehn Jahren haben sich McDonald's und Burger King als die beiden größten in dem Bereich etabliert. Es gab fast keine Konkurrenz zwischen ihnen, denn es sah so aus, als verlange der amerikanische Schlund nur nach immer mehr Hamburgern, Pommes und Cola. Heute jedoch geht der einzige Weg, die Verkäufe noch zu steigern, auf Kosten des Konkurrenten. So begann der Hamburgerkrieg.

Im vergangenen Sommer hatte Burger King einen neuen Hamburger präsentiert, bestehend aus zwei Fleischklopsen und zwei Käsescheiben, Salatblatt, Zwiebel, Mixed Pickles und Soße. Sein Name in Amerika – Big King, und wer es nicht kapierte, dem überbrachte die Werbekampagne die frohe Botschaft: »Bereitet euch auf den neuen Geschmack vor, der den

Big Mac besiegt.« Darunter stand noch: »Wie ein Big Mac, nur mit 75 % mehr Fleisch auf dem Rost.«

Im Gegenzug war McDonald's in den letzten Jahren damit beschäftigt, seine Antwort auf den erfolgreichen Whopper der Konkurrenz zu formulieren. In diesem Winter kamen sie endlich damit heraus – der McDonald's Big Extra oder kurz MBX. Er besteht aus einer Frikadelle von hundertdreißig Gramm, einem Knoblauchbrötchen, Salat, Tomate und Ketchup-Mayonnaise-Soße. Das heißt, eine Kopie des Whoppers, nur mit 20 % mehr Fleisch. Der MBX wird von einem neuen Aktionskonzept von McDonald's unterstützt, bei dem der Kunde entscheiden kann, wie er seinen Hamburger haben möchte – weniger Mayonnaise, mehr Tomate und so weiter, ohne dass dabei die Serviceschnelligkeit beeinträchtigt werden soll. Das ist eine Imitation des Slogans von Burger King seit 1974: »As You Want.«

Es gibt noch weitere Mitstreiter auf dem Feld: Wendy's steht auf dem dritten Platz in den USA. Die Billigketten Checker's und Rally's sind im Süden erfolgreich, Steaky's in Texas. Lokale Ketten wie Hardy, Carl's und Jack-in-the-Box liegen in bestimmten Gegenden nur eine Nasenlänge hinter McDonald's. Und auf der gleichen Spielwiese tummeln sich auch die Läden für Sandwichs (Subway und Konsorten), Geflügel (Kentucky und alle übrigen Fried Chicken), Pizza, Taco und Donuts. Der Markt wird von McDonald's mit 41,9 % und Burger King mit 12,9 % gehalten. McDonald's hat jeweils ein Restaurant in drei bis vier Minuten Entfernung (zu Fuß in den Städten, in ländlichen Regionen mit dem Auto) vom Durchschnittsamerikaner aufzuweisen. Zwischen 1994 und 1996 erhöhte sich die Anzahl der McDonald's-Filialen in den USA um 11 %, mehr als dreitausend neue Restaurants wurden in diesen drei Jahren eröffnet.

Der Konkurrenzkampf zwischen den beiden Ketten erhitzte sich 1988, als Taco Bell den Markt mit dem Taco zu neunundfünfzig Cent eroberte und seine Verkäufe sprunghaft um 16 % steigerte. Dieser Schritt wirkte sich zu Anfang auf die Kleinen aus. Auf dem Hamburgersektor senkten Checker's und Rally's den Frikadellenpreis auf neunundneunzig Cent.

McDonald's erwachte als erster von den Großen. 1992 wurde in der Kette das Kombinationsmenü eingeführt, bei dem eine Ermäßigung auf Hamburger gegeben wurde, wenn sie zusammen mit Pommes und einem Getränk konsumiert wurden. Es war ein kluger Schritt, denn der Reingewinn bei Pommes und Getränken liegt bei über 80 %. Burger King machte damals alle nur erdenklichen Fehler. Man reduzierte das Fleischgewicht, um die Verluste einzuschränken, und verringerte den Fettgehalt der Mayonnaise, um zu sparen. Die Kunden schätzten diese Maßnahmen nicht. Erst 1993 wurden die Kombimenüs bei Burger King eingeführt, und erst da begannen sie, den Akzent auf ihre Gewinnkarte, den Whopper, zu setzen. Parallel dazu führten sie eine neue Produktlinie ein – Fisch, Huhn und eine große Frikadelle.

Groß macht in Amerika immer Eindruck. Das Wort »klein« ist ein Tabu in der amerikanischen Fast-Food-Industrie, so wie die dreizehnte Etage in Gebäuden. Die allerkleinste Größe ist immer »normal«, die mittlere »groß«, die große »riesig«. 1996 war eines der schlimmsten Jahre in der Geschichte von McDonald's. Im Mai 96 kam der Arch Deluxe heraus – ein neuer Burger in einem Kartoffelmehlbrötchen in Form von Bögen mit Salat, Tomate und Dijonnaise, eine Senf-Mayonnaise-Soße. Nach einem starken Auftakt verkaufte sich das Produkt praktisch nicht mehr.

Burger King hingegen hatte ein gutes Jahr, nach einigen

schlimmen Zeiten (1992 waren sie an vierter Stelle gewesen, hinter Wendy's und Hardy). Sie griffen mit neuen Pommes frites an. McDonald's reagierte mit einem Song von Elvis »The Great Pretender«. Burger King schlug zurück mit »Nichts geht über das Original« – als Antwort auf den MBX, der den Whopper kopierte.

»Was ist der Unterschied zwischen McDonald's in den USA und McDonald's in Israel?«, hatte Izzi Jonsy einmal gefragt.

»Gibt's McDonald's in Israel?«, entgegnete Jonsy. Als er das letzte Mal in Israel gewesen war, hatte es noch keines gegeben.

»Der erste Unterschied, in Amerika sind die Angestellten alte Rentner. Der zweite Unterschied, die Getränke sind per Selbstbedienung, ohne Limit. In Israel würden ihnen innerhalb von zwei Tagen die Getränke ausgehen, wenn sie sich jeder frei nehmen könnte.«

Jetzt hält Jonsy den MBX in der Hand. Es ist das erste Mal, dass er ihn probiert. Er beißt ab, schneidet eine Grimasse und sagt: »Kack mit Soße, dieser Hamburger. Vielleicht gehen wir rüber zum Burger King?«

B-BENZ MINNEAPOLIS

Je weiter man nach Norden hinauffährt, desto schlechter wird das Wetter. Im Radio berichten sie von einem fünfjährigen Jungen, der von einem Twister in Minnesota getötet wurde. Ein Dreizehnjähriger ermordete fünf Leute in Arkansas. Kentucky hat Utah im Basketball besiegt. Und das Wetter spielt verrückt. Als sie zu einer weiteren Runde Kaffee an einer der Tankstellen halten, fallen ihnen vor Kälte fast die Finger ab, die den Becher umklammern. Eine Kellnerin in einem Diner redet mit einem rothaarigen Trucker mit Bärtchen und Cowboyhut. Er sagt zu ihr, dass er dieses Wetter hasst und auch diesen Staat, Wisconsin. Er kann es kaum erwarten, nach Texas zurückzukehren. Er trägt Melkergummistiefel, die er wegen des Schnees gekauft hat. Izzi wirft draußen einen Stein auf den Teich, und er schlittert übers Eis.

Was bisher geschah:

Am Freitagmittag brach der Lastwagen von Sababa Moving and Storage von Brighton Beach am südlichen Ende Brooklyns auf, passierte Manhattan, die Bronx und Harlem, überquerte die George-Washington-Brücke nach New Jersey und fuhr auf den Highway Nr. 80, nach Westen. Nachdem er den Siedlungsbrei von New Jersey hinter sich gelassen hatte, donnerte der Lastwagen über Land, durchquerte Pennsylvania, gelangte nach Ohio, weiter nach Indiana, fast an die Grenze zu Michigan. Nach einer Nacht im Truckstop und dem Ausladen einer Fuhre am Morgen ging es nach Illinois und zum kriechenden, urbanen Stauknoten Chicagos. Eine Übernachtung in der Stadt bei Iti. Sonntag früh fuhr der Lastwagen auf der 90er von Chicago ab nach Norden, nach Wisconsin. Auf der Straße Nr. 94 gelangte er nach Minnesota, zu den Zwillingsstädten Minneapolis/St. Paul.

Es war eine lange Strecke. Sie fuhren, diskutierten über Musik und Fast Food, aßen, tankten, telefonierten ins Büro.

Die Fahrerkabine füllte sich mit Überresten von Kaffeebechern aus den Dunkin' Donuts, Pommesschachteln von

McDonald's, Silberpapier von Hershey-Küssen, Wasserflaschen, Sonnenblumenkerntüten, *USA Today*-Zeitungen.

Jonsy erzählte die Geschichten, die Izzi gerne hörte – Prügeleien zwischen israelischen Movern, Italienern und Iren von der Movers' Union; Schlomis Schwachköpfigkeiten, der Geldscheine in Münz-Tollstationen warf und nicht kapieren wollte, warum sich die Sperre nicht öffnete; der Sado-Maso-Club am Fleischmarkt im West Village mitten in der Nacht mit allen Schikanen, den Geräten, den speziellen Stühlen. Der Lastwagen, der verbrannte.

Sie redeten über Frauen, über Basketball, über Musik. Sie sprachen von dem Plan. Izzi sagte, er fürchte sich irgendwie. Dass ihm diese Millionen Angst einjagten, falls die Bilder das wirklich wert seien. Dass man vielleicht auch an einen bescheideneren Plan denken könnte. Jonsy erwiderte: »Vor was fürchtest du dich, vor Chaim? Ich kenne ihn seit vielen Jahren, der macht mir keine Sorgen. Vor Michel Argamani, von dem wir Zeug im Laster haben? Ich kenne ihn seit vielen Jahren, der macht mir echt keine Sorgen. Vor den Kunden? Die kriegen ihre Versicherung, denn ich hab sie, zur Abwechslung, mal eine echte Versicherung unterschreiben lassen. Vor diesem lustigen Russen vom Raketenboot?«

»Diese Bilder sind Millionen wert, das ist kein Pipifax, das sind keine paar Möbel und ein Laster, um die sich keiner viel Gedanken macht. Das ist ein ernsthaftes Verbrechen, das heißt Polizei, internationale Fahndung. Sie werden uns leicht finden.«

»Neiiin, du raffst es einfach nicht. Wir haben diese Bilder doch nicht aus irgendeinem Museum geklaut und die ganze Polizei ist uns hinterher. Diese Bilder sind schon gestohlen, verstehst du? Diese Nazis werden sich nicht beschweren. Das ist historische Gerechtigkeit. Praktisch moralische Verpflichtung.«

»Aber du weißt doch gar nicht, ob das wirklich stimmt. Das ist beängstigend. Vielleicht sollten wir ein paar verkaufen und ihnen den Rest bringen? So fällt es ihnen vielleicht gar nicht auf.«

Jonsy dachte ein paar Sekunden nach. »Das wäre eine Möglichkeit«, sagte er schließlich, obwohl er im Grunde nicht wirklich davon überzeugt war.

»Schön, dieses Minneapolis.« Izzi sah sich bewundernd um. Sie passierten gepflegte Parks und Seen, stille und neue Straßen, fuhren durch das Stadtzentrum in ein ruhiges Viertel. »Hier könnte ich wohnen.«

Sie fanden die Straße, die Portland Avenue, im Süden der Stadt. Die Sonne schien, doch es war bitterkalt. Unter null Grad. Der Typ, den sie treffen mussten, Be Benz oder so ähnlich, verspätete sich. Sie lehnten am Lastwagen, beobachteten die Kinder im Park gegenüber.

Ein schwarzer Mercedes hielt. Auf seinem Nummernschild stand B-Benz. Ein großer Schwarzer stieg aus. Vladimir Berkovich hatte niemandem die Adresse der Villa geben wollen, also hatte er Pozailov beauftragt, Be Benz, einen Freund aus der Gegend, zu schicken, um sie in einem anderen Viertel abzuholen. Sie würden dann zwar zu der Adresse, zu dem Haus fahren, doch er hatte vermeiden wollen, dass sie irgendwo schriftlich festgehalten war und dass die Möbelpacker sich an den Weg auf dem Stadtplan erinnerten. Be Benz sollte sie treffen und auf einem Umweg zur Villa lotsen.

»Hi, Freunde, wie geht's?«

Be Benz sah aus wie Marcellus Walles in »Pulp Fiction« – schwarze Weste, schwarzer Ledermantel. Er entschuldigte sich liebenswürdig für die Verspätung, fragte, wo sie lebten. Er war in der Bronx aufgewachsen.

»Wie bist du dann nach Minneapolis geraten?«, fragte ihn Izzi.

»Ich war bis vor siebzehn Jahren in New York. Ich bin immer in meinem offenen Camaro rumgefahren und hab HipHop in der Beat-Box gehört. Aber die Puertoricaner haben mich echt gekillt. Jedes Mal haben sie mir wieder mein Auto geklaut. Nach dem dritten Mal hab ich's aufgegeben. Wozu soll das gut sein? Vor allem, wenn du Orte wie Minneapolis hast. Schaut euch an, was für eine gute Luft, schaut euch an, was für eine Stille. Hier stehlen sie keine Autos. Schaut euch die Kinder dort im Park an, wie sie ruhig spielen. Wär das in New York möglich, sie einfach so rumlaufen zu lassen?«

Jonsy und Izzi sahen sich beeindruckt um.

»Minneapolis ist zur Stadt mit der besten Lebensqualität in den Vereinigten Staaten gewählt worden«, fügte Be Benz stolz hinzu.

»Und die Kälte stört dich nicht?«

»Quatsch. Das macht mir gar nichts. Übrigens, das ist keine Kälte. Meiner Meinung nach haben wir um die null Grad, wegen diesem El Niño. Vor ein paar Tagen hatte es minus achtzehn.« Er deutete auf seinen Mercedes: »Wollen wir?«

»Ist es nicht hier?«

»Zehn Minuten Fahrt von hier. Kommt.«

Sie fuhren dem schwarzen Mercedes hinterher. Izzi bemerkte: »Komisch. Konnten sie uns nicht gleich die Adresse geben?«

Jonsy erwiderte: »Manchmal gibt es Orte, die schwer zu finden sind. Straßen, deren Name nirgendwo geschrieben steht, keine Nummern an den Häusern. Dann macht man einen bequemeren Ort aus.«

Wieder durchqueren sie die Stadt, an den Parks und Seen vorbei, durch Downtown. Am Lyndale Park umfahren sie den Lake Harriet, und dann blinkt der Mercedes und biegt auf den Parkplatz einer großen Villa ein, die auf den See hinausblickt.

Be Benz signalisiert ihnen, rückwärts in den Parkplatz hineinzufahren. Er schließt das Tor mit der Fernbedienung und führt sie zum Haus. Sie gehen eine Treppe hinauf, treten in die ihnen entgegenschlagende Hitze. Am oberen Ende der Treppe liegt ein junger blonder Mann mit einer Baseballkappe, aus deren hinterer Öffnung ein Nackenschwanz herausquillt, und macht Sit-ups.

»Hi, Popeye«, begrüßt ihn Be Benz.

Popeye hebt stumm die Hand. Er unterbricht sein Training nicht, keucht nur angestrengt. Pozailovs Stimme dringt aus dem Wohnzimmer: »Be Benz? Kommt rein.« Sie betreten das Wohnzimmer. Dort sitzt ein rothaariger Hüne an einem kleinen Tisch. Er trägt kurze Hosen – was anfangs etwas bizarr wirkt, doch wenn man es recht bedenkt, durchaus vernünftig ist angesichts der immensen, fast übelkeiterregenden Heizungswärme, die in dem Haus herrscht – und auf seinem Knie hebt sich eine undefinierbare Tätowierung ab. Auf dem Tisch steht ein Glas Tee, so scheint es zumindest, daneben ein Schachbrett, mitten in einer Partie. Auf der anderen Seite des Tisches sitzt ein älterer Mann mit silbernem Haar und Brille, der eine Zigarette zwischen den Fingern hält.

»Hoppla, Pozailov, hast du mit Schach angefangen? Ich hatte doch schon immer so ein Gefühl, dass in diesem Tschetschenenschädel noch was andres drin ist.« Be Benz streicht Pozailov über die sich lichtenden roten Haare.

»Nicht Tschetschene, Kaukasier bitte«, verbessert ihn Pozailov. Er steht auf: »Hallo! Ihr seid die Mover? Sehr angenehm.

Wir haben von Vladimir Berkovich schon von euch gehört. Kommando, stimmt's?« Er streckt die Hand aus. »Sehr erfreut. Ich bin Pozailov, das ist Mordechai, er bringt mir Schachspielen bei. Und der da ist Popeye, gerade vom Spurt um den See zurück.«

Jonsy tritt an das große Fenster, das auf den See hinausblickt. »Echt schön hier.«

Popeye kommt ins Wohnzimmer. Die Baseballkappe in den Händen. Er hat ein Handtuch um seinen Hals hängen und trocknet sich damit die Stirn. »Habt ihr das Laufgerät mitgebracht?«, fragt er.

ALLES UNTER KONTROLLE

Schlomi Almaliach war bereits in allen Staaten der USA. Aus jedem Staat hat er ein Andenken mitgebracht: eine Kappe, ein Hemd, irgendetwas.

Er war früher einmal Model gewesen, was man ihm im ersten Moment nicht unbedingt ansieht. Wenn man seinen Körper jedoch einer genauen Betrachtung unterzieht und dann noch einmal darüber nachdenkt, kann man es sich vorstellen. Er war auch Schauspieler, Statist in ein paar Produktionen, die in Israel gedreht wurden, wie »Rambo 3«.

Seit eineinhalb Jahren trägt er die schwarze Kipa auf dem Kopf – Gebete vor jeder Mahlzeit, Seminare an den Wochenenden, Gebrauch des Wortes »Gojim«. Er stammt ursprünglich aus Beit Schemesch und wohnt jetzt in Forest Hills, Queens. Er fühlt sich dort fast wie zu Hause mit den Bäckereien und den koscheren Restaurants, den israelischen Krämerläden und chemischen Reinigungen. Er wohnt in einer kleinen Erdgeschosswohnung mit Postern von berühmten chassidischen Wunderrabbinern an den Wänden und riesigen Lastwagenmodellen im Wohnzimmer.

Es ist alles unter Kontrolle.

Er hat damals gedacht, dass sich ihm nach »Rambo 3« die Türen öffnen würden. Er sprach mit einigen Leuten von der Produktion, wechselte sogar ein paar Worte mit Stallone selbst, und sie gaben ihm die Telefonnummer einer Agentin in Los Angeles. Also reiste er nach Amerika. In New York kam er bei Freunden unter und rief die Agentin an. Er nannte Stallones Namen und den des Mannes, der ihm die Nummer gegeben hatte. Sie verstand kaum ein Wort von dem, was er sagte, forderte ihn jedoch zu einem Treffen auf.

Das erste Mal, dass er nach Los Angeles kam, war allerdings ein halbes Jahr später, als Mover. Er erwog, bei der Agentin vorbeizuschauen, doch sein Vormann ließ ihn nicht. Keine Zeit dafür. Es war eine riesige Fuhre zurück nach New York einzuladen. In New York erhielt er ein paar Angebote, bei Kurzfilmen mitzuwirken, umsonst, ohne Textbeitrag natürlich, denn sein Englisch war gleich null. Nach einem Jahr war er schon ein Vollzeitmover, und er begriff, dass seine Freizeit nach einem kompletten Arbeitstag mit Umzügen zu wertvoll war, um sie mit Studentenfilmen zu verplempern, für die er keinen Cent zu sehen bekam. Die Schauspielerei machte ihm keinen Spass mehr. Das Lastwagenfahren wurde viel wichtiger für ihn. Er begann, seine Freizeit der Sammlung von Spielzeuglastern zu widmen.

Einmal sagte er zu Izzi: »Das Helikopterunglück stand in der Thora geschrieben.«

Izzi erwiderte: »Wenn es in der Thora stand, warum habt ihr dann nicht was gesagt, irgendwas getan?«

Er entgegnete: »Ihr seid diejenigen, die etwas hätten tun müssen, eure Sachen in Ordnung bringen.«

Darauf sagte Izzi: »Wenn das so ist, was nützt es mir dann, wenn es in der Thora steht? Was interessiert mich das, dass es da stand, wenn es überhaupt nichts ändert?«

Er ist geschieden mit Kind. Dieses Jahr heiratet er wieder. Durch eine traditionelle Ehevermittlung. Eine Tunesierin aus Petach Tikwa. Nili. Sie wird in einem Monat hier eintreffen, im Sommer werden sie heiraten und, mit Gottes Hilfe, in zwei Jahren nach Israel zurückkehren. Er braucht viel Geld dafür. Sein Junge lebt in Cholon. Noch mehr Geld. Schlomi hat seine erste Frau, die Mutter seines Sohnes, in New York im israelischen Club kennengelernt. Er spricht nicht darüber, was dort passiert ist. Maximal sagt er: »Alles unter Kontrolle.«

Izzi bemerkte einmal zu ihm: »Hört sich danach an, als ob nicht alles unter Kontrolle war.«

Schlomi schluckte den Köder nicht. Er zeigte ihm ein Bild des Jungen. Fünf Jahre alt.

Auch er dachte früher, die Religion sei ihm so fern wie nur sonst was auf der Welt, und kümmerte sich nicht darum, doch einmal, als er angesprochen wurde, sagte er sich plötzlich, warum eigentlich nicht, hören wir uns an, was sie zu sagen haben. »Ich hab mir gesagt, wieso, wer bin ich, dass ich beschließen könnte, ich sei besser als sie?«, erzählte er Jonsy und Izzi. »Sie haben mich eingeladen, also schaue ich mal vorbei. Mehr sag ich auch gar nicht zu euch, schaut am Schabbat mal vorbei. Gefällt es euch – gebongt, gefällt's euch nicht – am Sonntag ist alles wieder beim Alten. Was kratzt es euch?«

Jonsy sagte zu Izzi, als sie beide zum Pinkeln gingen: »Um ehrlich zu sein, es kratzt mich gar nichts, lernen wir ein bisschen was von Religion, wer wir eigentlich sind.« Izzi antwortete: »Ich sage nicht, dass es uninteressant ist, aber ich mag dieses Missionieren nicht. Diese Wochenenden, von denen Schlomi redet, das sind reine Missionierungsseminare.«

Schlomi ging zu einem Vortragskreis über das Judentum in der Wohnung seines Freundes Joni, ein Kraftfahrzeugmechaniker aus Brooklyn. Die meisten Männer in der Gruppe waren Autohändler oder Automechaniker. Ein Teil der Ehefrauen schloss sich an. Die Treffen begannen um 9.30 Uhr, immer mittwochs, und dauerten zwei Stunden.

Die Leiter waren Chabad-Chassiden, die fließend Jiddisch sprachen. Die meisten Leute in der Gruppe waren aus dem Osten.

»Was passiert denn bei diesen Treffen?«, fragte Jonsy einmal.

»Zuerst wird aus der Predigt des Rabbis vom Schabbat gelesen, mit Pirkei Avot, Mischna. Die Lehrer reden über die jüdische Seele, die aus Teilen Gottes zusammengesetzt ist. Jeder Jude hat zwei Seelen: die natürlich-animalische, die sich aus Erde, Luft, Feuer und Wasser zusammensetzt, und die göttliche Seele, die reines Öl enthält. Den Gojim fehlt dieser Teil, der göttliche. Daher ist der Jude seinem Wesen nach gut. Gott hat in jeden Juden aus seiner Seele Leben eingehaucht«, erklärte Schlomi.

»Bullshit«, entgegnete Izzi. »Ich kann solches Zeug, ›der Jude ist seinem Wesen nach gut‹ und ›den Gojim fehlt ein Teil in der Seele‹ einfach nicht hören. Wer bist du denn, dass du so was sagst?«

»Warum wurden die Gesetze der Thora nur den Söhnen Israels gegeben?«, gab Schlomi zurück. »Dieser spezielle Stoff erklärt, warum die Juden erfolgreicher sind als andere. Auch ein Jude, der die Gebote Gottes nicht befolgt, steht über einem normalen Goi.«

»Moment mal, wenn die Juden dermaßen erfolgreich sind, warum hocken dann hier drei Juden in einem ramponierten Laster, fahren drei Tage lang, um Möbel auf dem Rücken rumzuschleppen, für einen reichen Goi, der sich in seinem Riesenhaus mit einer Million Dollar einen runterholt? Wo genau ist da der Erfolg des Juden zu sehen?«

»Was soll ich dazu sagen – schade, dass du Erfolg nur so siehst.«

»Was heißt das? Das ist Erfolg in Amerika. Du lebst selber hier, du machst selber hier Kohle. Wenn du dich auf das Grab von irgendeinem Wunderrabbi im Galil schmeißen und sagen würdest, dass Erfolg für dich ist, in Frieden mit Gott auf dem Berg zu leben, dann würde ich sagen, alles paletti, du warst erfolgreich. Aber du bist nach New York gekommen und machst bei diesem Spiel mit. Wie willst du mir also erklären, dass der Jude, der Sofas schleppt, erfolgreich ist, und der Goi, der sich im Salon einen runterholt … nimm Puff Daddy zum Beispiel.«

»Ah, den hab ich mal umgezogen«, fiel Schlomi ein.

»Ich hab immer noch nicht kapiert, wie dich diese Chassidniks dermaßen erwischt haben«, mischte sich Jonsy ein.

»Ich weiß nicht, sie erklären dir, dass du was wert bist. Sie erklären dir, was jüdische Identität ist. Du begreifst, dass ein öffentlicher Liederabend keine jüdische Identität ist. Jüdische Identität ist Judentum, das von einer Generation auf die andere übergeht.«

»Hört sich für mich wie eine Art Gruppentherapie an«, stellte Jonsy fest.

Trotz seines gebrochenen Englisch, das sich in vier Jahren nicht viel gebessert hat, kann Schlomi gut mit Menschen. Izzi liebt es, ihn bei ihren gemeinsamen Jobs zu beobachten. Schlomi weiß, wie man ein Gespräch anfängt, was man sagen muss, er hat Charme. Er kann auf die Leute eingehen und weiß, wie er sie ansprechen muss. Bei einem Umzug in Manhattan, erinnert sich Izzi, hat er so getan, als interessiere er sich wirklich für einen Teppich, der fünfzehntausend Dollar wert war, den der Kunde aus dem Nachlass von irgendjemandem erhalten hatte. Der Teppich war zusammengerollt, aber Schlomi machte einen Riesentanz darum und bat, ein Bild des Teppichs sehen zu dürfen. Der Kunde holte begeistert ein Foto heraus. Izzi dachte damals, genau das ist es – die Fähigkeit, zu erkennen, dass der Teppich dem Kunden teuer ist. Die Intuition, überhaupt auf die Idee zu kommen, dass es ein Foto von dem Teppich geben könnte – das ist das Beeindruckende daran. Es gibt Mover, die sind wahre Künstler in so etwas.

Schlomi sagt, dass ihm diese Eigenschaft früher, bevor er gläubig wurde, immer bei den Mädchen geholfen hat. Es verging kein Monat ohne mindestens eine Affäre. Jetzt hilft es ihm hauptsächlich beim Trinkgeld, auch wenn er behauptet, dass er mit den Kunden nicht bloß deswegen rede. Es interessiere ihn wirklich.

»Ein zusammengerollter Teppich interessiert dich?«

»Warum nicht?«

Und dann sind da die Unfälle, die Geldstrafen, die Zusammenstöße mit der Polizei und den Immigrationsbehörden. Es gibt fast keinen Auftrag, bei dem er nicht etwas vergisst oder kaputt macht. Zum Beispiel die zehntausend Dollar in bar, die er in einem Truckstop im Westen verloren hat. Oder als der Lastwagen in eine Holzveranda krachte, was sowohl die

Veranda als auch den gesamten Inhalt des Lastwagens ruinierte.

»Wie hältst du das nonstop seit vier Jahren durch?«, fragte ihn Izzi einmal.

»Man gewöhnt sich daran«, antwortete Schlomi. »Ich fahre furchtbar gern. Ich liebe die Straße. Hab ich dir von der Straße mit dem Steilabhang in Colorado erzählt? Du musst unbedingt mit einer bestimmten Geschwindigkeit fahren, damit der Lastwagen nicht ins Rutschen kommt. Alle hundert Meter gibt es eine Digitalanzeige, die dich informiert, wie schnell du fährst und mit welcher Geschwindigkeit du fahren solltest. Daher haben sie die Idee für den Film ›Speed‹ genommen.«

DAS GIPFELTREFFEN

»Ihr habt euch etwas verspätet.«

Jonsy blickte in die Richtung, aus der die Stimme kam. Jemand betrat den Raum. Es war der Russe, der ihm im Restaurant das Paket gegeben hatte, der vom Raketenboot.

Vladimir sah die Verblüffung in Jonsys Augen. Er fragte: »Überrascht?«

»So ungefähr. Sie haben nicht gesagt … na gut, ich dachte einfach … es hat nicht wie ein Umzugstransport ausgesehen, also hab ich nicht gedacht, dass Sie hier sein würden. Das heißt, Sie ziehen nicht hierher, oder?«

Vladimir schüttelte gemächlich den Kopf. »Sicher nicht. Es ist zu kalt in Minnesota. Ich habe meine kalten Jahre schon hinter mir.« Er lachte, und sein Schnurrbart zitterte.

Jonsy und Izzi gingen hinaus und öffneten den Lastwagen. Izzi nahm den Karton, Jonsy löste die Halterungen der Gefriertruhen und des Laufgeräts. Pozailov war mit ihnen draußen, in seinem braunen Ledermantel, der ihn vor der Kälte schützte, und dirigierte alles an seinen Platz: Die beiden Gefriertruhen blieben am Parkplatz, das Laufgerät kam nach oben, ins Wohnzimmer.

»Hier, Popeye, wie du dir gewünscht hast. Jetzt kannst du mit Heizung laufen.«

Popeye lächelte. »Über den Salo bin ich im Augenblick noch glücklicher.« Er und Mordechai öffneten gierig das Paket. Pozailov trug die Wodkaflaschen in die Küche. Mordechai nahm die Stange Prima-Zigaretten für sich heraus. Pozailov kehrte mit einer geöffneten Wodkaflasche und ein paar Gläsern aus der Küche zurück. Mordechai arrangierte die Saloscheiben auf einem Teller. Die drei machten sich darüber her. Auch Vladimir schloss sich an.

»Was ist das?«, fragte Jonsy, nachdem sie das Laufgerät in einer Ecke des Wohnzimmers, neben den essenden Russen, abgestellt hatten. »Das riecht ziemlich stark.«

»Salo«, antwortete Popeye mit vollem Mund. »Das ist die Delikatesse Nummer eins. Man kann es nirgends kriegen außer in Russland und Brighton Beach. Weißt du, Pozailov, wir müssen dem russischen Lebensmittelladen in Downtown sagen, dass er welchen besorgt. Es gibt doch genug Russen in Minneapolis, oder?«

»Aber was ist es?«, beharrte Jonsy.

»Ich weiß nicht. Was ist es, Mordechai?«

»Es ist eingelegter Schweinerückenspeck. Das ist wirklich was«, erwiderte Mordechai, während er noch schluckte. Er zog bereits eine Zigarette heraus. »Ach, und normale Zigaretten. Ich hätte sonst die ganze Woche an diesen verdammten amerikanischen Zigaretten ersticken müssen. Ihr habt mich gerettet.« Er lächelte Izzi und Jonsy an.

»Habt ihr alles ausgeladen?«, erkundigte sich Vladimir.

»Es gab ja fast nichts zum Ausladen. Sagen Sie, wofür sind diese niedrigen Eisschränke?«

»Ach, das muss in den Laden von Freunden hier, das ist alles.«

Jonsy machte ein dummes Gesicht. »Warum haben wir das dann nicht direkt zu denen gebracht?«

Vladimir drehte sich mit einer scharfen Bewegung zu Jonsy, näherte sein Gesicht dem seinen. »Weil ich es so wollte«, sagte er leise. »Warum, passt euch das nicht?« Er wandte sich dem anderen Zimmer zu. »Kommen Sie, sehen Sie sich die Maschinen an.«

Jonsy und Izzi, der ein wenig erschrocken war, folgten Vladimir. Er brachte sie ins Arbeitszimmer. Dort standen zwei Spielautomaten, Slotmaschinen, groß und stumm.

»Die Maschinen«, verkündete Vladimir.

»Zwei?«

»Ja.«

»Wohin gehen sie?«

»Schreiben Sie auf.«

»Sekunde, ich gehe bloß zum Lastwagen und hole die Vertragspapiere und Inventarformulare. Damit alles seine Ordnung hat.«

»Nein.« Vladimir nahm ein Stück Papier und einen Stift von Popeyes Arbeitstisch. »Ich möchte es nicht ordnungsgemäß. Ich will keinen Vertrag. Es sind diese zwei Automaten, und das ist alles. Schreiben Sie sich die Adresse auf.« Sein Ton wurde eine Spur schärfer. »Ich verstehe nicht, hat Uncle

Sam Ihnen nicht gesagt, dass ich kein gewöhnlicher Kunde bin?«

»Welche Adresse? Ich schreib sie schon auf«, sagte Jonsy hastig.

»Hurricane, Utah.«

»Utah?«, fragte Jonsy nach.

»Ja. Hurricane. An der Straße Nr. 9, ein paar Meilen entfernt von der 15er, die nach Vegas runterführt. Nahe der Grenze zwischen Arizona und Nevada. Es gibt in Hurricane eine einzige Tankstelle und daneben ein Restaurant mit dem Namen ›Der letzte Chief in Zion‹.«

»Der letzte Chief? In Zion?«, wiederholte Jonsy ungläubig.

»Exakt. Hinter diesem Restaurant ist ein leeres Grundstück. Dort wird der große Lastwagen einer Firma namens Game Mashinery stehen. Das ist die Firma, die diese Automaten herstellt. Sie werden in diesen Lastwagen umgeladen, der nach Vegas fährt. Der Fahrer dieses Lastwagens heißt Rudy. Er wird dort am Dienstag um vier Uhr nachmittags auf euch warten.«

»Am Dienstag um vier Uhr nachmittags?«

»Jawohl!!! Hören Sie auf, jedes Wort zu wiederholen, das ich sage. Ich sage es doch ganz deutlich, oder nicht?«

»Ja«, bestätigte Jonsy.

»Weshalb wiederholen Sie dann alles? Hören Sie einfach zu, was ich sage, tun Sie gefälligst, worum ich Sie bitte, und Sie kriegen gutes Geld dafür. Sind diese Bedingungen für Sie akzeptabel?«

Jonsy blickte abwechselnd Vladimir und Pozailov an, der mit unbeweglich über der Brust verschränkten Armen hinter ihm stand.

»Hören Sie, Mister«, holte Jonsy aus, »bei allem Respekt, ich will nicht, dass Sie so mit mir reden. Wir haben noch andere Sachen im Lastwagen, die unterwegs ausgeladen werden müssen. Wir haben Fuhren nach Houston, nach Florida. Die Kunden warten darauf. Wir fahren nicht erst vorher nach Utah und dann wieder nach Texas zurück. Meiner Schätzung nach könnten wir bei ihrem Freund in Utah …« – er warf einen Blick auf seine Uhr, kniff ein Auge zu, schielte mit dem zweiten zur Decke und rechnete, wobei er Vladimir und Pozailov ignorierte, die ihn wortlos beobachteten, ebenso wie Izzi, der sich neben ihm innerlich krümmte und an seinen Haaren herumfummelte – »gegen Donnerstagabend sein, na ja, eventuell?«

Vladimir betrachtete Jonsy und lächelte mit den Augen. Danach kräuselten sich seine Lippen. Pozailov sah Vladimir an, und auch auf seinem breiten Gesicht begann sich eine Art Lächeln anzubahnen. »Donnerstagabend?«, fragte Vladimir. »Ihr macht wohl Witze, oder? Habt ihr nicht gehört, dass ich Dienstag sagte? Hat Uncle Sam nicht mit euch geredet?«

»Bei allem Respekt vor Uncle Sam, aber wie ich Ihnen schon gesagt habe, wir haben noch andere Kun…«

Jonsy hörte mittendrin zu reden auf, als Pozailov zwei geräuschlose Schritte in seine Richtung tat. Vladimir fuhr rasch mit der Hand in die Hosentasche und zog etwas heraus. Izzi beobachtete die Hand ängstlich.

Doch Vladimir begann, Geldscheine von einem Bündel abzublättern. »Hier sind tausend Dollar für den Kunden in Florida, Entschädigung für die Verspätung.« Er hielt Jonsy die Scheine hin. »Und hier sind tausend Dollar für den Kunden in Houston, Entschädigung für die Verspätung. Und da sind viertausend Dollar für Sie beide. Dafür, dass Sie an dem Platz hinter dem Restaurant ›Der letzte Chief in Zion‹ in Hurricane, Utah sein werden – am Dienstag, den siebten April neunzehnhundertachtundneunzig, um fünf vor vier.«

Jonsy nahm die Geldscheine entgegen und starrte Vladimir an.

»Ähmmm… Sekunde, ich bring vom Laster … Moment, für die Sachen aus New York, hat Uncle Sam gesagt, haben Sie schon miteinander abgerechnet. Von hier nach Utah weiß ich nicht, vielleicht rufe ich …«

»Sie rufen nicht an. Niemand braucht davon zu wissen. Weder Uncle Sam noch euer Boss bei Sababa Moving. Dafür bezahle ich. Sind zweitausend Dollar genug für diese beiden Automaten von Minneapolis nach Utah?«

Jonsy beeilte sich nicht mit der Antwort. Er schien in Berechnungen vertieft. Schließlich sagte er: »Mir scheint schon.«

»Dann nehmen Sie dreitausend.« Vladimir reichte ihm das letzte Geldpäckchen. »Und jetzt, passen Sie gut auf«, er hob warnend einen Finger. »Bis jetzt war ich nett. Ich habe Ihnen einen hübschen Batzen Geld gegeben. Ich halte nichts davon zu sparen, denn ich will gute Arbeit. Ist das so weit klar?«

Jonsy bohrte seinen Blick in das Blau von Vladimirs Augen. »Ja.«

»Dieser Transport ist zu wichtig, als dass ihn mir jemand vermasselt. Sie schienen mir vom ersten Augenblick an in Ordnung zu sein. Schließlich und endlich waren wir zusammen in der gleichen Armee.«

Jonsy und Izzi nickten.

»Sie waren auch in der Armee?«, wandte sich Vladimir an Izzi.

»Ja. Beim Nachrichtendienst. Auf den Golanhöhen.«

»Aha. Golanhöhen. Ich habe davon gehört. Ich war nie dort. War die ganze Zeit auf See. Meer, Meer und noch mal Meer. Ich habe gehört, dass sie die Golanhöhen zurückgeben wollen. Nicht gut. Sie machen Blödsinn. Meinetwegen Jerusalem. Aber die Golanhöhen?«

Jonsy und Izzi nickten wieder. Izzi schielte nach dem Dollarbündel in Jonsys Hand.

»Und noch eine Kleinigkeit«, fuhr Vladimir fort. »Ich habe euch mehr als genug bezahlt, aber ich, nun, ich bin eben verrückt. Ich zahle gern. Ich will euch noch mehr zahlen. Wenn ich sehe, dass die Übergabe rechtzeitig geklappt hat, lege ich noch etwas drauf. Behaltet das im Hinterkopf. Ihr werdet täglichen Kontakt mit mir halten. Sie werden rechtzeitig in Hurricane eintreffen, oder?«

Jonsy erwiderte: »Klar doch. Sie können sich auf uns verlassen. Wir werden uns jeden Tag melden.«

»Und jetzt hört gut zu. Hier ist die Geschichte, die ihr jedem erzählt, der euch zufällig nach diesen Automaten fragt, und es interessiert mich nicht, ob das eure Mutter oder der Präsident der Vereinigten Staaten ist.« Und Vladimir lieferte ihnen eine hübsche Geschichte, in die Be Benz aus Minneapolis, ein Typ in Las Vegas und irgendein Andy aus Kalifornien involviert waren, zu dem die Automaten zur Reparatur geschickt wurden. »Was meint ihr?«, fragte Vladimir, nachdem er geendet hatte.

Jonsy nickte: »Eine schöne Geschichte.«

Pozailov grinste. Vladimir klopfte Jonsy und Izzi ein paar Mal freundschaftlich auf die Schultern und zwinkerte. »Sababa Moving, haha, ausgezeichnet. Jalla, ladet die Automaten ein, wir haben nicht viel Zeit.«

»Nur noch eins, bevor wir anfangen«, sagte Jonsy.

Vladimir und Pozailov wandten sich ihm irritiert zu. Es schien, als schwankten sie, ob sie wütend werden sollten.

»Kann man die Heizung ein bisschen runterdrehn?«, fragte Jonsy.

Izzi holte Decken aus dem Lastwagen, und sie hüllten die Automaten darin ein. Schöne Spielautomaten, mit bunten Displays und Erläuterungen zu den Kombinationen und Gewinnen. Obendrauf stand geschrieben: *Mega-Bucks is wild!* Pozailov beaufsichtigte sie. »Das ist G 2000«, sagte er zu ihnen. »Mega-Bucks. Die absoluten Topmodelle auf der Welt heutzutage.« Jonsy und Izzi machten gebührend bewundernde Gesichter. Die Automaten waren extrem schwer, also halfen ihnen Pozailov und Popeye, sie auf den Lastwagen zu hieven.

Jonsy zurrte eine Maschine an der Seitenwand des Lastwagens fest und befestigte die zweite an der ersten. Sie gingen zurück in die Villa, um vor Antritt der Fahrt noch zu pinkeln. Popeye gab jedem eine Dose Cola für unterwegs. Alle verabschiedeten sich mit lächelnden Gesichtern.

Vladimir und Pozailov standen im Wohnzimmer und verfolgten durchs Fenster, wie sich der blaue Lastwagen auf der Straße entfernte, den See entlang, hinter dem Mercedes von Be Benz in Richtung Stadtrand fuhr.

»Gute Jungs«, sagte Pozailov.

»Das hoffe ich«, erwiderte Vladimir. »Das hoffe ich sogar sehr – für sie. Dass sie nicht versuchen, schlauer zu sein, als sie sind.«

»Ja, Boss«, nickte Pozailov, etwas überrascht.

In dem Lastwagen, der sich auf der Uferstraße des Lake Harriet, Lyndale Park, Westminneapolis, entfernte, saßen die beiden guten Jungs, tranken langsam aus ihren Coladosen und dachten nach.

Sie dachten weiter nach, als sie den Highway erreicht hatten, den 94er, und die schöne Stadt hinter sich zu lassen begannen.

Und dann sagte einer von ihnen, es war Izzi: »Wow.«

Und der zweite, Jonsy, sagte: »Dir ist klar, dass wir mit diesen Automaten was drehen werden.«

Izzi gab keine Antwort, er war wieder in seine Gedanken vertieft.

Worauf Jonsy nach einer Weile fortfuhr: »Dir ist klar, dass das genau das fehlende Glied ist, auf das wir gewartet haben.«

Und Izzi drehte an seinem Ohrring und sagte: »Ach ja? Noch eins?«

Darauf Jonsy: »Aber klar«, und trank noch einen Schluck Cola.

Und Izzi: »Hast du die Tätowierungen von diesem Rothaarigen gesehen?«

INDIANISCHER WINTER

Crazy Horse, Tashunka Witko, ein Sioux-Kämpfer, der schon seit über hundertzwanzig Jahren tot ist, liegt auf einem Berg in den Black Hills in Süddakota begraben. Wer an dieser südwestlichen Ecke des Staates vorbeikommt, am Custer-Nationalpark, und den Blick hebt, wird auf das riesenhafte, in den Berg eingehauene Gesicht von Crazy Horse stoßen. Das gründliche, langwierige Werk der Bildhauerfamilie Ziolkowski, das schon seit Jahren in Arbeit ist und es auch noch lange Zeit sein wird, soll am Ende in der größten Skulptur der Welt gipfeln.

Jane Aki fuhr an diesem Wochenende von ihrem Haus im Sugar-Bush-Lac-Reservat in Minnesota elf Stunden lang, um diese Skulptur zu sehen. Sie fuhr elf Stunden, um das Gesicht von Crazy Horse zu sehen. Um seine Augen zu sehen. Um die Trauer und die Einsamkeit zu erkennen, um etwas zu begreifen, das sie unbedingt verstehen musste, und wieder nach Hause zurückzukehren. Sie wollte die Landschaft empfinden, die langen Horizonte, die weiten Himmel. Und so geschah es auch. Sie sah, was sie sehen wollte. Man hatte ihr gesagt, sie solle nicht fahren, es sei schade um die Zeit, schade um Wendy, ihr altes Auto. Ihr Tutor hatte zu ihr gesagt, dass die Interpretation einer polnischen Bildhauerfamilie bei allem Respekt – und er habe großen Respekt vor ihnen, denn sie leisteten seiner Ansicht nach außerordentliche Arbeit, ein überwältigendes Lebenswerk –, also bei allem Respekt, ihre Interpretation davon, wie Crazy Horse ausgesehen hatte, ganz zu schweigen von den Empfindungen, die er gehabt haben mochte, könne nicht wirklich irgendeine Realität widerspiegeln.

Jane dachte anders darüber. Sie dachte, dass die Berge, die Luft, die riesigen Weiten, in denen Crazy Horse mit seinen Kriegern geritten war, das Ihre tun würden. Sie würden den wahren Crazy Horse in die Skulptur einfließen lassen. Es sei so ein Gefühl im Bauch, sagte sie, dass sich Crazy Horse dort mit seinem Geist befinde und dass sein Geist dafür sorgen würde, dass die Skulptur etwas von ihm ausstrahlt. Als sie dann vor dem gewaltigen Werk stand, spürte sie seine ganze Macht in ihrem Körper. Hier war Crazy Horse, ungefähr siebenunddreißig Jahre alt, wenige Wochen vor seinem Tod, stolz, aber besiegt, und vor allem für immer gebrochenen Herzens, weil die Liebe seines Lebens niemals ihm gehören würde.

Jane bereute die lange Fahrt keinen Augenblick. Sie bereute nur, dass sie beschlossen hatte, ihren Freund Jakob mitzunehmen. Es war ein spontaner Impuls in letzter Sekunde gewesen, vielleicht ein verzweifelter Versuch, dem Ganzen noch einmal eine Chance zu geben. Eine Beziehung von drei Jahren war eine letzte Chance wert. Und sie war bereit, sie ihm anzubieten.

Eine grauenhafte Idee.

Ab dem Morgen hatten sie kein Wort gewechselt. Sie saßen nebeneinander – sie fuhr – und sprachen nicht. Auf der gesamten Rückfahrt, auf dem Highway Nr. 90 nach Osten durch Süddakota, danach auf dem 29er und zuletzt auf den kleineren Landstraßen in Minnesota Richtung Norden zum Reservat, sagten sie keinen Ton. Zehn Stunden saß sie selbst am Steuer, mit Pausen, um zu tanken, aufs Klo zu gehen, zu essen und, falls nötig, die Karten zu studieren. Als sie bei einer dieser Pausen zum Wagen zurückkehrte, war er noch auf der Toilette. Sie wartete auf ihn. Er kam, machte die Tür auf, setzte sich ins Auto, schloss die Tür und den Sicherheitsgurt. Sie legte den Gang ein und fuhr los. Trotz allem wollte sie ihn nicht mitten in Süddakota bei solchem Wetter aussetzen. Doch mit ihm reden wollte sie auch nicht.

Es gibt eine Menge Geschichten über Crazy Horse. Mythen, Legenden von Schlachten. Es gibt Forschungsarbeiten über die Führerschaft dieses so jung verstorbenen Kriegers, über das Ausmaß seiner Beteiligung an den Kämpfen, über seine historische Bedeutung für die Indianer und für die amerikanische Geschichte generell. All das interessierte Jane Aki nicht. Der Titel ihrer Magisterarbeit in amerikanischer Geschichte, die sie an der Universität von Minnesota demnächst beenden würde, lautete: »Crazy Horse: Romantik im Schatten der Schlachten«. Die These, die sie in ihrer Arbeit nachzuweisen versuchte, war, dass Crazy Horse, der große Krieger, viel interessierter an Frauen als an Führerschaft oder Krieg war, und dass die große Liebe seines Lebens, die er nur teilweise zu realisieren vermocht hatte, der Faktor war, der ihn mehr als alles andere beeinflusste und ihn am Ende in die Knie zwang. Jane hatte ihre erste Semesterabschlussarbeit in Geschichte über folgendes Thema geschrieben: »Stellung, Bedeutung und Aufgabe der indianischen Frauen in der Kriegsperiode zwischen den Indianern und den Weißen in den Sechziger- und Siebzigerjahren des 19. Jahrhunderts«. Die Fokussierung auf Crazy Horse und seine Liebe, die Squaw Black Buffalo, war für Jane die natürliche Fortsetzung.

Black Buffalo war eine junge, gesellige Squaw. Crazy Horse begegnete ihr im Winter 1856/57, den er im Gebiet von Kansas verbrachte. Sie war die Nichte von Red Cloud, einem der Anführer der Sioux.

Bei einem der Überfälle von Crazy Horse litt einer seiner Krieger, No Water, an heftigen Zahnschmerzen und war gezwungen, wieder ins Lager zu reiten. Als Crazy Horse von der Attacke zurückkehrte, stellte sich heraus, dass die Squaw Black Buffalo No Water geheiratet hatte. Crazy Horse nahm es sehr schwer. Er war damals einundzwanzig oder zweiundzwanzig.

Die Squaw Black Buffalo hatte ihre Wahl getroffen, und damit hätte die Geschichte eigentlich zu Ende sein sollen – die Wahl einer indianischen Frau wurde geachtet, und man konnte sie nicht ändern. Doch Crazy Horse war ein junger Mann mit starken Wünschen, und Black Buffalo war die einzige Frau, für die er solch große Liebe empfand.

In dem Gebiet des heutigen Custer-Nationalparks, benannt nach dem weißen General, den Crazy Horse bei einem der Kämpfe tötete, hielt Jane an und stieg aus, um die Landschaft auf sich wirken zu lassen, die Crazy Horse gespürt hatte, um die ungeheure Einsamkeit zu fühlen, die der Mensch angesichts einer so gewaltigen Natur, dieses riesigen Himmels und der unendlich langen Horizontlinie verspürt. Aber Jakob, dieses Arschloch mit seinen Grimassen, seinen rollenden Augen – »Halten wir jetzt schon wieder an, um den roten Himmel der Indianer anzuglotzen, mein Gott, Jane!« –, trieb sie schlicht zum Wahnsinn.

Diese Gegenden waren die Erde von Crazy Horse: Nebraska, Wyoming, Süddakota, Ostmontana. Wer sie nicht kannte, für den waren die Ebenen nur monotone Leere. Doch wer die feinen Schattierungen kannte, dem schenkten diese Ebenen unbegrenzten Zauber, ein nie endendes Spiel zwischen Himmel und Erde, dramatische Natur voller Leben. Jane dachte, dass man hier, auch heute noch, die Freiheit des Nomaden verstehen konnte. Jakob verstand das wahrscheinlich nicht. Sie hatte ihn gefragt, ob seine Gleichgültigkeit gegenüber der Natur damit zusammenhänge, dass er Jude sei. Er war beleidigt. Sie entschuldigte sich, es war wirklich eine dumme Bemerkung. Doch noch lange kein Anlass für Zynismus, gezielten Streit und seine Attacken: »Jetzt komm endlich runter von dem Indianertrip. Das ist vorbei. Wir leben in den Neunzigern, mein Gott, Jane, in den Neunzigerjahren des zwanzigsten Jahrhunderts!«

Alle Krieger hatten Frauen, Crazy Horse nicht. Er trieb sich um den Wohnbereich von No Water herum, der ein eifersüchtiger Ehemann und gar nicht glücklich über die Aufmerksamkeit war, die Crazy Horse seiner Frau zollte. Etliche Jahre hindurch, in denen No Water und der Squaw Black Buffalo drei Kinder geboren wurden, blieb der Status quo zwischen den Parteien gewahrt.

Um 1865 herum erneuerten die Sioux den Brauch der Hemdenträger. Die Stammesältesten wählten vier junge Männer aus, die ihren Mut und ihre Tugend bewiesen hatten, und zeichneten sie mit der Ehre aus, Hemdenträger zu sein. Die Hemdenträger sollten den jungen Leuten ein Beispiel geben. Sie mussten uneigennützig handeln und zugunsten des Stammeswohls denken.

Der Erste, der auserkoren wurde, war ein furchtsamer junger Mann, der aus einer der wichtigen Familien des Stammes kam. Nach ihm wurden drei weitere gewählt, darunter Crazy Horse. Es war eine große Ehre. Crazy Horse stammte aus keiner angesehenen Siouxfamilie. Sein Vater war arm, Heiler, Traumdeuter. Als er seinen Namen Crazy Horse auf seinen damals sechzehnjährigen Sohn übertrug, änderte er seinen eigenen in Wurm. Crazy Horse wurde dank seiner Kühnheit und seiner Großzügigkeit ausgewählt. Doch diese große Ehre sowie alle anderen Ehrungen, die ihm von den Steppenstämmen zu jener Zeit bezeugt wurden, interessierten ihn nicht. Sämtliche Forschungsarbeiten, die Jane eingehend studiert hatte, förderten die eine schlichte Tatsache zutage: Alles, was Crazy Horse interessierte, war die Squaw Black Buffalo.

Elf Stunden hin, zehn Stunden zurück. Ein großer Streit, Schweigen während der ganzen Rückfahrt. Was für ein mieses Timing für Wendy, sich zu verabschieden.

»Oh, oh.«

»Was, oh oh?«

»Spürst du's nicht? Da ist was nicht in Ordnung mit ihr. Hör gut hin, das ist das Geräusch ihres Todeskampfes.«

»Von wem redest du? Welcher Todeskampf, von wem …«

»Wendy, du Blödmann! Hör doch hin. Da, jetzt ist es passiert. Ich hatte so ein Gefühl, dass sie diese Reise nicht durchstehen würde. Ich halte am Randstreifen.«

Jane blinkte, verlangsamte und fuhr an den Straßenrand.

Genau in dem Moment, als sie ganz zum Stehen gekommen war und den Motor ausschaltete, hörten sie ein kleines Geräusch, wie das Nachgeben eines Ventils, und eine weiße Wolke stieg von der Kühlerhaube, vom Motor auf. Erst nachdem sie zugesehen hatten, wie sie sich auflöste, wandte sich Jane an Jakob. Ihre dunkle Haut, ihre eine Spur schräg stehenden Augen, das absichtlich zu einem Zopf gebändigte Haar, um wie eine indianische Prinzessin auszusehen – Jakob dachte immer noch, dass sie das schönste Mädchen auf der Welt war, was ihn allerdings nicht daran hinderte, sie zu verabscheuen. Jetzt blickten ihre Augen ihn an, ihre Lippen bebten leicht, und dann öffneten und schlossen sie sich, als sie folgende Worte sagte: »Du bist dermaßen, ich meine, quasi, also echt, aber auch schon so bescheuert, Jake.«

Er antwortete ihr: »Okay, ich hab verstanden, ich hab verstanden«, und zeigte in die Richtung, in der einen Moment zuvor die weiße Rauchsäule aufgestiegen war. »Wendy ist also hinüber.«

Jane blickte seinen Finger und dann wieder ihn an, schüttelte verzweifelt den Kopf. »Ich bin froh, dass es dir auch schon aufgefallen ist, du Genie.«

»Und ich bin echt froh, dass du von diesen Problemen mit dem Auto gewusst und trotzdem beschlossen hast, mich auf eine Zweitagefahrt nach Süddakota und zurück mitzunehmen, während es draußen Stein und Bein friert«, versetzte er gehässig.

»Wie bitte? Wer hat zu dir gesagt, dass du mitkommen sollst? Wer hat denn gebettelt: ›Jane, bitte, komm, wir versuchen es noch einmal, bitte‹?« Sie imitierte ihn, schnitt ein jämmerliches Gesicht.

»Und wer hat zu dir gesagt, dass du mit diesen Selbstfindungstrips, mit diesen Indianern aufhören sollst? Dass es Zeit wird, dass du dich davon befreist? Schau dich an, wie du aussiehst mit diesem Zopf. Eine Indianerprinzessin. Wann wirst du mal erwachsen? Wir sind in den Neunzigerjahren, mein Gott, in den Neunzigern des zwanzigsten Jahrhunderts. Wie oft muss man dir das noch sagen?«

Jane schwieg. Auch Jake schwieg. Sie versuchte, den Motor wieder zu starten. Nichts. Sie atmete tief ein und blies die Luft wieder aus. Beide starrten sie geradeaus durch die Windschutzscheibe. Sie sahen dasselbe – einen bleigrauen Himmel, die Farbe des Nachmittags, kurz bevor die Rottöne des Sonnenuntergangs erscheinen. Sie sagte: »Gut. Lass uns herausfinden, was man machen kann. Ich möchte nicht die Nacht hier verbringen, ich meine, quasi, also echt nicht.«

NOCH EIN FEHLENDES GLIED

Der blaue Lastwagen von Sababa Moving and Storag'e hatte Minneapolis verlassen. Izzi war hungrig. Sie fuhren an einem Outlet-Center ab und betraten einen Boston Market. Jonsy erklärte, das sei eine Kette, die sich gehobener als Fast Food gebe, genau genommen aber die gleiche Scheiße sei. Izzi sagte: »Von mir aus.« Er nahm den Big Deal – und hatte ein riesiges Hühnerviertel auf dem Teller.

Jonsy war gut gelaunt. »Vegas …«, sagte er. »Dort war ich lang nicht mehr. Wenn du als Mover dorthin kommst, bist du der King, denn normalerweise hast du ein paar Tausender Bares einstecken. Und dort, wenn du einen Packen Geld sehen lässt, behandeln sie dich wie einen König. Getränke frei, Essen, die ganze Zeit Begleiter um dich herum, die dich Sir nennen. Wenn du viel spielst, geben sie dir manchmal sogar ein Zimmer umsonst und schicken dir ein Mädchen auf Rechnung des Hauses.«

»Wirklich?«

»Mir ist das noch nicht passiert mit dem Mädchen, aber ich hab genug darüber gehört. Michel Argamani rastet immer völlig aus bei Las Vegas. Ich vergesse nie, wie ich irgendwann mal einen Transport für eines der neuen Kasinos dort gemacht habe, ein Lastwagen voller Handtücher, auf denen der Name des Hotels, Royal irgendwas, stand, und da haben sie mich im Hotel schlafen lassen. Es war noch nicht mal aufgemacht, das Hotel, total brandneu, hier und dort war noch was unfertig. Aber es war das luxuriöseste Hotel, in dem ich je im Leben war. In der Früh sitzt du zum Vergnügen am Pool rum, liest *USA Today* und trinkst Cappuccino. Wie im Märchen. Vielleicht suchen wir's, falls wir hinkommen.«

»Was heißt, ›falls‹? Dieser Vladimir hat doch gesagt, dass wir zu irgendeiner Kleinstadt dort ganz in der Nähe fahren, oder? Warum sollen wir also nicht vorbeischauen?«

»Ich hab dir doch schon gesagt, wir müssen was mit diesen Automaten anfangen. Da steckt irgendwas dahinter, so viel ist klar. Ich bin mir überhaupt nicht sicher, ob wir sie zu diesem Ort bringen. Man muss darüber nachdenken, wie man sie in den Plan einpassen kann.«

»Was gibt's da nachzudenken, Jonsy. Du hast diesen Vladimir gesehen. Und den Rothaarigen. Mit denen würde ich mich nicht anlegen.« Izzi kaute gierig an seinem Hühnerviertel.

Jonsy hörte auf zu essen und sah Izzi an. »Izzi, ich hab's dir schon gesagt, ich bin ein großes Risiko eingegangen. Ich verzichte auf eine Menge für diesen Plan. Ich bin nicht bereit, dass du wegen jedem Scheiß den Schwanz einziehst. Du wirst langsam etwas schwierig.« Im Stillen dachte er, vielleicht habe ich mich geirrt, als ich mich auf ihn verlassen habe. Ich kenne den Jungen seit zwei Monaten. Wer weiß, was dem einfällt.

»Was heißt hier schwierig? Wir haben über einen Plan geredet. Wir haben nicht gesagt, dass er sich alle zehn Minuten ändert. Wir haben auch nicht gesagt, dass wir uns mit Leuten wie diesem Vladimir anlegen. Zwei alte Leutchen an die neunzig, deren Nazipapa Bilder von Juden gestohlen hat, wo wir historische Gerechtigkeit üben – das ist eine Sache. Aber der Rotschopf mit den Tätowierungen? Ich hab keine Lust, den zu ärgern. Was ich damit sagen will – ich bin nicht hergekommen, um Schwierigkeiten zu kriegen. Alles in allem bin ich für ein paar Monate gekommen, um ein bisschen Geld auf die Seite zu legen.«

»Jetzt mach mich nicht wahnsinnig!« Jonsy hob die Stimme, und die Leute an den Nachbartischen reckten die Köpfe nach ihm. Er mäßigte sich wieder, behielt jedoch den gleichen Tonfall bei. »Keine Diskussionen. Ich entscheide, was passiert, und was jetzt passiert, ist, dass wir was mit diesen Slotmaschinen anstellen. Punkt. Verdammt und zugenäht.«

Izzi senkte den Kopf. Er spielte mit dem Schuh an einem Stück Pommes herum, das auf den Boden gefallen war.

»Ich will nichts mehr von diesem Schwachsinn hören«, fügte Jonsy hinzu.

Izzi hob den Blick. »Wenn ich was zu sagen hab, dann sag ich's.« Er spürte, wie ihm das Blut zu Kopf stieg. Warum sollte Jonsy hier alles bestimmen?

Jonsy richtete sich aus seiner nach vorn gebeugten Haltung auf. Seine Stimme wurde weicher. »Hör mal, Jigal hat selber gesagt, dass man nicht wissen kann, ob die Bilder gefälscht sind, und wir wissen nicht, wo wir sie verkaufen sollen, also versuche ich, noch in andere Richtungen zu denken. Und die Richtung mit den Automaten kommt mir interessant vor, denn da steckt irgendwas dahinter, hinter diesen Dingern. So viel ist doch klar. Diese Russen, diese Villa, und plötzlich müssen zwei Spielautomaten nach Vegas gebracht werden, und er schüttelt ein paar Tausend Dollar Trinkgeld aus dem Ärmel. Ich sag ja nur, lass uns das näher unter die Lupe nehmen.« Er beugte sich wieder über den Tisch und senkte die Stimme. »Okay, ab diesem Moment – Funkstille. Wir hören auf, auf die Piepsersignale zu reagieren, außer denen von Chen. Und außerdem fahren wir jetzt nach Norden.«

»Was? Wieso denn nach Norden?«

»Du hast es gehört. Wir fahren nicht dort, wo sie uns suchen werden. Zuerst nach Norden und dann nach Süden, aber auf Umwegen. Inzwischen denken wir uns was aus, was wir mit den Automaten und den Bildern anstellen.«

»Aber was ist mit den Kunden, die warten? Was ist mit dem Parkplatz in Utah am Dienstag?«

Jonsy sah Izzi mit entnervtem Blick an. »Du raffst es nicht, ha? Du kapierst wirklich nichts. Wir reden schon seit einer Woche darüber, und du kriegst nichts mit. Du bist auf einem andern Stern.«

»Was willst du denn? Was hab ich gesagt?«, verteidigte sich Izzi.

»Was ich will? Kapierst du nicht, dass wir schon mittendrin sind, dass wir nicht nach Utah fahren, dass wir im Moment nicht zu Kunden fahren? Dass wir vielleicht jemand finden, der uns diese Bilder morgen früh abkauft, und dann am Abend schon den Abflug machen? Verstehst du nicht, dass wir jetzt in Eigenregie handeln und die einzige Frage lautet, wie wir die Dinge so günstig hindrehen, dass sie uns noch mehr Geld einbringen und dass uns keiner draufkommt? Von welchen Kunden redest du also?«

»Okay, okay. In Ordnung. Beruhig dich wieder.« Izzi strich seine Haare zurück. Er sah eingeschnappt aus.

Jonsy betrachtete seinen Einwegteller, der noch halb voll war. »Also jetzt komm, dieses Essen ist doch echt Kacke mit Soße, so'n mieser Scheißdreck.«

Izzi trank einen Schluck von seiner Limonade. Er sagte: »Ich hab das Gefühl, dass sich irgendwas Übles in meinem Bauch tut.«

»Ich wiederhole«, nahm Jonsy den Faden wieder auf und spreizte seine Finger. »Wir haben gesagt, Funkstille. Wir haben gesagt, nach Norden. Wir haben gesagt, wir denken nach, was wir mit den Automaten machen, Las Vegas, Atlantic City, ein anderes Kasino.«

Izzi zuckte mit den Schultern. »Las Vegas lohnt sich am meisten, oder?«

Jonsys Augen leuchten plötzlich auf: »Ich hab 'ne Idee. Komm, wir suchen im Internet. Du bist doch gut in so was, oder nicht? Wir schauen nach, wo es Kasinos und Kunsthändler gibt.«

»Wo sollen wir einen Internetzugang hernehmen?«

»Internet hat jeder.«

»Nu? Dann klopfst du einfach bei jemandem an die Tür und sagst zu ihm, du musst mal kurz sein Internet benutzen?«

»Zum Beispiel.«

»Also echt. Da möcht ich dich sehen.«

Jonsy grübelte ein paar Sekunden darüber nach. »Okay. Vielleicht muss man an was anderes denken. Es gibt Truckstops mit Internet. Wir finden das unterwegs raus. Oder vielleicht treffen wir jemanden, den wir darum bitten können.«

Izzi sah ihn an und hob resigniert die Hände.

Jonsy versetzte: »Nicht?«

EINFÜHRUNG INS AGENTENWESEN

In einem Büro an der 23. Straße West in Manhattan, in einem der Chelsea-Gebäude, sitzen drei Leute – eine Frau und zwei Männer. Um in dieses Büro zu gelangen, muss man durch die Tür neben dem koreanischen Restaurant gehen, eines der besten in der Stadt, Barry, den alten Türsteher begrüßen, den Aufzug betreten und auf -2 drücken, aussteigen und einen schmalen, unterirdischen Gang entlang bis zu einer Tür gehen, auf der steht: »Cornelia – Schreibgeräte-Import«.

Jenseits der Tür befinden sich eine kleine Diele, ein Besprechungsraum und das chaotische Büro von Cornelia White, der Verantwortlichen für das Ressort »Russen in den Vereinigten Staaten« beim FBI. Cornelia selbst sitzt mit zwei Agenten im Besprechungsraum. Der eine ist Paul Kiklaschwili, der aufgrund seines psychotischen Temperaments »Psych« genannt wird, sibirischer Gulag- und Afghanistanabsolvent. Psych stand schon damals, vor zwanzig Jahren, im Dienst der amerikanischen Regierung, und als er Anfang der Neunzigerjahre in die Vereinigten Staaten übersiedelte, schloss er sich Whites Abteilung an. Neben ihm sitzt Monty Cohen, aus Cornelias Mannschaft, der vor knapp zehn Minuten als Geländeagent für die Operation Zatoka – der Codename für den

Observierungseinsatz der kriminellen Gruppe um Vladimir Berkovich – abgestellt worden ist.

»Was ziehst du für ein Gesicht, Monty?«, fragt seine Chefin. Cornelia White hat honigfarbenes Haar, das zu beiden Seiten ihres Gesichts bis auf die Schultern herabwallt. Ihre Augen sind groß und braun, und sie trägt stets sündteure Kostüme. Die halbe Organisation ist in sie verliebt, doch sie ist glücklich mit einem ehemaligen NBA-Spieler verheiratet. Der Einzige, der ihr innerhalb des FBI jemals näherkam, ist Psych, doch das war vor langer Zeit, das war in Russland, als alle viel jünger und schöner und wilder waren und die dringende Notwendigkeit bestand, lokale Agenten zu rekrutieren. Beide haben es längst geschafft, ihre kurze Affäre zu vergessen, und falls sie sich manchmal daran erinnern, wissen sie das für sich zu behalten.

»Ich ziehe kein Gesicht«, erwidert Monty. »Ich möchte hiermit nur sagen, am Freitag ist Sederabend, und da muss ich in New York sein. Bei der Familie.«

Psych grinst in sich hinein.

»Und alles, was ich sagen möchte«, entgegnet Cornelia, »ist, dass die Möglichkeit besteht, dass du eventuell arbeiten musst. Ich mache mir einen Vermerk, dass du diesen Abend freihaben willst. Komm, wir belassen es einstweilen dabei und schauen, was passiert. Wo waren wir stehengeblieben?« Sie hebt den Kopf und sieht sich um.

In Cornelia Whites Besprechungsraum hängt ein riesiges Bild, das fast die ganze Wand einnimmt, von der sibirischen Steppe. Man sieht Schnee, Hunde, die einen Schlitten ziehen, darauf sitzt ein Mensch, in einen schweren Pelzmantel gehüllt. Man sieht Bäume mit schneebeladenen Kronen, eine kleine Hütte in der Ecke. Jedes Mal, wenn Psych den Raum betritt, erschauert er bei dem Anblick. Monty hasst es. Wenn er hereinkommt, beschwert er sich regelmäßig: »Hättet ihr nicht was aus der Karibik hinhängen können? Mit ein wenig Sonne? Ein bisschen was Fröhliches?« Und Psych erwidert immer: »Sei still, das ist der schönste Ort auf Erden.«

»Also was haben wir über diesen Berkovich?«, fragt Monty.

»Okay«, sagt Psych und steht auf, um etwas an die Tafel zu zeichnen. Er ist von ziemlich kleiner Statur, aber breit, mit schwarzen Haaren. Sein Englisch ist perfekt. Monty Cohen mag ihn nicht.

»Wir nennen diesen Einsatz Operation Zatoka. Zatoka ist eine Hafenstadt ein paar Dutzend Meilen südlich von Odessa, in der Ukraine, am Schwarzen Meer. Eine Art triste kleine Schwester von Odessa. Auch hier, wie in Odessa, gab es eine jüdische Gemeinde. Auch von hier brachen Emigranten in die USA auf, vor allem nach Brighton Beach, New York, aber auch nach Fort Lee, New Jersey, Philadelphia und sonst wohin, seit Anfang des Jahrhunderts bis heute. Die letzte große Auswanderungswelle fand zu Beginn dieses Jahrzehnts statt, in der Folge des Falls des Kommunismus und der relativen Öffnung der Grenzen.«

»Erzähl uns mal etwas, das wir nicht wissen«, schlägt Monty vor. Die Gerüche aus dem koreanischen Restaurant dringen manchmal bis in den Keller vor, besonders zu den Essenszeiten, wenn die Serviceboten pausenlos ein- und ausgehen. Monty schnüffelt in der Luft: »Riecht ihr das auch?«

»Hier ist was, das du nicht weißt«, übergeht Psych die rhetorische Frage. »Zatoka ist auch der Name des Restaurants von Vladimir Berkovich, einem der stolzen Söhne der Stadt, der zweiundneunzig über Israel und Deutschland in die Vereinigten Staaten gelangte. Sein Lokal an der 7. Straße in Brighton

Beach hat ein festes Publikum von russischen und ukrainischen Emigranten. Borschtsch, Kaviar und Wodka. Billard und der ganze Rest. Aber wie einige andere Lokalitäten in dem Viertel ist es nur eine Fassade für das Mafiaunternehmen, das er in den letzten Jahren leitet. Es ist weder die größte noch die gefährlichste Gruppe, auf die wir gestoßen sind, aber sie hat ihre Vorzüge. Unsere Freunde in Brighton Beach haben uns informiert, dass sie etwas Großes planen.«

»Etwas Großes«, wiederholte Cornelia langsam und trommelte mit einem Bleistift auf den Tisch. »Wann werden sie mal was Kleines planen? Entschuldige, fahr fort.«

Psych hat ein graues Sweatshirt von der Universität Maryland an. Cornelia sieht es nicht zum ersten Mal. Sie hat sich auch früher schon gefragt, wo der Zusammenhang zwischen Psych und dieser Universität zu suchen sein soll.

Monty Cohen sagt: »Moment, also dieser Berkovich …«

»Berkovich ist der typische Don des ausgehenden zwanzigsten Jahrhunderts. Er war früher der Partner von Arkadi Silber, hat sich jedoch mit ihm überworfen, und seitdem reden sie nicht mehr miteinander. Hightech-Gangster nennen wir das. Es ist ihm anscheinend gelungen, ein globales Kommunikationsnetz über abgeschirmte Satellitentelefone, hochwertige Handys, kodierte Faxgeräte, ausgeklügelte E-Mail- und Computersysteme zu etablieren, die alle von teils promovierten Computerexperten, noch aus Russland, kontrolliert werden.«

»Ich liebe das«, wirft Monty ein, »eine Mafia mit Gentlemanniveau.«

»Freu dich nicht zu früh«, entgegnet Psych. »So manierlich sind sie auch wieder nicht, nicht alle. Sie sind zwar nicht vom Schlag der Tschetschenen- oder Grusinierbanden, die einsame alte Leute abmurksen, nachdem sie ihnen eine Testamentsunterschrift für ihre Wohnung abgepresst haben, aber ihr dürft nicht vergessen, dass von einer Kernzelle neuer ukrainischer Einwanderer die Rede ist. Berkovich hat Leute, die im Verbrechen einen leichten Weg nach oben sehen. Sie lieben Abkürzungen. Sie werden keine normale Arbeit suchen, einen Kurs belegen oder eine neue Sprache lernen. Sie sind in der Sowjetunion aufgewachsen, Zyniker, die glauben, um aufzusteigen, muss man betrügen. Die Welt ist für sie ein Dschungel von Betrügern und Dieben. Sogar untereinander gibt es nicht viel Zusammenhalt. Die russischen Mafiosi sind nur in ihrem Wunsch vereinigt, das Gesetz zu brechen und Geld zu machen. Kein Respekt, nicht mal dem Boss gegenüber. Daher sind sie auch gewalttätiger. Die Italiener haben normalerweise starke religiöse Anschauungen. Die Russen sind Atheisten. Sie fürchten sich vor gar nichts.«

»Als ob das im Westen anders wäre. Ist das hier etwa kein Dschungel von Betrügern und Dieben? Gibt es hier Respekt vor irgendjemandem?«, bemerkte Cornelia.

»Okay, okay, lass uns jetzt nicht mit dieser Diskussion anfangen. Außerdem, White«, Monty schwenkt lehrerhaft einen Finger in ihre Richtung, »solltest du dich nicht zu sehr mit dem Verbrecher identifizieren, auch wenn er ein Opfer ist.«

Psych blättert in den Unterlagen seiner dicken Aktenmappe, auf der groß geschrieben steht: »Zatoka«. Er entnimmt ihr ein Foto und sagt: »Achmadan Pozailov. Da haben wir ein Beispiel für einen Genossen in der Zatoka-Gruppe, der nicht gerade ein Professor ist und auch nicht unbedingt ein Sensibelchen. Sagen wir mal, einer wie er kann in der Hightech-Mafia allerlei Verwendungen für die Tastatur eines Computers finden, von denen keine Texttippen sein dürfte.«

Monty lächelt sparsam.

»Zufällig kenne ich ihn aus dem Gulag«, fährt Psych fort. »Wir haben ihn den ›Colonel‹ genannt. Ein riesiger Kerl, vielleicht zwei Meter groß, einen Meter breit, ein rothaariger Kaukasier. Es lohnte sich wirklich, sein Freund zu sein. Als er in die Vereinigten Staaten kam, trieb er sich mit der kaukasischen Mafia herum, stritt dann mit dem Boss und schloss sich Berkovich an. Schwarzer Gürtel in Sambo, so was Ähnliches wie Wrestling, eine russische Kampfkunst.«

Cornelia betrachtet das Bild, lächelt und reicht es Monty weiter, der seinen Blick auf die Augen des hünenhaften Rothaarigen heftet. »Sambo. Sag mal«, er hebt den Kopf zu Psych gewandt, »sind sie Juden?«

»Zum Teil. Du kannst sehen, dass Pozailov keiner ist, obwohl er behauptet, dass er jüdisches Blut in sich hat. Vladimir schon. Es ist eine typische Gruppe des Jahrhundertendes. Weniger ethnisch, mehr international. Heute sind die Menschen aufgeschlossener, reisen mehr, die Wirtschaft ist global. Auch die kriminellen Banden sind nicht mehr wirklich ethnisch.« Psych zieht ein weiteres Bild aus der Mappe. »Mordechai. Ukrainer. Mathematiker. Spezialist für Hightech-Schikanen. Wir haben Gründe anzunehmen, dass er der zentrale Angelpunkt in dem gegenwärtigen Projekt ist. Hat sich lange Jahre mit hoch entwickelten Kommunikationssystemen in der russischen Armee beschäftigt. War zusammen mit Berkovich an der Computerinfiltration der Österreichischen Bank vor zwei, drei Jahren beteiligt. Sie saßen in einer Mietwohnung in Moskau und wuschen Geld in ein paar brillanten Prozeduren, praktisch ohne Spuren. Man kam nur dahinter wegen irgendeines Stinkers, der Berkovich anschwärzte, doch bis sie zu ihnen durchdrangen, waren Berkovich und Mordechai längst in New York.«

»Mordechai? Mordechai wie?«

»Mordechai«, lautet Psychs Antwort. »Ihr müsst begreifen, diese Leute sind Profis. Was die Italiener dreihundert Jahre Spezialisierung gekostet hat, haben die Russen in zwei Jahren erledigt, denn sie sind ausgebildet. Sie sind Städter, kennen sich in Industrie und Technologie aus. Die Einwanderer, die früher aus Irland und Italien kamen und in den letzten Jahren aus China und Nigeria, stammen aus ländlichen, unterentwickelten Gegenden.«

»Sie kamen von den Feldern …«, murmelt Monty.

»Und die Russen und Ukrainer aus dieser Generation haben noch einen weiteren großen Vorteil gegenüber den Kameraden aus Asien und Afrika.«

»Blond und blauäugig«, konstatiert Cornelia.

»Exakt. Sie sind weniger auffällig in den USA, was ihr Aussehen angeht«, nickt Psych.

Cornelia wirft einen Blick auf die Uhr. »Fragen bisher, Monty?«

»Ja. Zuerst einmal, was ist mit Freitag? Das ist der Sederabend, wie ich schon sagte. Abgesehen davon, habt ihr nicht mehr Details über ihren Plan, außer irgendeinem Zusammenhang mit Computern und diesem Mordechai, der keinen Nachnamen hat und ein zentraler Angelpunkt sein soll?«

Cornelia schüttelt den Kopf. »Ich hab dir gesagt, dass du die ganze kommende Woche in Bereitschaft sein wirst, und ich kann dir nicht versprechen, was am Freitag passiert. Willst du über den Plan sprechen, Psych?«

Psych räuspert sich. Hinter ihm schimmern die Schneesteppen Sibiriens. »Hmm… momentan haben wir nicht viel mehr Informationen. Wir werden versuchen, uns in ein paar Tagen wieder zu treffen, nachdem meine Leute noch eine Recherche abgeschlossen haben. Was wir im Augenblick wissen, ist Folgendes: Es geht um die Zatoka-Gruppe von Vladimir Berkovich. Es hat mit Hightech zu tun, mit der Programmierung von Computern zwecks … na ja, wir wissen noch nicht, wozu. Mordechai ist der führende Kopf in puncto Programmierung. Sie arbeiten in einer Villa in Minnesota daran, aber die Computer, die sie programmieren, werden irgendwann nach Süden gebracht und an Systeme angeschlossen, die sie dann zu Fall bringen sollen.«

»Süden?«

»Anscheinend. Texas, Florida, Louisiana, so was in der Gegend. Es gibt noch ein paar Hinweise, aber momentan ist das ganz im Anfangsstadium, ich möchte nicht einmal davon sprechen.«

»Wer befindet sich also in Minnesota?«, fragt Monty.

»Du«, antwortet Cornelia. »Dein Flug geht morgen früh um acht von La Guardia. Es wartet ein Wagen am Flughafen auf dich und ein Hotelzimmer in Downtown Minneapolis.« Sie reicht ihm das Flugticket und die Unterlagen für den Wagen und das Hotel.

»Und das ist die Adresse von der Villa, aber klopf nicht an die Tür, wenn ich bitten darf«, sagt Psych und reicht ihm noch ein Papier. Er zieht weitere Blätter aus seiner Aktenmappe. »Und das hier ist noch mehr Material über Vladimir Berkovich, kannst du auf dem Flug lesen. Die Codenamen beim Telefonieren – Vladimir ist der Nordkönig, seine Soldaten sind die Nordprinzen.«

Monty sammelt die Papiere ein. »Ihr wisst, dass ich kein Mobiltelefon habe«, bemerkt er.

Psych wendet Cornelia seinen Blick zu: »Mobiltelefon?«

Sie überlegt einen Augenblick. »Ich werde sehen, was sich

arrangieren lässt, aber ich glaube nicht, dass viel Aussicht besteht, heute ein Gerät aufzutreiben. Sie machen mir wegen jedem Unsinn die Hölle heiß, lass uns lieber mal ohne anfangen und dann versuchen, eins zu besorgen. Vorläufig rufst du uns aus öffentlichen Telefonzellen an.«

Als Monty den Raum verlässt, ist er stark beunruhigt. Dass sie ihm bloß den Sederabend nicht ruinieren, seine Mutter wird ihn umbringen, er hat ihr fest versprochen, dass er kommt. Schon seit Rosch Haschana, seit letztem Jahr, setzt sie ihn unter Druck, nachdem er im letzten Moment ausgebüxt ist. Sie werden ihm den Sederabend nicht vermasseln. Das darf einfach nicht passieren.

VERSCHWINDEN

Das Essen vom Boston Market spielte Jonsy übel mit. Es rumorte schrecklich in seinem Bauch. Er fuhr, während Izzis Kopf über die Karte gebeugt war.

»He, du wirst nicht glauben, wo wir hinfahren!«

»Nach Norden, oder? Auf dem 94er.«

»Nord-Westen, auf dem 94er. Bis Fargo«, verkündete Izzi.

»Was immer du sagst, Hauptsache, es gibt dort Internet«, meinte Jonsy.

»Hast du den Film gesehen? Von den Coen-Brüdern.«

»Israelis? Vergiss nicht, ich bin schon seit sechseinhalb Jahren in New York. Ich bin nicht auf dem neuesten Stand, was in Israel passiert. Was für ein Film ist das?«

»Was für Israelis?«, fragte Izzi verdutzt. »Du kennst die Coen-Brüder nicht? Amerikanische Regisseure. ›Fargo‹ ist ein Riesenfilm. Ich glaub, er hat letztes Jahr einen Oscar gekriegt.«

»Ich kenne die Brüder Josef und Hillel Cohen, aus Jerusalem. Das sind sie nicht, oder?«

Izzi warf ihm einen verzweifelten Blick zu.

»Haben sie in dem Film gesagt, ob es dort Internet gibt?«, fragte Jonsy ungerührt.

»Internet«, Izzi wedelte mit seiner Hand. »Du hast das Internet noch nie auch nur angerührt. Plötzlich gibt's nichts Wichtigeres mehr für dich?«

Als es langsam dunkel wurde und zu regnen begann, verstummten sie. Sie knackten Sonnenblumenkerne und schwiegen. Die Radiostation von Minnesota Mitte spielte den gewöhnlichen Cocktail: Celine Dion – Izzi hatte sich am Ende doch entschlossen, sie zu mögen –, die neue Madonna – die Jonsy mochte – und den üblichen Rest.

Chaim stürmte ins Büro. »Was ist los mit denen?«, fragte er Chen. Sie antwortete beunruhigt: »Ich hab versucht, Piepsersignale zu hinterlassen. Vielleicht haben sie keinen Empfang in Minnesota, was weiß ich?«

Chaim griff sich mit der Hand an den Kopf. »Ich bring sie um«, sagte er.

»Ich habe in Minneapolis mit ihnen geredet, aber bevor sie bei dem Kunden ankamen«, berichtete Chen.

Das Telefon klingelte. Chen antwortete: »Sababa Moving and Storage, was kann ich für Sie tun?« Sie lauschte einen Moment und reichte dann Chaim den Telefonhörer. »Uncle Sam«, flüsterte sie. Chaim wollte nicht mit ihm sprechen. Er hielt den Hörer in einer Hand und deckte mit der anderen die Sprechmuschel ab. Er atmete tief durch, starrte aus dem

Fenster, dachte nach. Schließlich setzte er ein Lächeln auf und sagte: »Hallo?«

»Weißt du, wo deine Komiker sind?«, kam es aus dem Hörer.

»Aber sicher, sie sind auf dem Weg nach Süden.«

»Mein Kunde fängt an, sich Sorgen zu machen. Er sagt, dass er sie zu erwischen versucht, aber ohne Erfolg.«

»Sag ihm, er braucht sich keine Sorgen zu machen. Er ist in guten Händen. Eine Sekunde, Uncle Sam«, Chaim hielt wieder die Muschel zu und flüsterte Chen zu: »Hast du eine Ahnung, was sie dort abgeholt haben und wohin sie fahren?« Sie schüttelte nachdrücklich den Kopf, sie hatte nicht die geringste Ahnung. Chaim nahm das Gespräch wieder auf. »Sie werden rechtzeitig da sein, keine Sorge. Bestell das dem Kunden. Sag mir noch mal, wie hieß er gleich?«

»Werde ich dir nicht sagen, denn ich hab's dir nie gesagt. Das spielt keine Rolle. Du meinst also, sie werden rechtzeitig da sein.«

»Zweifellos, sie kommen gut voran. Das Wetter ist ein bisschen problematisch, aber es ist alles in Ordnung bei ihnen«, log Chaim.

»Und wann ist rechtzeitig?«

Plötzlich begriff Chaim. Auch Uncle Sam hatte keine Ahnung, worum es sich bei dieser Fuhre handelte und welches Ziel sie hatte.

Er legte auf und blickte Chen an. Er musste in Erfahrung bringen, wo sie waren. Und wohin sie fuhren. Und was in dem Lastwagen war.

Sie hielten an einem Parkplatz, eine Rest Area. Jonsy sagte, es habe keinen Sinn, die ganze Nacht zu fahren. Sie hätten es nicht eilig, irgendwohin zu kommen, sie müssten nachdenken, wohin sie überhaupt fahren und was sie machen wollten, ganz stressfrei. Izzi putzte sich die Zähne vor dem schmutzigen Spiegel, betrachtete sich, seine Bartstoppeln, den Schaum, der zwischen den Zähnen hervorquoll, mit müden Augen. Draußen war es kalt, alles verschneit, doch sie setzten sich trotzdem an einen Campingtisch, mit ihren dicken Pullovern und warmen Jacken, zogen den festen Boden und den weichen Schnee dem unaufhörlichen Schaukeln auf den Straßen vor. Jonsy hatte Krämpfe im Bauch, das Hühnerteil vom Boston Market rumorte heftig weiter.

Es war ein seltsames Gefühl, da waren sie sich einig, an einer Stelle zu verharren. Es fühlte sich an, als sei etwas mit der Welt nicht in Ordnung. Und schau dir diese Bäume an, die eisige, klare Luft. Wie lange waren sie nicht in der Natur gewesen, wenn man das Natur nennen konnte, diesen kleinen Rastplatz an einem Highway.

Der Piepser gab Laut. Die Nummer sah irgendwie bekannt aus. Jonsy zog die Visitenkarte Vladimir Berkovichs heraus. Er war es. Jonsy blickte Izzi an, und Izzi Jonsy. Sie reagierten nicht. Sie blieben weiter in der Dunkelheit an dem Campingtisch sitzen.

Izzi ging zur Telefonzelle und rief seinen Bruder in Israel an. Sein Bruder sagte, sie hätten den Stau von Chicago im Fernsehen gesehen.

Auf ein Abendessen verzichteten sie.

Wieder ging der Piepser los. Die gleiche Nummer aus Minneapolis.

Izzi sagte: »Also echt jetzt, wie viel hat er uns gegeben, das war eine ziemliche Stange Geld, oder?«

Jonsy zog das Bündel aus der Hosentasche. Er zählte neuntausend – alles in Hunderterscheinen, neue, saubere, dicke

Banknoten. »Zweitausend sind für die Kunden in Houston und Florida, Entschädigung für die Verzögerung«, Jonsy lachte. »Das hat mich umgehauen. Entschädigung. Sollen doch Chaim und Michel Argamani Entschädigungen zahlen.« Er fuhr fort: »Und dann sind dreitausend für den Transport und noch viertausend für uns. Insgesamt neuntausend. Viereinhalb für jeden. Nicht übel.« Jonsy zählte die Hälfte ab und reichte sie Izzi, der echote: »Nicht übel.«

Jonsy setzte hinzu: »Könnte noch besser sein. Noch sehr viel besser.«

Der Piepser ging erneut los. Izzi betrachtete das kleine Gerät verunsichert und meinte: »Vielleicht sollten wir trotzdem antworten, sie hinhalten, ihnen sagen, wir seien auf dem Weg nach sonstwohin, was weiß ich?«

Jonsy betrachtete ihn mit dem gleichen Blick wie bereits zuvor, halb verärgert, halb verständnislos. Er griff nach dem Piepser und ging damit zum Lastwagen, warf ihn auf den Sitz und kehrte zum Tisch zurück. »Wir sind verschwunden. Das war's. Zu spät für Reue.«

Sie unterhielten sich über die Spielautomaten, über die Bilder, über die Möglichkeiten. Izzi teilte Jonsys Meinung noch immer nicht. Er plädierte dafür, die ganzen Sachen im Lastwagen den Leuten zu bringen, die sie zu bekommen hatten, die weiteren paar Tausender zu nehmen, die man ihnen bezahlen würde, den Lastwagen zu verkaufen und sich aus Amerika zu verabschieden. Er sagte: »Wir kommen so ungefähr mit zwanzigtausend für jeden raus, das ist doch nicht schlecht, oder? Und wir haben uns nicht mit allen möglichen Russen und Deutschen angelegt, nur mit Chaim, und Chaim macht uns keine Kopfschmerzen.« Doch Jonsy wollte davon nichts hören. Er wollte herausfinden, was das für ein Ding mit den Automaten war, und sie verkaufen. Danach die Bilder und dann würde man sehen. Er lachte: »Zwanzigtausend? Wir reden von Millionen. Ich denk mir doch keinen Plan für zwanzigtausend aus. Die Russen und die Deutschen sind doch kein Problem, also jetzt bitte! Wenn wir in Fargo sind, fangen wir an, über Dakota und Nebraska runterzufahren, vielleicht sogar noch weiter nach Westen. Sie werden keine Ahnung haben. Amerika ist riesig. Sie werden uns auf der Strecke nach Utah suchen, auf dem Weg nach Florida, was weiß ich, wo.« Dann sagte er: »Wir brauchen ein Kasino.« Kurze Pause. »Und einen Kunsthändler. Und Internet. Dringend.«

Am Abend begann Pozailov allmählich unruhig zu werden. Vladimir hatte zu ihm gesagt, er solle mit den Movern in Verbindung bleiben. Seit sie losgefahren waren, hatten sie auf keine Piepsersignale reagiert. Er spürte, wie sein Gesicht heiß wurde.

Auch Popeyes und Mordechais Gesichter erhitzten sich, jedoch von dem Salo und dem Wodka, mit dem sie den erfolgreichen Abschluss ihrer Arbeit feierten.

Vladimir hatte darum gebeten, dass Pozailov ihn zweimal täglich auf dem Laufenden hielt. Pozailov musste ihn jetzt anrufen. Und er wusste, Vladimir würde über das, was er ihm zu berichten hatte, nicht glücklich sein.

Er schickte noch einmal ein Piepsersignal und ließ ihnen zwanzig Minuten Zeit zu antworten.

Nach zwanzig Minuten dachte er, vielleicht ist ihr Piepser kaputt? Vielleicht sind es die Batterien?

»Warum installieren die kein Internet in der Rest Area?«

»Weiß nicht. Aber immerhin gibt's eine Zeitung hier«, erwiderte Izzi, warf fünfzig Cent in den Kasten und holte eine

USA Today heraus. Das Titelblatt zeigte ein Foto von Monica. Darunter ein kleineres Bild von Mike Jordan.

»Eigentlich gar keine schlechte Idee, Internet in der Rest Area. Vielleicht lässt sich das jemandem verkaufen.«

Jonsy und Izzi standen nebeneinander auf der Toilette und pinkelten. Als sie hinausgingen, bog ein Wagen von der Straße auf den Parkplatz ein und näherte sich langsam dem Sababa-Lastwagen. »Da«, deutete Jonsy darauf, »vielleicht fragst du die mal, ob sie Internet haben?«

DAS VERRÜCKTE PFERD

Jane und Jakob, mitten auf der Schnellstraße gestrandet, öffneten Wendys Kofferraum und schauten hinein. Es befanden sich eine Menge Flaschen darin.

»Die jährliche Prüfung«, sagte Jane, »das Auto im Winter starten und es am Laufen halten.« Es herrschte angespannte Stille zwischen ihnen. Die Krisensituation zwang sie, das Schweigen, das sie den ganzen Tag über geübt hatten, zugunsten eines neuen Machtspiels auszusetzen. »Jeden Winter füllt sich das Reservat mit Autoleichen«, fuhr Jane fort.

»Was sollen diese ganzen Flaschen da?«, fragte Jakob.

»Mach dein Auto winterfest: das ist der ganze Besitz, den Wendy im Winter immer anhäuft – Anti-Freezer fürs Benzin, Anti-Freezer für den Radiator, Starterflüssigkeit, Starterkabel …«

»He, das sind ja wohl keine Flaschen.«

Jane unterdrückte ein Lächeln. »… Akkulader, Abschleppseil, Spaten zum Ausschaufeln … ja, das ist auch keine Flasche, ein Fünf-Kilo-Sack Reis zum Abschleppen und eine Schachtel voller Zwanzig-Dollar-Scheine, bloß so.«

»Das ist ernsthaft Reis?« Jakob befühlte den Sack.

»Das bringt den Schnee zum Schmelzen.«

Jane nahm die Anti-Freezer-Flüssigkeit und tröpfelte sie auf die nötigen Stellen. Jakob war beeindruckt, und dann sagte er: »Versuchen wir jetzt wieder zu starten?«

»Nein, du Blödmann«, sie sah ihn mit einem entnervten Blick an. »Das ist nur, damit uns der Motor und der Radiator in der Nacht nicht einfrieren. Jetzt müssen wir den Abschleppdienst rufen.«

»Okay, dann rufen wir einen.«

Das versetzte sie sofort wieder in Wut. Ihr fiel auf, dass ihr Nervenkostüm ziemlich dünn war. Es gab Momente, in denen war Jakob erträglich, vor allem wenn er schwieg, doch seine unfähige Hilflosigkeit trieb sie zum Wahnsinn. Wie hatte es, ohne dass sie es gemerkt hatte, dazu kommen können, dass sie drei Jahre lang Mama gespielt hatte? Oder vielleicht hatte sie es schon gemerkt, und es war genau das, was sie gesucht hatte? Eine Mutter zu sein. Ihre Augen füllten sich fast mit Tränen. Sie sagte: »Okay, dann rufen wir einen. Wie möchtest du es gern machen? Vielleicht legst du die Hände um den Mund und lässt einen Schlachtruf los?«

»Hmm… gibt's hier kein Telefon? Vielleicht am Straßenrand?« Er spähte angestrengt die Straße entlang, in beide Richtungen. Erst da begriff er. Der frisch gefallene Schnee war bläulich gewesen, als die Sonne noch schien, jetzt im Dunkeln war er grau. Jane gab ihm keine Antwort. Sie schlug die Karte auf und suchte die nächstgelegene Rest Area. »Es gibt hier eine Raststätte mit Telefon, zwanzig Minuten bis eine halbe

Stunde zu Fuß. Willst du hier bei Wendy warten oder mitkommen?«

Jakob überlegte einen Moment. Die Optionen waren nicht gerade berauschend. Er fragte. »Gibt's nicht was Näheres?«

Sie starrte ihn an, regungslos, gab keinen Ton von sich. Er sagte: »Also dann, gehen wir.« Im tiefsten Innern seufzte sie erleichtert auf.

»Crazy Horse kam 1868 nicht zum Friedenskongress«, begann Jane unvermittelt zu erzählen. Sie marschierte neben Jakob in der Dunkelheit, und ihre Stimme brach die kalte Stille. Hin und wieder fuhr ein Auto vorbei, dann war der Motorlärm doppelt betäubend. »Er hat Kongresse praktisch immer ignoriert und ging lieber auf die Jagd. Er war ein Krieger mit Ehre, der seine Jagdbeute mit den Schwachen und Alten teilte. Aber er war kein Chief und kein Anführer. Bei einem der Angriffe wurde sein alter Freund Humph getötet, ein dummer Überfall auf die Schoschonenstämme bei extrem schlechten Wetterverhältnissen.

Es gab eine Friedenskonferenz, bei der Red Cloud, als Vertreter der Stämme, ein Friedensabkommen mit dem Weißen Mann unterschrieb. Crazy Horse befand sich inzwischen in einer ernsten persönlichen Krise. Sein Verlangen nach der Squaw Black Buffalo hatte sich nicht vermindert, auch nachdem sie No Water den dritten Sohn geboren hatte. Er widmete ihr weiterhin seine Aufmerksamkeit, trieb sich in der Gegend herum, besuchte sie. No Water war nicht glücklich darüber, aber er hielt sich zurück.«

»Wenn du in dieser Zeit gelebt hättest, wie hätte man dich genannt? Vielleicht Shaking Nerves?«, warf Jakob boshaft ein.

Sie boxte ihn gegen die Schulter. »Sei bloß still. Dich hätten sie garantiert Kleiner Pimmel getauft. Oder Spatzenhirn. Oder Nix-von-Autos-verstehen-Jude.«

Jake hob gleichzeitig den linken Finger und die linke Braue. »Nicht schlecht, gar nicht schlecht«, grinste er. »Moment mal, du hast doch eigentlich einen indianischen Namen.«

»Toll, Einstein. Erinnert sich doch tatsächlich, dass ich eine Tochter der Wabigooni bin. Das ist schön, nach drei Jahren.«

»Sag mir noch mal, wie dein Name war. Ich hab's vergessen.«

Sie lächelte ihn an. Manchmal war er richtig süß. »Wenn du versprichst, dich wie ein großer Junge zu benehmen und mich nicht mehr zu ärgern.«

»Versprochen, nu?«

»Gokokou Gonineg.«

Er markierte einen Aufschrei. »Und in Englisch? Mein Indianisch ist nicht geschliffen genug.«

»Das ist nicht indianisch, das ist Schikwadsche. Schnee-eule.«

»Stimmt! Das Schneeeulchen, das ist der Name. Du liebst Schnee und Eulen.«

Sie nahm ihre Erzählung wieder auf: »Nach dem Brauch der Sioux sind die Frauen nicht ihr ganzes Leben unbedingt an ihre Ehemänner gebunden. Die Squaw Black Buffalo hätte sich scheiden lassen können, wenn sie gewollt hätte. Aber sie genoss offenbar das doppelte Spiel. Sie liebte es, die Grenze auszureizen, sie hin und wieder zu übertreten und zurückzukehren. Sie ließ sich nicht von No Water scheiden, aber sie hinderte Crazy Horse auch nicht daran, ihr nachzustellen. Dem Brauch nach hätte Crazy Horse No Water ein Angebot für sie machen können. Zum Beispiel sein bestes Pferd oder mehrere Pferde. Aber er tat es nicht. Er kümmerte sich nicht um die Bräuche. Er wartete, bis No Water auf die Jagd gegangen war, und dann vereinigte er sich mit der Squaw Black Buffalo. Er konnte seine Leidenschaft nicht bezähmen.

No Water war keiner der Ehemänner, die gelassen auf ein solches Verhalten reagieren. Als er von der Jagd zurückkehrte und hörte, was vorgefallen war, drehte er praktisch völlig durch. Er lieh sich einen Revolver von einem Krieger namens Bull Badheart und zog los, um das Liebespaar zu suchen. Auch das stand im Gegensatz zum Brauch der Sioux – die Frau hatte das Recht zu gehen, wenn sie wollte. Das Liebespaar genoss sein Vergnügen maximal eine Nacht. No Water fand sie, brach in das Zelt ein, schoss auf Crazy Horse und traf ihn unterhalb des linken Nasenflügels. Die erschütterte Squaw Black Buffalo flüchtete aus dem Zelt.«

Jakob stieß einen langen Pfiff aus. »Pfff… Da war ja ziemliche Action bei diesen Indianern, was? Auf keinen Fall langweilig.«

»Hältst du mich für eine, die sich schon seit sechs Jahren einem Forschungsthema widmet, das langweilig ist?«

Jakob kannte den Ton, und wie üblich verdarb ihm das gründlich die Laune. »Uff, Jane, du weißt, dass ich das nicht gemeint hab. Musst du jeden Satz, den ich sage, zum Streit verdrehen?«

Sie stapfte schweigend neben ihm her und dachte nach. Dann hob sie plötzlich die Hand und strich, zu beider Überraschung, kurz über seine.

»Gut, entschuldige«, sagte sie. »Kann ich weitererzählen?«

Er nickte. »Übrigens, ich hab das Gefühl, wir gehen schon über eine halbe Stunde. Bist du sicher, dass es die richtige Richtung ist?«

»Wir sind gleich da. Also, der Vorfall im Zelt des Liebespaars – dazu gibt es widersprüchliche Versionen. Laut einem

Teil der Zeugen sagte No Water: ›Freund, da bin ich!‹, und schoss dann. Das ist die poetische Variante. Es gibt noch andere. Aber jedenfalls, Crazy Horse starb zum großen Glück nicht. Die Kugel zerschmetterte seinen Oberkiefer, doch nach ein oder zwei Tagen war klar, dass er am Leben bleiben würde. Trotzdem gab es böses Blut. Friedensstifter versuchten zu vermitteln, doch das Schlamassel war damit nicht zu Ende. No Water war der Bruder von zwei Sioux-Häuptlingen, den Zwillingen Black Twin und White Twin, aus dem Dorf von Red Cloud. Black Twin, der auch als Richter im Stammesgericht fungierte, sprach also seinen Bruder No Water von der Anklage eines Mordversuchs frei. Die Squaw Black Buffalo war geflohen, wie viele untreue Frauen, ließ sich am Ende aber überreden zurückzukehren.«

»Wie du.«

»Aua, das war ja klar, dass du das sagen würdest. Schluss damit!« Jane hatte die Stimme erhoben und blieb abrupt stehen. »Wie oft willst du das noch aus der Versenkung ziehen? Wie oft muss ich noch um Verzeihung bitten? Jake, hör auf, mich wahnsinnig zu machen, bitte!«

»Okay, okay, ein Ausrutscher. Ich kann das nicht kontrollieren. Tut mir leid. Ich habe nichts gesagt. Also, Crazy Horse. Black Buffalo ging zu ihrem Mann zurück.«

Jane marschierte stumm. Sie versuchte sich zu beruhigen. In dieser Sekunde hatte sie es endgültig begriffen. Es ging nicht, es würde nie funktionieren, und wenn sie auch nur einen Funken Verstand hätte, dann hätte sie es von Anfang an gesehen. Sobald sie nach Hause kamen, würde sie zu ihm sagen, dass er seine Sachen packen und verschwinden solle. Aber jetzt musste sie sich beruhigen, diese Nacht irgendwie überstehen. Sie fuhr sich mit der Hand übers Haar. »Okay, Crazy Horse stellte also die Bedingung auf, dass sie nicht bestraft werden durfte. Er nahm die Verantwortung auf sich. No Water willigte ein. Er gab Crazy Horse sogar sein bestes Pferd, als Friedensangebot, und er und die Squaw Black Buffalo übersiedelten in den Stamm von Red Cloud.

Doch in Wirklichkeit versöhnten sich die beiden nie. Die Geschichte störte die Stammesharmonie. No Water beschuldigte den Medizinmann, er habe Black Buffalo einen Trank zusammengebraut, der sie dazu gebracht hatte, die Vernunft zu verlieren. Im Kreis der Häuptlinge stand Crazy Horse als der Schlechte und der Schuldige da – er hatte sich die Frau eines anderen Mannes genommen. No Water vergaß ihm das nie.

Nach diesem Vorfall konnte Crazy Horse kein Hemdenträger mehr bleiben. Er war an der Aufgabe gescheitert, das Interesse des Stammes über alles andere zu stellen. Einige Zeit später gebar die Squaw Black Buffalo zum vierten Mal. Es war ein Mädchen, und es war auffallend hellhäutig im Gegensatz zu ihren Brüdern und No Water. Vielleicht war sie die Tochter von Crazy Horse. Sie lebte bis in die Vierzigerjahre dieses Jahrhunderts.«

Jake stieß wieder einen Pfiff aus. Er sagte: »Sag mal, die, die keine Hemden trugen, war denen nicht kalt im Winter?« Da gewahrte er die Lichter der Raststätte und deutete darauf. Jane nickte.

»Kurze Zeit danach nahm sich Crazy Horse eine Frau, mit der alle einverstanden waren, mit Namen Black Scarf. Anscheinend lernte er sie lieben, und er kam mit ihr zur Ruhe, du weißt schon. Doch zu seinem Pech war sie krank. Später nahm sich Crazy Horse eine zweite Frau, halb vom Stamm der Cheyenne, halb Französin. Aber meine Schlussfolgerung ist, dass Crazy Horse allem Anschein nach nie seine aussichtslose Liebe zur Squaw Black Buffalo überwunden hat. Darüber hinaus stiftete das Scheitern seiner Liebe und Leidenschaft, meiner Meinung nach, bei seinen Leuten Verwirrung. Es beeinflusste sogar die Ergebnisse der Kämpfe der Stämme zu jener Zeit. Natürlich war das nicht der einzige Grund. Er war lange Phasen auch wegen der Menschen deprimiert, die er in seinem Leben verlor – seine Freunde Humph und Lonely Bear, seinen aufsässigen Bruder Little Hawk, der dummerweise bewaffnete Minenarbeiter angriff, seine erste Frau Black Scarf und seine kleine Tochter, die an der Cholera starb. Es war eine lange Liste. Die Verluste, quasi, haben sich zweifellos auf ihn ausgewirkt. Da, wir sind angekommen. Rest Area. Da sind Leute.«

ZATOKA – HAIFA – NEW YORK

Als Pozailov Vladimir Berkovich anrief, um ihm die Neuigkeiten mitzuteilen, saß dieser an dem Tisch in seiner Stammecke im Restaurant Zatoka, eine Zigarre in der einen Hand, während er mit der anderen nervös seinen Schnurrbart streichelte. Vladimir war eine knappe Stunde zuvor auf dem La-Guardia-Flughafen gelandet und hatte ein Taxi zum Restaurant genommen. Er wollte gehackte Leber und Wareniki, gefüllte Teigtaschen, essen und von Pozailov die nötigen Auskünfte erhalten. Er wollte nicht nach Hause zurückkehren. Er wusste, daheim würden die üblen Gedanken wiederkommen.

Was Pozailov zu berichten hatte, erfreute ihn nicht. Es gab keinen Satz, den Vladimir mehr hasste als »Ja nitschewo ne snaju« – ich weiß gar nichts. Man hatte nichts von den Movern gehört, sie reagierten nicht auf Signale, vielleicht hatten sie keine Batterien im Piepser. Das war alles, was Pozailov zu sagen wusste. Und das hatte Vladimir gerade noch gefehlt.

Er hatte sich wohlgefühlt in Minnesota. Er war zufrieden mit der Präsentation gewesen und zufrieden mit dem Fortschritt, zufrieden mit den Movern, die Uncle Sam geschickt hatte. Er hatte sogar erwogen, noch eine Nacht in der Villa zu bleiben. Doch nun war das gute Gefühl verschwunden. Bei der Landung in New York war ihm übel geworden, und Pozailovs Nachrichten bereiteten ihm Bauchkrämpfe. Er hatte keine Kraft mehr für Enttäuschungen.

Er bat die Kellnerin um einen Tee mit etwas Milch und Wodka, um die herrliche gehackte Leber besser hinunterrutschen zu lassen, und schaute sich die Gäste ringsherum an. Sechs bis sieben, und sogar das war ihm zu viel. Er wollte keine Menschen sehen, sie wirkten böse auf ihn, mit zu scharfen Augenbrauen, zu großen Augen, zu langen Nasen. Da, da war es wieder. Er atmete tief durch und schloss die Augen. Warum konnte er jetzt nicht in Bulgarien sein, mit einem guten Drink und einer netten Bulgarin neben sich im Spa sitzen?

Er sagte zu Pozailov: »Wenn du in der Früh immer noch nichts von ihnen gehört hast, dann schnapp dir Popeye und den Nissan und mach dich sofort auf die Suche.«

Vladimir Berkovich wurde 1951, zwei Jahre vor Stalins Tod, geboren. Als Kind boxte er. Er war Zatoka-Champion bis zum Alter von elf Jahren und Dritter in der Odessa-Meisterschaft. Mit dreizehn verkündeten seine Eltern, dass die Familie nach Israel auswandern werde. Vladimir war verwirrt, denn ihm war nie bekannt gewesen, dass er Jude war. Er hatte gedacht, ein Jude sei einfach jemand mit mehr Geld als andere, einer, der im Sommer nach Odessa in die Ferien fuhr, auf der Promenade spazieren ging, sich am Strand bräunte, die Komiker genoss.

Die Familie Berkovich ließ sich in Haifa nieder, in einer ruhigen Straße am Karmel mit Aussicht aufs Meer. Vladimirs Vater arbeitete am Hafen als Buchhalter. Seine Mutter arbeitete bei der Busgesellschaft Egged, auch sie war Buchhalterin. Mit achtzehn wurde er zum Militär eingezogen und versuchte, Marineoffizier zu werden. Er bestand den Einstufungstest, zerbrach aber an der Rekrutenzeit. Er erzählte gern, er sei nicht angenommen worden, weil er die Intelligenztests nicht bestanden habe, doch das entsprach nicht ganz der Wahrheit. Er scheiterte in der Grundausbildung an den körperlichen und psychischen Kraftanforderungen. Er verbrachte drei Jahre auf einem Raketenboot, einen Teil davon während des Jom-Kippur-Kriegs.

Nach seiner Entlassung aus der Armee arbeitete er in Haifa. Innerhalb weniger Jahre schaffte er im Schnellverfahren seinen Aufstieg in der Haifaer Catering-Industrie. Er begann bei der Firma »Bon-Ta'am-Events«, wo er rasch vom Tellerwäscher in den Service befördert wurde und innerhalb eines halben Jahres zum Veranstaltungsmanager. Eineinhalb Jahre nach seiner Militärzeit gründete er das »Schwarzmeer-Catering«, auf den Trümmern der inzwischen pleitegegangenen Firma »Bon-Ta'am-Events«. Das Geschäft florierte, von zwei Veranstaltungen pro Woche – der Durchschnitt bei »Bon-Ta'am« am Ende – kletterte »Schwarzmeer« auf zwölf bis vierzehn Einsätze wöchentlich, anfangs nur im Haifaer Bereich, dann jedoch schnell im Umland und darüber hinaus. Die Leute in der Branche warnten Vladimir, als er versuchte, in Netania und Tel

Aviv in den Markt einzusteigen, Gebiete, in denen Konkurrenz extrem hart und von starken lokalen Firmen beherrscht war, doch er ließ sich nicht abschrecken und hatte sich sehr bald seinen Anteil an diesen Märkten gesichert. »Schwarzmeer-Catering« begann, Millionen israelische Schekel abzuwerfen, und an seiner Spitze stand ein blutjunger Mann von nur dreiundzwanzig Jahren.

Vladimir hatte großen Appetit. Nachdem er sich Tel Aviv einverleibt hatte, blickte er weiter nach vorn und begriff, dass »vorn« außerhalb Israels hieß. Er suchte sich die zu jener Zeit ungewöhnlichste Richtung aus: Osteuropa. Er schätzte, dass die jüdischen Gemeinden Moskaus und Warschaus reich waren und häufig feierten, quasi im genussfreudigen Nabel der Armut ringsherum lagen. Eine koschere Catering-Firma würde die riesige Lücke füllen, die dort bestand, dachte er. Doch offenbar war er zu optimistisch, oder er hatte einfach nicht den langen Atem für einen schrittweisen, allmählichen Geschäftsaufbau, wie ihn die Märkte zu jener Zeit in Polen und Russland erforderten. Vladimir investierte, gründete lokale Firmenfilialen, stellte Personal ein, kaufte Ausstattungen und transferierte Kochkurse. Doch das Unternehmen kam nicht in die Gänge.

In diesem Stadium, mit gut vierundzwanzig, drei Jahre nachdem er das Raketenboot verlassen hatte, hätte sich Vladimir mit seinem israelischen Geschäft begnügen können, das hohe Gewinne abwarf, trotz des Fehlschlags im Ausland. Doch es reichte ihm. Er hatte genug von Israel, hatte die Nase voll von den Juden. Sein offizieller Vorwand, als er Israel den Rücken kehrte, war: »Es gibt zu viele Juden in Israel, zu viele Diskussionen.« Er verkaufte das »Schwarzmeer-Catering« für eine stattliche Summe an einen Konkurrenten aus Netania und startete nach Ostberlin durch, auf Nimmerwiedersehen.

1976 übersiedelte er nach Hamburg. Wie beim Catering bewies Vladimir auch hier seine Fähigkeit, sich in ein Geschäft von unten her einzuklinken und nach oben zu schrauben. Nur war es diesmal das Glücksspiel. Es kam ganz zufällig dazu, als er einen Bekannten aus der Ukraine in Hamburg auf der Straße traf. Ein Jahr später war er die Nummer zwei in der ukrainischen Organisation, die die Hamburger Glücksspielszene beherrschte. Nach zwei Jahren, stürmisch wie üblich, hatte er wieder genug. Er hörte zu viele Geschichten über Amerika und Brighton Beach, das ukrainische Viertel dort, das »wie Odessa, nur in Amerika« sei. Also reiste er hin, um es sich anzusehen, und zwanzig Jahre später befand er sich immer noch dort.

In den Siebzigerjahren hatten sich über vierzigtausend Juden in Brighton Beach niedergelassen, einem Viertel der jüdischen Arbeiterschicht, das sich bereits mit den Einwanderungswellen zu Anfang und Mitte des Jahrhunderts gebildet hatte. Die Russen und Ukrainer, viele von ihnen Juden, bauten sich eine geschlossene Welt, die sich an Odessa, der lärmenden Hafenstadt am Schwarzen Meer, orientierte.

Berkovich begann seine Laufbahn in dem Viertel im Cabaret National Club. Wer ihn einführte, war Arkadi Silber, ein Kindheitsfreund aus dem kleinen jüdischen Viertel in Zatoka, der mit ihm den Hass auf die Moskauer Russen und die Kiewer Ukrainer teilte. Vladimir stieg dort mit der festen Überzeugung ein, dass ihm seine große Erfahrung im Management generell und im Catering im Besonderen sehr schnell zu einer einflussreichen Position in dem Club verhelfen würde. Doch er stieß auf eine Barriere – die aus Kiew stammenden Mafiosi. Er begriff rasch, dass sie einen aus Zatoka bei sich nie aufsteigen lassen würden. Es blieb ihm keine Wahl. Er trat einen

Schritt zurück, und zusammen mit Arkadi Silber gründete er die Zatoka-Gruppe, den südukrainischen Ableger auf der Karte des organisierten Verbrechens der russischen Gemeinde in Brighton Beach.

Der Anfang war durchschlagend. Das Geld strömte nur so, die Beziehungen mit den anderen Gruppen waren ausgezeichnet. Im ersten Stadium suchte sich Berkovich den Bereich aus, den er aus unmittelbarer Nähe kannte – das Glücksspiel. Er und Silber waren stark an der Achse Brighton Beach – Atlantic City zugange. Sie knüpften die richtigen Beziehungen und erhielten regelmäßig einen schönen Anteil. Vladimir kaufte sich sogar eine Datscha am Schwarzen Meer bei Odessa, wo er jeden Sommer hinreiste, mit einem Zwischenstopp in Bulgarien für ein paar Tage Wellness. Er zog in eine schöne Wohnung in Washington Heights im Norden Manhattans um. Er begann auch, bei einer Privatlehrerin ernsthaft Englischunterricht zu nehmen. Betty, eine Jüdin aus Litauen, die als Kind nach Amerika emigriert war, hatte kohlrabenschwarzes Haar, einen kleinen Mund und ein großes Lachen. Als der Unterricht beendet war, trafen sie sich weiter. Und als Betty anfing, ihm seine russischen Lieblingsgerichte zu servieren, war er völlig erobert: exzellent gekochter Rotkohl, Frühlingszwiebeln in hinreißender Essigbalsamsauce, Blini, russischer Bierkuchen – das ihm womöglich allerliebste Essen auf der Welt –, den besten, den er je im Leben gegessen hatte. Als sie eines Abends zu ihm kam und ihm Bärenfilet mit Speck, Butter und Kognak zubereitete, ein Leckerbissen der Zaren, schwanden ihm fast die Sinne vor Genuss und Lust. Nach dem Dessert – ein Pudding Katharinas der Großen (Heidelbeeren, Vanilleeis, Himbeersorbet und Kognak in Eigelbsahne) – und nachdem sie, völlig berauscht vom

Kognak und dem überwältigenden Essen, den allerwildesten und hemmungslosesten Sex getrieben hatten, machte Vladimir Berkovich Betty zwei Vorschläge: Nummer eins, ihn zu heiraten, Nummer zwei, die Küchenchefin des Restaurants zu werden, das er in Brighton Beach eröffnen würde und das Zatoka heißen sollte.

Betty antwortete zweimal mit Ja, unter einer Bedingung – dass sie wieder in Brighton Beach wohnen würden. Manhattan sei nichts für sie. Zu viele Amerikaner. Wie üblich bei Vladimir Berkovich wurde alles umgehend erledigt. Innerhalb von sechs Monaten waren alle drei Dinge abgehakt: Hochzeit, Restaurant, Haus.

Rückblickend gesehen, begannen die Probleme mit dem Kokain. Silber war derjenige, der entdeckte, dass diese Droge eine hohe Popularität besaß. Er war es auch, der nach Kolumbien reiste und die Kontakte knüpfte, und zusammen mit Vladimir, der Warschau und die polnische Fluggesellschaft aus seiner Catering-Zeit kannte, dachte er sich den Polenplan aus.

Der Polenplan lief so: Das Kokain wurde von Bogotá mit einem Lot-Linienflug nach Polen geschickt, in Röhren, die eine kolumbianische Firma für einen polnischen Importeur von Fernsehgeräten herstellte. In Polen wurde der Stoff an Kuriere mit amerikanischem Pass übergeben, die die Ware per Linienflug von Warschau zum Kennedy-Flughafen nach Brighton Beach beförderten. Zu jener Zeit waren die Sicherheitsmaßnahmen der polnischen Fluggesellschaft besonders dürftig, und auch die Einstellung gegenüber Ankömmlingen aus Polen am Kennedy-Flughafen war nicht allzu sehr von Misstrauen geprägt. In New York wurde der Stoff an Italiener in Coney Island und an Hispanos in der Houston Street, neben Katz'

Bagelladen, verkauft. Es war brillant. Es war einfach. Und die Hauptsache, es warf unglaublich hohe Profite ab.

Gegen Ende der Achtzigerjahre allerdings begannen die Dinge, außer Kontrolle zu geraten. Vladimir spürte, dass Arkadi mit den Mengen zu übertreiben anfing und die Lage nicht mehr beherrschte. Es gab Flüge aus Polen, in denen drei oder vier Kuriere der Zatoka-Gruppe saßen, die nichts voneinander wussten. Es gab auch einige Fälle von Beinahe-Festnahmen, von Durchsuchungen, bei denen die Ware nur wie durch ein Wunder nicht entdeckt wurde. Vladimir wusste, dass der erste Kurier, der gefasst wurde, die Flugbrücke über Polen hochgehen lassen und die gesamte Operation zu Fall bringen würde. Er war der Ansicht, man müsse die Mengen auf eine Sendung pro Woche, wie sie es anfangs gemacht hatten, zurückschrauben. Doch es fiel ihm schwer, einzugreifen und Arkadi zu kritisieren, der sich völlig auf den Erfolg des Kokains eingeschossen hatte. Berkovich konzentrierte sich weiterhin auf die Glücksspielgeschäfte in Atlantic City, und zumindest dem Anschein nach war jeder der beiden für seinen eigenen Zweig verantwortlich.

Parallel dazu versank Arkadi jedoch immer kontinuierlicher in einer Orgien- und Drogensause. Auch Vladimir hatte die Szene eine gewisse Zeit lang durchaus genossen, in Hotelzimmern in Atlantic City und in Arkadis luxuriösem Penthouse auf der Upper East Side, aber er wusste, wann man aufzuhören hat. Silber war kokainabhängig und ein besessener Spieler, und er fing an, Geld zum Fenster hinauszuwerfen. Er wurde zu einem echten Ärgernis. Berkovich witterte, dass Silber die Zatoka-Gruppe in ein gefährliches Fahrwasser manövrierte. Er wollte diese Richtung ändern. Es gab noch andere Gründe dafür, die nichts mit Arkadi zu tun hatten: erstens, die wachsende Konkurrenz zwischen den Gruppierungen in Brighton Beach – die große Gruppe der ukrainischen Juden aus Kiew, die usbekische Gruppe aus Taschkent und die tschetschenische Mafiabande, die das Viertel zunehmend beherrschte und eine bisher ungekannte Grausamkeit an den Tag legte. Alle wollten eine Scheibe vom Koksgeschäft, und Berkovich verzichtete gerne darauf. Ein zweiter Grund war das Durchgreifen der Behörden bei den Kokainhändlern. Vladimir begriff, dass ihr Vorteil unter den neuen Spielbedingungen nicht Gewalt, sondern nur Verstand sein konnte.

Berkovich zog es vor, die Organisation in Richtung White-Collar-Kriminalität zu führen. Nachdem er jahrelang in den schmutzigeren Verbrechensbranchen mitgemischt hatte, sah er ganz klar die Vorteile. Es war eine sauberere Option, was die daran beteiligten Leute und den Grad der Gewalt anging. Zudem war es vom juristischen Aspekt her ungleich nebulöser, viel schwieriger nachzuweisen.

Anfang der Neunzigerjahre, als Computer in allen Lebensbereichen ein zentrales Thema geworden waren, erwachte auch Vladimirs Interesse daran. Er umgab sich mit einem Kader von Wirtschaftswissenschaftlern, russischen Mathematikgenies und brillanten Computerprogrammierern, während er die Aktionszelle in den Hinterzimmern des Zatoka etablierte. Das Restaurant als solches, in der 7. Straße in Brighton Beach, hatte einen guten Ruf im ganzen Viertel und sogar in anderen Teilen New Yorks. Lange Jahre war es Abend für Abend ausgebucht. Seinen Erfolg verdankte es mehreren Gründen: der feststehenden Musikkulisse mit Sinatra-Liedern – eine ungewöhnliche Sitte in einem Viertel von Italienerhassern; dem phantastischen Essen von Betty – die gehackte Leber, der Katharina-die-Große-Pudding, die karelischen Backwaren, der baltische Hering in Senfsauce und so fort; und der angenehmen Gestaltung des Restaurants mit roten Tischdecken, Kristallleuchtern und der fortschrittlichen Karaoke-Bühne.

Die Operation Österreichische Bank, eine der ersten in der neuen Ära, die Berkovich einläutete, wurde in der Computerzentrale durchgezogen, die im hinteren Teil des Restaurants eingerichtet worden war, und in einer Mietwohnung in Moskau, von der aus Mordechai die Angelegenheiten leitete. Mordechai entwickelte zwei Systeme, die erfolgreich umgesetzt wurden – Geldwäsche und Mikrotransfers von Teilen österreichischer Schillinge, die vierundzwanzig Stunden lang ausgeführt wurden und sich zu riesigen Summen anhäuften. Es gab noch andere, ähnliche Unternehmungen, die parallel dazu durchgeführt wurden.

Die Zatoka-Gruppe befand sich in einer paradoxen Lage. Einerseits begann man, den immensen Erfolg zu genießen, den man mit der White-Collar-Kriminalität einheimste. Andererseits war Silber ein stark belastender Störenfried. Er flog jeden Abend nach Atlantic City, hielt sich in luxuriösen Hotels auf, nahm an wilden Partys mit Koks und Glücksspielen teil. Als er hunderttausend Dollar an einem einzigen Abend verlor, beschloss Vladimir, dass er damit das Limit überschritten hatte.

Vladimir Berkovich sah sich gezwungen, Arkadi Silber aus der Gruppe zu eliminieren.

Jeden Samstagmorgen gingen Vladimir und Arkadi zusammen in die türkischen Badehäuser auf der Lower East Side von Manhattan. Die schmuckvollen Bäder aus dem neunzehnten Jahrhundert waren ein fixer Treffpunkt von Meyer Lansky, Bugsy Siegel und Lucky Luciano in den Zwanzigern gewesen – ein inspirierender Ort also, der im Laufe der Jahre weiterhin als Treffpunkt für Mitglieder der russischen, irischen und italienischen Mafiaorganisationen diente.

An jenem Samstag machte Vladimir kurzen Prozess. Er sagte Arkadi, dass er aus dem Geschäft draußen sei, nahm ihm die Schlüssel für die Büros und die Kreditkarte der Organisation ab. Parallel dazu hatte er Leute in Silbers Wohnung geschickt, die dort Kokain, teure Gegenstände und Geld ausräumten. Berkovich informierte Arkadi über den Abbruch der Beziehungen und das Ende der Kokainoperation. Er versuchte, es so anständig wie nur möglich zu tun, und ließ ihm dreißigtausend Dollar in bar. Aber auf dieser Welt ist nichts wirklich anständig.

So gründlich Vladimir den Abschied von Arkadi in allen Einzelheiten geplant hatte, wurde er dennoch von Arkadis Reaktion überrumpelt. Arkadi tat das Einzige, von dem Vladimir überzeugt gewesen war, dass er es niemals tun würde, auch wenn seine Ehre am Boden zerstört wäre. Er wandte sich ausgerechnet der Kiewer Bande zu – die ihn, zu Vladimirs völliger Verblüffung, mit offenen Armen aufnahm. Und Vladimir begriff, wo er sich geirrt hatte: Die Kiewer, die Krakauer und sogar die Odessaer verabscheuten die ländlichen Ukrainer, die ihnen ein nicht unerhebliches Stück von ihrem Kuchen weggenommen hatten, schlicht und einfach. Als ihnen Arkadi Silber daher eine Chance bot, einzusteigen, ließen sie sich das nicht entgehen.

Im obersten Stockwerk des Cabaret National, dem Club der Odessa-Gruppe, pflegte sich einmal in der Woche das interne Gericht von Klein-Odessa zu versammeln. In der Halle, die an bestimmten Wochentagen als Diskothek diente, in düsterer und bedrohlicher Atmosphäre, kamen Richter, Ankläger, Beschuldigte und Publikum zusammen. Vladimir wurde dazu verurteilt, Arkadi Silber hunderttausend Dollar Entschädigung zu zahlen. Und das war nur der geringste Teil. Ungefähr eine Woche nach dem Prozess verschwand Betty, Vladimirs Frau. Bis auf den heutigen Tag, drei Jahre danach, hatte er keinerlei Hinweis gefunden, was mit ihr passiert war, nicht die leiseste Spur eines Grundes für ihr Verschwinden. Über ein Jahr lang hatte er sich der Suche gewidmet, Privatdetektive beschäftigt, war nach Russland, nach Bulgarien gereist, überall in den USA herumgefahren. Während dieser Zeit hatte er das Restaurant geschlossen und die Aktivität der Zatoka-Gruppe eingestellt.

Als er sich schließlich geschlagen gab, kehrte er in sein und Bettys Zuhause in Brighton Beach zurück. Er ertappte sich dabei, wie er geistesabwesend auf der Promenade von Brighton Beach nach Coney Island und zurück marschierte, auf einer Bank saß, auf das Meer und den Sonnenuntergang starrte. Oder er blieb in seiner Wohnung, sah CNN, bestellte sich für ein paar Stunden eine Prostituierte. Oder er saß im Restaurant, das wieder in Betrieb war, jedoch bescheidener, mit geschrumpfter Speisekarte und ohne jenen beflügelnden Geist, der dort herrschte, als Betty die Dinge in der Hand hatte.

Der Weg zurück war lang und mühsam. Er baute sich selbst sozusagen von Neuem auf, Schritt für Schritt, während ihm von Silber und den konkurrierenden Gruppen zahlreiche Hindernisse in den Weg gestellt wurden. In dem Jahr, in dem er nicht in der Gegend gewesen war, hatten sie die Glücksspielszene völlig unter ihre Kontrolle gebracht und seine Zatoka-Gruppe fast gänzlich übernommen. Er konnte es seinen Leuten nicht verdenken, sie hatten Arbeit gebraucht. Ganz langsam, im Einklang mit der Depression, mobilisierte er neue Partner und plante den Schlag, der ihn wieder aufs Gleis setzen würde. So fand er Achmadan Pozailov, Absolvent der Sondereinsatztruppen Russlands, ein furchteinflößender kaukasischer Rotschopf mit einem Gewicht von hundertdreißig Kilo und der Größe von einem Meter neunzig, der in Afghanistan im Krieg gegen die Mudschaheddin gedient hatte. Pozailov war einfach eines Morgens, auf der Suche nach Arbeit, ins Zatoka hereingeschneit. Und er fand sie. Die Bekanntschaft mit ihm war der erste bedeutende Schritt auf dem Weg zurück. Pozailov brachte seinen russischen Freund Popeye mit, einen jungen Computerprogrammierer und ein Elektronikgenie. Mordechai, den genialen Mathematiker, der für die Österreichische-Bank-Operation in Moskau verantwortlich gewesen war, traf Vladimir per Zufall in Israel wieder, wo er seine Familie in Haifa besuchte. Als er hörte, wie jemand seinen Namen aus einem Café am Karmel rief, dachte er, er träume. Doch es war Mordechai, der ihm sagte, dass er Arbeit suche und sich freuen würde, mit ihm nach New York zu kommen. Das war der Augenblick, in dem Vladimir endgültig begriff, wozu er sich reichlich Zeit gelassen hatte – er war wieder im Geschäft, und diesmal würde er es richtig machen.

Vladimir begann, mit Mordechai über die Spielautomaten zu reden, eine Idee, die bereits seit geraumer Zeit in seinem Hinterkopf vor sich hingärte, schon seit er sich den wilden Reisen Arkadi Silbers nach Atlantic City angeschlossen hatte, vor allem als er zum ersten Mal die Mega-Bucks-Automaten gesehen hatte, die riesige Jackpotgewinne über die Vernetzung ermöglichten. Der Ort, der zu seinem Sturz geführt hatte, lieferte die Inspiration für das Comeback. Es war der perfekte Weg für die Rückkehr, denn er verknüpfte seine beiden Aktionsbereiche – Glücksspiel und Computer.

Und nun dachten zwei törichte israelische Jungen in einem blauen Lastwagen, sie könnten ihm das vermasseln. Er nahm einen Schluck Wodka und schloss kurz die Augen.

ZUM WABIGOONI-RESERVAT

Jonsy versuchte, eine bequeme Lage zu finden. Er wartete auf das sanfte Abgleiten in den Schlaf in der geheizten Lastwagenkabine, das Brummen des Motors im Ohr. Izzi starrte nach draußen in die kalte Nacht. Der Wind rüttelte an den Bäumen.

Er sagte: »Sag mal, Jonsy, dieser Russe, Vladimir, kam dir der nicht ein bisschen dubios vor? Das heißt, ich weiß auch nicht, irgendwie ein bisschen gefährlich?«

Jonsy ließ ein kurzes verächtliches Schnauben aus der Dunkelheit hören. »Weißt du, was ein Frajerski im Russischen ist? Das ist ein Frajer, ein Trottel. Ich hab gleich in der ersten Sekunde gesehen, dass er ein Trottel ist. Schluss damit, Izzi, es reicht mit der Paranoia. Schlaf jetzt. Morgen ist ein neuer Tag.«

Doch sie kamen nicht zum Schlafen. Da waren Stimmen. Menschen, die draußen vor dem Lastwagen redeten. Izzi flüsterte: »Jonsy, hörst du das?«, und sein Herz begann zu hämmern. Noch bevor Jonsy antworten konnte, vernahmen sie ein Klopfen am Fenster. Jonsy richtete sich auf. Er sah eine Hand, die wieder klopfte. Und dann dachte er, er träume: Draußen stand ein atemberaubendes Mädchen, das aussah wie eine indianische Prinzessin, und blickte zu ihm hinauf. Sie hatte langes schwarzes Haar, zu einem Zopf geflochten, eine Spur schräg stehende Augen, und in dem matten Licht, das der Mond und der Schnee erzeugten, sah er, dass sie ihn anlächelte. »Was ist das denn?«, flüsterte er. Auch Izzi hob den Kopf.

Sie öffneten das Fenster.

Das Mädchen sagte: »Es tut mir leid, dass ich störe, aber, also ich meine, ich habe quasi gesehen, dass der Motor läuft, und deshalb habe ich gedacht, ihr seid sicher wach, oder?«

Jonsy antwortete: »Der Motor läuft die ganze Nacht wegen der Heizung. Das besagt gar nichts. Aber wir waren wirklich noch wach.« Er sah sie mit einem fragenden Blick an, und nun bemerkte er zum ersten Mal den jungen Mann, der neben ihr stand, in abgewetzten Jeans, mit glattem Haar und Bartstoppeln.

»Kann man was helfen?«, fragte Jonsy.

»Wir haben ein kleines Problem«, sagte sie. »Mit dem Auto. Es ist, also quasi …« Sie suchte nach Worten. »Es funktioniert nicht mehr, äh …«

»Kein Problem«, erwiderte Jonsy. »Wir helfen euch. Eine Sekunde nur.«

Sie lächelte bezaubernd und sagte: »Danke.«

Izzi flüsterte auf Hebräisch: »Was heißt hier danke, zieh dich aus.«

Jonsy fragte sie: »Hast du zufällig Internet?«

In der Früh befestigte Jonsy die Kabel zwischen Janes Auto und dem Lastwagen, und Izzi stieg aus und sagte: »Guten Morgen!« Jane und Jakob hatten die Nacht in ihrem Wagen verbracht, mit Decken, die ihnen Jonsy und Izzi gegeben hatten.

»Hi, Jungs«, antwortete Jane. Auch jetzt, ziemlich schlafverquollen, sah sie phantastisch aus. Jakob bemerkte die bewundernden Blicke der beiden.

Sie gaben Wendy Starthilfe, und Izzi trennte sie vom Lastwagen, nachdem sie zum Leben erwacht war.

»Wo ist deine Werkstatt?«, fragte Jonsy.

»Wir haben einen Mechaniker im Reservat, der viele Sachen macht. Wenn es zu kompliziert für ihn ist, schickt er mich nach Duluth, die nächste große Stadt vom Reservat aus. Kommt, wir fahren dorthin. Ich schulde euch zuerst mal einen Internetanschluss, oder?«

Jonsy lächelte und bedeutete ihr vorauszufahren. »Wir fahren hinter euch her. Lasst euch Zeit.«

In dem gelben Nissan klingelte das Mobiltelefon. Pozailov befahl Popeye zu antworten.

»Wo ist das Ding?«

Pozailov fuhr mit Brille. Er war sich noch nicht sicher, wann sie für ihn von Vorteil und wann er ohne sie besser dran war. Der Doktor hatte zwar gesagt, sie sei für die Weite, aber Pozailov hatte nicht verstanden, wann genau er sie abnehmen sollte. Er streckte eine Hand aus, suchte nach dem Telefon. »Wo hab ich das Scheißteil hingelegt?«

»Moment, Moment, pass lieber auf, dass wir nicht als Ketchupschmierfleck unter einem Laster landen.« Das Telefon läutete weiter. Popeye fand es schließlich im Handschuhfach. Es war Vladimir.

»Gib mir Pozailov.«

»Er fährt, Boss.«

»Ich hab gesagt, gib ihn mir.«

Pozailov, mit einer Hand am Steuer, lauschte mit ernstem Gesicht. Hin und wieder sagte er: »Ja, Boss«, dann: »Ich weiß nicht«, und: »Noch nicht.« Popeye entdeckte im Handschuhfach noch etwas. Einen kleinen Revolver. Er zog ihn heraus, betrachtete ihn interessiert, streichelte ihn. Pozailov warf ihm einen entsetzten Blick zu. Er wollte ihm bedeuten, den Revolver sofort wieder an seinen Platz zu legen, doch er hatte keine Hand frei. Popeye fuhr fort, die Waffe von allen Seiten zu begutachten. Pozailov versuchte ihm mit ein paar unterdrückten Lauten und Körperverrenkungen zu verstehen zu geben, dass er den Revolver in Ruhe lassen solle, bis er schließlich hastig sagte: »Nur eine Sekunde, Boss, eine Sekunde nur«, das Telefon zwischen den Beinen ablegte und Popeye mit der freien Hand eine rüde Kopfnuss verpasste. Sie schlug Popeye die Baseballkappe vom Kopf, die schief an seinem Nackenschwanz hängen blieb. Pozailov zischte leise: »Leg das sofort wieder an seinen Platz, oder ich reiß dir ein Auge aus.« Popeye legte den Revolver lustlos wieder in das Fach zurück.

»Was sagt er?«, fragte Popeye, als Pozailov das Gespräch beendet hatte.

»Er macht sich Sorgen, weil wir nichts von ihnen gehört haben. Wir sollen sie überall suchen.«

»Haben wir das nicht bis jetzt gerade gemacht?«

»Ja. Bloß dass er sich jetzt ernste Sorgen macht. Er hat gesagt, dass wir jeden Parkplatz und jede Tankstelle in Minnesota oder jedem anderen Staat abklappern sollen, bis wir den blauen Laster gefunden haben. In einer Stunde will er eine Antwort haben.«

Jane steuert Wendy in Richtung des Reservats. »Was für nette Typen«, bemerkt sie.

Jakob verzieht das Gesicht. »Israelis«, sagt er, »die kenn ich, die helfen nicht bloß so. Da steckt immer irgendein Interesse dahinter. Sie waren scharf auf dich. Die glauben, sie haben eine Chance.«

Seine Worte ärgern sie, und sie wird sauer auf sich selbst, dass sie sich davon ärgern lässt. Gerade heute Nacht war er ganz bezaubernd, hat sich darum gekümmert, dass sie es warm hat, und hat sie unter den Decken umarmt. Aber klar, schon sieht sie wieder, wie er wirklich ist. Eifersüchtig, boshaft, muss an allem herummäkeln. »Ach wirklich?«, erwidert sie. »Und wer sagt denn, dass sie keine haben? Sie sind richtig süß, also ich meine, quasi die beiden, sowohl der Stille als auch der Macho. Meinst du, ich habe Chancen?«

Natürlich, sie sagt das nur, um ihn aufzubringen. Er weiß das. Drei Jahre zusammen sind eine zu lange Zeit für Manipulationen dieser Art. »Was regst du dich denn auf? Ich hab bloß gesagt, dass sich hinter ihrer Nettigkeit vielleicht was anderes verbirgt, das ist alles.«

»Klar wollen sie was. Sie haben auch genau gesagt, was, falls du's nicht bemerkt haben solltest. Sie brauchen einen Internetzugang. Heißt das, dass sie nicht nett sind? Heißt das, dass sie denken, sie hätten eine Chance? Ich versteh schon, dass dich das stört, wenn ich von jemandem sage, dass er nett ist. Dann stört's dich eben. Vielleicht fällt es dir schwer zu kapieren, dass Menschen helfen und nett sein können ohne alle möglichen Hintergedanken, denn bei dir kann das natürlich nicht passieren. Du wirst dich wundern, aber es gibt auch Männer, die gerne helfen, ohne was dafür zu erwarten.«

»Also echt, hast du gesehen, wie sie am Schluss gelächelt hat?«, sagt Jonsy zu Izzi. »Meinst du, ich hab eine Chance?«

»Wenn ich ganz ehrlich sein soll«, versetzt Izzi, »und das ist mein Ernst, sie hat mir schon gestern Nacht so Blicke zugeworfen. Es scheint, als bevorzuge sie die stillere Sorte und nicht den Macho.«

»Ich ein Macho? Wichser, pass bloß auf.«

»Stille Wasser gründen tief …«

»Du wärst mausetot.«

Der Piepser gibt Laut. »Oho, guten Morgen«, grinst Jonsy. Izzi fühlt sich unbehaglich. Es ist Chaims Nummer. Einige Minuten darauf ertönt wieder ein Piepsersignal, die normale Büronummer. Sofort danach die Villa in Minneapolis. Und dann noch eine Nummer mit der Vorwahl von Brooklyn.

»Sieben eins acht?«, fragt Izzi.

»Das können eine Million Leute sein. Das kann dieser Vladimir sein, der nach Brighton Beach zurückgefahren ist, das kann Schlomi von zu Hause aus sein, das kann der lausige Michel Argamani sein.«

Noch ein Piepser. Eine völlig unbekannte Nummer. »Was ist denn zwei acht eins?«

Sie fahren mit ihrem Lastwagen Wendy hinterher. Jane hat gesagt, sie würden eineinhalb bis zwei Stunden zum Reservat brauchen. Jonsy hat vorgeschlagen, unterwegs einen Stopp einzulegen, um Wendy nicht zu überlasten. Jane hat gesagt, es gebe auf halber Strecke einen großen See, an dem sie halten und ein bisschen rasten könnten. Jonsy erwiderte: »Super. Wir haben's verdient, ein bisschen zu rasten.«

»Was ist ein Reservat?«, fragt Izzi jetzt Jonsy. »Ist das so ganz echt ein indianischer Stamm wie in den Geschichten?«

Jonsy lacht. »Hängt davon ab, welche Geschichten du gehört hast. Die Indianer haben Reservate. Sie haben quasi eine unabhängige, eigene Verwaltung im Staat. Mir sind schon ein paar Umzüge für Indianer untergekommen. Sie nennen ihre Reservate ›Res‹, abgekürzt von Reservation.«

Izzi ist beeindruckt. »Wallah, dann ist sie wirklich eine Indianerin? Ich dachte eigentlich nur so zum Spaß, dass sie wie eine Indianerprinzessin aussieht. Und der Blödmann, ist der auch ein Indianer?«

»Anscheinend, was weiß ich? Echt ein Knallkopf.«

Sie hängen dicht hinter Wendy, ein alter Datsun aus den Achtzigern, auf einer hübschen kleinen, gewundenen Straße. Es gibt Tage, da macht dir die Landschaft einfach gute Laune. Die Luft draußen ist klar und hell, die Sonne glitzert auf dem Schnee. Sie gleiten durch große Wälder, klettern bisweilen langsam einen Hügel hinauf, rollen manchmal hinunter. Dann tauchen die Schilder zum See auf, »Mille Lacs«, und schon liegt er vor ihnen, umsäumt von Bäumen.

Jonsy findet einen Parkplatz direkt am Wasser. Sie steigen aus und atmen die herrliche Luft ein. Schon seit etlichen Minuten haben sie keinen Menschen mehr gesehen. Als gehörte all das ihnen.

»Alles in Ordnung, Jungs?« Jane kommt mit einem strahlenden Lächeln auf sie zu. »Es ist noch ungefähr eine Stunde bis zum Reservat, okay?«

»Klar. Wir genießen jede Minute. Schön hier«, antwortet Jonsy.

»Das ist das Reservat des Stammes Mille Lacs. Ich komme viel hierher, um am See zu sitzen und, also, ich meine quasi, Meditation zu machen.«

»Das schöne Leben«, lacht Jonsy. Er formuliert vorsichtig eine Frage: »Also … hmmm… gehörst du dann quasi auch zu dem Stamm?«

Sie lächelt, das passiert ihr oft mit Fremden und sogar mit Amerikanern aus den Großstädten. »Mein Reservat ist das Sugar-Bush-Lac. Mein Stamm sind die Wabigooni. Ich bin eine Wabigi.«

»Hä? Eine Wa-was?«

Jane muss lachen. Jonsy und Izzi fallen mit ein. Sie setzen sich auf eine Decke ans Wasser.

»Ihr werdet es nicht glauben, aber sie hat sogar einen indianischen Namen«, verkündet Jake.

Jane boxt Jake gegen die Schulter: »Warum verrätst du das?«

»Ein echter Indianername? So wie Weißer Bär oder Rote Wolke?«, fragt Izzi,

Jane wird ernst. »Woher kennst du Rote Wolke?«

»Das ist mir bloß so eingefallen, gibt es so jemanden? Nu, also wie heißt du?«

»Ich bin nicht sicher, dass ich das sagen möchte …«

Sie bestehen darauf, alle drei.

»Na gut. In der Indianersprache ist der Name Gokokou Gonineg. Das heißt Schneeeule.«

Izzi sagt leise: »Schneeeule, wow. Wie schön.«

Jonsy lehnt sich nach hinten, stützt sich auf die Ellbogen. Er spürt seinen Rücken und hofft, dass das nichts Schlimmes zu bedeuten hat. »Und was macht ihr dort im Reservat? Sitzt ihr in Zelten rum?« Er lacht über seinen eigenen Witz. »Bloß so. Ich kenne Reservate. Aber was arbeitet ihr?«

»Pfeile und Bogen«, erwidert Jake. »Den ganzen Tag muss man sie polieren und säubern, um sich auf den nächsten Kampf vorzubereiten. Nein, Quatsch, bloß so, Jane macht ihre Magisterarbeit über das Liebesleben von Crazy Horse, einem indianischen Krieger aus dem neunzehnten Jahrhundert. Offenbar träumt sie von irgend so einem Krieger, der auf einem weißen Pferd daherkommt.«

Jane schießt einen wütenden Blick auf ihn ab.

»Und ich«, fährt er fort, »ich beschäftige mich mit dem Reis.«

»Reis?«, fragt Jonsy ungläubig.

Jane verengt die Augen, starrt Jake an.

»Ja«, bestätigt Jake. »Im Reservat leben wir viel von Reis. Die Wabigooni haben von Naturreis gelebt, lange bevor der weiße Mann seinen Fuß hier auf die Erde gesetzt hat. Reisanbau im Reservat ist ein hartes Geschäft. Der wilde Reis ist in flachen Seen und Flüssen gewachsen. Die Reiskörner sind Ende August, Anfang September reif, wenn die Pflanzen eine hellgrüne Farbe kriegen.«

Jane denkt sich, da fängt er schon wieder mit seiner Leier an. Jake hat ein paar Monate im Indianermuseum des Reservats gearbeitet, bis ihn die Lust verließ. Dort hat er das alles gelernt. Sie ärgert sich schon wieder.

»Zwei brechen mit dem Kanu auf, das aus Aluminium gemacht ist. Der mit der Stange sitzt vorn und bewegt das Kanu, und der zweite schlägt den Reis von den Halmen. Mit Hilfe eines Schlegels aus Zedernholz schlägt er ihn ins Kanu hinein.«

Izzi betrachtet ihn verblüfft. Jonsy denkt, der Knabe quatscht doch mit Verstand. Jane denkt sich, was für ein Vollidiot.

»Das ist nicht so einfach, wie es sich anhört.« Jake ist noch nicht fertig. »Der mit der Stange muss den guten Reis ansteuern, und der mit dem Schlegel muss schnell handeln. Nach der Ernte bringen die Wabis den Reis nach Hause und lassen ihn ein paar Stunden ausgebreitet trocknen.«

»Wabis?«

»Unsere Stammesangehörigen. Der volle Name lautet Wabigooni von der Gruppe Sugar-Bush-Lac vom Superior Chipewyan Lake, Minnesota. Wabis ist bloß die Abkürzung. Der Reis trocknet dann im großen Kessel überm Lagerfeuer, ganz langsam. Während des Trocknungsprozesses verändert sich die Farbe allmählich zu Braun, und der Geruch verbreitet sich im ganzen Reservat. Das Nächste ist die Lagerung. Meine Großmutter Suzan, die auch Schwarze Feder hieß, füllte den

Reis immer in Kissenbezüge, die sie in einen Schrank steckte. Und dann wartet man. Lange Zeit. Man hat es nicht eilig. Wir arbeiten nach der indianischen Uhr: Die Dinge geschehen, wenn sie geschehen müssen.« Jake hält inne. Er denkt sich, wie einfach es doch ist, Leuten, die nicht wissen, was ein Indianerstamm ist, Geschichten weiszumachen. Was für Komiker, die beiden.

Izzi schweigt beeindruckt. Jonsy will Jake fragen, in welchem Buch er das gelesen hat. Doch Jane reicht es.

»Übrigens«, sagt sie, »hat er euch gerade was vorgelogen. Er hat in seinem Leben praktisch noch keinen Reis angerührt. Er ist überhaupt kein Indianer. Er ist Jude, wie ihr. Er heißt Jakob, und er ist ein kleiner Scheißer, der drei Jahre auf meine Kosten gelebt hat, von den Glücksspielgeldern, die ich jeden Monat vom Reservat erhalte. Aber damit wird ab heute Schluss sein. Er wird seine Sachen packen und für immer aus meinem Haus verschwinden.« Sie schickt ein kurzes, angespanntes Lachen hinterher.

Jonsy und Izzi schauen sich geschockt an. Sie richten ihren Blick auf Jake, der auf der Decke sitzt und seine Füße betrachtet. Er grinst: »Mädels, was die immer haben, oder?«

Jonsy sagt: »Augenblick mal …«

»Er hat ein paar Monate im Museum des Reservats gearbeitet, bis auch das zu hart für ihn wurde. Den kleinen Vortrag hat er garantiert den Leuten dort den ganzen Tag vorgebetet. Stimmt's, Jakob?«

Jake antwortet nicht.

»Nein …«, sagt Jonsy, »aber was hast du gesagt von … nu …«

»Dass dieser Idiot Jude ist? Schwer zu glauben, was? Es ist nicht so wahnsinnig nett, einen solchen verlorenen Bruder zu entdecken, oder?«

Die ganze Zeit blickt Jake, der Idiot, lächelnd auf seine Füße hinunter. Offenbar hat er ihre Gemütslage nicht richtig eingeschätzt. Shit.

»Nein, nicht dass er Jude ist. Was du gesagt hast, dass … dass er auf deine Kosten lebt, dass du …«

Jane sieht den Israeli an, der aufgeregt vor ihr herumstottert und ganz rot wird. Sie begreift nicht, was er will. Er fuchtelt mit den Händen in der Luft, versucht etwas zu erklären. Jake hebt verständnislos den Kopf. Schließlich springt Izzi ein: »Ich glaube, er versucht zu fragen, was du damit gemeint hast, als du von den Glücksspielgeldern geredet hast, die du vom Reservat kriegst.«

DIVA SUSANNA

Als Schlomi Almaliach in seiner kleinen Wohnung in Queens erwacht, kann er sich nicht rühren. Er muss zum Frühmorgengebet aufstehen, die Gebetsriemen anlegen, und dann der Trip nach Florida, aber es gelingt ihm nicht, er kann sich nicht rühren. Doch er gerät nicht in Panik. Alles unter Kontrolle. Er kennt das. Nach vier Jahren im Umzugsgeschäft kennst du alles, was dir dein Körper antun kann, besonders im unteren Rückenbereich.

Neben ihm auf dem Bett liegt das Modell eines Lastwagens, das er gestern zusammengesetzt hat. Als der Schabbat vorbei war, hat er den Lastwagen gebaut, in der Gemara gelesen, telefoniert. Das hat er gemacht. Er hat mit seinem Sohn Moschik in Israel gesprochen, der ihm erzählt hat, dass er den Lastwagen, den Scania, den er ihm geschickt hat, noch nicht zusammengebaut hat. Er hat auch ein paar Worte mit Moschiks Mutter gewechselt.

Danach bastelte er noch weiter an dem Lastwagen: ein Volvo VN610. Ein neuer Trailer, riesig, mit niedriger Fahrerkabine, so was Schönes hat er noch nie gesehen. Die Modelle von Volvo sind überragend. Und die teuersten. Doch am allermeisten liebt Schlomi Freightliner. Er hat sämtliche Trailer und Semi-Trailer davon, jeder für sich ein Kunstwerk. Sein Traum ist es, einmal einen solchen zu fahren. Wenn er an einen Truckstop kommt, bittet er immer gern die Fahrer, ihn einen Blick hineinwerfen zu lassen, um diese Ungeheuer von innen zu begutachten, ihre Schlafkabinen, die komfortabel wie Fünf-Sterne-Hotels sind, mit Doppelbetten, Fernseher, Video, ganz zu schweigen von den rundum verstellbaren Sitzen, den Schikanen wie Satellitennavigation und Kommunikation, Unterhaltungsservice und Softdrink-Automaten. Ein Traum.

Jetzt tut ihm der Rücken weh. Er kennt die Prozedur. Sich auf die Seite legen, Gymnastikübungen machen, eine langsame Runde durchs Viertel drehen, auf den Synagogenbesuch verzichten, nicht arbeiten, ein bisschen herumsitzen und Gemara lesen, sich wieder auf die Seite legen. Alles unter Kontrolle.

Er hat gestern auch mit Nili, seiner zukünftigen Frau gesprochen. Hat in Petach Tikwa angerufen. Sie hat schrecklich nett geklungen. In zwei Monaten soll sie ankommen. So Gott will. Jedes zweite Wort, das sie sagt, ist, so Gott will.

»Wie ist das Wetter?«, hat sie ihn gefragt.

»Jetzt ist es kalt, aber bis du kommst, ist es schon Frühling und garantiert wärmer.«

»So Gott will.«

Eine Tunesierin. Ihr Vater ist ein guter Mann. Nicht gerade

glücklich darüber, dass sie nach New York ziehen wird, aber er freut sich über die Partie, und Schlomi hat versprochen, dass er im Sommer auch in Israel ein Fest machen wird, für die Familie, nach der Hochzeit in New York. So Gott will, natürlich.

Sein Arzt, Dr. Iwanir, ein Israeli, sagt immer zu ihm, dass er sich irgendwann wohl besser operieren lassen sollte. Beim letzten Mal ist ihm schwindlig geworden. Plötzlich hatte er das Gefühl, er würde gleich ohnmächtig. Es wurde ihm schwarz vor Augen. Er musste sich ein paar Minuten hinsetzen, bevor es wieder verging. Iwanir sagte damals zu ihm, los, Schlomi, du musst dich operieren lassen. Oder du hörst mit dieser Arbeit auf. Doch als der Arzt das sagte, war alles schon wieder unter Kontrolle. Also nahm er die Pillen, die er immer nahm, und fuhr zur Physiotherapie ins West Village – ein hervorragender Masseur, den ihm Iwanir schon seit langem empfohlen hatte.

Er liegt auf der Seite, betrachtet den überwältigenden Volvo, den er gestern zusammengebaut hat. Das Modell geht bis ins letzte Detail: Air Suspension, Stockbett, Schreibtisch, Fernseher und Satellitenantenne. Höhenverstellbare Sitze, beleuchtetes Armaturenbrett, Scheinwerfer und Lufthupe, die funktionieren! Ganz zu schweigen vom Motor, der Alarmanlage und dem Benzintank. Das Modell hat nicht umsonst hundertfünfzig Dollar gekostet. Offenbar hat das gebückte Sitzen beim Zusammenbauen gestern, den ganzen Abend lang, seinem Rücken nicht gutgetan. Aber weißt du was, sagt er sich, das ist es wert.

Er ruft Chaim an, um ihm zu sagen, dass er nicht nach Florida fahren kann, wenigstens nicht vor morgen. Chaim ist stinksauer, aber was kann er schon machen? Er hat keinen anderen, den er im Moment schicken könnte. Schlomi erzählt Chaim nichts von Jonsys und Izzis Plan, obwohl es so aussieht, als seien sie dabei, ihn ohne ihn durchzuziehen. Schlomi ist sich nicht mehr sicher, wer die größeren Scheißkerle sind, die beiden oder Chaim.

Jetzt liegt er also auf der Seite, unter dem Bild des Wunderrabbis Baba Sali, döst noch ein bisschen. Das Telefon läutet. Es ist Chaim, der fragt, ob er morgen mit ihm auf eine Fahrt mitkommen könne. Schlomi denkt, dieser Typ kapiert es nicht.

»Ich hab dir doch gesagt, Chaim, vielleicht. Wir werden sehen, was mit dem Rücken ist.«

»Nein, nicht nach Florida, ich nehme meinen Chevrolet. Ich fahre los, um diese zwei Dreckskerle zu suchen.«

»Izzi und Jonsy?«

»Nein, Clinton und Monica. Natürlich die beiden, wen denn sonst? Meinen die eigentlich, dass sie mich verarschen können?«

»Fucking idiots. Aber … bist du sicher, dass sie abgehauen sind? Weißt du denn, wo man sie suchen soll? Das kommt mir ein bisschen … ich weiß auch nicht, aber sollen wir anfangen, sie in ganz Amerika zu suchen?«

»Ich weiß, wo ich hinfahren muss«, behauptet Chaim. »Ich hab so ein Gefühl, dass ich sie finde. Sie können nicht mit einem Laster verschwinden, mit so wichtigen Jobs, mit dem ganzen Geld und lauter wütenden Kunden. Ich kann nicht hier in New York sitzen bleiben, sie wie ein Idiot ständig anfunken und mich von ihnen verarschen lassen.«

Schlomi grinst in sich hinein. Es macht ihm Freude, Chaim in einer solchen Lage zuzuhören. Da ist nichts zu sagen, sie haben einen fucking idiot aus ihm gemacht. Ihn reingelegt. Aber dann erfüllt ihn die Wut. Auch aus ihm haben sie einen fucking idiot gemacht, diese fucking idiots.

»Ich bin ja nicht blöd«, fährt Chaim fort. »Nicht nur ich

schicke ihnen in einer Tour Piepsersignale. Niemand hat was von ihnen gehört, kein Mensch. Sie haben einen vollen Lastwagen. Ich durchschaue sie, Schlomi, sie haben was geplant, sie wollen was drehen, hinter meinem Rücken. Haben sie gar nichts zu dir gesagt?«

Schlomi zögert eine Sekunde. »Nein, ich habe nichts gehört.«

»Es ist mir wichtig, dass du mitkommst, Schlomi. Wir fahren in der Früh los. Ich bezahl dich wie für einen Umzugstrip, nach Tagen.«

»Hoffen wir, dass der Rücken in Ordnung kommt. Lass uns am Abend noch mal darüber reden.«

Chaims Entschluss, loszufahren und sich auf die Suche zu machen, war gefallen, nachdem Michel Argamani ihn an jenem Morgen angerufen hatte. Argamani war äußerst gereizt gewesen. Sein texanischer Kunde, Joachim Basendwarf, hatte gedroht, er würde zur Einwanderungsbehörde gehen, zur Polizei, zum FBI, einfach überallhin, wenn seine Sachen nicht innerhalb von vierundzwanzig Stunden einträfen. Argamani war unter Druck geraten. In dem Telefonat mit Basendwarf gab er seinen Movern die Schuld, die eine andere Route als die geplante fuhren; er beschuldigte seine Sekretärin (er hatte keine), die ihm nichts von der Verzögerung bei der Abfahrt des Lastwagens erzählt hatte; er beschuldigte seinen Partner (er hatte keinen), der nach Israel entfleucht sei, da seine Mutter gestorben sei, und ihm tonnenweise Arbeit hinterlassen habe; schließlich gab er noch El Niño und den Staus in Chicago die Schuld. Irgendwie, wenn man sämtliche Ausreden zusammennahm, rechtfertigte das die Verspätung gerade noch bis zu diesem Tag. Michel Argamanis Problem war allerdings, dass er keine Ahnung hatte, wo Jonsy und Izzi waren. Als er das letzte Mal mit ihnen gesprochen hatte – log er Basendwarf vor –, waren sie auf dem Weg. Im allerschlimmsten Fall würde sich der Termin auf morgen oder übermorgen verschieben. Joachim sagte: »Vierundzwanzig Stunden.« Michel erwiderte: »Kommen Sie, machen wir achtundvierzig Stunden daraus und mein Wort darauf, dass die Sachen bis dahin bei Ihnen sind.«

Und daraufhin hatte er Chaim in heller Aufregung angerufen. Chaim sagte zu ihm, was soll der Stress, alles paletti, er sei in Kontakt mit ihnen, und wenn Michel dem Kunden die Delivery unter einer Woche versprochen habe, sei das sein Problem, denn, was solle man machen, der Lastwagen sei vorher nach Minnesota gefahren.

»Minnesota?« Michel war fassungslos. Seine Knie zitterten. Er setzte sich hin, kratzte an seinen kurz geschorenen schwarzen Haarstoppeln, rückte die Brille zurecht. Er fürchtete sich davor, die zwei nächsten Fragen zu stellen, doch es blieb ihm keine andere Wahl. Also fragte er. »Wann sind sie aus Minnesota weggefahren?«, und dann: »Bist du sicher, dass ihre nächste Station Texas ist?«

Chaim antwortete, er brauche sich keine Sorgen zu machen. Michel brüllte, er mache sich aber welche, und zwar große. Und dann antwortete Chaim auf die beiden Fragen – auf die erste: »Gestern«, und auf die zweite: »Keine Ahnung.«

Chen sitzt mit Chaim im Büro. Sie befindet sich in einer verzwickten Situation. Chaim hat sie beschuldigt, gegen ihn zu intrigieren. Sie hat ihm gesagt, sie habe keine Ahnung, was Jonsy und Izzi planen, und dass sie zu ihr genauso hundsgemein seien wie zu ihm. Oder sogar noch schlimmer. Sie hat sein Telefonat mit Michel Argamani mit angehört, und sie hört sein Gespräch mit Schlomi. Sie hört, wie das Telefon den ganzen Vormittag ununterbrochen klingelt – die alten Leute von Florida, die Kunden von den Jobs, die Chaim gestrichen hat, Daphna, Izzis Freundin, irgendein Russe und Meir Sassoon vom öffentlichen Liederkreis, der die dringende Mitteilung für Chaim hat, dass das öffentliche Singen morgen auf heute Abend um acht vorverlegt worden ist. Chaim sagt zu ihm, das passe ausgezeichnet, er würde kommen, und was für ein Glück, denn morgen habe er eine Fahrt außerhalb der Stadt zu machen.

»Chen?«

»Hi, Jael, wie steht's, meine Liebe? Hör mal, ich bin gerade mitten in der Arbeit, ein hektischer Tag. Was ist bei dir los?«

»Alles in Ordnung. Gut, wir reden dann noch. Hast du das von der Eurovision gehört?«

»Welche Eurovision?« Chen wechselt einen Blick mit Chaim, der den Kopf wendet.

»Wir haben in der Eurovision gewonnen! Dana International. Das ist ein Ding, du glaubst es nicht.«

»Aha … was du nicht sagst? Dana International? Ich habe gar nicht gewusst, dass sie sie hingeschickt haben.«

Sie beendet das Gespräch. Chaim schaut sie an, fragt, was passiert sei. Sie antwortet: »Wir haben in der Eurovision gewonnen. Dana International.« Er fragt: »Wirklich Dana International?« Sie nickt. Er streckt den Daumen in die Höhe und sagt grinsend: »Tor!« Das Telefon klingelt wieder.

»Ich bring dich um. Du weißt überhaupt nicht, welchen Ärger du und deine verblödeten Mover mir eingehandelt habt. Und euch selber. Der Mensch hat eine Reputation, und ihr geht her und ruiniert sie in einem Tag. Chaim, ich werde persönlich dafür sorgen, dass du kriegst, was du verdienst. Willst du mir jetzt vielleicht mal erzählen, wo deine hirnverbrannten Mover sind oder nicht? Gib mir jetzt sofort eine Telefonnummer, eine Piepsernummer, irgendeine Nummer, und ich fahre selber zu ihnen hin.«

»Auch dir einen schönen guten Morgen, Uncle Sam.«

»Treib keine Spielchen mit mir, Chaim.«

»Was soll ich dir denn sagen? Ich weiß selber nicht, wo sie sind. Sie sind verschwunden. Ich mach mich morgen früh auf den Weg.«

»Wohin denn? Nach Minnesota? Willst du von Haus zu Haus gehen? Was ist das überhaupt für ein Ding, dass dir deine Mover abhauen? Du kapierst nicht, in welcher Scheiße wir sitzen. Du fängst noch nicht mal an zu begreifen.«

»Weißt du was, schick deinen Kunden zu mir. Ich übernehme die Verantwortung. Gib mir die Nummer, ich rufe ihn an.«

»Das wird mir kaum was helfen. Ich bin immer noch der, der's verbockt hat. Ich hab ihm den Service versprochen, ich hab ihm die Leute geschickt. Wann fährst du? Vielleicht komme ich mit.«

Chaim ist leicht überrascht. Er sagt: »Gib mir seine Nummer, vielleicht gelingt es mir, ihn zu beruhigen. Weißt du, sie sind eigentlich brave Jungs, wir werden die Sachen schon finden.«

»Wann brichst du auf?« Uncle Sam lässt nicht locker. Er hat Chaim angerufen, nachdem Vladimir Berkovich sich bei ihm gemeldet und gedroht hat, ihn an seinen Eiern an einem Strommast aufzuhängen, wenn er ihm die beiden israelischen Witzbolde nicht heute noch anbringen würde. Er muss mit Chaim mitfahren, und wenn es nur dazu dient, vor Vladimir zu flüchten. Er bleibt beharrlich: »Wann fahren wir? Morgen in der Früh?«

Chaim erwidert: »Okay. Ich ruf dich an, wir holen dich ab.«

»Ausgezeichnet. Ich bin in meinem Storage.«

Chaim legt auf. Den Teufel wird er tun und Uncle Sam mitnehmen. Das hat ihm gerade noch gefehlt. »Was für ein Schandmaul die Leute haben«, bemerkt er zu Chen.

Pozailov und Popeye, in einem Truckstop im Süden Minnesotas, haben sich beim »All You Can Eat«-Buffet bedient und starren in den Wetterkanal. Sie haben vorher Lastwagen für Lastwagen abgeklappert – es standen Dutzende Laster da – und haben die Trucker ausgequetscht, ob sie einen blauen Lastwagen mit der Aufschrift Sababa Moving and Storage gesehen haben. Es gab einen, der glaubte, ihn gesehen zu haben, allerdings nicht in den letzten Tagen.

Pozailov erzählt Popeye vom Gulag. Er hat ein Jahr dort verbracht, nach Afghanistan, nachdem sie ihn dabei erwischt hatten, wie er für die kaukasische Mafia eine Waffe von der Armee stahl.

Popeye sagt: »Vielleicht erklärst du mir jetzt die Tätowierungen an den Fingern?«

»Tu ich nicht«, versetzt Pozailov und begutachtet gefräßig die Buffettheke. Er zieht mit seinem Teller wieder los, füllt ihn zum dritten Mal. Der Mann hat Appetit. Wenn Restaurants ein Buffet anbieten, rechnen sie nicht mit Leuten wie Pozailov. Als er zurückkommt, sagt er: »Von dem Ding mit den Rippen hab ich dir erzählt?«

Popeye schüttelt den Kopf. Er hat ein Hühnerbein im Mund.

»Ah, das ist eine nette Geschichte. Wenn einer die Regeln der Häftlinge übertreten hat, wurde er vom Prawliki verurteilt, dem internen Gericht im Gulag. Als ich dort ankam, war ich praktisch ein Baby, nicht mal zwanzig. Sie haben mich einer

Prüfung unterzogen, ich sollte ein Urteil des Prawliki gegen irgendeinen Scheißkerl vollstrecken, der bei den Wächtern gesungen hatte. Der Bastard, ich erinnere mich an seine Visage, lag auf dem Boden, vier Kameraden hielten ihn an Händen und Beinen fest. Ich kletterte auf das Stockbett und sprang ihm auf die Brust. Sind ihm vier Rippen gebrochen.«

Popeye stößt ein kurzes, verkrampftes Lachen aus. Pozailovs Telefon läutet.

»Ja, Boss«, antwortet er, während er einen Zahnstocher aus der Hülle pult. Und dann: »Nein Boss, wir sind schon an der Grenze zu Iowa, nichts … nein … gar nichts … weiter nach Iowa oder Wisconsin? … Okay. Geht in Ordnung.«

»Was hat er gesagt?«, will Popeye wissen.

»Er explodiert jetzt gleich. Er hat gesagt, wir sollen weiter nach Süden fahren. Überall, wo nur möglich, vorbeifahren und fragen. Das wird langsam der Albtraum. Sie fangen an, mich ernsthaft zu ärgern.« Der Zahnstocher in Pozailovs Mund zerbricht in mehrere Stücke. »Die wenn ich in die Finger kriege, diese zwei Komiker!«

Als Chaim zum öffentlichen Liederkreis aufbricht, funkt Chen sofort Jonsy an. Die Nummer, die sie wählt, ist die, die Jonsy und sie für den Fall vereinbart haben, wenn sie ungehindert sprechen kann. Zwei Minuten später meldet er sich. »Hi, Baby.«

»Du machst dir keine Vorstellung, was hier abgeht. Er springt im Sechseck. Und auch Uncle Sam und sein Kunde, und Michel …«

»Vergiss sie eine Sekunde, was ist mit dir, Süße?«

»Davon fangen wir lieber gar nicht erst an, denn sonst fällt mir ein, dass ich auch sauer bin, und dann will ich dir eigentlich gar nicht unbedingt helfen, okay? Wo seid ihr?«

»Wir sind an einem See, mit zwei Indianern. Es ist alles in Ordnung. Es geht gut voran.«

»Chaim will sich morgen auf den Weg machen.«

»Auf welchen Weg?«

»Euch hinterher, du Blödmann. Den ganzen Tag rufen sie hier an, wo sind sie, wo sind sie. Er hat alle Jobs von heute gestrichen und sich nur mit euch beschäftigt. Jede Sekunde ruft einer an und brüllt ihn zusammen. Ach ja, sag Izzi, dass Daphna angerufen hat und ihm schöne Grüße ausrichten lässt. Und wir haben auch in der Eurovision gewonnen.«

»Wallah?«

»Dana International, kennst du sie?«

»Nein. Schön.« Chen hört, wie er zu Izzi sagt: »Wir haben die Eurovision im Sack.« Dann wendet er sich wieder ihr zu und fragt: »Also Chaim fährt morgen los, um uns zu suchen?«

»Er fährt mit Schlomi. Auch Uncle Sam will mitkommen.«

»Hoppla, eine ernsthafte Delegation. Chaim macht keine halben Sachen. Nimmt nur vom Allerfeinsten. Moment mal, hätte Schlomi nicht nach Florida runterfahren müssen?«

»Vergiss es, hier herrscht das blanke Chaos. Sie fahren mit Chaims Jeep. Ich halte euch auf dem Laufenden.«

»Danke, Süße. Wir bleiben in Verbindung.«

»Gut.« Sie möchte eigentlich noch etwas sagen, aber sie kann nicht.

»Lass es dir gut gehen, Liebling. Ich bin verrückt nach dir.«

Susanna Susanna Susanna
der Mond steigt auf eine Wolke
sie kommen zu dir Susanna
ein Kapitän wird noch stechen in See

Chaim versucht, sich auf die Kopie mit dem Text zu konzentrieren oder auf den Karaoke-Bildschirm, doch es fällt ihm schwer. Er summt zusammen mit allen anderen – Meir Sassoon, dem Akkordeonspieler, und den üblichen Beteiligten.

Geh, geh in die Wüste
die Wege werden dich führen
die Nacht ist noch nicht gekommen
geh, mein Bruder, zur …

Ein heftiger Donnerschlag ertönt, und draußen beginnt es in Strömen zu regnen. Shit. Chaim denkt an die Fahrt morgen. Zuallererst Minnesota. Die Russen kontaktieren. Er muss unbedingt herausfinden, was im Lastwagen ist und wohin er gefahren ist. Er wird Uncle Sam und den Russen die Wahrheit sagen müssen – dass Jonsy und Izzi auch ihm abhanden gekommen sind. Dass man sie gemeinsam suchen muss … Nurit fragt Meir Sassoon, ob er vielleicht den Song hat, der in der Eurovision gewonnen hat. Meir sagt, er wird versuchen, ihn für nächstes Mal aufzutreiben, und einstweilen könnten sie das Halleluja repetieren, zu dem sie am Schluss des Abends kommen werden …

Es sprossen Birne und auch Apfel
Nebel bedeckten den Fluss
da brach eine Kat-ju-hu-schka auf …

Nurits Blick kreuzt sich mit seinem. Das ist immer der Teil, den Chaim am meisten liebt – normalerweise reckt er die Faust und singt die Strophe mit erregt gerötetem Gesicht.

Doch diesmal summt er nur mit Müh und Not. Etwas ist nicht in Ordnung. Sein Telefon läutet. Normalerweise schaltet er es aus beim öffentlichen Liederabend …

Hier im Land der Sehnsucht der Väter …

»Hallo?«

»Chaim?«

Werden alle Hoffnungen wahr …

»Ja?«

»Vladimir Berkovich.«

Chaim steht sofort hastig auf und verlässt den Raum, um besser zu hören.

Hier werden wir bauen und hier werden wir schaffen, ein Leben voll Glück, ein Leben …

»Vladimir? Hallo. Schauen Sie …«

»Sind Sie für diese Jungs verantwortlich?«

»Äh … ja, schauen Sie …«

»Wo sind sie?«

Chaim beginnt zu schwitzen. Vladimir Berkovichs Stimme klingt nicht gerade freundschaftlich.

»Uncle Sam sagte mir, dass Sie genau wüssten, wo sie sind, und dass alles unter Kontrolle sei. Also sagen Sie mir jetzt, wo sie sind, denn ich habe ein paar wichtige Sachen in diesem Lastwagen.«

»Äh … schauen Sie, Vladimir. Die Wahrheit sieht so aus, dass sie mir auch abhanden gekommen sind. Ich fahre morgen in der Früh los, um sie zu suchen. Ich habe keine Ahnung, warum sie das getan haben, sie haben noch nie Ärger gemacht. Ich glaube, wir müssen gemeinsam nachdenken. Ich wäre froh, wenn Sie mir sagen könnten, was sie transportieren …«

»Und ich denke, dass es morgen früh zu spät ist. Ich muss

sofort wissen, wo sie sind. Ich will Ihnen etwas erklären, Chaim …« Er hält inne, schweigt ein paar Sekunden. Der Gesang aus dem Raum nebenan wird lauter.

Singt ein Lied, Lied, Lied …

»Ja«, fragt Chaim bang.

»Sie haben mich und meine Organisation in eine höchst unangenehme Lage gebracht. Normalerweise, wenn Leute mich oder meine Organisation in unangenehme Situationen bringen, fühlen sie sich selbst innerhalb kürzester Zeit höchst unangenehm. Sie haben Glück, denn Sie haben die Möglichkeit zur Korrektur. Ich gebe Ihnen einen Tag … was höre ich da im Hintergrund?«

Es kam die Rast von der Mühe und die Ruhe für …

»Das? Das ist bloß, ich bin hier … hören Sie …«

»Sagen Sie nichts. Finden Sie sie. Und verschwinden Sie ja nicht. Ich habe diese Nummer. Wenn Sie mir auf diesem Telefon nicht antworten, werde ich Wege finden, Sie aufzuspüren, und das wird noch viel weniger angenehm. Ist das klar?« Jenseits des Schweigens am anderen Ende der Leitung identifiziert Vladimir eines der Lieder, die er am liebsten mag: *Tau unten und Mond darüber, von Beit Alpha bis Nahalal.* Doch er sagt kein Wort. Er hat nicht vor, Chaim auch nur ein Milligramm Sympathie von seiner Seite aus spüren zu lassen. Er unterbricht die Verbindung.

Chaim schaltet das Telefon ab. Er streicht sich über den Hals und entdeckt, dass er vollkommen schweißnass ist. Er atmet schwer. Das ist nicht gut. Fuck. Shit. Scheiße. Er wird diese zwei Witzbolde mit eigenen Händen erwürgen. Er wählt Schlomis Nummer.

Halleluja für die Welt
Halleluja werden alle singen
mit einem einzigen Wort
ist das Herz voller Dank …

»Hallo?«

»Schlomi, was macht der Rücken?«

»Geht so, aber es könnte besser sein.«

»Die Sitze in meinem Chevi Suburban sind bequem. Du wirst zurechtkommen, oder?«

»Ich glaub schon. Wann kommst du bei mir vorbei? Um sieben, acht morgen früh?«

»Ich bin in einer Viertelstunde da. Halte dich bereit.«

DAS KASINO WEISSER ADLER

Am Mille-Lacs-See machen Jane und Jake, Jonsy und Izzi immer noch Rast. Jake erzählt Jonsy und Izzi von dem Kasino Weißer Adler des Sugar-Bush-Lake-Stammes, am Straßenkreuz der 2er und 73er im Norden Minnesotas. Jane schießt wütende Blicke auf ihn ab. Sie mag es nicht, wenn von dem Kasino geredet wird, sie erzählt nicht gern, dass sie davon lebt.

Jonsy fragt: »Können wir nachher vielleicht kurz dort vorbeischauen?«

»Na klar«, erwidert Jake mit einem Blick auf Jane. »Ihr habt uns geholfen, sicher können wir.«

Jonsy legt sich auf den Rücken, bläst seinen Atem in den Himmel. Keine Menschenseele außer einem Paar, das sich neben einem kleinen Campingzelt ausgestreckt hat. Die Stille am See wird alle paar Minuten von den Lautsignalen des Piepsers gebrochen. Jane fragt, warum sie nicht antworten. Sie sagen, sie wollen die Ruhe nicht stören. Jonsy will noch mehr von dem Kasino im Reservat hören. Er erzählt, dass er auf einer seiner Fahrten in Foxwoods war, dem Kasino der Indianer von Connecticut. Er sagt zu Izzi auf Hebräisch: »Wie konnte ich das bloß vergessen, die Indianer haben in jedem Loch ein Kasino.«

Jake sagt, Foxwoods sei das größte Kasino der Welt. Es gehöre dem Pequot-Stamm. »Unser Stamm hat zwei Kasinos. Eines ist das Weiße Adler bei Carlton, das zweite das Sugar Bush im Zentrum vom Duluth. Die Wabigooni spielen seit Hunderten von Jahren …«, berichtet er.

»Oh, da fängt unser Museumsführer wieder an«, verdreht Jane die Augen.

»Sie haben danach gefragt, was willst du denn?« Er schaut sie beleidigt an. »Im Jahre 88 wurde das Gesetz verabschiedet, das Glücksspiele in Indianerreservaten ermöglichte, auch solchen, die sich innerhalb von Staaten befinden, deren Gesetz es ansonsten verbietet. Bei uns hat es klein angefangen, es war Bingo, daraus wurde dann ein Kasino. Im Jahre 89 warf es einen Gewinn von fast vierhunderttausend Dollar ab. Das hat die Schulden unseres gescheiterten Schmelzofenprojekts wieder hereingebracht. Wir haben mit dem Geld Land gekauft. Im Jahre 90 stand schon das Kasino Weißer Adler drauf. Ein Jahr danach haben sie Slotmaschinen dazugenommen.«

»Slotmaschinen?«, springen Jonsy und Izzi begeistert darauf an.

»Slotmaschinen«, wiederholt Jake. Er bemerkt ihre Aufregung nicht. »Aber es hat eine Weile gedauert, bis die Kasinos die Investitionen wieder eingespielt hatten. Das Weiße Adler hat fünfzehn Millionen Dollar gekostet. Und in Duluth gab es Probleme mit der Stadtverwaltung. Sagen wir mal«, er blickt zu Jane, die sich in Richtung des Sees entfernt, und senkt seine Stimme, »sagen wir einfach mal, dass die Indianer in der Leitung des Kasinos nicht gerade glänzten. Man hat sie gelinkt, sie bestohlen, sie dazu gebracht, alle möglichen Sachen zu machen, die dazu führten, dass sie …«

»Ich hab dich schon gehört!«, ruft Jane über ihre Schulter. »Du bist so was von einem Heuchler. Lebst vom Geld der anderen und besitzt nicht mal den Anstand, dir das Lästern zu verkneifen.«

Jonsy steht auf, klopft sich den Schmutz von den Kleidern. »Kommt, wir fahren hin. Ich möchte das sehen. Und dann bringen wir euch nach Hause und fahren weiter.«

Als sie sich auf den Weg zu ihren Fahrzeugen machen, flüstert Jonsy Izzi zu: »Ich werde mit ihm über die Spielautomaten reden. Er kommt mir ganz okay vor.«

»Meinst du, dass er die richtigen Leute kennt?«, fragt Izzi zweifelnd.

»Ja, er wohnt doch schon seit ein paar Jahren dort. Und er ist einer von uns. Komm, wir strecken mal die Fühler aus.«

»Die Indianer machten furchtbar viele Fehler«, fährt Jake an der Stelle fort, wo er aufgehört hat. Er steigt mit Jonsy und Izzi in den Lastwagen und lässt Jane, zu ihrer Erleichterung, allein mit Wendy. »Aber jetzt haben sie satte Einnahmen. Nichts zu sagen, sie haben es geschafft mit dem Kasino.«

»Und Jane bekommt ein Gehalt davon?«

»Jedes Stammesmitglied erhält tausendfünfhundert Dollar im Monat, ohne irgendwas zu tun. Das hört sich vielleicht nach nicht viel an, aber in dieser Ecke von Amerika ist das mehr als genug. Hier ist nicht New York oder Chicago. Hab ich euch eigentlich gesagt, dass ich ursprünglich aus Chicago bin?«

»Ich glaub schon«, antwortet Izzi.

»Außerdem haben sie ein System von zusätzlichen Zahlungen, je nachdem, was man für den Stamm beiträgt. Ich habe im Museum gearbeitet, also habe ich noch mal fünfhundert Dollar gekriegt. Und Jane, weil sie eine Magisterstudentin ist und sie höhere Bildung fördern wollen, erhält noch siebenhundertfünfzig. Da kommt also ein ganz hübsches Gehalt dabei raus.«

Sie fahren Jane hinterher, nach Norden. Es liegt immer noch Schnee an den Straßenrändern. Ein angenehmer Schauer von Winter im Nacken. Der Piepser ertönt wieder, Izzi wirft einen schnellen Blick darauf und sagt: »Brooklyn oder Queens.« Er hebt vom Boden der Fahrerkabine eine Tüte Hershey-Küsse auf, nimmt sich einen und reicht sie den beiden anderen. Jake lutscht die Schokolade von einem Kuss und sagt: »'tschuldigung für diese Geschichte mit dem Reis vorher, ja? Das war bloß zum Spaß.« Jonsy und Izzi antworten nichts. »Einfach so, ihr wisst schon, da kommen immer diese Touristen, die erwarten, Indianer mit Federn auf dem Kopf, Bemalung im Gesicht und Pfeil und Bogen zu sehen. Ich mach gern meine Scherze mit ihnen.«

»Hör mal, Jake«, fängt Jonsy an – seine Hände am Steuerrad, die Augen geradeaus gerichtet –, »wir wollen dich was fragen. Aber du musst eins versprechen: Wenn es interessant für dich klingt – schön, wenn nicht – dann hast du nie was von uns gehört und gesehen.«

»Das klingt schon ziemlich interessant. Okay, kein Problem.«

Jonsy stößt einen langen Atemzug aus. »Wir haben zwei Slotmaschinen hinten drin«, sagt er dann. »Ich will nicht näher auf die Geschichte eingehen, sie ist bloß lang und uninteressant. Aber wir haben zwei Automaten und würden sie gern verkaufen.«

»Sie verkaufen?«, fragt Jake verblüfft.

»Ja.«

»Sie verkaufen. Hmmm…« Jake klopft sich an die Stirn, dann an die Wange und schließlich auf die Lippen. Er wiederholt dümmlich: »Sie verkaufen.« Offenbar denkt er. Zuletzt sagt er: »Lasst mich mit Sharp reden, wir werden sehen, was sich machen lässt. Normalerweise läuft dieses Geschäft total ordnungsgemäß unter Aufsicht ab, aber wer meint, dass alle Transaktionen dort ganz sauber sind, ist ein Idiot. Ich denke, das könnte ihn interessieren.«

»Sharp? Ist das ein indianischer Name?«, erkundigt sich Izzi.

»Nein. Lou Sharp. Sogar ein Weißer. Ich werde mit ihm reden, wenn wir ankommen. Was für Maschinen sind das?«

»Erinnerst du dich an den Namen?«, wendet sich Jonsy an Izzi. Izzi grübelt erfolglos nach. »Gute Maschinen«, antwortet er schließlich, »echt gute.«

»Gute Maschinen, das ist echt gut«, grinst Jake.

Jonsy sagt zu Izzi auf Hebräisch: »Das kommt ja wie für uns vom Himmel gefallen, oder?«

Izzi erwidert: »Wart's ab, wart's ab.« Als er kurz darauf das große Schild bemerkt, das die Besucher des Kasinos Gidag Bag willkommen heißt, fragt er: »Was ist Gidag Bag?«

»Zweimal darfst du raten: erstens, Weißer Adler, zweitens, Gelbe Ameise«, lautet Jakes Antwort. Izzi lacht.

Sie betreten die Spielhalle. »Es gibt luxuriöse Indianerkasinos wie Foxwoods, es gibt Kasinos, die die indianische Kultur bewahren, und es gibt welche, die schlicht hässlich sind. Das Weiße Adler ist so ein MitteldING«, erklärt Jake. »Ich war einer der ersten, die hier gearbeitet haben. Ich habe Bingotafeln verkauft und Spielmünzen ausgeteilt. Danach bin ich zum Bingo-Ausrufer geworden.«

Jonsy und Izzi betrachten die Slotmaschinen. Es ist früher Abend. Hier und da stehen Leute an den Automaten, ziehen am Griff, starren hoffnungsvoll auf die rotierenden Räder. Das Summen der Maschinen und die jeweiligen Melodien vermischen sich miteinander zum Hintergrundlärm. In einem anderen Teil der Halle befinden sich die grünen Tische für Roulette, Black Jack und Poker. An einem Tisch ist ein Spiel im Gang, an einem anderen steht ein Dealer allein, der Rest ist verödet. Der einsame Dealer trägt eine Augenklappe.

Jake entfernt sich, um Sharp zu holen.

Jane kommt vom Parkplatz herein. »Noch eine halbe Stunde bis nach Hause«, lächelt sie. »Und dann werde ich Wendy verschrotten. Und Jakob auch. Wo ist er hin?«

»Jemanden rufen«, erwidert Jonsy ausweichend. Er lächelt. »Hab's nicht gar zu eilig, Wendy wegzuschmeißen. Nach einer ordentlichen Behandlung in der Werkstatt kann sie noch für eine Überraschung gut sein.« Sie hören ein triumphierendes Klingeln und dann den prasselnden Münzregen in einer Ecke der Halle. Als sie alle dorthin blicken, sagt Jane: »Ich weiß auch nicht, warum, aber irgendwie, ich meine, ich freu mich so quasi immer, wenn ich Leute gewinnen höre oder so. Vielleicht ist es deswegen, weil so viele Dummköpfe ihre Ersparnisse und das Erbe ihrer Kinder hier verprassen. Ich hasse das. Ich komme eigentlich fast nie hierher.«

Jonsy denkt sich im Stillen, ach ja, aber dein monatliches

Gehalt von den Ersparnissen und dem Erbe dieser Leute genießt du schon. Doch laut sagt er nichts.

Ein Teil der Barkeeper, Bedienungen, Stewards und Stewardessen mit der Dienstkleidung sind Indianer, ein Teil sind Weiße. Ab und zu geht einer der Indianer an Jane vorbei und grüßt sie. Einer von ihnen ruft: »Jane! Was machst du denn hier?«

Jonsy fragt sie: »Gibt es hier Internet?«

»Ich glaube schon«, antwortet sie und wendet sich an einen der Angestellten, der daraufhin in eine Richtung deutet. »Internet, gratis, den ganzen Tag, so viel Sie wollen.«

Lou Sharp ist weiß, breit und groß. Er hat einen Schnurrbart und braunes, glattes Haar, in der Mitte gescheitelt. »Sehr angenehm«, murmelt er, drückt Jonsy und Izzi die Hand und sagt hallo zu Jane. Dann reibt er sich die Hände und fragt: »Gehen wir?«

»Unbedingt«, nickt Jake und wendet sich dem Ausgang zu. Die anderen folgen ihm. Jane weiß nicht, was los ist, heftet sich jedoch an ihre Fersen. Der Parkplatz ist völlig verwaist, bis auf den blauen Lastwagen von Sababa Moving and Storage.

Lou Sharp blickt sich um. Kein Mensch weit und breit, und es ist schon dunkel geworden. Er flüstert Jake zu: »Muss sie dabei sein? Je weniger Leute vom Stamm hier sind, desto lieber ist mir das.« Jake tritt zu Jane. Er sagt zu ihr: »Willst du auf uns warten? Lou sagt, du kannst im Restaurant essen.« Sie sieht ihn vernichtend an, antwortet nicht. Er senkt den Kopf, stellt sich wieder neben Lou.

Jonsy öffnet die Ladeklappe des Lastwagens. Da stehen die zwei Spielautomaten. Lou Sharp wirft einen Blick unter die Decken, dann noch einen in die Runde, um sich zu vergewissern, dass niemand in der Gegend ist. »Großer Gott«, sagt er leise, »kann einer vielleicht die Beleuchtung ausschalten?«

Izzi geht zur Fahrerkabine und löscht das Licht. Sie stehen zu fünft in der kalten Dunkelheit. Lou sagt noch mal: »Großer Gott.« Nach einer kurzen Pause redet er weiter: »G 2000 von Game Mashinery. Mega-Bucks. Woher habt ihr die?«

Jonsy antwortet: »Wir haben sie eben, und wir sind bereit, sie für einen angemessenen Preis zu verkaufen.«

»Aber woher? Game Mashinery ist die beste und größte Firma. Sie sitzen in Nevada. Sind die von dort oder von jemand anderem? Ich sehe, dass sie brandneu sind. Vielleicht sogar jungfräulich.«

»Wir haben sie von jemandem bekommen, der sie neu von Game Mashinery gekauft hat.«

»Aber von wem denn? Was wollte er denn damit anfangen?«

»Hey, Mann«, geht Jonsy zum Angriff über, »nun kommen Sie schon, sagen Sie mir, was Sie damit anfangen wollen.«

»Ehemmm… entschuldigt, dass ich mich mittendrin einmische.«

Aller Augen wenden sich Jane zu. Jake sagt: »Jane, lass es, das ist nicht deine Sache.«

»Nicht meine Sache? Was meint ihr eigentlich, was ihr hier treibt? Handel mit Spielautomaten? Ich meine, in wessen Auftrag, bitte? Für wen? Gehört das überhaupt euch, was ihr hier zum Verkauf anbietet?« Die letzte Frage richtet sie an Izzi und Jonsy. Izzi senkt den Blick. Jonsy schaut sie an: »Entschuldigung, aber wer bist du eigentlich, dass du hier solche Fragen stellst?« Er deutet auf die beiden Automaten. »Diese Maschinen haben mich viel Geld gekostet. Und es wäre mir sehr recht, wenn du nicht mitten in der Verhandlung stören würdest.« Er sagt das mit einer Aggressivität, die Jane dazu bringt, einen

Schritt zurückzutreten. Lou flüstert Jake zu: »Was will sie denn?« Jake zuckt hilflos die Schultern.

»Okay«, sagt Lou Sharp schnell, »wie viel wollt ihr?«

Jonsy hat keine Ahnung. »Sagen Sie was.«

Lou Sharp betrachtet Jonsy eine Weile. Schließlich erwidert er: »G 2000 ist wirklich eine schöne und starke Slotmaschine. Ich bezahle dafür, meiner Schätzung nach, siebentausend, vielleicht kann ich sie, bei einem guten Deal, um die sechstausend kriegen. Kurz gesagt, ich gebe euch viertausend Dollar für jede.«

»Viertausend Dollar für eine?« Jonsy hofft, dass es ihm gelungen ist, seine Betroffenheit zu verbergen. »Das ist alles? Ich hätte eher in Richtung sechstausend gedacht.«

»Ich kriege fünfundzwanzig Prozent Provision«, mischt sich Jake ein. »Von zwölftausend gehen drei an mich.«

»Wieso das denn?«, fragt Jonsy verdutzt. »Provisionen kannst du vom Käufer nehmen, nicht von mir.«

»Ich nehme sie auch von dir, und vom Käufer krieg ich die Prozente von den Gewinnen der Automaten«, damit wendet sich Jake an Lou Sharp.

Sharp schnaubt grinsend. Dann sagt er: »Viertausend pro Stück, und tut mir den Gefallen, verplempert meine Zeit nicht mit Diskussionen um eure Prozente.«

Nach einigen Minuten leisen Feilschens arrangieren sie sich: Jonsy und Izzi werden die Spielautomaten ins Lager des Kasinos bringen; Lou Sharp und Jake werden sich vergewissern, dass sie funktionieren und sie an Mega-Bucks anschließen. Falls alles gut aussieht, werden Jonsy und Izzi siebeneinhalbtausend Dollar in bar erhalten und Jake tausend. Sie tauschen einen Händedruck. Jonsy flüstert Izzi zu: »Also echt, ich hab nicht gewusst, dass das alles ist, was sie wert sind. Vielleicht sollten wir das noch im Internet überprüfen, bevor wir das Geschäft abschließen?«

Da fängt Jane plötzlich an: »Schaut euch bloß mal an. Vier Weiße auf indianischem Land, knüpfen ihre Verbindungen, machen ihre ekelhaften Geschäfte, auf unserem Grund und Boden, hinter unserem Rücken. Mit unserem Geld, mit unseren Gehältern …«

Jake verdreht seine Augen zum Himmel. »Jetzt geht das wieder los«, sagt er mit einem Stoßseufzer.

»Ja, es geht wieder los. Wieder versucht man, uns zum Narren zu halten, uns, mit unseren lustigen Namen, mit unseren Federn und Mokassins, mit unserer Faulheit und Sauferei, mit der roten Haut und dem schwarzen Haar.«

»Was willst du eigentlich?«, fragt Jake aufgebracht. »Was hat das damit zu tun, diese Rassenminderwertigkeitsgefühle? Was hat das überhaupt mit irgendwas zu tun? Warum hörst du nicht auf, dich ständig mit diesen Dingen zu beschäftigen? Vielleicht fängst du mal an zu leben und hörst endlich auf, der ganzen Welt mit dieser Scheinheiligkeit lästig zu fallen?« Als er beim letzten Satz fast schon schreit, versucht Lou Sharp, ihn zu dämpfen.

Jane kocht. »Ich werde überall lästig, wo ich sehe, dass es so weitergeht. Wie könnt ihr es wagen, solche faulen Deals zu machen? Und das hat haargenau mit den ganzen Stereotypen zu tun. Das fängt damit an, dass ihr uns seit Hunderten Jahren als etwas bezeichnet, was wir nicht sind – Indians, Inder –, und hört mit achttausendfünfhundert Dollar auf unserem Parkplatz auf. Also tut mir leid, dazu bin ich nicht bereit. Nicht genug, dass man uns jahrelang gepiesackt und grausam behandelt hat, uns verbannt hat, als wir versuchten, unserem Lebensunterhalt, Jagen, Fischen und Reisanbau, nachzugehen, in dem du dich ja so hervorragend auskennst, Jake – auch jetzt, wo wir auf euer Feld übergewechselt sind, nämlich Geld, und wir es anständig verdienen und sogar am Rand noch ein paar Weiße damit ernähren, inklusive euch beiden, auch jetzt versucht ihr also, uns zu verarschen?«

Lou Sharp versucht eine Erwiderung. »Jane Aki, ich weiß nicht, was du denkst, aber zu deiner Kenntnis, ich mache hier ein Geschäft zum Wohl des Kasinos, damit das Kasino mehr verdient und damit du mehr verdienst. Der Einzige, der hier was verliert, ist Game Mashinery, die Firma, die diese Maschinen herstellt, und die macht ohnehin schon auf unserem Rücken und dem von Millionen naiver Menschen zu viel Geld, und deren Manager und Angestellte sind übrigens alle ziemlich weiß, wie ich bei meiner letzten Reise nach Nevada feststellen konnte.«

»Na klar«, spottet Jane. »Deshalb hast du auch keine Kasinoangestellten hergerufen, um die Automaten in die Halle zu bringen. Ihr habt euch geeinigt, sie still und leise, ohne dass es jemand sieht, in irgendein Nebenlager zu schleppen. Warum stehen wir auf einem eiskalten Parkplatz im Dunkeln? Hast du den Eindruck, ich bin blöd im Kopf?«

Lou Sharp blickt Jake, Jonsy und Izzi der Reihe nach an. »Gut, ich bin nicht hergekommen, um mir diesen Unsinn anzuhören. Ich …«

»Du wirst dir diesen Unsinn gefälligst anhören«, explodiert Jane wieder, »denn ich bin noch nicht fertig. Diese Glücksspiele sind eben nicht zu unserem Wohl, und hört auf, euch zu benehmen, als hättet ihr uns einen Gefallen getan mit diesem Geld. Die Glücksspiele erzeugen nur Gewinngier. Sie bringen die Menschen dazu, sich zu vergessen. Es gibt mehr Verlierer als Gewinner. Und was sagen die ganzen Verlierer? Ich hab sie oft genug gehört: ›Diese beschissenen Indianer haben mir wieder das Geld abgenommen.‹ Wir müssen aufhören, uns mit Geld abzugeben. Tausende Jahre haben unsere Stämme Freigebigkeit gepredigt, die Jungen nur zum Teilen erzogen, ich meine, man hat sie quasi dazu erzogen, dass die Gemeinschaft wichtiger ist als das Individuum. Und jetzt, mit den Gewinnen dieses Kasinos, bedienen sich alle selber und kaufen sich neue Autos.«

»Oder machen einen Magister an der Uni, stimmt's?«, wirft Jake ein.

»Was?«

»Um genau zu sein, machen Forschungen über geile Indianer, die vor hundertzwanzig Jahren gelebt haben, anstatt als Bedienung im Restaurant an der Tankstelle zu arbeiten. Wer ist hier bitte undankbar?«

»Entschuldigung, aber genau das muss man mit dem Geld machen«, gibt Jane zurück. »Etwas über unsere Vergangenheit lernen, lernen generell. Einen Computer in jedes Haus im Reservat stellen …«

»Gut, ich muss sagen, deine Vorträge sind höchst interessant, Jane Aki, aber momentan habe ich keine Zeit dafür«, greift Lou Sharp ein. »Wenn du jetzt vielleicht so gut wärst, in dein Auto zu steigen und diesen Ort zu verlassen, damit wir uns auf unsere Angelegenheiten konzentrieren können, würde ich mich sehr freuen.« Er deutet mit der Hand in Richtung des Parkplatzes für Privatfahrzeuge.

Jane starrt ihn mit durchdringendem Blick an. Jonsy und Izzi, alle beide, können ihre Schönheit nur bewundern. Es ist ziemlich erregend, sie so wütend zu sehen. Sie erwidert: »Lou Sharp, mein Lieber, bist du dir sicher, dass du mit« – und sie betont die Worte verächtlich – »deinen Angelegenheiten fortfahren willst? Denn ich glaube, ich steige jetzt in mein Auto und fahre zuerst zu Sonny Blackhawk, um ihm von« – sie fällt wieder in den Ton von eben – »deinen Angelegenheiten zu erzählen. Und dann werde ich bei Ruth vom Geschäftsausschuss vorbeischauen und es ihr auch erzählen. Sie werden sich ungemein darüber freuen, dass du dich dermaßen anstrengst, etwas zum Wohlstand des Kasinos und des Stammes beizutragen.«

Jonsy wendet sich an Jake: »Hör mal, wir wollen nicht … äh, kann uns einer vielleicht erklären, was hier los ist?«

Lou Sharp starrt eine Weile in Jane Akis wütendes Gesicht. Er wägt ihre Worte ab. »Äh … Scheiße«, sagt er schließlich. »Diese undankbaren Idioten mit ihrer blöden Hysterie. Ich kann es nicht brauchen, dass mich die Leute falsch verstehen wegen deiner Lügen.« Er dreht sich auf dem Absatz um und geht zum Kasino, in sein Büro zurück.

»Lügen, klar«, schreit Jane seinem sich entfernenden Rücken nach, »deswegen gehst du jetzt wohl wie ein braver Junge ins Büro zurück! Du solltest dich schämen!«

Lou Sharp antwortet nicht. Er geht eilig davon, leicht gebeugt, und macht eine wegwerfende Handbewegung, während er vor sich hinknurrt, »Scheißindianerin«, jedoch leise genug, dass es keiner hört.

»Toll!«, sagt Jake aufgebracht. »Einfach super!«

»Ja, echt alles paletti, sababa«, stimmt ihm Jonsy zu.

»Sababa Moving and Storage«, ergänzt Izzi.

Jane betrachtet sie. Auf ihrem Gesicht zeichnet sich der Ansatz eines siegreichen Lächelns ab.

Jake zischt: »Nutte. Ich zeig's dir schon noch.«

»Und du«, erwidert Jane, »du gehst jetzt zu mir nach Hause und packst ganz fix alles zusammen, was dir gehört. Ich komme in zwei Stunden, und da will ich nichts mehr von dir sehen, und wenn ich was sehe, das dir gehört, wandert das auf den Müll. Nimm deine israelischen Freunde mit, damit sie dir helfen, die Sachen mit ihrem Laster wegzuschaffen. Wichser.«

»Oho, das passt mir aber gar nicht«, entgegnet Jonsy. »Wir haben ein bisschen was zu tun.«

»Ja, Internet«, ergänzt Izzi.

Ein paar Minuten später, nachdem sie Jane und Jake ihrem Streit auf dem eisigen Parkplatz überlassen haben und wieder in Richtung Kasino gehen, sagt Jonsy: »Miese Nutte, wie sie das echt im letzten Moment hat platzen lassen. Aber es hat mich bestärkt. Es besteht Interesse an den Automaten. Wenn der Preis, den dieser Lou geboten hat, realistisch ist, dann sind diese zwei Teile garantiert was Besonderes. Wieso würden diese Russen sonst Tausende Dollar Trinkgeld daran verschwenden? Ich will das überprüfen. Gut, dass die Dinger bei uns geblieben sind.«

Izzi schlägt vor: »Vielleicht schauen wir jetzt, wo sie weg ist, schnell bei diesem Lou vorbei?« Jonsy legt ihm die Hand auf die Schulter.

»Neiiin. Hast du denn nicht gesehen, wie er vor Angst geschlottert hat, als sie gedroht hat, dass sie es dem Stamm erzählt? Der wird sich nicht trauen. Vergiss es. Diese miese Nutte hat es uns allen versaut.«

»Miese Nutte, aber wenigstens eine schöne Nutte«, ergänzt Izzi.

»Was heißt hier schön? Eine megaschöne Nutte«, grinst Jonsy.

Sie nähern sich dem Kasino, schlendern langsam, jeder den Arm um die Schultern des anderen gelegt, gut gelaunt, durch die kalte Luft.

»Wie sie diesen trotteligen Juden in der Luft zerrissen hat. Das hat sie echt cool gemacht, nichts zu sagen«, fährt Jonsy fort.

»Und was jetzt? Suchen wir Kasinos im Internet?«

»Ich sag immer«, erwidert Jonsy, »alles wird gut. Und wenn es nicht gut wird, ist es auch gut. Komm, wir schauen, wie es wird.«

AUF SABABAS FERSEN

Nach Stunden verzweifelter Suche auf der 35er im Süden Minnesotas war Pozailov und Popeye endlich das Glück hold. Pozailov sah das Schild, »Lake Geneva, 3 Meilen«, und sagte zu Popeye: »He, von dem See hab ich schon gehört. Vielleicht schauen wir vorbei und werfen einen Blick drauf?«

Popeye, der fuhr, antwortete: »Einen Blick auf einen See werfen? Wir machen hier doch keinen Ausflug.«

Pozailov rückte seine Brille auf der Nase zurecht. Er versuchte, sich an die neue Präsenz in seinem Gesicht zu gewöhnen. »Da war aber ein Schild, dass es dort auch eine Tankstelle gibt, also kann's dir egal sein, wir füllen bei der Gelegenheit gleich den Tank auf.«

Popeye erwiderte: »Was soll ich dazu sagen, du bist hier der Boss.«

Der Lake Geneva entpuppte sich als kleiner, unscheinbarer See. Pozailov wollte das nicht in den Kopf. Er sagte: »Aber ich hab so viel von diesem See gehört. Du nicht?«

Und dann, an der kleinen Tankstelle, stieg Popeye aus, um

an die Zapfsäule zu gehen. In der Parallelschlange stand ein gelber Lastwagen von Ryder. Der Fahrer tankte direkt nebenan. Popeye fragte ihn – aus reiner Gewohnheit, da er diesen ganzen ärgerlichen Tag über nichts anderes gemacht hatte: »Hast du vielleicht einen blauen Laster gesehen, auf dem Sababa Moving and Storag'e steht?«

Der Trucker antwortete: »Ja.«

Popeye nickte und starrte auf die fortlaufenden Zahlen der Tanksäulenanzeige. Er blickte zu den hohen Bäumen am Straßenrand hinauf, er fragte sich, was er im Laden kaufen sollte – etwas zu trinken, Kekse, Kaf… Moment, was … was hatte er gehört?!

»Was hast du gesagt?«

»Ich hab ja gesagt.«

»Ein blauer Lastwagen? Auf dem Sababa steht? Heute?«

Jede einzelne Frage beantwortete der Lastwagenfahrer mit einem Nicken.

Popeye blickte ihn an, konnte es kaum glauben. »Wo?«

»An dem großen See, na ja, der nördlich von Minneapolis, wie heißt der?«

»Nördlich von Minneapolis? Bist du sicher?«

»Ja. Der Mille-Lacs-See, das war's. Der Laster stand an einem Parkplatz am Seeufer, und daneben parkte so ein altes Auto, ein Datsun, und auf einer Decke am Wasser saßen Leute rum. Es kam mir komisch vor, dass ein Laster dort hält, also bin ich langsamer gefahren, um einen Blick darauf zu werfen. Der Lastwagen war blau, und es stand Sababa Moving and Storag'e drauf. Ich schaue mir immer Laster an. Ist so ein Tick, so'n Truckerding eben.«

»Pozailov, Pozailov«, rief Popeye ins Auto hinein, »komm raus, hör dir das mal an!«

In der achten Etage des Radison Hotel, im Zentrum von Minneapolis, sitzt ein gelangweilter Mensch und denkt: Wenn ich noch ein paar Tage weiter an diesem Ort sitze, zwischen dem Sushi an der Ecke und dem Hotel hin- und hergehe, in das Mietauto steige und zum Lyndale Park fahre, die Villa der Ukrainer beobachte, um durchs Fenster Mordechai, das Computergenie, im grauen Trainingsanzug zu sehen, wieder ins Hotel zurückkehre, wieder zum Sushi gehe und in den Wetterkanal glotze – wenn ich das so weitertreibe und den Sederabend verpasse, dann bringe ich jemanden um. Unter der Voraussetzung natürlich, dass mich meine Mutter nicht vorher umbringt.

Er hat Cornelia White bereits gestern gesagt, dass er hier nur Zeit und Geld verschwendet. »Minneapolis ist eine hübsche und angenehme Stadt, das Sushi ist hervorragend, aber ich hänge völlig umsonst im Hotel herum, drehe eine Runde, gehe wieder zurück. Es ist nur ein einziger Mensch dort, ich denke, ich habe die Hauptsache verpasst.« Doch Cornelia erwiderte: »Warte, Monty, Psychs Leute werden demnächst mit ihrer neuen Recherche über Zatoka fertig. Wir lesen sie morgen, und dann entscheiden wir.« Worauf er seine Chefin fragte: »Und du bist sicher, dass ich in New York nicht hilfreicher wäre?« Und sie: »Lass uns bis morgen abwarten.«

Nun ist noch ein Tag vergangen. Er sitzt in dem Zimmer in der achten Etage. Das Telefon klingelt.

»Mister Monty Cohen? Hier ist die Rezeption.«

»Ja?«

»Es ist ein Fax für Sie da, soll es aufs Zimmer geschickt werden?«

»Nein, ich komme herunter.« Es ist Abendessenszeit. Er fährt nach unten, holt sich die Papiere am Empfang ab und geht hinaus zur Sushi-Bar. Er lächelt die bezaubernde Japanerin an, die auch gestern und vorgestern da war, bestellt das Tagesmenü.

Dann liest er die Ergebnisse von Psychs neuesten Recherchen. In der obersten Zeile steht geschrieben: »Monty! Ich hab gehört, dass du dich über die Langeweile und die Kälte beklagst. Man müsste dich ein paar Tage nach Sibirien schicken, dann würdest du begreifen, was Langeweile und Kälte sind.« Wahnsinnig witzig, denkt er bei sich.

Er liest die Seiten durch. In der Tat, es gibt Entwicklungen. Die Computer, an denen die Nordprinzen in Minneapolis gearbeitet haben, sind anscheinend keine Computer. Es sind irgendwelche Geräte, Maschinen, wobei noch nicht genau klar ist, was für welche, die von Mordechai und Popeye programmierte Computerchips in sich tragen.

»Popeye?!?«, fragt sich Monty, und erhält die Antwort im folgenden Absatz:

Popeye ist ein junger russischer Programmierer, der 91 mit seiner Mutter nach New York kam. Pflegt jeden Tag um den Lake Harriet zu joggen. Er hat einen Nackenschwanz, und normalerweise trägt er eine Baseballkappe der Minnesota Vikings. Hat von Anfang an mit Mordechai an dem Programmierungsprojekt gearbeitet.

Es gibt auch ein Foto von ihm, allerdings in miserabler Faxqualität.

Er liest weiter:

Vladimir Berkovich, der Nordkönig, war letzten Samstag, den 4. April, in der Villa. Flog am gleichen Tag nach New York zurück. Wurde an dem Abend in seinem Restaurant Zatoka ge-

sehen. Offenbar ist er nach Minneapolis gereist, um die fertigen Maschinen zu kontrollieren und sie auf den Weg zu schicken. Jetzt pass auf, Monty: Ein blauer Lastwagen ist an ebendiesem Tag in den Parkplatz der Villa gefahren und nach einer Stunde wieder herausgekommen. Die Maschinen mit den Chips befinden sich mit fast hundertprozentiger Sicherheit auf diesem blauen Lastwagen.

»Ein blauer Lastwagen, wunderbar. Das hilft wirklich ungemein. Ein blauer Laster, mit Rädern, nehme ich an«, grummelt Monty vor sich hin. Die japanische Bedienung, die ihn so bezaubert, serviert ihm gerade seine Maki-Nigiri-Auswahl.

Sie sagt: »Pardon?«

Er lächelt sie beruhigend an und denkt, wie zum Teufel findet man einen blauen Lastwagen? Er teilt mit den Stäbchen ein Stück vom Wasabi ab, fügt einige Tropfen Soja hinzu und vermischt das Ganze, bis es breiartig wird. Erst dann fügt er noch etwas Soja hinzu. Er probiert es mit der Stäbchenspitze, ist mit der Schärfe zufrieden, wählt das Röllchen mit Avocado und Lachs. Er liebt Avocado. Auch Lachs. Dieses Röllchen ist perfekt. Er nimmt ein Stück zwischen die Stäbchen, tunkt die eine, danach die zweite Seite ein und steckt es sich in den Mund. Schmelzend zart.

Er kehrt zu Psychs Bericht zurück.

Auf dem blauen Lastwagen steht »Sababa Moving and Storage«. Meine Leute machen eine Vollrecherche über diese Firma. Soviel wir bisher wissen, ist diese Firma auf den Namen dreier Personen eingetragen: Chaim Galil, Michel Argamani und Ronan Braun. Alle drei sind Israelis, die in New York leben. Das Büro der Firma befindet sich in Manhattan, an der 39. Straße West, zwischen siebter und achter Avenue. Es ist eine kleine Firma mit einem einzigen Lastwagen. Sie haben ein paar reguläre Arbeiter, über die es momentan noch keine kompletten Daten gibt. Sie folgen mit dem nächsten Bericht.

»Wie üblich«, murmelte Monty über den Seiten. »Jeder Bericht ist nur ein Kapitel der Serie. Es wird nie einen vollständigen Recherchebericht geben, den man wie ein anständiger Mensch von Anfang bis Ende lesen kann.« Er liest die letzten Zeilen:

Es ist allgemeiner Fahndungsaufruf in ganz USA bezüglich des blauen Lastwagens von Sababa Moving and Storage ergangen. Warte im Hotel auf Aktualisierungen. Viel Erfolg. Psych.

An der Rezeption erwartet ihn eine dringende Nachricht: Paul bittet um schnellstmöglichen Rückruf. Paul? Ach ja. Psych hat auch einen menschlichen Namen. Paul Kiklaschwili. Wenn man das einen menschlichen Namen nennen kann.

Popeye hatte unangenehme Augenblicke auf der Fahrt nach Norden durchzustehen. Unangenehm in dem Sinne, dass ihm das Herz in die Hose rutschte, das Essen den Magen hochkletterte und im Hals auf und ab schwappte, kombiniert mit einem grauenhaften Schwindelgefühl. Unangenehm in dem Sinne: »Pozailov, wenn du weiter so fährst, werde ich entweder ohnmächtig, oder ich erwürge dich. Was eben als Erstes kommt.« Er musste mit ansehen, wie der rechte Spiegel in vier Zentimetern Luftlinie von seinem Kopf entfernt an einem großen Transporter, dem Pozailov zu nahe auf die Pelle gerückt war, in Scherben zersplitterte. Unangenehm in dem Sinne, dass er die Augen schloss und zum ersten Mal in seinem Leben zu Gott betete.

Kein Zweifel, Colonel Pozailov führte den gelben Nissan zu bis dahin nie gekannten Höhenflügen. Popeye hatte die Tachonadel noch nie so nahe an der obersten Grenze pendeln sehen, über so lange Zeit hinweg. Pozailov hatte seine Ohren versiegelt, fuhr wie mit dem Kopf unter Wasser, und hörte weder Popeye noch das Hupen der anderen Fahrer. Als der rechte Seitenspiegel an dem Transporter zerbarst, drehte er den Kopf zur Seite und sah den bleichen, zähneklappernden Popeye neben sich, der sein Gesicht zwischen den Händen barg. Er sagte ungerührt: »'tschuldigung, Popeye.«

Die Strecke zwischen dem Geneva- und dem Mille-Lacs-See, an die zweihundert Meilen, schaffte er in einer Stunde und fünfundfünfzig Minuten. Als sie dann schließlich den See erblickten, fragte Pozailov, der endlich verlangsamte, endlich wieder Luft holte, Popeye: »An welchem Parkplatz hat der eine ihren Lastwagen gesehen?«

Popeye gab erstaunt zurück: »Woher soll ich das wissen?«

»Hast du nicht gefragt?«

»Hast du gefragt?«

Sie hielten an dem ersten Parkplatz, den sie sahen. Ein junges Pärchen lag am See, neben einem Campingzelt. Die Hand des Jungen fuhr hastig aus der Bluse seiner Freundin, als Pozailov schrie: »He da!«

Bingo.

Ja, sagte das junge Pärchen. Ja, sie hatten einen blauen Lastwagen gesehen und daneben einen ramponierten alten Datsun oder Toyota.

»Auch der eine an der Tankstelle hat von einem alten Datsun gesprochen«, sagte Popeye.

»Haben sie gesagt, wo sie hinwollen?«, fragte Pozailov das Pärchen.

Der Junge musterte ihn mit verengten Augen von oben bis unten. »Hey, großer Mann, immer schön langsam mit den Verhören, okay? Hören wir uns doch vorher an, wer Sie sind, wen Sie suchen.« Er akzentuierte die Worte betont und gezielt langsam. »Wer sagt Ihnen denn, dass wir überhaupt mit ihnen geredet haben, okay? Vielleicht beruhigen wir uns ein bisschen. Es gefällt mir gar nicht, dass Sie plötzlich so daherkommen und … aua!«

Bevor er den Satz beenden konnte, stand Pozailov schon über ihn gebeugt und hatte ihm das Knie tief zwischen die Schulterblätter gebohrt. Er drückte das Knie nach unten, während er ihm gleichzeitig beide Arme nach hinten riss. Der Junge röchelte. Dicht vor sich sah er das Auge des Stiers auf Pozailovs Chicago-Bulls-Shirt unter dessen Ledermantel. Seine Freundin fuhr mit der Hand zum Mund und brachte keinen Ton heraus. Ihre Augen waren schreckgeweitet.

»Chrrr… was soll … das … chchrr…«, gurgelte der Junge und lief rot an.

Pozailov sagte: »Ja? Du wolltest sagen, wo sie hin sind, oder wolltest du mir erzählen, dass dir etwas an meinem Benehmen nicht gefällt?« Er drückte noch etwas stärker mit seinem Knie und zog die Arme des Jungen eine Spur weiter nach oben. Der Junge fuhr fort zu röcheln. Pozailov näherte seinen Mund dem Ohr des Jungen und sagte: »Kleiner, ich liebe es, Kritik und Lehren erteilt zu kriegen und überhaupt, ein besserer Mensch zu sein. Aber jetzt hab ich's ein bisschen eilig. Also wiederhol doch bitte noch mal, und zwar deutlich, wo sind sie hin?«

»Auuu… ich weiß es nicht, wir haben nicht mit ihnen geredet, Entschuldigung, ich …«

Pozailov ließ los. Nun lächelte er, schob seine Brille auf dem Nasenrücken zurecht und sagte: »Ich freue mich, dass wir zusammenarbeiten. Also wer genau war hier?«

Der Junge drehte sich um und setzte sich auf. Er sah verängstigt aus. »Es kamen vier Leute an. Zwei junge Männer sind aus dem blauen Lastwagen ausgestiegen, ein Junge und ein Mädchen aus dem Datsun. Sie sind zusammen auf einer Decke gesessen und haben geredet.«

»Über was haben sie geredet?«

»Ich weiß es ni…«

Pozailov vollführte eine knappe Bewegung in seine Richtung, die seinem Gedächtnis auf die Sprünge half. »Na ja, genau genommen hab ich einen Teil von dem gehört, was sie gesagt haben …«, sagte der Junge und wandte sich an seine Freundin. »Was war es?«

Das Mädchen sprang ihm bei: »Sie hatten so einen Piepser, der die ganze Zeit piepte, und das hat sie geärgert, und einer der Jungen von dem Laster hat gesagt: ›Wir wollen diese Ruhe hier nicht stören, deshalb antworten wir nicht‹, oder so was Ähnliches. Und ich meine, sie haben von einem Kasino geredet. Ich habe sie alles Mögliche sagen hören, das mit einem Kasino zu tun hatte.«

»Kasino?« Pozailov lächelte wieder. Das waren seine Kandidaten, zweifellos. »Welches Kasino?«

»Ich glaube, ganz allgemein über Kasinos. Aber vielleicht … ich weiß nicht.«

»Rede, jetzt red schon. Was glaubst du?«

»Ich vermute es bloß, aber das Mädchen sah indianisch aus. Und ich denke, ich habe gehört, dass sie von Foxwoods oder von einem der Indianerkasinos gesprochen haben.«

»Aha!« Pozailov hob eine Augenbraue. »Interessant.« Sein

Blick wanderte zum See. Die Dinge begannen sich zusammenzufügen. Die Frage war, welches Indianerkasino. Es gab Tausende. In Minnesota allein gab es schon Dutzende.

»Ja, sie war eine Indianerin, zweifellos«, stimmte der Junge zu. »Sah aus wie eine Prinzessin. Sehr schön. Ich glaube … ich erinnere mich, dass sie von einem Kasino im Reservat gesprochen haben, irgendwo hier in der Gegend.«

Pozailov klopfte sich den Staub von seiner Hose. Popeye, der kein Wort gesagt hatte, tippte mit einer salutierähnlichen Geste an seine Baseballkappe als Dank und Entschuldigung dem Pärchen gegenüber. Sie setzten sich in Bewegung.

Das junge Paar sah den beiden sich entfernenden Russen nach. »Drecksäcke«, knurrte der Junge, aber ganz leise. Sie grinste schief.

»Wo willst du jetzt hinfahren?«, fragte Popeye.

»Wird sich finden«, erwiderte Pozailov und ließ den Motor an.

An der ersten Tankstelle, einige Meilen weiter am See, fragte Pozailov den Verkäufer, der selbst indianisch aussah, wo die großen Kasinos der Indianer in der Gegend seien. Der Verkäufer antwortete: »Es gibt hier ein paar kleine um den See herum, aber das größte hier im Gebiet ist das Weiße Adler.« Er schlug einen Straßenkartenband auf und zeigte es Pozailov. »Bei Carlton. Das ist an dem Straßenkreuz von der 2er und 73er. Es ist ein gutes Kasino. Sie werden Ihren Spaß haben.«

Pozailov nickte: »Da bin ich ganz sicher.«

Die achte Etage des Radison Hotel. CNN im Fernsehen. Am Ende wird er noch wahnsinnig werden.

Monty ruft Psych an. Er imitiert einen russischen Akzent. »Hallo, könnte ich mit Herrn Paul Kiklaschwili sprechen?«

»Am Apparat. Womit kann ich Ihnen helfen?«

Er spricht wieder normal. »Hier ist Monty. Ich habe deinen Bericht gelesen. Was wolltest du?«

»Sehr witzig. Nimm jetzt deinen Wagen und fahr ins Kasino Weißer Adler. Du verlässt Minneapolis auf der 35er nach Norden, bis du auf die 73er stößt. Das Kasino liegt dort, direkt an der Kreuzung. Es ist ein Kasino des Sugar-Bush-Lac-Stammes. Klar?«

»Sind sie dort?«

»Wir haben eine Fahndung nach dem blauen Lastwagen herausgegeben, und man hat ihn, vor einer Stunde oder weniger, dort am Kasinoparkplatz gesehen. Sag mal, kannst du eigentlich Israelian? Das sind deine Kameraden, oder nicht?«

»Wer?«

»Die Israelians, die mit dem blauen Laster. Die sind von deinen Leuten, nicht? Sprichst du die Sprache? Was ist Sababa?«

»Es heißt Israelis, Psych, und sie sind nicht meine Kameraden, und die Sprache nennt sich Hebräisch, und ich kann ein paar Wörter, weil ich mit achtzehn zwei Monate in Israel war. Das ist viele Jahre her. Sababa? Ich bin nicht sicher, dass ich dieses Wort kenne, aber es klingt irgendwie bekannt.«

»Jedenfalls, fahr sofort dorthin. Schade um die Zeit, die wir hier verquasseln. Viel Erfolg. Bleib in Kontakt. Ich werde dir in dem Moment, in dem ich weitere Infos über die Israelians habe, Bescheid sagen.«

Auf der 35er nach Norden, mit dem Schnee der vergangenen Woche noch zu beiden Seiten der Straße, betet Monty, dass diese Geschichte endlich ihr Ende findet. Plötzlich versteht er, er will keine Entwicklungen. Er will keine Überraschungen. Er will nicht, dass Psychs Mannschaft neue Tatsachen entdeckt und ihn wieder an andere Orte schickt. Er will dieses

Kasino erreichen und nichts finden. Er möchte eine einfache, bequeme Arbeit nahe seinem Zuhause. Und das hat nichts mit dem Sederabend zu tun. Nicht deswegen fühlt er sich so unter Druck. Nicht deswegen hätte er gern, dass alles vorbei wäre und er nach New York zurückkehrte. Er versteht plötzlich, dass er keine Kraft für diese Arbeit hat. Er möchte vor allem nicht auf die ukrainischen Mafiosi stoßen, den König und die Prinzen des Nordens, deren Bilder sich in der Mappe auf dem Beifahrersitz befinden.

Er pfeift den »Titanic«-Song von Celine Dion, während er in den Parkplatz des Kasinos einbiegt. Er liest das Schild, »Willkommen im Kasino Gidag Bag«, mit dem großen Bild eines weißen Adlers.

Er dreht eine Runde auf dem Parkplatz. Kein blauer Lastwagen.

Drinnen herrscht kein sonderlich reger Betrieb. Ein paar Leute an den Slotmaschinen. Die Black-Jack- und Roulettetische sind bis auf einen oder zwei verwaist. Eine indianische Stewardess fragt ihn, ob er etwas trinken möchte. Er zieht seine Marke heraus und sagt: »Monty Cohen, FBI, könnte ich mit dem Geschäftsführer sprechen?«

Während er wartet, betrachtet er eine der Slotmaschinen aus der Nähe, auf der in großen Lettern die Aufschrift prangt: »Mega-Bucks is wild«. Die Zahl im oberen Display steigt stetig. In diesem Moment steht sie auf über sechsundzwanzig Millionen Dollar. Monty ist beeindruckt. Damit käme ich zurecht, denkt er sich. Er steckt eine Hand in die Tasche seines Jacketts und fischt einen Dollar heraus, wobei er sich fragt, ob er eigentlich während der Dienstzeit spielen darf. Die Summe auf der Anzeige wächst minütlich. Er wirft den Dollar ein und zieht am Griff.

Der leichte Widerstand des Griffs, das Rattern der Räder, das er in Gang setzt, und dann fangen die drei Räder an, vor Montys Augen zu wirbeln. Das rechte Rad bleibt stehen. Blaue Sieben. Beim mittleren gibt es ein einzelnes Rechteck, auf dem BAR steht. Das linke ist auch die blaue Sieben. Monty hört ein Klicken und danach das Prasseln fallender Münzen. Er hat gewonnen! Er klaubt die Münzen aus der Schale – acht Dollar. Nicht schlecht.

»Mister Cohen«, hört er eine Stimme zu seiner Rechten und dreht den Kopf. Ein großer Kerl mit Schnurrbart und glattem Haar. Mittelscheitel. Die Hand lächelnd ausgestreckt. »Ich freue mich, dass Sie sich bereits bei uns akklimatisiert haben. Sehr angenehm, ich bin Lou Sharp, der Servicedirektor im Kasino Weißer Adler der Sugar-Bush-Lac-Gruppe des Superior Chipewyan Lake.«

»Monty Cohen, Federal Investigations.« Er hasst es, seine Marke herzuzeigen wie in schlechten Filmen, doch er ist laut Gesetz dazu verpflichtet. Er betrachtet Lou Sharp. Sein Hals weist blaue Verfärbungen auf. Das Haar ist etwas zerzaust.

»Womit kann ich dienen?«

»Ich suche den Fahrer eines blauen Lastwagens mit der Aufschrift Sababa Moving and Storage, der einer israelischen Speditionsfirma aus New York gehört. Wir haben Hinweise erhalten, dass er vor einigen Stunden auf dem Parkplatz des Kasinos gesichtet worden ist.«

Ein dunkler Schatten gleitet über Lou Sharps Augen. »Ein blauer Lastwagen? Ähhh… nein, ich glaube nicht. Tut mir leid, Herr Cohen, aber …«

»Warum fragen Sie nicht die Angestellten, die am Parkplatz arbeiten, ob sie ihn gesehen haben?«

»Nein, nein, nicht nötig, ich habe schon alle gefragt …«, stößt Lou Sharp hervor.

»Sie haben schon alle gefragt? Gefragt, ob ein blauer Lastwagen draußen stand? Darf ich fragen, wozu?«

Der Blick aus Lou Sharps Augen ist hilflos. Er ist ein miserabler Schauspieler. Monty bemerkt: »Herr Sharp, Sie sehen verängstigt aus, ist alles in Ordnung?«

»Ja, ja, sicher.« Lou Sharps Augen irren nervös umher. Er streichelt seinen Hals an der Stelle der blauen Abdrücke. Monty wartet. Lou Sharp blickt zu Boden und sagt dann: »Kommen Sie mit.«

Lou Sharp betritt sein Büro im ersten Stock und hält sich nicht einmal damit auf, sich zu setzen. Monty solle die Tür schließen, sagt er hastig. »Hören Sie, ich weiß nicht, wie ich zu dieser Geschichte gekommen bin. Alles, was ich machen wollte, war, wie jeden Abend im Kasino zu arbeiten, ein paar Runden in der Halle zu drehen, die Papiere durchzugehen …«

»Was ist passiert, Herr Sharp?«, drängt Monty.

»Werdet ihr mich beschützen? Das heißt, wenn es Probleme und so was gibt? Vielleicht können Sie anrufen, um mir …«

»Herr Sharp«, unterbricht ihn Monty sanft, »äh … Lou, zuerst beruhigen Sie sich. Erzählen Sie mir, was passiert ist. Wenn Sie uns helfen, helfen auch wir Ihnen. Das verspreche ich.«

Eine der guten Eigenschaften Montys ist die Glaubwürdigkeit, die er immer ausstrahlt. Im Gegensatz zu anderen Ermittlern in seinem Verein, die nicht wissen, wie sie mit Leuten umgehen sollen, geht das Monty ganz leicht von der Hand. Er weiß, wie man Menschen zum Reden bringt.

»Vor ein paar Stunden kam Jakob hier an«, beginnt Lou Sharp. »Ein Weißer, der mit einer Indianerin aus dem Reservat liiert ist. Er kam herein und sagte zu mir, Lou, du musst kommen und dir was anschauen. Hier sind zwei Jungs, die einen super Vorschlag haben. Das klang mir verdächtig …« Er erzählt Monty von den Spielautomaten, die ihm die beiden Israelis zum Kauf angeboten haben. Monty hört geduldig zu, wirft ab und zu eine Frage ein.

»… Sie verstehen«, sagt Lou Sharp weiter, »ich habe ihnen sofort gesagt, dass es nichts zu bereden gibt. Wir sind ein anständiges Unternehmen. Ich befasse mich nicht mit solchen Dingen. Obwohl es ausgezeichnete Automaten waren, G 2000 von Game Mashinery mit Vernetzung zu Mega-Bucks. Wie der Automat, an dem Sie vorher gespielt haben. Ich habe zu ihnen gesagt: ›Freunde, nicht mit mir. Tut mir leid.‹ Also sind sie abgezogen.«

»Und was ist mit den blauen Flecken an Ihrem Hals?«

Lou Sharp streicht mit der Hand darüber. »Wie, man sieht sie?«

»Na los, Lou.«

»Ungefähr zwei Stunden nach ihnen kommen hier zwei Russen an und fragen mich genau das, was Sie gefragt haben.«

»Im Ernst?«

»Nach dem blauen Lastwagen, Sababa und das Ganze. Was heißt Sababa eigentlich, haben Sie eine Ahnung?«

»Um ehrlich zu sein, nein«, seufzt Monty.

»Ich versuchte, ihnen zu sagen, dass ich überhaupt nichts weiß, aber sie, wie soll man sagen …« Lou Sharp streicht wieder über die blauen Male an seinem Hals, »dieser Kerl …«

»Also haben Sie ihnen die gleiche Geschichte erzählt, die Sie mir erzählt haben«, hilft Monty ihm weiter.

»Ja, genau. Und ich habe ihnen gesagt, dass ich keine Ahnung habe, wohin sie von hier aus weitergefahren sind. Aber das war ihnen nicht gut genug.« Er birgt sein Gesicht in den Händen. Nach einer kurzen Pause fährt er fort: »Da habe ich ihnen die Namen von Jane und Jakob genannt und wo sie im Reservat wohnen.«

»Ich notiere«, sagt Monty und zückt sein Notizbuch.

»Was für 'ne verschissene Finsternis.«

»Was soll man machen? So ist die Welt. In der Früh hell, in der Nacht finster.«

»Komm mir jetzt bloß nicht mit deinen Küchenweisheiten, okay? Wo ist dieses verdammte Indianerreservat?«

Sie fahren in dem gelben Nissan zu dem Ort, den ihnen der Dicke vom Kasino beschrieben hat. Gemäß seinen Instruktionen hätten sie schon längst da sein müssen. Doch sie sehen nur Dunkelheit. Nichts als schwärzeste Finsternis. Popeye müsste ganz dringend pinkeln, Pozailov fährt ihn an, sie seien gleich da, er solle sich beherrschen, und fügt hinzu: »Und ich sterbe vor Hunger, aber lass uns erst ankommen, sehen, wie es steht, und dann organisieren wir uns. Meinst du, wir werden mit dem Indianerhäuptling reden? Ob er Federn am Kopf hat?« Pozailov bricht als Folge seiner geistreichen Bemerkung in ein donnerndes Gelächter aus. Er röhrt: »Federn am Kopf, hihi?« Popeye lächelt schwach. Pozailov verpasst ihm einen Boxhieb gegen die Brust.

»Lachen«, befiehlt er.

Sie fahren in eine kleine Siedlung hinein. »Was steht da?«

Popeye liest von dem Schild ab: »Sugar-Bush-Lac-Gruppe des Superior Chipewyan Lake. Haus der Wabigooni. Einwohnerzahl: 93.«

»Haus von wem? Wie finden wir da Jane Aki? Wo sind die Zelte? Siehst du was?«

»Da sind Häuser. Ganz gewöhnliche. Aus Holz. Einfach normale Häuser«, entgegnet Popeye.

»Das ist ein Indianerreservat?« Aus Pozailovs Stimme klingt Enttäuschung. Er hält am ersten Haus. »Los, los, vorwärts, steig aus und frag, wo sie ist.«

Die letzten vierundzwanzig Stunden erschienen Jane Aki wie ein ganzes Jahr. Sie ließ die Ereignisse im Kopf Revue passieren: die gestrandete Wendy, der Fußmarsch mit Jake und das Gespräch über Crazy Horse, wie sie gestritten hatten, die Israelis, die am Anfang so nett wirkten, der See, das Kasino. Und danach, zu Hause, der größte Streit mit ihm, vor den Israelis, die er mit herbrachte. Sein Geschrei, wie sie das Geld des Kasinos ausnutze, wenn es ihr gerade passe, wie sie jede Initiative von ihm ruiniere, ihn kastriere, weil es ihr passe, wenn er von ihr abhängig sei. Nachdem er gegangen war, überlegte sie, ob etwas Wahres an seinen Worten war. Nein. Er war ein Parasit, sie hatte ihn immer ermutigt zu arbeiten. Der Streit spulte sich wieder in ihrem Kopf ab, und sie wurde erneut wütend. Was für eine Unverschämtheit. Initiative, also echt. Er und Lou und die Israelis – schäbige, dreiste Kleinkriminelle.

Sie hatte ihm noch eine Stunde gegeben, um seine Sachen zu packen, hatte dagesessen und ihm dabei zugesehen. Es war traurig, doch es erfüllte ihr Herz mit Kraft. Je mehr sich das Haus leerte, desto mehr Kraft erfüllte sie.

Als er aus ihrem Leben trat, sagte sie: »Bye.« Er wollte ihr einen Kuss geben, doch sie verweigerte sich. Die Israelis warteten draußen auf ihn, und er stieg in ihren Lastwagen. Sie beobachtete, wie der Laster in der Dunkelheit verschwand. Danach fing sie zu weinen an und hörte nicht mehr auf, bis das Klopfen an der Tür erklang.

Zuerst kamen diese zwei Russen, ein großer und ein kleiner. Eine halbe Stunde nach ihnen war es Monty vom FBI. Die Russen waren aggressiv, Monty war nett. Fast hätte sie ihm vorgeschlagen, auf der Matratze im Wohnzimmer zu übernachten. Um nicht allein zu sein. Doch sie wusste, es wäre ein Fehler. Ab jetzt würde sie allein sein, sie war schließlich erwachsen. Sie brauchte keine Beschützer. Den Russen und Monty hatte sie gesagt, dass sie nicht wisse und es sie auch nicht im Mindesten interessiere, wo sie hin seien. Monty war überrascht, als sie ihm erzählte, was im Kasino passiert war. Sie sagte: »Lou war ganz wild drauf, die Maschinen zu kaufen. Sie hatten schon den Preis ausgehandelt. Aber ich habe zu Lou, diesem Scheißkerl, gesagt, ich würde es weitererzählen.«

»Mir sagte er, er sei an den Slotmaschinen nicht interessiert gewesen.«

»Er ist ein Scheißkerl.«

Monty glaubte ihr. Sie hatten noch ein wenig geplaudert. Sie verstand nicht, was das FBI mit dem Ganzen zu tun hatte. Er sagte, dass die Russen eigentlich Ukrainer seien, die anscheinend mit einer kriminellen Organisation zusammenhingen, über die er gerade Ermittlungen anstelle. Zuletzt sah er ihr mit melancholischem Blick in die Augen und sagte: »Danke und gute Nacht.« Sie lächelte ihn an. Das war der Augenblick, in dem sie erwogen hatte, ihm vorzuschlagen, im Wohnzimmer zu übernachten. Er war offensichtlich müde. Sie war erledigt. Aber dann dachte sie, Schluss jetzt, ich habe genug erlebt für heute. Genug Leute. Ich muss ein bisschen allein sein. Sie schlief innerhalb einer Sekunde ein und merkte nicht einmal, dass Jake auch den Wecker mitgenommen hatte.

TIPPS FÜR DEN KAUF VON SLOTMASCHINEN

Um sieben Uhr sind sie wieder im Kasino Weißer Adler, in der Internetecke.

Jonsy und Jake lassen sich vor dem Bildschirm nieder und beginnen zu suchen. Izzi dreht eine Runde. Er bleibt vor einer Slotmaschine stehen. Das Kasino ist fast leer. Ein einziger Black-Jack-Tisch ist mit Spielern besetzt, in Rauchschwaden gehüllt, müde von einer durchspielten Nacht. Die Slotmaschinen stehen verlassen da. Er holt einen Vierteldollar aus der Hosentasche. Betrachtet ihn eine Sekunde. Er hat das Gefühl, dass ihn der Automat ruft, ihn auserwählt hat. Er steckt die Münze in den Schlitz und zieht am Griff. Die Räder drehen sich. Nichts. Er holt noch eine Münze heraus. Nichts. Er geht zur Internetecke zurück, versinkt in einem der bequemen Sofas und überlegt, ob er ein Nickerchen machen oder eine Mail an Daphna schreiben soll.

Jonsy und Jake tippen ins Suchprogramm ein: »Kasino+Minnesota«.

Sie lesen: 1978 war Nevada der einzige Staat in den USA, in dem man in ein legales Kasino gehen konnte. Nur in vierzehn Staaten gab es Lotterie. 1990 waren es drei Staaten, die Kasinos hatten, auch in einigen Indianerreservaten. Inzwischen sind die Glücksspiele in neun Staaten legal und Lotterie in siebenunddreißig. In Minnesota, ausgerechnet, gibt es mehr Kasinos als in Atlantic City.

»Interessant«, sagt Jonsy.

Als Nächstes geben sie ein: »Slot+Maschine+Gewinn«.

Das Ergebnis: Ungefähr dreißigtausend Dollar pro Woche ist der erwartungsgemäße Profit für jemanden, der eine Slotmaschine in einem Lokal, Pub oder Kiosk aufstellt … An derartigen Orten sind die Glücksspielautomaten so programmiert, dass die Gewinne selten sind und gering ausfallen.

Jake deutet auf eine Zeile: Der Preis eines Spielautomaten bewegt sich zwischen vier- und sechstausend Dollar, abhängig von Standard und Technik.

Jonsy stellt fest: »Dann waren die Preise, über die Lou geredet hat, ganz vernünftig.« Und wieder geht ihm der Gedanke durch den Kopf – wenn dem so ist, dann ist garantiert irgendwas Außergewöhnliches mit diesen zwei Maschinen los, sonst hätten die Russen keine solche Affäre daraus gemacht. Ich muss herausfinden, was es damit auf sich hat.

Er tippt weiter: »Kasino+Indianer«.

Zu lesen ist: »Neuer Buffalo« – die Glücksspiele auf Grund und Boden der Stämme begannen 1988, nach der Genehmigung durch den Kongress. Heute betreibt ein Drittel aller Stämme Glücksspiellokalitäten, und auch wenn die Einnahmen nicht gleichmäßig verteilt sind, handelt es sich um ca. sechs Milliarden Dollar im Jahr. Das Land der Indianer erfuhr eine Blüte …

Jonsy hat eine Idee. Er gibt ein: »Betrug+Slot+Maschine«.

Ergebnis: Trotz aller Vorsichtsmaßnahmen, trotz der Videokameras, die jeden Inch der Kasinoböden im Visier haben, trotz des Sicherheitspersonals, das jede einzelne Person kontrolliert, werden stets Wege gefunden, das System auszutricksen. Die Kasinos in Vegas verlieren vierzig Millionen Dollar im Jahr durch Manipulationen an den Slotmaschinen.

Im November 1997 gestand Dennis McAndrew, 57, aus Las Vegas, den Diebstahl von Slotmaschinengewinnen von insgesamt sechs Millionen Dollar. Er war in zehn Gewinne im Laufe zweier Jahre involviert, in sechs verschiedenen Kasinos in Vegas. Er wurde an einem Mega-Bucks-Automaten Anfang des Monats gefasst. Allem Anschein nach öffnete McAndrew die Maschinen und schloss an den Computer ein bestimmtes Teil an, das er von der Firma Games Mashinery gekauft hatte.

Jake sagt zu Jonsy: »Der das geschrieben hat, hat wohl keinen blassen Dunst, wie McAndrew das gemacht hat.«

Jonsy nickt und bemerkt: »Unsere Teile sind auch von Game Mashinery.«

Izzi ist auf dem weichen Sofa kurz eingenickt. Der Piepser weckt ihn. Jonsy steht über ihm, schaut zu, wie er ein müdes Auge öffnet. »Hey, Kleiner. Ausgeschlafen? Vielleicht schnappst du dir irgendeinen Computer und suchst mal?«

»Was suchen?«, fragt Izzi. Seine Augen öffnen sich einen Spalt weiter, während sein Körper noch schläft.

»Ich weiß nicht. Du kennst dich mit dem Internet aus. Wir versuchen, die Slotmaschinen zu verkaufen. Und zwar schnell. Und bring mal deine Haare ein bisschen in Schuss, was ist denn da los?«

»Die Slotmaschinen verkaufen?« Izzi gähnt, doch er setzt sich an einen Computer. Er muss Daphna schreiben. Er linkt sich in das Hotmail-Programm ein und tippt, ohne nachzudenken: »Meine Liebste – bin so müde. Sieben Uhr früh, und wir haben an irgendeinem Indianerkasino in Minnesota angehalten. Es sind einige Sachen gelaufen, ich werde dir alles noch erzählen, und ich hoffe, schneller zu dir zurückzukommen, als ich geplant habe, und mit mehr Geld! Ich kann nicht zu viel darüber reden. Die meiste Zeit fühle ich mich ganz gut. Es liegt immer noch Schnee draußen. Wir hoffen, nach

Süden, zur Sonne, zurückzufahren. Vielleicht fahren wir auch nach Florida. Ich würde dir wirklich gern mehr erzählen, aber wir sind in Eile. Ich muss was im Internet suchen, bin auf dem Sprung. Ich liebe dich. Bin verrückt nach dir. Sehne mich so und komme bald zurück – Izzi.«

Jonsy fällt ein, dass man im Internet nach Kunsthändlern suchen könnte, aber da Jake dabei ist, beschließt er, es zu verschieben. Jake soll ihnen mit den Automaten helfen. Er braucht nichts von den Bildern zu wissen.

Sie geben das Gleiche ein wie vorher, nur in umgekehrter Reihenfolge: »Slot+Maschine+Betrug«.

Sie lesen: Man hat eine Fernbedienung für eine Slotmaschine benutzt, um den Jackpot zu gewinnen! Das Gerät, das sich in der Hosentasche verstecken lässt, sendet ein RF-Signal aus, das die Funktionsergebnisse vieler Geräte beeinflusst. Funktioniert bei elektromechanischen Maschinen mit sich drehenden Rädern. Kosten – fünfhundert Dollar.

Ein anderes Gerät wird beschrieben, das Codes von Gewinnausschüttungen scannt. Kosten – achthundertfünfundzwanzig Dollar. Die Website ist voll mit weiteren Geräten dieser Art, alle in der Größe von Streichholzschachteln, die versprechen, problemlos die Millionen einzubringen.

Jonsy hebt kurz den Blick vom Computer und entdeckt eine elektronische Werbung: »Frühstücksbuffet – nur 3.99 $!« Er sagt: »Kommt, wir hängen noch fünf Minuten dran, und dann frühstücken wir und machen, dass wir hier die Kurve kratzen.«

Sie tippen: »Kriminalität+Slot+Maschine«.

Sie erhalten das Gesetzbuch von Nevada, in dem zu lesen steht: Betrug bedeutet, das Glückselement, die Auswahlmethode oder die Kriterien zu verändern, die bestimmend sind für:

a) die Spielergebnisse, b) die Summe oder die Häufigkeit der Ausschüttung im Spiel, c) den Wert des Glücksspielgeräts, d) den Kreditwert der Glücksspiele.

Und dann steht dort noch, dass es eine Grauzone im Gesetz gibt bezüglich eines Schadens oder Betrugs, der mit dem Griff der Slotmaschine zusammenhängt … Gesetz 465 070 untersagt eine Veränderung der Ziehstärke des Griffes der Slotmaschine …

»Hier, ich hab was gefunden«, Izzi steht neben ihnen. Sie wenden sich seinem Bildschirm zu. Izzi hat eingetippt: »Slot+Maschine+Verkauf+Tipps«, und zwei Einträge erhalten. Der erste besteht aus Tipps für den Kauf von Slotmaschinen, der zweite aus Ratschlägen für das Spielen an Slotmaschinen.

»Lass uns das ausdrucken und mitnehmen«, bestimmt Jonsy. »Ich sterbe vor Hunger, und ich will endlich hier abhauen.«

Auf dem Weg ins Restaurant fragte Izzi Jonsy leise auf Hebräisch, was sie mit Jake anfangen sollen. Jonsy erwiderte: »Der kann vorläufig bleiben.«

Izzi sagte: »Schlomi haben wir rausgeworfen, weil drei zu viel sind, wieso also jemand Neues?«

»Mach dir keine Sorgen. Er bleibt nur in Minnesota noch dabei, um uns bei der Orientierung zu helfen. Danach werfen wir ihn raus. Klar. Sag ihm nichts von den Bildern.«

»Von mir aus könnten wir ihn so schnell wie möglich loswerden.«

Jonsy nickte.

»Wohin fahren wir überhaupt?«, fragte Izzi.

»Nach Süden. Aus dem Internet geht klar hervor, dass die heißen Sachen in Vegas passieren.«

Im Restaurant strahlte Jonsy übers ganze Gesicht: »Breakfast in America!« Dann fiel er über das Spiegelei, den Bacon, die Home frieds und den Kaffee her. Er sagte kauend zu Jake: »Wir wollen nach Süden fahren, aber nicht über Minneapolis.«

Izzi meinte: »Was ist mit Fargo?«

»Fargo?«, wiederholte Jonsy. »Kommt mir irgendwie bekannt vor. Ist das nicht der Name …«

»Darüber haben wir schon geredet, du Senilo«, erwiderte Izzi. »Das ist der Film der Brüder Coen.«

Jake warf ein: »Fargo? Es gibt noch grusligere Orte in der Gegend.«

»Ah, jetzt fällt's mir ein! Die Brüder Cohen, aus Jerusalem. Hillel und Josef Cohen. Sie hatten irgendwie was damit zu tun, oder?«

Sie konzentrierten sich einige Minuten stumm auf das Essen.

»Was ist das für ein Teppich da an der Wand?«, fragte Izzi Jake.

Jake hob den Blick – ein Wandteppich mit der Stickerei einer kriegerischen Szene. Jake rief die Bedienung. »Was ist das?«

»Das sind Krieger der Wabigooni in der Schlacht, in der sie die Weißen bei Sugar Point besiegt haben. Komisch, jemand hat mir diese Frage heute früh schon mal gestellt.«

Izzi fährt, gemäß Jakes Anweisungen, in südwestlicher Richtung quer durch Minnesota.

Jake liest aus dem Computerausdruck vor: »Tipps zum Erwerb von Slotmaschinen: Wenn Sie eine Maschine für eine Spielhalle wollen, kaufen Sie Bally. Das sind die Automaten, die es heute in den meisten Kasinos gibt. Man kann sie mit einer ganzen Palette von Münzarten benutzen, sie haben Klingeln und Lichter und sind einfach zu bedienen.«

Jake blättert weiter. »Habt ihr gewusst, dass es Slotmaschinen gab, die Golfbälle ausspuckten?«

»Überspring die langweiligen Teile«, schlägt Jonsy vor.

»Es gibt Bücher über die Geschichte der Slotmaschinen, da sind Preislisten drin … ah, das ist vielleicht interessant – Slotmaschinenhändler.«

»Das brauchen wir, einen Händler!«, stimmt Jonsy zu.

Jake liest wieder vor: »Sie sind gut vernetzt und können fast jede Maschine besorgen … sie sind bekannt dafür, dass sie alle wichtigen Details überprüfen – wie viele der Teile original sind, Seriennummern, Gewicht … mir wird schlecht. Ich muss aufhören.«

Als sie weiter nach Süden fahren, dünnt der Schnee an den Straßenrändern aus. Nach Minnesota passieren sie Süddakota und erreichen Nebraska. Jonsy vergisst nicht, in jedem Staat auszusteigen, um den direkten Bodenkontakt herzustellen. »Der Mensch muss tun, was er tun muss«, sagt er. Die großen Ebenen des Mittleren Westens – riesige gelbe Felder, viel klarer, blauer Himmel. Jake erzählt von Janes Forschungsarbeit über das Liebesleben von Crazy Horse. Er sagt: »Wie viel Zeit sie mit diesem Schwachsinn vergeudet. Sie lebt vom Gehalt aus dem Kasino, und dann wagt sie es, uns ein Geschäft zu ruinieren, weil sie Schuldgefühle hat, dass sie von Glücksspielen lebt. Nutte.«

»Hast du bei ihr im Reservat gewohnt?«

»Ja.«

Sie halten an, um zu pinkeln und in einem Kentucky Fried Chicken zu essen, nahe einer Kleinstadt namens David City in

Nebraska, ein paar Meilen von dem 81er entfernt. Izzi deutet auf das Schild und sagt zu Jonsy: »Schau mal, eine Davidstadt!«

Als Jake auf die Toilette geht, sagt Izzi rasch zu Jonsy: »Ich mag ihn nicht. Er hilft uns überhaupt nicht. Wir haben doch eine Karte. Er quatscht in einem fort. Er nimmt Platz weg.«

»In Ordnung, was soll ich sagen? Mich stört es nicht, dass er uns dirigiert und ihm schlecht wird für uns, aber wenn du darauf bestehst … Willst du es ihm jetzt gleich sagen?«

»Ich? Warum ich?«

Am Ende ist es Jonsy, der es ihm sagt. Er macht es kurz und bündig. Jake schaut Jonsy an, lässt seinen Blick zu Izzi wandern, zurück zu Jonsy und wieder zu Izzi. Auf seinem Gesicht liegt ein unklarer Ausdruck. Der Piepser ertönt. Alle drei starren auf Jonsys Hosentasche. Jonsy fischt das Gerät heraus. Er sagt zu Izzi: »Es ist Chen.«

Jake findet endlich seine Sprache wieder: »Ihr stinkigen Wichser. Ich glaub's nicht. Ich rette euren Arsch, ich helfe euch, diese beschissenen Dinger bei Lou Sharp zu verkaufen, ans Internet ranzukommen und was immer ihr wollt. Ihr macht einen bösen Fehler.« Sein Gesicht läuft rot an, seine Bartstoppeln beben vor Wut, und seine Unterlippe zittert vor Empörung.

»Wir sind dir sehr dankbar für deine Hilfe, Jake, wirklich. Aber wir können dich nicht in diese Geschichte mit reinnehmen.«

»Das kannst du vergessen. Den Scheiß zieh ich mir nicht rein. Ihr könnt mich nicht hier mitten in Nebraska sitzen lassen. Warum habt ihr nicht gleich gesagt, dass wir nicht zusammen im Geschäft sind?«

»Wir haben aber auch nicht gesagt, dass wir das Geschäft zusammen machen. Wir haben dir einen Lift gegeben. Du wolltest das Reservat doch sowieso verlassen, oder nicht?«

»Das ist nicht eure Sache, was ich verlassen will oder nicht … ihr denkt, ihr könnt mich verarschen, aber ich mach da nicht mit.« Er hält inne, um einen Moment nachzudenken, und fährt fort: »Ich gehe zur Polizei … ich rufe die Nummer eurer Firma an, die da auf dem Lastwagen steht. Ich werde eurem Boss alles erzählen, was ihr mir über ihn erzählt habt und wo ihr seid.«

Jonsy und Izzi blicken betroffen in Jakes rotes, schwitzendes Gesicht. Dann sehen sie einander an. Izzi greift sich an den Kopf.

»Und noch was«, fährt Jake mit zunehmender Sicherheit angesichts ihrer Bestürzung fort. »Ich werde ein Auto mieten und mich an euren Arsch heften, da könnt ihr sicher sein.« Er unterbricht sich wieder für einige Sekunden. »Also denkt drüber nach, was euch lieber ist«, schließt er.

Jonsy versucht ihn zu beruhigen. »Jake, das ist nicht fair, was du machst. Ich schlage vor, du lässt das besser bleiben. Wir haben dir bei der Autopanne geholfen, und du hast uns einen Internetzugang besorgt. Das macht uns noch lange nicht zu Partnern.«

»Das nützt euch gar nichts.«

»Zweihundert Dollar, damit du den Mund hältst?«

»Tausend.«

»Und woher wissen wir, dass du wirklich nichts sagst?«

»Ich werde nichts sagen. Ich werde in ein Flugzeug nach Kalifornien steigen, und das hier interessiert mich nicht mehr.«

Jonsy und Izzi wechseln einen Blick. Jonsy fragt auf Hebräisch: »Meinst du, man kann sich auf dieses Arschloch verlassen?«

Izzi erwidert: »Weiß ich nicht, aber das ist mir lieber, als ihn weiter mitzuschleppen.«

Jonsy nickt: »Mir auch. Aber wir haben keine tausend Dollar für ihn.« Er wendet sich an Jake: »Vierhundert?«

»Siebenhundert.«

Sie geben ihm fünfhundert. Jake sagt: »Ich denke immer noch, ihr macht einen Fehler. Nur mit mir könnt ihr die richtigen Orte und die richtigen Leute erreichen. Aber wie auch immer.«

»Kann man sich darauf verlassen, dass du die Klappe hältst?«

»Klar. In dem Moment, in dem wir ein Geschäft gemacht haben, halte ich mein Wort.«

Izzi sagt zu Jonsy: »Ich traue diesem Arschgesicht nicht über den Weg. Meiner Meinung nach haben wir ein Problem.«

Jonsy entgegnet: »Was sollen wir sonst machen?« Izzi zuckt die Achseln.

Als sie sich entfernen, ruft ihnen Jake nach: »Hey!«

Sie drehen sich zu ihm um.

»Frohes Fest«, grinst Jake.

Sie geben keine Antwort.

Als Jonsy wegging, um Chen anzurufen, betrat Izzi den Laden, um Vorräte zu kaufen. Dort hörte er den Lastwagenfahrer. Izzi stand in der Schlange an der Kasse mit zwei großen Coffees-to-go, einem Päckchen Sonnenblumenkerne, Hershey-Küssen und einem Schraubenzieher – Jonsy war der Schraubenzieher aus dem Werkzeugkasten abhanden gekommen –, als die Verkäuferin zu dem Trucker sagte: »Heute ist ein herrlicher Tag.« Und der Fahrer – ein Dickwanst mit Schnurrbart und Baseballkappe, der eine Tüte voller Süßigkeiten mitnahm – erwiderte: »Der Frühling ist da, und das ist die Zeit für Veränderungen.«

Zurück im Lastwagen berichtete Jonsy: »Chaim und Schlomi sind gestern Abend losgefahren.«

»Wohin?«

»Uns suchen. Sie sind auf dem Weg nach Minnesota. Vielleicht ist Uncle Sam auch dabei. Im Chevy Suburban von Chaim.«

»Und was sollen wir jetzt machen?«, fragt Izzi.

»Was können wir schon machen? Auf die Piepser von Chen warten. Hab ich dir gesagt, dass wir in der Eurovision gewonnen haben?«

»Na klar.«

Jonsy trank einen Schluck von seinem Kaffee und stellte ihn auf die kleine Ablage zwischen ihnen. Er ließ den Motor an, schob den Hebel auf »Drive« und begann rückwärts in Richtung des Highways Nr. 81 zu fahren.

Nach zweihundert Metern hörten sie etwas.

»Was war das?«

»Weiß nicht.«

Der Motor begann zu stottern. Jonsy fluchte: »Verdammter Kack mit Soße«, und bog von der Straße ab in etwas, das dem Parkplatz einer Schule ähnelte. Nach ein paar Sekunden starb der Motor gänzlich ab. Jonsy versuchte, ihn wieder anzulassen, und der Motor hustete mühsam. Ohne Erfolg. Bei den nächsten Versuchen reagierte der Motor überhaupt nicht mehr.

»Fuck!«

»Was ist los?«

»Benzin aus.«

NICHT WEIT

Als Pozailov und Popeye begriffen hatten, dass Jane Aki ihnen nicht helfen konnte, nachdem sie sie geweckt und versucht hatten, sie hart zu behandeln – Pozailov hatte sie sogar unter den Achseln hochgehoben und an die Wand geklebt, der extremste Einschüchterungsakt, zu dem er jemals bei einer Frau gegriffen hatte, denn Pozailov hatte Achtung vor den Frauen –, nach all dem, als sie einsehen mussten, dass die Israelis mit dem blauen Lastwagen das Reservat bereits verlassen hatten und sie nicht wusste, wohin, fragte Pozailov sie noch, wo sie zum Übernachten hingehen könnten. Popeye sagte zu Pozailov, er wolle eine Nacht in einem richtigen Bett schlafen, da ihm das Auto noch den Rücken breche. Pozailov wandte ein, dass die Israelis inzwischen entkamen, dass sie sich mit jedem Moment, der verging, weiter entfernten, doch Popeye entgegnete, dass sie doch sowieso keine Ahnung hätten, wo sie hin seien – lass uns einmal wie anständige Menschen schlafen, und morgen fangen wir frisch von vorn an. Wir werden bessere Chancen haben. Jane hatte sich eingemischt, sie stimme Popeye zu, sie sollten wie anständige Menschen schlafen. Sie machte sich Sorgen um die Israelis und auch um Jake. Diese ganzen Leute, die ihnen auf den Fersen waren – das gefiel ihr einfach nicht. Sie sagte zu Pozailov und Popeye, dass es im Kasino ein annehmbares, relativ neues und nettes Hotel gebe. Als sie gegangen waren, sank Jane wieder wie ein Stein ins Bett.

Auch Monty landete zu guter Letzt im Hotel des Weißen Adlers, das dem Kasino angeschlossen war. Als er Janes Haus verließ, leicht euphorisch, mit einigen Sternchen über dem

Kopf und Herzflimmern, machte er sich auf den Rückweg zum Kasino. Er konnte sich nicht erinnern, wo er den Satz aufgeschnappt hatte »Ein Weg, den du einmal gegangen bist, ist schneller und sicherer als ein neuer«. Ein bisschen konservativ, der Spruch, jedoch durchaus auch ein bisschen wahr.

Er rief Psych an und sagte: »Ich habe etwas für dich.«

»Wir arbeiten auch an etwas für dich. In ein bis maximal zwei Tagen bekommst du einen zucker Bericht über diese Israelis. Erste Sahne. Was hast du erreicht?«

»Die Maschinen, mit den Chips. Ich weiß, was sie sind.«

»Ist das dein Ernst?«

»Slotmaschinen. Sie haben versucht, sie hier im Kasino zu verkaufen. Ist ihnen nicht gelungen. Anscheinend versuchen sie aber weiter, sie loszuwerden.«

Monty hatte den Eindruck, durch die Leitung zu hören, wie sich Psych selbst eine Kopfnuss verpasste. »Slotmaschinen, klar doch! Kasino. Wieso haben wir da nicht geschaltet? In allen Slotmaschinen heutzutage gibt es einen Computerchip. Okay, ich lasse sofort eine neue Recherche erstellen. Und auch eine Meldung an alle Kasinos im Staat rausjagen. Wohin, glaubst du, werden sie jetzt gehen? Gibt es noch ein Kasino in Minnesota?«

»Es gibt noch Dutzende, wenn nicht Hunderte. Ich werde nach Süden fahren, morgen früh. Halte mich auf dem Laufenden. Und noch etwas, die Nordprinzen sind auf ihrer Fährte. Sie waren im Kasino, haben dem Geschäftsführer Prügel verabreicht. Ich weiß nicht, wo sie dann hin sind. Laut Beschreibung des Geschäftsführers klingt es nach Pozailov und Popeye. Ein rothaariger Riese mit einer Menge Tätowierungen. Der zweite schlank, blond, mit Nackenschwanz und einer Baseballkappe der Vikings.«

»Das sind sie. Gut, wir melden uns in der Früh, vielleicht gelingt es uns, dir Verstärkung zu besorgen.«

Monty versuchte, das Gespräch mit Jane heraufzubeschwören, auf dem Sofa in ihrem Haus. Einer solchen Frau war er lange nicht mehr begegnet. Hatte auch sie gefühlt, was er gefühlt hatte? Dass da etwas war, in der Luft zwischen ihnen? Eine Art Elektrizität. Spannung, eine positive Spannung. Eigentlich erotische Spannung. Er würde sie morgen anrufen.

Er putzte sich die Zähne, schaltete den CNN-Sender ein und wieder aus, starrte in die Dunkelheit und rollte sich zusammen wie ein Embryo. Sie hatte von diesem Freund gesprochen, Jake. Sie hatte gesagt: »Jude, wie Sie, wie diese Israelis. Wie viele seid ihr eigentlich? Ihr seid überall«, und gelacht. »Wieso ich mich nur immer mit euch einlasse.« Er dachte, was hat sie wohl mit diesem Satz gemeint? Meinte sie mich? Hat sie gespürt, dass etwas zwischen uns passiert?

Monty hätte diese Gedanken stundenlang so weiterspinnen können. Mit den Phantasien, den Spekulationen mitlaufen. Als er die Prüfungen für das FBI bestand, hatte man ihm gesagt, er gehöre zu der Sorte Menschen, die sie suchten. Die Phantasie hatten, Schlüsse und Vermutungen aus jeder Situation ein paar Schritte im Voraus ziehen konnten, aus jedem Satz, den jemand sagte. Er hatte sich ihre Nummer geben lassen, er würde sie anrufen. Sie war so schön. In ihrem Haus hatte es gut gerochen. Die ganze Zeit hatte sie davon geredet, wie sie ihren Freund hinausgeworfen hatte … Monty schien, dass eine Chance bestand. Er sank in den Schlaf … so schön … immer mit euch einlasse … sie hatte einen langen und ermüdenden Tag hinter sich … und trotzdem … Er schlief ein und träumte von einer Schlacht, Indianer gegen orthodoxe Juden. Jane war da mit Zopf und Federn, führte die Schlacht an. Bei den Juden waren Yehudi Menuhin und der Schauspieler Steve Buscemi. Yehudi Menuhin sagte zu Buscemi: »Ich wusste gar nicht, dass du Jude bist«, und Buscemi antwortete: »Ich bin keiner.« An mehr erinnerte sich Monty nicht, als er am Morgen aufstand.

Vladimir gefiel ganz und gar nicht, was ihm Pozailov am Morgen zu berichten hatte. Er war wütend. Pozailov sagte mit schlafheiserer Stimme: »Sie sind nach Süden gefahren. Sie haben nicht allzu viele Möglichkeiten mit diesem Laster. Heute kriegen wir sie zu fassen, das fühle ich.«

»Dein Gefühl geht mir am Arsch vorbei. Ihr seid nicht fähig, einen einzigen Lastwagen in ganz Minnesota zu erwischen? Du musst verstehen, Pozailov, das kann ich mir nicht leisten. Wir haben zu hart daran gearbeitet, zu lange, zu viel Geld investiert, als dass es misslingen dürfte. Ich weiß nicht, ob ihr das begreift.«

»Tun wir, Boss.«

»Fahrt jetzt zum Flughafen von Minneapolis. Ich steige in das nächste Flugzeug. Ich hatte gehofft, dass ihr allein zurechtkommt. Aber wie ich sehe, schafft ihr es nicht. Das enttäuscht mich. Klar?«

»Jawohl, Boss.« Pozailov beendete die Verbindung.

»Was will er?« Popeyes Kopf tauchte auf der anderen Seite des Doppelbetts auf.

»Dass du schleunigst aufstehst. Er fliegt nach Minneapolis. Wir holen ihn ab und suchen weiter nach diesen Scheißern. Wenn ich die in die Hände kriege …« Er machte eine Bewegung, die unzweideutig war.

Sie gingen in den Speiseraum hinunter. Popeye sagte: »Da haben wir so drauf gewartet, dass der Salo aus New York ankommt, und am Ende ist Mordechai allein damit in der Villa geblieben.«

»Das möcht ich sehen, dass er uns nichts übrig lässt«, versetzte Pozailov finster.

Popeye deutete auf die gegenüberliegende Wand und fragte: »Was ist das denn?« Pozailov wandte den Kopf in Richtung von Popeyes Finger.

»Was weiß ich?« Er zuckte die Achseln. »Ein paar Indianer mit Federn. Frag doch die Bedienung.«

»Das sind die Wabigoonikrieger in der Schlacht, in der sie die Weißen am Sugar Point besiegt haben«, erklärte die Bedienung.

»Wabigooni? Kommt mir von irgendwoher bekannt vor.«

Monty erwachte später. Er hatte es nicht eilig. Er wartete auf Psychs Informationen. Jane hatte gesagt, sie sei überzeugt, die drei würden nach Süden fahren, sie hätte sie reden gehört. Er frühstückte in aller Ruhe. Ihm direkt gegenüber hing ein großer Wandteppich mit dem Bild einer Indianerschlacht, doch er schenkte ihm keine Beachtung. Als er aufstand, um sich auf den Weg zu machen, verkündete ihm ein leiser Stich in der Brust die Botschaft, die einzugestehen er bis jetzt zu vermeiden gesucht hatte. Er hatte sich verliebt oder so etwas in der Richtung.

Lisa und Karl Lemmon, in ihrem Altersheim in Florida, machten sich Sorgen. Ihre Tochter Jeannie, die bei ihnen war, versuchte alle paar Stunden, die Umzugsfirma anzurufen, doch jedes Mal sagte ihr die gleiche Frau wieder dasselbe. Es war Chen, die mitteilte, dass sich auf Grund unvorhergesehener Umstände alles verzögert habe. In den beiden letzten Tagen hatten sie in der Lobby des Seniorenheims Mountain Ridge gesessen, auf den Springbrunnen und den Rasen hinausgesehen, waren bei warmem, angenehmem Wetter spazieren gegangen, hatten sogar die Straße zum kleinen Geschäftszentrum überquert und sich dort in ein Café gesetzt. Doch ihr Hab und Gut traf nicht ein, und inzwischen nagten ernsthafte Zweifel und Befürchtungen an ihnen. Lisa hatte am Tag zuvor schon mit kummervollem Blick zu Jeannie gesagt: »Wir werden unsere Sachen nicht mehr zu Gesicht kriegen, und in gewissem Maß ist das gerecht. Wir haben unser Haus geräumt, und das war's. Alles wird auf dem Müll landen. Wir sterben ohnehin bald.«

Jeannie entgegnete: »Aber wieso denn?«

Doch Lisa fuhr fort: »Es tut mir hauptsächlich um Papas Bildersammlung leid. Sie war schon einige Cents wert.«

Schlomi, im Chevrolet-Suburban-Jeep, ist für Chaims Mobiltelefon und für das Kartenstudium zuständig. »Wir sind schon Jahre nicht mehr zusammen auf eine Langstreckentour gegangen, was, Chaim? Wie viel wir früher mal abgeklappert haben!«

»Erinnere mich bitte nicht an diese Zeiten«, knurrt Chaim.

Sie haben in Chicago übernachtet, beim dicken Arik. Arik hat sich über die zwei dreisten Lümmel ausgelassen, wie er gleich im ersten Moment gecheckt hat, dass sie kleine Bastarde sind. Wie sie es wagen konnten, Chaim so was anzutun, der sie praktisch aufgezogen, ihnen ein Zuhause gegeben hat. Chaim sagte nicht viel, aber Arik assistierte ihm dabei, innerlich weiterzukochen. Als sie am Morgen aufbrachen, sagte Arik: »Chaim, jede Hilfe. Ehrlich. Von mir aus kannst du mich mitten in der Nacht mit einem Laster starten lassen, Bruder. Ich werde dir helfen, okay? Und bei Gelegenheit, wenn du mit ihnen fertig bist, wenn du mal dazukommst, bereinigst du bei mir die tausendfünfhundert, die du mir von dem Move nach Michigan schuldest, ja?«

Jetzt klingelt das Telefon. In der Leitung ist Uncle Sam, der zu wissen verlangt, wann ihn Chaim abholen kommt. Chaim sagt zu Schlomi: »Bestell ihm, dass wir uns fertigmachen und gleich zu ihm kommen.« Schlomi lacht.

Sie befinden sich auf dem Highway Nr. 80, fahren von Chicago nach Norden durch Wisconsin und dann nach Minnesota hinein. Chaim sagt: »Diese Russen, die haben was drauf, was?«

Schlomi erwidert: »Sie haben Verstand und keinen Gott. Hab ich dir von dem einen in Brighton Beach erzählt, der seine Frau und Tochter umgebracht hat, als wir gekommen sind, um den Umzug für die beiden zu machen? Mit wem war ich bei diesem Job zusammen?«

»Mit Jonsy. Du hast es tausendmal erzählt und er an die zweitausendmal. Die haben was drauf, eh? Nicht wie die Chinesen.«

Schließlich, nach ein paar weiteren Stunden Fahrt, erzählte Schlomi Chaim von dem Plan. Er kratzte sich am Kopf unter der Kipa, unter der Alabama-Kappe, und sagte: »Ich dachte, sie seien gute Kerle, aber jetzt sehe ich, dass sie fucking idiots sind, und ich habe nichts zu verheimlichen. Sie haben schon beim letzten Trip davon geredet.«

»Im Ernst? Was haben sie gesagt?«, fragte Chaim erschüttert.

»Sie waren sauer wegen dem permanenten Ärger bei den Trips. Weil du und Michel Argamani den Kunden ständig Sachen versprecht, die unmöglich einzuhalten sind, und dann die Schuld auf die Mover abwälzt. Solche Dinge haben sie frustriert.«

»Ich soll so was gemacht haben? Vielleicht Michel, aber ich?«, protestierte Chaim entrüstet.

»Ich habe versucht, ihnen zu erklären, dass solche Sachen im Moving eben passieren. Man redet mit dem Kunden über ein Datum, aber was soll man machen, manchmal kann es dauern.«

»Was war denn dann der Plan?«

»Das habe ich nicht mehr mitgekriegt. Ich habe nur gehört, dass sie einen Plan ausbrüten.«

»Du warst nicht dabei?«

»Gott bewahre!«, wehrte Schlomi ab.

»Du bist mit ihnen im Laster gesessen, du hast gehört, wie sie Pläne geschmiedet haben, mich zu bestehlen, und du warst nicht beteiligt?«

»Chaim, schaut es für dich danach aus, als würde ich auf die Gegenseite wechseln? Nach allem, was wir in den ganzen Jahren gemeinsam überstanden haben? Ich saß da und habe geschwiegen. Um ehrlich zu sein, ich dachte nicht, dass dabei was rauskommt. Sie haben davon geredet, das Geld von den Jobs einzusammeln und abzuhauen oder so. Vielleicht den Laster verkaufen?«

»Wie bitte, sind die geisteskrank?«, fuhr Chaim auf.

»Wenn ich's dir sage.« Nach einer kurzen Pause fuhr Schlomi fort: »Übrigens, Arik hat sie stark dazu animiert. Die ganze Zeit hat er zu ihnen gesagt, was für ein Scheißkerl dieser Chaim ist, ständig beklaut er mich und euch. Unternehmt was.«

Chaim erwiderte nichts darauf. Er fuhr, blickte stur geradeaus auf die Straße. Nach einer guten Weile sagte er schließlich: »Fetter Arsch.«

Das Telefon klingelte. Es war Michel. Chaim brüllte Schlomi an: »Sag ihm, wir sind unterwegs, okay? Das nützt diesem abgebrannten Streichholz gar nichts, wenn er uns alle fünf Minuten auf den Sack geht.« Sein Gesicht war rot vor Zorn, sein kurzes Haar stand wild in die Höhe, und seine Augen quollen hervor.

Schlomi, der das Handy in die Luft gehalten hatte, sagte jetzt: »Hast du gehört, Michel?« Er lauschte einen Augenblick, trennte die Verbindung und teilte Chaim mit: »Er hat gesagt, er wollte dir eigentlich eine neue Information geben, die dir helfen würde, und hat aufgelegt.«

Chaim schnaubte. Er warf Schlomi einen Blick zu: »Meinst du, er hat echt was?«

Schlomi zuckte die Achseln. Chaim sagte rasch: »Er will mich garantiert bloß ärgern. Warum versuchen nur alle, mich zu ärgern, Schlomi?«

Schlomi seufzte. »Halt bei der nächsten Gelegenheit mal am Straßenrand an. Ich muss beten, und außerdem tut mir der Rücken weh. Ich muss ein paar Minuten rasten.«

»Beten? What the fuck? Wir haben keine Zeit für solches Zeug, Schlomi«, entgegnete Chaim, schon wieder in Rage.

»Dann lass mich raus und fahr weiter, wenn dir das lieber ist«, gab Schlomi zurück und dachte im Stillen, doch schade, dass ich diesem miesen Hund das von Jonsy und Izzi erzählt habe.

DAS LEBEN OHNE BENZIN

Jonsy drischt aufs Lenkrad. »Ich glaub's nicht!«

»Wie ist das überhaupt möglich, dass du nicht gesehen hast, dass das Benzin ausgeht?«, beschwert sich Izzi.

»Wieso hast du's denn nicht gesehen? Du bist den ganzen Morgen gefahren, hättest du nicht was sagen können?«

»Ich habe überhaupt nicht hingeschaut. Es war die ganze Zeit was los. Dieser Jake und das alles.«

»Was hat dieser Jake denn gemacht, das dich dran gehindert hätte, mal auf die Tankanzeige zu schauen? Du Wichser, was für eine Ausrede soll das denn sein?«

»Hey, hey, Jonsy, jetzt krieg dich wieder ein. Wer sitzt gerade hinterm Steuerrad, ich oder du? Wieso bin ich der einzige Schuldige? Wir sind beide dran schuld, okay?«, versuchte ihn Izzi zu beschwichtigen.

»Wieso denn? Wer in der Zeit gefahren ist, in der sich der Tank geleert hat, ist verantwortlich. Bin ich vielleicht auch verantwortlich dafür, am Lenkrad zu drehen, wenn du fährst? Himmelhöllenarsch noch mal, Izzi, das ist jetzt echt voll daneben ...«

Sie hören ein Klopfen an der Tür, auf Izzis Seite. Sie stehen auf einem leeren Parkplatz, neben einem Schulgebäude, umgeben von Feldern. Izzi späht hinaus, nach unten. »Shit. Das hat uns jetzt gerade noch gefehlt.«

»Wer ist es?«, fragt Jonsy.

Izzi öffnet die Tür. Jakes Kopf taucht von unten auf. Er lächelt. »Hi, Freunde. Braucht ihr Hilfe?«

Jonsy knurrt: »Kack mit Soße.« Sie steigen aus, gehen auf eine Holzbank zu, die dort steht, und lassen sich stumm darauf nieder. Jonsy, links außen, wippt mit dem Knie. Izzi, in der Mitte, studiert seine Hände. Und neben ihm Jake, seelenruhig lächelnd. Sie haben ihn ungefähr sieben Minuten lang nicht gesehen, doch er sieht bereits anders aus. Seine Haare sind mit einem hässlichen bunten Band zusammengebunden. Die Stoppeln auf seinen Wangen wirken irgendwie ordentlicher.

Er sagt: »Ich habe mit Jane geredet.«

»Echt? Ich dachte, ihr würdet nie mehr miteinander reden?«, entgegnet Izzi.

»Hab ich auch gedacht. Aber nachdem ihr mich aus dem Laster geschmissen habt, bin ich bei diesem Kentucky Fried Chicken gesessen und musste mit jemandem reden. Und die Einzige, mit der ich reden kann, ist Jane. Was konnte ich machen?«

»Ist sie nicht wütend gewesen?«

»Eben nicht. Sie war froh. Hört euch mal an, was sie mir erzählt hat. Man sucht euch.«

Jonsy wird lebendig. »Was?«

»Sie hat gesagt, dass ein FBI-Agent vorbeikam, der die Slotmaschinen sucht, die ihr habt. Und dass vor ihm zwei Russen gekommen sind, einer rothaarig in der Größe eines Bergs, und der zweite mit einem Nackenschwanz oder so was …«

»Pozailov und Popeye.«

»… und nach euch gefragt haben. Und sie hat erzählt, dass man im Reservat darüber redet, dass diese Russen Lou Sharp vom Kasino Prügel verpasst haben.«

Jonsy und Izzi blicken Jake an. Er ist ein notorischer Lügner, aber was er jetzt erzählt, klingt nicht unbedingt erfunden.

Izzi greift sich mit beiden Händen an den Kopf und sagt zu Jonsy: »Ich glaub's nicht, wie haben sie von dem Reservat erfahren? In was für eine Scheiße hast du mich bloß reingeritten mit deinem Schwachsinn. Mit deinen beschissenen Plänen. Wozu bin ich hergekommen … um ein paar Monate zu arbeiten, ein bisschen Geld zu verdienen. Was hat mir denn gefehlt? Warum musste ich mich in deine offenen Rechnungen mit Chaim reinziehen lassen? Was hat er mir getan? Wieso jetzt auf einmal das FBI?«

»Jetzt heul nicht rum, du Arschwichser!«, schimpft Jonsy aggressiv. »Hat dich vielleicht jemand gezwungen mitzumachen? Soll ich dich dran erinnern, was du über den Plan gedacht hast und was du vor ein paar Tagen gesagt hast? Auf einmal, wenn es ein klein bisschen Stress gibt, passt es dir nicht mehr? Du Windelscheißer, soll ich dich dran erinnern« – Jonsy schreit jetzt –, »wer die Arschgeige war, die das Benzin verbraten hat und uns mitten in diesem verpissten Nebraska hat auflaufen lassen?«

»Das ist nicht meine Schuld, das mit dem Benzin, okay?«, wehrt sich Izzi.

Jake erhebt sich von der Bank und baut sich vor den beiden auf. Er blickt sie mit seinen runden Augen an. »Hey, Freunde, Freunde. Ich versteh nicht, was ihr da rumbrüllt, aber es klingt nicht besonders hilfreich. Wir stecken zusammen in dieser Scheiße. Und Geschrei hilft uns auch nicht weiter. Kommt, wir denken nach, was wir machen. Ist das Benzin vielleicht aus?«

»Woher weißt du das?«, fragt Jonsy dümmlich.

»Ich hab vorher gesehen, dass es zu Ende geht, aber da habt ihr mich gerade rausgeschmissen, also hatte ich keine Lust, es euch zu sagen. Wo ist die Versicherung vom Lastwagen? Man muss den Abschleppdienst rufen.«

»Nichts da mit Versicherung und Abschleppen. Spinnst du?«, fuhr ihn Jonsy an. »Chaim würde uns sofort draufkommen. Er hat der Versicherung garantiert schon gemeldet, dass der Lastwagen gestohlen worden ist. Sie werden keinen Hilferuf bestätigen, sondern ihm auf der Stelle melden, dass jemand versucht, die Versicherung anzuzapfen.«

»Warum gehen wir nicht zur Tankstelle und holen einen Kanister?«

»Es ist nicht sicher, dass das jetzt noch was nützt. Es kann sein, dass ich den Motor mit den Startversuchen ersäuft habe. Nur ein Mechaniker kann das in Ordnung bringen.«

»Okay«, sagt Jake, »bei David City, nach dem Kentucky Fried Chicken, war eine Tankstelle. Kommt, wir holen dort einen Kanister Benzin und probieren's. Wer kommt mit?«

»Warum mit dir?«

»Ich bleibe nicht hier und spiele euren Wächter.«

Izzi sagt: »Ich bleibe nicht allein hier mit dem Lastwagen, den das ganze FBI und die russische Mafia suchen.«

»Ich bleib hier auch nicht allein«, stellt Jonsy fest und denkt, zu viel Spannung hier. Jake und Izzi haben jetzt was gegen mich in der Hand. Ich werde ihnen keine Zeit dazu geben, zusammen nachzudenken.

Also machen sich alle drei auf den Weg. Jonsy versucht, aus Jake herauszukriegen, was genau Jane erzählt hat. Izzi sagt nichts, er schwitzt und das nicht nur vom Marschieren. Wie bin ich in diese Lage geraten?, fragt er sich. Jonsy ist völlig bescheuert, aber ich hätte ja nicht mitmachen müssen. Konnte ich nicht ein paar Monate durchhalten, etwas Geld verdienen und heimfahren? Die Bilder aus jener Nacht auf den Golanhöhen steigen in seinem Kopf auf. Er krümmt sich innerlich. Hört die Schüsse. Es war nicht seine Schuld. Es geht nicht, dass ihn das FBI jetzt verhaftet. Geht einfach nicht. Und das Benzin, das ist nicht seine Schuld.

Eine Hand legt sich auf seine Schulter. Es ist Jonsy. Izzi murmelt: »Das Benzin, das ist nicht meine Schuld.«

Jonsy tätschelt seine Schulter. »Es ist nicht deine Schuld. Schluss jetzt. Alles wird gut …«

Jake hebt den Daumen, als ein Auto vorbeifährt. »In solchen Gegenden halten sie eigentlich. Das hier ist nicht New York, in Nebraska gibt es nette Menschen … da, da hält einer.«

Es ist eine lokale Polizeistreife. Izzis Herz macht einen Satz. Er schafft es nicht mehr zu protestieren, bevor der Polizist das Fenster herunterlässt und fragt: »Wie kann man euch helfen, Freunde?«

»Wir sind ohne Benzin liegengeblieben. Wissen Sie, wo die nächste Tankstelle mit Diesel ist?«, erwidert Jonsy ungerührt.

Der Polizist denkt nach. »Es gibt nicht weit von hier eine Texaco. Ich weiß nicht, ob sie Diesel haben. Sollen wir nachschauen?«

Sie steigen in den Streifenwagen. Jonsy sagt: »Ich wollte schon immer mal in einem Streifenwagen fahren.« Izzi ist sich sicher, dass ihnen der Polizist nachgeschickt wurde. Eine Minute später sind sie da. Und Diesel gibt es auch.

Der Lastwagen sprang an, doch zwei Minuten später starb er wieder ab.

»Fuck!«, brüllte Jonsy.

»Wir werden hier nicht wegkommen. Und sie sind uns auf den Fersen. Jonsy, was sollen wir bloß machen?«

»Reg dich ab, Izzi. Wir sind bei einer Tankstelle. Alles wird gut, ja, okay!?«

Nichts wurde gut. Sie holten noch einen Kanister Diesel, doch der Motor reagierte nicht mehr. »Wir müssen einen Mechaniker rufen«, sagte Jake. Von einer Telefonzelle aus riefen sie eine Nummer an, die sie in den Gelben Seiten fanden.

Die folgende Stunde war hart. Es gelang ihnen nicht, auf der Bank draußen zu sitzen. Es gelang ihnen nicht, Witze zu machen. Sie versuchten, sich in den Lastwagen zu setzen und Radio zu hören, aber auch das zerrte an den Nerven. Izzi spürte, wie sein Herz flatterte. Jonsy war nicht wohl. Er rief Chen an, die berichtete, dass Chaim und Schlomi bei Arik übernachtet hatten und nun nach Minneapolis weiterfuhren. Sie hatte nichts von irgendwelchen Russen oder FBI gehört. Sie schloss: »Passt auf euch auf.«

Jonsy lächelte Izzi zu. »Wenigstens von Chaim haben wir nichts zu befürchten.«

Izzi erwiderte: »Fast schade. Soll er doch kommen und den Lastwagen mitnehmen, damit die Russen ihn statt uns erwischen. Das wäre mir sehr recht.«

»Tja, die Russen sind grausam«, sagte Jonsy sinnierend. »Hab ich dir eigentlich von dem Move erzählt, wo der Mann mittendrin seine Frau umgebracht hat?« Er lachte. »Immer mit der Ruhe, wieso wirst du da blass um die Nase? Dieser Russe ist keiner von denen.«

Der Mechaniker, ein kolossaler Fettwanst, traf in einem orangefarbenen Van mit der blauen Aufschrift »Roadman« ein. Er streifte sich dünne Gummihandschuhe über die Hände und begann zu arbeiten. Hantierte herum, füllte Diesel nach, versprühte irgendein Spray und sagte: »Jetzt anlassen … aufs Gas drücken … jetzt stopp.« Am Schluss donnerte der Motor des Lastwagens.

Jonsy blätterte zweihundert Dollar von dem Päckchen aus seiner Hosentasche hin.

Als sie losfuhren, seufzte Jonsy: »Ich bin todmüde.«

Izzi sagte: »Ich will eigentlich nicht unbedingt weitermachen. Vielleicht setzt du mich irgendwo ab und ich fliege nach New York zurück?«

Jake meldete sich zu Wort: »Hey, Izzi, mach keinen Aufstand. Niemand hat einen blassen Dunst, wo wir rumfahren. Amerika ist groß, es ist nicht so einfach, einen Lastwagen zu finden.«

»Einen blauen Laster, auf dem Sababa steht? Das ist doch nicht besonders schwierig.«

»Dann malen wir ihn eben an.«

Jonsy und Izzi wandten sich Jake zu. Jonsy sagte: »Moment mal, bist du wieder dabei, oder was?«

Jake lachte. »Was meinst du denn, nachdem ich euren Arsch mit dem Benzin gerettet habe?«

»Du hast unseren Arsch gerettet?«

Jake gab keine Antwort. Er wirkte zufrieden mit sich selbst, lümmelte wie selbstverständlich auf dem rechten Sitz. Zuvor, als sie eingestiegen waren, hatte er Izzi aufgefordert, sich in die Mitte zu setzen. Izzi hatte nicht protestiert.

Jonsy sagte: »Wenn du wieder dabei bist, dann rück die fünfhundert Dollar wieder raus.«

»Machst du Witze? Zuerst schmeißt ihr mich mitten in Nebraska raus, und ich bin gegen eine kleine Entschädigung damit einverstanden. Danach rette ich euren Arsch, und jetzt wollt ihr auch noch, dass ich dafür bezahle?«

Jonsy bremste abrupt. Er hielt am Seitenstreifen. Sie waren mitten im Nichts, auf der 81er, unweit der Grenze zu Kansas. Der letzte Ort, den sie passiert hatten, war eine Kleinstadt namens Hebron gewesen.

»Raus jetzt«, befahl Jonsy.

Jake rührte sich nicht. Er lachte ihm ins Gesicht und sagte:

»Ich glaube, das lohnt sich echt nicht für euch, wenn ich jetzt aussteige. Aber ganz echt nicht.«

Izzi, zwischen den beiden, blieb stumm. Jonsy stieg auf seiner Seite aus, umrundete die Kühlerhaube und öffnete die Tür auf Jakes Seite. Er stieg auf die Stufe, packte Jake an seiner Jeansjacke und zog ihn mit seinem ganzen Gewicht herunter.

»Ho, wow wow«, blubberte Jake.

Jonsy stellte ihn auf den Boden und sagte: »Du bleibst jetzt hier, und die ganzen netten Menschen von Nebraska werden dich mitnehmen, wohin du willst, und das wird nicht in unsere Richtung sein, klar? Fahr von mir aus nach Hebron, dort werden sie sich bestimmt gut um dich kümmern. Und falls nicht, dann komm bei Gelegenheit nach Israel, und ich schick dich dort nach Hebron. Amerikanische Juden, die meinen, sie sind Superschlauberger, sind dort megabeliebt. Und jetzt hör gut zu, du Kackarsch. Du hast unsere fünfhundert Dollar. Wir haben abgemacht, dass du dieses Geld kriegst und kein Wort sagst. Wenn du auch nur einen Millimeter Anstand im Bauch hast, hältst du dein Wort. Wenn nicht, dann bist du eben ein kleines Stück Scheiße, aber das ist mir egal – du bleibst hier. Klar?«

»Hör mal, ich glaube nicht, dass es für euch so gut …«

»Bye bye.« Jonsy schlug krachend die Tür zu. Er hatte, ebenso wie Izzi, die Furcht in Jakes Stimme gehört. Jake war nicht mehr ganz so selbstsicher.

Jonsy legte den Gang ein und fuhr weiter auf der 81er nach Süden. »Und du«, wandte er sich im gleichen Ton an Izzi, »du hörst gefälligst auf, dich wie ein jämmerlicher Schwanzlutscher aufzuführen. Du gehst nirgendwohin, und du wirst niemanden anrufen. Du bleibst bei mir, und alles wird sich regeln. Jetzt nimm die Karte, find raus, wo wir sind, Highway

Nr. 81 bei Hebron Richtung Kansas, und dann such uns eine andere Strecke, denn dieser Bastard, Jake, wird sein Maul garantiert nicht halten, sondern in alle Welt hinausposaunen, dass wir hier sind. Und wenn wir dann ein bisschen weiter weg sind, setzen wir uns hin und denken darüber nach, was genau wir mit diesen Automaten anfangen. Klar?«

Izzi schlug den Kartenband auf, noch bevor Jonsy ausgeredet hatte.

EINE BEGEGNUNG

Auf dem Flug von New York nach Minneapolis verspürte Vladimir Berkovich Stiche in seiner Brust. Er kannte diese Symptome. Es waren Bettystiche. Wie lange war es her, seit er sie gesehen hatte? Er rechnete bereits nicht mehr nach. Wenn ihn die Stiche ereilten, war er nur noch dazu imstande, sein leidendes Gesicht zu ziehen – so leidend, dass es einer der Stewardessen auffiel und sie fragte: »Kann ich Ihnen irgendwie helfen?« Er winkte ab und knurrte in sich hinein, doch, natürlich kannst du mir helfen. Gib mir eine Zigarre. Bring mich zu dem Spa in Bulgarien. Er holte eine Zigarre aus seiner Handgepäcktasche und streichelte sie. Wo sind die Zeiten hin, sinnierte er. Früher hatte er in der ersten Klasse eine Zigarre angezündet und die meisten Passagiere hatten sich ihm angeschlossen.

Er erinnerte sich an eine Szene aus dem Restaurant: Betty bringt ihm Farschmak an den Tisch, ein russisches Heringsgericht mit Äpfeln und Eiern, das sie in die Speisekarte aufnehmen wollte. Betty kam sonst nie aus der Küche ins Restaurant, doch diesmal musste sie es unbedingt selbst servieren. Sie hatte ihre weiße Schürze an, ihre Wangen waren gerötet von der Küchenhitze, dem Stolz auf ihr Werk und der Verlegenheit wegen ihres öffentlichen Erscheinens im Lokal. Sie setzte sich ihm gegenüber und nahm seine Hand, während er probierte. Es schmeckte natürlich göttlich. Er flüsterte: »Das schmeckt umwerfend, Betty.« Sie hielt lächelnd seine Hand, und dann stand sie auf, gab ihm einen Kuss auf die Wange und sagte: »Du bist so gut zu mir.« Damit kehrte sie in die Küche zurück.

Als er sich daran erinnerte, rollte ihm eine Träne über die Wange. Er wusste, dass sie ihn nicht verlassen hatte. Dass sie nicht freiwillig verschwunden war. Er spürte das in seinen Knochen, in seinen Erinnerungen. Er wusste, dass Arkadi sie getötet hatte. Er hoffte nur, dass es schnell und sauber geschehen war, dass sie nicht gelitten hatte, dass er sie nicht misshandelt hatte … Vladimir schloss die Augen. Er hätte sich jetzt schrecklich gern eine Zigarre angezündet.

Am Flughafen in New York hatte er sich einen Straßenatlas der Vereinigten Staaten gekauft und die Reise geplant. Sie würden nach Vegas fahren. Er hatte viel darüber nachgedacht, aber das war die einzige Richtung, in die sich die Israelis, seiner Meinung nach, wenden konnten. Er hatte mit ihrem Boss gesprochen, und ihr Boss hatte zu ihm gesagt, dass alles, was auf dem Lastwagen war, nach Süden hätte gehen sollen. Sie würden zwar versuchen, die Automaten an ein Kasino in Minnesota zu verkaufen, doch es würde ihnen nicht gelingen, sie an kleine Kasinos zu veräußern. In Las Vegas stand ihnen alles offen. Er dachte: In Las Vegas, falls sie es bis dahin schaffen, könnten sie schätzungsweise einen guten Deal an Land ziehen.

Und es bestand noch ein weiterer Grund, weshalb er dorthin fahren musste – der Freitag, der zehnte April, rückte immer näher. Wenn sie nicht vor Freitag eintrafen, entging ihnen der Jackpot. Es hatte keinen Sinn, die Automaten im Norden zu suchen, denn selbst wenn sie sie fänden, würden sie es nicht mehr schaffen, sie rechtzeitig nach Vegas zu bringen. Richtig, es bestand ein Risiko, doch das war nicht das erste Mal, dass Vladimir Berkovich ein Risiko einging. Und es war nicht das erste Mal, dass er sich auf seine Intuition verließ. Mit beidem war er nicht immer erfolgreich gewesen, doch jetzt hatte er kaum eine andere Wahl.

All das erklärte er anschließend Pozailov und Popeye, als sie ihn abholten. Er schlug den Straßenatlas auf und diktierte ihnen die Route: Minneapolis – Kansas City – Denver – Nevada – Las Vegas. Wenn sie ununterbrochen fuhren, kamen sie innerhalb von drei Tagen an, was ihnen noch ein wenig Zeit verschaffte, sich mit den Spielautomaten zu organisieren.

»Was für Automaten, Boss? Wir haben im Moment überhaupt keine.«

»Im Moment, Pozi. Vergiss nicht, wir haben noch drei Tage. Wir werden die Automaten zurückkriegen.«

Pozailov sagte Vladimir nicht, was er dachte: Du bist wohl verrückt, Amerika ist riesig, keine Chance. Stattdessen nickte er nur: »Okay, Boss«, und fuhr los.

»Hallo, Cornelia, hier ist Monty.«

»Hi, Monty. Ich gebe dir Psych. Er hat neues Material für dich.«

»Nur einen Moment, Cornelia, Sekunde mal, ich wollte mit dir …«

»Hallo, Monty, wie geht's?«, ertönte Psych in der Leitung.

»Hör zu, ich habe alles über deine Israelians, was du wissen willst oder auch nicht. Diese Kerlchen, Gott gnade ihnen.«

»Eine Sekunde noch, Psych, ich wollte mit Cornelia etwas bereden …«

»Cornelia ist aus dem Zimmer gegangen. Lass mich mal anfangen, und ich werde nachher sehen, ob ich sie dir ans Telefon holen kann. Also Folgendes. Sababa Moving and Storag'e. Zunächst einmal, das Wort Sababa bedeutet in Israelian …«

»Hebräisch! Wie oft muss ich dir das noch sagen, dass die Sprache Hebräisch heißt?!«

»Entschuldige, also Hebräisch. ›Sababa‹ heißt gut, gebongt, alles roger, paletti, chicago und so weiter. Die Firma wurde vor drei Jahren von drei Israelians gegründet. Danach haben sie gestritten, und bloß Chaim Galil ist übrig geblieben.«

»Das hast du mir alles bereits erzählt, schon vergessen?«, warf Monty ein.

»Nein, ich hab dir gesagt, dass die Firma auf die drei eingetragen ist. So viel wusste ich gestern. Jetzt habe ich gesagt, dass sie sich getrennt haben und Chaim Galil übrig geblieben ist. Es ist eine kleine Firma, halblegal. Die meisten Aufträge, die sie kriegen, laufen über die Beziehungen von Chaim und der früheren Teilhaber in der Firma, die ihr gegen Prozente Aufträge vermitteln. Das Büro der Firma ist in Manhattan, 39. Straße, zwischen siebter und achter Avenue. In dem Büro wohnen auch die Mitarbeiter. Alle illegal, ein Teil mit abgelaufenen Visa. Diese Straße ist nicht für Wohnzwecke bestimmt, aber anscheinend bietet Chaim seinen Arbeitern einen guten Deal.

Die Leute, die dort wohnen, sind Tomar Jonik, bekannt als Jonsy, der älteste, führende Mann dort, über den ich mich gleich noch weiter auslassen werde, dann Chen Eizenberg, seine Freundin, arbeitet im Büro, Ohed, der nicht in der Firma, sondern bei einer anderen Speditionsfirma arbeitet, Jotam, der zwar bei der Firma arbeitet, aber überregionale Transporte macht und deshalb nicht oft da ist. Und Izzi, relativ neu im Job. Wir sind hinter Izzis Hotmail-Adresse gekommen, also hoffen wir auf laufende Aktualisierungen.«

»Der Boss wohnt nicht in der Wohnung?«

»Chaim Galil wohnt auf der Upper West mit seiner Freundin, Nurit, die wieder eine Geschichte für sich ist – offenbar haben wir mal bei einer anderen Ermittlung geholfen, über die deutsche Mafia in New Hampshire, ich erzähl's dir bei Gelegenheit, ist echt interessant. Es gibt noch einen festen Mitarbeiter in der Firma, der nicht in diesem Büro wohnt, Schlomi Almaliach aus Queens.«

»Alles Israelis.«

»Ja. Die Firma besitzt einen einzigen Lastwagen. Er ist blau, und jetzt pass auf – zwischen dem g und dem e von Storage kommt ein Apostroph. Nach Minneapolis aufgebrochen sind anscheinend Jonsy und Izzi. Soweit ich bisher verstanden habe, sind sie ihrem Boss durchgebrannt, haben versucht, ihn zu betrügen oder so was, weil er ihnen auf die Nerven ging.«

»Chaim.«

»Richtig. Sie sind mit einem vollen Laster auf und davon und haben unsere Freunde von der Zatoka-Gruppe getroffen. Noch ein interessanter Punkt ist, dass Chaim gestern zusammen mit Schlomi Almaliach aufgebrochen ist, um sie zu suchen.«

»Wohin ist er gefahren?«

»Weiß ich noch nicht. Sie sind mit dem Chevi Suburban von Chaim unterwegs. Silberfarben. Wir beschatten sie.«

Monty notiert sich die Einzelheiten und denkt nach. In der Praxis helfen ihm diese Informationen nicht wirklich weiter.

Er fragt Psych: »Und wo ist der Zusammenhang zwischen dieser Firma und Zatoka? Zufall?«

»Daran sitzen wir gerade. Ich kann es dir nicht genau sagen. Es gibt einen Araber namens Uncle Sam, der vielleicht irgendwie damit zu tun hat. Aber ich möchte nichts sagen, bevor ich nicht Genaueres weiß. Ich tanz nicht, bevor ich die Schritte kann, du kennst mich ja, ich ess nichts, was ich nicht kochen kann.«

»Und was jetzt? Wo soll ich hinfahren? Wo ist Cornelia? Ich muss in vier Tagen in New York sein. Ich darf den Sederabend bei meiner Mutter nicht versäumen. Sie bringt mich um.«

»Fahr nach Süden.«

»Wohin nach Süden?«, fragt Monty. Unklare Hintergrundgeräusche dringen vom anderen Ende her aus der Leitung. Er meint, Cornelias Stimme zu erkennen.

»Süden eben. In Izzis Hotmail haben wir gelesen, vielleicht Florida. Ich habe so ein Gefühl, dass sie Richtung Vegas fahren werden. Auf alle Fälle, Cornelia sagt, dass du am Freitag in ein Flugzeug nach New York steigst.«

»Vegas? Bist du sicher, dass sie dort hinfahren?«

»Ich bin mir im Moment über gar nichts sicher. Fahr mal los, und melde dich jede Stunde.«

»Jede Stunde? Ich möchte euch daran erinnern, dass ich kein Mobiltelefon habe. Um anzurufen, muss ich von der Straße abfahren und ein öffentliches Telefon suchen.«

»Du hast kein Handy?«, wundert sich Psych. Monty hört, wie er zur Seite gewandt sagt: »Hatten wir nicht vereinbart, dass du ihm ein Mobiltelefon organisierst?«, und Cornelia irgendeine Antwort murmelt.

»Es gibt vorläufig kein Handy«, kehrt Psych zu Monty zurück. »Dann ruf eben so oft wie möglich an. Neue Kodenamen – Chaim ist der König des Nahen Ostens, die übrigen sind die Prinzen und Prinzessinnen des Nahen Ostens. Und in wenigen Stunden kriegst du den neuen Recherchebericht, über die Slotmaschinen. Da gibt es eine interessante Geschichte.«

Chaim und Schlomi fahren kurz vor Sonnenuntergang nach Minneapolis hinein. Saubere Straßen, eine Menge Parks. Chaim sagt: »Pfff… was für eine Lebensqualität. Ich hab gelesen, dass Minneapolis an erster oder zweiter Stelle in Amerika steht. Es gibt hier das beste Verhältnis zwischen Parks und bebauten Flächen.«

»Ja, aber dafür ist es hier wie in Sibirien. Was für eine Kälte«, erwidert Schlomi.

»Deswegen sind die Russen so glücklich hier. Angenehm, schön, und auch noch kalt.«

Sie fahren zu der Villa am Lyndale Park am Ufer des Harriet-Sees. Sie klopfen an die Tür. Es vergeht fast eine Minute, bis ihnen ein älterer Mann in Trainingshosen und Arztkittel öffnet. Er betrachtet sie durch dicke Brillengläser. Sie stellen sich vor. Er sagt: »Mordechai.« Schlomi fragt: »Mordechai, der Jude?« Und Mordechai nickt ungerührt.

Er bietet ihnen Tee an. Sie sitzen im Wohnzimmer. Mordechai sagt: »Popeye und Pozailov hatten sie in einem Indianerreservat fast eingeholt. Danach ist Vladimir aus New York eingetroffen, und sie haben ihn vom Flughafen in Minneapolis abgeholt. Das Letzte, was ich hörte, war, dass sie auf dem Weg nach Kansas City sind. Sind das Freunde von Ihnen, die Israelis?«

Chaim antwortet: »Nein«, während Schlomi gleichzeitig »Ja« sagt.

Mordechai schüttelt bedauernd den Kopf. »Schade, schade.

So etwas macht man nicht. Ganz sicher nicht mit Vladimir. Ich hoffe, Vladimir hat Erbarmen mit ihnen. Ich hoffe es sehr. Wir haben schwer daran gearbeitet. Er ist sehr wütend.«

»Was ist es eigentlich genau?«, probiert es Chaim vorsichtig. »Was haben sie von hier mitgenommen?«

Mordechai sieht ihn misstrauisch an. Wenn er es nicht weiß, erfährt er es besser auch nicht. »Ich bin alles in allem nur Programmierer. Ich spiele hier mit den Computern herum. Ich weiß es nicht.«

Nachdem sie die Villa verlassen haben, wenden sie sich in Richtung Kansas City.

Monty hört den lokalen Radiosender von Kansas City. Auf dem Beifahrersitz liegen leere Kaffeebecher, Snickersverpackungen, die Schachtel einer Apfeltasche von McDonald's. Er hasst McDonald's, und das letzte Mal, dass er so etwas gegessen hat, war vielleicht mit achtzehn, als er drei Wochen in einem McDonald's in Brooklyn gearbeitet hat. Aber heute hatte er plötzlich Lust darauf. Er singt mit Phil Collins. Er singt den neuen Hit von Madonna. Er kennt das Lied aus »Titanic« auswendig. Er schaut auf die Uhr im Auto. Mist, schon fast drei Stunden seit dem letzten Telefonat mit Psych.

»Montgomery Cohen, hatten wir nicht ausgemacht, dass du stündlich anrufst?«

»Nein. Du weißt, dass ich kein Mobiltelefon habe.«

»Ja, aber das heißt nicht, alle fünf Stunden. Wo bist du?«

»Auf der 35er. Ich habe Des Moines passiert, bin jetzt in Missouri. Ungefähr zwei Stunden noch bis Kansas City. Dort teilt sich die Straße, also wirst du dich zwischen Florida und Vegas entscheiden müssen.«

»Okay«, erwidert Psych. »Es gibt Neuigkeiten. Das Telefon

im Büro von Sababa Moving ist seit eineinhalb Stunden angezapft. Ich habe bereits ein Gespräch von Chaim mit Chen aufgezeichnet, die im Büro arbeitet.«

»Der König des Nahen Ostens und die Prinzessin«, korrigiert ihn Monty.

»Stimmt. Ich hoffe, dass auch die anderen Prinzen mit ihr in Kontakt stehen. Ich schätze, sie weiß, was passiert, denn sie ist die Freundin eines der Prinzen. Wenn ich etwas Neues habe, lasse ich es dich wissen. Und noch etwas, ein Polizist namens Clive Louis von der Polizei David City in Nebraska hat sich auf den Fahndungsaufruf, den wir herausgegeben haben, gemeldet. Er hat drei jungen Männern geholfen, die dort mit einem blauen Lkw mit der Aufschrift Sababa Moving and Storage gestrandet waren. Sie saßen ohne Benzin fest, das war vor wenigen Stunden, diese Komiker. Sieh dir mal die Karte an, Monty. David City liegt an der 81er. Ich bin bereit, mit dir zu wetten, dass sie die bis zur 70er runtergefahren sind und nach Westen Richtung Denver weiterfahren, auf dem Weg nach Vegas. Hier ist also die Antwort für dich. Von Kansas City fährst du auf der 70er nach Westen. Du wirst auf sie stoßen. Und ruf so oft wie möglich an. Man kann nie wissen, wann ich was vom Abhören erfahre. Oder von Agenten.«

»Ich werde mich bemühen«, seufzt Monty.

»Noch etwas, wir sind wahrscheinlich hinter den Plan des Nordkönigreichs gekommen, was die Slotmaschinen betrifft. Wir haben nicht alle Details, und wir haben keine Beweise für irgendetwas, aber wir haben so eine generelle Ahnung. Sie haben zwei Spielautomaten gekauft und ihre Chips anscheinend einer ganz raffinierten Bearbeitung unterzogen, damit sie einen speziellen großen Treffer zu einem bestimmten Zeitpunkt, den sie programmiert haben, ausschütten. Das Schöne an der Sache ist, dass der Gewinn vollkommen koscher aussehen wird, wenn du verstehst.«

»Nicht schlecht, nicht schlecht«, konstatiert Monty, als Psych fertig ist. Vielleicht wird es doch früher enden, denkt er. Vielleicht könnte er es sogar noch schaffen, bei Jane Aki vorbeizufahren. »Gut, ich bin unterwegs«, sagt er.

Er trennt die Verbindung und wählt Janes Nummer. Sie meldet sich nicht. Er lässt es lange klingeln, denkt an ihr kleines Haus im Sugar-Bush-Lac-Reservat im Norden Minnesotas. Es mutet bereits leicht nostalgisch an. Plötzlich ertönt ihre Stimme. Der Anrufbeantworter: »Jane und Jake sind nicht zu Hause, hinterlassen Sie eine Nachricht nach dem Pfeifton.« Das nimmt ihm den Wind aus den Segeln, er weiß nicht, warum. Er legt schnell auf, bevor es pfeift.

In der blauen Fahrerkabine herrscht ein Gefühl der Euphorie. Die Backstreet Boys singen in voller Lautstärke, »As Long as You Love Me«, und Izzi fällt in den Refrain mit ein, begleitet von Jonsy, der aufs Steuerrad trommelt.

Izzi blickt sich um. »Schau dir diese Schweinerei an. Der ganze Boden ist voller Schalen, alles ist dreckig und eklig. Ganz zu schweigen von dem Mief, den wir beide verbreiten. Es ist mir egal, wer mich verfolgt, ich werde mich im nächsten Truckstop, den wir sehen, duschen.«

Nach vier Tagen ist der Körper am Ende. Ohne Dusche, kein Bett, schlechtes Essen. Der Bauch tut weh, die Rücken- und Beinmuskeln schmerzen. Fernfahrten sind keine gesunde Angelegenheit für den Körper. Man stinkt entsetzlich. Man hat grausame Blähungen. Jonsy ist daran gewöhnt. Jahrelange solche Fahrten führen zur Entwicklung von Schutzmechanismen, von Muskeln, eines Immunsystems gegen diese Beschwerden.

Aber auch er stimmt Izzi zu, es bleibt ihnen keine Wahl, bei der ersten Gelegenheit muss geduscht werden, denn sonst, wie er sagt, »fangen wir vor lauter Mief zu zerbröseln an«.

Am Straßenkreuz der 81er und 70er entdecken sie das Schild eines Truckstops des Flying J. »Das ist ein passender Ort, um zu entscheiden, was wir als Nächstes machen«, meint Jonsy. »Ein gutes Essen, Dusche, Laster saubermachen. Wir werden auch mit Chen reden. Bin ich eigentlich schon auf den Boden von Kansas getreten?«

»Ja, als wir diesen Jake rausgesetzt haben, waren wir schon in Kansas. Da bist du ausgestiegen«, bestätigt Izzi.

Der Truckstop des Flying J in Salina – mit dem orange-rot-gelben Schild und dem geflügelten J – ist neu und schön, wie bei Flying J üblich. Sie machen den Tank voll – sie gehen jetzt kein Risiko mehr ein, tanken jedes Mal, wenn die Anzeige auf halb steht – und parken den Lastwagen an einer ziemlich sichtgeschützten Stelle, zwischen zwei riesigen Semi-Trailern. Izzi duscht sich als Erster, während Jonsy die Kabine säubert, den Müll wegwirft, die Fenster öffnet und die Lüftungsanlage aufdreht. Einer der Fahrer kommt vorbei und tippt zum Gruß an seinen Cowboyhut. Jonsy lächelt zurück. In Kansas gibt es starke Windböen, und es ist immer noch ziemlich kühl, aber nicht so eisig wie in Minnesota, und auch El Niño hat sich heute nicht extrem bemerkbar gemacht, toi toi toi. Jonsy öffnet die Ladeklappe und kontrolliert, ob die Slotmaschinen noch heil und ganz sind. Dann sperrt er den Lastwagen ab und macht sich auf zur Dusche.

Er zieht eine Nummer und wartet. Vor ihm geht ein Pärchen hinein, das offenbar zusammen duschen will. Er ist neidisch auf die beiden. Als seine Nummer an der Reihe ist, betritt er die geflieste, saubere, fast brandneue Duschkabine. Das Wasser fließt mit starkem Strom glühend heiß und erfrischend über den schmerzenden, schmutzigen Körper. Er ist nicht sicher, wie viele Tage seit seiner letzten Dusche in New York vergangen sind. Gesegnet sei, wer die Truckstops erfunden hat.

Zwei saubere, hübsche junge Männer verschlingen ein frühes Abendessen – ein Buffet, All You Can Eat. Izzi hat sämtliche Kleider gewechselt, Jonsy hat sich mit frischer Unterhose, Socken und T-Shirt begnügt. Er ist froh, dass sich Izzi beruhigt zu haben scheint. Seit Jake aus der Geschichte draußen ist, ist der Druck gesunken.

»Ich hab in der Dusche weiter drüber nachgedacht«, sagt Jonsy, »und ich sag dir eins, dass die Russen und das FBI die Automaten suchen, dass man uns höhere Trinkgelder gegeben hat, als die Dinger wert sind, das beweist, dass mit diesen Automaten was Besonderes los ist. Wir müssen unbedingt rausfinden, was.«

Izzi gibt keine Antwort, er ist mit seinem Essen beschäftigt. Also fährt Jonsy fort: »Die Möglichkeiten, wie ich sie sehe, sind folgende: Erstens, man kann versuchen, die Teile nach Israel zu schicken. Ich kenne einen Israeli, Faradsch, der eine Umzugsfirma in Kansas City hat, das ist ganz nah von hier. Man kann seine Nummer von Chen rauskriegen und über ihn das Shipping organisieren. Der Vorteil – wir sind die Automaten los und haben Ruhe. Die Nachteile, kein Geld auf die Hand, wir müssen nach Israel zurückkehren und versuchen, sie dort zu verkaufen, aber wer weiß, was in Israel mit dem Zoll ist und ob es jemanden gibt, dem man sie verkaufen kann. Problematisch. Er ist auch ein bisschen ein komischer Kauz, dieser Faradsch.«

»Von der ganzen Welt hat sich der Kansas City ausgesucht,

um eine Umzugsfirma zu gründen? Ist doch klar, dass der komisch sein muss«, grinst Izzi mit vollem Mund.

»Option Nummer zwei, man kann den Lastwagen in Kansas City umspritzen lassen und versuchen, ihn irgendwo zu verstecken, bis sich alles beruhigt hat. Ich kenne Leute in Muncy, die Kleinstadt der Orthodoxen in Upstate New York. Das wäre eine Möglichkeit.«

»Wie in dem Film ›Der einzige Zeuge‹. Harrison Ford«, wirft Izzi ein.

»Was? Aber ich bin nicht sicher, ob das eine gute Idee ist. Es wird uns auch kein Bargeld einbringen. Noch eine Möglichkeit ist, mit Arik in Chicago zu reden. Er hat gesagt, er würde helfen, aber ich traue diesem fetten Hund nicht. Andererseits, vielleicht hätte Iti ein paar Ideen. Er ist spitze.«

»Aber warum sollen wir uns mit dem FBI und den tätowierten Russen rumschlagen, wenn wir doch die Bilder an der Hand haben, die vielleicht Millionen wert sind?«, fragt Izzi.

»Auf die Option mit den Bildern kann man auch zurückgreifen«, stimmt Jonsy zu, »daran hab ich auch schon gedacht. Aber wir wissen nicht, ob sie wirklich was wert sind, und wir verstehen auch nichts davon. Wir könnten es mit Verbrechern zu tun kriegen. Aber ich habe so ein Gefühl im Bauch, dass an diesen Automaten irgendwas dran ist, lass uns probieren, das herauszufinden. Wenn es uns nicht gelingt, halten wir uns an die Bilder.« Jonsy hat schon längst begriffen, dass er die Entscheidung selbst wird treffen müssen. Er unternimmt einen weiteren Gang zum Buffet. Als er zurückkommt, sagt er zu Izzi: »Was immer ich entscheide, bist du noch dabei?«

»Ich kann dir nicht sagen, dass ich mich besonders sicher fühle, aber ja, momentan bin ich dabei, was immer du beschließt.«

»Okay. Also erstens, wir lassen den Laster bei der ersten Gelegenheit umspritzen. Das ist meine größte Befürchtung, dass die einen blauen Lastwagen mit der Aufschrift Sababa suchen und uns am Schluss erwischen. Zweitens, wir fahren weiter in Richtung Vegas, und wenn wir unterwegs an kleineren Kasinos vorbeikommen, kann man es dort auch probieren«, bestimmt Jonsy.

»Und was ist mit Chicago, mit Iti?«, wendet Izzi ein.

»Im jetzigen Stadium, nein. Wenn wir nicht weiterkommen, vielleicht. Dann nehmen wir Iti als erste Option.«

»Okay.«

»Also abgemacht?«

»Abgemacht«, nickt Izzi immer noch kauend.

Jonsy hebt die offene Hand, um sie gegen Izzis zu schlagen. Es ist ein schöner Augenblick zwischen ihnen – gefühlvoll, mit all den Möglichkeiten, die ihnen offenstehen. Jonsy ist zufrieden, und auch Izzi wirkt so. Doch da ertönt ein lautstarkes Lachen aus einer entfernten Ecke des Restaurants, was Izzi dazu veranlasst, über Jonsys Schulter zu blicken, und genau als ihre Hände gegeneinanderklatschen, flüstert er: »Auweia. Ich glaub's nicht.«

Jonsy dreht sich um. Der breite Riese mit dem rötlichen Bart, der Brille und dem hellbraunen Ledermantel steht direkt an der Imbisstheke. Irrtum ausgeschlossen. Achmadan Pozailov.

EINE HALBE BEGEGNUNG

Als sich der gelbe Nissan von Vladimir, Popeye und Pozailov dem Flying J bei Salina am Highway Nr. 70 in Kansas näherte, war die Atmosphäre im Wagen etwas gedrückt. Popeye saß am Steuer, Pozailov döste hinten, und Vladimir – vielleicht unter dem Eindruck der flachen, öden Landschaft von Kansas – erfuhr einen seiner schwersten Durchhänger der letzten Tage. Er fragte sich, was mache ich hier, in meinem Alter, mitten in Kansas? Suche ein paar dumme Jungen in einem Lastwagen, wobei ich keine Ahnung habe, wo ich suchen soll? Wer bin ich denn? Warum scheitert alles, was ich anfasse? Warum dachte ich zu Anfang, dass es diesmal gelingen würde? Und warum summt er so?

Popeye neben ihm summte zusammen mit dem Radio. Es irritierte Vladimir, doch er litt schweigend. Auch Pozailovs leichtes Schnarchen, der ihm zudem sein Knie von hinten in den Rücken bohrte, ertrug er stumm.

Vladimir dachte bei sich, Spaß ist das keiner für mich.

Als er die Schilder des Salina-Truckstops sah, sagte er zu Popeye: »Halt an, ich muss dringend kacken und Kaffee trinken. Man kann auch eine Suchaktion zwischen den Lastwagen durchführen.« Es sagte das rein mechanisch. Er glaubte nicht wirklich, dass die Israelis dermaßen dämlich wären, immer noch mit demselben Lastwagen unterwegs zu sein.

Pozailov erwachte mit geröteten, dicken Augen. Er suchte die Brille in seiner oberen Jackentasche und setzte sie etwas schief auf. »Guten Morgen, Pozi«, murmelte Vladimir.

Pozailov teilte die Arbeit auf: Popeye würde draußen die

Lastwagen durchkämmen, den blauen Laster suchen. Pozailov würde die Lkw-Fahrer im Restaurant befragen. Vladimir ging kacken.

Pozailov betrat also, immer noch schlaftrunken, das Restaurant. Er umrundete die Tische, fragte Leute, ob sie einen blauen Lastwagen mit der Aufschrift Sababa Moving and Storage gesehen hätten. Er klapperte einen Tisch nach dem anderen ab, schon daran gewöhnt, immer wieder das Gleiche zu hören, bis er plötzlich eine ungewöhnlich abweichende Antwort erhielt. Ein dicker Trucker mit imponierendem Schnurrbart und Cowboyhut sagte zu ihm: »Das ist jetzt schon das dritte Mal, dass Sie mich genau das fragen, ey man, in drei verschiedenen Staaten. Verfolgen Sie mich oder was?« Und er brach in ein dröhnendes, leicht irres Gelächter aus, das die Aufmerksamkeit der Leute an den Nachbartischen auf ihn lenkte. Daraufhin wandte sich der schnurrbärtige Dicke an sein Publikum und sagte: »Der Kerl hat mich jetzt schon dreimal, in drei verschiedenen Staaten, gefragt, ob ich einen blauen Lastwagen gesehen habe, wo Sababa Moving and Storage draufsteht. Vielleicht findet er diesen Laster jetzt bald mal und lässt mich in Frieden? Hahaha!«

Da machte einer am Nebentisch, ein Lkw-Fahrer mit einer Nylonjacke und einer Baseballkappe von den Redskins, den Mund auf: »Ich glaub, ich hab diesen Laster gerade gesehen. Draußen.«

»Was??« Pozailov stand mit zwei Schritten neben ihm.

»Ja. Fast sicher. Ich glaube, die Fahrer sind an der Bar dort drüben.«

Pozailov schoss einen Blick in Richtung der Bar ab. Und da sah er sie.

Sie hatten ihn eine Sekunde früher gesehen und sprinteten bereits auf die Tür zu. Die Frau an der Theke schrie: »He, ihr habt nicht bezahlt!«, was eine Bedienung aus dem Restaurant dazu veranlasste, aufzuspringen und ihnen nachzustürzen. Jonsy und Izzi rannten, so schnell sie konnten, zum Lastwagen. Pozailov, der endlich restlos aufgewacht war, setzte ihnen nach und brüllte unterm Laufen: »Popeye! Popeye! Komm her! Ruf Vladimir, schnell!« Popeye schrie zurück: »Was ist los?« Er steckte hinter ein paar Lastwagenreihen. Pozailov brüllte wieder: »Sie sind da, hier sind sie, ich sehe sie!« Er rannte mit aller Kraft, hielt mit einer Hand seine Brille auf den Nasenrücken gepresst. Jonsy und Izzi näherten sich inzwischen dem Lastwagen, bogen blitzschnell zwischen zwei Parkreihen ein. Pozailov hinkte nur wenige Meter hinterher und ihm auf den Fersen die Bedienung aus dem Flying J. Nun hatte Popeye die Reihen umrundet und stürzte von der anderen Seite her in die Lastwagengasse. Jonsy und Izzi hörten Pozailov hinter ihnen schreien: »Lass, Popeye, ich erledige das hier allein, geh, ruf Vladimir, schnell!« Izzi und Jonsy, die weiterjagten, begriffen nicht, weshalb Popeye vor ihnen plötzlich verschwand, doch sie hatten keinen anderen Gedanken, als den Lastwagen zu erreichen, durchzustarten und wegzukommen. Und da war er. Jonsy hielt die Schlüssel schon in der Hand, machte einen Satz hinauf, steckte sie ins Schloss, riss die Tür auf. Izzi schoss auf die andere Seite, während sich Jonsy hinaufschwang, auf den Fahrersitz plumpste, seine Tür zuknallte und versperrte, sich auf die Beifahrerseite warf, um Izzi die Tür aufzustoßen, den Zündschlüssel hineinrammte und den Motor anließ. Nun war Pozailov auf gleicher Höhe mit ihm angelangt, sah ihn von unten an, stieg auf die Stufe der Fahrerkabine und donnerte mit der Faust ans Fenster. Izzi rief: »Fahr! Fahr doch endlich!« Jonsy begann aus dem Parkplatz auszuscheren, während Pozailov immer noch auf der Stufe hing und ans Fenster hieb. Er schrie etwas, wohl für Popeye bestimmt, wobei er zum Gebäude des Flying J zurückschaute. Jonsy nutzte diese Sekunde. Er öffnete das Fenster, während er gleichzeitig abrupt auf die Bremse trat, um Pozailov aus dem Gleichgewicht zu bringen, erhob sich ein wenig von seinem Sitz und stieß ihn mit beiden Händen mit aller Kraft weg. Der überrumpelte Pozailov versuchte, Jonsys Hände zu fassen zu kriegen, doch es gelang ihm nicht, und er krachte zu Boden. Jonsy drückte aufs Gaspedal. Durch das immer noch offene Fenster hörte er: »He, Moment, ihr habt nicht bezahlt …« Ohne hinzusehen sagte er zu Izzi: »Fahr einen Zwanziger her, schnell, für diese Nervensäge, fürs Essen.« Er nahm kurz den Fuß vom Gas und warf der Bedienung den Geldschein hinaus, der langsam wie ein Blatt hinuntertrudelte, bis er auf dem Boden aufkam. Im Spiegel sah Jonsy, wie sich die Bedienung bückte, um ihn aufzuheben. Er erreichte die Auffahrt auf den Highway und fuhr. Egal, wohin, einfach fahren. Er und Izzi sagten kein Wort, beiden hämmerte das Herz in der Brust wie ein Maschinengewehr. Nach einer Weile bemerkte Jonsy schließlich: »Wir müssen den Laster umspritzen lassen, sofort.« Und nach einer kurzen Pause: »Verdammte Arschwichser, wir haben nicht mal den Nachtisch geschafft.« Izzi, immer noch atemlos, gab keine Antwort. Er starrte auf den phosphoreszierenden Seitenstreifen der Straße. Ihm war nicht fröhlich zumute. Dafür war er nicht nach Amerika gekommen. Er kannte diesen Schweiß, er hatte einen speziellen Geruch, eine besondere Ausdünstung. Angst. Seine Finger klebten am Ohrläppchen, drehten rastlos den Ohrring hin und her.

In Chaim Galils silbernem Chevy Suburban Jeep hören sie die CD von Eyal Golan, »Soldier of Love«. Schlomi fährt, trommelt aufs Lenkrad. Chaim fragt ihn: »Ist der Rücken okay?« Und er antwortet: »Alles unter Kontrolle.« Sie passieren Kansas City und fahren nach Kansas hinein. Sie halten an, um zu tanken und etwas zu essen. Chaim ruft Chen an, informiert sie, wo sie sind, fragt, ob sich jemand gemeldet hat. Nichts Besonderes, sagt sie, Uncle Sam, versteht sich, Michel Argamani natürlich, die Kunden, die Alten aus Florida. »Natürlich. Und haben die Russen angerufen?«, fragt Chaim hastig. Irgendwie ist er fasziniert von Vladimirs Anrufen, auch wenn seine Telefonate bisher ziemlich bedrohlich waren. Kein Anruf von den Russen, sagt Chen. Ihr ist langweilig in New York. Keiner ist da, wann kommt endlich irgendeiner zurück? Vielleicht wird sie sich einen Film anschauen, am Times Square, am Nachmittag.

In dem blauen Lastwagen, der Chaim gehört, herrscht zur gleichen Zeit dicke Luft. Izzi ist in Panik, zieht mühsam den Atem ein. Er wimmert: »Was hast du gemacht? Was tust du mir an? Diese wahnsinnigen Russen wollen uns jetzt umbringen. Sie werden uns erwischen, sie werden uns kaltmachen.«

Jonsy wirft ständig Blicke in den Rückspiegel, doch er entdeckt niemand hinter ihnen. »Das war's. Wir haben sie abgeschüttelt. Sie haben keine Ahnung, wo wir hinfahren.«

»Das hast du auch beim letzten Mal gesagt!«, schreit Izzi los. »Du hast gesagt, kein Mensch hat eine Ahnung, das sei wie mit einer Stecknadel im Heuhaufen!«

»Ich habe diesen Satz gesagt? Ich erinnere mich nicht, dass ich so einen …«

»Ich weiß schon nicht mehr, was du gesagt hast.« Izzis Gebaren ähnelt einem besonders verrückten El-Niño-Tag – in der einen Sekunde brüllt er, in der nächsten wimmert er leise, und dann heult er laut. Und apropos El Niño – es beginnt zu hageln. Das Prasseln auf der Windschutzscheibe ist so stark, dass es sich wie Steinschlag anhört. »Das hat uns gerade noch gefehlt«, jammert Izzi. »Was ist das jetzt wieder, Hagel?«

»Und zwar Megahagel«, erwidert Jonsy, »aber das ist nicht schlecht. Das macht es ihnen schwerer, nach uns zu suchen.«

»Jonsy! Hör endlich auf damit! Nicht alles ist zu unseren Gunsten. Sie haben uns bisher überall gefunden, wo wir waren. Vielleicht probieren wir's mal damit, den Plan zu ändern!«

»Hey, hey, Moment!« Jonsy dreht den Kopf zur Seite, um sich Izzi anzusehen, der am Rande der Hysterie scheint.

»Schau gefälligst auf die Straße!«, kreischt Izzi, und Jonsy richtet seinen Blick wieder geradeaus. Dann sagt er: »Erstens mal, vielleicht fällt dir auf, dass uns bisher niemand erwischt hat, also sind meine Pläne offenbar nicht ganz so schlecht … egal, ich bin bereit, dir zuzuhören. Du hast gesagt, ein neuer Plan. Lass mal hören, was du vorschlägst. Ist die Idee, den Lastwagen umzulackieren, nicht gut?«

»Schon gut, aber wo willst du das machen lassen? Du quatschst einfach irgendwas daher. Wohin fahren wir überhaupt? Wir fahren wieder zurück, oder?«

»Im Moment ja. Um den Feind zu verwirren. In der ersten Stadt, die wir erreichen, werden wir fragen, wo es eine Werkstätte gibt. Wir schauen in die Gelben Seiten. Oder so«, antwortet Jonsy.

»Das ist nicht gut genug. Was ist mit Chicago? Wir haben vorher von Chicago geredet. Ich möchte zu jemandem, den ich kenne. Ich will sicher sein …«

»Nach Chicago zurückfahren würde dir Sicherheit geben? Ich versteh nicht, wie.«

»Wir würden bei Iti sein. Jemand, den wir kennen. Ein Freund. Ich kann nicht mehr fliehen. Von mir aus kehren wir nach New York zurück, nach Hause, ich weiß nicht, was ich dir sagen soll, und Schlomi … ich will nicht hier sein. Setz mich am Flughafen ab. Schluss …« Izzis Stimme versagt, er bricht in Tränen aus und birgt sein Gesicht in den Händen. »Tut mir leid … diese Jagd … dafür bin ich nicht hergekommen … hat er einen Revolver gehabt?«

»Was? Du hast einen Revolver gesehen?«, fragt Jonsy verblüfft.

»Nein, ich hab dich gefragt, ob dieser Riese, der uns nachgerannt ist, einen hatte …«

»Niemand hatte einen Revolver. Jetzt hör schon auf, Izzi. Ich werde dich an keinem Flughafen absetzen, du bleibst bei mir, und wir stehen das durch.« Er wirft Izzi einen kurzen, eindringlichen Blick zu. »Wenn du in Chicago anrufen willst, dann rufen wir in Chicago an. Versuchen wir es bei Iti, wenn du willst, auch mit Arik. Wir reden mit ihnen, sie schicken uns in eine Werkstatt, lassen uns übernachten. Tauchen wir ein bisschen unter. Du hast recht, niemand wird erwarten, dass wir jetzt nach Chicago fahren. Das ist das genaue Gegenteil von jeder Logik. So was mag ich.«

Izzi erwidert unter Tränen: »Wenn jetzt bloß endlich der Hagel aufhören würde, mir das Hirn rauszuhämmern.«

»Irgendetwas Neues, Psych?«

»Oh, eine ganze Menge. Gut, dich zu hören. Wo bist du?«

»Im Flying J in Salina. Das ist in Kansas, auf der 70er. Und es hagelt Golfbälle auf mich herunter.«

»Was du nicht sagst! Die wahre Stätte der Ereignisse.«

»Welche Ereignisse? Hör auf, in Andeutungen zu reden.«

»Vor gar nicht allzu langer Zeit, Monty, fand exakt an dem Ort, an dem du jetzt stehst, irgendeine Form von Begegnung zwischen dem Königreich des Nordens und dem des Nahen Ostens statt. Wir haben ein Telefongespräch der Israelians mit dem Mädchen im Büro abgefangen, der Prinzessin des Nahen Ostens. Die Russen haben sie offenbar in dem Truckstop in Salina gesichtet, aber sie sind ihnen entwischt, und jetzt schwanken sie, wohin sie weiterfahren sollen. Vielleicht nach Chicago.«

»Chicago? Inwiefern hat denn Chicago jetzt was damit zu tun? Ich dachte, die Richtung sei Süden.«

»Das ist genau das Thema. Sie wollen etwas Unerwartetes machen.«

»Warum ausgerechnet Chicago?«

»Sie haben die Prinzessin um die Telefonnummern von Personen namens Arik und Iti gebeten. Sie hat ihnen die von Arik gegeben. Wir haben schon Nachforschungen über ihn angestellt. Er betreibt eine Umzugsspedition in Chicago, Big Arik's Moving and Storage. Ein Israelian. Wie viele von denen gibt es eigentlich noch in diesem Land, kannst du mir das sagen?«

Montys Herz sinkt. Chicago ist ungefähr einen halben Tag Fahrt – retour. Wer hat dafür die Kraft? Wann, zum Teufel, wird das ein Ende finden? Bei näherer Überlegung jedoch heißt das, dass er nach Osten zurückfahren würde. Die richtige Richtung, von seiner Warte aus.

»Was wollt ihr nun? Soll ich nach Chicago fahren?«

»Sie sind anscheinend jetzt auf dem Weg dorthin. Also meine ich schon. Das Problem ist, dass man nicht wissen kann, wo die Ukrainer sind. Warte eine Sekunde, ich versuche, Cornelia zu erwischen.«

Monty, der dem Gebäude des Flying J den Rücken zuwendet, dreht sich um. Es ist nicht leicht, durch den Hagel etwas zu erkennen, doch er entdeckt sie – drei bekannte Männer, die sich gegenseitig anbrüllen, aufgeregt mit den Händen fuchteln. Es gelingt ihm nicht zu hören, was sie sagen, dazu ist er zu weit weg und der Hagel zu laut, doch sie sind offensichtlich wütend. Sie steigen in einen gelben Nissan ein, rollen vom Vorplatz des Flying J, halten kurz vor der Ausfahrt auf den Highway an. Der Wagen verharrt, dann wendet er sich nach Westen. Monty schreit in den Hörer: »Psych! Psych!«, und hört: »Eine Sekunde, ich bin mit Cornelia auf der zweiten Leitung.«

»Psych, ich habe etwas gesehen. Die Nordprinzen haben einen gelben Nissan, stimmt's?«

»Einen kleinen Moment, ich überprüfe das.« Monty hört Papier rascheln. »Stimmt, ein gelber Nissan.«

»Dann habe ich sie jetzt gesehen, drei Männer sind gerade in einen gelben Nissan eingestiegen und losgefahren. Da ist dieser Riese, mit dem braunen Ledermantel und der Brille, und der mit dem Nackenschwanz.«

»Brille? Wieso denn eine Brille, Pozailov hat eine Brille? Bist du sicher?«

»Und der Ältere, Grauhaarige.«

»Vladimir. Stimmt. Er ist wirklich wieder nach Minneapolis geflogen. Er hat sich ihnen angeschlossen, also vorwärts, ihnen nach. Worauf wartest du?«

»Moment, was hat Cornelia gesagt?«

»Dass du dich auf den Weg nach Chicago machen sollst, den Israelians und den Automaten hinterher.«

»Dann entscheidet euch schnell. Die Ukrainer fahren in die entgegengesetzte Richtung. Wollen wir sie oder die Israelis?«

»Richtig, äh … Augenblick. Lass mich nachdenken … du sagst, dass …«

»Sie fahren entgegengesetzt. Und wenn ich jetzt losfahre, schaffe ich es, mich an die Fersen der Russen zu heften. Die Israelis sind sicher schon weiter weg, auch wenn der Lastwagen leicht zu erkennen ist.«

»Warte eine Sekunde. Ich rede mit Cornelia. Wollen wir sehen, was sie dazu sagt.«

Vladimir tobt schon seit zwanzig Minuten. Sein Gesicht ist zornrot. Popeye hat während der ganzen Zeit kein Wort von sich gegeben, und Pozailov, der es versucht hat, wurde abrupt zum Schweigen gebracht. Vladimir brüllt, warum sie ihn nicht vom Klo gerufen hätten, warum sie nicht ohne ihn hinterhergefahren seien, warum sie sie nicht erwischt hätten, warum nicht einer von ihnen mit dem Auto losgefahren sei und die zwei anderen zurückgelassen habe. Der größte Teil des Geschreis ist unlogisch. Pozailov weiß, dass sie nichts machen konnten. Vladimir war beim Kacken, sie konnten ihn nicht sitzen lassen, um die Verfolgung aufzunehmen. Seine Schulter fühlt sich kaputt an, und die verfluchte Brille hat sich beim Fall von dem Lastwagen verbogen. Seine ganze linke Seite schmerzt, besonders sein Hammerzeh, dessen Existenz er streng geheim hält.

»Ihr kommt mir vor wie zwei Paviane«, schreit Vladimir. »Woher sollen wir jetzt wissen, wohin sie gefahren sind?«

Pozailov probiert es vorsichtig: »Sag, was du meinst, wohin, Boss, und wir fahren dorthin.«

»Ich weiß nicht, was ich denke, wohin«, röhrt er, »denn sie sind euch zwei Witzfiguren direkt vor der Nase entwischt. Ich kann nicht glauben, dass ihr mir das angetan habt.«

Popeye und Pozailov schweigen. Popeye denkt im Stillen, ich war schließlich keine zwanzig Minuten beim Kacken. Es scheint, als habe Vladimir seine Gedanken gelesen: »Warum habt ihr mich nicht herausgeholt? Warum seid ihr nicht sofort gekommen und habt geschrien, Vladimir, sie sind hier, komm sofort raus? Seid ihr auf den Kopf gefallen?«

Sie erwidern nichts. Pozailov, der fährt, fängt Popeyes Blick im Spiegel auf. Popeye könnte durchaus sagen, dass er sofort zur Toilette gerannt ist und »Vladimir, Vladimir!« geschrien hat, und dass Vladimir zurückgebrüllt hat: »Halt den Mund und mach, dass du wegkommst, ich komme in zwei Minuten raus!« Doch er sagt nichts.

Vladimir fährt fort: »Hättet ihr nicht sagen können, dass sie da sind? Dass es dringend ist?«

Popeye erwidert immer noch nichts.

Das Telefon klingelt. Vladimir antwortet und reicht es an Popeye weiter. Es ist seine Mutter. Sie will wissen, ob ihre Fleischbällchen angekommen sind.

Pozailovs Hände kleben schwitzend am Lenkrad. Seine Schulter sendet Stiche aus wie kleine Elektroschocks, in den ganzen Körper. Es ist einfach zu viel – die Heizung drinnen, der Hagel draußen, der in Regen übergeht. Vladimir betrachtet Pozailovs Finger, die beiden, auf denen die kyrillischen Buchstaben K und A eintätowiert sind. Er sagt: »Zum Teufel, wie kann man bei diesem Wetter etwas sehen?«

»Ahh!!! Shit! Nein! Bitte, o Gott!!!«

Schlomis Körper verkrümmt sich. Er fährt weiter, wird jedoch immer langsamer. Aus seinem Mund kommt etwas, das mit einem Schrei beginnt und in Gejaule übergeht. Chaim starrt ihn an: »Was ist los?« Das Telefon läutet.

»Der Rücken. Irgendwas hat sich wieder verklemmt. Auaauuu.« Er beißt sich auf die Lippen. Das Telefon klingelt immer noch.

»Chaim, du wirst es nicht glauben. Deine Leute haben mich angerufen.«

»Was? Wer ist dran?«

Schlomi sagt: »Ich muss aussteigen. Ich steig aus. Ich muss. Auuuaaa.« Er blinkt, wechselt langsam auf die rechte Spur und danach auf den Seitenstreifen. Er hält den Jeep an. Chaim, mit dem Ohr am Telefon, fragt ihn: »Was machst du da?« Ins Telefon sagt er: »Wer ist dran? Was war das?«

»Was ist denn da los?«, fragt Arik.

»Nichts, gar nichts. Wir sind mitten auf der Straße. Arik, was hast du gesagt?«

»Jonsy hat mich vor einer Minute angerufen. Er hat zu mir gesagt, er will kommen und sich bei mir in Chicago verstecken.«

»Was?« Chaim traut seinen Ohren nicht. Schlomi neben ihm keucht, öffnet die Tür und versucht, sich behutsam nach draußen zu schieben. Chaim fragt ihn: »Was machst du denn da, Schlomi?«

Schlomi winkt mit der Hand ab. Chaim sagt wieder ins Telefon: »Ja, Arik, was heißt, sie haben angerufen?«

»Das, was du hörst. Jonsy hat angerufen und gefragt, ob er und Izzi für ein paar Tage zu mir kommen können. Sie seien in irgendein Problem reingeschlittert, sie möchten ein paar Tage untertauchen. Sie schlafen ja immer in Itis Wohnung, aber sie haben ihn nicht aufgetrieben, also haben sie mich angerufen. Sie haben auch gefragt …«

»Sie haben dich angerufen, um zu fragen, ob sie nach Chicago kommen können? Zu dir? Untertauchen?«

»Hör doch mal einen Moment zu, sie haben gefragt, ob ich eine Werkstatt kenne, um den Lastwagen umzuspritzen.«

»Was?« Chaims Stimme klingt fast pfeifend. Er sieht, wie

Schlomi, mühsam und schleppend, das Auto vorne umrundet, sich die Hüften hält, auf die rechte Seite des Wagens gelangt und ganz langsam in die Knie geht. Chaim denkt, was zum Teufel macht er bloß? Er sagt zu Arik: »Den Laster umspritzen? Was für eine Frechheit, ich glaub's einfach nicht, was ich da höre. Wenn ich sie erwische, stranguliere ich sie. Mindestens.«

Schlomi liegt jetzt auf dem Asphalt. Auf dem Rücken. Die Beine in die Luft gestreckt, atmet er in stetem Rhythmus tief ein und aus. Chaim späht aus dem Fenster. »Ach, dein Rücken ist es? Warum sagst du denn nichts?« Schlomi antwortet nicht, konzentriert sich weiter auf die Rückenübungen, die ihm Doktor Iwanir gezeigt hat. Er denkt, was für ein dummer Fehler, auf eine lange Fahrt aufzubrechen, wenn mein Rücken in einem solchen Zustand ist. Iwanir wird mich umbringen.

Chaim fragt ihn: »Alles in Ordnung?«

Arik fragt: »Wo seid ihr?«

Schlomi reckt den Daumen in die Höhe und sagt: »Alles unter Kontrolle. Was ist los?«

Chaim sagt ins Telefon: »Also was, sollen wir anfangen, nach Chicago zurückzubrettern? Wo sind sie denn jetzt?«

»Ich hab gefragt, aber Jonsy hat nichts darauf geantwortet. Mach, was du meinst, ich wollte dich bloß wissen lassen, dass sie kommen wollen.«

»Was hast du zu ihm gesagt?«

»Komm, was denn sonst? Ich hab gesagt, er soll kommen, und wir werden es schon schaukeln. Und gleich danach hab ich dich angerufen.«

»Ich weiß nicht, was ich dazu sagen soll, Arik.«

»Was?«

»Dazu, dass er dich angerufen hat. Warum hat er dich angerufen? Er kann dich nicht einfach so angerufen haben. Jonsy ist kein Idiot. Ein Bastard, ein Dummkopf, ja, dämlich, ja. Aber kein Idiot.«

»Ich sag dir doch, er hat Iti gesucht. Sie sind Freunde, sie schlafen immer bei ihm. Sie haben ihn nicht erwischt, dann haben sie mich angerufen. Big fucking deal. Außerdem ist er anscheinend doch ein fucking idiot, wenn er mich anruft, denn ich erzähl's dir sofort brühwarm weiter, oder nicht?«

»Was ist denn los?«, schreit Schlomi vom Straßenasphalt aus.

»Wo seid ihr?«, fragt Arik. »Was ist das für ein Geschrei?«

Chaim erwidert: »Einen Moment.« Er blickt Schlomi an, der die Beine hebt und senkt, und sagt ins Telefon: »Arik, ich muss einen Augenblick nachdenken. Hier ist zu viel Durcheinander. Ich ruf dich zurück.« Er trennt die Verbindung und lehnt sich im Sitz zurück. Im Halter neben ihm steht ein Becher Kaffee. Er nimmt ihn heraus und trinkt einen Schluck, er muss sich beruhigen. »Pfui Teufel!« Er spuckt aus und wirft den Becher aus dem Fenster. Der Kaffee ist kalt und enthält eine Tonne Zucker. Es war Schlomis. Er betrachtet Schlomis verbogenen Körper, der rechts von ihm auf dem Asphalt liegt. »Was ist denn mit dir los, sag mal«, setzt er zu Schlomi gewandt an. Und dann beginnt er zu lachen und hört nicht mehr auf.

NOCH EIN RICHTUNGSWECHSEL

Der Piepser gibt Laut. Wieder. Und wieder.

Izzi auf dem Fahrersitz sagt: »Vielleicht schmeißen wir das Teil einfach weg? Es ist bloß nervig.«

Jonsy schaut auf das Display. »Du hast Chen vergessen«, bemerkt er. »Hier, das ist sie. Komm, wir fahren beim nächsten Exit raus.«

Sie sind in Missouri, auf der 70er. Kansas City liegt hinter ihnen, Saint Louis vor ihnen.

Jonsy steigt auf den Boden Missouris. Er ruft im Büro an mit einem Whopper in der Hand.

»Chen?«

»Hi.« Etwas an ihrer Stimme ist merkwürdig.

»Ist was?«

»Was soll das immer, wie steht's, wie geht's, wie kommst du zurecht, hast du Sehnsucht?« In den letzten Tagen versucht sich Chen zu erklären, dass das, was zwischen ihnen passiert, der Abschied ist. Manchmal hat sie das Gefühl, dass sie es versteht, und sie fühlt sich stark. Manchmal bricht sie zusammen und weint, ist ganz klein und schwach, hat Sehnsucht. Sie kann mit einem guten Gefühl ins Bett gehen – in Ordnung, sie versteht, er musste New York verlassen, und sie hat die Wahl getroffen zu bleiben, das ist alles –, aber dann steht sie weinend auf, schnüffelt am Kissen mit seinem Geruch, umarmt es, wird schrecklich wütend, ist beleidigt, Mistkerl.

»Du hast recht, tut mir leid«, sagt Jonsy betroffen.

»Ich bin nicht richtig sauer.« Sie versucht, fröhlich zu klingen. »Hör mal, Chaim ist auf dem Weg nach Chicago.«

Jonsy meint, sich verhört zu haben: »Was hast du gesagt?«

»Er und Schlomi sind unterwegs zu Arik in Chicago.«

»Warum?«

»Er hat gesagt, es gab eine Änderung, sie fahren nach Chicago, also fahren wir hinterher. Ich habe ihm natürlich nichts gesagt. Wenn du das fragen wolltest.«

»Das war Arik. Was für ein falsches Aas.« Jonsy presst kurz die Augen zu, so was von dämlich.

»Ihr habt Arik gesagt, dass ihr nach Chicago kommt? Seid ihr völlig bescheuert?«

»Der Kerl ist echt eine Schlange.«

»Na klar ist er eine Schlange. Ist dir das neu?«

»Nein, aber gerade erst vor zwei Tagen hat er über Chaim Sachen gesagt … so dass ich einfach nicht gedacht hätte, dass er so leicht auf die andere Seite überlaufen würde. In Wahrheit haben wir Iti gesucht. Es war reine Verblödung, dass wir's nicht weiter probiert haben. Izzi war gestresst. Er war ziemlich von der Rolle nach den Russen«, erklärt Jonsy.

»Welche Russen?«

»Hab ich dir das nicht erzählt?«

Für Jonsy ist es klar: Sie müssen wieder die Richtung ändern, nach Süden fahren. In Saint Louis kann man die 55er nehmen, die bis nach Memphis, nach Louisiana hinunterführt, wohin man will. Die Frage ist, was er Izzi sagen soll.

Er ruft Chen noch einmal an, fragt sie, was sie dazu meint. Sie antwortet sofort: »Klär das mit ihm, du hast keine Wahl. Aber gib ihm ein Bonbon dazu. Zum Beispiel, wenn ihr innerhalb von zwei Tagen keine Käufer für die Automaten findet und sich nichts bewegt, dann ladet ihr die Fracht aus und steigt in ein Flugzeug, oder was weiß ich.« Jonsy sagt, sie habe recht, sie wisse immer, was zu tun sei, was würde er ohne sie machen? Sie erwidert tiefernst: »Warum hast du dann beschlossen, ohne mich zu sein?« Er schluckt einen Kloß im Hals hinunter und erwidert: »Was soll das heißen?« Sie schweigt. Einen Moment darauf sagt sie: »Also los, red mit ihm. Passt auf euch auf.«

»Ich will nach Süden«, verkündet Jonsy in dem Moment, in dem er Izzi erblickt.

»Wie bitte? Was ist mit Chicago? Arik wartet.«

»Chicago … ich glaub nicht … ich weiß nicht, ich traue ihm nicht, Süden kommt mir richtiger vor.«

»Richtiger? Es gibt kein richtiger«, protestiert Izzi. »Wir müssen unseren Arsch retten. Sie werden uns in der Luft zerreißen, wenn wir weiterfahren.«

»Arik, dieser miese Hund, hat Chaim geflüstert, dass wir unterwegs sind. Chaim ist auf dem Weg nach Chicago. Wir ändern die Richtung.«

Der Highway Nr. 55, der von Saint Louis parallel zum Mississippi nach Süden führt, ist eine schöne, ruhige Straße. Es gibt eine Menge Wasser auf der Strecke, im Mississippi und in den zahlreichen Seen. Die schwarzen Wolken verwandeln sich in graue und dann in weiße, helle Lücken reißen auf, die Sonne fängt an, ab und zu durchzublitzen, bis sich alles zu strahlendem Blau gewandelt hat. Die eisigen Steppen des Mittleren Westens zerrinnen, je weiter man nach Süden hinunterkommt. Zwei Farmer stehen neben runden Silos in einem kleinen Dorf mit Holzzäunen und kahlen Bäumen. Jonsy hält wie üblich in jedem Staat an, um den Boden unter seinen Füßen zu fühlen.

Schicht um Schicht entblättern sie sich – zuerst die dicken Jacken, dann schalten sie die Heizung aus. Die Pullover sind als Nächstes an der Reihe, und sie öffnen die Fenster. Noch ein

Tag, und es läuft bereits die Klimaanlage, und sie haben nur noch T-Shirts an. In Texas werden sie zu schwitzen anfangen.

Die Orte, die sie passieren, haben Namen wie Bethel, Jericho, London, London Bridge, Greenburgh. Izzi fällt plötzlich ein, dass es in Greenburgh einen gibt, der mit ihm in der Armee war. Er hatte einen riesigen Penis. Mitten in Missouri gibt es einen Ort namens Mount Zion.

Der Radioknopf dreht sich, bleibt auf Celine Dion stehen.

Sonnenblumenkerne knacken ist das beste Mittel gegen Einschlafen. Die Mechanik des Knackens, die Beschäftigung der Hände, Lippen und Zähne halten dich wach. Der salzige Geschmack verleitet dich ständig zu noch einem Kern und noch einem. Weitere Methoden, um wach zu bleiben, sind Rauchen, Kaffee, Limonade, Eiswürfel lutschen, das Fenster einen schmalen Spalt öffnen, das Radio auf Talksendungen stellen, die Konzentration erfordern – ein Zahnexperte beantwortet Fragen zu Spangen für Mädchen und zu Zahnweißmachern, Nachrichten über El Niño, die Chicago Bulls haben Miami 106:91 geschlagen. George Michael ist erwischt worden, wie er irgendjemandem einen geblasen hat. In Nordirland gibt es ein Friedensabkommen.

Jonsy denkt, wir haben uns ein bisschen Zeit erkauft, aber wir müssen aufpassen. Mit diesem Lastwagen ist es, als würde man mit einem riesigen Buckel auf die Straße gehen und hoffen, dass es niemandem auffällt. Das ist wie eine Nadel im Heuhaufen, an der allerdings ein buntes Band dranhängt.

Er erkundigt sich an der nächsten Tankstelle, wo sich eine Werkstatt für ihre Zwecke befindet. Möglich sind Cape Girardeau, eine relativ große Stadt, oder New Madrid, ein viel kleinerer Ort, wo es jedoch eine Werkstatt gibt, die alles anbietet –

Schlosserarbeiten, Lackierungen, was immer man will. »New Madrid«, sagt der Tankwart, »ist eine halbe Stunde weiter südlich, wenn ihr das abwarten könnt.«

Jonsy entscheidet sich für New Madrid. Als sie wieder auf der Straße sind, ist es schon völlig dunkel geworden. Jonsy sagt: »Merkst du das, was für eine Stille?« Sie halten an einem Laden, der rund um die Uhr geöffnet hat, fragen nach der Werkstatt und kaufen etwas zu essen ein, denn das einzige Restaurant in New Madrid hat bereits geschlossen. Anschließend folgen sie der Richtung, die ihnen die Verkäuferin beschrieben hat. In der Dan Street, am äußersten Rand des Städtchens, finden sie das Holzschild mit dem Pfeil und der Aufschrift: »Harry – New Madrid Garage – alle Reparaturen«. Auf der ganzen Fahrt dorthin haben sie nur eine einzige Frau mit einem Hund gesichtet. Die Häuser sind großzügig angelegt, hell und farbenfroh gestrichene Holzhäuser mit Veranden. Izzi sagt, dass ihn diese Kleinstadt an einen Film mit Kevin Spacey erinnere, den er vor kurzem gesehen hat. »Kevin Costner?«, fragt Jonsy. »Nein«, seufzt Izzi kopfschüttelnd.

An der Werkstatt brennt noch Licht. Sie klingeln, und ein paar Sekunden darauf kommt jemand im weißen Unterhemd heraus. Er hört sich Jonsy an und sagt: »Kein Problem, wir lackieren ihn in der Früh.« Er geht um den Lastwagen herum. »Die Farbe schaut doch noch total in Ordnung aus«, bemerkt er.

Jonsy erwidert: »Wissen wir.«

»Dann ist er geklaut«, stellt Harry fest. »Das kostet euch mehr. Seid ihr aus New York hergekommen, um ihn lackieren zu lassen?«

Jonsy antwortet: »Er ist nicht geklaut. Die Firma, die draufsteht, ist pleitegegangen. Wir haben den Laster dem Besitzer abgekauft. Er hatte Schulden, ist aus Amerika getürmt. Er wollte nicht, dass wir in eine Werkstatt in New York gehen, denn dann hätte ihn sofort die Einkommensteuer beschlagnahmt. Wir waren bis jetzt mit Arbeit beschäftigt, aber gerade haben wir mal kurz Zeit, also wollen wir ihn lackieren lassen. Wenn Sie nicht wollen – Sie müssen nicht, wir finden was andres.«

Harry betrachtet Jonsy eingehend. Auch Izzi blickt ihn an, beeindruckt von seinem Monolog. Ohne seinen Gesichtsausdruck zu verändern, sagt Harry schließlich: »Morgen früh um sieben. Habt ihr tausend Dollar?«

Jonsy zeigt ihm das Geld.

Sie parken mit dem Lastwagen im Riverside Park, am Mississippi. Von der Holzpromenade, die am Fluss entlangführt, zeichnet der Schein der runden Straßenlaternen Muster ins Wasser, umringt von hunderten Flügelwesen. Plötzlich hat man eine Menge Zeit. Solche Orte sind voller Zeit, wenn du am Abend ankommst, nichts zu tun hast und es nur dich, den Lastwagen und die Dunkelheit gibt, den Geruch des Flusses, die Stimmen der Tiere. Izzi sagt: »Vielleicht sollten wir noch mal zu dem Laden fahren und ein Anti-Mücken-Spray kaufen?«

Es wird kühl. Sie essen im Lastwagen. Im Radio spielen sie nur Countrymusik. Ab und zu kommt jemand vorbei. Sie fühlen sich sicher. Und morgen werden sie sich noch sicherer fühlen mit dem farbgetarnten Lastwagen. Die letzten Gedanken, die Jonsy durch den Kopf gehen, bevor er einschläft, drehen sich um die Frage, in welcher Farbe man den Lastwagen am besten lackieren lassen soll und ob es sich lohnt, etwas auf die Seitenwand zu schreiben.

Und Izzi denkt, im Mississippi gibt es Krokodile, meine Lieblingstiere.

EINE NEUE FARBE

Montgomery Cohen folgte dem gelben Nissan über zwei Stunden. Er konnte nicht anhalten, um Psych und Cornelia anzurufen, denn dann hätte er den Wagen verloren. Er musste darauf warten, dass die Ukrainer tanken, etwas essen oder weiß Gott was tun würden. Was zu guter Letzt auch geschah. Sie parkten an einem Motel und stiegen mit ihren Taschen aus. Es schien, als wollten sie über Nacht dort bleiben. Monty stieß einen Seufzer der Erleichterung aus.

Er war schon kurz davor gewesen, vor Langeweile verrückt zu werden – der Highway Nr. 70 durch Westkansas und anschließend Ostcolorado, bevor es ins Gebirge hinaufging, war nicht gerade spannend. Es war auch nicht leicht, zwei Stunden lang konzentriert ein Auto zu verfolgen.

Er hörte sich Nachrichten an, lauschte den Worten von Liedern. Er mochte »The Way« von Fastball. Der Text erzählte von einem Elternpaar, das mit dem Auto strandete, anfing, zu Fuß zu gehen, und dann verschwand. In den Nachrichten brachten sie einen Bericht von den Eltern eines Fünfjährigen, der fünf Menschen in Arkansas ermordet hatte. Sie hatten ihm gezeigt, wo der Revolver war, und ihm gesagt, er solle ihn benutzen, falls er musste.

Drei Tage vor Pessach, und er wusste immer noch nicht, ob er es schaffen würde. Cornelia hatte es ihm zwar versprochen, doch darauf war kein Verlass. Er beschloss, seine Mutter anzurufen, was ihn mit Bangigkeit erfüllte. Es war nicht ratsam, Mimi Cohens Zorn heraufzubeschwören, und erst recht nicht, sie dadurch zu erzürnen, dass man zum zweiten Mal in Folge ein Familienfestessen schwänzte.

Die drei Ukrainer betraten das Hotel. Sie wollten offenbar tatsächlich hier übernachten. Monty suchte sich ein öffentliches Telefon.

»Hi, Psych.«

»Montgomery! Wo warst du? Wir warten schon seit Stunden auf deinen Anruf.«

»Ich konnte bis jetzt nicht anhalten. Aber ich habe Neuigkeiten. Sie haben hier in Genoa, Colorado, im Motel 6 gestoppt. Sie werden sicher die ganze Nacht hierbleiben. Soll ich mir ein Zimmer nehmen?«

»Nein, nein, nein. Du bleibst auf keinen Fall dort.«

»Was ist los?«, fragte Monty erstaunt.

»Wir wollen die Aufmerksamkeit der Ukrainer auf die Spielautomaten lenken. Es hilft uns gar nichts, wenn sie mit dem gelben Nissan im Westen herumgondeln, während sich ihre Produkte auf einem Lastwagen an einem anderen Ort befinden. Wir müssen sie dazu bringen, dass sie den Israelians auf die Spur kommen.«

»Und wie genau hättest du gern, dass ich das mache?«

»Du wirst das nicht machen. Ich fürchte, sie haben dich sowieso schon bemerkt. Du bist ihnen den ganzen Tag im Nacken gesessen. Jemand anders muss sie nach Missouri umleiten«, erklärte Psych.

»Missouri? Wovon redest du? Vor zwei Stunden war es doch Chicago.«

»Zwei Stunden? Ja wenn du nach zwei Stunden angerufen hättest! Egal, hör zu, kurz gesagt: Die Prinzen des Nahen Ostens hatten beschlossen, nach Chicago zu fahren, zu Leuten, auf die sie sich verlassen könnten, wie sie dachten.«

»Zu Arik. Das sagtest du bereits«, bemerkte Monty.

»Stimmt, zu Arik. Dieser Arik hat nun aber den König des

Nahen Ostens angerufen, ihren Boss also, und hat ihm verraten, dass sie auf dem Weg zu ihm sind. Daraufhin hat der König die Prinzessin im Büro angerufen und ihr gesagt, dass er ihnen nun nach Chicago nachfährt. Worauf die Prinzessin dem Prinzen ein Piepsersignal geschickt und ihm dann gesteckt hat, dass der König nach Chicago unterwegs ist und sie besser die Richtung ändern.«

»Also Missouri?«, seufzte Monty.

»Auf der 55er nach Süden. Ich glaube nicht, dass sie heute Missouri noch ganz durchqueren.«

»Wohin soll ich denn nun fahren?«

»Fang an, in südöstlicher Richtung zurückzufahren. Fahr, so weit du kannst, heute Nacht, so lange du es schaffst.«

Monty schloss die Augen. Am liebsten hätte er geweint. Die ganze Strecke jetzt wieder zurück? O Gott!

»Ich werde dich während der Nacht auf dem Laufenden halten. Einer der Prinzen hat etwas davon gesagt, dass sie den Lastwagen lackieren lassen wollen, also überprüfen wir alle Werkstätten, die Lackierarbeiten machen, in Missouri. Wenn sie ihn wirklich neu lackieren lassen – und sie wären verrückt, wenn sie es nicht täten –, dann werden wir sie im Laufe der Nacht lokalisieren.«

Monty beschloss, noch einen Versuch zu unternehmen.

»Warum soll ich nicht hier bei der Norddynastie bleiben? Wir denken uns zusammen eine passende Lösung aus, wie wir sie nach Missouri umlenken, und schicken jemanden aus dem Osten oder Mittelwesten zu den Nahostlern.«

»Geht nicht«, erwiderte Psych kategorisch. »Wo finde ich einen neuen Agenten für dieses Unternehmen? Ein Mobiltelefon ist hier nicht unter einer Woche zu kriegen, und dann noch ein Agent? Vergiss es. Ich brauche dich in der Nähe der

Automaten. Den Köder kann jemand anders für sie auswerfen. Ich mach mir Sorgen um dich, Monty, glaub mir. Ich kenne diese Leute, der Nordkönig, dieser Berkovich, dem ist nichts heilig.«

Monty dachte im Stillen, warum bin immer ich der Dumme? Warum lasse ich zu, dass sie immer wieder einen Narren aus mir machen? Ich habe die Nase voll von mir, es reicht mir. Doch laut sagte er: »Gut, ich verstehe. Kein Problem. Ich bin ziemlich müde, aber ich fahre nach Osten zurück, so weit ich komme.«

»Wunderbar, Monty. Wir wissen das zu schätzen«, tönte Psych.

Monty strich auf der Stelle den Plan, seine Mutter anzurufen. Er rechtfertigte seinen Entschluss mit zwei Gründen, von denen er insgeheim wusste, dass sie unsinnig waren. Erstens hatte er jetzt keine Zeit, er musste ins Auto steigen und aufs Gas drücken, und zweitens fuhr er nach Osten zurück, würde also vielleicht doch noch rechtzeitig in New York eintreffen. Es war besser, ein wenig zu warten, zu sehen, wie sich die Lage entwickelte – und dann erst anzurufen.

Chaim und Schlomi sitzen in Ariks Wohnzimmer. Arik, in dem großen Sessel, sagt zu seiner Frau: »Dalia, warum bietest du unseren Gästen nicht was Gutes an? Hast du keinen Kuchen mehr oder so was?«

Chaim winkt ab: »Aber nicht doch, was hast du denn, Arik, Dalia verwöhnt uns schon genug. Schluss damit, Dalia, jetzt setz dich ein bisschen hin, schau mit uns Fernsehen.«

Im Fernsehen läuft ein Bericht über Monica Lewinsky. Dalia setzt sich dazu. Sie sagt: »Wirklich interessant.«

Schlomi trinkt Nescafé aus einem Einwegplastikbecher. Von

den Keksen isst er nichts. Hin und wieder macht er auf dem Teppich eine Übung für seinen Rücken.

Arik schaut auf die Uhr. »Ich weiß nicht, was los ist mit ihnen, sie rufen auch nicht mehr an. Bis vor ein paar Stunden haben sie noch jede Minute angerufen – sollen sie kommen, nicht kommen, schon kommen, wann kommen.« Laut Abmachung hätten Jonsy und Izzi längst in Chicago sein müssen. Arik ruft Iti an, um sich zu erkundigen, ob er vielleicht etwas von ihnen gehört habe. Hat er nicht.

Um elf Uhr nachts, nach einer weiteren Runde Kaffee, die Dalia serviert, blickt Chaim auf die Uhr und sagt: »Das kann nicht sein. Und du meinst, sie haben gesagt, dass sie ganz sicher kommen?«

»Was heißt hier sicher? Sie haben sich angehört, als ob sie vor Angst sterben, als sei ich ihre einzige Chance, was soll das heißen?«

»Dann hat es ihnen jemand gesteckt«, knurrte Chaim und sah Schlomi dabei an. »Ich würde ja dich verdächtigen, wenn ich nicht die ganze Zeit mit dir zusammengeklebt wäre.«

»Mich?« Schlomi deutet empört auf sich selbst. »Bist du jetzt komplett durchgeknallt, oder was? Was für einen Grund hätte ich, hier zu sein, wenn ich mit ihnen gemeinsame Sache machen würde? Meinst du, ich mach mir gern den Rücken kaputt?«

Chaim schlägt sich unvermittelt gegen die Stirn. »Auweia, weia, weia, ich bin ein solcher Schwachkopf.«

»Was?«, fragt Arik. »Wem hast du's erzählt?«

»Chen, im Büro. Diese miese Schlampe. Sie hat sie garantiert informiert.«

»Sie ist doch mit Jonsy zusammen, oder?« Arik zieht die Augenbrauen hoch. »Haben sie dir ins Hirn gekackt?«

»Das ist ein wenig komplizierter. Sie sind nicht mehr so ganz … er hat sich auch vor ihr verdrückt, mit diesen ganzen Trips, das heißt, falls … so ein Scheißdreck!«

Schlomi nickt, er lächelt sogar. »Das war sie, ganz bestimmt.«

»Nutte.« Chaim nimmt das schnurlose Telefon zur Hand.

»Warte«, wendet Arik ein. »Rede nicht mit ihr. Sei ein bisschen schlauer. Denk dir was anderes aus. Rede vielleicht mit jemand anders in der Wohnung und bitte, dass er sie belauscht.«

Chaim denkt kurz nach. »Nein, sie ist die Einzige, die am Vormittag da ist. Das bringt nichts.«

»Lass ein Abhörgerät in der Leitung installieren«, schlägt Schlomi vor.

Arik sieht Schlomi und dann Chaim an. Seine Augen lächeln. Er nickt langsam – wallah! Chaims Blick wandert von Schlomi zu Arik, und dann lächelt auch er. Er wählt Michel Argamanis Nummer.

Einige Minuten vor Mitternacht gelang es Spezialagent Paul Kiklaschwili, genannt Psych seit seinen Tagen im sibirischen Gulag, dem Exekutivverantwortlichen für die Abteilung Russische Mafia beim FBI, eine Konferenzschaltung mit zwei Agenten aus Denver, Colorado, zustande zu bringen, nachdem er die Genehmigungen von all ihren oberen und direkten Vorgesetzten erhalten hatte, und sie am frühen Morgen des nächsten Tages zu aktivieren. Es war nicht das erste Mal, dass sich Doug Freezeway und Natascha Kubika mit Angelegenheiten befassten, die mit der russischen Mafia zusammenhingen. Denver ist, wie Minneapolis, eine der Lieblingsstädte der Russen, da es relativ entfernt und isoliert von den zentralen Städten der USA liegt, und wegen des Wetters, das mit den schneereichen, langen Wintern an Russland erinnert. Natascha erinnerte sich sogar an Vladimir Berkovich.

»Ich brauche eine kleine Inszenierung«, sagte Psych. »Ihr müsst euch morgen früh für ein paar Minuten als Schauspieler betätigen. Lasst uns mal versuchen, uns eine Situation auszudenken. Das Motel 6 in Genoa, Colorado, morgen früh. Drei Genossen aus der Zatoka-Bande – Vladimir Berkovich, Achmadan Pozailov und Popeye – treten aus dem Hotel. Euer Ziel ist, ihnen irgendwie beizubringen, dass sich ihre Spielautomaten nicht in der Richtung befinden, in die sie fahren wollen, sondern im Gebiet von Missouri. Normalerweise hätte ich gesagt, versucht, sie beim Frühstück zu treffen, aber das Frühstück dieser Motelkette ist dermaßen armselig, dass ihr keine Zeit für irgendwas haben würdet. Vielleicht parkt ihr einfach neben ihrem gelben Nissan und wartet, bis sie kommen.«

Doug Freezeway sagt: »Vielleicht könnte ich in ihrer Nähe sagen, ich hätte in den Nachrichten gehört, dass die Verrückten mit dem Lastwagen in Missouri erwischt wurden und …«

»Ganz schwach«, wandte Psych ein. »Sie würden das sofort überprüfen und mitkriegen, dass gar nichts in den Nachrichten gemeldet wurde.«

»Warum sollen wir nicht ganz direkt sein?«, mischte sich Natascha ein. »Ihnen sagen, hört mal, egal, wer wir sind und woher wir das wissen, aber eure Automaten sind jetzt im Süden Missouris.«

»Und was sagst du dann zu ihnen? Übrigens, wir sind vom FBI, und in dem Moment, in dem ihr an die Spielautomaten gekommen seid und wir eine Gelegenheit für ein gemeinsames Foto haben, werden wir euren Arsch festsetzen?« Psych war ein wenig entnervt von dem kreativen Aufgebot der beiden

Agenten. Er bat sie, in der Leitung zu warten, und rief Cornelia White an.

Cornelia dachte kurz nach und sagte dann: »Wir haben keine andere Wahl, wir müssen die Story von einer Zufallsverkettung nehmen. Man muss den Agenten ein Auto besorgen, das vorn stark eingedellt ist. Die Frau muss verletzt sein, aber nur leicht. Sie sind von einem Lastwagen gerammt worden, der plötzlich, mitten auf der 70er bei Salina, Kansas, die Richtung gewechselt hat, gestern gegen Mittag. Ein blauer Lkw hat einfach mitten auf der Straße gewendet. Die Frau hat sich das Knie ziemlich angestoßen, dachte aber, es sei in Ordnung, und sie sind weiter in Richtung Denver gefahren. Aber am Morgen, als sie im Hotel aufstanden, war das Knie stark geschwollen, sie müssen ins Krankenhaus. Sie haben auch angefangen, die Fahrer des Lastwagens zu suchen, um sie zu verklagen. Der Mann ist Geschäftsmann mit Beziehungen zu den richtigen Stellen. Er hat sich die ganze Nacht ans Telefon geklemmt, und man hat ihm gesagt, dass sich der blaue Lastwagen, der übrigens im Besitz einer israelischen Speditionsfirma ist, in Missouri befindet. Man könnte ihnen sogar noch den Knochen hinwerfen, dass die Fahrer daran denken, den Lastwagen in einer anderen Farbe lackieren zu lassen, damit man ihn nicht identifiziert.«

»Cornelia, du bist genial«, kommentierte Psych und wandte sich wieder Doug und Natascha zu. »Habt ihr das notiert? Übt ein bisschen. Seid früh dort, damit ihr sie nicht verpasst. Ich werde das verbeulte Auto organisieren.«

Am Morgen stellte sich heraus, dass Jonsys Träume beim Einschlafen etwas zu ehrgeizig gewesen waren.

»Lasst uns mal nachschauen, was ich dahabe«, sagte Harry und stöberte zwischen den großen Farbdosen. Jonsy und Izzi sahen ihm zu, mit Schlafgespinsten im Kopf und in den Augen, und schlangen die Arme um den Körper, um sich vor der morgendlichen Kälte zu schützen. Eine Wolkenbank hatte tief über dem Mississippi gehangen, als sie aufgewacht waren, und sie kroch nun über New Madrid und hüllte alles in frostige Kühle.

»Okay«, hob Harry schließlich den Blick. »Nur Weiß.«

»Nur Weiß? Und kann man einen Firmennamen auf der Seite draufmachen?«, fragte Jonsy enttäuscht.

»Wenn ich eine andere Farbe hätte, hätten wir vielleicht darüber nachdenken können, wie man das am besten macht. Aber ich habe nur Weiß. Außer ihr wollt einen Namen in dem Blau drunter belassen.«

»Also nur Weiß?«

»Mmhh… Oder ich fahre nach Cape Girardeau, was noch ein paar Stunden und noch mehr Geld kostet, und kaufe euch jede Farbe, die ihr wollt.«

Sie blieben bei Weiß. Harry sagte, es würde zwei Stunden dauern.

Im einzigen Diner von New Madrid war es warm und richtig nett – türkis-braun bezogene Plastiksessel und eine persönliche Jukebox in jeder Nische, mit Madonna, Bob Seeger, Donna Summer und mehr. Das Essen war gut, der Kaffee dampfend heiß.

Um zehn nach sieben gingen Vladimir, Pozailov und Popeye mit einem Bauch voll schrecklicher harter Eier, einigen kleinen runden Brötchen mit Marmelade und dem schauderhaften Kaffee des Frühstücks der Motel-6-Kette zu ihrem gelben Nissan. Neben ihnen parkte ein großer Chevrolet, dessen einer vorderer Scheinwerfer zersplittert war und der einen verbeulten Kotflügel aufwies. Darin saß eine hübsche Frau, die aussah, als habe sie ein gewisses Problem. Vor dem Chevrolet stand ein Mann im Anzug, der verstört wirkte. Er wandte sich an die drei: »Sie müssen mir helfen, meine Frau ist verletzt, wir brauchen ein Krankenhaus.«

»Was hat sie?«, fragt Popeye.

»Wir hatten gestern einen Unfall, in Kansas. Jenny hat einen Stoß am Knie abbekommen, sie dachte aber, es wäre nicht weiter schlimm. In der Nacht ist das Knie aber angeschwollen wie eine Pampelmuse – diese Dreckskerle in dem blauen Laster! Plötzlich, mitten auf der 70er, mitten in Kansas, machen sie eine Kehrtwendung und fahren nach Osten zurück. Sie haben sich überhaupt nicht darum geschert, dass sie dabei ein paar Autos gerammt haben. Aber sie wissen nicht, mit wem sie es zu tun haben. Ich habe bereits meine Beziehungen spielen lassen, um herauszufinden, wer die waren. Meine Leute haben den Lastwagen schon in Missouri gesichtet.«

Popeye, Pozailov und Berkovich erstarrten. Sie blickten den erregten Mann an, die Frau, die vor Schmerzen stöhnte. Popeye murmelte leise auf Russisch: »Habt ihr das gehört?«

Vladimir riet dem Mann: »Versuchen Sie es in Denver. Sie haben hervorragende Krankenhäuser für Brüche und orthopädische Verletzungen dieser Art.« Er lächelte. »Sie wissen schon, die ganzen Skiverletzungen dort.« Zu Popeye und Pozailov gewandt sagte er auf Russisch: »Steigt ins Auto, los, weg hier.«

Doug Freezeway sah dem um die Kurve entschwindenden gelben Nissan nach, der auf den Highway Nr. 70 in Richtung Westen, Denver, einbog. Er fragte Natascha: »Was haben sie gesagt? War ich nicht gut? Was ist hier los?«

Natascha antwortete: »Der junge Typ hat am Anfang gesagt:

›Habt ihr das gehört?‹ Danach sagte der ältere: ›Steigt ins Auto, los, weg hier.‹ Sonst haben sie nichts gesagt. Aber du warst hundertpro.«

»Aber warum sind sie dann …?« Doug begriff es nicht.

Natascha stieg aus dem Auto, ihr dickes Knie funktionierte tadellos. Sie legte Doug eine Hand auf den Nacken. »Das ist nicht deine Schuld, Doug. Du hast es gut gemacht.«

»Drecks-FBI-Pack«, knurrte Vladimir und spähte in den Rückspiegel in Richtung des Motels hinter ihnen. »Man kann sie kilometerweit gegen den Wind riechen. Ich habe sofort gesehen, dass die Frau mehr mit uns als mit den Schmerzen beschäftigt war, die sie angeblich hatte.«

»Was?!«, rief Popeye. Er sah erschreckt aus. Auch Pozailov rutschte nervös auf seinem Sitz herum und warf Vladimir einen unfrohen Blick zu. »FBI? Ich kann mich nicht erinnern, dass das in unseren Plänen vorkam.«

»Keine Sorge. Diese Leute schaffen es normalerweise nie, an dich ranzukommen, und wenn sie es mal schaffen, gelingt es ihnen nicht, dich zu verhaften, und falls doch, machen sie nichts damit. Ich werde herausfinden, was diese Geschichte sollte. Ich habe so ein Gefühl, es hängt mit der Mannschaft von Psych zusammen. Es wirkt wie eine Nummer von Psych.«

»Psych?« Pozailov legte die Stirn in Falten. »Kommt mir irgendwie bekannt vor.«

»Auf mich hat er ziemlich überzeugend gewirkt, dieser Typ«, wandte Popeye ein.

»Du wirst es noch lernen, Popeye. Denk an die wichtigste Spielregel – zuallererst, glaub nichts, was man dir sagt. Wenn du diese Regel beachtest, kann nichts schiefgehen. Ich versuche gerade zu überlegen, weshalb sie wohl wollten, dass wir meinen, der Lastwagen sei nach Osten zurückgefahren. Aus irgendeinem Grund wollen sie uns dort haben.«

Es herrschte Schweigen. Pozailov streichelte mit einer Hand seine rötlichen Bartstoppeln, mit der zweiten hielt er das Lenkrad. Er versuchte sich zu erinnern, wer Psych war. Der Name hörte sich bekannt an.

Schließlich sagte Vladimir: »Ist mir völlig egal, wir fahren weiter nach Las Vegas. Wir müssen vor Freitag dort sein.«

HO, TEXAS

Der Tornado Diana fegte durch Nashville, Tennessee, unter Hinterlassung einiger Haus- und Menschenruinen, und brauste weiter in Richtung Florida. In Florida erwachten an diesem Morgen beunruhigte Bürger und blickten bang in den Himmel. In der Luft hing die Frühlingswärme, doch sie wussten, das konnte trügerisch sein. Die Bewohner des Mountain-Ridge-Seniorenheims, überwiegend Greise, die meisten Juden sowie ehemalige New Yorker, die hierhergekommen waren, um bei schönem Wetter zu sterben, spürten Diana in ihren alten Knochen herannahen. Sie fühlten einen dumpfen Schmerz, blickten in den klaren Himmel und sagten sich im Stillen, ihr macht uns nichts vor.

Lisa Lemmon hatte schon mit ihrem Sohn, dem Rechtsanwalt Andy Lemmon, gesprochen, dass er eine Klage gegen Sababa Moving and Storage einreichen solle, da ihre Sachen, die vor einer Woche in Florida hätten eintreffen sollen, immer noch nicht angekommen waren. Andy hatte versprochen, er würde sich so bald wie möglich darum kümmern, doch er hatte noch nichts unternommen. Er wollte es einige Tage hinauszögern und hoffte, der Lastwagen würde währenddessen doch noch eintreffen. Seine Schwester Jeannie, die in Florida lebte, besuchte ihre Eltern ab und zu, brachte ihnen Pasteten oder trank Kaffee mit ihnen. Sie hatte sie bereits auf Einkaufstouren mitgenommen – Kleider und die notwendigsten Bedarfsartikel – und war diese Geschichte allmählich schon leid. Karl Lemmon, mit seinen langen Gliedern und langem Gesicht, saß in der klassisch gestylten Lobby des Mountain Ridge, in sich gekehrt, trübsinnig, während die aktive Lisa soziale Kontakte zu knüpfen versuchte. Doch der Gemütszustand der beiden – was sie nicht verbargen – befand sich auf dem Nullpunkt.

In Houston, Texas, rief Joachim Basendwarf Michel Argamani an und sagte ihm – dem abgebrannten Streichholz, diesem bebrillten Jemeniten –, er würde ihn auf eine Rakete befördern, und er solle sich schon mal sehr, sehr gut vorbereiten, denn sein Arsch würde von der Wucht des Abschusses in den Himmel auffahren. Michel Argamani erwiderte: »Hören Sie, Mister Joachim, weshalb drohen Sie mir? Wissen Sie, wie viele Drohungen ich bereits erhalten habe, seit ich im Umzugsgeschäft bin? Das schreckt mich nicht. Kommen Sie, lassen Sie uns über eine Entschädigung reden. Ich werde Ihnen jetzt fünftausend Dollar aufs Konto gutschreiben, und in dem Moment, in dem der Lastwagen ankommt, geben Sie sie mir zurück.«

»Ha, ha, ha!«, lautete Joachim Basendwarfs Antwort. Sie führte zu einem Schweißausbruch bei Michel Argamani und veranlasste ihn zu einem Brandanruf bei Chaim, um ihm mitzuteilen, dass er ihn definitiv umbringen würde. Michel setzte ihn davon in Kenntnis, dass jede Gebühr oder Strafe, seitens Gericht oder Kunden, die sich daraus ergab, dass sich Chaims verblödete Mover mit dem Lastwagen davongemacht hatten, aus Chaims Tasche gezahlt werden würde – nur um jeden eventuellen Zweifel diesbezüglich auszuräumen.

»Ha, ha, ha!«, lautete die Antwort Chaim Galils. Er lag auf dem Sofa in Ariks überheiztem Wohnzimmer in Chicago, mit nacktem, haarigem Oberkörper und schlafverklebten Augen. Schlomi, zu seiner Linken, war in ein kleines Gebetbuch vertieft. Chaim sah keinerlei Notwendigkeit, Michel seine Reaktion näher auszuführen. Diese drei kurzen Laute, das wussten beide, bargen die Geschichte eines ganzen Lebens an Gaunereien, Schlägen und schmutzigen Machenschaften sowie eine generelle Abmachung, die in etwa lautete: »Mein Lieber, wir beide sind keine Engel, jeder zieht sein Ding durch, wir nutzen uns beide gegenseitig aus, und wir gehen beide die Risiken ein, und manchmal fällt einer von uns eben auf die Schnauze, und manchmal wird der zweite mit nach unten gezogen, wenn er nicht aufpasst. Also komm mir nicht mit diesem Mist von Strafen und Gerichten.« Oder so ähnlich.

Nachdem er die Verbindung getrennt hatte, dachte Chaim – Abhöranlage.

Schlomi sagte: »Guten Morgen, Jude.«

Die weiße Farbe reichte nicht aus, um den ganzen Lastwagen zu decken. Das gesamte Dach blieb blau, und es blieb auch ein kleines blaues Viereck am linken vorderen Eck des Laderaums. Jonsy sagte: »Wir zahlen keine tausend Dollar für eine halbe Arbeit.«

Das Problem war nur, dass sie Harry diese Summe schon vor Arbeitsbeginn bar auf die Hand gegeben hatten. Harry blätterte einen Fünfzig-Dollar-Schein von dem Bündel ab und gab ihn Jonsy zurück. »Nimm, kauf dir ein hübsches Steak davon«, sagte er geringschätzig.

Izzi klagte: »Ich glaub's nicht, wieso werden wir die ganze Zeit verarscht? Für was haben wir ihn denn lackieren lassen? Wir hätten zu einer ordentlichen Werkstatt gehen sollen.«

Jonsys Aggressionspegel stieg um eine Stufe. Nicht genug, dass ihn Harry geärgert hatte, nicht genug, dass sie bloß sinnlos Geld rausgeworfen hatten – jetzt auch noch Izzi. Es machte Jonsy wahnsinnig, dass nach Izzis Ansicht alles, was passierte, permanent nur schlecht war, alles ständig gegen sie gerichtet. Jetzt hör endlich auf, du Heulsuse, dachte er erbittert im Stillen, doch er atmete tief durch und hielt den Mund.

»Sieht super aus«, sagte er lässig zu Harry. Der Lastwagen war tatsächlich ziemlich weiß geworden. Wie eine Taube. Harry sagte: »Ich habe einen dünnen Pinsel und ein bisschen schwarze Farbe, wollt ihr signieren?« Daraufhin griff sich Jonsy Pinsel und Farbe und kletterte auf das Dach der Fahrerkabine. »Was soll ich schreiben?«, fragte er Izzi. »Du bist der Schriftsteller von uns beiden, mit deinen E-Mails den ganzen Tag.«

Izzi wehrte ab: »Woher soll ich das wissen?«

Also schrieb Jonsy auf das Dach: »April 1998 – Jonsy und Izzi in der weißen Taube, auf dem Flug ins Paradies.« Er rief Izzi.

»Spinnst du komplett? Mach meinen Namen da weg, sie erwischen uns doch sofort. Jonsy, tu mir einen Gefallen, ich will nicht …«

»Hör auf, mir die Hucke vollzulabern«, brüllte Jonsy los, von den Höhen des Kabinendachs herunter, »die ganze Zeit ›Sie werden uns erwischen, sie werden dies und das, sie verarschen uns‹. Mir langt's! Es reicht!«

Izzi blickte gekränkt nach oben. Er fummelte an seinem Ohrläppchen. »Was sollen wir machen, wenn sie uns doch immer verarschen? Sollen wir die ganze Scheiße auslöffeln?«

»Womit genau haben sie uns denn verarscht? Weil nicht genug Farbe fürs Dach da war? Was soll passieren, werden sie uns mit einem Hubschrauber verfolgen und das Blau auf dem Dach sehen? Ist es das, was dich beunruhigt? Erklär mir, wie wir verarscht worden sind. Schau hin, alles weiß, fünfundneunzig Prozent vom Laster sind weiß. Aber für dich«, Jonsy verfiel in eine weinerliche Imitation, »für dich ist das – oi und woi, jammer und jaul, nein, sie haben uns verarscht, für was haben wir ihn lackieren lassen, wir hätten zu einer ordentlichen Werkstatt gehen sollen.«

Izzi zerbröselte einen Erdklumpen mit seinem Fuß.

»Und es ist echt super, dass du deine genialen Vorschläge immer zu spät anbringst. Warum hast du nicht davor schon vorgeschlagen, zu einer ordentlichen Werkstatt zu gehen?« Jonsy kletterte vom Lastwagen herunter und fuhr fort: »Egal. Wir müssen uns jetzt entscheiden, Florida oder Nevada. Wir sind genau in der Mitte, wir können nach da oder da fahren. Bilder oder Spielautomaten.«

»Mir egal.« Izzi war beleidigt. Er stieg in den weißen Lastwagen ein. »Es wäre besser, wenn du mich an irgendeinem Flughafen absetzt.«

Für einen Augenblick dachte auch Jonsy, dass er vielleicht einen Fehler gemacht hatte, als er sich auf Izzi verließ und ihn in diese Geschichte hineinzog. Doch dann sagte er laut: »Mein Gott, fang nicht schon wieder damit an. Du bist echt wie ein Wickelbaby.« Er wandte sich in Richtung der Werkstatt und schrie: »Hey, Harry!«

Der Automechaniker Nummer eins in New Madrid näherte

sich mit seinem Cowboyhut. »Wenn du jetzt wählen müsstest«, fragte ihn Jonsy, »wohin würdest du fahren, nach Florida oder nach Nevada?«

»Ich? Nur Florida. Ich bin fast jedes zweite Wochenende dort. Da gibt es Strände. In Nevada gibt es Wüste. Und ich mag auch Glücksspiele oder Atomversuche nicht besonders, wenn ihr versteht, was ich meine. Aber um die Wahrheit zu sagen, heute und morgen würde ich besser nicht in die Nähe Floridas kommen. Es gibt einen Twister dort. Und ein Twister in Florida ist nicht sehr angenehm, das kannst du mir glauben. Ich hatte schon das zweifelhafte Vergnügen. Das heißt Regen und Sturmwind, wie ihr es nicht kennt. Dieser Lastwagen kann wie eine Streichholzschachtel von der Straße gefegt werden.«

Der weiße Lastwagen verließ Harrys Werkstatt und New Madrid auf dem Highway Nr. 55 nach Süden, hatte Missouri schnell hinter sich gelassen und Arkansas erreicht. Er kurvte auf der Straße den Mississippi entlang und bog vor Memphis nach Westen auf den 40er ab, fuhr in Little Rock auf der Straße Nr. 30 weiter und näherte sich gegen Mittag der Grenze zwischen Arkansas und Texas bei der Kleinstadt Texarkana.

In Arkansas gab es große Felder, alte Häuser und Kirchen, Unmengen von Kirchen im Süden. Kurz bevor sie nach Texas hineinfuhren, sagte Izzi: »Das erinnert mich an die Filme von Jim Jarmusch.«

Jonsy entgegnete: »Jimja-wer? Aber Clinton kommt aus Little Rock.«

Bei einer Rest Area, ganz kurz vor Texas, hielt er an, um zu pinkeln und schnell noch auf den Boden von Arkansas zu treten.

Und dann waren sie in Texas.

Es war eine überraschende Nacht. Monty Cohen überraschte sich selbst damit, dass er so viele Stunden lang wach blieb, dass er immer weiterfuhr, dass seine Energien zurückgekehrt waren. Er kaufte sich schwarze Knabberkerne. Ein Truckfahrer an einer der Tankstellen unterwegs hatte ihm erzählt, das sei die beste Methode gegen Einschlafen. Er fuhr und fuhr, fühlte sich gut, fröhlich, wippte im Einklang mit dem Radio – er war auf einen guten Sender aus Saint Louis gestoßen, auf 106.7. Zu Anfang des Abends gab es ein Programm mit Discomusik, und nach Mitternacht spielten sie Jazz, wonach Monty nicht gerade verrückt war, was in diesem Augenblick jedoch genau das Richtige war. Er wackelte mit den Schultern, trommelte aufs Lenkrad, bewegte rhythmisch den Kopf und zerbiss Kerne.

Er überraschte sich selbst damit, dass er um drei Uhr nachts, mit hohlem Kopf vor Koffein und Müdigkeit, Jane Aki im Sugar-Bush-Lac-Reservat anrief. Er überraschte sich damit, dass er ein nonchalantes »Hi, Jane« zurückgab, als sie sich, hellwach, nach zwei Klingelzeichen meldete. Er berichtete ihr, was ihm alles widerfahren war, wie er schon Colorado erreicht hatte und nun auf dem Weg zurück nach Missouri war. Sie erzählte ihm, dass Jake sie angerufen habe, nachdem ihn die Israelis mitten in Kansas hinausgeworfen hatten, dass er ihr leidgetan und sie ein bisschen mit ihm geredet habe, was sie nachher sofort bereute, denn der kleine Scheißkerl kam einfach ins Reservat und nahm sich Wendy, ohne sie zu fragen. Nicht dass Wendy irgendetwas wert gewesen wäre, aber was für eine Unverschämtheit, oder?

Monty hörte sich das alles an und hatte das Gefühl, dass ihre Stimme sein Ohr streichelte.

Sie fragte, wie es den Israelis ginge, ob man ihnen etwas getan habe. Er antwortete, noch nicht, und er hoffe, man würde ihnen auch nichts tun.

Das Gespräch floss angenehm leicht dahin, als sei es das Natürlichste auf der Welt – er in einer Telefonzelle in einem Truckstop in Missouri, sie in ihrem Haus im Reservat in Minnesota, bei Hundekälte, drei Uhr morgens. Am Schluss fragte er sie: »Besteht die Aussicht, dass du einmal nach New York kommst?« Und sie meinte: »Ich war nicht mehr dort, seit ich zehn war. Vielleicht sollte ich wirklich mal zu Besuch kommen?« Worauf er sagte: »Du musst. Komm mich besuchen.« Sie erwiderte: »Gut. Wir machen es. Ich muss nur sehen, wann es am besten passt wegen meines Studiums. Gib mir deine Nummer zu Hause. Ich hoffe, dass ich es bis nächste Woche schon weiß.«

Dieser Satz »Wir machen es« blieb in seinem Kopf haften. Er wusste, dass sie keinerlei besondere Absichten damit verfolgt hatte, als sie ihn sagte, doch er blieb stecken. »Wir machen es.« Er betrat ein Motel, bestellte den Weckdienst und fiel mit einem Lächeln auf den Lippen ins Bett.

Dieses Lächeln behielt er auch am Morgen bei, denn als ihm Psych sagte, er solle zusehen, dass er so schnell wie möglich eine Kleinstadt namens New Madrid erreiche, stellte sich heraus, dass er sich bereits ziemlich in der Nähe davon befand.

Er duschte sich unter volltönendem Gesang. Zuerst sang er das »Ma nischtana« aus der Pessach-Haggada, denn er war sich ziemlich sicher, dass er am Sederabend, falls er es schaffen sollte, der Jüngste von allen sein würde und diese Aufgabe übernehmen müsste. Anschließend sang er das Lied, das ihm tags zuvor im Radio so gefallen hatte – »The Way« –, hauptsächlich mit »la, la, la«.

Als er den Wagen anließ, spielten sie wieder dieses Lied im Radio.

In New Madrid sagte Harry zu ihm: »Völlig weiß, außer dem Dach, das ist blau geblieben, weil ich nicht genug Farbe hatte, und so ein kleines Viereck im linken vorderen Bereich des Laderaums.« Dann fügte er noch hinzu: »Sie haben zwischen Florida und Nevada geschwankt. Ich habe ihnen gesagt, dass in Florida ein Twister im Anzug ist, also könnte ich mir vorstellen, dass sie nach Nevada fahren.«

Monty meldete Psych, dass er nach Nevada weiterfahre. Psych erwiderte: »Geht in Ordnung. Aber pass bloß in Texas auf. Das ist kein Kinderspiel.«

Monty gab heiter zurück: »Keine Bange, Psycho.«

Ho, Texas! Oder vielleicht genauer gesagt, Texas – Gott bewahre?!

Wenn du nach Texas hineinfährst, fühlst du dich sofort anders. Als kämst du in ein neues Land.

Allein schon die Größe. In jedem Staat bezeichnet das erste Schild die Länge. Meistens sind es hundert, hundertfünfzig, manchmal dreihundert Meilen. In Texas – da sind es achthundertdreiundsiebzig Meilen.

Und es gibt die Schilder mit den zwischen Tag und Nacht abgestuften Geschwindigkeitsbegrenzungen. So etwas gibt es nirgendwo sonst in Amerika.

Jonsy sagt: »In Texas scheren sich alle einen feuchten Dreck drum und fahren wie die Irren. Hier gibt's keine ernsthafte Verkehrspolizei.«

Und dann die toten Gürteltiere an den Straßenrändern. Mit ihrem Panzer. Und die überfahrenen Stinktiere. Aber keine Hunde und Katzen, im Gegensatz zur richtigen Welt.

Eine gelbe Piper fliegt über der Straße. Ein großer Storchenschwarm arrangiert sich zu einer Pfeilspitze.

Die populärste Restaurantkette in Texas ist Steaky's. Fast an jeder Ausfahrt gibt es so ein Lokal. McDonald's und Burger King erscheinen von hier aus wie ein ferner nördlicher Traum.

»Wie ist Steaky's?«, erkundigt sich Izzi bei Jonsy.

»Nicht besonders. Erinnert an die Hamburger von den Wanderkiosken bei uns daheim. Und keine guten Pommes.«

»Hör mal«, sagt Izzi plötzlich, »ich hab was Komisches geträumt in der Nacht. Itzik Zohar, weißt du, wer das ist?«

»Der Fußballspieler, klar«, antwortet Jonsy.

»Ja. Ich erinnere mich nicht genau, aber Itzik Zohar war da, und er hatte durchsichtige Hosen und ein durchsichtiges Hemd an, und man hat alles gesehen. Ein merkwürdiger Traum.«

Ein großer Lastwagen kommt ihnen entgegen, mit einem großen Lichterkreuz auf der Motorhaube. Hinten steht: Judgement after Death.

Jonsy erzählt, dass es irgendwo in Texas ein riesiges Kreuz auf einem Berg gibt. »Der Ku-Klux-Klan ist wahnsinnig stark hier. Wenn du den 10er Highway von Louisiana reinfährst, das ist sein Herrschaftsgebiet. Louisiana selber besteht eigentlich aus Dutzenden Kilometern von Sümpfen, über die der 10er im Prinzip als Brücke führt, und an allen möglichen Stellen unter der Straße leben die furchterregendsten Obdachlosen von ganz Amerika. Ich hatte mal einen Pick-up für einen Inder in der Gegend zu machen. Er hat mich gewarnt. Er hat gesagt, dass das Gebiet vor Ku-Klux-Klan nur so wimmelt, dass ihr Zentrum ein Ort namens Vidor ist. Er hat's mir auf der Karte gezeigt. Er hat mich davor gewarnt, unterwegs anzuhalten, nicht mal zum Tanken oder Essen, denn sie beherrschen die ganzen Raststationen. Und ich solle mich ja nicht zu Spielchen beim Fahren verleiten lassen und das Tempolimit keinesfalls überschreiten, denn die Polizisten stecken mit ihnen unter einer Decke und sind Drecksäcke.«

»Warum hat dann der Inder da gewohnt?«, fragt Izzi verständnislos.

»Das wollte ich ihn echt auch fragen. Er hieß Mussa.«

Der Highway Nr. 30 führt über Dallas. Izzi findet einen normalen Radiosender. Sie hören No Dignity, wippen im Takt dazu. Als sie in die Stadt hineinfahren, taucht am Himmel ein niedrig fliegender Hubschrauber auf, und Dutzende Streifenwagen mit Blaulichtern umzingeln irgendeinen Diner.

Izzi sagt: »Was ist das? Drehen die einen Film?«

Jonsy zuckt die Achseln. »Eher ein Raubüberfall.«

Chaim kehrte unter die Decken in Ariks Wohnzimmer zurück und blieb dort bis zum Mittag. Schlomi ging in die Synagoge, sagte, er würde nachher ein bisschen im Schnee spazieren gehen und in zwei bis drei Stunden zurück sein.

Den ganzen Vormittag versuchte Chaim, die Abhöranlage für sein Büro zu organisieren. Er telefonierte mit Freunden, die andere Freunde kannten, die Bekannte mit solchen Ausrüstungen hatten oder Privatdetekteien kannten. Und anschließend musste er jemanden finden, der jetzt sofort Zeit hatte, um in die 39. Straße zu gehen und das Ganze zu installieren. Und dann noch jemanden, der Hebräisch konnte, damit er die belauschten Gespräche auch verstand. Mindestens zwei Stunden lang führte er Dauertelefonate nach New York, auf Ariks Rechnung natürlich.

Zadok, der Mann, den er zu guter Letzt auftrieb, rief ihn

nach ein paar Stunden zurück und meldete: »Chaim, es gibt schon eine Abhöranlage in dieser Leitung.«

»Wie bitte?«

»Du hast richtig gehört. Die Leitung ist schon angezapft.«

»Von wem?«, fragte Chaim verblüfft.

»Das kann ich nicht riechen. Ich höre nur das Klicken. Ich kann nur sagen, es sind Profis.«

Chaim kratzte sich verdutzt am Kopf. »Wie lang ist das schon dort?«

»Das kann ich auch nicht sagen. Alles, was ich weiß, ist, dass die Leitung angezapft worden ist. Und zwar superprofessionell. Was ich vermute? Nur Organisationen – sagen wir mal offizielle, ja? – können eine solche Abhöranlage installieren. Das ist nicht die Arbeit von irgendeinem Privatmann. Das ist keine Schwarzarbeit, kein Pfusch. Das hört sich nach echter Ausrüstung an.«

»Was heißt offizielle Organisationen?«

»Polizei, Staat. Du weißt schon, die Behörden«, erklärte Zadok.

Chaim fing an zu schwitzen. »Brauchen die nicht eine Genehmigung für so was?«

»Wer sagt, dass sie die nicht haben?«, entgegnete Zadok.

Chaim schoss aus den Decken hoch. Er trug nur Unterhose und T-Shirt, doch ihm war heiß. Er wollte die Heizung niedriger stellen. Durchs Fenster sah er Schnee. Er dachte nach.

»Hallo?«, rief Zadok.

»Ja. Ich bin noch da. Nachdem die Leitung schon abgehört wird, heißt das, dass du nicht noch ein Abhörgerät draufsetzen kannst?«

»Kann ich schon, warum soll ich das nicht können?«

»Dann mach das. Ich rechne mit dir nächste Woche in New York ab, okay?«, sagte Chaim.

»Kein Problem.«

Der nächste Anruf galt Chen. Er sagte zu ihr, es gebe nichts Neues. Sie seien immer noch in Chicago. Würden vorläufig dort bleiben. Vielleicht würden sie nach New York zurückfahren. Er hoffte, dass sie den Köder schluckte.

Als Schlomi zurückkam, saß Chaim in der Unterhose am Küchentisch, in der einen Hand das Telefon, in der zweiten einen Löffel. Er aß einen Joghurt, den er im Kühlschrank gefunden hatte, und hörte sich den ersten Ergebnisbericht von Zadok an: Jemand hatte angerufen, eine Frau namens Chen hatte geantwortet. Der Anrufer hatte gesagt, es sei alles in Ordnung, der Lastwagen habe eine neue Farbe, sähe wie eine Pralinenschachtel aus. Er sagte, sie seien in Texas, nicht weit weg von Dallas, und fragte Chen, wo Chaim und Schlomi seien. Chen erwiderte, sie seien in Chicago, würden offenbar dort bleiben, bis sie etwas hörten, vielleicht würden sie auch nach New York zurückkehren. Der Anrufer sagte, prima.

Es hatte auch einer angerufen, der sich Uncle Sam nannte, und einer namens Michel sowie irgendeine Lisa Lemmon.

Chaim bat Zadok, den Wortlaut des ersten Gesprächs zu wiederholen.

Schlomi sah seinen Boss nervös lächeln. Er beobachtete, wie sich seine Stirn mit Schweißtropfen überzog, in einer Hand das Telefon, während er mit der anderen den Löffel zum Mund führte. Schlomi hob fragend die Augenbrauen – was ist los?

Chaim beendete das Gespräch. »Sie fahren nach Texas. Sie sind in der Gegend von Dallas. Wie lange brauchen wir dorthin?«

»Texas? Einen Tag, zwei Tage.«

»Ein bis zwei Tage? Nicht gut.«

»Außer wenn wir …«

»Genau. Los, Bewegung.«

BYE, BYE, SLOTMASCHINEN

Die Idee stammte ausgerechnet von Izzi, in dem Reiseshop in Texas. Hinter Dallas, nach der ganzen Countrymusik im Radio und der ganzen Wüste in den Augen, nach einem weiteren Piepsersignal von Chen und noch einem Stopp an einer staubigen texanischen Tankstelle, nach einem texanischen Verkäufer mehr mit Cowboyhut und noch einem rothaarigen Kunden mit langem Bart – da war ihm die Idee gekommen.

Eine Minute vorher, während er pinkelte, hatte Izzi gehört, wie der Rothaarige jenseits der Tür zu dem Verkäufer sagte: »Indiana, was für ein grauenhafter Staat. Ich hasse das Wetter, hasse die Leute. Ich hab ein Paar Melkergummistiefel wegen dem Schnee gekauft. Ich sag's dir, seit Vietnam hab ich kein so übles Wetter mehr gesehen.«

Dieser unmögliche Südstaatenakzent, dachte Izzi. Schon Harry in Missouri hatte man nur mühsam verstanden, aber jetzt, in Texas, hörte sich das kaum mehr wie Englisch an.

Der Verkäufer gab zur Antwort: »Das ist dieser perverse El Niño, nicht?«

Worauf der Rothaarige erwiderte: »El Niño? In Nam hatten wir jeden Tag El Niño.«

Und dann – im Hintergrund der Unterhaltung der beiden Texaner – hörte Izzi Geräusche. Piep, bling. Es klang bekannt. Spielzeugmusik. Pieptöne und Klingeln. Als er aus der Toilette trat, sah er sie. Zwei Spielautomaten. Schöne Slotmaschinen. Alt, aber sie wirkten sehr lebendig. Einfach so, mitten in diesem Loch in Texas.

Er erläuterte Jonsy die Idee, und nachdem der Rothaarige mit seinen Melkergummistiefeln, die er für den Schnee von Indiana gekauft hatte, den Laden verlassen hatte und in seinen Semi-Trailer gestiegen war, trat Jonsy zu dem Verkäufer.

»Wollen Sie noch bessere als die?«, fragte er ihn.

Der Verkäufer zeigte sich nicht interessiert. Doch er hatte einen Freund, der interessiert war. »Er hat mir schon tausendmal angeboten, mir meine abzukaufen«, erzählte er. »Ich hab ihm gesagt, er soll gebrauchte Automaten suchen. Im Internet. Aber heutzutage ist es schwierig, Spielautomaten zu kaufen. Vor allem wenn du ein Geschäft hast. Es ist verboten, sie ohne Genehmigung zu betreiben, sie nehmen es genauer denn je damit.«

»Wie geht das dann bei Ihnen«, erkundigte sich Jonsy.

Der Verkäufer lächelte. »In Texas gibt es ein bisschen andere Gesetze, in dem Moment, in dem man sie in Besitz hat.«

Er rief Jakes Night, besagten Freund, an. Night war in der Tat interessiert. »Was heißt interessiert, er hat sich fast in die Hosen gepisst«, griente der Verkäufer. Jonsy erhielt Instruktionen, wie er nach Noodle gelangte. »Noodle hat so um die vierzig Einwohner, aber es gibt eine Schule dort. Jakes hat immer zu mir gesagt, dass die Kinder ganz verrückt auf Spielautomaten seien. Er ist jetzt völlig aus dem Häuschen, er hat zu mir gesagt, dass er schon einen Platz vorbereitet hat.«

Sie hielten an einem italienischen Restaurant in einer Kleinstadt namens Abilene, nachdem Izzi verkündet hatte, dass er McDonald's satt habe, wenigstens für heute. Der Kellner sprach ein Italienisch mit schwerem südlichem Akzent. Jonsy bestellte eine Pizza und klappte das Stück zusammen, bevor er es in den Mund schob. Izzi bestellte Ravioli und zwei Gläser Wein. Er hob das seine und sagte: »Zum Wohl, auf das Ende der Spielautomaten!«

Jonsy erhob das zweite Glas und meinte: »Lass uns nicht zu früh feiern. Wir sind noch nicht dort, wir haben den Mann noch nicht getroffen, wir haben noch nicht über Geld geredet.«

»Aber du hast doch gesagt, dass wir sie zu jedem Preis verkaufen, den er nennt. Mir genügt es, wenn ich das Geld für ein Flugticket nach Hause habe, und von mir aus steig ich direkt von Noodle aus in ein Flugzeug.«

»Und was ist mit dem Laster? Da sind Sachen von Leuten, die inzwischen hinten verrotten. Und die Bilder?«

»Der Lastwagen schert mich einen Dreck. Von mir aus lass ihn in Noodle, mit den Bildern und allem zusammen. Obwohl, vielleicht sollten wir nach Dallas zurückfahren, Chaim anrufen und dem Arschloch sagen, dass der Lastwagen am Flughafen ist, und dann steigen wir ins Flugzeug? Wir sagen ihm nicht, dass er die Farbe gewechselt hat. Das soll er selber rausfinden. Haha!« Izzi gluckste.

Jonsy schüttelte den Kopf. Diese abrupten Stimmungsumschwünge bei Izzi nervten ihn. Gute Laune so wie jetzt war natürlich vorzuziehen, aber er quatschte Blödsinn, und es war klar, dass das nur ein vorübergehender Aufschwung war, vor dem nächsten Down.

»Krieg dich wieder ein, Izzi. Ganz langsam. Wir sind die Automaten noch nicht los. Ich bin damit einverstanden, dass wir sie jetzt losschlagen, weil wir einfach nicht dahintersteigen, was es mit ihnen auf sich hat. Aber ich lasse den Plan nicht sausen. Der einzige Grund, warum ich auf die Spielautomaten verzichte, sind die Bilder. Wenn die Preise, die Jigal geschätzt hat, ungefähr stimmen, dann brauchen wir uns echt nicht mit den Automaten abzugeben. Es gibt diese Galerie in Texas … ich gebe nicht so leicht auf …«

Izzi lachte. »Mach mit den Bildern, was du willst. Mich setzt du in Dallas ab.«

Der Flug Nr. 691 von United Airlines landete um 14.17 Uhr mit vier Minuten Verspätung auf dem internationalen Flughafen von Dallas. Unter den Passagieren, die ausstiegen, befanden sich zwei, die ziemlich gereizt waren.

Chaim sagte zu Schlomi unterm Gehen: »Kapierst du das? Sie haben den Lastwagen lackieren lassen. Meinen Lastwagen. Den einzigen Lastwagen, den Sababa Moving and Storag'e hat. Diese unverschämten Stinker. Weiß!«

Aber Schlomi kapierte es nicht. Er kapierte gar nichts mehr, seit Chaim ihm, noch in der Luft, einen Vortrag gehalten hatte. Was Chaim da gesagt hatte, war in etwa Folgendes: »Ich hab die Nase voll davon, mich auf Leute zu verlassen. Ich habe die Menschen satt. Wenn ich die Rechnung mit den beiden beglichen habe, mache ich diese verschissene Firma mit ihren beschissenen Arbeitern zu und fange allein was an. Ich will mich nicht auf die verlogenen Mover verlassen, die bei mir arbeiten. Und schon gar nicht«, hier hob er den Finger, »auf diese verlogenen, heimtückischen Israelis, ganz zu schweigen von den amerikanischen Juden.«

Als Chaim aufging, was er da gesagt hatte und zu wem, war es ein bisschen zu spät. Er fügte hastig hinzu: »Klar, Schlomi, dich meine ich nicht damit. Das heißt … alles, was ich machen werde, wir werden drüber reden, wir werden sehen, äh … wie, na ja …«

Schlomi dachte, was für eine stinkige Ratte. Er hat mich nur mitgenommen, um etwas über ihre Pläne zu erfahren und damit ich fahre.

Sie mieteten einen neuen Chevi Suburban – so einer wie der Chaims, nur ohne die Kratzer und den Schmutz drinnen. Das Handy läutete.

»Hallo, ist da Chaim Galil?«

»Ja?«

»Sie kennen mich nicht. Ich heiße Jakob. Ich denke, ich kann Ihnen helfen.«

»Mir helfen?« Chaim war sich sicher, dass das noch ein wütender Kunde war, der auf seinen Umzug wartete. Die Firma Sababa Moving and Storage war, seit er New York verlassen hatte, praktisch nicht mehr existent. Er erwiderte: »Ich brauche momentan keine Hilfe, danke.«

»Okay«, sagte Jake lässig, mit riesiger Sonnenbrille und einer Baseballkappe der Minnesota Timberwolves. »Sie sollten bloß wissen, dass ich gerade Ihre Arbeiter, Jonsy und Izzi, beobachte, die in einem weißen Lastwagen mitten durch Texas fahren.«

Damit hängte er ein. Er wusste, er hatte Chaim am Haken.

Jakes Night – ein magerer, hochgewachsener Rotschopf mit scharfen Gesichtszügen und grünen Augen – wartete an seinem Laden in Noodle schon auf den weißen Lastwagen und empfing die Fahrer mit Lächeln und Bier.

Es ging schnell und glatt. Sie verlangten dreitausend Dollar pro Stück. Er sagte, mit einem fast nicht zu entschlüsselnden Akzent: »Fünftausend für beide.«

Jonsy nahm sich noch ein paar Sekunden, um die Aufregung zu verbergen und so zu tun, als müsse er überlegen, streckte dann die Hand aus und schlug ein. Jakes Night schenkte ihm sein schönstes Lächeln, das bereits einige Frauen in Noodle zum Schmelzen gebracht hatte.

Jonsy sagte: »Ich hoffe, Sie haben Ihre Freude damit, Night. Sie sollten wissen, dass Sie ein gutes Geschäft gemacht haben.«

Sie schlossen die Automaten an und vergewisserten sich, dass sie funktionierten. Jakes kontrollierte, ob der Schlüssel zur Geldkassette an seinem Platz war. Noch bevor Jonsy und Izzi den Laden verließen, kamen zwei Kinder herein und begannen zu spielen. Jakes war selig.

Nachdem Jonsy und Izzi Noodle hinter sich gelassen hatten und zurück zum Highway Nr. 20 fuhren, sagte Izzi: »Bei Allah, ich glaub's nicht, dass das so einfach war.«

Jonsy gab keine Antwort. Er dachte, und was jetzt? Sie hatten zusammen um die zehntausend Dollar. Fünftausend each. Dafür war er nicht hier. Dafür hatte er nicht mit New York abgeschlossen, Chen verlassen, einen Schlussstrich unter das Moving und Amerika gezogen. Das war nicht der Sinn der Sache gewesen.

Er wandte sich an Izzi: »Wir gehen zum Bilderplan über.«

Izzi entgegnete wie aus der Pistole geschossen – denn er hatte schon darauf gewartet: »Ich bin nicht mit von der Partie. Bring mich nach Dallas.«

Jonsy antwortete nicht. Sie fuhren ein paar Minuten schweigend. Sogar das Radio hatten sie ausgeschaltet, weil sie den ewigen Country nicht mehr ertrugen. Es begann zu regnen. Sie fuhren durch den Regen, in Texas, ohne Spielautomaten und hingen Gedanken nach – jeder seinen eigenen.

Als sie auf den 20er auffuhren und Jonsy eine Tankstelle sah, sagte er: »Ich halte hier, um zu tanken und zu telefonieren. Ich werde die Galerie suchen. Vielleicht rufen wir Jigal an. Danach entscheiden wir, was wir machen.«

»Ich habe mich schon entschieden.«

»Ich hab's kapiert.« Jonsy hob die Stimme. »Ich werde dich nicht zu irgendwas zwingen, was du nicht willst, okay? Du entscheidest. Aber vergiss nicht, dass wir zusammen in diesem Geschäft sind. Lass mich ein paar Telefonate machen, die Möglichkeiten ausloten, und dann setzen wir uns hin und reden darüber wie zwei normale Menschen, und danach entscheiden wir. In Ordnung? Oder wo ist das Problem?«

»In Ordnung, in Ordnung. Was immer du willst«, versicherte Izzi hastig.

An der Tankstelle in Trent am Highway Nr. 20 gab es nur ein einziges öffentliches Telefon. Ein blässlicher Typ in einem dicken, braunen Pullover stand dort und redete.

»Gibt's was Neues?«, fragte er in den Hörer. Er stand mit dem Gesicht in Richtung Tankstelle und beachtete Jonsy nicht, der hinter ihm eintraf und sich auf den niedrigen Zaun stützte.

»Nichts, seit wir uns das letzte Mal gesprochen haben, um ehrlich zu sein«, antwortete Psych am anderen Ende. »Wo bist du?«

Als Psych ihm diese Frage stellte, drehte sich Monty Cohen um, um seine Umgebung zu mustern. Es handelte sich um eine fast instinktive Reaktion. Wenn du an einem unbekannten Ort bist und gefragt wirst, wo du bist, blickst du dich um und gibst erst dann die Antwort, auch wenn du sie vorher schon gewusst hast.

Als sich Monty umdrehte, sah er Jonsy, der auf das Telefon wartete, am Zaun lehnen.

Er sagte zu Psych: »Ich bin in Trent, Texas. Ich glaube, sie sind nicht weit.« Monty hatte nie Fotos von den israelischen Movern gesehen, aber etwas an Jonsy erregte seine Aufmerksamkeit. Die Art, wie er am Zaun lehnte, die Augen zusammenkniff, geradeaus in den texanischen Mittag starrte – das hatte irgendetwas Vertrautes.

»Trent … ja, ich seh's jetzt auf der Karte«, erwiderte Psych in New York. »Ah, mir ist noch was Neues eingefallen. Ihr Boss, Chaim, hat ein Abhörgerät an dem gleichen Telefon installiert, das wir abhören. Er hat endlich gecheckt, dass die Prinzessin den Kameraden im Laster sämtliche Informationen weitergibt. Von jetzt an weiß er also genauso gut wie wir über ihre Bewegungen Bescheid und wird natürlich weniger von seinen Bewegungen verraten.«

Plötzlich begriff Monty, was ihm an dem Jungen, der am Zaun auf das Telefon wartete, so bekannt vorkam. Er sah wie ein Israeli aus. Monty kannte die Sorte – es lag irgendwie am Ausdruck. Und der Ausdruck dieses Jungen, abgesehen davon, dass er beunruhigt wirkte, sah für Monty israelisch aus. Ein bisschen merkwürdig, mitten in Texas.

»Noch was?«, fragte Psych ungeduldig. Monty hob den Blick und sah den zweiten Jungen. Stand an der Zapfsäule. Tankte. Ein Lastwagen. Weiß.

Monty Cohen schluckte seinen Speichel und drehte dem Jungen den Rücken zu. Sein Herz begann in verrücktem Takt zu pochen. Er erinnerte sich an Harry, den Automechaniker von New Madrid, der am Morgen zu ihm gesagt hatte: »Er ist total weiß, außer dem Dach, das ist blau geblieben, weil ich nicht mehr genug Farbe hatte.« O Gott.

»Nur eine Sekunde, Psych. Sie sind hier.«

»Was? Wer?«

»Die Mo…«, Monty senkte hastig die Stimme. »Die Prinzen des Nahen Ostens sind hier. Neben mir. An der Tankstelle. Einer von ihnen wartet hinter mir auf das Telefon, von dem aus ich spreche. Ich sehe sie. Ich sehe den weißen Lastwagen. Was soll ich tun?«

»Was? Ist das dein Ernst?«

»Was soll ich machen?«, drängte Monty.

»Ähm … vielleicht festnehmen? Zum Verhör?«

»Vielleicht? Sag mir auf der Stelle, was ich tun soll, Psych. Und zwar sicher, nicht vielleicht. Frag Cornelia …« Monty fing in seinem Pullover zu schwitzen an.

Auch Psych in New York begann, die Fassung zu verlieren. »Cornelia ist gerade raus, um Essen von der Koreanerin zu holen …«

»Vielleicht lasse ich ihn jetzt telefonieren, und inzwischen denkt ihr dort nach?«, schlug Monty hastig vor.

»Ja … verlier sie nicht. Ruf in ein paar Minuten wieder an.«

Als Monty einhängte, wandte er sich an den Jungen und sagte: »Bitte sehr.« Als er die Antwort hörte, »Vielen Dank«, identifizierte er den Akzent. Er betrat das Restaurant, von wo aus er zu Jonsy hinausspähte, der nun telefonierte. Dann wanderte sein Blick zu Izzi an der Tanksäule. Da sind sie also, dachte er. Halb Amerika habe ich durchquert, um diese dummen Visagen zu sehen – und was jetzt? Ich habe keine Ahnung.

Montgomery Cohen hatte keinerlei Erfahrung mit Auftritten, wo er die Marke zu zücken und aufzusagen hatte: »FBI, bitte folgen Sie mir.« Zwar hatte er solche Szenen unzählige Male im Fernsehen gesehen und auch vereinzelt im richtigen Leben, doch es waren immer andere, viel härtere als er gewesen, die das gemacht hatten. Er tastete nach seiner Dienstmarke in der Hemdtasche unter dem Pullover, zog sie heraus und versenkte sie in der vorderen Hosentasche. Falls nötig, würde er sie von dort herausziehen. Er probte im Stillen mehrmals hintereinander den Satz, »Agent Montgomery Cohen, FBI, bitte folgen Sie mir«, und unterbrach sich plötzlich. Moment mal, schoss ihm durch den Kopf, da gibt es zwei Probleme. Erstens, »Bitte folgen Sie mir« – wohin soll ich sie bringen? Wir befinden uns in irgendeinem Loch mitten in Texas. Zweitens, mein Name ist nicht gut für diese Situation. Sie werden gleich mitkriegen, dass ich Jude bin, und mich zu manipulieren versuchen. Er beschloss zu sagen: »Agent Montgomery, FBI, ich habe einige Fragen an Sie.«

Er kannte diese Aufregung vor einer wichtigen Aktion. Es grummelte in seinem Bauch. Er ging auf die Toilette, hatte Durchfall. Als er herauskam, atmete er auf. Jonsy stand noch immer an dem öffentlichen Telefonapparat, machte ausholende Gesten mit der freien Hand.

Das Restaurant war leer, außer der Besitzerin, die ihn an Roseanne erinnerte. Er lächelte sie freundlich an und fragte: »Regnet es hier immer so?«

»Im April? Fast nie. Aber dieses Jahr passieren hier verrückte Sachen.«

»Das ist überall so. El Niño.«

Er sah, wie der Israeli, der getankt hatte, auf seinen Freund zuging. Der Junge am Telefon klemmte den Hörer zwischen Schulter und Ohr und fuhr mit der Hand tief in die Hosentasche seiner Jeans. Er holte etwas von dort heraus und gab es dem anderen, der nun ins Restaurant kam. Monty versuchte, unbemerkt am Rand zu bleiben. Der Junge nahm etwas und fragte die Verkäuferin: »Haben Sie vielleicht Sonnenblumenkerne?«

Ganz ohne Zweifel, der Akzent war israelisch.

Monty beschloss, hinauszugehen und sich wieder am Telefon anzustellen. Er ging schnell am Auto vorbei und suchte die Kurznotizen, die er sich über die Israelis gemacht hatte. Da waren sie. Jonsy und Izzi.

Jonsy legte den Hörer auf, sagte: »Bitte«, und wandte sich dem Lastwagen zu.

»Wieso brauchst du so lange?«, meldete sich Psych sofort am anderen Ende der Leitung mit dem Mund voller koreanischer Nudeln.

»Er hat die ganze Zeit das Telefon besetzt gehalten.«

»Er hat nur einen Anruf ins Büro gemacht, wollte Telefonnummern. Wir checken sie gerade durch.«

»Er wirkte ziemlich nervös«, sagte Monty leise, während er in Richtung des Lastwagens spähte. Jonsy und Izzi standen daneben und redeten miteinander. Sie schienen es nicht eilig zu haben. Psych erzählte ihm unterdessen, was Cornelia und er beschlossen hatten. Das brachte Montys Herz endgültig zum Rasen. Er spürte wieder diese Schwäche, dieses Ziehen im Bauch, den unmittelbaren Drang, auf die Toilette zu müssen. Er sagte mit gepresster Stimme in den Hörer: »Okay, bye«, und legte auf.

Es war ein schwerer Gang, den er antrat.

Sie erschienen ihm wie eine Ewigkeit, diese zwanzig Schritte.

Er räusperte sich, versuchte sich zu beruhigen.

Er war sich peinlich genau jedes einzelnen Schritts bewusst, jeder Bewegung, jeder Veränderung in seinem Gesichtsausdruck.

Nun hatten sie bemerkt, dass er auf sie zukam.

Jetzt sahen sie ihn an.

Seine Hand in der Hosentasche streichelte die FBI-Marke.

Wann sollte er sie herausziehen? Zehn Schritte vor ihnen? Nachdem er sie erreicht hatte?

Wo sollte er mit ihnen sprechen? Hier vor dem Lastwagen? Im Restaurant?

Sein Blick traf Izzis Augen, der ihn ebenfalls ansah.

Er atmete tief durch. Shit.

Zog die Marke heraus und präsentierte sie ihnen.

Sie sahen den silbernen Stern.

Und es gelang ihm, ohne dass seine Stimme kippte, zu sagen: »Agent Montgomery, FBI, ich habe einige Fragen an Sie.«

JAKE IS BACK

In den Nachrichten sprachen sie wieder über Monica Lewinsky. Diese Woche würde sie aussagen. Das war die Woche, auf die alle gewartet hatten, und ganz besonders sie selbst, da sie einige Wochen im Wartezustand zu Hause verbracht hatte.

Schlomi sagte: »Was ist das für ein Schwachsinn? Worum geht es, hat sie ihm einen geblasen?«

»Ja, hat sie«, antwortete Chaim. Er war ruhelos seit dem Anruf dieses Typen, der gesagt hatte, er habe Jonsy und Izzi gesehen. Er mochte ihn nicht, wer immer er auch war. Ein dämliches Spiel, so anzurufen und aufzulegen.

»Und wozu das ganze Geschrei? Was will dieser Kenneth Starr?« Schlomi blieb beim Thema.

»Er will auch solche jungen Mädchen vögeln.«

»Verletzt das die Staatssicherheit, wenn sie ihm einen bläst?«

»Die Staatssicherheit nicht unbedingt, aber, nu, die Glaubwürdigkeit des Präsidenten oder so was, wahrscheinlich«, erwiderte Chaim ungeduldig.

»Allmächtiger Herr im Himmel, mit so was beschäftigen die sich? Das erinnert mich …« Doch Schlomi kam nicht dazu zu sagen, woran ihn das erinnerte, denn die Blaulichter im Rückspiegel ließen ihn verstummen. Chaim hörte die Sirene und schloss gequält die Augen. »Schlomi, was soll nur aus dir werden«, sagte er heiser.

Schlomi beobachtete niedergeschlagen im Seitenspiegel, wie sich der Polizist näherte.

Nachdem sie die Prozedur abgewickelt und die Strafe gezahlt hatten, kam Chaim auf das Thema zurück: »Man sagt, die Sache sei die, dass der Präsident und seine Leute Druck ausgeübt hätten, damit die ganzen Mädchen Stillschweigen bewahrten – das ist sein Verbrechen, verstehst du?«

»Nein«, entgegnete Schlomi, »wo ist das Verbrechen dabei?«

»Gennifer Flowers hat er eine Arbeit angeboten, damit sie den Mund hält. Quasi Bestechung. Und jetzt leugnet er es«, erklärte Chaim.

Das Telefon läutete. Chaim betrachtete es und ließ es noch ein wenig klingeln, bevor er auf den Knopf drückte und mit der größtmöglichen Gleichgültigkeit, die er aufzubringen vermochte, antwortete: »Hallo.«

»Chaim Galil?«

»Was wollen Sie?«

»Ich sehe Ihre Arbeiter gerade neben dem weißen Laster.«

»Ja, das sagten Sie bereits. Was wollen Sie? Wer sind Sie?«

»Wir wollen jetzt nicht in Details gehen, Zeit ist Geld. Ich verfolge sie seit Nebraska. Ich will nicht viel. Geben Sie mir einen Automaten. Nur einen von den Automaten.«

Chaim erinnerte sich, dass es irgendwelche Maschinen waren, die sie von Minnesota zu transportieren hatten, doch er hatte immer noch keine Ahnung, was für Maschinen oder Automaten. Er deckte die Hörmuschel ab und fragte Schlomi: »Hat uns dieser Russe in Minnesota am Schluss eigentlich gesagt, was für Maschinen das waren bei dieser Fuhre?«

»Welcher Russe?« Schlomi sah ihn verdutzt an.

Chaim sprach wieder in den Hörer. »Kein Problem. Sie helfen mir, den Lastwagen zurückzukriegen, und ein Automat gehört Ihnen.«

»Sehr gut.«

Schlomi fragte: »Wer ist das?«

Chaim gebot ihm mit einer Handbewegung Schweigen.

Jake fragte: »Wo befinden Sie sich?«

»Wir sind in der Gegend von Dallas … Moment mal, wieso soll ich Ihnen das erzählen«, fiel Chaim gerade noch ein. »Woher weiß ich, wer Sie sind?«

»Sie werden Ihre Arbeiter nicht so bald finden, wenn Sie weiterhin unter Paranoia leiden, Galil. Ich nehme an, Sie sind auf dem 20er bei Dallas. Da sind Sie richtig. Fahren Sie weiter auf dieser Straße, zwanzig Meilen hinter Abilene kommt ein Ort namens Trent mit einem kleinen Restaurant und einer Tankstelle. Im Moment sind sie dort.« Das Gespräch wurde unterbrochen.

Chaim schaute verwirrt auf das Telefon. »What the fuck?«

»Vielleicht hängt das damit zusammen, was der eine in Minneapolis sagte?«, meint Schlomi. »Der Computerprogrammierer?«

»Was, sind das Computer, um die Jonsy und Izzi die Russen geprellt haben?« Chaim schlug den Straßenatlas auf. »Jalla, gib Gas, wir sind ungefähr eine Stunde weit weg.«

Die Nachrichtensendung war zu Ende, danach kam Countrymusik. »Bloß kein Country«, forderte Chaim. Schlomi probierte die Sender durch, doch das Optimum, das sie finden konnten, war Phil Collins. »Bloß kein Phil Collins«, stöhnte Chaim. »Was ist mit der CD von Eyal Golan?«

Jonsy und Izzi starrten die FBI-Marke an. Sie glaubten nicht, was ihnen da widerfuhr.

Izzi hob die Hände, was Monty in Panik versetzte: »Das ist nicht nötig, bitte, nehmen Sie die Hände wieder herunter.« Izzi ließ sie sinken.

Monty blickte sich um und sagte dann: »Kommen Sie, wir setzen uns hinein. Keine Dummheiten, okay? Nur ein paar Fragen. Wenn Sie sich ordentlich benehmen, werden Sie das Ganze schnell überstanden haben.«

Während sie Monty folgten, sagte Jonsy leise zu Izzi: »Lass mich reden. Gib nichts zu. Vergiss nicht, die Automaten sind nicht mehr da. Sie waren nie da. Okay?«

Izzi gab keine Antwort.

Monty bestellte für alle Kaffee bei der Frau hinter der Theke, die Roseanne so ähnlich sah. Er hatte beschlossen, den guten Polizisten zu mimen. Das war bequemer. Er erzählte ihnen, dass er auch Jude sei, sogar im Kibbuz gewesen sei. Dass er am Wochenende zum Sederabend bei seiner Mutter sein würde.

Er fragte sie, ob ihnen bekannt sei, dass sie sich mit der ukrainischen Mafia eingelassen hatten.

Er sagte zu ihnen, er glaube, dass sie nichts mit ihr zu tun hätten. Dass es aus Versehen passiert sei. Dass sie sicher gedacht hätten, es sei eine Gelegenheit, leichtes Geld zu machen, und über eine der raffiniertesten Operationen der ukrainischen Mafia im letzten Jahr gestolpert seien.

Jonsy erwidert, er habe nicht die leiseste Ahnung, wovon er rede. Sie seien bloß Angestellte einer Speditionsfirma aus New York. Sie seien mitten in der Arbeit. Wenn er wolle, könne er mit ihrem Boss in New York sprechen. Sie würden nur arbeiten. Und sie hätten noch nie im Leben was von der ukrainischen Mafia gehört.

Monty lauschte Jonsy mit enttäuschtem Blick. Er seufzte. »Ich hatte gehofft, dass ihr mehr Kooperationsbereitschaft an den Tag legen würdet, aber ihr denkt offenbar, ihr seid besondere Schlaumeier. Wir wissen alles. Wir wissen, dass der weiße Lastwagen, der draußen parkt, bis gestern Morgen, in New Madrid, blau war. Das ist nichts, was euer Boss beschlossen hat, stimmt's? Wir wissen, dass ihr in Salina, Kansas, auf Vladimir Berkovich und Achmadan Pozailov gestoßen und nur mit viel Glück entkommen seid. Wir wissen, dass ihr eurem Boss, Chaim, durchgebrannt seid und dass er euch auch verfolgt, dass ihr auf dem Weg nach Chicago wart und die Richtung geändert habt, weil er dort schon auf euch wartete. Also bitte, Jonsy, zwing mich nicht dazu, euch zu verhaften. Lasst uns versuchen, eine Unterhaltung in aller Freundschaft zu führen.«

Jonsy hatte nichts zu sagen.

Monty fuhr fort: »Wir wissen alles über eure Slotmaschinen, die von den Computergenies der Mafia monatelang eigens programmiert wurden, um in Las Vegas an das Mega-Bucks-Netz angeschlossen zu werden und zu einem bestimmten Termin einen zweistelligen Millionenbetrag zu gewinnen. Ihr habt beschlossen, superschlau zu sein, diese Automaten in euren Besitz zu bringen und damit den großen Treffer zu landen, stimmt's?«

Jonsy und Izzi sahen einander an. Das war das erste Mal, dass sie diese Geschichte hörten. »Diese Geschichte höre ich zum ersten Mal. Ich denke, Sie haben die falschen Leute erwischt.«

Etwas an Jonsys entspannter Haltung irritierte Monty. Nicht dass er wirklich mit Kooperation gerechnet hatte, aber der Junge wirkte allzu selbstsicher.

»Lasst mich einen Vorschlag zur Güte machen«, fing Monty wieder an. »Wir sind nicht an euch interessiert. Ich glaube, dass ihr anständige Jungs seid, die in etwas hineingeraten sind, das ein paar Nummern zu groß für sie ist. Wir sind an den Ukrainern interessiert. Das sind Verbrecher, die unsere Gesellschaft und unseren Staat gefährden. Wir wollen unbedingt, dass die Spielautomaten in ihre Hände gelangen, damit wir sie zu Fall bringen können. Wir werden dafür sorgen, dass sie euch nichts tun. Wir werden sie fassen und können sie anklagen, und ihr« – er ließ zwei Finger durch die Luft spazieren –, »ihr geht eurer Wege. Wir werden nichts unternehmen. Wir werden keine Klage gegen euch wegen Verstoßes gegen das Einwanderungsgesetz oder wegen Diebstahls des gesamten Eigentums im Lastwagen erheben. Nichts.«

Jonsy und Izzi blickten ihn mit blanken Gesichtern an.

»Was meint ihr? Kein schlechter Vorschlag, oder?«

»Ich verstehe echt nicht, wovon Sie reden«, behauptete Jonsy nach kurzem Schweigen. Izzi versetzte ihm unterm Tisch einen Tritt. Monty sah Jonsy an und ließ seinen Blick dann zu Izzi wandern. »Ich sag euch was – denkt einfach noch eine Minute darüber nach.« Damit stand er vom Tisch auf und wandte sich der Theke und der Molligen zu.

»Warum willst du dir das einhandeln«, flüsterte Izzi hastig, sobald Monty außer Hörweite war. »Sie wissen alles. Komm, wir nehmen den Deal an.«

»Wieso denn? Die Spielautomaten sind doch gar nicht

da. Wir haben nie davon gehört. Sie können uns gar nichts tun.«

»Sei kein Idiot!« Izzi wurde lauter. »Sie wissen garantiert, dass wir sie verkauft haben.«

»Pssst …« Jonsy warf einen Blick in Montys Richtung. »Er hat nichts davon gesagt. Er hat keinen Beweis, dass wir was getan haben, das nicht in Ordnung wäre. Lass mich das schaukeln.«

Monty kehrte mit einem weiteren Becher Kaffee zurück. »Nu, habt ihr über den Vorschlag nachgedacht?«

Jonsy antwortete sofort: »Ich habe echt keine Ahnung, von welchen Automaten Sie reden. Wir sind wirklich nur kleine Mover. Stimmt, wir haben uns ein bisschen mit unserem Boss gezofft und den Laster umlackiert, aber ich hab noch nie im Leben von der Mafia oder solchen Automaten gehört. Ich wäre ja froh, wenn ich Ihnen bei Ihrer Ermittlung helfen könnte.«

Das erboste Monty. Diese unverschämten Israelis, immer dachten sie, sie seien schlauer als alle. Er stand auf, ließ einen Geldschein für Roseannes Doppelgängerin zurück und wandte sich zur Tür. »Folgt mir«, sagte er knapp. Am Lastwagen befahl er: »Ausladen.«

Jonsy öffnete den Laderaum. Monty blinzelte in das Dunkel vor sich, stieg hinauf, starrte angestrengt hinein und versuchte, etwas zu erkennen.

Eine öde Straßenraststätte mitten in Texas. Zwei junge Männer entladen den Inhalt eines Lastwagens auf den grauen, regennassen Asphalt. Ein dritter Mann steht dabei und sieht zu. Ein vierter, Jake, sitzt auf der anderen Straßenseite in dem ohne Erlaubnis von seiner Exfreundin geborgten Auto und beobachtet sie durch ein Fernglas.

»Sehen Sie? Keine Automaten. Ich habe Ihnen gesagt, dass ich keine Ahnung habe, wovon Sie reden«, bemerkt Jonsy zu Monty, als sie den Lastwagen vollständig ausgeleert haben.

Monty ist verwirrt und verärgert. »Alles wieder einladen, und rührt euch nicht vom Fleck. Ich komme gleich wieder«, sagt er.

Als er zum öffentlichen Telefonapparat geht, macht Izzi den Mund wieder auf. »Sag mal, bist du bescheuert oder was? Du reitest mich in Probleme mit dem FBI rein? Ich versteh dich nicht.«

»Der Idiot hier bist du. Und er. Hast du gesehen, was für einen Schock der hatte? Was hat er jetzt in der Hand? Gar nichts«, erwidert Jonsy triumphierend.

»Und wenn sie fotografiert haben?«

»Was fotografiert? Sollen sie ein Fotoalbum machen. Was hätten sie denn fotografieren können?«

»Jonsy, ich sag ihm jetzt, dass er recht hat und dass ich mir keinen weiteren Ärger einhandeln will.«

»Du mieser Wichser, jetzt mach mich nicht wütend. Ich hab die Schnauze voll von deinen Panikattacken, Izzi. Wir stecken schon mittendrin, und zwar zusammen. Du kannst jetzt nicht mehr ausbüxen. Als Nächstes fahren wir zu Mister Rotkopf zurück, nehmen die Spielautomaten mit und fahren nach Vegas.«

Izzi blickt ihn entsetzt an. »Was?!«

»Klar doch. Das FBI wird uns laufen lassen. Ich kapiere jetzt endlich, was es mit diesen Automaten auf sich hat. Du hast gehört, was er gesagt hat, sie werden Dutzende Millionen bringen. Ich werde doch jetzt nicht darauf verzichten.«

»Du machst Witze mit mir, stimmt's? Oder bist du wirklich so hirnverbrannt?«

»Jetzt hör mir mal gut zu«, Jonsys Stimme rutscht höher, in seinen Augen taucht etwas auf, das Izzi bisher noch nicht gesehen hat. »Ich habe meine Arbeit, meine Wohnung, meine Freundin, meine Freunde und meine Stadt aufgegeben.« Er wischt sich den Schweiß mit dem Saum seines T-Shirts von der Stirn. »Kackverdammter Scheißdreck noch mal, das hab ich doch nicht alles für lausige viertausend Dollar gemacht!«

»Aber du wolltest jetzt was mit den Bildern machen, vergessen?«, wendet Izzi kläglich ein.

»Ich wollte was mit den Bildern machen, weil ich an den Spielautomaten verzweifelt bin. Aber ich weiß nicht wirklich, was das Gekleckse wert ist. Dafür weiß ich endlich, was die Automaten wert sind. Ich bin nur ein paar Stunden Fahrt von Vegas weg. Ich werde mir diese Gelegenheit nicht entgehen lassen!«

»Aber die ganze Welt ist dir auf den Fersen!«, schreit Izzi erregt. Monty dreht den Kopf am Telefon nach ihnen um. Izzi und Jonsy wenden ihm den Blick zu. Er redet weiter. Sie auch.

»Du schnallst es einfach nicht. Sie haben nichts. Das ist kein ernsthafter Fall für die. Er hat selber gesagt, sie sind nicht an uns interessiert. An den Russen sind sie interessiert. Auch wenn sie uns erwischen, werden sie uns gar nichts tun«, behauptet Jonsy.

»Und was ist mit den Russen? Du hast sie um Millionen gelinkt. Sie haben uns schon mit gezogenen Revolvern verfolgt. Ich wusste, dass das die Mafia ist. Du hast gesagt, sie sind Weicheier, Schnullis und so was. Was für Schnullis bitte und was …«

»Es gab keine gezogenen Revolver«, fällt Jonsy Izzi ins Wort. »Schluss mit diesem hysterischen Gezeter. Die Russen haben wir in Kansas abgeschüttelt. Chaim und Schlomi sind sowieso unterwegs in Richtung Kanada. Wütende Kunden regen keinen auf. Was soll der Stress?«

Monty kehrt zurück, sieht sorgenvoll aus. Jonsy zischt Izzi noch schnell zu: »Mach, was du willst. Ich fahr wieder nach Noodle, kaufe die Automaten zurück, und dann weiter nach Vegas. Wenn du nicht willst, dann kommst du eben nicht mit.«

»Ich erinnere mich an Texas«, sagte Schlomi, fast sehnsüchtig. »Die Immigrationskontrollen, der blanke Horror. Bevor ich eine Green Card hatte, war die 10er die Todesstraße für Mover ohne Papiere. Einmal haben sie mich geschnappt, haben mich fast aus Amerika rausgeschmissen. Ich saß zwei Tage in Haft in El Paso, aber anscheinend ist ihnen was Wichtigeres dazwischengekommen, sonst hätten sie mich nie laufen lassen.«

»Spannende Geschichte«, gähnte Chaim. Sein Telefon klingelte. Es war Zadok, der Abhördienst. Er berichtete von einem kurzen Anruf im Büro, bei dem gesagt wurde: »Wir sind noch in Texas.«

Schlomi meinte: »Wenn du dem Typ, der angerufen hat, einen Automaten gibst, einfach so, was gibst du dann mir dafür, dass ich dich begleite, dich fahre, dir Informationen gegeben habe und mir noch dazu praktisch den Rücken breche?«

Chaim wandte ihm den Kopf zu: »Fängst du jetzt auch schon an, nur an das eine zu denken? Was ist los mit dieser Welt? Wie weit ist es mit uns gekommen? Jeder denkt nur an seine paar Groschen.«

»Und du?«, versetzte Schlomi.

»Was für Informationen genau hast du mir denn über ihren Drecksplan gegeben? Was hat es mir geholfen, außer euch noch mehr zu verachten?«

In Schlomi regte sich Zorn. Chaim fuhr fort: »Wenn du

mich nicht ärgerst, gebe ich dir die hundert Dollar pro Tag für einen Long-Distance-Job, obwohl es hier nichts zu schleppen gibt und keine Leute, mit denen man sich herumschlagen muss. Wo sind die Zeiten hin, in denen alle zusammen für die Gemeinschaft standen? Als ich noch ein Arbeiter war, war ich bereit, mitten in der Nacht aufzustehen und drei Tage am Stück meinem Boss hinterherzufahren, wenn das hieß, den guten Namen der Firma zu retten. Hab ich nicht für den Flug, das Essen, das Leihauto, das Benzin bezahlt?«

»Den guten Namen der Firma retten?«, erwiderte Schlomi höhnisch. »Das also machen wir jetzt?« Er lachte kurz auf und dachte, warum fahre ich mit ihm? Für lumpige hundert Dollar am Tag? Vielleicht sollte ich versuchen, Jonsy anzufunken. Vielleicht brauchen sie Hilfe.

Chaim sagte: »Wallah, Schlomi, ich hab gedacht, du bist auf der Seite der Guten. Du bist der Letzte, von dem ich gedacht hätte, dass er mit mir durch halb Amerika kurvt nur für seinen eigenen Arsch.«

»Und wer ist da als Erster dabei? Du!«, gab Schlomi zurück.

Nach dem Telefongespräch mit Psych und Cornelia war Monty verwirrter als zuvor. Sie wussten nicht, wozu sie sich entschließen sollten. Verhaften, auf Verstärkung warten, du kannst sie nicht ohne Grund festnehmen, lass sie laufen und verfolge sie weiter, lass sie laufen und verfolge sie nicht, denn ohne die Spielautomaten interessieren sie niemanden, warum bist du nach der Begegnung in Salina nicht weiter den Ukrainern gefolgt?

»Bin ich«, erwiderte Monty auf die letzte Frage. »Ich bin bis Colorado gelangt. Und dann habt ihr gesagt, ich solle wieder die Automaten verfolgen.«

»Wo sind dann die Spielautomaten?«

»Psych, jetzt hört endlich damit auf«, stöhnte Monty und fragte zum dritten Mal, »was soll ich bitte machen?«

Und das sah Jake, während er in Wendy, Janes Klapperkiste, saß und die andere Straßenseite beobachtete. Er sah ein einsames Straßenlokal, einen großen Parkplatz, einen weißen Lastwagen und den Leihwagen des FBI. Er sah, wie Jonsy und Izzi sich stritten, nachdem sie alles wieder in den Lastwagen eingeladen hatten. Er sah den FBI-Agenten das Telefon verlassen, neben ihnen stehen bleiben und mit ihnen reden. Jake fand, das war wie bei Steve Austin mit dem Geheimdienstauge, der alles sah, aber er hätte das Geheimdienstohr von Jimmy gebraucht. Er sah, wie der Agent die Hand hob, sich am Kopf kratzte, etwas sagte, und dann Jonsy und Izzi, die einen Blick tauschten und ihn etwas fragten. Der Agent kehrte zum Telefon zurück, die Mover begannen wieder zu streiten. Doch am Ende hoben sie die Hände und tauschten einen Schlag aus. Einen High Five! Urplötzlich, mitten in der Wüste von Texas! Und aus dem Himmel begann es wieder zu tröpfeln.

Der Agent stieg in sein Auto und fuhr weg. Nach Westen.

Jonsy kletterte in den Lastwagen, auf die Fahrerseite. Izzi auf die andere. Jake hörte den Motor, sah den Rauch aus dem Auspuff aufsteigen. Izzi stieg schnell noch einmal aus, pinkelte an den Vorderreifen und kletterte wieder auf den Beifahrersitz. Dann fuhren auch sie. Nach Osten.

Jake dachte, was, zum Teufel, ist hier los? Er drückte auf die Tasten seines Mobiltelefons.

Im Radio besprachen sie den neuen Film der Gebrüder Coen, »The Big Lebowsky«.

»In einem fort reden sie über diese Brüder«, bemerkte Schlomi.

»Hallo?« Chaim hatte einen Anruf erhalten und stellte das Radio leiser.

»Hier ist Jake«, sagte die Stimme. »Es ist etwas Komisches passiert, das FBI ist nach Westen gefahren und Ihre Kameraden nach Osten.«

»FBI? Wovon reden Sie? Was soll das heißen, das FBI ist nach Westen gefahren?!«, fragte Chaim bestürzt.

»Moment, ihr habt nichts vom FBI gewusst? Seid wohl nicht ganz auf dem Laufenden, was? Von den Russen habt ihr aber schon gehört?«

Chaim blickte Schlomi verstört an. Was war das jetzt mit dem FBI? Und den Russen?

Schlomi gab ihm den Blick zurück. »Was ist mit dem FBI?«

Chaim brachte ihn mit einer Handbewegung zum Schweigen. Er sagte ins Telefon. »Fahren Sie ihnen nach, halten Sie uns auf dem Laufenden. Wir sind hinter Abilene, nicht weit weg von euch.«

»Okay, ich hefte mich an ihre Fersen.« Jake trennte das Gespräch.

Chaim schaltete sein Telefon ab. »FBI? Wieso FBI?«

Schlomi wiederholte: »FBI? Hast du FBI gesagt?«

»Ruhe, ich versuche nachzudenken«, zischte Chaim.

Schlomi hatte gute Lust, ihm ein blaues Auge zu verpassen.

»Wallah!«, rief Chaim plötzlich und tippte eine Nummer in sein Telefon. »Jetzt versteh ich das mit dem Abhören!«

»Abhören?« Schlomi runzelte die Stirn.

»Hallo, Zadok, wie steht's? Kann es sein, dass es das FBI ist, das die Leitung angezapft hat?«

»Ja sicher. Um ehrlich zu sein, ich dachte schon daran, dass sie es sind, aber ich wollte es nicht sagen. Ich hab dir ja gesagt, dass es was Offizielles ist, oder? Dann ist es also das FBI? Die haben eine megacoole Ausrüstung. Wenn ich die hätte …«

»Danke, Zadok. Ich ruf dich später wieder an«, unterbrach ihn Chaim. Dann deutete er nach vorn. »Schau mal«, er senkte seine Stimme unwillkürlich zum Flüstern, »ein weißer Laster. Und sieh dir die zwei Komiker in der Fahrerkabine an. Ich glaub's nicht.«

STOLICZNA IN VEGAS

Über den Fernsehbildschirm flimmert Sam Neill in einem besonders grässlichen Film, dessen Titel keiner kennt. Sam Neill hat in einer Menge speziell grauenhafter Filme mitgespielt, deren Titel kein Mensch kennt, die aber fast täglich in den Hotelzimmern von Las Vegas ausgestrahlt werden.

»Schalt auf CNN.« Dieser kurze Satz – Bitte oder Befehl – kommt aus der Richtung des bebrillten Achmadan Pozailov, der mit seinem ganzen massigen Körper in einem riesigen Sessel lungert, am Leib nur eine orangefarbene Trainingshose. Sein Oberkörper ist nackt, seine breite Stirn glänzt. Popeye, der verkehrt herum auf dem Bett liegt – mit den Füßen zur Wand und dem Gesicht zum Fernseher – wendet ihm überrascht den Blick zu.

»Wozu brauchst du CNN?«

»Stell's ein, nu, los.«

»Lass mich das noch fünf Minuten anschauen. Was drängelst du so?«

»Popeye, lass mich nicht aufstehen und die Fernbedienung selber suchen müssen. Das willst du lieber nicht. Das ist kein Film, und das weißt du. Schau doch hin – Sam Neill!«

Popeye gehorcht. »Schon wieder Monica Lewinsky? Hast du nicht bald mal genug von ihr?«

Pozailov lacht. »Wieso genug, das fängt jetzt erst an. Sieh dir mal die ganzen Mädels an!«

»Moment, hat er die alle …«

»Verstehst du diesen Clinton jetzt?«, grinst Pozailov.

Das Wasserrauschen in der Dusche reißt ab. Eine Minute darauf tritt Vladimir ins Zimmer, tropfend und dampfend, in ein Handtuch gewickelt. »He! Wieso Nachrichten? Der Film mit dem einen, nu, der vom Jura-Park oder so was, ist der schon aus?«

»Aus, zu Ende«, bestätigt Pozailov.

Vladimir trocknet sich die Haare mit dem Handtuch. »Shit. Schade«, sagt er. »Also vorwärts, Pozi, schmeiß dich ins Hemd, gehen wir was essen?«

Innerhalb einer Sekunde hat Pozailov sein Hemd an und ist auf den Beinen. »Ich könnte jetzt einen ganzen Gaul verdrücken«, meint er und schaltet den Fernseher ab, den gerade das Bild einer lächelnden Lewinsky ausfüllt.

Im Büro von Sababa Moving and Storage in New York, das sich in den letzten Tagen in die Kommandozentrale eines Zweifrontenkriegs verwandelt hat, der in strahlender Einsamkeit von Chen Eizenberg geführt wird, sitzen Chen, Jotam und Ohed, der einen Anzug trägt und ein Sandwich isst, das er unterwegs gekauft hat. Sie sehen sich einen Film mit Sam Neill als Starbesetzung an. Hin und wieder wird das Schweigen von Oheds Schmatzgeräuschen gestört, wenn er in eine Gurke beißt.

Als die Werbung kommt, fragt Ohed: »Sag mal, wo ist Chaim denn jetzt, weißt du das?«

Chen antwortet: »Keine Ahnung. Ich habe aufgehört, diese Komiker zu verfolgen.«

Der weiße Lastwagen bog nach links in eine kleine Landstraße ab. Richtung Noodle, Texas. Der gemietete Chevi Suburban befand sich hinter ihnen. Chaim und Jake hatten Kontakt aufgenommen und entdeckt, dass sie fast nebeneinander hinter dem Lastwagen herfuhren. Den beiden im Lastwagen fielen die Autos nicht auf, die ihnen dicht auf den Fersen folgten, denn sie waren viel zu beschäftigt mit der Auseinandersetzung, dem ewig gleichen Streit, der immer wieder zwischen ihnen aufflammte und erstarb, während sie Hershey-Küsse mümmelten.

Izzi sagte: »Du bist voll bekloppt. Wir hatten großes Glück, dass wir dem FBI genau dann in die Arme gelaufen sind, als wir die Automaten zufällig gerade nicht hatten. Wir haben eine Gelegenheit, ungeschoren davonzukommen, und du fährst zurück?«

»Du raffst es einfach nicht«, erwiderte Jonsy, »und mir stinkt's langsam, es dir ständig zu erklären. Sie suchen nicht uns, sie suchen die Russen. Sie werden uns überhaupt nichts tun. Und wenn ich vor einer Goldgrube stehe, dann buddel ich das Gold auch aus! Wer hier bekloppt ist, das bist du.«

Izzi gab zurück: »In Ordnung, alles paletti. Lass mich bloß in Dallas raus, das ist alles, worum ich dich bitte.«

Darauf Jonsy: »Ich würde dich ja mit Freuden in Dallas rauslassen, nur komm ich in absehbarer Zukunft nicht mal in die Nähe von Dallas. Ich hol die Automaten, falls ich es schaffe, und fahr nach Vegas weiter. Du kannst unterwegs aussteigen, wo immer du willst. El Paso, Phoenix, brauchst es bloß zu sagen.«

Die drei Wagen fuhren weiter in Kolonne bis zur Ortseinfahrt von Noodle. Die zwei Privatautos verlangsamten und hielten am Straßenrand, in annehmbarer Entfernung von der Stelle, wo der Lastwagen nun einparkte.

Jakes Night empfing Jonsy und Izzi glücklich jubelnd wie beim ersten Mal. »Gott hat euch gerade rechtzeitig wieder zu mir geschickt!«

»Was ist los?«

»Ihr habt vergessen, mir den Code zu geben. Die Automaten haben einen Tag funktioniert. In der Früh ist ein Schirm runtergegangen, der Code wurde verlangt.«

»Code?«

»Ja. Ihr habt vergessen, ihn mir zu geben. Habt ihr ihn?«

Nach kurzer Unterredung wurden die Spielautomaten auf den weißen Lastwagen geladen. Anfangs versuchte Jakes Night, Einspruch dagegen zu erheben. Doch Jonsy sagte, er habe den Code nicht und auch keine Ahnung, wie man die Automaten wieder zum Funktionieren bringen könne. Danach gab er Jakes Night das Geld zurück. Als er einen Tausender drauflegte, konnte Jakes schlecht ablehnen. Tausend Dollar an einem Tag für nichts – das war einer der gelungensten Arbeitstage in seiner Geschäftschronik.

Auf der anderen Straßenseite beobachteten Chaim, Schlomi und Jake das Geschehen. Sie begriffen nicht so ganz, was sie da sahen – die Spielautomaten wanderten aus einem erbärmlich kleinen Laden in irgendeinem Loch mitten in Texas hinaus und in den Lastwagen hinein. Chaim starrte entsetzt auf den weißen Lastwagen und seine beiden Mitarbeiter. Der Schock über ihr Verhalten traf ihn nun mit voller Wucht. Er begriff nicht, was die Slotmaschinen zu bedeuten hatten, doch um das nicht preiszugeben, flüsterte er Jake zu: »Wunderbar, die Automaten sind wieder im Laster.«

Jake erwiderte: »Ich denke, wir müssen den Laster demnächst unter unsere Kontrolle bringen. Was meint ihr?«

Schlomi versuchte, Chaims und Jakes Flüstergespräche mitzuverfolgen, doch sie sprachen nicht, wenn er lauschte. Jake hatte ihm vom ersten Augenblick an, in dem er ihn gesehen hatte, nicht zugesagt. Er fragte Chaim: »Was jetzt? Stellen wir sie?«

Chaim warf ihm den gleichen Blick zu, mit dem er zuvor Jake angesehen hatte. »Was ist los mit euch? Wartet doch mal eine Sekunde! Lasst uns erst mal sehen, was hier läuft.«

Als Chaim und Jake wieder die Köpfe zusammensteckten, beschloss Schlomi, dass er die Nase voll hatte. Er war fertig mit Chaim. Er würde Jonsy und Izzi bei erster Gelegenheit warnen. Er dachte daran, auf der Stelle zu handeln und ihnen über die Straße hinüber etwas zuzuschreien, beschloss dann aber, noch zu warten.

Chaim dagegen hatte gerade beschlossen, sie anzufunken, um ihre Reaktion zu sehen. Er rief an, das Gerät drüben begann sofort zu piepsen. Chaim sah, wie Jonsy den Blick auf die Anzeige des Piepsers richtete und ihn dann gleichmütig in die Hosentasche schob. Chaim sagte zu Jake, er solle sie von seinem Mobiltelefon aus anrufen. Er wollte sie in Stress bringen. Jonsy blickte wieder auf das Display. Er runzelte die Brauen. »Diese Nummer kommt mir bekannt vor«, bemerkte er zu Izzi. »Aber ich weiß nicht mehr, von wem sie ist.«

Izzi erwiderte: »Jalla, los, komm, wir hauen ab. Dieser Rotkopf ist mir unheimlich. Noch einen Moment, und er wird ein Gewehr rausholen und uns eine Kugel verpassen.«

»Unheimlich? Diese Arschgeige hat einen Tausender für nichts und wieder nichts aus uns rausgeholt. Keine Sorge. Der ist verrückt nach uns.«

Chaim und Jake tuschelten heftig. Sie waren sich uneins, ob sie sie jetzt, bevor sie wegfuhren, überraschen sollten oder an einem weniger besiedelten, stilleren Ort.

Schlomi versuchte wieder, etwas aufzuschnappen, jedoch erneut ohne Erfolg.

Jake sagte: »Komm, wir stellen sie und Schluss damit.«

»Es sind zu viele Leute hier«, widersprach Chaim.

»Und wenn sie abhauen?«, fragte Jake.

Schlomi sagte: »Ich bete jetzt das Abendgebet. Unternehmt nichts, bis ich fertig bin.«

Chaim entgegnete: »Einen Moment, warte, bis sie fahren.«

»Nichts da. Ich fange jetzt an«, gab Schlomi zurück.

Chaim sagte: »Sie werden nicht abhauen. Wir heften uns an ihren Arsch.«

»Aber sie könnten dich sehen«, wandte Jake ein.

»Sie werden mich nicht sehen«, widersprach Chaim. »Es wird schon dunkel. In einer Minute sehen sie überhaupt nichts mehr außer den Lichtern.«

Jake schüttelte den Kopf. »Ich glaube, du irrst dich.«

»Ich irre mich nicht. Es gibt hier zu viele Leute«, beharrte Chaim.

Während sie noch redeten, glitt der Lastwagen an ihnen vorbei.

»Hast du das gesehen?«, fragte Izzi beunruhigt.

»Was denn?«, knurrte Jonsy.

»Drei Leute, die an der Straße stehen. Ziemlich komisch.«

Jakes Night, alles in allem zufrieden mit den überraschenden Entwicklungen der letzten Tage, sperrte den Laden zu und machte sich auf den Heimweg, als plötzlich etwas auf der anderen Straßenseite seine Aufmerksamkeit erregte. Etwas schaukelte dort in der hereinbrechenden Dunkelheit. Ein Mensch. In ein weißes Laken gehüllt, pendelte er vor und zurück. Er blinzelte ein paarmal kräftig und flüsterte vor sich hin: »Texas. Es vergeht doch kein Tag hier ohne Überraschungen.«

Im Hotelzimmer des Excalibur in Las Vegas sagte Vladimir zu Popeye und Pozailov, sie sollten sich ein Restaurant aussuchen. Pozailov warf einen Blick auf die Liste der Hotelrestaurants und bestimmte: »Steakhaus Camelot.«

Die Musik von dem Flügel in einer Ecke des Restaurants verursachte Popeye Kopfschmerzen. Vladimir fuhr ihn an, er solle aufhören, zu lamentieren. Pozailov missfielen die niedrigen, weichen Sessel. Er murrte: »Welcher Idiot hat denn diese Sessel ausgesucht?«

Vladimir seufzte: »Diese Amis, die haben keine Ahnung.« Als Vorspeise bestellte er einen »Schwarzen Panther« – ein Shrimpcocktail mit roter Soße – und als Hauptgericht Thunfisch aus Hawaii, roh angerichtet. Popeye nahm eine französische Zwiebelsuppe und australischen Riesenhummerschwanz. Achmadan Pozailov verlangte ein Steak »Porterhouse Double Entrecote« – das größte Steak, das es gab –, eine Portion für zwei. Er hatte sein Essen verschlungen, bevor die anderen fertig waren, und seufzte: »Ich könnt glatt noch eins verdrücken.«

Sie wurden ganz aufgeregt, als Vladimir einen Stoliczna auf der Karte entdeckte.

Er stürzte ein Glas hinunter und bemerkte: »Der ist ausgezeichnet.«

Das Klavier bohrte Popeye weiterhin Löcher in den Kopf.

Pozailov hob sein Glas und sprach einen Toast: »Ich möchte den Israelis danken, dass sie uns hierhergebracht haben.«

Popeye platzte fast vor Lachen. Auch Vladimir stieß mit an.

Sie waren trunken vom Essen, von dem Wein und dem Wodka, von Las Vegas überhaupt, als Boris hereinkam.

Boris war einer der Floor Manager – Bereichsleiter – im Big-Ben-Kasino. Der Bereich 6 beinhaltete um die fünfzig Spielautomaten zwischen den grünen Tischen, der internen Bar und den Rolltreppen, die zu den Restaurants in der oberen Etage führten. Er war ein alter Freund Vladimirs. Einige Jahre zuvor war er aus dem Geschäft von Brighton Beach ausgestiegen und hatte zu einer legalen, guten Arbeit in Vegas gewechselt, doch zwei Dinge hatte er sich bewahrt, an denen sein Herz hing. Zuallererst – die Freunde. Zweitens – die Neigung zu kleinen, sicheren Operationen, die ihm etwas Anregung und ein wenig Bargeld einbrachten. Vegas war perfekt dafür.

Als sich Vladimir Berkovich mit der Idee der Slotmaschinen an ihn gewandt hatte, hatte das verführerisch geklungen. Vladimir flog nach Vegas, sie saßen zusammen im Restaurant, und Boris sagte: »Das hört sich gut an, profimäßig. Da hast du ein schönes Stück Arbeit geleistet. Zufällig habe ich fünf Mega-Bucks-Spielautomaten in meinem Zuständigkeitsbereich. Gib mir ein paar Tage zum Nachdenken.«

Vladimir flog voll Hoffnung zurück nach Brighton Beach. Nach einer Woche rief Boris an. »Ich habe mich ein wenig mit den Lieferungen von Game Mashinery vertraut gemacht«, berichtete er. »Es ist möglich. Es gibt nur zwei Hindernisse, die wir überwinden müssen: Das erste ist die Lieferung und die Papiere dazu, das zweite sind die Seriennummern der Maschinen.«

Vladimir schluckte.

»Man muss mit Games Mashinery arbeiten«, fuhr Boris fort. »Das sind die Automaten, die du brauchst. Da du die Genehmigung eines Kasinos brauchst, um solche Maschinen zu bestellen, werde ich sie für dich ordern. Ich habe schon mit dem Verantwortlichen für die Bestellungen geredet, er ist ein guter Freund. Damit werden die Seriennummern der Automaten bei uns registriert sein, und es gibt keine Probleme, wenn sie hier eintreffen. Ich werde mit dem Zuständigen für die Lieferungen sprechen und Beziehungen zu den Fahrern knüpfen. Ich werde jemand Verlässlichen finden, der bereit ist, für etwas Geld behilflich zu sein. Ihr übergebt ihm die Automaten an irgendeinem Punkt auf der Strecke, er wird sie zu mir bringen, und ich werde sie in meinem Bereich anschließen, an das Netz von Mega-Bucks. Tadellose Spielautomaten. Saubere Seriennummern, Besitz des Kasinos. Ein zweiter Automat wird in einem kleinen Kasino, nicht weit von hier, aufgestellt, das zur Kasinokette gehört.«

Vladimir lächelte: »Boris, ich liebe dich.«

Boris erwiderte: »Eine teure Liebe. Fünfundzwanzig Prozent vom Gewinn gehen an mich. Falls es einen Gewinn gibt.«

Als Boris das mit der Liebe sagte, durchfuhr Vladimirs Brust ein stechender Schmerz. Bettys Bild stand ihm vor Augen. Er sagte: »Mögen die Götter uns helfen, dass es einen Gewinn gibt und du deine fünfzehn Prozent bekommst, ohne etwas dafür getan zu haben.«

»Nichts, außer meinen Arsch zu riskieren, der ins Gefängnis wandern könnte. Ist das keine zweiundzwanzig Prozent wert?«

Sie einigten sich auf zwanzig.

Als Vladimir an jenem Abend im vergangenen Herbst das Telefongespräch beendet hatte, wusste er, dass die Operation auf den Weg gebracht war. Er flog noch einmal nach Vegas, um die Details mit Boris zu regeln – die Spielautomaten, der Treffpunkt, die Daten, die Hintergrundtarnung für den Fall, dass der Plan an irgendeinem Punkt eventuell fehlschlug. Es war Boris, der ihm bei diesem Treffen vorschlug: »Übergebt die Automaten nicht selbst. Lasst euch auf nichts ein. Je geringer die Berührung eurerseits mit den Automaten ausfällt, desto abgesicherter werdet ihr sein für den Fall, dass jemand dahinterkommt.« Und Vladimir war es gewesen, der in diesem Punkt Befürchtungen gehegt und gedacht hatte, vielleicht lieber nicht? Er entgegnete: »Wozu? Ich werde einen Lastwagen kaufen, einen von meinen Leuten mit der Ladung schicken und mir jedes Kopfzerbrechen sparen.« Doch Boris schüttelte entschlossen den Kopf. »Du sparst dir überhaupt kein Kopfzerbrechen. Was ist, wenn der Lastwagen angehalten wird, wenn dich jemand beschattet? Man wird sofort kontrollieren, woher der Lastwagen stammt, wem er gehört und wer dieser Fahrer ist. Wenn es einer deiner Männer ist, werden sie auf dich stoßen. Wenn es ohnehin keiner von deinen Leuten sein sollte, kannst du ebenso gut eine Firma nehmen. Überlass den Transport einer zuverlässigen Firma, die du kennst. Die Automaten werden zwischen Sofas und Bücherkisten von irgendwelchen Leuten lagern, im Lastwagen einer Speditionsfirma, und die Spediteure werden nicht einmal wissen, wer du bist und was du bist. Sag ihnen, sie sollen die Spielautomaten bei dem Fahrer von Game Mashinery abladen, an einer Stelle, die wir festlegen werden, zu einem entsprechend festzulegenden Termin. Zahl ihnen die zweitausend Dollar, und leg noch ein bisschen was drauf, damit sie die Tarngeschichte herunterbeten, die dich freisprechen wird – falls zufällig jemand Fragen stellen sollte –, das ist alles. Das ist es wert.«

Vladimir streichelte seinen Bart und dachte nach.

Boris fügte hinzu: »Erinnerst du dich an die Zeit, als Arkadi sein Kokain nach Kalifornien beförderte? Es war immer Bestandteil einer legalen, regulären Ladung. Nur ein einziges Mal wurde ein Lastwagen durchsucht, nachdem jemand geplaudert hatte. Der Fahrer sagte nichts, und niemandem passierte was.«

Sie stießen mit Stoliczna an.

Das war vor knapp sechs Monaten gewesen.

Jetzt ließ sich Boris im Steakhouse Camelot neben ihnen nieder und sagte mit saurer Miene zu Vladimir: »Wo sind diese verdammten Automaten? Sie sollten gestern eintreffen. Der Fahrer hat wie ein Idiot gewartet, du warst am Telefon nicht erreichbar.«

Vladimir antwortete: »Das ist eine lange Geschichte.« Er blickte zu Pozailov hinüber in der Hoffnung, die massive Präsenz des kaukasischen Rotschopfs würde Boris etwas Wind aus den Segeln nehmen. Doch Boris ließ der Kaukasier kalt. In seinen guten Zeiten hatte er solche zum Frühstück verspeist. Er knurrte: »Vladimir, so arbeiten wir nicht.«

Popeye rief die Bedienung. Er bestellte noch einen Käsekuchen.

Pozailov fragte sie: »Der Doppeldeckerschokokuchen mit Heidelbeersoße, ist der gut?«

Sie nickte.

Dann begann Vladimir: »Wir hatten einige Missgeschicke unterwegs. Nicht durch unsere Schuld. Ich will dir die ganze Geschichte erzählen.«

»Wo sind die Automaten?«, fragte Boris schnell.

»Unterwegs. Ich hoffe, sie kommen morgen an.«

»Und wie soll ich sie bitte reinkriegen, ohne offizielle Lieferung von Game Mashinery, ohne alles?«

»Keine Chance?«

Boris betrachtete Vladimir. Das gefiel ihm nicht. »Das passt nicht zu dir. Der Plan war so professionell und glatt. Ich mag es nicht, wenn man zu improvisieren anfängt.«

»Keine Improvisationen. Nur eine leichte Verzögerung. Kannst du die Automaten nicht morgen irgendwie hineinbringen?«

Boris schnaubte. »Schau mal, der Fahrer ist gestern mit der ursprünglichen Lieferung eingetroffen. Ich kann davon immer noch zwei Maschinen austauschen, denn ich habe die Lieferpapiere dieser Sendung noch nicht bearbeitet und die Seriennummern noch nicht an Mega-Bucks geschickt. Morgen früh muss ich die Papiere spätestens abschicken. So lange gebe ich euch noch.«

Vladimir erhob noch einmal sein Glas. Die Wodkaflasche war inzwischen fast leer.

»Aber damit du's weißt«, beharrte Boris, »ich mag das nicht. Ich liebe keine Improvisationen.«

Vladimir erwiderte: »Du hast recht. Aber das war nicht vorauszusehen. Wir reden morgen früh weiter.« Er lächelte versuchsweise, doch Boris blieb bei seinem finsteren Gesicht.

»Ich verspreche nichts.« Damit stand Boris auf und ging.

DIE SCHLÜSSEL IM GULLY

Eine Nachtfahrt. Starke Windböen, die letzten Gürteltiere am Straßenrand, ihre merkwürdigen Panzer schimmernd im Scheinwerferlicht des Lastwagens. Izzi hatte erklärt, er würde in Albuquerque, Neumexiko, aussteigen und dort ein Flugzeug nach New York nehmen. Jonsy hatte darauf nur erwidert: »Kein Problem.« Sie hatten sich arrangiert, jeder mit seiner eigenen Entscheidung und mit der des anderen. Um zehn Minuten vor Mitternacht fuhren sie von Texas nach Neumexiko hinein. Und dann – um Mitternacht, von Mittwoch auf Donnerstag, dem 8. auf den 9. April 1998 – sagte Izzi: »Entweder wir halten für einen Kaffee und fahren dann weiter, oder wir gehen schlafen. Was meinst du?«

Jonsy entgegnete: »Komm, lass uns noch ein Stückchen weiterfahren.« Er strich sich über seine stoppeligen Wangen und stellte fest, dass es sich fast wie ein Bart anfühlte – soweit ihm so etwas überhaupt sprießen konnte. Die amerikanische Wüste erinnerte ihn an die Western, die er als Kind gesehen hatte. »Die glorreichen Sieben«, mit Yul Brynner. Die Wüste ist die perfekte, wunderbare, stille Leere – abgesehen vom Wind, dem Wind der Wüste.

»An was denkst du?«, fragte Izzi unvermittelt.

»Bloß so«, antwortete Jonsy. »Die Wüste.«

Izzi sagte: »Bei der ersten Gelegenheit halten wir für einen Kaffee an, und dann kannst du auf die Erde von Neumexiko treten.«

Hinter ihnen fand währenddessen zwischen den beiden Autos immer wieder ein telefonischer Positionsabgleich statt. Was sich ungefähr so anhörte: »Was soll denn dieser Wind?« oder, »Himmel, müssen die nicht mal pinkeln?«

Am Ende war es so weit. Es begann mit einem starken Licht, das mitten in der Wüste grell aufstrahlte, immer näher kam und immer heller wurde, bis es die Form einer Tankstelle mit Restaurant annahm. Es fand seine Fortsetzung darin, dass der weiße Lastwagen verlangsamte und vor der Ausfahrt zur Raststätte den rechten Blinker setzte.

Chaim wählte Jake an. »Lass sie aussteigen. Wenn sie zurückkommen, warten wir am Lastwagen auf sie. Machen wir's einfach und reibungslos. Wir werden ihnen die Schlüssel abnehmen …«

»Wie sollen wir ihnen die Schlüssel abnehmen?«, erkundigte sich Jake.

»Was heißt, wie? Wir …«

Das Gespräch wurde unterbrochen, als der Lastwagen abbog. Chaim bog hinter ihm ab und sah gerade noch, wie Jonsy und Izzi aus dem Fahrerhäuschen ausstiegen und, die Gesichter vor dem heftigen Wind schützend, auf das Restaurant zuliefen. Er hielt hinter dem Lastwagen und stieg aus dem Auto. Schlomi auch. Sie gingen in Richtung Jake.

Sie mussten gegen den Wind anschreien, um sich zu verständigen. Chaim rief: »Einfach und schnell. Wir nehmen die Schlüssel. Schlomi wird den Lastwagen fahren, ich meinen Chevi und du deinen Wagen. Wir fahren nach Albuquerque. Dort geben wir den Chevi bei der Leihfirma ab und entscheiden, wie wir weitermachen.«

Schlomi grinste insgeheim. Er wusste, was Chaim vorhatte. Nach Albuquerque fahren, das Leihauto zurückgeben und den ersten Flug nach New York nehmen. Und wer würde mit dem Laster sitzen bleiben? Schlomi! Und wo sollte er damit wohl hin? Zu all den Kunden, die jetzt stinkwütend in Florida und in Texas warteten! Und wer würde ihm Trinkgeld geben? Kein Mensch! Nach diesen paar Tagen mit Chaim war Schlomi klar, dass er für diesen fucking idiot nicht länger durch Amerika gondeln würde. Er dachte, alles unter Kontrolle, was auch immer werden wird. Der Herr würde ihm ein Zeichen geben.

Jake streichelte seinen Revolver in der Hosentasche. »Nu, was machen sie jetzt?«

Izzi trank langsam seinen Kaffee. Er wartete auf Jonsy. Die Mexikanerin hinter der Theke lächelte ihn an. Er lächelte zurück. Morgen würde er im Flugzeug nach New York sitzen, und innerhalb einer Woche wäre er zu Hause in Nazareth bei Daphna. Sie würden anfangen, eine Wohnung zu suchen. Er konnte es kaum erwarten, ihr alles zu erzählen. Vielleicht gab es ja einen Internetshop am Flughafen …

Die Mexikanerin fragte: »Americano?«

Er antwortete: »No, no.«

Jonsy kehrte zurück und sagte: »Der Schiss meines Lebens. Hast du noch Kerne und Hersheys gekauft?«

Izzi ergänzte: »Wasser auch, und Kaffee.«

Jonsy grinste die Verkäuferin an. Er fragte Izzi: »Wie sagt man ›Schiss meines Lebens‹ auf Spanisch?«

Sie öffneten lachend die Tür, die ein Bimmeln ertönen ließ. Die Verkäuferin lächelte wieder und sagte: »Adios.«

Dunkelheit. Wind und Gebimmel. Ein Straßenrestaurant. Ein starker Scheinwerfer, in die Wüste gerichtet. Man kann hören, wie sich die Tür öffnet, das Klingeln der Türglocke. Gelächter, sich nähernde Schritte.

Chaim und Jake stehen mit verschränkten Armen da, hinter ihnen Schlomi.

Jonsy und Izzi treten in ihr Blickfeld, und umgekehrt.

Das Lachen der beiden gefriert gleichzeitig.

»Guten Abend«, sagt Chaim.

Jake nickt kurz. Schlomi, dahinter, senkt den Blick. Er wartet auf ein Zeichen von Gott.

Jonsy lässt seinen Blick von Chaim über Jake zu Schlomi wandern.

Überraschung.

Chaim befiehlt: »Die Schlüssel.«

Jonsy gibt zurück: »No fucking way.«

Diese Antwort versteht Jake ausgezeichnet. In der Hosentasche umklammert er seinen Revolver, ein kleiner Smith and Wesson, 9 Millimeter. Sein Vater hat ihn ihm gegeben, als er einsah, dass er ihn nicht dazu überreden konnte, das Indianerreservat zu verlassen.

»Jonson, mach mich nicht wütender, als ich ohnehin schon bin. Kommt, lasst uns das anständig über die Bühne bringen, ohne Scherereien. Gib die Schlüssel her, und zwar sofort!«, befiehlt Chaim wieder. Er streckt die Hand aus und tritt einen Schritt vor.

Izzi blickt Jonsy an. Er sagt mit kläglicher Stimme: »Jonsy, vielleicht …«

»No fucking way!« Jonsy weicht nicht von der Stelle. Seine Hand in der Hosentasche ballt sich zur Faust um die Schlüssel. Er schaut sich um.

»Gib jetzt die Schlüssel her, wenn du keinen Ärger kriegen willst.« Das ist Jakes Stimme. Alle wenden sich ihm zu, und ihnen stockt der Atem. Er hält einen Revolver in der Hand, und er zielt auf Jonsy.

Izzi setzt an: »Jonsy, gib sie ihnen …« Seine Stimme kippt wimmernd.

Chaim ist erschrocken. Das hat er nicht gewollt. Doch er sagt nichts zu Jake. Er blickt Jonsy an, Jonsy blickt Izzi an. Izzi fängt an zu weinen und senkt den Kopf. Jonsy beginnt es zu dämmern: Er kann nicht bis zum Schluss den starken Max markieren. Es gibt eine Grenze.

Sie hören das Geräusch einer raschen Bewegung und dann ein Klacken.

Sie wenden ihre Blicke wieder Jake zu. Das Klacken stammte von dem Revolver, der auf dem Asphalt aufgetroffen ist. Schlomi und Jake ringen darum. Doch Schlomi ist viel stärker, wirft Jake zu Boden, Jake fällt auf den Rücken und schreit: »Aua, du gemeines Aas, was machst du?« Schlomi greift mit der Hand nach dem Revolver und steckt ihn in die Hosentasche. Er brüllt: »Alles unter Kontrolle! Keine Angst vor diesem fucking idiot!«

Chaim streckt wieder seine Hand aus. »Jonson, mach keinen Unsinn. Gib die Schlüssel her.«

Jonsy zieht die Hand aus der Hosentasche. Mit dem Schlüsselbund. Er hebt die Faust hoch, dreht sich zur Tankstelle um und schleudert die Schlüssel mit aller Kraft von sich.

Fünf Männer verfolgen die Flugbahn des Schlüsselbunds. Er fliegt, dreht sich um sich selbst, kreiselt, verschiedene Schlüssel zerren in unterschiedliche Richtungen, man kann die Teile während ihres Flugs in diversen Winkeln besichtigen. Wie in Zeitlupe.

Und dann landet der Schlüsselbund. Ein metallener Aufprall ist zu hören.

Jonsy zischt: »Tor!« Genau dorthin hat er gezielt. Er fügt hinzu: »Ich hab meinen Touch nicht verloren.«

Der Schlüsselbund hat den Gullydeckel getroffen. Die meisten Schlüssel sind durch den Schlitz gerutscht, bis auf einen, der noch zur Hälfte draußen feststeckt und alle hält.

Der Herzschlag der fünf Männer setzt einmal aus. Sie starren auf den einzelnen Schlüsselkopf, der noch herausragt.

Chaim flüstert: »Sag mal, bist du jetzt ganz durchgeknallt?«

Jonsy setzt sich in Bewegung, rennt auf den einsamen Schlüssel zu. Chaim stolpert hinterher, Izzi und Schlomi auf den Fersen, nur Jake liegt noch stöhnend vor Schmerz auf der Erde.

Chaim packt Jonsy ein paar Meter vor dem Gullydeckel am Pullover. Jonsy wehrt sich, während er gleichzeitig sein Bein nach vorn in Richtung des Schlüssels ausstreckt, wie ein Ausfallschritt beim Baseball.

Der Pullover gleitet von Jonsys Körper und bleibt in Chaims Händen.

Mit dem ausgestreckten Fuß tritt Jonsy gegen das letzte Schlüsselstück, und der gesamte Bund fällt in den Gully. Er keucht, aber er grinst übers ganze Gesicht.

Chaim starrt ihn ungläubig an.

Jonsy prustet: »Chaimke, nix Schlüssel!«, und bricht in hysterisches Gelächter aus. Er wirft sich mit ausgebreiteten Armen auf den mit Ölflecken verschmutzten Asphalt und klatscht mit den Händen darauf vor lauter Lachen. Und dann stößt er atemlos hervor: »Verdammte Scheiße, ist mir kalt, fahr den Pullover her«, und schnappt ihn sich aus den Händen des wie vom Donner gerührten Chaim.

EIN RAUMSCHIFF FLIEGT INS ALL

Monty verstand die Wüste nicht. Er verstand nichts mehr an diesem letzten Tag. Nachdem er gezwungen gewesen war, Jonsy und Izzi laufen zu lassen, da sich in ihrem Lastwagen keine Spielautomaten befanden, willigte er auf Psychs Bitte hin ein, nach Las Vegas zu fahren, um im Big Ben, dem mutmaßlichen Zielkasino der Automaten, herumzuschnüffeln. Er würde in aller Früh aufstehen und gegen Mittag Vegas erreichen, und er hoffte nur, dass er nach einer kurzen Runde die Erlaubnis erhielte, in ein Flugzeug nach Hause zu steigen.

Er stoppte an einem Motel in Arizona. Ein großer Indianer zeigte ihm das Zimmer und wies ihn mit furchteinflößender Stimme darauf hin, was er alles nicht tun dürfe. Er duschte sich und brach zu einem Spaziergang in einer Kleinstadt auf, von deren Namen er keine Ahnung hatte und den er auch nicht wissen wollte. Er fand ein Restaurant mit einer Terrasse, die auf die Wüste hinausblickte. Er aß Nachos, saß auf einem Sofa und schaute zu den Sternen hinauf. Neben ihm saßen ein paar Jugendliche mit Cowboyhüten. Im Hintergrund spielte leise Countrymusik.

Interessant, dachte er. Wenn du ein paar Stunden irgendwo anhältst, packt dich immer die Einsamkeit. Wenn du fährst, spürst du sie nicht. Vielleicht ist das der Grund, warum Lastwagenfahrer es lieben, immer weiter und weiter zu fahren. Das Gefühl zu haben, vorwärtszukommen – auch wenn du nichts tust –, ist beruhigend. Doch wenn du einen Ort erreichst und den ganzen Abend vor dir hast – dann spürst du die Leere, die Sehnsucht, die Verlassenheit.

Er seufzte tief, hielt sich an der Miller-Light-Flasche in seiner Hand fest und dachte nach. Er war wütend auf Psych, der noch immer nicht herausgefunden hatte, was mit den Spielautomaten passiert war. Es empörte ihn, dass Psych und Cornelia ihm nicht geglaubt hatten. »Bist du sicher? Hast du gründlich nachgeschaut? Hast du zu ihnen gesagt, dass sie den Laster komplett ausräumen müssen? Bist du ganz sicher, dass du sicher bist?«

Er schnitt eine säuerliche Grimasse und dachte, vielleicht stehe ich einfach auf und fahre nach New York, schaffe es zum

Pessachseder, und das war's. Vielleicht ist diese Arbeit einfach nichts für mich. Er amüsierte sich ein paar Minuten mit dem Gedanken, aber die Vorstellung, sich eine neue Arbeit suchen zu müssen, stresste ihn noch mehr.

Er hörte seinen Anrufbeantworter in der New Yorker Wohnung per Fernabfrage ab. Es war eine Nachricht von seiner Mutter darauf, die sich beschwerte, dass er nicht anrief – sie müsse endlich wissen, ob er am Freitag komme oder ob er etwas Besseres zu tun habe, und sie würde doch gerne wissen, ob ihr Junge am Leben sei. Und eine Nachricht von Jane Aki. Sie kam offenbar nächste Woche nach New York, und sie wollte mit ihm darüber sprechen.

Er saß draußen, in einer Kleinstadt in Arizona, und vergegenwärtigte sich immer wieder die beiden kleinen Sätze von Jane. Er hörte sich die Nachricht ungefähr achtmal an. Jedes Mal, wenn er sie wieder abspielen ließ, dachte er sich etwas anderes aus, das er hören wollte – wie sie ein bestimmtes Wort sagte, ob in ihrer Stimme ein bisschen Aufregung lag (ja, er hörte es an den kleinen schnellen Atemzügen zwischen den Worten beim sechsten Abhören). Was konnte man unter »Ich will mit dir darüber sprechen« verstehen? Dass sie vielleicht bei ihm übernachten wollte? Oder ihn bloß so treffen? Oder vielleicht wollte sie sich nur mit ihm über das Flugticket beraten, und sie hatte überhaupt nicht vor, sich mit ihm zu treffen?

Oh – er schüttelte den Kopf –, wie hart ist das Leben eines Mannes in der Wüste.

Er bestellte sich noch eine Flasche Bier. Am Mittag hatten sie in den Nachrichten zwischen Paula Jones und Kathleen Willey gemeldet, dass die Entsendung der Raumfähre Columbia in Cape Canaveral um einen Tag verschoben worden sei.

Das beschäftigte Monty den größten Teil des Abends. Er erinnerte sich, wie er beim ersten Mal, als ein Space Shuttle ins All geschickt wurde, im April 81, exakt vor siebzehn Jahren, die Schule geschwänzt hatte und mit seinem Bruder nach Manhattan gegangen war, um einen Ort zu finden, der den Start übertrug. Er erinnerte sich an den Countdown, an den weißen Rauch, an den senkrechten Aufstieg in den Himmel. Es ließ ihn erschauern.

Als die Challenger explodierte, war er schon im Gymnasium.

Dieses Mal hatte er vorgehabt, nach Florida hinunterzufahren – für die Columbia. Bereits vor zwei Monaten, als er von dem geplanten Start gelesen hatte, hatte er daran gedacht, einen Tag Urlaub zu nehmen und nach Cape Canaveral zu fahren, um sich das anzusehen. Solche Dinge führten bei ihm immer zu so etwas. Und nun hatte er es vollkommen vergessen gehabt.

Im Radio sagten sie, dass diese Entsendung für Versuche mit Tieren bestimmt sei. Das belustigte Monty. Es erinnerte ihn an ein Hörspiel in seiner Kindheit mit dem Titel »Tiere im All«, auf einem Sender namens »Radio Calipso«. Es war seine Lieblingssendung als Junge in Brooklyn gewesen, auf die er Woche für Woche sehnsüchtig gewartet hatte. In »Tiere im All« gab es einen verrückten Tierarzt namens Alessandro, der mit schwerem südamerikanischem Akzent redete. Alessandro flog mit einem Raumschiff durchs All und untersuchte Stereotype bei Tieren – zum Beispiel, ob die Katze neun Leben hatte (er erschoss sie, um das zu überprüfen) oder ob die Schlange listig war (er spielte Poker mit ihr) oder ob der Hund immer nach Hause zurückfand (er warf ihn aus der Tür des Raumschiffs). Monty lachte laut in die Wüste hinaus, als er sich an diese Sendung erinnerte – er war damals dreizehn, vierzehn. Und jetzt schickten sie wirklich Tiere ins All! Im Radio sagten sie, es seien Frösche, Schnecken, Heuschrecken und ähnliche Tiere, um damit ihre Nervensysteme unter verschiedenen Schwerkraftbedingungen zu testen. Zusammen mit den Tieren würden sieben Astronauten fliegen. Monty spürte einen Stich in seinem Herzen. Wie gern wäre er ein Astronaut in einem Raumschiff gewesen. Stattdessen jagte er Phantomprinzen hinterher.

Einmal hatte er in Florida den Start der Discovery gesehen. Er hatte gesehen, wie die Rakete aufstieg, ihren weißen Schweif, und wie sie in den Wolken verschwand. Es war beeindruckend gewesen. Er betrachtete jetzt diesen Himmel, den gleichen Himmel, der morgen die Columbia empfangen würde, um 14.19 Uhr Floridazeit. Er hob sein Miller Light zu den Sternen empor und flüsterte: »Lechaim. Auf dich.«

Als die Schlüssel durch den Gullydeckel nach unten gefallen waren, hastete Chaim Galil zu dem Deckel, ließ sich auf die Knie nieder und spähte durch den Schlitz, konnte jedoch nichts erkennen. Er brüllte: »O Gott, warum musst du bloß immer so was von hirnrissig sein? Was hast du jetzt damit erreicht? Wozu war das gut, hä?« Er schlug mit seiner Faust auf den Eisendeckel und erzeugte ein dumpfes, metallenes Echo.

Jonsy erhob sich vom Boden und klopfte sich die Kleider ab. Auch Jake stand endlich auf und tat dasselbe, während er sich mit einer Hand sein Steißbein hielt. Izzi sagte leise: »Ich versteh wirklich nicht, wozu du das gemacht hast.« Schlomi, mit Jakes Revolver in der Hosentasche, betrachtete alle amüsiert und begann dann zu lachen. Jonsy wandte ihm den Blick zu. Er sagte: »Danke, Bruderherz.« Das riss Chaim aus seiner Andachtshaltung über dem Gullydeckel. »Sag mal, was soll das denn werden?«

Schlomi hatte sich wieder gefasst und sagte ruhig: »Niemand richtet einen Revolver auf einen Juden.«

»Er ist auch Jude«, erwiderte Chaim.

»Auch einem Juden ist es verboten, einen Revolver auf einen Juden zu richten. Schon gar nicht auf einen Israeli. Und auf meine Freunde schon überhaupt nicht.« Er sah Chaim und Jonsy an und beschloss abzuwarten – sollte Chaim ruhig weiter denken, er sei auf seiner Seite, vorläufig.

Chaim versuchte, an dem Kanaldeckel herumzuhantieren, doch er sah schnell ein, dass er keine Chance hatte. Er rappelte sich hoch. Jetzt standen sie alle zwischen dem Lastwagen und den Tanksäulen. Der Wind blies immer noch heftig, die Türglöckchen schaukelten. »Und was jetzt?«

Die anderen zuckten die Achseln.

»Hat jemand Ersatzschlüssel?«

»Im Büro, oder?«

»Nimmt man auf die Trips keine Ersatzschlüssel mit?«

»Es gibt schon längst keine mehr. Sie sind vor über einem Jahr verloren gegangen.«

»Hast du Ersatz dabei?«, wandte sich Chaim an Schlomi. Schlomi schüttelte stumm und nachdrücklich den Kopf.

Chaim versuchte, die Möglichkeiten auszuloten. Er sah Jake an, seinen Verbündeten, und sagte: »Gut, was meint ihr, soll man Chen anrufen? Dass sie die Schlüssel schicken soll? Oder vielleicht rufen wir irgendeinen Mechaniker, der ihn ohne Schlüssel startet?«

»Das wird nichts. Diese Laster lassen sich nicht ohne Schlüssel starten. Wir haben's schon versucht, ein paarmal.«

»Na gut. Dann rufe ich Chen an.« Chaim warf einen Blick

auf die Uhr. »Sie soll sie gleich in der Früh schicken, per Luftpost. Von mir aus soll sie sie selber bringen. Danach rechnen wir über alles ab, was hier passiert ist.« Er durchbohrte Jonsy und Izzi mit einem finster drohenden Blick. Dann zog er sein Mobiltelefon heraus. »Verdammte Scheiße, diese Wüste, kein Empfang«, fluchte er und wandte sich in Richtung des öffentlichen Telefons am Restauranteingang.

»Äh … Chaim, was machen wir jetzt?«, kam es von Jake.

Chaim machte sich nicht einmal die Mühe, sich zu ihm umzudrehen. Er sagte nur: »Schlomi, behalt sie im Auge, damit sie keinen Blödsinn machen«, und ging. Jake stand weiter da, ein bisschen krumm, ein bisschen gedemütigt, und kämpfte mit sich, wie er reagieren sollte. Jonsy schrie Chaims Rücken hinterher: »Richte ihr Grüße aus!«

In dem Moment, in dem Chaim außer Hörweite war, sagte Schlomi: »Dieser Wichser. Ihr wisst nicht, was für ein Drecksack er …«

»Wir wissen's«, unterbrach ihn Jonsy. »Aber du bist auf seiner Seite, oder nicht?«

»Ihr habt die Fliege gemacht, ohne mich, ihr fucking idiots. Klar war ich wütend. Also bin ich mit ihm gefahren. Aber drei, vier Tage mit ihm in einem Auto genügen, um einen daran zu erinnern, auf welcher Seite man steht.«

»Dann bist du auf unserer?«

»Ja klar! Wer hat euch gerade gerettet? Den ganzen Abend habe ich darüber nachgedacht, wie ich diesem Scheißhaufen eins reinwürge und euch helfe. Ich habe auf ein Zeichen von Gott gewartet. Am Schluss hat er mir eins gegeben, mit dem Revolver.«

»Du verscheißerst uns nicht, Schlomi, oder? Sicher?« Jonsy blickte ihn skeptisch an.

»Jonson, ärgere mich nicht. Ich lüge nicht. Er lässt mich nicht«, Schlomi deutete zum Himmel, zu den Sternen Neumexikos hinauf. »Aber das spielt keine Rolle, wir sitzen ohnehin alle hier fest. Was machen wir, bis die Schlüssel ankommen?«

Jonsy spähte zum Restauranteingang. Chaim stand immer noch am Telefon. Er zog die Hand aus seiner vorderen Jeanstasche. Zwischen seinen beiden Fingern hielt er einen Schlüssel.

»Was?« Schlomi blinzelte.

»Komm ich euch dermaßen bescheuert vor? Ich hab den Schlüssel von dem Bund in der Hosentasche abgemacht, während diese zwei Blödmänner da gequatscht haben. Jalla, los, wir hauen ab.«

Jake sah das alles passieren. Er begann zu schreien, doch Schlomi, der damit gerechnet hatte, brachte ihn mit einem weiteren Faustschlag, der ihn wieder zu Boden streckte, zum Schweigen. Er stöhnte nur noch vor Schmerz, es war wieder der Rücken, der den Hieb abgekriegt hatte. »Tut mir leid«, sagte Schlomi zu ihm, »aber du solltest lernen, deinen Mund zu halten.«

Sie stiegen in den Lastwagen ein – Jonsy setzte sich hinters Steuerrad, Schlomi schob Izzi in die Mitte.

Izzi protestierte: »He, du Bastard, du bist hier der Gast, wieso ich in der Mitte?«

»Los, los, wir haben keine Zeit für so was«, erwiderte Schlomi.

»Juhuuu!«, brüllte Jonsy und gab Gas.

»Schaut mal, was ich da habe!« Schlomi lachte.

»Einen Revolver?«, fragte Izzi etwas bang.

»Nicht nur.« Er hob seine Hand – noch ein Schlüssel. »Von

Chaims Chevrolet. Oberaffengeiiil!!!« Er röhrte durch das offene Fenster in die Wüste hinaus.

Jonsy und Izzi drehten durch.

ICH HABE KEINE AHNUNG

Als Chaim den Telefonhörer auflegte und sich umdrehte, stieß er einen entsetzten Schrei aus.

Er sah Jake am Boden liegen, der schwarze Chevi Suburban stand mit offenen Türen da, das Schild der Raststätte schaukelte im Wind. Ein bisschen Staub, ein bisschen Nacht. Sonst nichts.

Kein Lastwagen in Sicht. Kein Jonsy und Izzi. Und kein Schlomi.

»Was zum Teufel …« Er ging langsam auf das Auto zu.

Jake versuchte stöhnend aufzustehen. Chaim streckte ihm unwillig die Hand hin. Jake blickte Chaim mit müden Augen an, ohne etwas zu sagen. Chaim fragte ihn nicht einmal, was passiert war.

Er ging zum Chevrolet. Wühlte in seinen Taschen, tastete anschließend mit einer Hand zum Anlasser. Dann inspizierte er das Handschuhfach, suchte den Asphalt ab. Er begriff ziemlich schnell. Zuerst warf er die Türen des Wagens, eine nach der anderen, mit aller Gewalt donnernd ins Schloss. Dann wanderte sein Blick zu Jake und von ihm zu Wendy, seinem Auto. Er konnte nicht umhin, das Gesicht zu verziehen.

Jake sagte: »Vergiss es, ich bin fertig mit dieser Geschichte. Jetzt habe ich auch keinen Revolver mehr. Ich hab die Schnauze voll von euch allen. Wenn ihr etwas braucht, seid ihr meine Freunde, und eine Sekunde später dreht ihr mir den Rücken zu. Ihr seid alle gleich. Alles die gleiche Scheiße.«

Chaim gab keine Antwort. Er trat an den linken Vorderreifen des Chevrolets.

»Ich sag's dir«, fuhr Jake fort. »Vergiss es. Diese Schrottkiste wird es jetzt sowieso nirgendwohin mehr schaffen, ganz bestimmt nicht nach Vegas … wie weit ist das, vier, fünf Stunden von hier? Neumexiko, Arizona, Nevada … das hält sie nicht durch, keine Chance.«

Chaim lehnte sich an den Chevrolet, spulte im Kopf die Möglichkeiten ab. Man müsste Avis anrufen, darauf warten, dass sie einen Ersatzschlüssel aus Dallas brachten … shit, es blieb keine Wahl …

»Nein, ich hab euch nämlich durchschaut, euch Israelis. Ihr nützt bloß aus, was und wo ihr könnt, und dann schmeißt ihr's weg nach Gebrauch. Ich will nichts mehr mit euch zu tun haben. Ich werde nach Minnesota zurückfahren, ganz langsam …«

Fünf Minuten darauf – beide saßen in Wendy, mit Kurs nach Westen – fragte Jake Chaim: »Und was jetzt?«

Chaim antwortete: »Las Vegas.«

»Und was sollen wir in Vegas?«

»Ich habe keine Ahnung.«

Das Geschrei der Kinder im Swimmingpool weckte sie. Oder vielleicht war es das Donnern des Zuges, der das Excalibur mit den umliegenden Hotels verband. Es war etwas schwierig zu differenzieren, aus einem von Stoliczna durchtränkten Schlaf heraus. Genauso gut konnte es das grelle Licht der Sonne gewesen sein, die plötzlich herauskam, das ohnehin geheizte

Zimmer erhitzte und die Schweißdrüsen der drei Russen zu erhöhter Produktion antrieb.

Vladimir, Pozailov und Popeye krabbelten aus ihren Betten und spähten hinaus. Pozailov rieb sich die verletzte Schulter, die den schönen Tag mit schmerzhaften Stichen empfing.

Am Abend zuvor waren sie nach dem Essen an die Bar des Kasinos gegangen und hatten weitergetrunken. Popeye hatte ein bisschen an den Mega-Bucks-Automaten gespielt. Er ließ sich einen Fünfzig-Dollar-Schein in Ein-Dollar-Münzen zerkleinern und trieb sich mit einem Plastikbecher voller Geldstücke zwischen den Spielautomaten herum. Irgendwann landete er einen Treffer – und erntete einen Hagel von Münzen. Pozailov, der neben seinem Kameraden stand, hob sein Wodkaglas und schrie: »Auf König Popeye!« Das Geklingel der Münzen hielt an, Popeye hatte seinen Becher schon aufgefüllt, und immer noch purzelten Münzen in die Schale.

Nach einer Stunde war nichts mehr davon übrig.

Pozailov bat die Barfrau – eine Russin, mit der er den ganzen Abend etwas anzufangen versuchte –, Popeye ein Gläschen einzuschenken. Er sagte: »Nicht so schlimm, Popeye, du hast uns viel Ehre gemacht.« Sein Gesicht war gerötet, er war fröhlich. Popeye setzte sich mit bekümmerter Miene neben ihn. Irgendwo in der Halle hagelte es die Münzen anderer Gewinner.

»Wo ist Vladimir?«, fragte Popeye.

»Längst schlafen gegangen, wir können uns austoben. Um eins gibt es hier eine Vorstellung, aber im MGM gibt es eine bessere, mit echten Löwen. Willst du hingehen?«

Nein, Popeye hatte dafür keine Energie mehr. Er stürzte das Wodkaglas mit einem Schluck hinunter.

Die Barfrau näherte sich. Pozailov sagte zu Popeye auf Russisch: »Was ’ne Schönheit, wa’?« Sie kräuselte die Brauen. Dann nahm sie Pozailovs Hand und betrachtete die Tätowierungen auf seinen beiden Fingern – das A auf dem einen, das K auf dem zweiten. »Was ist das denn«, lachte sie, »ist das deine große Liebe? Hat sie so gelodert, dass du sie dir ins Fleisch einbrennen musstest? Oder ist das Anna Karenina?« Sie platzte fast vor Lachen.

Pozailov stimmte in ihr Gelächter mit ein. Wie sich nur immer alle todsicher waren, dass sie die Ersten waren, denen das eingefallen war.

»Erzähl ich nicht.« Er lächelte sie an.

Am Morgen, nachdem er ausgiebig uriniert hatte, fragte Vladimir: »Nu, wie viel habt ihr gestern gewonnen?«

Pozailov antwortete: »Unser Popeye hat ganz super gespielt, bis alles weg war.«

»Wie immer«, stellte Vladimir lakonisch fest.

»Sag mal, Boss«, begann Pozailov, »es ist Donnerstag. Boris hat gesagt, dass er die Automaten in der Früh kriegen muss, um sie rechtzeitig anzuschließen. Morgen um Mitternacht sollen sie ihren Job tun.« Ohne Hemd sah der Panther auf Pozailovs Brust ziemlich bedrohlich aus. Er glänzte vor Schweiß. »Also, wo sind die Dinger? Beziehungsweise, was sollen wir ihm sagen? Beziehungsweise, was werden wir machen?«

Popeyes Kopf war noch vom gestrigen Wodka vernebelt. Er wandte Vladimir seinen leicht glasigen Blick zu – gute Frage.

Vladimir betrachtete die beiden. »Ich habe keine Ahnung«, sagte er seufzend.

Popeye meinte: »Dann geh ich inzwischen mal laufen.« Pozailov wirkte erheitert.

Chen stand auf und fuhr nach La Guardia. Chaim hatte sie mitten in der Nacht geweckt und gesagt, sie solle mit den Ersatzschlüsseln des Lastwagens nach Dallas fliegen. Sie war aus dem Tiefschlaf hochgeschreckt, und in der Leitung waren eine Menge Störgeräusche gewesen. »Komm nach Dallas, so schnell du kannst«, hatte Chaim verlangt. »Ruf mich von unterwegs aus an.« Sie tätigte einige Anrufe und fand einen Flug von Delta Airlines, der um acht Uhr morgens von La Guardia abflog. Um sechs, als sie aufstand, versuchte sie, Chaim zu erreichen, aber es meldete sich niemand. Doch sie wartete nicht auf seine Bestätigung, sondern packte die Lastwagenschlüssel, einige Unterhosen, Büstenhalter, Strümpfe zusammen. Dann stieg sie in die Subway nach Queens, ließ ihren Blick über die stillen Leute am Morgen schweifen, die sich noch im Dämmerzustand der Halbwachheit befanden. Der Flug kam ihr gerade recht. Sie hatte Sehnsucht nach Tomar.

Chen hatte bis dahin noch nicht einmal über Chaims merkwürdiges Ansinnen, ihm die Ersatzschlüssel für den Lastwagen zu bringen, nachgedacht. Nun kam sie ins Grübeln. Was hieß das? Dass Chaim den Lastwagen gefunden hatte? Dass er Tomar und Izzi erwischt hatte? Aber nicht unbedingt, vielleicht hatte er nur den Lastwagen gefunden, und Tomar und Izzi war etwas passiert? Warum brauchte er sonst die Schlüssel?

Sie musste Tomar dringend sehen und mit ihm reden. Er hatte schon seit zwei Tagen nicht angerufen. Sie wusste nicht, ob er irgendwie sauer war, doch sie musste ihm unbedingt sagen, was sie bezüglich dieser ganzen Geschichte beschlossen hatte, was sie beide, die Wohnung, New York anging. Denn sie liebte ihn und hatte solche Sehnsucht nach ihm. Sie verspürte ein Würgen im Hals, als ihr der Gedanke kam, dass er sie vielleicht deshalb nicht mehr anrief, weil er ihre Hilfe nicht mehr brauchte und ansonsten gar kein Interesse daran hatte, mit ihr zu reden.

Am Flughafen versuchte sie wieder, Chaim zu erreichen. Keine Antwort. Sie hinterließ Tomar einen Piepser mit der Nummer des Telefonapparats, an dem sie stand. Das Gate für den Flug nach Dallas sollte in dreißig Minuten geschlossen werden. Das öffentliche Telefon klingelte.

»Tomar?«, fragte sie fast unter Tränen.

»Äh … Tom … Jonsy schläft. Wer ist dran? Chen?«

»Ja, wer bist du, Izzi?« Es klang nicht wie Izzi.

»Nein, Schlomi … ich bin zum Morgengebet aufgestanden, Jonson und Izzi schlafen noch. Wo bist du, zu Hause? Denn die Leitung ist angezapft, FBI … Shit! Was für ein fucking idiot ich bin … Moment, ich habe nicht im Büro angerufen, stimmt's? Du bist in Queens, der Nummer nach.«

»Wo seid ihr denn? Was machst du … und was heißt hier FBI … ist Chaim auch da?«

»Nein, nein. Bloß ich. Wo wir sind? Was weiß ich, ich glaub, Arizona. Wir kommen am Vormittag in Vegas an.«

»Ihr seid nicht in Dallas? Ihr fahrt nach Vegas?«

»Dallas? Oha, da hinkst du zwei Tage hinterher, Chen. Ich muss jetzt mit meinem Gebet anfangen, Schätzchen, aber mach dir keine Sorgen, es ist alles unter Kontrolle, okay? Soll ich was ausrichten?«

»Nein … danke.« Sie legte langsam den Hörer auf die Gabel. Nun verstand sie überhaupt nichts mehr. Sie lief zum Abflugschalter der Delta – es gab keinen Direktflug nach Las Vegas, doch wenn sie auf dem Flug nach Dallas bliebe, könnte sie dort einen Anschlussflug erreichen und um 12.30 Uhr in Las Vegas ankommen.

Ihr Herz hämmerte in der Brust. Jetzt war sie hellwach. Sie

würde nach Vegas fliegen. Sie hatte keine Ahnung, was sie dort anfangen würde oder wo sie Tomar finden sollte, doch sie hatte den Kontakt über seinen Piepser, und sie hoffte einfach das Beste. Sie hinterließ Jotam und Ohed eine Nachricht, dass sie nach Vegas fliege. Es war sicher nicht schlecht, wenn es irgendjemand auf der Welt wusste.

FBI-Agent Paul Kiklaschwili, besser bekannt unter dem Spitznamen Psych, erhält um sieben Uhr zweiunddreißig am Morgen einen Anruf – er wirft stets einen Blick auf seine Uhr, bevor er auf einen Anruf reagiert. In der Leitung ist Nathaniel Richman, ein junger Agent, der in den letzten Tagen der Operation Zatoka angegliedert wurde.

»Ja, Nathaniel, wie geht's deinem Bart?« Richman trägt einen Bart, den er akribisch pflegt und hegt, was Psych schon immer amüsiert hat.

Die genaue Aufenthaltsposition, wo sich Psych befindet, ist ein Laufgerät im NVSC-Sportstudio, 23. Straße an der Park Avenue, keine fünf Minuten zu Fuß von seinem Büro entfernt. Zu seiner Linken läuft ein schnuckeliges Mädchen in einem silbergrauen, bauchfreien Leibchen mit langem rötlichem Haar, mit der er gerade über Monica und den Präsidenten zu plaudern begonnen hat – ein hervorragendes Thema, um eine Unterhaltung mit jungen Mädchen anzufangen und von dort vollkommen natürlich auf alle weiteren Themen der Welt zu kommen.

»Ich bin am La Guardia.«

»Wie bitte? Was zum Teufel machst du dort?«

Seit fast zwanzig Minuten tritt Psych mit der Geschwindigkeit von vier Meilen pro Stunde, was eine annehmbare Gehzeit ist. Normalerweise erhöht er das Tempo immer auf Laufgeschwindigkeit, sechs Meilen in der Stunde, macht zwei bis drei Meilen und erledigt das Ganze in zwanzig, fünfundzwanzig Minuten. Doch wenn es interessante weibliche Nachbarschaft gibt, verweilt er im Gehtempo, versucht, ein Gespräch anzuknüpfen. Er wischt sich den Schweiß von der Stirn.

»Die Prinzessin des Nahen Ostens hat das Haus verlassen. Sie fliegt nach Dallas, nimmt von dort einen Flug nach Vegas. Der Flug geht um acht Uhr hier weg, mit Delta Airlines.«

»Verstanden, Nathaniel. Braver Junge. Bleib, wo du bist, ich ruf dich gleich zurück.«

Manchmal, so sehr es auch schmerzt, hat die Arbeit Priorität. Psych legt sich das Handtuch um den Hals, verringert graduell die Geschwindigkeit des Laufbandes. Er lächelt dem Mädchen zu und sagt mit betrübtem Blick: »Arbeit.« Sie lächelt zurück. Er fügt hinzu: »Wir werden diese Unterhaltung ein andermal fortsetzen.«

Nach einer kurzen Dusche bricht er nach La Guardia auf. Unterwegs erhält er von Cornelia eine Genehmigung und beauftragt Nathaniel, zwei Tickets nach Las Vegas zu buchen und sich auf eine Blitzreise für einige Tage einzurichten. Er parkt im Langzeitbereich, kontrolliert die Pistole im doppelten Boden seiner Tasche, überprüft den Sitz seiner Krawatte, wirft noch einen Blick in den Spiegel und geht zum verabredeten Treffpunkt mit Nathaniel. Sie haben einen American-Airlines-Flug über Saint Louis, der um 13.00 Uhr in Las Vegas landen wird. Psych hat Cornelia bereits gebeten, Monty auszurichten, er solle dort am Flughafen auf sie warten.

Als sie im Flugzeug ihre Plätze einnehmen, fragt Psych Nathaniel: »Geht das in Ordnung, dich mit zehnminütiger Vorankündigung für ein paar Tage zu entführen?«

Er stellt diese Frage nicht in der Befürchtung, eine negative

Antwort zu erhalten, sondern weil er den Neuen und den Grad seiner Loyalität testen will. Er möchte seine Körpersprache, die Art seiner Reaktion sehen.

Nathaniel sagt: »Kein Problem. Im Gegenteil. Morgen ist irgendein Festessen bei meinen Eltern, wo ich die ganze Zeit schon nach Ausreden gesucht habe, bloß um nicht hinzumüssen. Unter uns gesagt, ihnen ist es auch lieber, wenn ich irgendeinen Vorwand finde, um nicht zu kommen.«

»Pessachseder, oder?«

»Woher weißt du das? Bist du auch … aber du schaust nicht …«

»Bin ich auch nicht«, unterbricht ihn Psych, ohne sich näher darüber auszulassen. Er hat den jungen Mann schon erfasst. Hohe Loyalität und Motivation. Sexuelle Orientierung homosexuell. Nicht dass Psych damit ein Problem hätte. Beziehungsweise vielleicht ein ganz kleines. Sagen wir mal, an den Orten, von denen er kommt, wie der Gulag, sogar das Moskau der Siebziger, wäre ein solches Verhalten … na ja, egal. Er beginnt, in der *Herald Tribune* einen Artikel über die Aussage Monicas und Christy Zerchers zu lesen, die Stewardess, die behauptet, dass Clinton etwas mit ihr gehabt habe.

»Was werden wir denn in Vegas machen? Das heißt, außer die Prinzessin des Nahen Ostens suchen?«, fragt Nathaniel Richman und streichelt unbewusst seinen gepflegten Bart.

»Soll ich ehrlich sein? Ich habe keine Ahnung«, antwortet Psych. »Wir kommen an, und dann sehen wir mal. Wir suchen die Prinzessin, wir werden nach den Spielautomaten fahnden. Der Nordkönig und seine Prinzen sind anscheinend im Excalibur abgestiegen, also werden wir sie auch unter die Lupe nehmen. Schauen wir, ob Monty etwas hat. Wir werden was zu tun finden.«

Er verrührt den Tomatensaft mit dem Eis, kippt seine Sitzlehne nach hinten und kehrt wieder zur *Herald Tribune* und dem Artikel zurück. »Keine Sorge, Richman, wir werden garantiert was zu tun finden«, wiederholt er, ohne die Augen von der Zeitung zu heben.

»SICK OF CELINE WEEKEND«

Stundenlang Wüste, öde Straßen, schnurgerade, endlos lang. Nur Braun und Tankstellen – das ist alles, was es kilometerweit gibt.

Als sie sich Las Vegas nähern, kommt Radio Vegas auf Empfang. Auf diesem Sender hat man sich offenbar entschlossen, am Wochenende keine Celine Dion zu spielen. Sie nennen das ein »Sick of Celine Weekend«. Sie sagen, dass sie genug davon haben, sie zu hören, nach achtzehn Dezillionen Mal Abspielen. So lautet die Zahl, die sie festsetzen.

Jonsy sagt: »Schade, ich hab tatsächlich angefangen, das Lied zu mögen.«

»Man könnte fast meinen«, kommentiert Izzi, »dass wir die anderen Lieder nicht schon achtzehn Dezillionen Mal gehört haben. Ich hab auch angefangen, Celine zu mögen. Du hast keine Wahl in Amerika. Du beugst dich dem Monster des Mainstreams.«

Nett an diesem Kanal ist auch, dass sie Howard Stern bringen. Es ist schon einige Tage her, seit Jonsy und Izzi ihn gehört haben. Howard ist gut in Form heute Morgen. Er redet über die Mädchen von Clinton, über die Stewardess, die behauptet, dass er auf einem Flug etwas mit ihr angefangen habe, während Hillary schlief. Er imitiert Clinton: »Komm, Süße, setz dich auf mein Knie, schau, was ich für dich habe, einen Endloslutscher …« Im Studio bei Howard wird gelacht, im Lastwagen von Sababa ebenfalls. Anschließend – Wettbewerb des kleinsten Pimmels. Hunderte haben angerufen, fünfzehn sind für das Finale ins Studio gekommen. Howard hat ein Mannequin mitgebracht, die ihm bei der Beurteilung zur Hand geht. Danach rufen Leute an, um zu erzählen, wie sich Viagra bei ihnen auswirkt.

Dieser Morgen ist wie von der Wirklichkeit losgelöst. Sie haben gute Laune. Dann allerdings fragt Izzi: »Was machen wir eigentlich in Vegas?«

Jonsy denkt einen Moment nach und antwortet: »Ich hab keine Ahnung.«

Schlomi sagt: »Ich weiß, was ich als Erstes mache. Ich suche mir einen Ort, wo ich morgen den Seder feiern kann.«

»Du fliegst nicht nach New York?«

»Ich bin doch kein fucking idiot. Ich habe meine Lektion gelernt. Euch beiden darf man auf keinen Fall den Rücken zudrehen. Ihr seid Ratten, ihr würdet mir sofort mit dem Geld abhauen«, entgegnet Schlomi.

»Aber wie willst du einen Seder finden? Willst du am Stadteingang fragen, wo es Juden mit einem leeren Stuhl für morgen Abend gibt?«, gibt Izzi zu bedenken.

»Ich werde bei meinem Rabbiner in Queens anrufen, sie haben die Nummern von allen jüdischen Gemeinden in Amerika. Sie werden mich zu jemandem schicken. Das dürfte kein Problem sein, auf die Art habe ich schon den Schabbat an allen möglichen Orten in Amerika verbracht. Kommt doch mit, so ein bisschen Tradition würde euch nichts schaden.«

Sie fahren in das Tal von Vegas ein. Von weitem sehen sie die großen Hotels aufragen, die Pyramide, den Eiffelturm, die Wolkenkratzerskyline von New York.

Michel Argamani steht unter Druck, denn Joachim Basendwarf, sein texanischer Kunde, droht, nach New York zu kommen und ihm die Augen einzeln auszustechen, wenn er nicht sofort seine Ware erhält. Michel sitzt auf Kohlen, denn Chaim hat ihm das eingebrockt, und es interessiert ihn nicht die Bohne, ob auch Chaim selber von seinen Arbeitern gelinkt worden ist. Chaim hat ihm sein Wort gegeben, dass die Sachen rechtzeitig ankommen, und Chaim hat sein Wort gebrochen. Und jetzt reagiert er nicht einmal auf Anrufe, also wird Chaim dafür bezahlen müssen.

Michel muss dringend Jonsy und Izzi finden, sie überreden, Basendwarfs Sachen irgendwie auszuladen, und Friede über Israel. Und bei der gleichen Gelegenheit wäre er auch entzückt, ihnen dabei zu helfen, Chaim in die Eier zu treten, mit echtem Vergnügen. Michel sitzt in seinem Büro in Brooklyn und grübelt, was er tun soll, doch er hat keine Ahnung.

Monty Cohen, der an jenem Morgen in Las Vegas eintraf, wartete am Flughafen auf Psych und Nathaniel Richman. Als er sie begrüßte, sagte er: »Es gibt Typen, die haben alles Glück der Welt und kommen innerhalb von vier Stunden aus New York an, und es gibt solche, die brauchen bedauerlicherweise über eine Woche auf der Straße dazu. Willkommen in Las Vegas.«

»Wo gehen wir hin?«, fragte Psych.

»Ihr könnt euch auf Cornelia verlassen, dass sie immer den besten Deal in der ganzen Stadt findet. Excalibur.«

»Großartig. Dort gastieren der König des Nordens und seine Prinzen.«

Monty warf einen Blick auf seine Uhr. »Beeilt euch, ich muss vor vierzehn Uhr neunzehn auf meinem Zimmer sein.«

»Vierzehn Uhr neunzehn? Und was ist dann bitte?«, fragte Psych verblüfft.

»Die Columbia fliegt ins All. Ich will den Start im Fernsehen sehen«, sagte er und winkte nachlässig ab, als Psych eine spöttische Grimasse schnitt.

»Darf ich vorstellen«, sagte er dann, »Montgomery Cohen, Nathaniel Richman. Nathaniel ist die Neuerwerbung der Abteilung. Monty ist unser Feldagent bei der Operation Zatoka.« Sie tauschten einen Händedruck.

Auf dem Weg zum Parkplatz kamen sie an einem großen Gerät vorbei, das den Reisenden die verfügbaren Hotels in der Stadt zeigte. Vor der Maschine stand eine junge Frau, die das Display studierte und hilflos schien. Montys Blick verweilte einen Augenblick auf ihr. Chen Eizenberg, die vor kurzem gelandet war, kannte sich in Las Vegas überhaupt nicht aus, doch am Ende wählte sie das Hotel New York New York, da der Name vertraut klang und es freie Zimmer gab.

Bereits seit einigen Tagen hatte Uncle Sam von niemandem mehr gehört. Er war ziemlich glücklich darüber, denn in den Tagen davor hatte er sich hauptsächlich Beschwerden, Geschrei und Drohungen anhören müssen. Er saß in seinem Büro in New Jersey, beschäftigte sich mit seinen gewöhnlichen kleinen Umzügen und verhielt sich still. Doch heute Morgen klingelte das Telefon, und am anderen Ende erklang eine bekannte Stimme.

Uncle Sam rief: »Vladimir, Schalom! Schon lang nichts mehr von dir gehört. Wie geht's dir, mein Freund?«

»Spar dir die Höflichkeiten. Der einzige Grund, weshalb ich nicht persönlich gekommen bin, um dir die Finger zu brechen, ist, dass ich bis über beide Ohren mit den Versuchen beschäftigt war, den unermesslichen Schaden zu beheben, den du angerichtet hast. Also nenn mich nicht Freund, sonst werde ich ganz entsetzlich wütend.«

Uncle Sam rutschte tiefer in den Sessel in seinem Büro. Die Sache war noch nicht ausgestanden.

»Übrigens, gut, dass du mich daran erinnerst, wir werden diese Rechnung irgendwann begleichen, das verspreche ich dir. Jetzt zu den dringenden Sachen. Hast du in letzter Zeit etwas von deinen Komikern gehört?«, fuhr Vladimir sachlich fort.

»Welche Ko…«

»Deine gloriosen israelischen Mover, vom Kommando. Kannst du für mich klären, wo sie sind?« Das war ein Befehl.

Uncle Sam hatte keine Ahnung, was er tun sollte. Er rief im Büro von Sababa Moving and Storage an.

»Ja?«

»Uncle Sam am Apparat.«

»Hi, Uncle. Hier ist Jotam.«

»Wo ist Chen?«

»In Vegas. Alle sind dort, glaub ich. Ich glaube, sie ist heute früh losgefahren, um sie zu treffen.«

»Vielen Dank.« Uncle Sam wischte sich den Schweiß von der Stirn.

O Gott, wenn das bloß vor ein paar Tagen schon so einfach gewesen wäre. Er wählte die Nummer, die Vladimir ihm genannt hatte, Vorwahl 702.

»Hier ist Radio Vegas, ihr seid auf 99.5 FM, und wir sind bei Sick of Celine Weekend, ein ganzes Wochenende, an dem ihr kein einziges Mal das folgende Lied hören werdet … ha, ha, ein Witz! Ihr werdet es nicht hören, das Lied von Celine Dion aus ›Titanic‹.«

»Was ist das denn? Monty, schalt um. Mir gefällt dieser Song. Habt ihr den Film gesehen?«, fragt Psych seine beiden Kollegen.

Monty, am Steuerrad, fährt die kürzeste Strecke zum Hotelareal am Strip.

»Große Klasse«, begeistert sich Psych.

»Wir sind da«, versetzt Monty trocken. »Ich gehe in mein Zimmer hinauf, um den Start zu sehen. Ruft mich an. Zimmer 8137.«

14.19 Uhr. Lisa und Karl sitzen in ihrem leeren Zimmer im Seniorenheim in Florida. Karl sieht sich die Oprah Winfrey Show an, Lisa liest ein Buch. In der gleichen Sekunde, etwa siebzig Meilen weiter nördlich, in Cape Canaveral, an der Ostküste des schmalen Streifens, der sich der Staat Florida nennt, unweit der nördlichen Grenze zu Georgia, erwärmt die Columbia ihre Triebwerke. Lisa und Karl, wie die überwiegende Mehrheit der Einwohner ihres Seniorenheims und der Insassen Hunderter anderer Altersheime in Florida – und auch, wie ohne Übertreibung zu vermuten sein dürfte, die Mehrzahl der Einwohner Floridas, Amerikas sowie des Erdballs –, wissen so gut wie nichts über das Aufheizen der Triebwerke der Columbia oder über ihre gerade bevorstehende Reise ins All, ganz zu schweigen von der Tatsache, dass auf diesem Flug Schwerkrafttests mit Tieren wie einer Kröte und einer Heuschrecke durchgeführt werden. Sie haben keine Ahnung.

Doch FBI-Agent Monty Cohen in Zimmer 8137 im Excalibur in Las Vegas sitzt wie gebannt vor dem Bildschirm. Er sieht den weißen Rauch, den Dunstfleck, der die annähernde Position des Raumschiffs dokumentiert, und er erinnert sich an Manhattan, 1981 – er und sein Bruder sehen dem Start der ersten Weltraumfähre zu. Die Rakete, die die Columbia schleppt, steigt mit einer Langsamkeit in den Himmel auf, die stets übertrieben wirkt, entwickelt dann Geschwindigkeit, es kommt der Moment der Ablösung, der Absturz in Richtung Meer – die Columbia ist so klein in diesem gewaltigen Raum … wie gelingt es den Kameras nur, das alles einzufangen? –, und die Columbia zieht ihre Bahn, an Bord die siebenköpfige Besatzung und ein paar Tiere, in den Weltraum, aus dem sie in gut zwei Wochen wieder zurückkehren soll.

Karl Lemmon kratzt sich am Hals. Sein Hals juckt schon seit einigen Tagen. Oprah hat ein Individuum zu Gast im Studio, das wie ein ehemaliger Marine aussieht, mit breiten Schultern und Stoppelkopf. Karl versteht nicht, worüber sie eigentlich reden. Er sagt zu Lisa: »Weißt du, sie waren ohnehin nicht viel wert.«

»Wer war nicht viel wert?« Lisa hebt den Blick von ihrem Buch, späht zum Bildschirm.

»Die Bilder. Die Bilder, die uns diese Dreckskerle gestohlen haben. Ich war auch nie besonders verrückt nach ihnen. Fälschungen von Breughel für zwei Mark vom Touristentrödel in Hamburg.«

»Sprich nicht so über meinen Vater. Sie sind nicht vom Trödelmarkt. Und es spielt überhaupt keine Rolle, ob es Fälschungen sind, Karl. Wir haben schon so oft darüber geredet, und du kommst immer wieder darauf zurück. Sie waren mir wichtig. Ich hatte eine Beziehung zu ihnen, wegen Papa.«

Karl brummelt zornig in sich hinein und versucht, sich wieder auf Oprah zu konzentrieren. Schließlich greift er nach der Fernbedienung, doch eigentlich weiß er nicht, auf welchen Kanal er umschalten möchte. »Dreckskerle«, sagt er wieder.

Lisa ruft entrüstet: »Aber Karl!!«

Monty klebt vor dem Fernseher. Sein Herz schlägt aufgeregt. Er weiß nicht, warum, oder vielleicht doch. Er möchte dort sein. Immer wollte er das. Er hätte mit Freuden mit einem der Männer in dem Raumschiff getauscht.

Psych betritt das Zimmer, knöpft sein Hemd zu. Er wirft einen Blick auf den Bildschirm und es entfährt ihm: »Diese verschissene Columbia.« Anschließend sagt er sachlich: »Okay, Kinder, an die Arbeit.«

DAS VERSPRECHEN

Dies ist das Versprechen von Las Vegas: Alles.

Du rollst über Straßen, die lang wie ein ganzer Kontinent sind oder grau wie der Himmel vor dem Sturm, friedlich ruhig wie die menschenleere Stille oder mit Autos in allen Ausführungen bepackt, tagelang, ohne Pause, weiter und immer weiter – und nun hältst du an. Genug. Ein tiefer Atemzug. Stille.

Die Stadt der Glücksspiele ist von einer großen Wüste umgeben; ein künstliches Extrem von Lichtern, Klimaanlagen, Technologie, gegenüber der krassen Natur draußen, dem Gleißen der Sonne, dem Blau des Himmels und der Hitze. Die

Nacht in Las Vegas ist von sonnenhellen Lichtern und dem Lärmen der Maschinen überflutet.

An jeder Ecke der Kreuzung Tropicana Avenue und Las Vegas Boulevard, bekannt als der »Strip«, gibt es ein Hotel: an der einen das Excalibur, die Märchenwelt aus dem Mittelalter; an der zweiten Ecke das New York New York, ein Nachbau der New Yorker Skyline; an der dritten das MGM Grand, ein Amüsierhotel; und an der vierten das alteingesessene Tropicana, eines der rar gewordenen Hotels, die noch Striptease-Aufführungen anbieten. Auf diesen hundert Quadratmetern tummeln sich Tag und Nacht Tausende Menschen, an Tausenden Spielautomaten und -tischen, in Restaurants, Läden, bei Shows und Events.

Und hier, auf diesem begrenzten Areal, sind unsere Protagonisten momentan ausgeschwärmt: Israelis, Ukrainer und Amerikaner; Mover, FBI-Agenten und Mitglieder der Zatoka-Bande; die Ex-Freundin des einen und der Ex-Freund der anderen und der wütende Boss.

Ein gewaltiges Abendessen – All You Can Eat, für sechs Dollar fünfundneunzig am Buffet des New York New York, dem Hotel, in dem Jonsy, Izzi und Schlomi abgestiegen sind –, das Paradies für jemanden wie Jonsy. Ein Mädchen steht in der Schlange am Buffet. Klein, blond, hellblau gekleidet. Raucht Pall Mall. Ihr Busen … man darf gar nicht hinschauen. Das Paradies für jemanden wie Izzi.

Auf der anderen Straßenseite, an der anderen Ecke, erzählt Psych seinen jüngeren Kollegen, dass Vegas nicht mehr das sei, was es einmal war. Sogar hier fingen sie zu sparen an. Die Kasinos hätten sich Experten zur sogenannten Optimierung geholt, und nun gebe es bereits keine kostenlosen Getränke mehr.

Schlomi erzählt, wie die Mover früher mit Säcken von Bargeld hier angekommen seien und königliche Ehren, Gratissuiten und freies Essen und Trinken bekommen hätten …

Tricks und Betrug habe es hier schon seit grauer Vorzeit gegeben, fährt Psych fort. Kartenspiele zum Beispiel – eine Karte aus dem Stoß verschwinden lassen oder ein ganzes Päckchen austauschen, was »Eisberg« genannt wird.

»Hunderttausend Dollar für fünfundvierzig Minuten Arbeit«, erzählt Vladimir Pozailov und Popeye im Steakhouse von Camelot.

Im »Hässlichen Kojoten«, einer Bar im New Yorker Stil in einem Hotel in Form der Skyline von New York, gerammelt voll mit Menschen, lärmend und chaotisch wie New York selbst, sitzt Chen Eizenberg neben einem alten Spieler mit weißem Haar und biergerötetem Gesicht, der ihr schon seit einer Stunde die Ohren abkaut. Er heißt Barny. Er erscheint ihr harmlos, also hindert sie ihn nicht daran. Als er jung war, erzählt er, hatte er eine Bande, die Geld von Slotmaschinen stahl. Er schildert ihr die Methode – er verkleidete sich als alte Frau. Chen nickt ab und zu lächelnd.

Chaim und Jake sehen sich im Tropicana-Club tanzende Mädchen an. Jake erzählt Chaim von dem Kasino im Indianerreservat. Er hat irgendwo gelesen, dass die Kasinoindustrie jährlich fast hundert Millionen Dollar an Betrüger verliert. Und die Betrügereien würden ständig noch raffinierter.

Chaim meint, es sei an der Zeit, sich einen Anteil von dieser Summe zu holen.

Vladimir streichelt seinen Schnurrbart und sagt: »Vorwärts, jetzt sind wir an der Reihe, etwas Hübsches zu unternehmen.«

Jonsy verspricht: »Bald, noch ein klein bisschen Geduld. Wir werden eine Möglichkeit für uns finden.«

Barny flüstert Chen ins Ohr: »Hast du was Besonderes vor heute Abend?«

Dies ist das Versprechen von Las Vegas: Alles.

Vor dreißigtausend Jahren bestand die Gegend nur aus Seen. Vor zwanzigtausend Jahren trockneten die großen Seen plötzlich aus. Vor zehntausend Jahren sah die Natur so wie heute aus. Zuerst war hier der Stamm der Peyote, danach kamen die Franziskaner, schließlich die Mormonen. 1864 deklarierte Präsident Abraham Lincoln Nevada zum Staat.

Ein Staat mitten im Nichts. Die Mojave-Wüste. Grauenhafte Temperaturen im Sommer. Eine Hitzedecke wie im Negev in Israel.

Pozailov bemerkt zu Vladimir und Popeye: »Die irrsinnigsten Dinger passieren im Sommer.«

Schlomi erklärt: »Die Israelis kommen zurecht mit der Hitze, darum sind sie immer mit Vegas zurechtgekommen.«

In der Bar des Tropicana-Clubs rücken die Stunden immer weiter vor. Hier kommen die Mädchen aus der ganzen Stadt nach den Auftritten her, um sich zu entspannen, bevor sie nach Hause gehen. Langbeinige Mädchen in engen Jeans, die Chaim mit Blicken verschlingt. Frauen in ihren späten Zwanzigern, frühen Dreißigern. Dick bemalte Lippen, Augen, die viel gesehen haben. Wenn Nurit hier wäre, hätte sie ihn schon längst hinausgezerrt.

Nathaniel Richman hat gelesen, dass die Slotmaschinen früher als zweitklassiger Teil der Kasinos betrachtet wurden, wo sich die Frauen amüsierten. Heute liefern diese Spielautomaten die Haupteinnahmen der Kasinos.

»Und Poker«, sagt Vladimir, »unterschätzt Poker nicht. Vielleicht spielen wir Poker?«

Izzi betrachtet die Hochzeitspaare von Vegas – die Bräutigame in Anzügen mit breiten Krägen, braun, geschmacklos; die Bräute in glänzenden, engen Brautkleidern, dem Aussehen nach höchst unbequem. Die Dealer und Geldwechsler tragen blaue Uniformen mit silbernen Gürtelschnallen und die Männer Hüte, die Frauen kleine Röckchen und freizügige Dekolletés.

Schlomi steht auf und sagt, dass er sich an Mega-Bucks versuchen will.

Barny schlägt Chen vor, an einem der Spielautomaten ihr Glück zu versuchen.

»Schau dir diese Leute an«, sagt Izzi zu Jonsy. Auch wenn sie gewinnen, verändert sich ihr Gesichtsausdruck nicht. Griff ziehen. Münze einwerfen. Völlig selbstvergessen. Die Automaten, der Lärm, das Kasino – das alles erzeugt einen Druck in Izzis Brust. Er verliert zweimal die Orientierung auf dem Weg zu den Toiletten und zurück.

Popeye, am Pokertisch, sagt: »Wir werden gewinnen. Habt ihr die aktuelle Gewinnsumme bei Mega-Bucks gesehen? Sie hat schon die sechsundzwanzig Millionen Dollar überschritten.«

Chen beobachtet die Spieler. Sie kommen ihr alle einsam vor.

Chaims Hand liegt auf Nomis Jeans. Sie ist aus Louisiana.

Psych sagt zu Richman: »Was ist nur los mit diesem Monty, wieso geht er dermaßen früh auf sein Zimmer?«

Monty, im Aufzug, sagt sich – noch eine Nacht allein im Bett. Er denkt an Jane Aki. Seine Blase drückt, er verlagert sein Gewicht von einem Fuß auf den anderen. Er steigt mit bereitgehaltenem Schlüssel aus dem Lift, stürzt zur Zimmertür.

Nomi aus Louisiana ist verheiratet, plus zwei Kinder. Sie ist Bedienung, hält sich hier mit ihrer Schwester auf. Ihre Hand schließt sich um Chaims, dem der Gedanke durch den Kopf geht, ich weiß nicht, wohin ich sie mitnehmen soll, Jake muss das Zimmer räumen.

Schlomi kehrt vom Spielautomaten um fünf Dollar erleichtert zurück und hört, wie Izzi Jonsy erzählt, dass er in der Donut-Schlange hinter zwei wahnsinnig attraktiven Frauen gestanden hat. Total spannend, sagt er. Zweimal.

Jake sagt, er gehe, er habe von einer guten Bar gehört. Chaim – seine Hand immer noch in Nomis – flüstert ihm ins Ohr: »Wenn es dir nichts ausmacht, komm nicht vor halb drei, drei ins Zimmer zurück.«

Monty liegt im Bett und starrt an die Decke. Er denkt, warum fliegen so viele Menschen so viele Meilen weit, um in so hässlichen Zimmern zu schlafen und so viel Geld für dermaßen unattraktive Spiele zu verschwenden? Und anschließend denkt er, was tun sie letztendlich? Sie jagen einer Chance hinterher. Und was mache ich schon – genau das Gleiche. Ich renne Leuten hinterher, die der Chance hinterherrennen. Inwiefern bin ich besser als sie? Bin ich nicht.

Pozailov versucht einen Coupon, den er erhalten hat, zu enträtseln, bemüht sich zu begreifen, ob er etwas wert ist.

»Nomi, wir gehen jetzt besser«, sagt Nomis Schwester. Nomi lächelt Chaim an: »Sie ist mein Schutzengel. Wer weiß, wo wir landen würden, wenn sie mich jetzt nicht mitnehmen würde …« Sie wirft den Kopf zurück und lässt ein rollendes Gelächter los. Ihre Schwester blickt Chaim ungeduldig an. Nomi drückt Chaim die Hand und sagt, es sei nett gewesen, ihn kennenzulernen.

Chen fällt ein, dass sie keine Zahnpasta hat. Sie verabschiedet sich von Barny. Sie braucht dringend Luft und tritt hinaus auf die Straße. Kleingewachsene Mexikaner versuchen, ihr Flyer von Prostituierten in die Hand zu drücken. Neben den tanzenden Fontänen in dem See, der dem Hotel Belaggio gegenüberliegt, sieht sie Dutzende Amerikaner, mit Shorts und T-Shirts bekleidet, Baseballkappen auf dem Kopf und pastellfarbenen Gürteltäschchen um die dicklichen Hüften. Sie klatschen. Fotografieren. Tomar hat auf keines der Piepsersignale, die sie ihm hinterlassen hat, reagiert.

Nach dem Pokerspiel bestellt Pozailov einen Shrimpcocktail für einen Dollar neunundneunzig.

Chaim, auf dem Strip, schielt in die Flyer, die die kleinen Mexikaner ihm gegeben haben, und überlegt, ob er eine von den Prostituierten bestellen soll. Er betritt einen Walgreens-Supermarkt. Er hat Lust auf Schokolade.

Ab und zu, im Kasino des New York New York, klingelt eine Glocke sechzig Sekunden lang. Während dieser Zeitspanne wird jeder Gewinn verdoppelt, unter der Bedingung, dass man mindestens vier Minuten lang an dem Automaten gespielt hat.

Chen denkt, die Leute sind alle draußen, als sei es acht Uhr abends und nicht nach ein Uhr nachts. Da ist ein Walgreens. Zahnpasta. Sie sieht Chaim herauskommen und wartet hinter einer Palme, von der sie nicht weiß, ob sie echt oder aus Plastik ist. Sie will ihm momentan nicht begegnen. Sie ist sich nicht sicher, was sie überhaupt will.

»Hey, schaut mal, was ich gefunden habe.« Izzi zieht aus seiner Tasche ein paar zusammengefaltete Blätter. »Tipps zum Spielen an den Slotmaschinen. Wir haben das in Minnesota aus dem Internet geholt.«

»Lies vor«, sagt Jonsy, der sein werweißwievieltes Bier trinkt.

Izzi liest vor: »Die meisten Maschinen sind darauf programmiert, zwischen dreiundachtzig und neunundneunzig Prozent des eingeworfenen Gelds wieder auszuschütten. Die meisten werden von einem Mikrochip betrieben, der einen Zahlenzufallsgenerator enthält.«

»Und das sind ihre Tipps?«, erkundigt sich Jonsy.

»Hier, die Methode des Einmal-Spielens: Nimm einen Spieletat, den du im Voraus für dich festgelegt hast, und übertrage ihn zur Gänze und auf einmal auf einen einzigen Spielautomaten. Nachdem du ihn verbraucht hast, nimm deine Gewinne und geh. Die Methode des Rechtzeitig-Aufhörens: Wenn die eingenommene Summe höher als dein ursprünglicher Etat ist, spiel mit dem verbleibenden Überschuss des Etats an dem gleichen Automaten.«

»Zu kompliziert«, kritisiert Schlomi.

»Aber da ist was Interessantes: Die Slotmaschine stimuliert grundlegende menschliche Emotionen, einschließlich Erwartung, Hoffnung und Glück. Diese Tatsache macht die Maschinen zu Goldminen.«

»Sehr schön«, sagt Jonsy und stellt die Flasche mit einem Knall zu hart auf dem Tisch ab.

Entfernt euch ein paar Kilometer von der Stadt, und das Lärmen der Spielautomaten, das Getöse der Menschen, Autos, Shows und Amüsements legt sich allmählich, verklingt und verweht, bis zum Schweigen der Wüste. Die vollkommene Leere. Die absolute Dunkelheit. Die unglaubliche Stille. Kein Leben regt sich. Die schönste existierende Landschaft. Die Landschaft des Nichts.

Morgen ist ein neuer Tag.

HEUTE IST FREITAG

Das Erste, was Achmadan Pozailov am Freitagmorgen spürt, ist seine Schulter. Danach hört er den Hagel. Er setzt sich mit halbgeschlossenen Augen im Bett auf und meint, er höre ein Maschinengewehr. Das Zweite, was er an jenem Morgen verspürt, sind Kopfschmerzen. Er richtet seine Augen blinzelnd auf den Tisch in der Mitte des Zimmers und sieht eine Flasche Stoli Vanille. Leer. Die Augen schließen sich wieder. O Gott, Stoli Vanille. Wie tief sind wir gesunken?

Nach dem Morgengebet vorm Fenster, mit Ausblick auf den Swimmingpool, der sich mit Regen und Hagel füllt und eine niedrige Dampfwolke aufsteigen lässt, zieht Schlomi einen Zettel mit den Telefonnummern der jüdischen Gemeindemitglieder in Las Vegas aus der Tasche.

Er wählt die erste Nummer. Dem »Hallo« nach ist er sich sicher, dass er mit einem Israeli spricht.

Er sagt: »Guten Morgen und ein frohes Fest.«

»Guten Morgen, wer sind Sie?«

»Sie kennen mich nicht. Ich heiße Schlomi. Ich befinde mich wegen meiner Arbeit gerade außerhalb und muss heute Abend in Vegas bleiben. Ich habe Ihre Nummer von meinem Rabbiner in New York erhalten. Ich suche einen Platz, um dort den Seder zu feiern.«

Seine Stimme ist noch leicht rau von gestern Nacht.

»Äh … ich verstehe«, antwortet der Mann und entschuldigt sich umgehend, dass es nicht so gut passen würde. Die ganze Familie sei aus Israel eingetroffen.

Beim zweiten Anruf meldet sich eine nettere Frau. Sie hat

zwar keinen Platz, doch sie gibt Schlomi eine weitere Telefonnummer.

Durch das Fenster sieht Schlomi eine der beängstigenden Windungen der Berg- und Talbahn des Hotels. In der Nacht, bevor sie ins Bett gefallen sind, hatte Jonsy gesagt, dass sie unbedingt eine Runde mit dieser Bahn fahren müssten. Momentan liegen er und Izzi noch im Tiefschlaf.

Er ruft die dritte Nummer an.

Bingo. Die Frau, die antwortet, ist wirklich liebenswürdig. Sie sagt, sie möchte noch ihren Mann fragen, und Mano übernimmt das Gespräch. Er plaudert ein paar Minuten mit Schlomi und gibt ihm dann die Adresse. Schlomi erkundigt sich: »Ist es in Gehweite? Ich will nach Eintritt des Festes nicht fahren.« Mano antwortet: »Es ist nicht wirklich in Gehweite vom Strip, eine Stunde oder eineinhalb kann es schon dauern. Wenn Sie ein Taxi vor Festanbruch nehmen, können Sie bis nach Festausgang hierbleiben. Sagen Sie, wo genau am Strip befinden Sie sich? Ich arbeite dort, vielleicht könnten wir uns sogar treffen und Sie sparen sich das Taxi?«

»Im New York New York.«

»Ach, das ist nur fünf Minuten zu Fuß von mir weg. Falls Sie ein paar Minuten erübrigen können, schauen Sie doch vorbei und sagen hallo. Ich bin der Floormanager im Kasino zum Letzten Mohikaner. Sie gehen die Tropicana Avenue in Gegenrichtung zum Flughafen hinunter. Neben uns ist ein Lastwagenparkplatz und gegenüber ein Wendy's. Nichts zu machen, als Floormanager kann man sich nicht freischaufeln, man ist vierundzwanzig Stunden auf den Beinen bei der Arbeit. Auch am Festabend, sogar am Schabbat muss ich manchmal, und sonntags sowieso …«

Jonsy wälzt sich von einer Seite auf die andere. Schließlich hebt er den Kopf und sieht Schlomi gereizt an. »Was quatschst du denn da so viel, Himmel noch mal. Es gibt hier Leute, die schlafen. Nimm gefälligst ein bisschen Rücksicht.« Er vergräbt den Kopf im Kissen.

Schlomi deckt den Hörer ab und flüstert: »Das bin nicht ich, das ist er. Er quasselt einen um den Verstand. Guten Morgen, Jude.«

»Augenblick«, sagt Mano, »wer ist da? Wie viele seid ihr? Sie haben mir noch überhaupt nicht gesagt, was Sie eigentlich in der Stadt machen.«

»Keine Sorge. Nur ich komme zum Seder. Ich bin mit zwei anderen Kollegen hier. Wir sind Mover aus New York. Gut, ich werde versuchen, heute bei Ihnen vorbeizuschauen. Lassen Sie mich den Namen des Kasinos notieren.«

Am Frühstücksbuffet des Excalibur sagt Monty zu Psych: »Mein Flug nach La Guardia geht um zwanzig nach elf.«

Psych hält mitten im Bestreichen seines Croissants mit Butter inne. Über seine breite Brust spannt sich ein T-Shirt mit der Aufschrift UNLV. Er hat es im Souvenirladen des Hotels gekauft. »Was hast du gesagt?«

»Du hast es doch gehört, und du brauchst gar nicht so überrascht zu tun. Das hatten wir vereinbart. Heute ist Pessachseder, ich habe euch erklärt, wie wichtig mir das ist. Cornelia hat versprochen, dass ich in jedem Fall in ein Flugzeug nach New York steige.« Monty hat darauf gewartet, er hat diesen Monolog eingeübt. Doch er klingt nicht überzeugend in seinen eigenen Ohren.

»Ich weiß nicht, wovon du redest. Hast du das wirklich mit Cornelia ausgemacht?«, fragt Psych skeptisch.

»Mit Cornelia und mit dir. Ich verstehe nicht, wo ist das

Problem? Du und Nathaniel seid hier, und es geschieht ohnehin nichts. Es wird kein Unglück passieren, wenn ich in dieses Flugzeug steige.«

Psych hat sein Croissant fertig bestrichen und beißt hinein. »Mmm…«, macht er, legt das Croissant auf den Teller und wischt sich den Mund mit einer Serviette ab. Dann zieht er sein Telefon heraus.

Nathaniel Richman isst schweigend, wischt ab und zu ein paar Toastkrümel aus seinem Bart.

Monty gibt vor, in aller Seelenruhe seine Eier mit Speck zu essen. In Wirklichkeit zittert er vor Anspannung.

Psych beginnt mit Cornelia zu sprechen, fragt sie, was mit Monty ist. Als er das Telefonat beendet hat, sagt er: »Das gefällt mir nicht. Ruf mich jede Stunde an. Und sei darauf gefasst, jederzeit zurückzufliegen. Wann musst du am Flughafen sein?«

Monty blickt auf seine Uhr. »In ein bis eineinhalb Stunden.«

Psych spielt mit den Bröseln des Croissants. Dann sagt er: »Kommt, wir schauen mal, was bei den Nordprinzen los ist.«

Monty muss sich zusammennehmen, um nicht auf dem Tisch zu tanzen vor lauter Glück. Welch ungeheure Erleichterung. Als sei ihm seit Tagen eine Last im Nacken gesessen, die jetzt abgefallen ist. Er wird seine Mutter vom Flughafen aus anrufen. Wow. Er erhebt sich schwungvoll vom Tisch und sagt: »Jalla, los, gehen wir sie suchen.«

»Was hast du gerade gesagt?«, fragt Jonsy plötzlich hellwach.

»Ich habe gesagt, Allah steh diesem Vegas bei, Restaurants in der Größe von Fußballplätzen!«

»Nein, nein, davor noch. Von dem einen, zu dem du heute Abend zum Seder gehst.«

»Ich habe gesagt, dass ich vielleicht gleich mit ihm mitfahre.

Er arbeitet in irgendeinem Kasino um die Ecke. Äh … ich hab den Namen vergessen.«

»Was hast du gesagt, dass er da macht?« Jonsy sticht mit seiner Gabel in der Luft nach Schlomi. »Du hast was davor gesagt.«

»Floor irgendwas? Sorry, ich weiß es nicht mehr.«

»Floormanager? Das war's, oder? Floormanager. Wenn mich nicht alles täuscht.«

Izzi blickt Jonsy verständnislos an. Schlomi sagt doch in einer Tour so viel Blödsinn, wen kümmert das? Auch Schlomi, der zwei Zuckerstücke in seine Einwegtasse fallen lässt, in die er einen selbst mitgebrachten Wisotzky-Teebeutel gehängt hat, begreift nicht, weshalb Jonsy so erregt scheint. »Ja, so was Ähnliches, wenn ich mich nicht irre«, nickt er. »Floormanager. Was ist das überhaupt?«

Jonsy blickt die beiden an. »Ihr schnallt es nicht, was?«

Izzi erwidert mit vollem Mund: »Was gibt's da zu schnallen?«

Jonsy klopft sich selbst mit der Gabel an den Kopf und betrachtet sie mit einem Blick, der besagt, setzt euer Hirn mal kurz in Bewegung, dieses Teil, das bei euch in dem Ding auf den Schultern sitzen sollte. Er grinst: »Schlomi hat also einen Freund, der Floormanager im Kasino ist. Habt ihr vergessen, dass wir hier einen kleinen Laster mit zwei Spielautomaten haben, die ein warmes Plätzchen suchen?«

Der Groschen fällt.

»Äh … ich bin nicht sicher, Jonson. Erstens mal ist er nicht mein Freund. Er hat mich zum Seder eingeladen, das ist alles. Ich finde nicht, dass wir ihm deswegen jetzt unsere ganzen Probleme aufhalsen müssen.«

»Wie heißt sein Kasino?« Jonsy ignoriert Schlomis Einwände und ist schon auf den Füßen. »Wir gehen jetzt dorthin.«

»Haben wir nicht gesagt, dass wir zur Achterbahn gehen?«

Aber Jonsy steht bereits an der Tür. Er ruft: »Nu, kommt ihr jetzt?«

Chen erwacht mit mörderischen Kopfschmerzen und dem erschreckenden Gedanken: Heute Abend ist Pessachseder. In Israel ist es schon Abend, der Seder beginnt jetzt. Sicher sucht mich Mama, ich habe versprochen, mich zu melden.

Sie holt die Nummer heraus und ruft an. Ihre Mutter ist am Telefon. Chen sagt mit belegter Stimme: »Frohes Fest, Mama.«

Ihre Mutter erwidert: »Was ist los? Ist alles in Ordnung? Du hörst dich furchtbar an. Ist etwas passiert?«

Chen versucht sich zu erinnern – ist etwas passiert? Sie ist an der Bar unten neben dem Idioten Barny gesessen, danach auf die Straße hinausgegangen … Ah! Und dann hat sie Chaim gesehen.

»Was? Nein, es ist alles in Ordnung mit mir, ich bin bloß gerade erst aufgewacht, deshalb klinge ich so. Frohes Fest, hab ich das schon gesagt? Ist Papa da?«

»Chen, du machst mir Sorgen. Du hörst dich wirklich nicht gut an. Was hast du gemacht? Mit wem bist du zusammen?«

Sie hat Chaim aus dem Walgreens kommen sehen. Er war allein. Er hielt eine Kokoscremeschokolade von Hershey in der neuen, hauchdünnen weißen Verpackung in der Hand. Mmm… sie ist ungeheuer süß.

»Was? Nein, mir geht es gut, Mama, hör auf, dir Sorgen zu machen. Du hast jetzt genug um die Ohren mit der ganzen Familie. Richte allen Grüße und Küsse aus. Ich muss jetzt Schluss machen, bye.« Sie legt auf, zieht die Bettdecke über den Kopf und lässt die vergangene Nacht weiter Revue passieren.

Sie hat doch noch seinen Namen gerufen. Er hat sich umgedreht und gesagt: »Hey! Was machst du denn hier?«

Sie erwiderte: »Ich weiß nicht, du hast doch gesagt, ich soll kommen. Nicht?«

»Hab ich zu dir gesagt? Kann ich mich nicht mehr erinnern.« Sie merkte sofort, dass er völlig betrunken war.

»Hast du gesagt, ja.« Sie stand ihm gegenüber und spielte mit ihren langen Haaren. Sie hatte einen weißen Pullover an. Zahnpasta hatte sie gebraucht. Alle Einzelheiten fallen ihr jetzt wieder ein. Er hat sie mit einem Blick angesehen, den sie von ihm nicht kannte, und gesagt: »Vielleicht kommst du mit ins Hotel? Wir setzen uns an die Bar, trinken was?«

Sie erinnert sich – in diesem Moment hat sie sich übergeben. Es war nicht nur wegen Chaim. Es waren die ganzen Biere und der Wodka, die ihr dieser Barny gekauft hatte; es waren das ganze Klingeln und der Lärm des New York New York mit seiner Million Spielautomaten; es waren Barnys Blicke, die Leute auf der Straße, das All You Can Eat. Sie ist noch nie mit so etwas zurechtgekommen, hat noch nie ihre Grenzen gekannt. Und dann auch noch dieser Blick von Chaim mit dem eindeutigen Hintergedanken. Sie stand ihm gegenüber auf dem Straßenpflaster, in ihrem weißen Pullover, ein kühler Wind blies, und sie kotzte sich die Seele aus dem Leib.

Sie gingen zu Fuß zum Letzten Mohikaner. Es dauerte zehn Minuten.

Weitere fünf Minuten dauerte es, Mano die Lage und ihren Vorschlag auseinanderzusetzen.

Und zehn weitere Sekunden, bis Mano sagte: »Ja. Ich bin

interessiert.« Es kam ihm entgegen, denn der Letzte Mohikaner stand mit Game Mashinery nicht auf dem bestem Fuß. In der Praxis hatte Game Mashinery im letzten Jahr Mano kaum noch Spielautomaten geliefert, und angegriffene Beziehungen mit der international führenden Firma für die Produktion von Spielautomaten gestalteten die Situation für ein Kasino generell etwas schwierig. Abgesehen davon hatten Mano und seine Vorgesetzten auch seit geraumer Zeit die Servicegebühren der Kontrollorgane nicht mehr bezahlt, was womöglich den Schutz vor Betrug im Letzten Mohikaner verletzen mochte, jedoch garantierte, dass keine überflüssigen Fragen nach diesen Automaten gestellt würden. Er war bereit, elftausend Dollar für die beiden Automaten zu zahlen, und sie einigten sich darauf, dass sie, falls sich noch weitere Einzelheiten zu dem großen Gewinn herausstellen sollten, bei dem Versuch, ihn in die Hände zu kriegen, zusammenarbeiten würden. Jonsy war zufrieden. Mano wirkte okay. Genau der Mann, den sie gesucht hatten. Auch Mano war zufrieden. Er glaubte die Geschichte mit den Millionen nicht, aber allein die Spielautomaten zu diesem Preis lohnten sich für ihn. Sie gaben sich die Hände. Mano sagte: »Auf ein frohes Fest für uns alle. Vielleicht kommt ihr auch zum Seder?«

Als Izzi und Jonsy ins New York New York zurückkehrten, um den Lastwagen zu holen, sagte Jonsy: »Jetzt müssen wir bloß noch rausfinden, wann genau die Automaten die Millionen ausspucken. Bis wir das wissen, müssen wir sie ständig beaufsichtigen.«

Chen brauchte dringend einen starken Kaffee, um den Nebel in ihrem Kopf zu vertreiben. Sie trat an einen Stand von Crispy Cream, kaufte einen Kaffee im Pappbecher, ohne Milch und ohne Zucker, und verließ das Hotel. Sie hatte kein bestimmtes Ziel, sie wollte nur den Kaffee trinken, sich irgendwo draußen an der frischen Luft niederlassen, weitab von Lärm und Menschengetümmel.

Sie fand eine Bank und setzte sich. Die Szenerie war hässlich – eine große Straße, gegenüber das Excalibur und über ihrem Kopf die rote stählerne Spinne der Manhattan-Express-Achterbahn des Hotels, die ab und zu erbebte, wenn ein Waggon vorbeifuhr. Sie dachte, vielleicht probiere ich die Bahn nachher mal aus, wenn mein Kopf wieder klarer ist.

Plötzlich hörte sie neben sich: »Entschuldigen Sie?«

Es war eine alte Frau mit großen, ängstlichen Augen, die sagte: »Entschuldigen Sie, könnten Sie mir vielleicht helfen?«

Nachdem sie nichts Besseres zu tun hatte, nahm sich Chen der Aufgabe mit großem Ernst an. Sie hörte der alten Frau zu, sagte zu ihr, sie solle auf der Bank warten, und betrat wieder die Lobby ihres Hotels, um sich zu erkundigen, wo sich der Letzte Mohikaner befand. Dann kehrte sie zu der alten Frau zurück und sagte: »Kommen Sie, es ist gar nicht weit.«

Die alte Frau wehrte ab: »Sie müssen mich nicht begleiten, wirklich, ich wollte nur die Richtung wissen …« Doch Chen, schon einen Schritt voraus, entgegnete: »Der Angestellte hat zu mir gesagt, dass wir Ihr Hotel ziemlich schnell sehen können. Nur bis zu dem Punkt, wo wir es sehen, und dann gehen Sie allein weiter.«

Die alte Frau folgte ihr, während sie sagte: »Es ist wirklich nicht nötig, ich habe einfach die Orientierung verloren. Mein Mann hatte mir gesagt, dass das passieren würde, aber ich wollte für meine Enkel etwas kaufen …«

»Hier, da ist es, nicht wahr?«, unterbrach sie Chen.

Die alte Frau blickte in die Richtung, in die Chen deutete. Sie kniff die Augen zusammen.

Chen lächelte: »Sie sehen nicht so gut, stimmt's?«

Als sie zusammen weitergingen, stellte sich die alte Frau vor: »Ich bin Roberta aus Los Angeles.« Es gelang ihr nicht, Chens Namen auszusprechen. Als Chen ihr erzählte, woher sie kam, machte Roberta große Augen: »Ach, tatsächlich?«

Dann erzählte sie ihr von allen ihren Enkeln, die an der Ostküste und in Kanada lebten. Von ihrem jüngsten Sohn, einem Dozenten für Literatur an der Universität Vancouver, und ihrem Ältesten, der stellvertretender Bankdirektor in Philadelphia war. Sie sagte, dass sie und ihr Mann heute Abend zu einer Vorstellung von Bob Anderson gingen und dass Chen einfach mitkommen müsse. Chen fand die Gegenwart dieser alten Frau irgendwie tröstlich und angenehm. Sie mochte ihren melodischen Akzent – südlich im Ursprung, aus Louisiana.

Als sie den Letzten Mohikaner erreichten, sagte Roberta: »Sie müssen mit raufkommen und meinen Mann kennenlernen.« Chen versuchte zu protestieren, doch Roberta beharrte darauf. Sie gingen in das Zimmer hinauf, doch ihr Mann war nicht da.

»Macht nichts«, sagte Chen schnell. »Vielleicht ein andermal. Ich muss jetzt wirklich in mein Hotel zurück.«

Roberta erwiderte: »Versprechen Sie mir, dass Sie uns hier besuchen kommen, ich schulde Ihnen eine Menge.« Sie umarmte Chen gerührt, und Chen, eingehüllt in den schweren Geruch von Robertas Parfüm, an die weiche alte Haut ihres Halses gebettet, umschlang den zerbrechlichen Rücken und erwiderte ihre Umarmung mit einer Wärme, von der sie sich nicht erklären konnte, woher sie plötzlich kam.

Sie luden die Automaten in Manos Kasino aus. Mano tanzte mit strahlendem Gesicht um sie herum: »Wunderschön. Wahre Schmuckstücke.« Er wurde einen Augenblick ernst und sagte: »Seid ihr sicher, dass es nicht irgendeinen Haken dabei gibt? Sie sind nicht gestohlen, oder? Sie stehen nicht irgendwo auf der Liste?« Er wusste natürlich, dass es keine Chance gab, dass diese Automaten koscher waren. Die Jungen hatten keine überzeugende Erklärung abgegeben, und der Preis, mit dem sie einverstanden gewesen waren, war ziemlich niedrig. Doch an so etwas war er gewöhnt. Im Letzten Mohikaner war man daran gewöhnt, bis an die Grenze zu gehen. Schlimmstenfalls würden ihm die Automaten wieder genommen. Er würde sich komplett unwissend geben und die Kontrolleure von Game Mashinery einfach diesen Kameraden auf den Hals hetzen. Was kümmerte es ihn.

Schlomi sah weg und betete das »Schma Israel« herunter, um nicht zu hören, wie Jonsy sagte: »Sag mal, würden wir einem israelischen Bruder so was antun? Du lädst uns zum Pessachseder ein, und wir schieben dir gestohlene Automaten unter? Mano«, er legte eine Hand auf dessen Schulter, »Bruderherz, sie sind koscherer als das Fleisch, das Schlomi isst. Wir schwören's dir.« Jonsy glaubte es sich regelrecht selbst, wie er das so sagte.

Mano öffnete die Hintertür eines der Automaten, steckte seine Hand hinein und zog sie wieder heraus. »Wunderbar. Hier sind die Codes für den Anschluss an Mega-Bucks und die Inbetriebnahme. Ich sehe, dass sie jungfräulich sind.«

Izzi und Jonsy sahen einander an. Ihnen fuhr der gleiche Gedanke durch den Kopf. Was für ein Trottel, dieser Jakes, der sie gefragt hatte, wo die Codes seien. Und was für ein Glück, dass er sie nicht gefunden hatte.

»Sag mal«, fragte Jonsy, »wie willst du die denn an Mega-Bucks anschließen, wenn du Probleme mit Game Mashinery hast?«

»In dem Augenblick, in dem ich den Code habe, können sie überhaupt nichts machen«, antwortete Mano. »Sie können ja nicht wissen, wo eine Maschine angeschlossen wird.«

Eine Viertelstunde später funktionierten die Spielautomaten. Das Totalizer-Video-Display war ans Netz angeschlossen und zeigte den großen Preis an – fast siebenundzwanzig Millionen Dollar, Tendenz immer noch steigend. Mano füllte Münzen in die Gewinnbox. »Ich muss bei jedem Automaten zur Einweihung den ersten Probelauf machen«, erklärte er und steckte einen Dollar hinein.

Jonsy war als Nächster an der Reihe. Als er mit der Münze vor dem Spielautomaten stand, fühlte er sich wie auf einem Klassenausflug in Jerusalem, als er mit einem Zettel, den er geschrieben hatte, vor der Klagemauer gestanden und Gott gebeten hatte, ihn zu lesen. Er gab dem Automaten einen Kuss, warf die Münze ein und flüsterte: »Viel Erfolg, Schwesterchen.« Dann zog er am Griff.

Er gewann auf Anhieb fünfzehn Dollar. »Gutes Zeichen«, grinste er und wechselte zur zweiten Slotmaschine. Sie war weniger liebenswürdig.

Izzi gewann gar nichts. Schlomi wollte nicht spielen. Er bemerkte, dass er sich am Tag des Seder lieber nicht mit solchen Dingen befassen wolle.

Mano blickte auf das Display und sagte: »Jetzt ist Vormittag, die Summe steigt langsam, aber am Abend werdet ihr sehen, wie sie in die Höhe schnellt.«

Als Vladimir in der Früh aufstand, begriff er, dass die Chancen ausgeschöpft waren. Er begriff auch, weshalb er gestern Nacht so ungeheuer viel getrunken hatte. Er blickte auf die leere Stoli-Vanille-Flasche und empfand plötzlich ein merkwürdig friedliches Gefühl. Der Frieden nach dem Scheitern.

Er mochte nicht an die Monate der Arbeit an den Maschinen in Minneapolis denken, an die Ausgaben für die Villa, den Kauf der Automaten, all die Flüge hin und her. Er wollte nur duschen und genießen. Es hatte keinen Sinn, wütend zu sein. Hatte es ihm je im Leben geholfen, wütend zu werden? Er dachte an Betty, und Tränen der Rührung stiegen in ihm auf über diese Entdeckung, die Entdeckung, dass es unwichtig war. Dass dieser Fehlschlag marginal war gegenüber Bettys Liebe, deren Glück ihm zuteil wurde, solange er sie hatte.

Er sagte zu Pozailov und Popeye, die gerade die Augen aufschlugen: »Kommt, wir machen uns heute ein schönes Leben. Diese verdammten Automaten werden wir ohnehin nicht mehr finden.«

Pozailov und Popeye wandten ihm ihre vernebelten, betäubten Köpfe zu.

»Hopp, hopp, na los, Kinder, aufwachen!«, befahl er heiter. »Wir fahren Berg- und Talbahn.«

Chaim Galil erwachte auf dem Boden seines und Jakes' Zimmers im MGM-Grand-Hotel. Er wusste nicht, wie er dorthin gelangt war. Sein erster Gedanke war, Chen im Büro anzurufen und zu fragen, ob es etwas Neues gebe. Der zweite Gedanke war, Moment, sie hat ihnen im Prinzip alles gesteckt, die Nutte. Man muss mit Zadok, dem Abhördienst, reden. Der dritte Gedanke war, Jake, Tropicana, Chen! Chen vor dem Walgreens, die sich die Seele aus dem Leib spie.

Jonsy sagte: »Kommt, wir gehen feiern!«

»Zur Achterbahn?«

»Na klar!«

»Ich weiß nicht, ob ich solche Sachen am Festabend machen möchte.«

»Jetzt hör schon auf damit, das ist praktisch eine Berghochbahn. Du wirst Gott so nah wie nur möglich kommen. Das darfst du dir auf keinen Fall entgehen lassen.«

Und da hörten sie eine Stimme hinter ihnen. »Hey, Tomar?«

Sie drehten sich um.

»Chen?! Chen … was machst du denn hier?«

Sie gab keine Antwort, rannte nur in Jonsys großen Körper hinein und umarmte ihn mit aller Kraft.

ZWISCHEN BERG UND TAL

Berg- und Talbahnen oder Achterbahnen wurden parallel mit der Technologie für Güter- und Personenzüge entwickelt. Die erste Erwähnung ihrer Existenz stammt aus dem Jahr 1784 – eine kleine Bahn, die in St. Petersburg fuhr. Die Franzosen konstruierten Anfang des neunzehnten Jahrhunderts Achterbahnen, die jedoch nicht sicher waren, und es gab Unglücksfälle. In den Vereinigten Staaten diente die Kohleminenbahn von Mauch Chunk in Pennsylvania, die 1827 gebaut wurde, des Morgens zur Kohlebeförderung vom Berggipfel hinunter und für beängstigende Vergnügungsfahrten am Mittag. Doch die erste echte Achterbahn – nach dem uns heute bekannten Typ – wurde 1884 gebaut, von LaMarcus A. Thompson in

Coney Island, New York. Seit jenen Tagen hat die Technologie der Berg- und Talbahnen schnellere Fortschritte gemacht als die der normalen Züge. Die »Mega-Coasters« von heute, die in den USA, Europa und Japan zuhauf vertreten sind, klettern auf eine Höhe von hundert Fuß, fahren Steilhänge von über 70 Grad hinunter, erreichen Geschwindigkeiten von 90 Meilen in der Stunde und einen Druck von 3,5 g (die positive G-Kraft wirkt, wenn der Zug hochklettert, und drückt die Passagiere in die Sitze; die negative G-Kraft – wenn der Zug nach unten fährt – schleudert die Passagiere in die Höhe).

Das Guinnessbuch definiert die Marathonrekorde der Achterbahnfahrten nach der Regel »sechzig zu fünf«: Für jede durchgehend gefahrene Stunde darf eine fünfminütige Pause zum Atemholen, Essen und Klogehen eingelegt werden. Den Weltrekord hält Richard Rodriguez, Doktorand der Psychologie aus New York. 1998 stand der Rekord von Rodriguez bei etwa 600 Stunden (dreieinhalb Wochen) Dauerfahrt mit der Achterbahn.

Monty verabschiedete sich von Psych und Nathaniel und ging packen. Er fühlte sich wohl beim Gedanken an die bevorstehende Reise – nicht nur wegen des Festes, auch wegen der Aussicht auf Erholung. Er hatte hart gearbeitet in der letzten Woche, war wie ein Verrückter durch ganz Amerika gefahren, hatte in miserablen Hotels oder im Auto geschlafen. Er hatte sich ein Weekend in New York verdient.

Er rief in der Lobby an, bestellte ein Taxi und zog einen Anzug mit der roten Krawatte an, die er liebte. Als er sich im Spiegel betrachtete, war er zufrieden mit sich.

Das Taxi wartete am Hoteleingang. Er blickte hinauf zu den bunten Zinnen und Türmchen des Excalibur und richtete seinen Blick dann auf das New York New York auf der anderen Straßenseite. Allein diese Berg- und Talbahn anzusehen, verursachte ihm weiche Knie.

»Zum Flughafen, bitte«, sagte er zu dem Taxifahrer.

»Guter Besuch?«, fragte ihn der Fahrer.

Er antwortete: »Nicht übel, nicht übel«, und schickte einen Stoßseufzer hinterher.

»Normalerweise, wenn man ›nicht übel‹ sagt und dann seufzt, heißt das, der Verlust von ein paar hundert Dollar, nicht wahr?«, erwiderte der Fahrer.

Monty lachte. »Ich habe, ehrlich gesagt, nicht einmal gespielt. Ich war aus dienstlichen Gründen hier. Aber die Hauptsache ist, dass ich jetzt abreise.«

Der Fahrer grinste. »Wozu müssen Sie so viele Stunden nach New York fliegen? Es gibt hier das New York New York, alles da, was Sie brauchen.«

Monty lachte wieder: »Ja, außer meiner Mutter.«

Und da sah er den weißen Lastwagen.

Izzi und Schlomi saßen im Laster auf der Rückfahrt zum Hotel. Izzi erzählte Schlomi von der Kundin in Indiana, von der sexuellen Spannung, die zwischen ihnen geherrscht hatte.

Jonsy und Chen hatten beschlossen, zu Fuß zum Hotel zurückzugehen. Sie wollten ein paar Minuten für sich haben.

Jonsy freute sich auf eine Art und Weise, Chen zu sehen, auf die er nicht gefasst gewesen war. Es war ihm gelungen, ihre Existenz diese ganze Zeit über zu verdrängen, doch als sie plötzlich vor ihm stand, begriff er, wie wichtig sie ihm war. Hand in Hand mit ihr den breiten Boulevard in Las Vegas entlangzugehen – es war ein immenses Gefühl der Befreiung. Er spürte, dass er nach Hause zurückgekehrt war.

Sie sagte zu ihm, dass er sie verletzt habe. Dass sie erwogen habe, Chaim alles zu erzählen, und nicht mehr helfen wollte. Aber, so sagte sie, anscheinend sei die Liebe stärker gewesen als sie.

Er sagte: »So'n Kackscheiß, das ist ja echt ein Ding, dass wir schon einen geschlagenen Tag im gleichen Hotel sind.«

Sie lachte. »Ich bin am Flughafen gelandet und habe einfach einen bekannten Namen ausgesucht, New York eben.«

Er erwiderte: »Komm, wir bleiben ein bisschen im Hotel. Wir gehen runter in den Jacuzzi, ich massier dich …«

Chen konnte den schnellen Stromstoß in seinem Körper förmlich spüren, als er ihr diese Dinge beschrieb. Gänsehaut überlief sie am ganzen Körper. Sie wollte so sehr. Doch sie sagte: »Später, vorher gehen wir mit den anderen zur Berg- und Talbahn.«

Diese Bahn des New York New York mit zwei Runden von 360 Grad und extrem steilen Talfahrten verursachte ihr sogar noch mehr Prickeln als Jonsys verlockender Vorschlag. »Okay«, antwortete er. »Wir fahren Achterbahn. Aber danach gehen wir aufs Zimmer und steigen nicht mehr aus dem Bett.«

Sie lächelte: »Alles klar!«, und errötete leicht.

Monty stierte den weißen Lastwagen an. Er glaubte es nicht. Richtiger gesagt, er wollte es nicht glauben. Er versuchte, das Wort nicht zu hören, das seinem Mund entfuhr, um nicht entsetzlich wütend auf sich selbst zu werden. Das Wort lautete: »Halt!«

Der Taxifahrer spähte erstaunt in den Rückspiegel. »Was haben Sie gesagt?«

Monty kämpfte weiter mit sich. Er konnte nicht glauben,

dass er das tat. »Kehren Sie um. Sehen Sie den weißen Lastwagen, der uns gerade entgegengekommen ist?«

Der Fahrer warf einen Blick in seinen Seitenspiegel. »Ja.«

»Kehren Sie um, und fahren Sie ihm nach.«

»Sind Sie sicher? Müssen Sie nicht Ihr Flugzeug erwischen?«

Natürlich war er nicht sicher. Natürlich hatte er ein Flugzeug zu erreichen. Warum hatte er denn nicht gerade die Augen geschlossen oder den Blick gesenkt oder auf die andere Seite geschaut, als sie vorbeifuhren? Warum hatte er nicht die zehn Minuten weiterfahren können und in das Flugzeug steigen?

»Ich bin sicher. Drehen Sie um, und folgen Sie ihnen.«

Der Fahrer blinkte und wendete. Dabei sagte er: »Ich hoffe nur, das hängt nicht mit irgendwelchen Verbrechern zusammen. Mit solchen Sachen möchte ich nichts zu tun haben.«

Monty fing seinen Blick im Spiegel auf. »Wirke ich auf Sie wie ein Verbrecher? Ich?«

Einen Moment später sagte der Fahrer: »Sie fahren ins New York New York.«

Monty identifizierte Izzi, als er aus dem Lastwagen ausstieg. Schlomi kannte er nicht. Jonsy war nicht dabei. Merkwürdig.

Er stieg mit seinem Koffer aus dem Taxi und hielt sich in sicherer Entfernung hinter ihnen. Er sah, wie sie eine italienische Espressobar betraten.

Auch Colonel Achmadan Pozailov hat Kopfschmerzen. Ein bebrillter, kaukasischer Riese, der leidend flüstert, mit geschwollenen, wodkatriefenden Augen und furchterregenden Tätowierungen. Er führt Vladimir Berkovich und Popeye auf dem kürzesten Weg vom Excalibur zum New York New York.

Sie marschieren auf dem Laufband, das aus dem Hotel hinausführt, über die Brücke, die die Hotels verbindet, von der aus man den beängstigenden Gleisverlauf der Berg- und Talbahn besichtigen kann, und betreten kurz darauf das New York New York. Dort, zwischen den Menschenmassen, den Bars, Geschäften und Spielautomaten, durchqueren sie die Kopie des Village mit seinen Cafés, steigen in die Hallen mit den Computerspielen hinauf und gehen weiter in Richtung »Manhattan Express« – der Name der Achterbahn.

Pozailov macht die statische Elektrizität überall ganz wahnsinnig. Alles, was er berührt, versetzt ihm einen Schlag. Er sagt: »Ich hab immer noch nicht kapiert, was für eine Stadt Excalibur ist. New York New York, das versteh ich, Paris, Venedig. Aber wo bitte ist Excalibur?«

Sie bezahlen. Der Zug kehrt von einer Runde zurück. Er ist gelb angestrichen wie ein New Yorker Taxi. Sie beäugen ihn unbehaglich, während er sich füllt und zu einer weiteren Tour aufbricht. Die Schlange rückt vorwärts. Pozailov schlägt Popeye vor, mit ihm in den ersten Waggon zu steigen. Das beschleunigt Popeyes Pulsschlag. »Ganz vorn? Äh … ich bin nicht sicher, ob ich da einsteigen kann, Pozi …«

Monty denkt, Mama bringt mich um.

Er befindet sich tief im künstlichen Villageviertel des New York New York, zieht seinen Koffer hinter sich her und behält Sichtverbindung mit Izzi und Schlomi in der italienischen Bar. Jetzt trifft Jonsy ein, hält Händchen mit einem sehr hübschen Mädchen mit dunklem, langem Haar. Monty denkt, hat er schon eine abgeschleppt? Ich hoffe nur, dass Psych und Nathaniel auf ihrem Zimmer sind.

Die Israelis verlassen die Bar, gehen in Richtung der Spielautomaten. Sie fahren mit der Rolltreppe ein Stockwerk höher. Monty bleibt ihnen auf den Fersen. Er denkt, was ist, wenn sie in ein Zimmer gehen? Was, wenn sie nach draußen gehen? Wie kann ich Psych kontaktieren? Wie werde ich diesen verdammten Koffer los? Und meine Mutter, o Gott, Mama.

Er blickt auf die Uhr. Den Flug wird er nicht mehr erwischen.

Er sieht das Schild, das die Besucher des Manhattan Express willkommen heißt. Er erbleicht. Das ist diese monströse Berg- und Talbahn, die man von draußen sieht. Er rennt zu einer Telefonzelle, die als ihr New Yorker Ebenbild gestaltet ist, und wählt die Nummer des Excalibur.

»Hallo?« Nathaniel antwortet.

»Hier ist Monty. Ich bin im New York New York. Die Israelis sind hier. Sie steigen gleich in die Achterbahn. Ist Psych da?«

»Du bist schon in New York? Aber du bist doch gerade …«

»Nein, nicht in New York! Im New York New York. Das Hotel. Das Kasino. Auf der anderen Straßenseite. Kommt sofort her, die Israelis steigen in den Zug. Ich warte am Eingang auf euch.« Er verfolgt die Israelis mit seinem Blick.

»Äh … Psych ist im Jacuzzi. Ich hole ihn sofort dort raus, und wir kommen.«

Nathaniel sieht sich hektisch um. Er springt auf, packt die Kleider auf Psychs Bett, stürzt hinaus zum Aufzug. Er rennt durch die Spielhalle in den Korridor, der zum Jacuzzi-Pool führt. Der Mann am Eingang fragt ihn, ob er ein Hotelgast sei. Nathaniel zieht sein Abzeichen heraus und sagt mit einer Autorität – er glaubt es kaum, dass ihm das so glatt über die Lippen kommt, zum ersten Mal in seinem Leben, vielleicht weil er sich überhaupt nicht darauf vorbereitet hat: »FBI. Ich suche jemanden im Jacuzzi. Zeigen Sie mir die Richtung.« Der Wächter streckt sofort einen Finger aus, und Nathaniel galoppiert wild mit den Kleidern unterm Arm in die Richtung, wo

Psych mit seinem kleinen, kompakten Körper und dem Panther auf seiner Brust im Jacuzzi sitzt, mit einem Glas Champagner in der Hand und mit einer ausnehmend hübschen Frau um die vierzig an seiner Seite, die gerade über etwas lacht, das er anscheinend gesagt hat.

Psych hebt überrascht den Blick zu Nathaniel Richman.

Die späte Morgenstunde am Freitag ist keine besonders belebte Zeit am Manhattan Express. Aber man muss sich trotzdem einige Minuten in der Schlange anstellen. Alle kommen sie an, einer nach dem anderen, steigen paarweise in die Waggons ein wie in die Arche Noa: Vladimir und Pozailov vorne, hinter ihnen Popeye und ein japanischer Tourist, ein spanisches Pärchen im dritten Waggon, Jonsy und Chen im vierten und dann Izzi und Schlomi, der seine Kipa vom Kopf nimmt, sie küsst und in die Tasche stopft, damit sie, Gott bewahre, nicht etwa in den Himmel fliegt.

Im sechsten Waggon sitzt Monty mit Anzug und roter Krawatte. Er blickt panisch nach hinten, ob Psych und Nathaniel schon irgendwo am Horizont auftauchen, falls sie es noch rechtzeitig schaffen sollten. Er ist mit einem bärtigen jungen Mann eingestiegen, wie vom Platzanweiser angeordnet. Zwei letzte Paare steigen in den siebten und achten Waggon. Der Betreiber fordert alle auf, die Schranken zu schließen.

Und da sieht er sie, Psych und Richman. Mit fliegendem Haar, Psychs Hemd nur halb zugeknöpft. Sie springen über die Absperrungen, überholen Leute, Psych vorneweg mit gezückter Marke. Sie erreichen die Gleisplattform, wo die Passagiere, die meisten mit vorgelegter Schranke, bereits fertig zur Abfahrt sitzen. »FBI, ich brauche diesen Waggon!«, brüllt Psych die Passagiere im letzten Waggon an, ein erschrecktes amerikanisches Paar, das die Schranken vor den Sitzen noch nicht geschlossen hat. Psychs massive Breite wirkt bedrohlich, auch seine Stimme. Das Paar blickt sich an, und der Mann bedeutet der Frau hastig, besser zu weichen. Sie stehen auf, und Psych und Nathaniel stürzen sich auf ihre Plätze. Der Betreiber kommt angelaufen, um nachzuschauen, was los ist. Psych flüstert kurz mit ihm, und er nickt.

Die Schranken werden geschlossen.

Jonsy merkt es als Erster. Er hört Russisch, hört eine bekannte Stimme und sieht auch gleich darauf, wem die Stimme gehört. Er flüstert Izzi und Schlomi über die Schulter zu: »Sie sind hier. Vorn. Seid ganz still.« Auch zu Chen sagt er es. Er versucht, seine Schranke anzuheben, um zu prüfen, ob man den Waggon noch verlassen kann. Doch es ist zu spät.

Der Betreiber sagt zu Pozailov: »Nehmen Sie bitte die Brille ab, es gibt zwei 360-Grad-Loopings.«

Pozailov erwidert: »Ist schon okay, das ist eine stabile Brille.« Der Betreiber zuckt nur die Achseln.

Popeye beugt sich nach vorn: »Die Israelis sind hinter uns.« Vladimir und Pozailov versuchen sich umzudrehen. Was allerdings schwierig ist, wenn man schon startbereit im Sitz der Achterbahn eingezwängt ist.

Jonsy schließt kurz die Augen. Ziemlich übel. Genau genommen grauenhaft. Aber vielleicht – denkt er und öffnet die Augen wieder –, vielleicht haben sie uns ja nicht bemerkt. Wenn wir ganz still bleiben, bis die Fahrt anfängt, dann sind sowieso alle mit ihrer Angst beschäftigt. Doch Popeye gelingt ein verstohlener Blick nach hinten, er stellt Augenkontakt her und lächelt.

Jonsy sagt leise: »Sie haben's gecheckt.«

Izzi beugt sich vor und flüstert: »Das FBI ist hinter uns. Der eine von der Tankstelle.«

Jonsy kann sich nicht so weit umdrehen. Er fragt nur: »Bist du ganz sicher?«

Izzi ist sich leider ganz sicher. Er fummelt nervös mit den Fingern an seinem Ohrring herum.

Der Betreiber erläutert ein paar Dinge, und dann geht es los.

Popeye ist kalt, er hat eine Gänsehaut. Seine Zähne klappern.

Die Agenten Kiklaschwili und Richman ganz hinten werden von Monty Cohen ins Bild gesetzt, wer wer in den vorderen Waggons ist. Er kennt ja fast alle persönlich.

Psych sagt: »Hättest du nicht jetzt ins Flugzeug steigen sollen?«

»Darüber möchte ich im Moment nicht sprechen«, entgegnet Monty knapp.

Psychs Haare sind noch feucht und stinken nach Chlor, seine Augen sind gerötet. Er bemerkt: »Schau an, also Pozailov. Diesen kaukasischen Hund hab ich seit ewigen Jahren nicht mehr gesehen. Dass er mich bloß nicht erkennt.«

Im ersten Teil der Fahrt klettert die Bahn bis zum höchsten Punkt hinauf, an dem dann die Schwerkraft zu wirken beginnen wird. Sie fährt hinauf, hinauf und hinauf.

Vladimir sagt zu Pozailov: »Wir haben wirklich mehr Glück als Verstand.«

Popeye dahinter wirft ein: »Stimmt schon, aber Verstand haben wir auch nicht gerade wenig.«

Pozailov versucht, sich trotz allem irgendwie umzudrehen, und es gelingt ihm, einen Blick auf Jonsy zu erhaschen. Er grinst und winkt ihm zu. »Wartet, wartet nur, bis der Zug hält, mit eigenen Händen werd ich euch erwürgen, einen nach dem anderen«, flüstert er vor sich hin.

Die Bahn klettert immer noch aufwärts.

Izzi hat Tränen in den Augen. »Warum sind wir dermaßen dämlich?«, wimmert er. »Warum habt ihr nicht einmal auf mich hören können, ein einziges Mal, diese Spielautomaten zu vergessen. Warum konnten wir sie denn nicht in Texas lassen? Aber nein, Jonsy, Mister Bigshot, muss zurückfahren und seine Nase in …«

»Jetzt halt endlich dein dummes Maul«, fährt ihn Jonsy über die Schulter an. »Warum jaulst du jedes Mal, wenn ein bisschen Stress ist, diese schwachsinnige Litanei runter? Hat dich vielleicht jemand gezw…«

Der Fall. Ein Schrei aus dem vorderen Waggonbereich. »Ahhh…«

Die Bahn stürzt rasend schnell hinunter. Von diesem Augenblick an kann keiner mehr etwas sagen. Fast.

Schlomi versucht es: »Alles unter Kontrooooo…«

Chen umklammert Jonsys Hand, drückt sie jedes Mal heftig, wenn ihr das Herz bis in den Hals schlägt.

Achmadan Pozailov schließt die Augen und flüstert: »Sagt mir, wann's vorbei ist.«

Die erste Runde hat seine Brille nur mit Mühe überstanden, bei der zweiten fliegt sie davon. Er fühlt sich schrecklich schlecht. Das ist das blanke Grauen. Und es ist noch nicht zu Ende.

Popeye brüllt die ganze Fahrt hindurch. Vladimir bleibt stumm. Sein Blick hüpft zur Straße, zur Freiheitsstatue, über ein Las Vegas, das auf- und niederschwankt, zur Seite kippt und sich vor seinen Augen auf den Kopf stellt. Er ist sicher, dass jemand über ihn wacht. Eine Jemandin. Betty. Er ist überzeugt, dass sie ihn zur Berg- und Talbahn geleitet hat. Heute früh ist er gut gelaunt aufgestanden und hat zu den anderen gesagt, dass sie zur Achterbahn mitkommen sollen, und siehe da – da sind die Israelis, die er so gesucht hat. Das war sie, sie kümmert sich von oben um ihn, ganz bestimmt. Seine Augen füllen sich mit Tränen des Glücks, der Liebe und Sehnsucht. Seine Brust zerspringt fast während des steilen Absturzes.

Psych spürt, wie ihm der Brechreiz sauer im Hals aufsteigt.

Izzi denkt, das ist gruslig, wenn es nur schon zu Ende wäre, aber es soll nie aufhören. Möglicherweise fliegen ein paar seiner Tränen in den Kehren mit dem Wind und treffen Popeyes Wange.

Zu guter Letzt gleitet der Zug wieder in das Gebäude und hält an. Die Schranken werden sich automatisch in dem Moment heben, in dem der Betreiber auf den Knopf drückt.

Jonsy sagt: »Sobald sie hoch sind, rennen wir zum Aufzug.«

Die Herzen hämmern, den ganzen Zug entlang, in allen Waggons. Angespanntes Schweigen, das Adrenalin schwappt hoch.

Waschschsch … die Schranken heben sich.

Vladimir zieht die Pistole.

Ebenso Psych.

Die Israelis springen auf und rennen in Richtung Aufzug. Die Russen ihnen auf den Fersen. Die spanische Passagierin aus dem dritten Waggon gewahrt die Pistole in Vladimirs Hand und schreit auf. Jonsy brüllt in die Luft: »Schneller!« Er rast um die Ecke, da ist der Aufzug, daneben ein Wächter. Jonsy stößt Chen hinein, Izzi und Schlomi stürzen eine Sekunde danach hinein. Als die vier drinnen sind, schreit Jonsy dem Wächter zu: »Sie versuchen uns zu killen, sie haben eine Pistole, sofort runterfahren!« Der Wächter grinst spöttisch und sagt: »Wissen Sie, wie oft ich diese Stor…«

Jonsy wirft sich auf ihn, bringt ihn zu Fall, springt wieder in den Fahrstuhl und sucht den Knopf, mit dem sich die Tür schließen lässt, findet ihn, drückt drauf, sieht, wie der Wächter sich erhebt, während die Tür quälend langsam zugeht und er wie ein Wahnsinniger keucht. Schlomi setzt die Kipa wieder auf, nicht ohne sie vorher zu küssen, und seine Lippen bewegen sich murmelnd. Izzi sinkt in der Ecke in die Knie und birgt das Gesicht in den Händen. Jonsy schreit: »Schlomi, hast du den Revolver dabei?« Schlomi erwidert: »Shit!« Die beiden Türflügel berühren einander fast schon. Izzi späht einen Augenblick zwischen seinen Fingern hindurch, Jonsy setzt schon zu einem Lächeln an, doch da – eine Sekunde bevor die Türflügel aufeinandertreffen, einen Sekundenbruchteil, bevor sie auf dem besten Wege sind zu entkommen – zwängt sich eine Hand in den Spalt und stoppt sie. Eine große, breite Hand. Mit rötlichen Haaren auf dem Handrücken. Und tätowierten Fingern. Die Türflügel versuchen sich dennoch zu schließen, quetschen die Hand. Jonsy, Schlomi, Chen und Izzi sehen mit gebanntem Entsetzen zu, unfähig, zu reagieren, außerstande, etwas dagegen zu unternehmen.

Die Türen quietschen und öffnen sich wieder.

Izzi hebt die Hände. Seine Beine zittern – er ist nicht sicher, ob das von der Achterbahn oder von der Situation herrührt.

Pozailov betritt den Aufzug mit gezogenem Revolver und breitem Grinsen. Vladimir und Popeye folgen ihm dicht auf dem Fuß.

Vladimir sagt lächelnd auf Hebräisch: »Schalom, Kameraden!« Und dann: »Welch eine Überraschung, euch hier zu sehen. Habt ihr die Fahrt genossen?«

Keiner gibt eine Antwort.

»Ich hoffe, ihr werdet das hier nicht weniger genießen.« Er gibt Popeye einen Wink mit dem Kopf, und der Junge mit dem Nackenschwanz und der ewigen Baseballkappe der Minnesota Vikings drückt auf den Knopf, an dem noch der Abdruck von Jonsys schweißigem Finger klebt. Die Türen schließen sich. Diesmal stoppt sie keiner im letzten Moment – auch nicht der Wächter, der kurz ansetzt und dann angesichts Vladimirs Pistolenmündung darauf verzichtet.

Der Aufzug beginnt nach oben zu steigen, gewinnt an Tempo. Es ist einer der Lifte zu den Hotelzimmern.

»Stopp ihn, Popeye.«

Popeye drückt auf den Knopf. Der Aufzug verlangsamt und hält mittendrin, zwischen Himmel und Erde.

Vladimir lächelt wieder knapp und sagt entspannt: »Also, Freunde, was wolltet ihr uns erzählen?«

DER LETZTE MOHIKANER

»Von allen Kasinos in der Stadt ausgerechnet das?« Vladimir klingt eher beleidigt als wütend. Was er damit meint: So viel habe ich in diese Spielautomaten investiert, und jetzt sind sie in einem erbärmlichen kleinen Kasino gelandet?

Jonsy zuckt die Achseln. »Es ist doch egal, wo sie sind, Hauptsache, sie sind an Mega-Bucks angeschlossen, oder?«

»Sind sie? Bist du sicher? Könntest du mir vielleicht dein Doktorat in Slotmaschinen zeigen?«

Jonsy verstummt. Er ermahnt sich wieder, nichts mehr zu

sagen, denn in den letzten Minuten hat sich das viele Reden für ihn nicht bezahlt gemacht. Diese Russen können einem ziemlich wehtun, wenn sie sauer sind, das ist in den Augen des rothaarigen Riesen zu erkennen. Man kann ihm auch von den Augen ablesen, dass er, wenn sein Boss ihn nur ließe, allen mit bloßen Händen sämtliche Knochen einzeln brechen würde.

Popeye blickt sich um. Wie in jedem Kasino in der Stadt stehen auch zu dieser harmlosen frühen Mittagsstunde Leute an den Spielautomaten, füttern sie mit Münzen, beten zu ihren Göttern, dass es diesmal der große Treffer sein möge.

»Wir haben nicht viel Zeit«, mahnt Vladimir nach einer kleinen Runde um die beiden Slotmaschinen. Er zieht das Telefon aus der Tasche und drückt eine Nummer. Pozailov, gereizt wegen seiner Brille, die ihm in der Berg- und Talbahn davongesegelt ist, bewacht Jonsy, Izzi und Schlomi in Griffweite. Popeye passt auf Chen auf und wirft ab und zu ein paar Blicke nach rechts und links, um potentielle neue Überraschungen zu orten.

»Hallo, Boris, du wirst es nicht glauben, ich habe die Spielautomaten. Endlich, was?« Vladimir versucht, entspannt und locker zu klingen. Er weiß, er sagt diese Worte mit fast einwöchiger Verspätung zum Floormanager im Big Ben. Er wirft rasch einen Blick auf seine Uhr, es bleiben weniger als elf Stunden, bis die Spielautomaten das liefern sollen, wozu sie programmiert wurden. Vladimir ist nervös, doch noch immer überzeugt davon, dass jemand von oben über ihn wacht.

Auf der anderen Seite der Leitung ertönt ein Lachen.

»Boris?«

Das Lachen verstärkt sich.

»Boris, nu, wir haben jetzt keine Zeit zum Lachen, wir …«

»Jetzt? Jetzt hast du die Automaten? Soll das ein Scherz sein? Ich habe dir vor zwei Tagen gesagt, dass ich gestern, das heißt Donnerstagmorgen, bereit gewesen wäre, für dich von allen Regeln abzuweichen, ein paar strenge Vorschriften zu übergehen, meinen Arsch zu riskieren und die Maschinen anzuschließen. Gestern früh. Und dann höre ich nichts von dir. Und jetzt, Freitagmittag, sagst du zu mir, du willst die Automaten anschließen? Wenn das nicht so zum Lachen wäre, würde ich wütend werden!«

»Boris«, sagt Vladimir sanft, »du enttäuschst mich. Ausgerechnet jetzt, ein paar Stunden bevor das Ganze über die Bühne gehen soll, willst du alles sausen lassen? Okay, es hat einige Pannen gegeben, tut mir leid, meine Schuld. Aber wozu jetzt darauf beharren, wenn noch ein paar Stunden bleiben und die Sache immer noch gerettet werden kann? Das erscheint mir dann doch zu kleinlich. Ich möchte dich daran erinnern, dass die Gewinnsumme inzwischen bei siebenundzwanzig Millionen steht.«

»Vladimir, du verstehst offenbar nicht, was ich sage«, ereifert sich Boris zornig. »Nein! Nein und nochmals Nein! Auf keinen Fall. Unmöglich. Am Freitag um eins kann man keinen einzigen Spielautomaten einschleusen. Auch am Donnerstag um sieben Uhr morgens nicht. Wenn du willst, dann am Sonntag in aller Früh. Aber dann verzichten wir auf einen Gewinn, und es bleibt uns nur der zweite.«

»Ich verdopple deine Prozente und das Bargeld, das du erhältst, wenn du es jetzt machst.«

»Du kannst mir hundert Prozent anbieten. Es geht nicht, Vladi, tut mir leid.«

Die FBI-Agenten stehen in einer anderen Ecke der kleinen Halle im Letzten Mohikaner. Sie spielen an den Automaten, lassen ihren Blick hin und wieder mit künstlicher Gleichgültigkeit zu der Ecke schweifen, in der die drei Russen und die vier Israelis stehen.

Monty sagt zu Psych: »Ich werde mich noch an dir dafür rächen, dass ich nicht zum Seder heimgeflogen bin. Falls mir meine Mutter nicht zuvorkommt.«

Psych entgegnet: »Geduld, Kinder, Geduld.«

Der Spielautomat, in den Nathaniel Richman einen Dollar eingeworfen hat, fängt zu klingeln und zu rattern an. Psych und Monty drehen verblüfft die Köpfe in seine Richtung. Die Melodie, die ertönt, ist so laut, dass die Leute überall in der Halle neidische Blicke werfen. Die Münzen klirren ohne Unterlass, eine Sturzflut ergießt sich in die Metallschale.

Vladimir hört das Klingeln der Münzen überdeutlich. Er sagt: »Boris' Mutter ist eine tschetschenische Hündin.«

Pozailov entgegnet besänftigend: »Aber Boss, die Automaten sind hier doch an Mega-Bucks angeschlossen. Vielleicht rufen wir Mordechai an und fragen ihn, ob es was ausmacht, wo die Maschinen angeschlossen sind.«

Izzi wirft einen Blick zu dem ratternden, klingelnden Spielautomaten, an dem Nathaniel Richman steht, und flüstert Jonsy zu: »Da ist der eine FBI-Typ, in der Ecke drüben. Siehst du die zwei anderen, in den Anzügen?«

Jake sagt zu Chaim: »Willst du zur Achterbahn gehen, im New York New York? Sie muss echt cool sein.«

Chaim sieht ihn an. Er versteht nicht, was er mit diesem Idioten zusammen hier eigentlich macht. Er denkt, man müsste Avis anrufen wegen dem Wagen. Man muss in dieses Loch zurückkehren, wo der Chevrolet stehen geblieben ist – wer weiß, ob noch alle Teile dran sind, und ich kann mich nicht mal erinnern, wo genau das war. Dieser Idiot erinnert sich allerdings garantiert, wo das gewesen ist, also ist es besser, wenn ich ihn jetzt nicht zusammenbrülle. »Sag mal«, bemerkt er beiläufig zu Jake, »weißt du eigentlich noch, wo dieser Ort ist, wo wir mein Auto stehen gelassen haben? Irgendwann werden wir dorthin zurückmüssen und es abholen.«

»Ich schaue mir nachher die Landkarte an und sag's dir.«

Chaims Kopf zerspringt fast vom gestrigen Whiskykonsum. Nurit terrorisiert ihn mit Anrufen wegen des Seders am Abend. Jake bringt ihn um den Verstand. Chaim würde am liebsten seinen Kopf ins Wasser des Jacuzzi stecken, in dem die beiden gerade sitzen, und ihn in einer anderen Welt wieder herausziehen. Nicht einmal Mädchen sind in diesem Jacuzzi. Es war eine Frau da, eine ältere, aber sogar die ist gegangen.

»Also, was hältst du von der Achterbahn?«, fragt Jake noch mal.

Chaim steckt seinen Kopf unter Wasser und versucht, so lang wie nur möglich dort auszuhalten.

»Nu, was ist jetzt?«, sagt Jonsy. »Wir haben nicht den ganzen Tag Zeit, um hier bei den Spielautomaten herumzuhängen.«

Pozailov packt ihn am Kragen seines Pullovers und flüstert ganz dicht in sein Ohr: »Freundchen, wenn wir wollen, bleibst du eine Woche hier stehen. Und falls wir Lust haben, begraben wir dich hier unterm Boden und du wirst für immer und ewig hierbleiben, klar?«

Jonsy antwortet hastig: »Alles klar.«

Vladimir ruft Mordechai an. Mordechai erklärt, dass es überall funktioniert, wenn der Anschluss an Mega-Bucks ordnungsgemäß vorgenommen wurde. »Es würde auch funktionieren, wenn die Slotmaschine in einem 7-Eleven-Shop angeschlossen wäre, Hauptsache, sie ist es.«

Vladimir fragt Jonsy, ob er sicher sei, dass die Automaten regulär ans Netz angeschlossen wurden. Jonsy erwidert: »Schauen Sie den Preis an – er steigt. Das ist das Zeichen, dass wir vernetzt sind. So hat es Mano gesagt, nachdem er den Code von Mega-Bucks eingegeben hat.«

Psychs Telefon läutet. Cornelia sagt: »Gerade haben wir einen Mitschnitt hereinbekommen, ein Gespräch von Vladimir zu Mordechai in Minneapolis.« Sie wiederholt ihm, was Mordechai gesagt hat.

»Okay, dann wissen wir also, dass ihre Automaten hier im Letzten Mohikaner stehen, in Ordnung. Das bringt uns immer noch nicht sehr viel weiter.«

»Warte, Paul, ich bin noch nicht fertig. Vladimir hat zu Mordechai gesagt: ›Wenn die Maschinen also an Mega-Bucks angeschlossen sind, sogar hier, bleibt der Plan wie gehabt bestehen?‹ Und Mordechai hat geantwortet: ›Genau, Vladi. Heute um Mitternacht, exakt nach Plan. Und vergessen Sie nicht, Pozi meine Glückwünsche auszurichten. Heute um Mitternacht wird er dreiunddreißig.‹«

Psych hebt den Blick und sieht Pozailov und Vladimir lachen. Er beendet das Telefonat und sagt zu Monty und Nathaniel: »Okay, Jungs, wir haben ein Spiel.«

»Jetzt«, sagte Chen zu Jonsy, als sie die Lobby des New York New York erreichten, legte ihre Hände zart an seine Wangen, und dann schlang sie ihre Arme um seinen Hals und flüsterte ihm ins Ohr: »Jetzt gehen wir ins Zimmer rauf, weil ich nicht mehr warten kann.«

Es gab nichts auf der Welt, das Jonsy in diesem Augenblick lieber gehört hätte. »Worauf warten wir noch?«, erwiderte er.

Izzi und Schlomi, die mit ihnen ins Hotel zurückgekehrt waren, waren noch völlig betäubt von der Sache mit den Russen und ihren Schießeisen im Aufzug, empfanden jedoch gleichzeitig Erleichterung – sie standen zwar ohne die Millionen da, aber wenigstens waren sie noch am Leben. Sie lächelten über das hormongesteuerte Paar, das sich in Richtung Aufzug begab.

»Warum nicht, warum auch nicht«, murmelte Izzi leicht bitter.

»Sei nicht neidisch, Izzi. Du weißt, was in der Thora über die Neider geschrieben steht.«

Während Chen Jonsy mit aufreizender Langsamkeit auszog und zu ihm sagte: »Und dass du's nur weißt, du bist eine Riesenarschgeige und hast es nicht verdient«, traten Izzi und Schlomi auf die Straße hinaus und überlegten, was sie tun sollten.

Izzi starrte ein junges, wirklich schönes Mädchen an, das Hand in Hand mit einem sehr viel älteren Mann an ihnen vorbeiging. »Ich hätte nichts dagegen, mich ein paar Stunden mit ihr zu amüsieren«, sagte er. »Schau dir den an. Sie hätte sicher lieber einen jungen Mann wie mich.«

»Beruhig dich, Izzi, du hast doch eine Freundin, oder?«

Izzi nickte und dachte an Daphna. »Ja, aber wegen gewisser Umstände brauche ich hier Mädchen, und sie brauchen mich. Das ist doch in Ordnung, nicht?«

Schlomi erwiderte: »Du weißt nicht, was mir letzte Woche passiert ist. Gott hat mich geprüft, und ich bin immer noch nicht sicher, ob ich die Prüfung bestanden habe.«

Izzi warf ihm einen schrägen Blick zu. Sie schlenderten durch den Tag, der inzwischen doch noch schön geworden war, und andere Leute schlenderten ihnen entgegen, vor allem andere Frauen, die Izzis Blutdruck in die Höhe trieben. Ein vorbeifahrender Minibus eines der Hotels trug ein Reklameschild für eine Show von Sheena Easton. Genau in diesem Augenblick setzte sich Chen auf Jonsy und entrang ihm einen erstickten Seufzer.

»Ich weiß nicht mehr, ob du mit uns bei diesem Job in New York dabei warst«, fuhr Schlomi fort. »Jung, so eine Kleine mit großem Busen, vierter Stock ohne Lift, wohnte allein, ist nach Florida umgezogen.«

»Doch, klar, ich erinnere mich. Vor so ungefähr zwei Wochen. Wow, sie war eine Wucht. Sag mir bloß nicht, du hattest was mit ihr, denn ich kann dir gleich sagen, ich glaub's nicht.«

»Kurz gesagt, schon in New York kam ich mit ihr ins Gespräch. Ich sah, dass sie eine Menge Kerzen im Schlafzimmer hatte, also hab ich zu ihr gesagt, dass auch ich und meine Freundin Kerzen lieben. Sie sagte, im Bett mit Kerzen sei der höchste Spaß. Als ich dann in Florida ankam, um ihre Sachen abzuladen, war es schon Nachmittag. Sie zog in eine Wohnung im dritten Stock ohne Lift. Ich war allein mit ihrem ganzen Zeug – Bett, Sofa, Kommode, ein harter Job, wenn du allein bist.

Dann komme ich in ihre Wohnung, und überall brennen Kerzen. Ich schleppe alles rauf zu ihr, das hat mich elend viel Zeit gekostet und mir das Gestell demoliert. Das Ganze hat eigentlich angefangen, als ich irgendein kleines Schränkchen abgeladen habe und eine Schublade aus Versehen aufgegangen ist, in der Zeitschriften mit nackten Mädchen drin waren und drei Bilder von ihr.«

»Von ihr? Was für Bilder?«, unterbrach ihn Izzi. Im Hinterkopf überlegte er, was Chen und Jonsy jetzt wohl trieben. Er konnte es sich lebhaft vorstellen.

Jonsy hielt Chen an den Hüften, ließ sie auf ihm reiten, bis er sie umdrehte und sich hinter sie kniete, seine Hände auf ihren Hintern legte und die Backen teilte – er roch ihren Geruch, was ihn wahnsinnig machte – und dann langsam in sie eindrang.

»Auf einem Foto«, fuhr Schlomi fort, »saß sie nackt auf dem Bett – was für schöne Brüste, was für ein schöner Körper, du glaubst es nicht.«

»Stimmt genau, ich glaub's nicht.« Izzi erinnerte sich an die junge Frau, sie hatte echt einen wunderschönen Busen.

»Das zweite Bild, da liegt sie auf dem Bauch, das heißt, man sieht ihren Hintern. Auf dem dritten hat sie einen großen Vibrator, so rosafarben, drinstecken. Auweia, war ich geil, ich sag nicht, dass ich nicht wollte. Genau darum geht es. Ich habe dir gesagt, dass Gott mich geprüft hat. Ich bin ein Mensch. Ich bin ein Mann. Er stand mir, auweia, und wie er mir stand. Ich glaub's nicht, dass ich so rede, am Sederabend.«

»Jalla, Schlomi, hör schon auf mit diesem ›Ich glaub's nicht‹. Du hast mit der Geschichte angefangen. Was hat sie dazu gesagt, dass du diese Bilder gesehen hast?«

»Sie war ziemlich verlegen, um sie also nicht total runterzuziehen, hab ich zu ihr gesagt, das sei schon in Ordnung, ich würde viele Mädchen kennen, die Vibratoren lieben, das sei keine große Affäre. Auch meine Freundin. Kurz gesagt, ich hab sie beruhigt, und ab da fing sie an, geil zu werden. Sie bot mir was zu trinken an, holte eine Flasche Sprite. Sie erinnerte sich von New York her, dass ich einen Plastik- oder Styroporbecher brauche, weil ich religiös bin, und sie entschuldigte sich, weil sie keinen hatte. Da hab ich zu ihr gesagt, dass ich aus der Flasche trinken könne. Sie sagte, es sei ihr peinlich, sie habe schon daraus getrunken. Da hab ich zu ihr gesagt: ›Es wird nichts passieren, wenn ich von deinen Lippen koste.‹ Und sie: ›Du kannst auch ohne die Flasche von meinen Lippen kosten.‹«

Izzi sagte nichts. Er setzte weiter einen Fuß vor den anderen. Auch wenn das keine wahre Geschichte war, brannte er darauf, die Fortsetzung zu hören.

Im Hotelzimmer nahm Jonsy Chen von hinten in steigendem Tempo. Sie berührte sich zuerst selbst, nahm dann seine Finger und legte sie auf ihren Kitzler, und er streichelte sie, bis er sie zum Orgasmus brachte, umschlang sie fest, während sie kam, und nachdem sie sich beruhigt hatte, verfolgte er sein eigenes Ziel weiter, drehte sie wieder um und sah in ihr weiches, gelöstes Gesicht, küsste sie auf die Lippen und sagte: »Du bist so schön.«

»Dann kam sie mit der Spriteflasche auf mich zu, stellte sie auf der Theke ab. Wir waren in der Küche, und sie legte ihre Hände um mich, drückte ihre schönen Brüste an mich, und wir fingen an, uns zu küssen.«

»Zu küssen?«

»Ich hebe sie auf die Küchentheke, und sie legt eine Hand auf meine Eier in der Hose. Ich öffne ihre Bluse, eine weiße Bluse mit Knöpfen, und ich befummle ihren Busen durch den BH. Sie hatte einen Spitzen-BH an, aber ich habe ihn ihr nicht ausgezogen. Ich stecke eine Hand in ihre Hose, in die Unterhose, sie war so heiß, so feucht … sie hat gestöhnt, und wie, ich hatte sie noch kaum angerührt, und sie hat schon gestöhnt. Und dann habe ich zu ihr gesagt, dass ich nicht kann.«

Izzi blieb abrupt stehen. »Was?«, fragte er geschockt. »Wie bitte? Schlomi, ich glaub die Geschichte zwar sowieso nicht, aber das hör ich mir echt nicht an.«

»Die ganze Zeit stand mir der Herr, gelobt sei Er, vor Augen, und die ganze Zeit sagte ich mir, noch ein bisschen, nur noch ein bisschen, und denk ja nicht, dass es mir nicht schwergefallen ist, dass ich das ausschlagen musste, und dass ich es nicht bereut habe wegen dem Kuss und dass ich sie berührt hatte und sie mich, aber niemand ist vollkommen, und ich bin stolz darauf, dass ich es am Schluss geschafft habe, mich zu beherrschen und zu sagen, ich kann nicht. Sie hat gefragt, warum. Ich habe ihr erklärt, dass ich religiös bin. Sie hat gesagt, auch sie glaube an Gott. Ich habe ihr erklärt, dass die Frau in unserer Religion Jungfrau sein und mit mir verheiratet sein müsse, bevor ich mit ihr schlafen könne. Ich hab zu ihr gesagt, ich könne nicht, und ich hätte schon lange durchgehalten. Ich hab ihr erklärt, was ein müßig vergossener Samen ist. Darauf hat sie gesagt, wenn das so sei, dann besser nicht, sie wolle mir nichts ruinieren.« Schlomi blies langsam den Atem aus. »Danach ist sie aufs Klo gegangen und hat onaniert. Ich hab sie gehört.«

»Na gut, das glaub ich jetzt schon überhaupt nicht mehr. Sag mir die Wahrheit, Schlomi, du verschaukelst mich doch?«

Jonsy kam zum Orgasmus. Er entlud sich vehement, pochend und heiß in Chen, während er, sie umklammernd, an ihrem Hals versank, und sie lächelte glücklich – sie liebte es, wenn er kam.

»Ich bin religiös, Izzi, welchen Grund sollte ich haben, dir Märchen zu erzählen, eh? Sag mir, was bringt mir das? Auf alle Fälle, ich habe den Job zu Ende gebracht und bin gefahren.«

»Ich kann's nicht glauben, was für ein Trottel du bist. Und ich glaub's nicht, was für ein Volltrottel ich bin, dass ich diese Fahrt nicht gekriegt habe.«

»Siehst du, Gott bestraft dich für den Unsinn, den du machst. Glaub mir, ich bin hier nicht der Trottel. Ich habe meinen Glauben. Wohin gehen wir eigentlich? Ich brauche ein Kleidergeschäft.«

Sie passierten einige entsprechende Geschäfte, und Schlomi kaufte sich ordentliche Feiertagskleidung. Zurück im Hotelzimmer duschte er sich und zog die neuen Sachen an.

Izzi meinte: »Pffff… was für ein Auftritt, Schlomi, sieht ja echt cool aus. Der Herzensbrecher, pass bloß auf, dass beim Seder nicht noch irgendeine für dich entflammt.«

Wendy war tot, und dieses Mal endgültig. Als Jake zum Parkplatz hinunterging und sie sah, hatte er das Gefühl, dass etwas nicht in Ordnung war. Sie sah nicht wie vorgestern aus. Er steckte den Schlüssel ins Schloss – nichts. Und da wusste er, das war's. Es hatte keinen Sinn, den Abschleppdienst oder einen Mechaniker zu rufen, niemand würde sie mehr retten. Er erinnerte sich an das vergangene Mal – er und Jane, als sie aus den Bergen von Crazy Horse zurückkehrten, Janes Geschichten, der große Streit, Wendy, die den Geist aufgab, die Begegnung mit Jonsy und Izzi –, und er sagte sich, wenn das nicht passiert wäre, sähe jetzt alles anders aus.

Er beschloss, sie so, wie sie war, am Parkplatz stehen zu lassen. Er gönnte ihr nicht einmal einen letzten Blick, sagte ihr kein Dankeschön und kein Wort zum Abschied, hielt einfach ein Taxi auf und fuhr zum Flughafen. Wohin würde er fliegen? Er wusste es noch nicht genau.

Auch von Chaim verabschiedete er sich nicht, doch Chaim sah vom Fenster des Hotelzimmers aus, wie er in das Taxi einstieg, und er fluchte. Nachdem er ausgeflucht hatte, dachte er nach, was er nun tun sollte. Trübsinn befiel ihn, denn ihm fiel nichts Besseres ein, als in ein Flugzeug nach Hause zu steigen. Aber Moment mal – dachte er plötzlich –, jetzt, wo er das Zimmer für sich allein hatte, könnte er vielleicht jemanden abschleppen, bevor er nach New York zurückkehrte, zu Nurit, mit eingezogenem Schwanz zwischen den Beinen. Er blätterte in einer der Broschüren und suchte nach Begleitserviceanzeigen, und dann fiel ihm die Bar ein, in der sie in der ersten Nacht gesessen hatten – es gab dort hübsche Mädchen. Er verließ das Zimmer, fuhr mit dem Aufzug hinunter und trat auf die Straße. Er begann in die Richtung zu gehen, von der dachte, es sei die richtige.

Als Schlomi fertig zum Aufbruch war, in seinem eleganten, festlichen Aufzug, wünschte er Izzi ein frohes Fest und fragte ihn, ob er sicher sei, dass er sich nicht anschließen wolle. Izzi lehnte ab. Schlomi meinte: »Macht, was ihr wollt, aber legt mich nicht noch mal aufs Kreuz. Ich möchte euch bloß daran erinnern, dass ihr mir schon mal den Rücken zugedreht und es am Ende bereut habt. Ich trag's euch nicht nach. Aber denkt dran, Gott ist mit mir, und in einer solchen Nacht sowieso. Also linkt mich nicht wieder.«

Er sagte das mit großem Ernst, und Izzi nickte: »Du kannst ganz beruhigt sein, die Lage ist nicht danach, als hätten wir was zu gewinnen.«

Schlomi lächelte: »Ich weiß, dass es gerade so aussieht, aber die Wege des Herrn sind unerforschlich, also bitte ich nur darum, dass du das auch Jonsy sagst. Frohes Fest.« Er umarmte Izzi und küsste ihn sogar auf die Wange. Nachdem er gegangen war, rief Izzi Daphna an.

»Oh, Schalom«, sagte sie. Sie klang irgendwie anders.

»Was ist los?«, fragte Izzi.

»Gar nichts. Der Seder ist vorbei. Es war ein Albtraum. Feierst du den Seder irgendwo?«

Er erwiderte: »Welchen Seder? Ich bin in Las Vegas. Du musst unbedingt irgendwann mal hierherkommen. Wir sind heute mit der Berg- und Talbahn, so einer irren Achterbahn, gefahren, du wirst es nicht glauben …«

Sie unterbrach ihn: »Izzi, hör mal, es passt jetzt gerade nicht so gut … ich … ich bin müde. Ein bisschen später. Vielleicht reden wir morgen?«

Er fragte verblüfft: »Was?« So etwas hatte sie noch nie zu ihm gesagt. Zu jeder Zeit, in jeder Lage, in der er angerufen hatte, immer hatte sie mit ihm reden wollen. Immer war sie glücklich gewesen, dass er anrief. Aber vielleicht, na gut, vielleicht passte es wirklich gerade nicht.

»Ich schreib dir eine Mail. Weißt du was, ich schreib jetzt eine. Kannst du sie irgendwo abrufen?«, sagte Daphna.

Er antwortete: »Ich werde schon was finden. Aber was ist los? Ist irgendetwas?«

»Nein, nein«, beruhigte sie ihn, »gar nichts ist. Ich will dir eben schreiben, okay?«

Er legte auf und starrte ein, zwei Minuten auf das Telefon. Was war los mit ihr? Er studierte das Telefon eine dritte und eine vierte Minute, wie festgewachsen, bis es klingelte und ihn aufschreckte. Es war Jonsy, aus Chens Zimmer. Er sagte, sie hätten sich etwas ausgedacht, Chen habe eine Idee. Sie wollten zu den Spielautomaten im Letzten Mohikaner zurückgehen. Sie wollten mit den Russen reden. Es sei der ultimative Einfall. Ein Vorschlag für die Russen, ein Angebot, das sie gar nicht ausschlagen könnten, weil sich das FBI in der Gegend befinde.

Izzi wollte nichts von der Idee hören. Er sagte: »Jonsy, lass mich in Ruhe, okay? Schluss mit Kasinos, Schluss mit Spielautomaten. Diese Geschichten interessieren mich nicht mehr. Du lernst nie was, eh?«

Jonsy erwiderte: »Kein Problem. Ich hatte bloß das Gefühl, es wäre fair, dich und Schlomi einzuweihen. Ist er noch da?«

»Nein, er ist zu seinem Seder gegangen. Bevor er weg ist, hat er darum gebeten, dass wir ihn nicht noch mal linken, wenn was passieren sollte. Er hat mich ausdrücklich gebeten, dir das auszurichten. Er hat gesagt, Gott sei heute Abend mit ihm.«

»Okay, dann hinterlass ihm einen Zettel oder so was. Es ist mir einfach lieber, wenn ihr wisst, dass eine mehr als annehmbare Chance besteht, heute Abend einen hübschen Coup zu landen. Und weil du schon so viel Scheiße geschluckt hast wegen diesen Maschinen, hab ich mir gedacht, du solltest es wenigstens wissen. Ob du willst oder nicht, das ist deine Entscheidung.«

»Klar will ich nicht. Wovon redest du? Ihr habt euch also was ausgedacht? Eine Idee? Mir hat die Pistole vor meiner Nase heute im Aufzug gereicht, danke. Ich begnüge mich damit, dass ich noch lebe. Ich wünsche euch viel Glück.«

»Wir gehen kurz dort vorbei, reden mit ihnen. Was haben wir schon zu verlieren? Ich werde jetzt nicht auf diese Chance verzichten. Wenn du's dir anders überlegen solltest, dann komm auch hin.«

Izzi ging duschen. Sein Kopf schmerzte. Er dachte darüber

nach, was Daphna gesagt hatte, und darüber, was Jonsy gesagt hatte. Das warme Wasser auf seinem Nacken linderte den Schmerz. Er dachte an Jonsy und Chen – sie hatten sicher gevögelt. Er dachte an die Geschichte, die ihm Schlomi erzählt hatte. Er war sich immer noch nicht schlüssig, ob er ihm glauben sollte. Er erinnerte sich an das Mädchen. Sein Glied erwachte zum Leben. Er packte es.

In dem anderen Zimmer traten Chen und Jonsy zusammen unter das warme Wasser der Dusche. Sie waren entspannt und befriedigt.

Abendessen. Unweit vom Letzten Mohikaner, neben dem Orleans-Kasino, befindet sich ein halbleeres mexikanisches Restaurant mit dem Namen Margherita del Porta. Um einen runden Tisch herum sitzen die FBI-Agenten Monty, Nathaniel und Psych. Monty wünscht Nathaniel ein frohes Fest und fragt ihn: »Hattest du keine Sedereinladung, wo du hin solltest?«

Der junge Agent erwidert: »Hatte ich, aber ich ziehe es vor, in Vegas zu sein.«

Monty rupft ein Stückchen von dem Brotfladen ab und steckt es in den Mund. »Ich nicht«, sagt er dann und wirft einen Blick auf die Uhr. »Der Seder ist jetzt schon fast vorbei.« Er stößt einen bedrückten Seufzer aus. »Meine Mutter wird mich umbringen.«

»Was hat sie denn gesagt?«, fragt Psych leicht spöttisch.

»Ich hab's ihr gar nicht gesagt.«

Nathaniel und Psych halten im Essen inne und richten ihren Blick auf Monty.

»Ich weiß nicht, wie ich je wieder mit ihr reden soll.«

»Ich werde mit Cornelia sprechen, sie soll sie anrufen«, sagt

Psych beruhigend. »Mach dir erst mal keine Sorgen. Sie wird ihr erklären, dass es eine Notstandssituation war und du nicht einmal telefonieren konntest.«

»Ich würde es Cornelia nicht empfehlen, aber wenn sie sich wirklich das Geschrei antun will, dann habe ich nichts dagegen. Meine Mutter wird eine so windige Geschichte wie einen Notstand beim FBI nie als Ausrede akzeptieren, dass ich nicht zum Seder erscheine.« Monty seufzt wieder.

»Mmmm… diese Tortillasuppe ist einfach köstlich«, bemerkt Psych.

»Ist sie warm oder kalt?«, erkundigt sich Nathaniel und pickt einen Nachokrümel aus seinem gepflegten Bart.

»UND NUN WAR ES UM MITTERNACHT«

Als Schlomi sang: »Diese Nacht, diese Nacht …«, dachte er an seine Freunde, Jonsy, Izzi und Chen. Danach las er weiter: »Rabbi Akiba sagt: Woher wissen wir, dass jede Strafe, die der Heilige, gelobt sei Er, über Ägypten brachte, aus fünf verschiedenen Plagen bestand – daher, dass geschrieben ist: Er ließ über sie aus seinen glühenden Grimm, Zorn, Wut, Angst und Scharen böser Engel. Glühender Grimm ist also eins, Zorn zwei, Wut drei, Angst vier, und Scharen böser Engel fünf.« Schlomi dachte an Dollars. Er entschuldigte sich vor dem Heiligen, gelobt sei Er, so wie er sich in Florida entschuldigt hatte, wegen des Mädchens. Er sagte sich im Stillen, ich hoffe bloß, dass mir diese Scheißer was übrig lassen.

Die Schar böser Engel, fünf: Auf Vladimirs Befehl hin war es ein Abend ohne Wodka. Fast. Zum Abendessen tranken sie ein bisschen Wein, um es besser hinunterrutschen zu lassen, und danach, als sie ins Excalibur zurückkehrten und in die Bar hinuntergingen, entdeckten sie, dass es dort Zubrowka gab, den polnischen Wodka mit dem Bison auf dem Etikett. Pozailov erkundigte sich, ob es einen in Bisonurin getränkten Strohhalm gebe – so würden die Polen, die etwas auf sich halten, den Zubrowka trinken –, doch der Barkeeper verzog das Gesicht. Es gibt Dinge, die gibt es nicht einmal in Las Vegas.

Doch im Verhältnis gesehen tranken sie so gut wie nichts. Vladimir klärte Pozailov endlich darüber auf, dass Excalibur nicht der Name einer Stadt war, sondern ein Königreich im Mittelalter gewesen sein sollte. Pozailov sagte: »Wisst ihr, was mich wahnsinnig macht? Beim Ausgang von der Achterbahn war ein Stand, wo man Bilder von sich selber in dem Zug kaufen konnte, für sechs Dollar. Wegen diesen Israelis bin ich nicht dazu gekommen. Wenn ich jetzt hingehe, sind unsere Bilder dann noch da?«

Ein paar Minuten nach neun traten sie im Letzten Mohikaner an, geduscht, frisiert, so weit wie möglich gut angezogen, und begannen, wie Vladimir befohlen hatte, um die Slotmaschinen herumzutänzeln. Er schärfte ihnen ein, die Seriennummern noch einmal zu überprüfen, hin und wieder zur Kontrolle einen Dollar hineinzuwerfen und sich ganz allgemein bereitzuhalten.

Die Zeit verstrich zäh. Die bunten Lichter und das permanente Geklingel begannen Pozailov und Popeye zu zermürben. Vladimir spürte, wie sich ein spannungsgeladener Klumpen in seiner Brust aufbaute, doch er konnte ihn leider nicht mit dem probaten Gegenmittel, nämlich Wodka, vertreiben.

Er hatte das wichtigste Problem noch immer nicht gelöst – wer um Mitternacht an dem Automaten stehen und sich den Gewinn holen würde. Eigentlich hätte es eine ortsansässige Frau sein sollen, die Boris organisiert hatte, doch nun war es nichts mit Boris, es gab niemanden. Dieses Thema quälte ihn schon den ganzen Tag. Er hatte Boris darum gebeten, fast angefleht, wenigstens das, doch Boris hatte nur gesagt, er werde darüber nachdenken, und nun reagierte er bereits seit einigen Stunden nicht mehr auf Anrufe. Im Moment war seine einzige Möglichkeit Popeye, was jedoch eine miserable Option war, dessen war er sich bewusst. Er hatte sogar daran gedacht, sich einfach an irgendjemanden zu wenden, eine x-beliebige Person, die sich zufällig im Kasino herumtrieb, die ganz gewöhnlich, unscheinbar aussah, absolut unverdächtig. Aber er wusste, das wäre eine sogar noch miserablere Option als Popeye. Wie sollte man sich auf jemanden verlassen, den man nicht kannte? Die Leute liebten zwei Dinge ganz besonders – Geld und Geplapper. Per Zufall jemanden zu finden, der sowohl das Geheimnis bewahrte als auch das gewonnene Geld herausrückte, das war praktisch eine unlösbare Aufgabe.

Er rief noch einmal Boris an. Keine Antwort.

Wer sich dagegen durchaus erlaubte, hemmungslos zu trinken, war Chaim, der aus reinem Versehen in die Bar des Letzten Mohikaners geriet. Er war auf dem Weg zu der Bar mit den Mädchen, ins Tropicana, an die er sich von der vergangenen Nacht her erinnerte, wobei es auch die davor oder noch eine davor gewesen sein mochte. Er wollte eine Frau aufgabeln, mit ihr aufs Zimmer gehen, es ihr anständig besorgen, sich dann um die Sache mit dem Leihwagen kümmern und ein Flugzeug nach New York besteigen, oder vielleicht nach Chicago, wo er sich von seinem Chevi Suburban getrennt hatte. Wie auch immer, unterwegs sah er eine Frau, von der er den Eindruck hatte, sie lächele ihm zu, und folgte ihr, den Blick auf ihren Hintern geheftet, und so fand er sich in der Lobby der kleinen und – im Maßstab von Las Vegas – relativ armseligen Spielhalle des Letzten Mohikaners wieder.

Die Frau, der er gefolgt war, traf jemanden, den sie herzlich begrüßte und küsste. Chaim setzte sich an die Bar und bestellte einen Glenfiddich mit Eis. Während er die ersten Schlucke hinunterkippte, sah er sich noch um, war noch auf der Jagd. Nach vier Gläsern dachte er, Schlussausbasta, und begann, in sich selbst abzutauchen, in das Glas, in die Frustration des Fehlschlags und die Depression des Scheiterns, in diese schwarze Bitternis, die sich Chaim Galil nannte, die Sababa Moving and Storag'e hieß – und Zorn erfüllte ihn.

Er ging auf die Toilette. Neben ihm am Pissoir stand Izzi. Izzi aus Obernazareth. Izzi, sein Arbeiter, Mitarbeiter von Sababa Moving and Storag'e, oder vielleicht richtiger gesagt, sein Ex-Arbeiter.

Chaim sah Izzi, bevor Izzi ihn entdeckte. Er sagte: »Hey, Izzi, vergiss nicht, mich wegen der Abfindung anzurufen, die dir vonseiten der Firma bei deinem Ausscheiden zusteht, ja?«

Izzi war in den Letzten Mohikaner gekommen, weil ihm langweilig geworden war. Es hatte ihn nicht überzeugt, was Jonsy dahergefaselt hatte. Es interessierte ihn absolut nicht, dass Jonsy wieder mal einen neuen Plan hatte, den er den Russen unterbreiten wollte. Aber gleichzeitig, es gibt eine Grenze, oder? Bei allem Respekt für das New York New York, es war nicht megasympathisch, allein zu essen. Bestimmt nicht am Abend. Und schon garantiert nicht am Abend eines Feiertags und erst dreimal, wenn nicht viermal nicht am Abend des Pessachseders.

Also hatte er Jonsy angerufen und gesagt: »Nicht, dass mich diese Geschichte mit der neuen Idee, die du mir vorhin erzählt hast, auch nur irgendwie interessiert, aber lass uns zusammen essen. Es ist Sederabend, Pessach, ihr wisst schon.«

Jonsy hatte geantwortet: »Mit Vergnügen, wir wollten dich gerade anrufen, um das Gleiche vorzuschlagen. Allerdings wirst du verstehen, dass ich in der Gegend des Letzten Mohikaners bleiben will, also treffen wir uns dort.«

Izzi sagte: »Sababa.«

Und Jonsy ergänzte: »Sababa Moving and Storage.«

Und so fand sich Izzi auf der Toilette des Letzten Mohikaners Ellbogen an Ellbogen mit seinem Boss oder, richtiger, seinem Ex-Boss wieder, mitten im Wasserlassen, ohne Ausweichmöglichkeit, und mit einem dümmlichen Lächeln auf den Lippen entfuhren ihm die Worte: »Frohes Fest, Chaim.«

Monty, Psych und Nathaniel beendeten ihr mexikanisches Abendessen und kehrten in den Letzten Mohikaner zurück, zu einem Termin, den sie mit dem Manager der Spielhalle vereinbart hatten – ein dünner, hochgewachsener Mann mit langen Wangenkoteletten namens Derek, der ihnen die Hand schüttelte und sie nach oben brachte, in den Kontrollraum des Kasinos. »Die Flächenüberwachung des Letzten Mohikaners ist relativ bescheiden im Vergleich zu den großen Kasinos. Bei denen würden sie millionenschwere Kontrollräume mit der allerneuesten Ausstattung sehen«, entschuldigte er sich mit breitem australischem Akzent. »Hier gibt es eine Grundausstattung, Schwenkkameras, die in Kugeln an der Decke verborgen sind, feste oder sich auf Fußbodenhöhe drehende

Kameras oder stationäre, die gegenüber oder über bestimmten Tischen platziert sind, wie hier zum Bespiel«, er deutete auf verschiedene Monitore in dem Raum. »Man kann einen Menschen, einen Spielautomaten oder einen Tisch einfangen, die Kamera auf jeden Punkt fokussieren, per Zoom, auf einen bestimmten Körperteil einstellen – eine Hand, sagen wir mal –, die Kamera nach Bedarf bewegen.« Er bat den Mann, der vor den Monitoren saß, es vorzuführen.

»Nehmen Sie den großen Rothaarigen«, verlangte Psych. »Erfassen Sie die Tätowierungen auf den Fingern seiner linken Hand.«

Der Mann lokalisierte die Kamera, die sich Pozailov am nächsten befand. Er zoomte die linke Hand des Kaukasiers heran, die auf den Bildschirm einer Slotmaschine gestützt war. Die rechte Hand Pozailovs hielt den Griff zum Ziehen. Jetzt fuhr die linke Hand in die Hosentasche und zog eine Münze heraus. Zoom auf die Finger.

»Warum ist die Tätowierung ausgerechnet auf der linken Hand?«, fragte Monty.

»Ist näher am Herzen«, antwortete Psych.

Die Kamera fing die Finger ein, die Tätowierungen waren deutlich zu sehen.

»Was ist das?«, wunderte sich Monty.

»Kyrillisch. Die Buchstaben A und K.«

»Ich kenne die Buchstaben, aber was symbolisieren sie?«

»Das weiß keiner«, erwiderte Psych.

Derek klatschte in die Hände und sagte: »Kommen Sie, wir reden über den Sound. Überall in der Halle sind Wanzen und Mikrophone verstreut. Fokussieren wir uns auf eins der Mikrophone … sehen Sie?«

Die drei FBI-Agenten nickten. »Jetzt wollen wir ihn hören.«

Der Mann an den Kontrollgeräten hob einen Schalter – und der Raum wurde vom Hintergrundlärm aus der Spielhalle überflutet. »Nehmen Sie einen Tisch«, wies ihn Derek an. Der Mann wechselte den Schalter, deutete auf einen Monitor, der einen Black-Jack-Tisch dokumentierte. Der Dealer sagte: »Natürlich, in zehn, zwanzig Minuten.« Ein klein gewachsener, korpulenter Spieler mit Glatze und einer großen Zigarre erwiderte: »So schnell?«, und brach in ein dröhnendes Gelächter aus.

»He, ist das nicht Danny DeVito?«, fragte Nathaniel.

»Danny DeVito würde nie im Letzten Mohikaner spielen«, seufzte Derek. »Wir wären ziemlich scharf drauf.« Er trat an einen Schrank und holte eine Videokassette heraus. »Alles wird vierundzwanzig Stunden, Tag und Nacht, dokumentiert, Video und Sound. Ohne Beweise sind wir keinen Penny wert. Und hier ist ein Video mit einigen zusammengestellten Szenen von Kriminellen, die wir erwischt haben.« Er schob die Kassette in ein Gerät. »Ich mache einen Schnelldurchlauf, denn wie ich verstanden habe, wollen Sie demnächst Ihre Beobachtungsposten beziehen. Passen Sie auf – Black Jack, ein kompletter Kartensatz wird ausgetauscht. Haben Sie's gesehen? Eigentlich kann man den Austausch nur in Zeitlupe sehen. Und dieser Typ da arbeitet mit einem Code-Scanner für Slotmaschinen.«

»Was ist das?«, fragte wieder Nathaniel.

»Das ist ein Minicomputer mit RF-Wellen, der die Codes der Geldgewinne scannt, die der Automat hergibt. Ein starkes Gerät, das Gewinnkombinationen auswirft. Dieser junge Mann da ist unvorsichtig, man kann sehen, wie er das Gerät handhabt.«

»Hat er etwas gewonnen?«

»Zweihundert Dollar. Aber es hätten genauso gut zweitausend sein können. Die da sind bekannte Kriminelle in Sachen Spielautomaten. Einer blockiert den Wächter, der zweite verdeckt die Kamera – sie wissen, wo die Kameras sind. Und hier ist ein Trickjob beim Roulette.« Derek hielt die Kassette an. »Es gibt noch eine Menge davon«, sagte er abschließend, »aber Sie sind nicht hergekommen, um sich Filme anzusehen, schätze ich.« Er brach in ein angespanntes Lachen aus.

»Wie viele von denen erwischen Sie im Laufe von, sagen wir mal …«, setzte Psych an.

»Im Durchschnitt einen pro Woche. Es gibt solche, die man auf frischer Tat ertappt, und Fälle, wo die Geldzählungen nicht übereinstimmen, und dann greift man auf die Kassetten zurück und durchsucht sie daraufhin, Minute für Minute.«

»Die mieseste Arbeit überhaupt«, lächelte der Kontrolleur.

»Ja, und manchmal ist sie auch umsonst. Es kommt vor, dass es nicht geglückt ist, den genauen Ablauf aufzunehmen, auch wenn wir der Überzeugung sind zu wissen, wer es getan hat. In einem solchen Fall setzen wir sein Gesicht auf die schwarze Liste und hoffen, ihn zu identifizieren, wenn er das nächste Mal hereinkommt. Die großen Kasinos haben einen digitalen Scanner, der das Gesicht eines wiederkehrenden Gastes in dem Moment identifizieren kann, in dem er seinen Fuß auf den Boden des Kasinos setzt. Das hätten wir auch gern.«

»Zahlt sich das für Sie aus? Die ganze Ausrüstung, das Personal?«, fragte Psych.

»Der Schätzung nach verlieren wir Hunderttausende bis einige Millionen Dollar im Jahr an Betrüger. In den großen Kasinos summiert sich das auf Dutzende Millionen. Expertenschätzungen nach macht allerdings die Ersparnis, die wir durch die Fälle einspielen, in denen wir sie fassen – und natürlich durch alle Fälle, die wir von vornherein abschrecken – das Fünffache von dem aus. Also rentiert es sich für uns.«

Dereks letzter Satz blieb in der Luft hängen. Sie starrten auf die verschiedenen Monitore. Psych holte eine Zigarre heraus und entzündete sie langsam. Die stinkende Qualmwolke, die schließlich aufstieg, verbarg sein rundes Gesicht. »Vorwärts, fangen wir an?«, fragte er, und ohne eine Antwort abzuwarten, sagte er zu dem Kontrolleur an den Monitoren: »Rücken Sie dem großen Rothaarigen auf den Leib.«

Pozailov steht vor der Slotmaschine, die monatelang in Popeyes und Mordechais Zimmer gestanden hat. Sie hat eine Menge Traumata in der letzten Woche durchlebt. Er spürt etwas und hebt den Kopf zu der Diskokugel über ihm. Ohne Brille sieht er nicht gut und muss die Augen zusammenkneifen, doch er weiß, was da drin ist. Er grinst der Kugel zu. Dann lässt er seinen Blick in eine andere Richtung schweifen und sieht eine unverdeckte Kamera. Ihm scheint, etwas in ihrer Linse verändere sich, als finge sie ihn ein. Shit, sagt er sich im Stillen. Er ruft Vladimir und Popeye.

An der Bar, außerhalb des Spielhallenbereichs, sagt Pozailov: »Was meinst du dazu, Boss?«

»Denkst du, das ist neu? In jedem Kasino gibt es ausgeklügelte Überwachungssysteme. Ich erinnere mich auswendig an das exakte Equipment des Kontrollraums im Big Ben. Hier kenne ich mich nicht aus, aber ich nehme an, genauso wie das Kasino insgesamt weniger beeindruckend ist, wird es auch mit der Überwachung sein. Habt ihr vergessen, dass die ganze unnachahmliche Schönheit unserer Automaten darin besteht, dass nichts daran dem Gesetz zuwiderläuft und es keinerlei Anzeichen oder Beweise für Kriminalität gibt? Man muss nur im richtigen Augenblick eine Münze einwerfen. Habt ihr die Uhren nach Greenwich-Zeit gestellt?«

Popeye und Pozailov werfen einen Kontrollblick auf ihre Uhren.

»Außerdem«, fährt Vladimir fort, »mitsamt ihrer ganzen hypermodernen Ausstattung wissen sie ja nicht, wonach sie suchen sollen. Was sehen sie denn? Tausende Leute stehen da und spielen, sie sehen überhaupt nichts mehr, glaubt mir.«

»Ha, ha«, grient Pozailov, »die wissen echt nicht, was sie suchen sollen.«

Chaim kehrt mit Izzi an die Bar zurück. Er hat den Arm um ihn gelegt – eine warme, jedoch auch unnachgiebig klammernde Umarmung. Izzi riecht den Whisky aus Chaims Mund, als dieser sagt: »Ihr habt eine Kugel in den Kopf verdient, das schwör ich euch. Ihr habt mich finanziell erledigt, ihr habt mich ruiniert. Ihr habt das Lebenswerk von Jahren in den Dreck gefahren.« Er nähert seinen Mund Izzis Ohr, während er ihn immer noch fest im Arm hält. »Wo ist der Lastwagen? Wo sind die Automaten? Wo sind die ganzen Sachen, die mir zustehen?«

Izzi – der aus dem Augenwinkel Jonsy und Chen erspäht, die ihn jetzt gerade registrieren – erwidert: »Komm, wir machen einen Deal. Wir geben dir die Schlüssel für den Sababa-Laster, und du lässt uns laufen.«

»Euch laufen lassen? Wie kannst du es überhaupt wagen? Du kommst für zwei Monate, kriegst eine Wohnung, einen Job, Geld, Schutz, alles geb ich dir, und das krieg ich am Ende dafür – lass uns laufen?«

Eine Hand greift nach Izzis Nacken und pflückt ihn aus Chaims intimer Umarmung. Er dreht sich um und stößt an eine Brust. Eine breite Brust. Als er den Blick hebt, sieht er das kaukasische Grinsen Pozailovs. Er sagt: »Äh …«

Pozailov fährt ihn an: »Was machst du hier? Und wo ist dein Freund, der beschränkte Armleuchter? Und wer ist das? Wir haben euch gesagt, ihr sollt euch hier verpissen, oder nicht? Wir können es nicht brauchen, dass sich zu viele Leute um uns herumtreiben.«

Chaim erwägt kurz, ihn anzugreifen, doch es besteht kein Zweifel, der Rotschopf hat Masse aufzuweisen. Also fragt er: »Kann man Ihnen irgendwie behilflich sein, Mister? Was meinen Sie eigentlich, was das hier werden soll?«

Pozailov dreht ihm langsam den Kopf zu: »Mit dir hab ich nicht geredet.«

Chaim verstummt.

Chen und Jonsy sehen, wie Pozailov Izzi befreit, und wie Letzterer eingeschüchtert den Kopf einzieht, nickt und hinausgeht, in die Nacht von Las Vegas.

Jonsy sagt zu Chen: »Behalt ihn im Auge, ich geh mal raus und schau nach, was mit Izzi ist.«

Draußen, in der Wüste, ist der Himmel klar, die Sterne treten funkelnd hervor – auf der Erde ist alles voller Lichter, Beton, Marmor, Glas. Jonsy legt eine Hand auf Izzis Schulter.

Izzi zuckt zusammen und sagt unter Tränen: »Ich hab's langsam satt mit diesen Händen auf der Schulter. Alle meinen, ich sei irgend so ein Küken, das man streicheln muss, so ein armer kleiner Junge, den man trösten muss.«

Jonsy zieht hastig die Hand weg.

»Warum schaffe ich es einfach nicht, hier wegzukommen? Ich hab dir vorhin am Telefon gesagt, dass mich eure Idee nicht die Bohne interessiert, warum bin ich also gekommen? Alle hier wollen mich bloß loshaben, und ich komm auch noch. Bin ich denn total bescheuert?«

Jonsy will ihm wieder die Hand auf die Schulter legen, doch er bremst sich im letzten Moment. Er sagt: »Vergiss es, Bruderherz, ist schon gut. Das ist die Neugier. Noch eine gute Stunde, und alles wird ein Ende haben, irgendwie.«

Izzi schüttelt den Kopf, senkt ihn, immer noch weinend.

Jonsy räuspert sich. »Ich geh dann mal wieder rein zu Chen.«

Hätte er auch unsere Verfolger hinein versenkt, doch unsern Bedarf in der Wüste nicht so reichlich vierzig Jahre uns zugeteilt,

dies allein wäre für uns genug gewesen.

Hätte er auch unsern Bedarf in der Wüste reichlich vierzig Jahre uns zugeteilt, doch uns nicht das Manna genießen lassen,

dies allein wäre für uns genug gewesen.

Hätte er uns auch das Manna genießen lassen, doch uns nicht den Schabbat geschenkt,

dies allein …

Gleich zu Beginn der Sederzeremonie hat Schlomi bemerkt, dass Manos Schwägerin, die Schwester seiner Frau Iris, die mit ihrem Mann und ihren zwei Kindern hier ist, ihm eindeutige Blicke zuwirft. Jetzt spürt er allerdings mehr – ihr großer Zeh wandert unter dem Tisch an seinem Bein aufwärts.

Mano sagt: »Muss man vierzig Jahre lang in der Wüste sein, um von Gott etwas zu bekommen? Dann bleiben uns also noch zweiunddreißig Jahre, Iris!« Er lacht schallend.

Schlomi lächelt und blickt Iris' Schwester an, und dann sieht er den Heiligen, gelobt sei Er, vor sich, senkt die Augen auf die Haggada und liest: »Um wie viel mehr doppelte und vielfache Wohltaten hat der Allgegenwärtige uns erwiesen, er hat uns aus Ägypten herausgeführt, über sie Strafgerichte verhängt …«

Im Kontrollraum haben sich Psych und Monty der Sache angenommen. Psych hat sein Jackett ausgezogen und sitzt mit dem Sweatshirt der Universität von Las Vegas da, Monty in seinem Reiseanzug. Derek sagt: »Es gibt hier einen zweiten Kontrollraum für die Leute vom Sicherheitsdienst. Ich werde Sie mit dem Mann bekannt machen, der für dieses Personal verantwortlich ist, sie haben sich heute Abend ebenfalls erhebliche Verstärkung geholt.« Psych wirft einen Blick auf die Uhr. Noch vierzig Minuten.

»Richman, geh und rede mit dem Mann. Setz ihm die Lage auseinander. Sie sollen vor Mitternacht nichts unternehmen, klar?«

Derek fährt fort: »Wir haben hundertzwanzig Kameras im Kasino und weitere hundert im ganzen Hotelbereich. Alle filmen rund um die Uhr. Im Kontrollraum gibt es fünf Monitore mit je vierzehn Inch, schwarzweiß, und zwei große – fünfundvierzig Inch, farbig. Zu jeder Tages- und Nachtzeit gibt es hier zwei Leute und einen Schichtverantwortlichen. Momentan verdreifache ich die Besetzung für Sie.«

Psych sagt zu Monty: »Pass auf Popeye auf. Die ganze Zeit am gleichen Automaten. Wirft noch und noch Münzen ein.«

Monty streift der Gedanke – was Mama jetzt wohl denkt?

Jonsy wirft noch eine Münze in irgendeinen Automaten und zieht am Griff. Er gewinnt vier Dollar und sagt zu Chen: »Siehst du? Das ist ein Wink. Jetzt ist es Zeit. Ich spür's in den Knochen. Geh jetzt zu ihnen hin. Ich warte in dem Laden auf euch.«

Niemand im Kontrollraum beachtet das schlanke Mädchen, das zu Vladimir Berkovich tritt.

Vladimir folgt Chen nach draußen. Sie führt ihn zur Tankstelle gegenüber, zum AM-PM-Laden. Als Vladimir Jonsy dort entdeckt, verwandelt sich seine Neugier in Zorn. Er sagt: »Wie könnt ihr es jetzt noch wagen? Versteht ihr denn nie, was man euch sagt?«

Jonsy fällt sofort mit der Tür ins Haus: »Im ersten Stock des Letzten Mohikaners sind Dutzende FBI-Agenten und Wächter, die nur auf euch warten. Ich weiß das, weil sie uns schon mit den Automaten unterwegs erwischt haben. Und ich habe sie hier gesehen. Sie wimmeln überall rum. Sie wissen alles über euch, und sie warten auf euch.«

Die Türglocke klingelt, jemand betritt das Geschäft. Jonsy wendet seinen Blick dem Kühlschrank zu und holt sich ein rosafarbenes Gatorade heraus. Er fährt fort. »Wir möchten ein kleines Prozent. Ihr würdet es nicht mal spüren. Eine halbe Million Dollar für jeden von uns, und wir liefern euch einen Plan, die FBI-Leute vor ihrer Nase auszutricksen.«

Vladimir mustert Jonsy. Er blickt auf seine Uhr und sagt: »In meinem ganzen Leben habe ich nie eine Million Dollar zwei unverschämten, dahergelaufenen Blindgängern geschenkt. Ich sehe keinen Grund, jetzt damit anzufangen.«

»Nicht eine Million, zweieinhalb. Wir haben gesagt, eine halbe für jeden – ich, Chen, Izzi, Schlomi und die Alte.«

Vladimir beginnt zu lachen. »Die Alte? Und was ist mit deinen Eltern, hast du die vergessen?« Er dreht sich um und beginnt, auf die Tür zuzustreben.

Es ist Chen, die ihn mit einem Satz aufhält, ihre Hände mit Nachdruck auf seine Brust legt. »Hören Sie sich nur die Idee an, und entscheiden Sie dann«, bittet sie und fährt fort, ohne auf ein Zeichen der Zustimmung von ihm zu warten, »wenn einer von Ihnen an dem Automaten steht, wenn einer von Ihnen die siebenundzwanzig Millionen gewinnen würde, wird

Ihnen niemand etwas zahlen. Das wissen Sie. Man kennt Sie alle zu gut. Es gibt hier Dutzende FBI-Agenten, die nur auf Sie warten.«

»Denkt ihr wirklich, wir hätten geplant, dass einer von uns an den Automaten steht?«, versetzt Vladimir böse. Doch er weiß, dass sie ihm vielleicht die Antwort liefern, nach der er den ganzen Tag gesucht hat. Er denkt wieder, wie am Morgen, wie in der Berg- und Talbahn – seine Betty sitzt oben und sorgt für ihn.

»Ich weiß nicht«, erwidert Jonsy, »vielleicht nicht, aber meinen Sie echt, dass das FBI diese ganzen Leute hergeschickt hat, ohne zu wissen, was Sie planen? Wen immer Sie hinstellen, sie werden über ihn zu Ihnen gelangen. Sie müssen jetzt ein Karnickel aus dem Hut zaubern, Vladimir, und zwar schnell.«

Vladimir streichelt seinen Bart. Auch wenn er Jonsy nicht über den Weg traut, dieser Junge hat etwas an sich, das er vom ersten Augenblick an mochte. Schlicht, aber unerschütterlich. Er lässt ihn weiterreden.

»Ihr verlasst jetzt das Kasino und fahrt so weit weg wie möglich, aus Vegas raus. Wir bleiben im Kasino, um das ganze Feuer auf uns zu lenken. Vor Mitternacht gehen wir dann auch. Wer an dem Automaten spielen wird, ist die alte Frau.«

»Welche alte Frau?«

»Es ist besser, wenn Sie nichts über sie wissen.«

»Aber sie wird das Geld gewinnen. Das Geld solcher Gewinne kommt in Teilzahlungen. Wie kann ich mich darauf verlassen, dass sie mir das Geld überweist?«

»Sie werden sich darauf verlassen müssen, denn Sie wissen, dass die zweite Möglichkeit weniger gut ist. Sie werden die Daten ihres Bankkontos bekommen, Sie kriegen ihre ganzen

Personalien. Sie weiß, mit wem sie es zu tun hat. Sie ist bereit dazu, gegen eine halbe Million.«

Vladimir betrachtet Chen. Sie hat Kraft in den Augen. Ihre geröteten Wangen, als sie vorher aufgeregt auf ihn eingeredet hat, haben ihm gefallen.

Er sagt leise zu ihnen: »Versteht ihr eigentlich, wer wir sind? Begreift ihr, was euch passieren wird, wenn ihr ein Spiel mit mir treibt?«

Sie einigen sich auf zweihundertfünfzigtausend Dollar each. Eine Viertel Million für jeden.

Vladimir holt Pozailov und Popeye und befiehlt ihnen: »Kommt mit.«

Im Kontrollraum fragt Psych: »Was machen die?« Er schickt ihnen zwei Leute nach draußen hinterher.

Jonsy steht vor einem Automaten. Neben ihm, an einem zweiten Automaten, steht die alte Frau. Er schenkt ihr keinerlei Beachtung.

Izzi betritt die Halle, durchquert die Lobby. Er schaut nicht links und nicht rechts, geht schnell, seine Hand dreht einmal an dem Ring in seinem Ohr, rückt ihn an seinem Platz zurecht. Er findet die richtige Reihe, stellt sich vor den Spielautomaten – die Slotmaschine, die demnächst gen Himmel fahren soll. Er steckt die Hand in die Hosentasche, die voller Münzen ist, wirft einen Dollar in den Schlitz. Die Räder drehen sich, die Melodien erklingen. Doch es passiert nicht. Die laufende Anzeige von Mega-Bucks zeigt jetzt 27 275 211 Dollar an. Siebenundzwanzig Millionen, zweihundertfünfundsiebzigtausend und zweihundertelf Dollar – und bis du das zu Ende gesagt hast, sind es bereits zweihundertsiebzehn Dollar geworden, denn mit jeder Sekunde, die vergeht, springt die Summe höher.

Jonsy legt von hinten eine Hand auf Izzis Schulter – noch eine Hand aus dem Repertoire derer, die sich heute Abend auf Izzis Schultern legen – und zieht ihn weg. »Komm, wir gehen raus«, sagt er leise.

Monty denkt, was zum Teufel ist da los?

Fünf Minuten noch, die Slotmaschine ist nicht besetzt.

Jonsy bückt sich plötzlich, um einen Schnürsenkel zu binden. Er sagt etwas. Auf dem Bildschirm sieht es aus, als rede er mit sich selbst. Das Mikrophon fängt etwas Undeutliches auf. Die alte Frau verlässt den Automaten daneben.

Chaim sabbert Speichel in sein Whiskyglas an der Bar. Er denkt – vielleicht sollte ich mein Glück an einer Slotmaschine versuchen?

Chen beendet ein Spiel – sie hat nichts gewonnen – und macht sich auf den Weg nach draußen.

Schlomi, am Sedertisch, mit seiner Hand zwischen den Beinen der Schwägerin, spürt die aufsteigende Hitze und singt: »Und nun war es um Mitternacht.«

Mitternacht.

LIEBER IZZI

Hi, Liebling,

Ich weiß nicht so ganz genau, wie ich diesen Brief anfangen soll, denn einerseits will ich dir einfach von den Dingen erzählen, die mir passiert sind und dich fragen, was es bei dir gibt und das alles, denn ich bin sicher, dass du eine Menge erlebt hast, aber andererseits ist das keine gewöhnliche Mail, das heißt, ich muss dir etwas Wichtiges erzählen. Du hast zu mir am Telefon gesagt, du hättest das Gefühl, dass ich mich anders anhöre, und das stimmt, es ist mir nicht gelungen, so zu tun, als sei alles wie immer. Vielleicht hab ich's gar nicht versucht.

Es war ein ätzender Sederabend, bei Mama und Kobi, mit seinen nervigen Kindern und ihrem Baby, das die ganze Nacht gebrüllt hat. Dazu die ganzen Schwestern von Mama, und noch Großmutter – kurz gesagt, das willst du lieber gar nicht wissen. Ein Albtraum. Ich hab mir den ganzen Abend den Arsch für sie aufgerissen. Ich war die Gastgeberin, Bedienung, Geschirrspülerin und normale Teilnehmerin am Essen, was auch nicht besser war als alle anderen Aufgaben. Uff… als ob mir das Bedienen die restliche Woche über nicht schon reichen würde …

Du hast dich fröhlich angehört. Eine Menge Erlebnisse, Abenteuer. Du hast was von irgendeinem Plan von Jonsy geschrieben. Ich hoffe, du kommst nicht in Schwierigkeiten … du musst auf dich aufpassen. Nur das tun, was für dich richtig ist, um dich weiterzuentwickeln und vorwärtszukommen. Du bist ein besonderer Mensch.

Uff… Ich sehe, dass ich um den Brei herumrede und es nicht wage, das zu sagen, was ich eigentlich muss. Also, tief durchschnaufen … und fertig, los: Hör mal, Izzi, wenn ich uns beide betrachte und diese Reise nach Amerika und unsere Trennung für über zwei Monate … also am Anfang hatte ich schreckliche Sehnsucht nach dir. Wir haben eine Menge telefoniert, E-Mails geschrieben. Aber danach hab ich es geschafft zu leben. Ich habe gesehen, dass Daphna allein ist, ohne Izzi, dass das etwas ist, das lebensfähig ist, das auch existieren kann. Es ist schwer, sich nach drei Jahren, ganz eng zusammen, daran zu gewöhnen, und es waren drei wunderschöne Jahre – aber wenn man sich erst mal daran gewöhnt hat, begreift man neue Dinge.

Ich bin verrückt nach dir, ich denke, ich habe dank dir viele Dinge über die Liebe und das Leben gelernt. Aber ich bin gewachsen. Ich habe das Gefühl, ich möchte meine Flügel ausbreiten. Und ich glaube, dass es sich für dich auch lohnen würde. Ich will nicht, dass du das liest und denkst, du hättest einen Fehler gemacht, als du nach Amerika gefahren bist, dass du hättest bleiben sollen und dann all diese Dinge nicht passiert wären. Damit wäre ich nicht einverstanden. Ich denke, es ist gut, dass du gefahren bist, und es ist gut, dass wir diese Dinge gelernt haben. Ich denke auch, dass uns das zu guter Letzt an passendere Orte und zu neuen Erfahrungen führen wird … Gut, ich sehe schon, ich bleibe wirklich nicht beim Thema. Ich schaffe es nicht, mich verständlich auszudrücken. Aber ich will, dass du weißt, dass ich dich ganz schrecklich liebe. Aber auch, dass ich finde, es lohnt sich, ein bisschen mit diesem Alleinsein weiterzumachen (und denk nicht, ich hätte jemand anders getroffen, denn das stimmt nun echt nicht!), und dass wir lieber keine Wohnung zusammen in Haifa mieten sollten. Um ehrlich zu sein, ich habe schon mit Jael zu suchen angefangen, die sich auch immatrikuliert hat. Übrigens, deine Idee, Psychologie zu studieren – ich finde, das ist eine Superidee. Aber vielleicht solltest du dich lieber noch mehr über das Fach informieren und mit Leuten reden, die in dem Bereich arbeiten, um zu sehen, ob das für dich passt.

Also das war's – jetzt ist es draußen. Ich hoffe, du empfindest ähnlich. Und ich hoffe, es macht dich nicht allzu traurig. Mich hat es zwar traurig gemacht, aber ich weiß, dass es richtig ist. Und ich will dich natürlich sehen, wenn du zurückkommst. Wir werden uns treffen, bei einer Tasse Kaffee alles bereden.

Na gut, jetzt kommen mir die Tränen, und es ist schwer, o Gott, mir scheint, ich höre besser hier auf. Es ist schrecklich spät – vier Uhr früh. Ich kann nicht schlafen.

Ich liebe dich, Daphna.

Schlomi stellt das Weinglas ab. Sein Kopf dreht sich.

Darum danken wir dir für jenes Land, wie für diese Frucht des Weinstockes. Gelobt seist du, Ewiger, für das Land und für die Frucht des Weinstockes …

Mano sagt: »Vollbracht ist nun der Pessachseder, nach Vorschrift und Gesetzesordnungen, wie wir das Glück hatten, sie zu ordnen, so möchten wir das Glück haben, sie auszuführen. Lauterer, der thront … der im Himmel . . .« Er gerät mit dem Text durcheinander, summt etwas und sagt am Ende: »Das kommende Jahr in Jerusalem.« Dann erhebt er sein Glas. Die weiche Hand von Manos Schwägerin umspannt Schlomis muskulöses Bein. Er denkt heftig an den Heiligen, gelobt sei Er.

Lisa Lemmon erwacht mitten in der Nacht und sieht auf die Uhr. In Florida ist es drei Uhr morgens. Sie rüttelt ihren Mann, der neben ihr schnarcht, an der Schulter. »Karl, Karl.«

»Was ist?« Er dreht sich seufzend um und öffnet die Augen in der Dunkelheit. »Was ist los?« In letzter Zeit befürchtet er, dass der Augenblick kommen wird, in dem er vor den himmlischen Engeln und Gott persönlich stehen wird.

»Ich habe einen merkwürdigen Traum gehabt. Von Papa, von den Bildern. Meinst du, wir kriegen die Bilder jemals wieder?«

»O weh, die Bilder. Schon wieder die Bilder? Ist das ein Grund, mich mitten in der Nacht aufzuwecken? Lisa, ich bitte dich. Erzähl mir den Traum in der Früh. Nicht jetzt.«

»Aber du hast nicht gesagt, ob du denkst, dass wir sie jemals zurückbekommen.«

»Lisa!« Er hebt die Stimme. »Jeannie und Andy haben gesagt, sie kümmern sich darum. Warum träumst du jede Nacht von ihnen? Sie sind doch gar nichts wert. Gute Nacht.«

Lisa gelingt es nicht einzuschlafen. Sie starrt noch eine ganze Weile in die Dunkelheit. Sie sieht die verlorenen Bilder, die Papa ihr vor so vielen Jahren gegeben hat, als sie Deutschland verließen. Er wollte nicht weg.

Auch Michel Argamani konnte nicht schlafen in dieser Nacht. Joachim Basendwarf hatte versprochen, er würde morgen früh eigens aus Texas anrücken, um ihm einen Besuch abzustatten. Er hatte gesagt: »Ich weiß, wo Sie wohnen, Argamani, und ich weiß, wie Sie aussehen. Wie ein verbranntes Streichholz, hat man mir gesagt. Ich hatte keine Zeit während der Woche, aber morgen ist Samstag, und morgen werde ich Sie sehen, so wahr mir Gott helfe. Und morgen werde ich Ihnen ein neues Loch in den Arsch reißen. Ich schätze, Sie sind noch nie an Texaner geraten.«

»Doch, bin ich«, erwiderte Argamani, aber der Texaner hatte das Gespräch bereits beendet.

Jane Aki? Sie schlief ziemlich gut. Sie hatte einen Anruf von Jake erhalten, der ihr erzählte, dass Wendy endgültig verschieden sei, Gott möge ihre Seele zu sich nehmen, und dass er, Jake, nun ein Flugzeug in Vegas besteige auf dem Weg ins Reservat. Er wolle sich aussöhnen, es tue ihm leid, was er alles gemacht habe.

Jane lachte zwei geschlagene Minuten lang aus vollem Hals, und er, am anderen Ende, wartete stumm. Und als sie ausgelacht hatte, ergänzte sie: »Falls du es nicht verstanden haben solltest, du kommst in gar kein Reservat. Ich will dein Arschgesicht nie mehr sehen und auch deine Stimme am Telefon nie mehr hören. Alles klar? Wag es nur, dich zu nähern, und ich schneid dir die Eier ab. Das schwör ich bei Gott.«

Gott, Gott und nochmals Gott. Gott kommt hier ziemlich häufig ins Spiel, falls ihr es noch nicht bemerkt haben solltet.

Mimi Cohen, Montys Mutter, weint in ihr Kissen. Auch sie flüstert das Wort, das man so gern und schnell in solchen Situationen wie der ihren flüstert: »O Gott.« Ihr dritter Ehemann, Al, ist schon längst neben ihr eingeschlafen, sein Engelsgesicht ist friedlich. Was habe ich getan, o Gott, was habe ich nur getan, dass mein Sohn mich so behandelt? Nicht zum Seder zu kommen. Und das, nachdem er nicht mal zu Neujahr da war! Und ohne irgendwas zu sagen! Was für ein Sohn ist das bitte? Was habe ich da großgezogen? Warum hat er nicht schon seit Jahren eine normale Freundin? Sie wälzt sich von einer Seite auf die andere und flüstert den Namen des Allmächtigen vor sich hin. Am Ende steht sie auf und hinterlässt eine weinerliche Nachricht auf Montys Anrufbeantworter in seiner Wohnung in New York.

Und Ohed und Jotam. Schon seit einigen Tagen saßen sie in der Wohnung an der 39. Straße in Manhattan, rauchten Gras, spielten Bridge im Internet. Ihre Eltern hatten angerufen, um ihnen ein frohes Fest zu wünschen. Irgendwann im Laufe des Abends sagte Jotam zu Ohed: »Gibt's bei diesem einen Mover von Moishe's keinen Pessachseder? Mit Bier und Humus und Pita, was er jedes Jahr macht? Wo Jonsy immer hingeht, nu?«

»Ah«, antwortete Ohed, »das klingt irgendwie bekannt. Doch, Jonsy und Chaim sind da immer hin. Und Schlomi auch, bevor er sich die Gehirnwäsche reingezogen hat. Alon. Alon heißt er.«

»Gehen wir hin?«

»Was denn, spinnst du? Wer hat denn die Energie, jetzt nach New Jersey zu latschen?«

Sie blieben sitzen. Aber um halb drei in der Nacht bekamen sie Hunger, also gingen sie auf einen Hamburger hinunter. Zehn Minuten standen Ohed und Jotam vorm Haus unten und lagen sich in den Haaren, ob sie nach links, zum McDonald's an der 40. und siebten gehen sollten, oder lieber nach rechts, zum Burger King neben der Port Authority auf der 42. Straße.

»McDonald's hat einen neuen Hamburger, oder nicht? Den MBX«, meinte Ohed.

»Ich hab gehört, der ist megascheiße. Aber Burger King hat neue Pommes, oder?«

»Und was ist mit der Aktion von McDonald's?«

»Wallah!«, fiel Jotam ein. »Mir fehlt eine Karte zu zweihunderttausend Dollar. Komm mit zu McDonald's. Sind auch weniger Penner dort.«

Sie begannen sich in Bewegung zu setzen.

»Ich bin zu dem Schluss gekommen, dass meine Chancen riesig sind«, sagte Jotam, »denn ich bin in ganz Amerika rumgekommen und habe Karten gesammelt. Sie verstreuen die Karten ja überall in Amerika, damit es schwieriger wird. Und wer treibt sich am meisten zwischen allen Staaten herum? Entweder Geschäftsleute, die nicht bei McDonald's essen, oder Mover, die eben schon dort essen. Also stehen meine Chancen gigantisch hoch.«

»Wenn wir gewinnen, krieg ich die Hälfte«, verlangte Ohed, »weil ich dich erinnert habe.«

»Fick dich ins Knie«, gab Jotam zurück.

Bis sie ankamen, hatten sie es geschafft, sich auf einen Kompromiss von fünfzehn Prozent zu einigen.

Ohed probierte den MBX aus, Jotam nahm einen Big-Mac-Teller. Er schloss die Augen und sagte: »Bitte, lieber Gott, gib mir die Karte mit den zweihunderttausend.«

Es war drei Uhr morgens in New York, Punkt Mitternacht in Las Vegas.

Jotam zog einen Vierteldollar heraus, um damit die beiden Karten abzukratzen.

Es wäre interessant gewesen, vielleicht sogar eine kleine Ironie, wenn Jotam dort den großen Preis der Aktion von McDonald's gewonnen hätte – zweihunderttausend Dollar. Insbesondere, weil er die Karten mit Hilfe eines Quarterdollars bearbeitete.

Doch er gewann sie nicht.

Allerdings erhielt er die eine Karte für ein Jetsky, die Izzi noch fehlte, um die Reihe zu vervollständigen und den Preis zu ergattern.

Sie entdeckten nie, dass sie zusammen ein Jetsky gewonnen hatten.

Nicht dass es ihnen viel genützt hätte, denn was hätten sie mit einem Jetsky angefangen?

Ohed schluckte den letzten Bissen von dem MBX hinunter und sagte: »Vollbracht ist der Seder. Dieser Burger ist echt nicht besonders.«

DER GROSSE PREIS

Zuerst war das verrückte Klingeln zu hören. Geklingel ist zwar ein reguläres Hintergrundgeräusch in einem Kasino, doch das Klingeln, das um Mitternacht des zehnten April 1998 am Pessachabend im Letzten Mohikaner zu vernehmen war, war anders als gewöhnlich. Es war das Klingeln eines Gewinns. Eines außerordentlichen Gewinns.

Und danach – die Rufe der Leute. Das heißt, zuerst ihre Blicke zu dem Spielautomaten, der förmlich in Freudenfarben explodierte, und dann das Geschrei, der Andrang um die Slotmaschine, um die Person, die den Griff gezogen hatte.

Der Automat verriegelte sich. Die Anzeige verkündete die Gewinnsumme: 27 355 944 Dollar.

Ein anderes Display besagte: »Der Automat wird verriegelt. Bitte entfernen Sie sich, und warten Sie auf das Kasinopersonal.«

Die Menschen stierten auf die Zahl und glaubten es nicht. Sie griffen sich an den Kopf. Der Neid packte sie. Das verrückte Geklingel dauerte an.

In dem Augenblick, in dem es geschah, als der Sekundenzeiger auf Mitternacht sprang, blickte Psych auf den Monitor im Kontrollraum in der ersten Etage des Kasinos und murmelte: »Was zum Teufel …«

Monty näherte sich einem anderen Bildschirm, kroch fast in den Monitor hinein. »Was???«

Derek war schneller als sie. »Vorwärts, runter«, befahl er seinen Leuten und rief ins Funkgerät für das Personal, das sich bereits unten befand: »Alles zu dem Automaten.«

Getrampel. Dereks Leute stürmten aus den Kontrollräumen in die Halle hinunter.

»Die Maschine nicht berühren«, schrie der Erste, der eintraf, ein großer Schwarzer namens Leroy Parker.

Derek hinkte nur wenige Sekunden hinterher. »Machen Sie den Weg frei«, befahl er.

Der Spielautomat feierte noch immer. Derek sah sich die Frau an, die vor der Maschine stand. »Haben Sie als Letzte den Griff betätigt, meine Dame?«

Die Frau nickte langsam und blinzelte in Richtung der Anzeige. Ja. Das war sie. Derek und zehn weitere Sicherheitsleute umringten sie.

»FBI, niemand bewegt sich!«

Über seine Schulter erblickte Derek Psych und seine beiden Männer, die sich mit gezogenen Pistolen näherten.

Die Hände gingen in die Höhe, eine nach der anderen.

Jonsy, Izzi und Chen schauten zurück zum Kasino. Sie konnten nur wilde Spekulationen anstellen, was da drinnen nun geschah.

Monty blickte sich um. Die Russen, die Israelis – keiner da.

Auch Psych war enttäuscht. Er hatte Pozailov seit ewigen Jahren nicht gesehen. In der Achterbahn waren sie nicht dazu gekommen, miteinander zu reden.

Auch die alte Frau hob die Hände.

Psych sprach in das Funkgerät. Er fragte die Wächter, die die Russen beobachtet hatten, was los sei. Sie antworteten, dass sich die drei Kameraden momentan weiße Löwinnen in einem der Hotels ansahen und ganz ruhig und friedlich wirkten.

Psych und Nathaniel Richman nahmen die alte Frau in den Kontrollraum nach oben mit. Dereks Leute untersuchten den Spielautomaten.

Psych bat Derek, die Videoaufnahme zurückzuspulen. Sie studierten sie in Zeitlupe, Einstellung für Einstellung. Die alte Frau war um 23.58 an dem Spielautomaten eingetroffen.

»Lassen Sie sie rückwärts laufen, kontrollieren Sie, woher sie gekommen ist. Wer mit ihr geredet hat. Ich bin bereit, meinen Schwanz zu verwetten, dass sie jemand, entweder Vladimir oder die Israelis, geschickt hat.«

Der Kontrolleur an den Monitoren ließ den Film rückwärts laufen: Die alte Frau ging langsam rückwärts, bis sie von allen Bildschirmen verschwand. Niemand sprach mit ihr. Jonsy band seinen Schnürsenkel neben ihr um 23.57. Das war das Nächste an Kontakt, den jemand mit ihr hatte. Die Mikrophone hatten ein undeutliches Wort erfasst, das Jonsy, offenbar zu sich selbst, gesagt hatte. Später, wenn einer zum Abhören kommen würde, der Hebräisch konnte, würde er entdecken, dass das Wort, das Jonsy von sich gegeben hatte, »Kackmitsoße« gewesen war.

»Wir werden gleich mit ihr sprechen«, sagte Psych.

Auf der Videoaufnahme war nichts Verdächtiges zu entdecken. Die alte Frau kam an, warf drei Dollarmünzen ein, zog am Griff. Sie warf noch mal drei ein, zog wieder. Noch mal drei, ziehen. Bumm. Es war Mitternacht, auf die Sekunde genau. Die Glocken begannen zu läuten.

Sie hieß Roberta. Roberta aus Los Angeles. Siebenfache Großmutter.

Roberta sagte: »Hab ich gewonnen? Wo ist mein Geld?« Sie wusste nichts von irgendwelchen Russen oder Israelis. Als Psych sie fragte: »Wer hat Ihnen gesagt, genau an diesen Automaten zu gehen, als Sie kamen?«, antwortete sie: »Gott.«

»Bringt die Israelis her«, verlangte Psych.

Die Israelis wussten von nichts. Sie waren willig, dachten nach, hörten zu. Ja, sie erinnerten sich, dass Monty ihnen an der Tankstelle in Texas erzählt hatte, dass diese Automaten auf den Jackpot programmiert waren, aber wie hätten sie wissen sollen, dass das wirklich passieren würde, und wann, und welche von den beiden Maschinen gewinnen würde? Sie hatten die alte Frau noch nie im Leben gesehen. Gebe Gott, sie hätten die Idee gehabt, sie hinzuschicken. Gebe Gott, sie hätten gewusst, wann dieser Automat den Jackpot ausspuckte. Woher sollte man so was wissen?

Psych nahm ihre Personalien auf. Er teilte ihnen mit, dass er mit ihnen in Verbindung treten würde, doch er glaubte, dass sie nichts damit zu tun hatten. Sie waren einfach dumme Jungs. Zu naiv, harmlos. Diese Chen, goddammit, sah echt nett aus.

Er betrachtete wieder die alte Dame, schüttelte langsam den Kopf. Er glaubte nicht, dass es jemand gewagt hatte, den Plan direkt vor ihrer Nase weiterzuverfolgen und den Jackpot abzuräumen. Wenn wirklich jemand den Plan weiterbetrieben haben sollte … er wusste schon nicht mehr, was er denken sollte. »Shit.«

Dereks Leute kehrten zurück. »Der Automat ist sauber wie ein Babypopo nach der Dusche. Ein völlig astreiner Gewinn. Das Geld gehört ihr.«

Die alte Dame sagte: »Ich möchte schlafen gehen.«

»Aber selbstverständlich«, erwiderte Derek. »Wir bringen Sie in Ihr Hotel.« Sie erhielt den ersten Scheck noch an Ort und Stelle und unterschrieb die Papiere für die Zahlungsmodalitäten in den nächsten Jahren.

Psych fasste sich an den Kopf.

Jonsy, Izzi und Chen gingen in Richtung ihres Hotels. Jonsy

umarmte Chen und sagte: »Es wird kühl.« Sein Herz klopfte immer noch heftig.

Am nächsten Morgen tauchte die Nachricht in der Lokalzeitung auf, und am Sonntag wusste es die ganze Welt: »Roberta G., 67, aus Los Angeles, gewann die größte Summe, die jemals in irgendeinem Kasino auf der Welt ausgezahlt wurde – 27.3 Millionen Dollar, im Letzten Mohikaner in Las Vegas.

Roberta erzählt: ›Ich hatte noch neun Dollar übrig, eigentlich hatte ich schon vor, schlafen zu gehen. Es war fast Mitternacht. Da dachte ich, ich gebe sie noch aus, und dann gehe ich. Bei den ersten Malen ist nichts passiert, und dann habe ich die letzten drei eingeworfen. Ich habe am Griff gezogen, und da ist es passiert. Am Anfang war ich nicht sicher, dass ich gewonnen hatte, aber dann habe ich die drei Bilder mit dem Adler von Mega-Bucks in einer Reihe stehen sehen. Und danach klingelte es, und dann kamen die Leute mit den Pistolen.‹

Das Glücksspielunternehmen hat den Gewinn bestätigt und der Gewinnerin bereits eine erste Rate ausgezahlt. Seitens der Firma wurde verlautbart, dass Frau G.'s Worte über die ›Leute mit Pistolen‹ nicht exakt gewesen seien. Man teilte mit, dass sich das Sicherheitspersonal des Kasinos dem Spielautomaten genähert habe, ›um Frau G. zu schützen und den Spielautomaten zu überprüfen‹.

Roberta und ihr Mann trafen wenige Minuten vor Mitternacht im Letzten Mohikaner ein, dem Kasino und Hotel, in dem sie abgestiegen waren, nachdem sie von einem Auftritt des Sängers Bob Anderson im Orleans-Hotel gekommen waren. Der Ehemann sagte, er gehe schlafen, doch Frau G. wollte zum letzten Mal an diesem Tag ihr Glück versuchen. ›Meine Beine führten mich zu einer letzten Runde im Kasino, bevor ich aufs Zimmer ging‹, erzählte sie. Nach dreimal Ziehen verkündete die elektronische Anzeige die erwähnte Gewinnsumme: 27 355 944 Dollar.

Nur ein paar Stunden davor ereignete sich eine Tragödie. Ein vierundzwanzigjähriger Spieler beging Selbstmord, nachdem er 20 000 Dollar beim Black Jack in einem der Kasinos verloren hatte, dessen Namen noch nicht veröffentlicht werden darf. Der junge Mann zog einen Revolver heraus und erschoss sich am Spieltisch. Die Ermittlungen befinden sich auf dem Höhepunkt.

Die Slotmaschine, an der Roberta G. den überwältigenden Preis gewonnen hat, gehört dem Spielautomatennetz von Mega-Bucks an. Das Netz wurde im Jahre 1986 etabliert, und seitdem haben 48 Glücksspieler den Jackpot gewonnen, insgesamt über 300 Millionen Dollar. Die Chance, den großen Preis zu gewinnen, steht bei eins zu achteinhalb Millionen. Den Gewinnrekord von Mega-Bucks hielt bis gestern eine Kellnerin aus Georgia, die im vergangenen Jahr 21 Millionen Dollar gewann.«

DANACH

Danach.

Das heißt, nachher, das heißt, nicht sofort und auch nicht am Schluss, denn es gibt keinen Schluss, bis es aus ist, sondern einfach nur danach, nach Tagen und Wochen, Monaten und Jahren.

Popeye kehrte in die Villa in Minneapolis zurück. Er liebte die Villa und die Stadt. Er wollte dort bleiben. Er lief weiterhin fast jeden Tag um den Lake Harriet im Lyndale Park, obwohl er nun ein Laufgerät im Haus hatte. Er lief beim Mini-Marathon von Minneapolis in jenem Jahr mit, musste jedoch mittendrin wegen einer Muskelzerrung ausscheiden. Auch Mordechai blieb in Minneapolis, kümmerte sich um regelmäßige Salo-Lieferungen aus Brighton Beach. Er und Popeye spielten täglich Schach.

Pozailov beschloss, in Las Vegas zu bleiben. Er holte seine Mutter dorthin und unterzog sich einer Laseroperation zur Korrektur seiner Sehkapazität.

Doch trotz des Geldes gelang es Popeye und Pozailov nicht, ein ruhiges Leben zu führen. Im Jahre 1999 wurden ein Kaukasier und ein Russe in Florida unter dem Verdacht verhaftet, Handel mit Atomwaffen und Raketen im Austausch für bulgarische Flugzeuge zu betreiben. Die beiden wurden auch mit einer anderen Affäre in Verbindung gebracht – ein Sammellager gestohlenen Urans, das von den grusinischen Behörden an der grusinisch-türkischen Grenze sichergestellt worden war.

Vladimir Berkovich schaffte es, dem FBI noch ein ganzes Jahr lang durch die Maschen zu schlüpfen, doch dann gelang es Montgomery Cohen zu guter Letzt, ihn zu überführen. Schuld daran war ein Versuch, Gold aus den Philippinen zu schmuggeln. Ebenso förderte ein geheimer Lauschangriff seitens der Regierung in Miami seine Verbindung zu Drogenhändlern zutage, die auf der Achse Israel-Miami zugange waren. Berkovich wurde im Oktober 1999 nach Israel ausgewiesen. Nach siebzehn Jahren in den Vereinigten Staaten ließ er sich mit eintausendfünfhundert Dollar in der Tasche (allerdings mit etwas mehr auf einer Schweizer Bank) in der Gegend von Haifa nieder und verfiel darauf, ins Investmentgeschäft einzusteigen. Seine Frau Betty sah er nie wieder, noch erfuhr er jemals, ob sie tot war oder nicht. Das Restaurant, das er mit ihr eröffnet hatte, das Zatoka, wurde kurze Zeit, nachdem er Amerika verlassen hatte, geschlossen. Doch er begegnete in Haifa einer Frau, einer Neueinwanderin namens Mona, die bei der Krankenkassenstation arbeitete. Er liebte es, mit ihr auf dem Karmel oben spazieren zu gehen, sie anzusehen, während ihr der Wind ins Gesicht blies, ihre Wangen zu streicheln. Es gab nur eines, das sie nicht für ihn tun durfte – er erlaubte ihr niemals, für ihn zu kochen.

Das Ende von Chaim und der Firma Sababa Moving war an und für sich betrüblich. In den ersten Tagen nach Las Vegas durchlebte Chaim eine Art Wiedergutmachungsphase. Er nahm die Lastwagenschlüssel von Izzi und beschloss, selbst bei allen Kunden vorbeizufahren, die gesamte Fracht abzuliefern, sich zu entschuldigen und kein Geld zu verlangen. Das machte er eine ganze Woche lang, allein. Er fuhr nach Texas und Florida (er kam sogar an Cape Canaveral vorbei, als die Columbia landete), brachte Joachim Basendwarf sein Hab und Gut zurück sowie Lisa und Karl Lemmon, die bereits nicht mehr darauf gehofft hatten, ihre Sachen jemals wiederzusehen. Er plante, nach New York zurückzukehren und eine neue Umzugsfirma zu gründen, die sauber und zuverlässig sein würde. Er wollte den Lastwagen wieder blau lackieren lassen, er wollte Ryder das Geld zurückzahlen, das er ihnen schuldete, er wollte sich bei Uncle Sam, Argamani, seinen Arbeitern, bei Schlomi, Chen und Nurit, schlicht bei allen entschuldigen. Er wollte ein neues Kapitel anfangen.

Doch all diese Pläne hielten nur etwa einen guten Monat lang vor. Beim FBI war man wegen der ganzen Geschichte in Las Vegas hochgradig verärgert, vor allem weil man aus dem Millionengewinn weder Vladimir Berkovich und seiner ukrainischen Zatoka-Bande noch Chaim Galils israelischer Sababa-Truppe einen Strick zu drehen vermocht hatte. Eine Menge Sicherungen waren in New York durchgebrannt, und jemand musste dafür bezahlen. Eines Tages, Ende Mai 1998, um 10.15 Uhr vormittags, führte Staatsanwalt Joey Cortny, Leiter der Sondereinsatztruppe für Immigrationsdelikte in New York, mit etwa dreißig Agenten in einer konzertierten Aktion von INS, IRS, FBI, State Department und Zoll eine Razzia in den Büroräumen von Sababa Moving and Storage in Midtown Manhattan durch. Ein Computer, ein Faxgerät, ein Fernseher, fünf Gramm Gras und eine Bhangpfeife wurden beschlagnahmt. Die Bewohner wurden festgenommen, da die Räume nur zu Bürozwecken ausgewiesen waren. Chaim Galil erhielt eine Geldstrafe von einigen zehntausend Dollar und wurde aus den Vereinigten Staaten ausgewiesen. Die Arbeiter, die zum Zeitpunkt der Razzia zu Hause angetroffen wurden, Jotam und Ohed, wurden ebenfalls ausgewiesen. Keiner von ihnen durfte jemals wieder einen Fuß auf amerikanischen Boden setzen. Nurit, Chaims Gefährtin, die sich während der Razzia nicht in der Wohnung aufhielt, blieb in Amerika und brach den Kontakt zu Chaim ab.

Schlomi heiratete im gleichen Sommer, wie geplant, Nili aus Petach Tikwa. Er war glücklich mit ihr. Sie begannen sofort, an der Gründung einer Familie zu arbeiten. Mit dem Geld eröffnete er ein Geschäft in Manhattan – einen kleinen Laden für Tabak und Zeitungen auf der Upper West Side, nahe dem

Central Park. Es gelang ihm, durch einen besonders günstigen Deal das Geschäft von jemandem in der Gemeinde zu erwerben, der dringend nach Israel zurückkehren musste, da sein Vater gestorben war. Einmal suchte Sylvester Stallone sein Geschäft auf. Schlomi fragte ihn: »Erinnern Sie sich an mich? ›Rambo drei‹? Die Wüste Jehuda, Israel?«

Stallone musterte ihn ein paar Sekunden und sagte dann: »Doch, ja, ich erinnere mich. Eres, nicht wahr?«

Schlomi korrigierte ihn: »Schlomi«, und drückte warm seine Hand.

Stallone nickte: »Richtig, Schlomi.«

Bevor Sababa Moving and Storage geschlossen wurde, versöhnte sich Chaim mit Jonsy und Chen im Rahmen seiner Wiedergutmachungsexpedition. Jonsy beschloss, in New York zu bleiben. Er war überzeugt, dass sich Chaim nach dieser Tour geändert hatte. Er plante, die Wohnung an der 39. Straße mit Chen zu verlassen und in eine eigene Wohnung zu ziehen.

Doch dann kam die Razzia, die dem Leben von Sababa ein Ende setzte.

Jonsy und Chen hielten sich zur Zeit der Razzia nicht in der Wohnung auf. Sie verloren zwar einige Sachen und Kleider, doch nicht ihr Recht, in New York zu wohnen. Sie fanden ein Loft in Brooklyn. Jonsy kaufte einen Lastwagen und gründete eine eigene kleine Umzugsfirma. Er taufte sie »Der letzte Mohikaner«. Er arbeitete im Frühling, Sommer und Herbst, und jeden Winter reiste er nach Jerusalem, zur Erholung. Seine Eltern traf er ein einziges Mal, als sie noch religiös waren. Später ließen sie sich scheiden, und seine Mutter wurde wieder normal. Chen begann in jenem Herbst, an der Columbia zu studieren. Wenn Jonsy sie sah, wie sie an Winterabenden mit vor

Kälte geröteten Wangen und funkelnden Augen nach Hause zurückkam, reizte auch ihn der Gedanke, etwas zu studieren. Er dachte an Psychologie, eventuell. Aber dann überlegte er weiter und sagte sich, vielleicht nicht jetzt. Der Gedanke juckte ihn immer wieder einmal, doch er verschob die Entscheidung permanent, so wie er die Entscheidung bezüglich New Yorks, bezüglich Chens, bezüglich seines Platzes auf dieser Welt aufschob – denn hey, war er echt auf diese Welt gekommen, um eine Moving-Firma in New York zu betreiben?

Doch es ging ihm nicht schlecht. Er liebte den Betrieb, liebte die Arbeiter, die ständig wechselten und doch immer vom gleichen Schlag waren – sie kamen nach der Armee aus Israel, begeistert von Amerika und dem Geld, arbeiteten hart und gern. Er liebte es auch, hin und wieder den Lastwagen zu nehmen und für einige Tage allein zu einer Tour aufzubrechen, auf den langen Straßen zu fahren, allein mit seinen Gedanken, Hershey-Küsse mit Kaffee zu lutschen, den Kopf zu klären. Er bemühte sich, auch wenn es nicht immer funktionierte, anständig mit seinen Kunden umzugehen, realistische Kostenschätzungen abzugeben, kein unhaltbares Lieferdatum zu versprechen, nicht beim Material zu schummeln. Oder genau genommen, beim Material vielleicht ein kleines bisschen, man musste ja schließlich trotzdem was verdienen, oder?

Arik aus Chicago trennte sich von seiner Frau und zog in sein Büro.

Izzi las Daphnas E-Mail und heulte drei Tage am Stück.

Danach reiste er nach Südamerika. Er kehrte fünf Monate später nach Israel zurück und begann, am Technikum zu studieren. Dort begegnete er Gali, die er bereits in Südamerika getroffen hatte. Sie mieteten zusammen eine Wohnung auf dem Karmel und heirateten kurze Zeit darauf. Er liebte sie sehr. Das Geld bewahrte er auf der Bank auf. Für den Tag, an dem er wissen würde, was er damit anfangen wollte.

Monty Cohen und Jane Aki trafen sich nicht wieder, doch sie telefonierten noch ein paarmal. Sie versprach ihm, nach New York zu kommen, doch es gelang ihr nicht, sich aufzuraffen. Sie blieb im Sugar-Bush-Lac-Reservat in Minnesota sitzen, mit dem Gehalt vom Kasino ihres Stammes, und studierte weiter Crazy Horse und sein Liebesleben. Sie veröffentlichte eine Doktorarbeit, die ein Standardwerk auf dem Gebiet der amerikanischen Indianergeschichte wurde, mit dem schlichten Titel »Crazy Horse«. Sie reagierte nicht auf die Versöhnungsversuche seitens Jakes, der nach Kalifornien zog und sich lange Haare wachsen ließ.

Montgomery Cohen wurde zum Leiter der Abteilung für russische Kriminalität des New Yorker FBI-Büros ernannt, nachdem sich herausgestellt hatte, dass Psych und Cornelia in illegale Geschäfte verwickelt waren, deren Einzelheiten niemand je ganz durchschaute, und vom Dienst suspendiert wurden. Es gelang ihm, sich mit seiner Mutter zu versöhnen, allerdings erst nach geraumer Zeit.

Und es gab noch eine Slotmaschine, den zweiten Spielautomaten, der darauf programmiert worden war, nach Pozailovs Geburtstag noch gute neun Monate lang seine Arbeit zu tun. Was ist eigentlich damit passiert?